KB005023

그림형제
독일민담

그림형제
독일민담

이혜정 지음

mujintree
뮤진트리

서문

독일 그림Grimm 형제의 메르헨[1]은 1812년 12월 25일 첫 선을 보였다. 크리스마스 선물처럼 등장한 그림 형제의 《어린이와 가정을 위한 민담Kinder‑und Hausmärchen》[2]은 전세계 독자들이 어린 시절 가장 먼저 접하게 되는 책들 중 하나이다. 따라서 대다수 독자들은 그림 형제의 메르헨을 어린이를 위한 '동화'로 인식하고 있으며, 아울러 어린이들을 대상으로 하는 동화 형태의 변형본들이 폭넓게 유포되어 있다. 《어린이와 가정을 위한 민담》이라는 직접

---

1) 독일 '메르헨Märchen'은 일반적으로 '민담民譚'으로 해석하고 있으며 '전래민담Volksmärchen'과 '창작민담Kunstmärchen'으로 구분할 수 있다. 그러나 '민담'은 주로 '전래민담'을 지칭하는 것으로 본서에서도 이를 따랐다.
2) 이하 KHM이라 축약 표기한다.

적이면서도 포괄적인 책의 표제에서 볼 수 있듯이 그림 형제도 민담의 전달과 수용은 가정에서 우선되어야 하며, 그 대상은 어린이로부터 시작되어야 한다고 언급한 바 있다. 그러나 어린이를 위해 변형시킨 '동화'와 같은 민담이 아니라, 구전으로 전해오는 자연문학 그대로를 전달해야 한다는 것이 그림 형제의 일관된 견해였다.

그러나 그림 형제는 본래부터 어린이를 위한 민담을 수집한 것은 아니었다. 특히 어떤 경우라도 고대의 민족적 자산을 훼손해서는 안 된다는 야콥 그림Jacob Ludwig Karl Grimm, 1785~1863의 신념은 KHM 편집의 중요 원칙이기도 했다. 그러나 1812년에 출간된《어린이와 가정을 위한 민담》은 너무 재미가 없었으며 잔인하고 폭력적이라는 지적을 받았고, 이 책의 출판을 고대하던 이들로부터도 호응을 받지 못했다. 그 결과 원문을 훼손한다는 J. 그림의 우려에도 불구하고 당시의 사회적 분위기와 교육적 요구에 따라 빌헬름 그림Wilhelm Karl Grimm, 1786~1859의 주도하에 7차례 증편과 개편이 이루어졌다.

그리하여 1815년의 2집부터는 민담에 알맞은 어법과 통속적이면서도 해학적인 문구 등 대중의 언어와 행동을 수용하는 민담 양식들이 점점 구체화되었다. 1857년 최종적으로 W. 그림의 아들 헤르만 그림Herman Grimm에 의해 200편의 민담과 열 편의 어린이 성담이 수록된 지금의 최종본이 출간되었다. 브렌타노 사후에 웰렌베르크Ölenberg의 한 수도원에서 우연히 발견된 '웰렌베르크 원고'는 1810년에 J. 그림이 브렌타노에게 보냈던 최초의 필사본이다. 따라서 이 필사본은 그림 민담을 연구하는 학자들에게 매우 중요한 초기 자료로서, 1927년 요제프 레프츠Joseph Lefftz에 의해 출간되었다.

그림 형제가 민담 연구를 시작하게 된 직접적인 계기는 낭만주의 작가 클레멘스 브렌타노Clemens Brentano와 아힘 폰 아르님Achim von Arnim과의 만남 때문이었다. 형제는 브렌타노와 아르님의《소년의 마법피리Des Knaben Wunderhorn》의 자료를 수집하면서 고대문학에 대한 자료 수집과 정보 및 출판에 관한 경험을 체득할 수 있었다. 또한 자신들의 민담을 직접 수집, 출판할 때도 이 두 사람이 없었다면 KHM의 탄생은 어려웠을지도 모른다.

두 번째로 영향력이 큰 사람으로는 형제들의 스승인 법률 역사가 프리드리히 카를 폰 사비니Friedrich Karl von Savigny를 들 수 있다. 사비니는 자신의 개인 도서관을 개방하여 형제에게 고대문학에 관한 역사적인 인식의 폭을 넓혀주었으며, 브렌타노를 소개시켜 준 결정적인 역할을 한 사람이기도 하다. 다음으로 형제에게 큰 감동을 준 사람은 루트비히 티크Ludwig Tieck의《중세 연가집》과 이 책 표지에 그려진 필리프 오토 룽게Philipp Otto Runge의 삽화였다. 특히 룽게의 삽화와 두 편의 이야기는 그림 형제에게 본보기 작품이 되었으며, KHM 19〈어부와 그의 아낙〉, KHM 47〈노간주나무〉에 수록되었다.

그러나 무엇보다도 KHM을 성공적으로 이끈 것은 그림 형제의 뛰어난 재능과 성실 그리고 깊은 형제애였다. 그들은 평생을 함께 살았는데, 브렌타노가《소년의 마법피리》의 자료를 구하기 위해 도움을 요청했을 때도 그들은 카셀의 한 도서관 사서로 함께 일하고 있었다. 도서관에서의 근무 경험 역시 민담 수집에 많은 도움이 되었다. 형제가 유년 시절을 보낸 하나우Hanau와 슈타이나우Steinau에서의 생활 또한 중요한 자료가 되었다. 어린 시절 체험한 공동체의식과 목가적인 농촌의 생활상은 이후 KHM에 문학적으로 수용되기도 했다. 아울러 소시민에 대한 관심은 이들의 민담 연구를 새로운 영역으로 이끌어 궁극적으로 KHM의 주요 특성 중 하나로 정착되었다.

실제로 KHM 이전에는 학문적인 민담 연구도 없었고, 폭넓은 민담의 수집과 출판이 시도된 적도 없었다. 당시 민담을 다룬 이들은 구전된 이야기 토막들을 나름대로 해석하고 상상했을 뿐만 아니라, 때로는 전혀 다른 작품으로 변형시키기도 했다. 그나마 요한 카를 아우구스트 무제우스Johann Karl August Musäus가 1782년에서 86년에 그의 《독일 민담》에 구전되어온 14편의 이야기를 실었으나, 이 또한 지나치게 개작되었으며 신화, 전설, 성담, 우화, 일화들이 뒤섞인 제대로 된 민담집이 아니었다. 따라서 민담다운 민담의 수록은 그림 형제에 와서 비로소 시작과 끝을 이루게 되었다고 볼 수 있다. 또한 문학사적 의미에서도 하나의 새로운 문학 장르가 정립되었다고 보아야 할 것이다. 문예학자인 앙드레 욜레스Andre Jolles가 "그림의 민담은 독일뿐 아니라 각처에서 유사한 현상들에 대한 판단의 기준이 되었다. 어떤 문학적인 형태에서 그림의 KHM과 다소 일치하는 요소들을 발견하게 되면 우리는 그것을 민담으로 여기곤 한다. 그래서 우리도 (……) '그림 장르

Gattung Grimm'를 언급하고자 한다."라고 언급한 바와 같이 장르 특성으로서 간주되는 그림 민담의 모범적 위치를 가늠할 수 있다. 또한 KHM은 요한 고트프리트 헤르더Johann Gottfried Herder 이후 고조된 독일 국민운동의 분위기에 힘입어 시작되기는 했으나 폭넓은 자료 수집과 수정 과정을 거치면서 어느 한 지역, 어느 한 시대에 국한되지 않은 세계 문학으로 발전했다. 책의 제목을 보아도 KHM은 비슷한 시기에 출판된 브렌타노와 아르님의 《소년의 마법피리》나 야콥 괴레스Jacob Görres의 《독일 민속집》, 루트비히 베히슈타인Ludwig Bechstein의 《독일 민담집》과 같은 책들이 제목에서 강조하는 '독일적인 것'의 제한성에서 벗어나 있다. 그림 형제는 KHM 이외에도 《독일 전설》, 《독일 신화》 등을 출판하기도 했다. 그러나 《어린이와 가정을 위한 민담》이 오늘날에도 여전히 널리 읽히고 있는 데 반해, 다른 설화집들은 거의 알려져 있지 않은 사실은 대중의 애호, 즉 대중이 추구하는 설화적 유전자가 어디에 있는가를 보여주는 것이라고 할 수 있다.

그러나 현대에 와서도 그림 형제의 민담이 잔인하고, 반사회적이라는 시각이 완전히 사라진 것은 아니다. 특히 일부 아동학자들이나 페미니스트들은 그림 형제가 19세기 시민사회의 가부장적 이데올로기에 따라 민담의 여주인공들에게 수동적이며 순종적인 여인상을 부가했다고 지적하기도 한다. 그러나 이런 지적들을 구비口碑문학 전체 영역 속에 놓고 보면 그림 형제의 민담뿐 아니라 설화 전체의 특성에 해당한다는 것을 알 수 있다. 잔인해 보이거나 외설적으로 보이는 민담의 특징적인 모티프들은 설화의 본래적 특성으로서 어린이를 대상으로 한다는 이유로 모두 삭제할 수는 없다. 또한 인물들의 양극화나 아무것도 하지 않고도 행운을 얻는 것처럼 보이는 양태들도 그림 형제나 여타 구연자들의 개작에 문제가 있는 것이 아니라 민담의 특정 양식에 해당하는 것이다.

원래 설화는 정해진 주인이 없는 법이다. 그러나 모든 이야기에는 시작이 있고 변형이 있으며, 분명한 것은 특정한 모티프를 가지고 출발했다는 점이다. 그러나 전승되는 과정에서 다양한 주인을 만나 새로운 목적을 추가로 얻거나, 다양한 형태로 변형되었을 것이다. 그럼에도 불구하고 그렇게 오랜 세월 동안 일정한 이야기들이 기존 모티프를 잃지 않고 전해오는 것은 개개의 모티프들에 일종의 원형적 맹아가 존재하기 때문일 것이다. 민속학자나 인류학자들이 민담의 잔인성이나 반사회적으로 보이는 양태들을 수용의 문제가 아니라 민담의 발생 문제로 파악하고, 민담을 포함한 여타 설화들을 인류의 문화사적 역사 자료로 주목하고 있는 이유가 여기에 있다.

이 글은 바로 이런 원형적 이야기들에 존재하는 역사적 흔적들과 체험을 발견하기 위해 시작되었다. 그리고 대다수 민담들이 혼인담과 관련이 있다는 사실에 주안점을 두었다. 유럽 민담의 상당수는 혼인 이야기이다. 따라서 민담에 수용되어 있는 다양한 혼인 모티프들은 민담과 관련된 여러 문제에 근접할 수 있는 지름길 중 하나라는 점이 분명하다. 이를테면 혼인담과 민담의 특징적인 성향들이 고루 수용되어 있어 이른바 순수 민담이라 평가

되고 있는 마법담Zaubermärchen에서는 혼인을 둘러싼 남녀 주인공들의 모험이 일정한 과정 속에서 전개되고 있음을 관찰할 수 있다. 즉 혼인담의 주요 뼈대를 이루고 있는 남녀 주인공들의 모험을 어떻게 이해할 것인가가 민담을 이해하는 주요 관건인 것이다. 이는 민담의 발생과 더불어 민담의 정의를 연구하는 데 있어서도 핵심적인 논의의 대상이기 때문이다.

마법담과 더불어 민담의 또 다른 큰 축을 이루고 있는 소담Schwank에서도 그저 우스갯소리라고 보기에는 매우 사실적이며 역사적인 모티프를 다수 발견할 수 있다. 인간에게 웃음은 그저 재미있는 감정 표현에 그치는 것이 아니라, 언어인 동시에 의미이며 때로는 제의이기도 하다. 따라서 웃음은 마법과도 동등한 효과를 가지고 있는 민담의 한 양식으로서 위트와 유머를 통해 삶의 어려움을 해소시키는 묘약이기도 하다.

또한 마법담과 소담의 중간 형태인 슈방크메르헨Schwankmärchen[3]은 마법담의 특성과 소담의 특성을 함께 아우르고 있는 본격적인 모험담의 구조를 가지고 있다. 주인공의 모험과 행동이 적극적으로 수용되어 있으며, 주로 결혼보다는 주인공의 지혜와 재치를 통한 빈곤한 삶의 극복을 테마화하고 있다. 따라서 마법담보다도 주인공의 용기와 행동이 강조되어 있으며, 특히 어린이들이 애호하는 이야기들이다. 또한 이 밖에도 민담의 구전성이 잘 구현되어

---

3) 슈방크메르헨은 '마법담'과 '소담'의 중간 형태의 민담을 뜻하는 용어이다. 그러나 우리말로는 아직 적합한 표기가 정해지지 않아 잠정적으로 '슈방크메르헨'이라 지칭했다.

있는 '사슬 민담Kettenmärchen'이나, 동물들을 의인화한 '동물 소담 Tierschwank'에서도 고대의 삶의 자취나 신화적 영상들을 찾아볼 수 있다.

이상과 같음에도 불구하고 한때 민담은 비현실적이며 허황된 허구적인 이야기로 정의된 적도 있었다. 그러나 보다 폭넓은 연구와 논의를 통해서 우리는 이미 다양한 인류의 의식적·무의식적인 체험들을 발견할 수 있으며, 민담의 원형과 마법에 대한 의미도 새롭게 인식의 폭을 넓혀가고 있다.

민담은 공상이 아니다. 깊은 소망이 행동으로 옮겨질 때 민담의 마법은 그 효력을 발휘한다. 또한 민담은 소망하는 인간에게 신화나 전설에서 보여주지 않는 것을 선사한다. 신화나 전설이 신과 자연과 인간의 차별성을 강조하면서 공포를 확인시켜주는 데 반해, 민담은 인간들에게 금기를 뛰어넘는 용기와 가능성을 열어준다. 민담의 주인공들이 보여주는 순수함과 단순함, 이것이야말로 신과 자연 그리고 인간이 함께 공유할 수 있는 내적 동일성이 아니겠는가.

2010년 1월
이혜정

차례

❧OI❧

개구리 왕 또는 충직한 하인리히

KHM 1

아직도 소원이 이루어지던 옛날에, 태양조차 놀라는 아름다운 공주가 있었다. 어느 날 공주는 샘물가에서 황금 공을 가지고 놀다가 그만 물속에 빠뜨리고 말았다. 샘물이 너무 깊어 공을 꺼낼 수 없자 공주는 울음을 터뜨렸다. 그때 어디선가 개구리 한 마리가 나타나 공주에게 울고 있는 이유를 물었고, 공주는 자신의 황금 공이 샘물에 빠졌다고 말했다.

그러자 개구리는 자신을 공주의 짝으로 삼아 성으로 데리고 가서 공주 옆에 앉혀 같은 접시로 음식을 먹게 해주고, 같은 침대에서 잠을 자게 해주면 샘물에 빠진 황금 공을 꺼내주겠다고 말했다. 공주는 속으로 말도 안 되는 소리라고 생각하면서 그렇게 하겠다고 약속했다. 개구리는 바로 물속으로 뛰어 들어가더니 잠시

후 황금 공을 물고 올라와 공주 앞에 던져주었다. 공주는 재빨리 공을 주워들고 성을 향해 달리기 시작했다. 개구리가 함께 가자고 소리쳤으나 공주는 뒤도 돌아보지 않았다.

　다음 날 공주가 아버지인 왕과 함께 식사를 하고 있을 때 무언가 대리석 계단을 철퍼덕거리며 올라와 문을 두드리며 소리쳤다. "공주님, 막내 공주님. 문 좀 열어주세요." 공주가 문을 열어보니 개구리가 앉아 있었다. 공주는 놀라서 재빨리 문을 닫고 돌아와 자리에 앉았으나 뛰는 가슴을 감출 수가 없었다. 옆에서 공주를 지켜보던 왕이 무슨 일이냐고 물었다. 그리고 공주에게 자초지종을 들은 왕은 "약속은 지켜야 한다."며 개구리에게 문을 열어주라고 명령했다.

공주가 문을 열어주자 개구리는 폴짝거리며 공주의 의자로 뛰어와 자신을 공주 옆에 앉혀달라고 말했다. 공주는 왕의 명령에 마지못해 개구리를 자신의 옆에 앉혔다. 그러자 개구리는 계속해서 공주와 함께 먹을 수 있도록 공주의 황금 접시를 자기 옆에 놓아달라고 재촉했다. 공주는 할 수 없이 개구리와 같은 접시로 밥을 먹었다. 배부르게 밥을 먹은 개구리는 이젠 공주의 비단 침대에서 함께 잠을 자게 해달라고 요구했다.

공주는 개구리가 너무 역겨웠으나 "어려울 때 너를 도와준 상대를 무시하는 것은 옳지 않다."는 왕의 명령을 거역할 수 없어, 두 손가락으로 개구리를 집어 들고 자신의 방으로 올라와 방 한구석에 내려놓았다. 그러나 개구리는 자신을 공주의 침대로 올려달라고 고집을 부리며 들어주지 않으면 왕에게 이르겠다고 협박했다. 마침내 머리끝까지 화가 난 공주는 벽을 향해 개구리를 힘껏 내던지며 소리쳤다. "이제 푹 쉴 수 있을 거다. 이 못생긴 개구리야!"

그러나 바닥으로 떨어진 개구리는 뜻밖에도 아름답고 늠름한 왕자로 변해 있었다. 왕자는 그동안 나쁜 마녀의 저주에 걸려 개구리로 변해 있었으며, 공주만이 그 마법을 풀 수 있었다고 설명했다. 또한 다음 날 공주를 자신의 나라로 데리고 가겠다고 말했다. 이튿날 아침 공주와 왕자가 잠에서 깨었을 때 두 사람을 데리고 갈 여덟 마리의 하얀 말이 이끄는 마차가 도착해 있었다.

마차 위에는 왕자의 충직한 시종인 하인리히가 서 있었다. 드디어 마차는 왕자의 나라를 향해 달리기 시작했다. 그런데 얼마 달리지 않아서 왕자는 뒤에서 무언가 부서지는 소리가 들려 세 번이나 놀라서 뒤를 돌아보았다. 그것은 왕자가 개구리로 변해 있을 때 왕자의 충직한 시종 하인리히가 너무나 슬픈 나머지 가슴에 감아놓았던 세 개의 쇠줄이 기쁨에 겨워 하인리히의 가슴에서 하나씩 떨어져나가는 소리였다.

❖

일반적으로 〈개구리 왕자〉라는 제목으로 더 널리 알려져 있는 이 〈개구리 왕 또는 충직한 하인리히〉는 그림 형제가 KHM 전체를 이끄는 주도적인 민담으로 의도한 이야기로 보인다. "아직도 소원이 이루어지던 옛날에"로 시작되는 이 첫 구절은 "소년이 얼마나 멋진 것을 찾아냈는지 함께 알아볼까요?"라고 끝을 맺는 KHM의 마지막 민담 〈황금 열쇠〉의 끝 구절과 서로 상응하면서, 200편의 전체 민담을 하나로 아우르는 액자와 같은 기능을 한다.

민담의 여러 특성 중에서도 '마법과 저주'와 관련된 모티프는 민담의 정체성과 관련된 다양한 학설들의 토대를 제공하는 한편, 독자들의 흥미를 유발시키는 가장 민담다운 요소이다. 특히 보잘 것없던 개구리가 늠름한 왕자로 변하는 〈개구리 왕 또는 충직한 하인리히〉는 '동물 신랑'과 관련된 마법담의 전형을 보여주는 민담이기도 하다.

그러나 이 이야기는 그림 형제가 가장 애호하면서도 여러 차례 수정이 가해진 민담 중 하나로서, 후대 학자들에게도 가장 많이 지적을 받는 민담이기도 하다. 이야기의 수정 과정에서 기본 줄거리는 크게 변하지 않았다. 그러나 1815년 본의 〈개구리 왕자〉는 다른 판본들과 여러 면에서 차이가 난다. 특히 구별이 되는 부분은 밤에 공주를 찾아온 개구리가 방문을 두드리자 공주는 "아, 개구리 내 남편이 왔구나."라고 말하며, 아무 거부감 없이 방문을 열어주어 자신의 침대에 눕게 해준다. 그리고 아침이 되자 공주의 아버지인 왕의 축복을 받으며 결혼을 한다.

그러나 이 판본은 1819년 합본 당시 1812년 판본으로 대체되었으며, 이후 판본이 거듭될수록 에로틱한 문구나 상황 등은 삭제되거나 윤색되었다. 그리고 "약속은 지켜야 한다."나 "어려울 때 너를 도와준 상대를 무시하는 것은 옳지 않다."는 문구 등의 수용으로, 왕의 엄격한 충고와 왕자의 시종인 하인리히의 충직함을 보여주는 정황 등이 강화되어 어린이들에게도 적합한 민담으로 수정되었다.

그러나 이런 교육적 의미의 윤색은 문예학자와 언어학자, 심리학자들에 의해 원형을 훼손했다는 비난을 받고 있다. 또한 약속을 지키지 않으려는 공주의 불성실성과 개구리를 죽일 듯 집어던지는 난폭한 행위에도 불구하고, 이런 가당치 않은 행위들이 행운으로 이어지는 해피엔딩의 불합리성도 상당한 논란의 소지를 안고 있다. 특히 대다수의 페미니스트들은 아동문학으로서 민담의 문제성을 지적할 때 도덕성도 없고, 스스로 금기를 뛰어넘는 자발성도 없이 그저 손쉽게 행운을 얻는 이런 민담들은 어린이들에게 수동성을 키워줄 뿐만 아니라 오히려 어린이 성장에 해가 되는 이야기라고 지적하고 있다. 그 가장 대표적인 예로 이 〈개구리 왕 또는 충직한 하인리히〉를 언급하고는 한다.

그러나 이런 지적들은 동물이나 야수 등 기타 두렵고 낯선 존재와 결혼을 하는 여타 민담 속 여주인공들의 태도와 견주어볼 때 이 〈개구리 왕 또는 충직한 하인리히〉의 공주는 보다 현실적이며, 자신의 의지로 상황을 대처하고 있음을 간과하고 있다. 공주의 결혼 상대가 개구리 또는 흉측한 괴물이라는 점을 감안한다면 공주의 항거는 오히려 당연한 것으로 보인다. 더욱이 〈개구리 왕 또는 충직한 하인리히〉의 개구리는 끈질긴 근성과 집요함을 가지고 있으며, 실제로 보다 더 두렵고 폭력적인 상대였다면 공주의 저항은 훨씬 더 강력했을 것이다.

언제부터인가 결혼식은 가장 행복하고 아름다운 순간으로 인식되고 있다. 그러나 원시의 결혼은 지금처럼 화려하지도 행복하지도 않았으며, 결혼의 최초 형태는 약탈 그 자체였다. 기아와 공포에 시달리던 원시종족들에게 여자아이는 단지 식량을 축내는 존재로만 여겨져 첫딸을 제외한 대부분의 여자아이들은 살해되는 경우가 많았다. 따라서 부족 내에는 현저한 성비의 불균형이 초래되었으며, 이로 인해 타 부족의 여인을 약탈해오는 '약탈혼' 풍습이 생겨났다고 한다. 또한 이와는 다르게 남성적인 우월감을 과시하기 위해 약탈혼이 발생했다는 설도 있다. 여하튼 결혼할 여성을 약탈하는 행위는 매우 폭력적이었으며, 여성들의 상당수가 불구가 되거나 죽임을 당했다고 한다.

그리고 이런 폭력적인 약탈의 상황들은 그 조건들이 사라진 이후에도 여전히 광범위하게 지속적으로 관습화되었다. 나아가 결혼할 남자와 여자 사이에서 서로 쫓고 쫓기며, 부수고 때리는 약탈의 모의 형태들이 점차 결혼 의례로서 제도화되었다. 일부 오지 지역에서는 여전히 약탈혼의 관례가 행해지고 있으며, 심지어 오늘날에도 결혼식의 일부 행사에 약탈혼의 잔존 형태가 전해지고 있다는 사실은 놀랍기만 하다.[4]

이렇듯 결혼할 여성을 다른 부족에서 약탈해오는 약탈혼은 족외혼[5]의 한 형태로서 결혼 의례의 최초 형태였다. 이로부터 진짜 신부를 감추기 위한 신부 들러리 의식이나 약탈자로부터 피신하기 위해 산속 깊은 곳에서 초야를 보내는 허니문과 같은 결혼 풍습이 생겨났다. 교류가 없었던 원시종족들에게는 타 부족의 여자를 약탈해 자신의 영역으로 데리고 오는 것이 여러 모로 적합한 방식이었을 것이다.

이때 자신의 신분을 숨기는 것은 약탈자의 본능일 것이며, 후환을 없애기 위한 방편이기도 하다. 원시종족에게는 그들의 토템이나 수렵의 생활방식 등과 연관해서 볼 때 동물의 모습이 가장

---

4) 로마의 혼인의식을 기술한 플루타르크의 역사서에 "아직도 신부가 남편 집의 문지방을 제 발로 넘지 못하고 들려서 넘어가는 관습이 지켜지고 있다."는 기록을 볼 때, 현재까지도 행해지고 있는 신랑이 신부를 안고 신방으로 들어가는 서양 결혼 풍습의 유래를 짐작할 수 있다.

타당한 선택이었을 것이다. 따라서 동서를 막론하고 동물 형상으로 자신의 신분을 숨기고 신붓감을 훔쳐가는 '야래자' 설화들은 이와 같은 약탈혼의 잔영을 내포하고 있다고 보아야 할 것이다.

약탈혼은 민담보다는 신화에서 더 많이 볼 수 있다. 신화에서 신들끼리의 결혼은 주로 '근친상간'의 형태를 이루고 있으나, 신과 인간의 결혼은 대부분 약탈혼의 형태를 띠고 있다. 유럽에서 동물 신랑에 관한 가장 오래된 기록은 2세기 아풀레이우스Apuleius가 고대의 성인식과 관련된 이야기를 정리한 《변신이야기Metamorphosis》의 한 편인 〈에로스와 프시케Eros and Psyche〉인 것으로 알려져 있다. 〈에로스와 프시케〉는 신화로 분류되지만, '괴물 신랑'과 '금기 위반', '동생을 시기하는 두 언니', '신랑을 찾아 온갖 역경을 겪은 후 결혼'에 이르는 결말 등 유럽 민담의 주요 모티프를 총망라하고 있는 민담 같은 신화이다. 그러므로 〈에로스와 프시케〉는 민담으로 간주할 수도 있으나, 에로스의 청을 받아들인 제우스가 프시케에게 불사의 능력을 부여하여 〈에로스와 프시케〉 이야기는 신화로 승격되었다.

따라서 〈에로스와 프시케〉는 신화와 민담 양쪽에 속하는 설화로서, 신화와 민담의 친밀성을 보여주는 좋은 예에 해당한다. "민담은 신화가 남겨놓은 딸"이라고 정의한 독일의 민담학자 프리드

---

5) 혼인 발생의 측면에서 일반적으로 족내혼Endogamy이 족외혼Exogamy보다 앞선 형태라고 생각하기 쉽다. 그러나 혼인이라는 의식이 '다른 종족의 여자를 약탈하는 행위'로부터 발생했다는 것을 이해한다면, 족내혼보다 족외혼이 앞선 유형의 혼인 형태라는 것을 알 수 있다.

리히 폰 데어 라이엔Friedrich von der Leyen이나, "민담에 잃어버렸다고 여겼던 순수한 원시 독일의 신화가 들어 있다."라고 언급한 J. 그림의 견해에서 볼 수 있듯이 KHM에서도 신화의 권위가 약화된 형태의 민담을 다수 발견할 수 있다.

예를 들면 신화에서는 용이나 용마 등이 등장한다면, 민담에서는 개구리나 두꺼비, 당나귀 등의 소박한 동물이 등장한다. 그러나 이들 소박한 동물들은 약화된 모습으로 퇴행했다기보다는 오히려 신성한 동물들을 살짝 비트는 동시에 일반의 통속적인 의미를 함께 수용함으로써 하나의 변용체로 기능한다고 보아야 할 것이다.

〈개구리 왕 또는 충직한 하인리히〉에서 개구리는 비록 겉모습은 흉하고 볼품없지만, 공주가 원하는 것을 해줄 수 있는 능력과 인간인 공주에게 끈질기게 결혼을 요구하는 자신감을 가지고 있는 이른바 자신의 내적 본질을 숨기고 있는 존재이다. 또한 동시에 남성과 풍요를 연상시키는 통속적 기능도 가지고 있어 건강한 자연성을 내포하고 있는 민담의 특징적인 인물에 합당하다.

《아동들은 민담이 필요하다Kinder brauchen Märchen》에서 민담을 어린이들에게 가장 필요한 도서로 평가한 아동심리학자 브루노 베텔하임Bruno Bettelheim도 바로 이런 통속적인 자연성의 표현들이 어린이들에게 성적 두려움이나 낯설음을 자연스럽게 수용할 수 있는 감성을 키워준다고 언급한 바 있다. 남성이라는 낯선 성을 대할 때 여자아이들이나 여성들이 갖게 될 두려움과 거부감은 처음에 〈개구리 왕 또는 충직한 하인리히〉의 공주가 개구리에게 가졌던 감정과 유사하다고 보았다.

이와 같이 어린이들은 옛날이야기를 통해서 은연중에 각인된 개구리 등의 동물 신랑에게서 낯설지 않은 남성적 이미지를 인식하게 될 것이다. 나아가 개구리가 그 자체가 전부가 아니라 얼마든지 훌륭한 모습으로 변할 수 있는 중간적 존재임도 체득하게 될 것이다. 그렇다고 모든 개구리가 다 왕자가 되는 것이 아니라는 사실 또한 민담은 우리에게 알려주고 있다. 그것은 소담의 몫이다.

ᏒO2Ꮧ

함께 살던 고양이와 쥐

KHM 2

한 고양이가 틈만 나면 순진한 쥐에게 자신이 얼마나 좋아하는 지 모르니 함께 살자고 꼬드겼다. 쥐는 그 말을 믿고 고양이와 함께 살기로 했다. 어느 날 고양이가 겨울 양식을 준비해야 한다고 말하자 쥐는 기름 한 단지를 샀다. 그리고 그 기름을 어디에 둘까 궁리하다가 교회가 제일 안전할 것이라는 고양이의 말에 따라 교회 제단 밑에 숨겨두었다.

그런데 얼마 지나지 않아 고양이는 그 기름이 너무 먹고 싶어졌다. 그래서 쥐에게 자기 사촌이 아들을 낳았는데 대부가 되어 달라는 부탁을 받아 세례식에 참석해야 한다고 거짓말을 하고는 집을 나왔다. 고양이는 곧장 교회로 달려가 기름을 핥아 먹고는 이 지붕 저 지붕으로 산책하며 놀다가 밤이 되어서야 집으로 돌아왔다. 그리고 아기 이름을 뭐라고 지었느냐고 묻는 쥐에게 '겉핥기'라고 대답했다. 쥐는 이상한 이름에 고개를 갸우뚱거렸다.

그 뒤 얼마 지나지 않아 고양이는 또 기름이 먹고 싶어 견딜 수가 없었다. 그래서 또 다른 아기의 대부가 되어달라는 부탁을 받았다고 거짓말을 하고는 교회로 달려가 기름을 반쯤이나 핥아 먹었다. 집으로 돌아온 고양이는 다시 아기의 이름을 묻는 쥐에게 '반쯤이'라고 대답했다. 이번에도 쥐는 이상한 이름이라고 생각했으나 그냥 넘어갔다.

며칠 후 고양이는 또다시 기름 생각이 간절해져서 '좋은 일은 세 번씩 되풀이되는 법'이라며 또 거짓말을 하고 교회로 달려가 나머지 기름을 홀랑 다 먹어버렸다. 그리고 고양이는 밤이 되어 집으로 돌아와 이번에는 아기 이름이 '홀라당'이라고 둘러댔다. 쥐는 그 역시 이상한 이름이라고 생각했지만 그냥 잠이 들었다.

그리고 얼마 뒤 겨울이 되어 더 이상 먹을 것을 구할 수 없게 되자 쥐는 고양이와 함께 기름을 가지러 교회로 갔다. 그러나 교회 제단 밑에 텅 비어 있는 기름 단지를 보자 쥐는 그동안 고양이로부터 들었던 아기 이름들이 떠오르면서 무슨 일이 일어났는지 당장에 알 수 있었다.

"알았다. 처음에는 겉을, 다음에는 반을, 그 다음에는……."

"입 다물지 못해! 한 마디만 더 하면 잡아먹고 말 거야!"

고양이가 소리쳤다. 그러나 쥐는 이미 "홀라당"이라고 말을 내뱉고 말았으며, 고양이는 쥐가 말을 채 마치기도 전에 달려들어 단숨에 꿀꺽 삼켜버렸다.

함께 살던 고양이와 쥐가 겨울 양식으로 기름 한 단지를 교회 제단 밑에 숨겨놓았다. 그러나 기름이 먹고 싶어 참지 못한 고양이는 대부 핑계를 대고 세 번에 걸쳐 기름을 모두 먹어버렸다. 얼마 후 이를 알게 된 쥐가 고양이에게 따져 물으려 말을 하려는 순간 고양이가 달려들어 쥐를 한 입에 삼켜버리고 말았다. 그러나 이야기는 이것을 끝으로 "세상이 그렇답니다. 여러분" 하고 박절하게 끝을 맺고 있다.

상대방의 비밀을 알게 된 죄로 가엾은 쥐는 그만 죽임을 당하게 된 것이다. 쥐는 악마처럼 죽어 마땅한 인물도 아니고, 바보도 게으름뱅이도 아니다. 그러나 고양이를 믿고 함께 살던 쥐는 동반자였던 고양이에게 잡혀 먹었으며, 그 이유를 파악할 과제는 이제 독자의 몫으로 남게 되었다.

민담에 등장하는 동물은 크게 세 부류로 나눌 수 있다. 직접적인 마법의 수혜자이거나, 마법담의 주변 인물, 동물 소담의 주인공들이다. 마법담의 주변 인물들은 주인공을 돕는 도덕적인 동물들이며, 대다수 동물 소담의 주인공들은 재치와 용기로 어려운 상황을 모면하는 현명한 동물들이다. 이들 동물들은 그저 단순한 동물이 아니라 이야기를 민담적 상황으로 이끄는 민담의 인물들에 해당한다. 작은 존재가 큰 세상에 대항해 꾀나 지혜로 어려움을 극복하는 모습은 힘든 세상과 마주선 우리들에게 위안을 주기도 한다.

그러나 이들과는 반대로 그야말로 동물적인, 비도덕적이며 비

인간적으로 행동하는 동물들도 동물 소담에 다수 등장한다. 이런 동물들은 비도덕적인 작태를 보이면서 인간의 비도덕적인 내면을 드러낼 뿐만 아니라, 동물 우화에 익숙한 독자의 기대를 무시하고 상대방을 해치고는 벌도 받지 않는다. KHM에는 이 〈함께 살던 고양이와 쥐〉나 KHM 23 〈생쥐와 작은 새와 소시지에 관한 이야기〉, KHM 187 〈토끼와 고슴도치〉와 같이 동물의 본성을 인간의 성향에 비견해서 세상의 어려움을 반영하는 공격적인 동물 소담이 여러 편 나온다. 이들 민담의 동물들은 상대방의 폭력을 방어하는 것에 머무르지 않고 상대방을 철저하게 파멸시킨다.

일부 아동문학자들이나 교육학자, 부모들은 이런 종류의 민담을 어린이들에게 권하기를 주저할 것이다. 그러나 아동심리학자들은 어린이들이 부모가 기대하는 것처럼 그렇게 고운 생각만 하지는 않으며, 파괴나 살인, 심지어는 사람을 갈기갈기 찢어놓고 싶은 충동도 가지고 있다고 말한다. 이런 경우 어린이들은 자신을 혐오하면서 자신만이 그런 생각을 하고 있다고 여길 수도 있다. 그러나 이런 유의 이야기들을 어린이들이 접하게 되면 다른 사람들도 자신과 비슷하다는 것을 인식하면서 정체 모를 자기 파괴의 두려움을 극복하고 내적인 공격성을 점차 해소하게 된다고 이야기하고 있다.

J. 그림은 이렇게 비극적으로 끝나는 동물 소담에서 경계로 삼아야 할 의미를 다음과 같은 결말로 상기시켰다. "이들 동물들에게서 인간의 덕성보다는 오히려 악덕과 오류가 더 많이 드러난다. (……) 인간의 간계와 교활, 분노, 불신, 격노, 악의, 무지, 그리

고 그로부터 유발되는 범죄를 보여준다." 그러나 그림 형제는 동물 우화에서처럼 이들 동물들을 폄하하거나 무의미하게 내버려 두지는 않았다. 우선 마법담의 동물들과 구별하기 위해 마법담의 인물들에게 부여되었던 부수적인 성격을 제거하고, 각 동물의 본능과 욕구에 활기를 주었다. 그리고 마법담과는 다르게 통속적이고 대중적인 문체와 속담 등을 수용하여 보다 더 감칠맛 나고 재미있는 어법에 주목했다.

독자들은 고양이가 기름을 먹고 올 때마다 둘러댄 '겉핥기', '반쯤이', '홀라당'의 비유적인 표현에 고양이의 뻔뻔스러움보다 재치 있는 말솜씨에 흥미를 느끼게 된다. 그리고 다른 한편으로는 쥐의 아둔함에 안타까움이 더해지기도 한다. 그러나 마침내 쥐가 상황을 알아차리고 추궁을 하자 한 마디만 더하면 잡아먹겠다는 위협과 함께 불쌍한 쥐는 마지막 말을 채 마치기도 전에 죽임을 당하고 만다.

한 가닥 미련이나 연민을 되새길 틈도 없이 속전속결로 끝나버린 결말에 한숨이 나올 뿐이다. 인간의 도덕적인 정서와는 거리가 먼 그들만의 이야기로 끝을 맺은 이 민담에서 독자는 단지 제삼자일 뿐, 그저 바라만 볼 수 있을 뿐이다. 여기는 동물 소담의 공간이기 때문이다.

❦03❦

마리아의 아이

KHM 3

어느 깊은 숲속에 가난한 나무꾼 부부가 세 살배기 딸과 함께
살고 있었다. 부부는 너무 가난해서 어린 딸을 제대로 먹일 수가
없었다. 그러던 어느 날 나무꾼이 숲에서 일을 하고 있는데, 성모
마리아가 나타나 자신에게 딸을 주면 잘 보살펴주겠다고 말했다.
나무꾼 부부는 마리아의 말을 따르기로 했다. 마리아는 아이를
데리고 하늘나라로 올라가 정성껏 보살폈다.

아이가 열네 살이 된 어느 날 마리아는 여행을 떠나면서 소녀
에게 하늘 왕국에 있는 13개의 방을 관리하라며 열쇠를 건네주었
다. 그러나 마리아는 소녀에게 13번째 문은 절대로 열어보아서는
안 된다고 당부했다. 소녀는 마리아와 그렇게 하겠다고 약속을
했다.

마리아가 여행을 떠난 후 소녀는 매일 하나씩 방을 열어보았다. 방 안에는 십이사도가 한 분씩 앉아 있었다. 드디어 마리아가 열어보아서는 안 된다고 말한 마지막 13번째 방만 남게 되었다. 소녀는 그 방 안에 무엇이 있는지 너무 궁금했다. 그러던 어느 날 소녀는 아기 천사들이 모두 밖으로 나가 혼자만 남게 되자 아무도 보는 사람이 없을 것이라 생각하고 13번째 방문을 열고 말았다.

방 안에는 활활 타는 불길 속에 성삼위일체가 빛나는 모습으로 앉아 있었다. 너무 눈부신 빛에 이끌려 소녀는 손가락으로 찬란한 빛을 살짝 건드려보았다. 그러자 소녀의 손가락은 금세 황금빛으로 변해버렸다. 소녀는 얼른 문을 닫고 도망쳤으나 너무 놀라 심장은 계속 쿵쾅거리며 진정되지 않았고, 손가락은 닦고 또 닦아도 황금빛이 사라지지 않았다.

얼마 후 마리아가 여행에서 돌아와 소녀에게 열쇠를 돌려받으며 13번째 방을 열어보았냐고 물어보았다. 소녀는 열어보지 않았다고 대답했으나 마리아가 소녀의 가슴에 손을 얹자 가슴이 심하게 두근거렸다. 마리아는 다시 물어보았으나 소녀는 역시 아니라고 대답했다. 그러나 마리아는 소녀의 손가락이 황금빛으로 변해 있는 것을 보고 소녀가 거짓말을 하고 있다는 사실을 이미 알고 있었다. 마리아는 다시 한 번 물어보았으나 소녀는 사실대로 말하지 않았다.

마리아는 소녀에게 약속을 지키지 않은데다가 거짓말까지 했으므로 더 이상 하늘나라에 머물 수 없다고 말했다. 그 순간 소녀는 깊은 잠에 빠져들었다. 소녀가 눈을 떠보니 주위는 온통 가시

덩굴로 둘러싸인 황량한 벌판이었다. 소녀는 울고 싶었지만 아무 소리도 나오지 않았다. 그녀는 식물뿌리와 나무열매를 먹으며 연명했으며, 겨울이 오자 나뭇잎을 긁어모아 추위를 피했다.

숲이 다시 신록으로 물들던 어느 날 그 나라의 왕이 사냥을 나와 사슴을 쫓고 있었다. 왕은 덤불 속을 헤치다가 황금빛 머리카락을 발끝까지 길게 늘어뜨린 아름다운 소녀를 발견하고 성으로 데리고 갔다. 소녀는 말은 하지 못했으나 너무나 아름다웠고, 왕은 그녀를 진심으로 사랑하게 되어 결혼까지 하게 되었다.

1년쯤 지나자 왕비는 아들을 낳았다. 그날 밤 왕비 앞에 마리아가 나타나 13번째 방을 열어보았다고 사실대로 고백하면 다시 말을 할 수 있게 해주겠지만, 그렇지 않으면 아기를 데리고 가겠다고 말했다. 왕비는 여전히 방문을 열어보지 않았다고 부정했으며, 마리아는 그녀의 아들을 안고 하늘로 올라가버렸다. 다음 날 아침 아기가 사라진 것을 알게 되자 왕비가 아기를 잡아먹는 마녀라는 소문이 떠돌았다. 그러나 왕은 왕비를 너무 사랑했기 때문에 그 소문을 믿지 않았다.

그리고 1년이 지나자 왕비는 다시 아들을 낳았다. 밤이 되자 또다시 마리아가 나타나 그녀에게 진실을 요구했으나 왕비는 여전히 고집을 부렸다. 마리아는 두 번째 아기도 데리고 가버렸다. 이제 사람들은 공공연하게 왕비가 아기를 잡아먹는 마녀라고 말들했으나, 이번에도 왕은 그런 말을 하는 자는 모두 사형에 처할 것이라고 엄명을 내렸다.

이듬해 왕비는 어여쁜 딸을 낳았다. 세 번째로 나타난 마리아는 왕비의 손을 잡고 하늘나라로 올라가 두 아들이 노는 것을 보여주면서 사실을 고백하라고 설득했다. 그러나 여전히 왕비는 문을 열지 않았다고 부정했으며, 세 번째 딸마저 빼앗긴 채 지상으로 떨어지고 말았다. 이튿날 세 번째 아기마저 사라졌다는 사실을 알게 된 사람들은 왕비를 화형시켜야 한다고 입을 모았다. 왕도 더 이상은 어쩔 수가 없었다.

사람들은 나뭇단을 높이 쌓아 그 위에 왕비를 묶은 후 불을 붙였다. 뜨거운 불길이 그녀를 엄습하자 그녀는 얼어붙었던 마음이 풀리면서 진심으로 후회했다. '죽기 전에 내가 그 문을 열었다는 말을 할 수 있다면…….' 그 순간 그녀의 굳었던 혀가 풀리면서 "그래요, 마리아님. 제가 그 문을 열어보았습니다!"라고 큰 소리로 소리쳤다. 그러자 하늘에서 비가 쏟아져 불길이 꺼지면서 마리아가 세 아이를 거느리고 내려왔다. 마리아는 "자신의 죄를 회개하고 고백하는 자는 용서를 받으리라."라고 말하며 왕비에게 두 아들과 딸을 안겨주었다.

❧

표제나 주제로 볼 때 이 민담은 성담Legende[6]에 해당하는 것으로 보인다. 그러나 이 이야기를 KHM 뒷부분에 편집된 열 편의

---

6) 종교적인 성인의 행적이나 기적 등에 대한 이야기를 담은 전설을 'Legende'라고 하며, '고승담', '성인담', '성담' 등으로 해석할 수 있으나 본서에서는 '성담'으로 통일했다.

어린이 성담Kinderlegende에 수록하지 않고, 앞쪽 민담 부분에 편집한 것으로 보아 그림 형제는 이 설화가 성담적인 성격보다는 민담적 성격이 강하다고 판단한 것으로 보인다. 이 민담의 주요 모티프는 '순종 시험'과 '약속 위반', 그리고 '아이를 데리고 가는 기이한 존재'와 '말해서는 안 되는 소녀'라고 할 수 있다.

그러나 전체 이야기의 주요 모티프는 역시 '순종 시험'일 것이며, 신에 대한 완벽한 복종의 증거로 아들을 바치려고 했던 아브라함의 이야기와 견주어볼 수 있다. 만약 아브라함이 순종하지 않았다면 어떻게 되었을까? 〈마리아의 아이〉에 나오는 성모는 이 순종하지 않는 소녀를 지상의 숲으로 내려보내 성찰과 성숙의 시간을 갖게 하고, 결과적으로는 세 아이의 어머니인 행복한 왕비로 만들어준다. 소녀가 순종했다기보다는 마리아가 인내하며 참아준 결과라고 보아도 좋을 것이다. 이런 긍정적인 결말은 신화나 전설과는 다른 민담의 특성에 해당한다.

'약속 위반'은 민담의 가장 특징적인 모티프 중 하나이다. 〈마리아의 아이〉의 핵심 사건의 발단은 약속 위반이다. 그러나 이 약속 위반 역시 소녀가 지상으로 내려와 인간으로서 최고의 위치에 이르도록 설정된 장치에 해당한다고 볼 수 있다. 민담은 지상에서 살아가는 인간의 이야기이기 때문이다.

그러나 모든 민담에서 이 약속 위반이 행운으로 연결되지는 않는다. 약속 위반은 대부분 '다른 누군가에 의해 양육받은 아이'또는 '아이를 데리고 가는 기이한 존재'의 모티프와 연결될 때 사건을 추진하는 강한 모티프로 작용한다. 그러나 아이를 데리고 가는 기이한 존재의 모티프가 수용된 대다수 민담에 등장하는 기이한 존재는 악마나 난쟁이, 마녀 등 부정적 인물인 데 반해 〈마리아의 아이〉에서는 마리아, 즉 절대적 신이라는 상황이 다른 민담과 크게 다르다. 따라서 이 성담적 민담의 주제는 역시 '약속과 순종의 시험'으로 집약되어 있다고 보아야 할 것이다.

마리아가 데리고 간 가난한 나무꾼의 아이도 태초의 여인들이 가지고 있던 그 호기심을 억누르지 못하고 열어보아서는 안 되는 금단의 방인 신의 세계를 엿보았다. 그녀는 두려움에 가슴을 떤다. 여행에서 돌아온 마리아는 소녀의 가슴에 손을 대보고(1810년 판본), 또는 소녀의 손끝이 금빛으로 물든 것을 보고(1812년 판본부터) 소녀가 약속을 지키지 않았다는 것을 알게 된다.

그러나 마리아는 이미 소녀가 약속을 지키지 않았다는 사실을 알고 있었다. 마리아는 소녀가 왕비가 되어 낳은 아이를 뺏어가는 여러 번의 시련을 겪게 하면서도 저항하는 소녀를 기다려주는 것으로 보아 마리아에게 중요한 것은 잘못의 시인, 즉 '순종'이었다고 보아야 할 것이다.

W. 그림의 가필로 이 이야기는 보다 더 분명하게 기독교적 성격을 띠게 되었다. 1810년 판본에서는 열어도 되는 방과 안 되는 방으로만 구별되어 있던 부분을, 십이사도들이 있는 방과 성삼위일체가 앉아 있는 방으로 수정했다. 또한 결말 부분도 간단하게 소녀가 '네'라고 시인하며 아이를 돌려받고 말도 하게 되어 잘 살게 되었다는 부분을, "그래요, 마리아님. 제가 그 문을 열어보았습니다!"라고 말하자 갑자기 하늘에서 비가 쏟아져 불길이 꺼

지면서 왕비의 딸을 품에 안은 마리아가 그녀의 두 아들과 함께 하늘에서 내려와 왕비에게 아이들을 안겨주며 "자신의 죄를 회개하고 고백하는 자는 용서를 받으리라."로 윤색했다.

그러나 민담의 주요 특성들과 연관해볼 때 이 〈마리아의 아이〉를 성담으로만 이해하는 것은 민담의 본질에 미치지 못한다. 부정적이든 긍정적이든 누군가 다른 존재에 의해 양육된 아이는 반드시 자신의 본질로 돌아오는 것이 민담의 가장 보편적인 특성 중 하나이며, 계속되는 마리아의 추궁에도 불구하고 사실대로 말하지 않는 소녀의 행동 또한 소녀의 부정직한 고집으로만 이해하는 것 역시 단편적인 접근이다.

민담의 주인공들이 집을 떠나는 이유는 다양하다. 그 중에서도 '아이를 데리고 가는 기이한 존재'의 모티프는 종교적이며, 인류학적 가설들과 혼재되면서 다양한 변종 모티프를 발생시켰다. 또한 '말하지 못하는 소녀'의 모티프도 민담의 삼세번 구조와 더불어 비밀스러운 암호를 형성하고 있다. 이들 모티프와 관련된 내용은 KHM 31 〈손 없는 소녀〉, KHM 55 〈룸펠슈틸츠헨〉, KHM 89 〈거위치기 소녀〉 등에서 좀더 자세히 다루었다.

☙04❧
두려움을 배우러 나선
사나이 이야기

KHM 4

두 아들을 둔 아버지가 있었다. 큰아들은 영리했으나 작은아들은 우둔해서 아무것도 배우지 못했다. 하루는 작은아들이 소름끼친다는 말을 듣고 그것이 무슨 기술이라도 되는 줄 알고 아버지에게 소름끼치는 법을 배우겠다고 말했다.

그러던 어느 날 교회지기가 아버지를 찾아왔다. 아버지는 그에게 작은아들이 소름끼치는 법을 배우고 싶어한다고 푸념을 늘어놓았다. 그러자 교회지기는 자신이 가르쳐줄 수 있다며 작은아들을 맡겨보라고 하여 아버지는 그렇게 하기로 했다. 그는 작은아들을 교회로 데리고 가서 종치는 일을 시켰다.

며칠 뒤 교회지기는 한밤중에 작은아들을 교회 종탑으로 올라가게 한 뒤 몰래 뒤따라 올라갔다. 작은아들은 아래쪽 계단에 허연 것이 서 있는 것을 보고 누구냐고 물었다. 그것은 다름 아닌 교회지기였으나, 유령으로 보이게 하기 위해 대답하지 않고 가만히 서 있었다. 작은아들은 누구냐고 계속 물어도 아무 대답이 없자 그를 계단 아래로 밀어버리고 방으로 돌아와 잠이 들었다.

다음 날 아침 교회지기의 아내는 남편이 보이지 않자 작은아들에게 남편의 행방을 물어보았다. 그는 어젯밤에 자신이 종탑 계단 아래로 밀어버린 사람이 아저씨인지도 모르니 가보라고 말했다. 종탑 계단 아래에 다리가 부러진 채 신음하고 있는 남편을 발견한 아내는 작은아들의 아버지에게로 달려가 당장 데리고 가라고 악을 썼다. 화가 난 아버지는 50탈러를 주면서 작은아들에게 집에서 나가버리라고 소리를 질렀다. 작은아들은 소름끼치는 법을 배워야겠다고 마음먹고 길을 나섰다.

작은아들은 길을 가다가 한 남자를 만났다. 그는 작은아들이 "제발 소름 좀 끼쳐보았으면" 하고 중얼거리는 소리를 듣고 작은아들을 교수대에 목이 매달려 죽은 시신들이 있는 곳으로 데리고 갔다. 그리고 그 시신들은 밧줄잡이 딸에게 장가든 사람들인데 하늘 나는 법을 배우기 위해 매달려 있는 것이라고 거짓말을 하고, 밤이 올 때까지 교수대 밑에서 기다리면 소름끼치는 법을 배우게 될 것이라고 말했다. 작은아들은 자신이 정말 소름끼치는 법을 배울 수 있다면 다음 날 아침 50탈러를 주겠다고 말하고 교수대 밑에서 밤이 오기를 기다렸다.

작은아들은 밤이 깊어 날씨가 추워지자 불을 피웠는데, 교수대에 매달려 있는 사람들도 추울 것이라 생각하고 일곱 구의 시신을 모두 끌어내렸다. 그리고 시신들을 모닥불 주위에 앉혀놓고 입김을 불어 불꽃을 키우다가 시신들이 걸치고 있던 넝마에 불이 붙었다. 옷에 불이 붙었는데도 시신들이 꼼짝도 하지 않자 작은 아들은 자신도 같이 불에 타죽을 수 없다며 시신들을 다시 교수대에 매달아놓고 잠이 들었다.

다음 날 아침 50탈러를 받을 욕심으로 작은아들을 찾아온 남자는 그의 불평을 듣고 기가 막혀 돌아가버렸다. 작은아들은 계속 길을 가다가 한 여관에 들었다. 그가 연신 "소름 좀 끼쳐보았으면" 하고 중얼거리는 소리를 들은 여관 주인은 귀신이 붙은 성에서 사흘 밤만 지내면 왕의 아름다운 딸에게 장가들 수 있다고 알려주었다. 그리고 성의 귀신들은 보물도 많이 가지고 있어서 빼앗기만 하면 큰 부자도 될 수 있지만, 아직까지 그 성에 들어갔다가 살아 돌아온 사람은 없다고 덧붙였다.

이튿날 작은아들은 왕에게 가서 귀신의 성에서 사흘 밤을 보내겠다고 말했다. 그리고 생명이 없는 세 가지 물건인 '불과 쇠갈이와 절삭기'를 가지고 성으로 들어가 모닥불을 피워놓고 밤이 되기를 기다렸다. 자정쯤 되자 검은 고양이 두 마리가 나타나 카드 놀이를 하자고 했다. 작은아들은 먼저 발부터 보여달라고 하여 고양이들이 발톱을 내보이자 작업대에 묶어 때려죽였다. 그리고 다시 모닥불 옆에 앉아 있으니 빨간 쇠사슬을 멘 검은 고양이와 개들이 사방에서 나타나 그를 둘러싸고 으르렁거렸으나 칼을 휘둘러 모두 물리쳤다.

그런 다음 다시 모닥불 옆에 앉아 주위를 둘러보니 방 안의 침대가 눈에 띄어 그곳에 누워 잠을 청했다. 그런데 작은아들이 침대에 눕자마자 침대가 마구 요동치면서 성 안을 내달리더니 뒤집히면서 그를 깔아뭉갰다. 그러나 그는 침대 밑에서 기어 나와 다시 모닥불 옆에 누워 잠이 들었다. 다음 날 아침 작은아들이 무사히 살아 있는 것을 본 왕과 사람들은 모두 깜짝 놀랐다.

두 번째 밤에는 찢어지는 비명 소리와 함께 굴뚝에서 사람 몸뚱이 반쪽이 작은아들 발아래로 툭 떨어졌다. 잠시 후 나머지 반쪽도 마저 떨어져 두 몸뚱이가 하나로 합쳐지더니 무시무시한 모습의 사내로 변했다. 작은아들이 이 사내와 실랑이를 하고 있는 동안 굴뚝에서 많은 사람들이 내려와 시체에서 나온 두개골과 뼈들을 세워놓고 볼링놀이를 하기 시작했다. 작은아들도 그들과 함께 내기를 하며 놀았으나 12시가 되자 모든 것들이 사라졌다.

이튿날 아침 자신을 보러 온 왕에게 작은아들은 아무렇지도 않게 돈을 좀 잃었지만 재미있게 게임을 했다고 말했다. 사흘 째 밤에는 여섯 명의 거인이 관을 메고 나타났다. 작은아들이 그 시신은 얼마 전에 죽은 자신의 사촌동생이니 이리 가져오라고 손짓을 하자 거인들이 관을 그의 곁에 내려놓았다. 작은아들은 차가운 시신의 얼굴에 손을 대보고 따뜻하게 해주겠다며 자신의 손을 불에 쬐어 얼굴에 갖다 대보았으나 시신이 따뜻해지지 않자 시신을 관에서 꺼내 자기 무릎 위에 앉힌 후 주물러댔다. 그런데도 시신에 피가 통하지 않자 침대에 눕혀 담요를 덮어준 뒤 자신도 그 곁에 누웠다. 그랬더니 시신이 따뜻해져 꿈틀거리기 시작했다.

그러나 시신은 고맙다는 말은커녕 작은아들의 목을 조르려고 달려들어 다시 관 속에 집어넣자 여섯 명의 거인들이 메고 사라졌다. 작은아들이 소름끼치는 법을 배울 수 없다며 투덜거리자 이번에는 크고 늙어 보이는 희고 긴 수염을 기른 유령이 나타나 소름이 무엇인지 알려주겠다며 달려들었다. 그는 작은아들을 대장간으로 끌고 갔다. 그러고는 도끼를 들어 모루를 한 번 내려치자 모루가 땅속으로 쑥 들어갔다. 작은아들이 다른 모루가 있는 곳으로 걸어가자 유령도 수염을 늘어뜨리고 그의 곁으로 바싹 다가섰다. 작은아들은 도끼를 들어 모루를 단번에 두 쪽을 낸 뒤 유령의 수염을 잡아채서 모루 사이에 끼워버렸다. 그리고 쇠몽둥이로 유령을 때리기 시작하자 유령은 울면서 보물을 줄 테니 자신을 놓아달라고 사정했다.

유령은 세 개의 보물상자를 주면서 하나는 가난한 사람들의 것이며, 다른 하나는 왕의 것, 마지막 하나는 작은아들의 것이라고 말했다. 그리고 12시 종이 울리자 유령은 사라졌다. 이튿날 아침 나타난 왕은 약속한 대로 자신의 딸과 작은아들의 결혼식을 올려주었다. 작은아들은 왕의 사위가 되어 모든 것이 행복했으나, 계속 소름 좀 끼쳐보았으면 좋겠다고 중얼거리곤 했다. 남편의 그런 푸념을 듣고 걱정을 하던 공주는 어느 날 차가운 물과 물고기가 가득 든 양동이를 가져와 잠든 남편의 몸 위에 쏟아부었다. 그러자 작은아들은 소스라치게 놀라 잠에서 깨어나며 소리쳤다. "아아, 소름이 끼친다. 이제 알았어! 소름이 무엇인지!"

민담을 가장 민담답게 하는 것, 그것은 바로 인간의 굽히지 않는 도전정신과 모험일 것이다. 바로 이 〈두려움을 배우러 나선 사나이 이야기〉는 민담의 도전정신 내지는 용기의 시험을 극대화시킨 모험담이라고 할 수 있다.

그러나 가장 본격적인 민담이라고 할 수 있는 마법담의 모험은 기적이나 마법적 조력으로 목표에 도달하고, 소담은 대체적으로 용기나 재치를 주요 모티프로 사용한다. 그런데 이 〈두려움을 배우러 나선 사나이 이야기〉의 주인공을 돕는 것은 그의 '우둔함' 뿐, 그에게는 가진 것도 그를 도와줄 조력자도 존재하지 않는다.

인간의 고통 중에서 두려움과 관련된 고통은 개인적인 차원을 넘어서는 집단적 영상으로서, 그 중에서도 죽음과 관련된 두려움은 가장 극단적이며 원초적인 공포일 것이다. 그러나 〈두려움을 배우러 나선 사나이 이야기〉는 이 '죽음을 둘러싼 원초적 두려움'에 정면으로 도전한 기존의 정통 민담을 희화시킨 일종의 패러디 민담에 해당한다. 아무것도 가진 것 없는, 그러나 아무것에도 굴하지도 놀라지도 않았던 주인공에게 물고기가 가득 든 차가운 물을 쏟아부어 '소름끼치게 만드는' 해결방식은 재미있으면서도 역설적이다.

〈두려움을 배우러 나선 사나이 이야기〉는 모두 일곱 편의 각기 다른 판본의 연합으로 이루어졌다. 1812년의 첫 판본은 주로 헤센 지방에서 채록한 이야기가 수록된 〈재미있는 볼링놀이와 카드놀이〉이었다. 그러나 차츰 판본이 거듭되면서 이야기의 내용과 문체가 풍부해져 처음 판본은 최종 판본과 많은 차이를 보이게 되었다. 처음 판본의 주인공은 최종 판본에서와 같이 '소름Grusel'을 찾아 나서는 것이 아니라, 3일 밤을 자신의 성에서 보낸 사람을 사위로 삼겠노라는 왕의 공표를 듣고 자신의 용기를 시험하기 위해 성으로 들어가 유령들을 물리치고 공주와 결혼하는 것으로 끝을 맺는다.

다른 판본에서도 주인공이 '두려움을 배우기 위해서'라는 모티프는 공통적으로 찾을 수 있지만, '소름'이라는 표현은 보이지 않는다. 또한 소름을 실감케 해주는 결말이 첨부된 판본들도 보통 찬물이나 뱀장어, 개구리, 대포 소리 등 각기 해결방법이 다르다. 따라서 '소름'을 '전율'의 의미로 축소시켜 이야기의 소재로 이해하는 것은 무리가 있다고 생각한다. 그림 형제도 소름이나 단순한 전율이 아닌 좀더 포괄적이면서 목표 지향적인 이야기를 위해 〈두려움을 배우러 나선 사나이 이야기〉와 같은 다소 복잡한 제목으로 이야기를 시작했을 것이다.[7]

역시 이 민담의 중심 모티프는 용기의 시험으로서 '죽음'과 관련된 사건들과 연관되어 있다. 각각의 판본들이 조금씩 차이는 있으나 성에서 3일 밤을 지내면서 고양이 귀신과의 카드놀이, 유령과의 뼈다귀 볼링놀이, 미쳐 날뛰는 침대 등의 일화는 거의 공

---

7) 피부에 나타나는 일반적인 '소름'의 의미는 우리식으로 '닭살'에 해당하는 '거위피부(Gänsehaut)'이나, '소름이 돋다(Gänsehaut bekommen)' 등으로 표현한다. 따라서 이 민담의 원제 'Märchen von einem, der auszog, das Fürchten zu lehren'을 살리는 방향인 '두려움을 배우러 나선 사나이 이야기'로 해석하는 것이 타당할 것이다.

통적으로 등장하고 있다. 그리고 교수대에 매달린 시신들과의 실랑이는 츠베른Zwehren 지역의 판본에서 도입된 일화이다. 시신이나 유령, 귀신 등 죽음과 관련된 사건들은 담력 시험에서 극적이면서도 적절한 상황이다. 담력을 시험하기 위해 묘지에 다녀오는 내기는 우리 설화에서도 흔히 볼 수 있는 모티프이다. 그러나 이들 일화들과 특히 주요 판본에 수용된 주인공이 준비해간 물건인 '불과 쇠갈이와 절삭기', 최종본에서 성에 머물렀던 마지막 날 밤의 대장간이나 모루 등의 소재들은 표면적으로 명확히 드러나지는 않지만 주인공의 면모에 대한 정보를 제공해준다.

특히 츠베른 지역에서 채록한 판본에 따르면 "주인공의 아버지는 대장장이였기 때문에 묘지나 그 밖의 두려움이 느껴지는 모든 지역으로 가곤했지만, 주인공은 아무것도 두려워하지 않았다. 그래서 아버지는 그에게 세상으로 나가 좀더 많은 것을 경험하라"고 말한다. 또한 유령 등이 아닌 용과 싸우는 또 다른 판본에서는 주인공이 자신에게 적당한 수공업을 찾고, 궁극적으로는 '두려움을 배우기 위해서 결심' 하는 부분을 볼 수 있다. 즉 대장장이 아버지와 불, 절삭기, 절단기, 모루, 대장간의 소재들은 모두 한가지로 대장장이로 추정되는 주인공의 정체성을 보여주는 것이다. 아울러 대장장이라는 직업이 역사적으로 시신과 묘지와도 일정한 관련이 있다는 사실도 환기시켜준다.

또한 대장장이의 이미지는 신화나 민담에서 다양한 형태로 발견할 수 있다. 이를테면 그리스 신화의 제우스가 벼락의 신으로 묘사된 것이나, 대다수의 신화에서 볼 수 있는 흙이나 돌로 사람을 만들었다는 창조적 모티프들은 태초에 대장장이들이 가지고 있던 직능과 같은 연장선 위에 있다고 볼 수 있다. 종교신화학자인 미르체아 엘리아데Mircea Eliade에 따르면 북유럽 신화의 주신 오딘도 '광분을 통해 자신의 몸에서 주술적인 불'을 만들어내는 대장장이 신이다. 대장장이 신을 '천상의 애꾸눈'이라고 부르는 이유도 오딘과 무관하지 않을 것이다.

오딘이 애꾸눈이 된 것은 지혜를 구하기 위해서였다. 북유럽 신화의 세계수世界樹인 위그드라실의 세 뿌리 중 두 번째 뿌리 밑에 현자 미미르가 지키는 샘물은 맛을 보기만 해도 진실을 꿰뚫어볼 수 있는 통찰력을 갖게 하는 신비의 샘물이었다. 오딘은 그 샘물을 한 모금 마시기 위해 한쪽 눈을 희생해야만 했다. 오딘은 샘물을 마신 후에도 더 많은 지혜를 얻기 위해 9일 밤낮을 위그드라실에 거꾸로 매달려 루네문자[8]의 비밀을 깨우쳐 마침내 세상 누구도 알지 못하는 18가지 마법을 알게 되었다.

그 중 12번째 마법은 교수형을 당해 나무에 매달려 있는 사람의 목에 감긴 밧줄을 자르고 루네문자를 채색해서 살려낸 다음 말을 할 수 있게 만드는 능력이었다. 〈두려움을 배우러 나선 사나이 이야기〉의 주인공이 처음 길을 떠난 날 밤, 교수대에 매달린 시신들과 지내며 불을 피우는 장면에서 자신의 정체를 숨긴 채 떠돌며 교수대에 매달린 시신에게서 지혜를 구하던 오딘을 연상할 수 있다.

---

8) 신비한 힘이 있다고 알려진 북유럽 신화의 고대 문자.

모험을 위해 혹은 무언가를 배우기 위해 길을 떠나는 테마는 유럽 문학에서 가장 중요한 전통적 테마 중 하나이다. 성배나 주군을 찾아 떠도는 기사들의 모험담이나 도제제도와 관련된 수련생들의 방랑 이야기는 중세의 기사문학이나 모험담, 방랑문학, 그리고 근현대의 발전문학Bildungsliteratur의 기본 토대로 수용되었다. 미친 듯이 흔들어 주인공을 내동댕이치는 〈두려움을 배우러 나선 사나이 이야기〉의 침대 이야기도 아무것도 알지 못하는 소년에서 아서 왕의 기사로 성장하여 마침내 성배의 왕이 되는 《파르치팔》의 기사 가반Gawan이 머물렀던 기이한 성의 침대를 연상시킨다.

〈두려움을 배우러 나선 사나이 이야기〉 역시 두려움조차 모르는 미숙한 소년이 집을 떠나 세상의 두려운 존재들과 맞서 용기와 힘을 겨루어 마침내 왕이 된다는 이야기로, 비나혼 유형의 결혼담과 유럽의 방랑 테마가 수용된 민담이라고 할 수 있다. 그럼에도 불구하고 이 이야기가 소담풍의 민담으로 보이는 것은 무엇보다도 주인공의 '겁 없음'이 '바보스러움'으로 묘사되어 있기 때문이다. 이른바 '막내의 신화'라고 할 수 있는 최고의 성공담은 그들의 모자란 듯해 보이는 특성 묘사와 대조를 이루며 민담의 주요 모티프로 수용되었다.

❧05❧
늑대와 일곱 마리 아기 염소

KHM 5

엄마 염소와 일곱 마리 아기 염소가 살고 있었다. 어느 날 엄마 염소가 숲으로 먹을 것을 구하러 가게 되었다. 엄마 염소는 아기 염소들에게 숲속의 늑대를 절대로 집 안에 들여서는 안 되며, 늑대의 쉰 목소리와 검은 발을 잘 살펴보라고 단단히 일렀다.

엄마 염소가 숲으로 떠난 지 얼마 되지 않아 누군가 문을 두드렸다. 그러나 아기 염소들은 늑대의 쉰 목소리를 듣고 문을 열어주지 않았다. 그러자 늑대는 분필을 먹고 목소리를 곱게 만든 후 다시 문을 두드렸다. 그러나 이번에도 아기 염소들은 창턱에 올려놓은 검은 발을 보고 늑대라는 것을 알아차렸다.

늑대는 방앗간으로 달려가 방앗간 주인을 위협하여, 검은 발에 밀가루를 하얗게 바르고 다시 아기 염소들이 있는 집으로 달려왔다. 그러고는 목소리를 가다듬고 문을 두드리며 창턱 위로 밀가루를 바른 하얀 발을 보여주었다. 아기 염소들은 엄마가 왔다고 즐거워하며 문을 열어주었으나, 늑대를 보자 놀라서 여기저기로 모두 몸을 숨겼다. 첫째는 식탁 밑으로, 둘째는 침대 밑으로, 셋째는 화덕으로, 넷째는 부엌에, 다섯째는 찬장에, 여섯째는 대야 속에, 일곱째는 괘종시계 속으로 뛰어들어갔다.

집 안으로 들어온 늑대는 아기 염소들을 하나씩 찾아내어 모두 삼켜버렸다. 그러나 다행히도 시계 안에 숨어 있던 막내 염소는 발견되지 않아 살아남을 수 있었다. 여섯 마리 아기 염소를 모두 삼킨 늑대는 나무 그늘 아래에 누워 잠이 들었다. 잠시 후 집으로 돌아온 엄마 염소는 난장판이 된 집 안을 보고 깜짝 놀라 아기 염소들의 이름을 차례로 불러보았으나 아무도 대답하지 않았다. 그러나 마지막으로 막내 이름을 부르자 "엄마, 나 괘종시계 속에 있어요."라는 가느다란 목소리가 들려왔다. 엄마 염소는 막내를 시계에서 꺼내주었다.

막내에게서 모든 이야기를 전해들은 엄마 염소는 슬피 울며 밖으로 뛰어나갔다. 그런데 마침 나무 아래에서 잠을 자고 있던 늑대를 발견했고, 늑대의 불룩한 뱃속에서 뭔가 꿈틀거리며 움직이는 것을 보았다. 엄마 염소는 아기 염소들이 아직 살아 있다는 것을 알고 급히 막내에게 가위와 실을 가져오게 하여 잠든 늑대의 배를 갈랐다. 그러자 아기 염소들이 차례로 튀어나왔다. 아기 염소들은 엄마에게 매달려 기뻐서 어쩔 줄을 몰라 했다.

엄마 염소는 아기 염소들에게 돌멩이를 가져오게 하여 그것을 늑대 뱃속에 넣은 후 실로 꿰매버렸다. 실컷 잠을 자고 일어난 늑대는 목이 말라서 물을 마시기 위해 우물가로 갔다. 물을 마시기 위해 늑대가 허리를 구부리자 뱃속에 가득 들어 있던 무거운 돌멩이들이 앞으로 쏠리면서 늑대는 그만 우물 속으로 빠져 죽고 말았다. 이것을 본 엄마 염소와 아기 염소들은 기뻐하며 우물가를 돌며 춤을 추었다.

⚜

〈늑대와 일곱 마리 아기 염소〉는 아동문학으로 이해하는 데 큰 무리가 없다. 동물 우화들은 이미 중세와 근세 시대에도 교육용 도서로 다수 수용되었으나, 이 시대의 우화들은 아직 본격적인 아동용 도서로 자리잡지 못했다. 아동문학에 대한 관심이 근본적으로 생기기 시작한 때는 봉건시대의 토지공동체 생산체제가 붕괴되고 소가족제도가 정착되던 시기였다. 이제 가정은 생산의 기능에서 분리되었으며, 경제는 남자의 몫으로 제한되고 여성은 집에서 가사와 아동을 돌보는 모범적인 가정을 이루는 것이 당시 시민계급의 덕목에 해당했다.

이에 따라 아동을 위한 교육과 문학도 폭넓게 요구되었다. 그러나 당시의 대중적 이념운동이었던 계몽주의적 기조는 도덕적이며 교육적인 목표를 가지고 아동문학의 범주를 제한했으며, 또한 계몽주의 초기에는 아동을 위한 특별한 문학이 존재하지 않았다. 따라서 성인을 위한 장르이기는 하지만 교육적이라고 생각되는 《이솝우화》나 《라이네케 여우》 등의 동물 우화들이 아동용 도서로 널리 애용되었다.

이러한 흐름 속에서 동물 우화들은 선두적인 아동문학으로서 꾸준히 이어졌으며, 그림 형제가 활동하던 낭만주의시대에도 동물 우화의 교육적 취지는 여전히 중요한 관점으로 작용했다. 그림 형제가 KHM을 수집하던 당시에도 거의 동일한 내용이었던 베히슈타인의 〈일곱 마리 새끼 양〉이 인기가 있었으나, 그림 형제의 〈늑대와 일곱 마리 아기 염소〉는 삼세번 구조 등 전체적인 문체의 통일성을 기하여 민담으로서의 특성을 강화했다고 볼 수 있다.

그림 형제의 〈늑대와 일곱 마리 아기 염소〉의 최초 판본은 1810년의 〈늑대〉였으며, 내용은 최종본과 거의 동일하다. 이 두 판본의 가장 큰 차이는 교육자로서 그리고 구조자로서 엄마 염소의 역할이 강화된 점이다. 처음부터 엄마 염소는 아기 염소들에게 늑대의 위험과 교활함에 대해 상세히 가르쳐주었다. 반면 그림 형제는 엄마의 충고에 따르는 아기 염소들 대신 낯선 이에 대한 경험이 없는 아기 염소들의 부주의에 따른 결과를 분명하게 부각시켰다. 마침내 집으로 돌아온 엄마는 구조자로서 빛나는 지혜를 발휘한다.

이야기의 결말은 민담의 내적 논리에 상응하여 마지막 하나까지도 철저하게 희생자는 구조되었으며, 가해자는 죽음으로 응징되었다. 잠이 든 늑대의 배를 가르고 아기 염소들을 꺼낸 후 늑대의 뱃속에 돌멩이를 넣어 우물에 빠져 죽게 만드는 이야기 결말은

KHM 26 〈빨간 모자〉에서도 볼 수 있는 민담의 단골 방식이다.

돌멩이를 뱃속에 넣어 속이는 설화적 모티프는 그리스의 '크로노스와 제우스' 신화에서 보다 폭넓은 의미 연관을 찾아볼 수 있다. 제우스의 아버지인 크로노스는 누이이자 아내인 레아가 자식을 낳는 대로 모두 집어삼켰다. 크로노스는 자신이 아버지인 우라노스를 거세했던 것처럼 자식들이 장차 자신을 살해할 것이라는 두려움을 가지고 있었다. 태초의 카오스에서 생겨난 대지의 여신 가이아의 남편인 하늘 우라노스는 가이아가 낳은 자식들이 반란을 일으킬까 두려운 나머지 지하세계인 타이탈로스에 모두 가두어버리고, 가이아의 자궁을 틀어막기까지 했다.

이에 화가 난 가이아는 돌로 낫을 만들어 막내아들인 크로노스에게 주었으며, 크로노스는 낫을 이용해 우라노스가 잠든 틈을 타서 그를 거세해버렸다. 우라노스의 거세는 그의 실권을 의미하는 것이었으며, 크로노스의 두려움도 결국은 현실화되었다. 자식을 잃은 레아는 막내인 제우스가 태어났을 때 아이 대신 돌을 포대기에 싸서 크로노스에게 주었다. 그렇게 크로노스의 눈을 피해 자라난 제우스는 크로노스에게 토하는 약을 먹여 형제들을 모두 해방시킨 후 크로노스를 제거했다.

이러한 부친 살해는 많은 설화에서 발견할 수 있는 모티프로서 '오이디푸스' 설화에 그 의미가 상징적으로 집약되어 있다고 할 수 있다. 아들이 반란을 일으키거나 부친을 살해하는 모티프는 많은 민족 신화에 자주 등장한다. 프로이트와 같은 정신분석학자들은 부친으로부터 벗어나 독립적인 존재로 성장하기 위해서 아들은 심리적인 부친 살해 과정을 겪어야 한다고 보았다.

그러나 부친 살해 모티프는 상징적이며 심리적인 연관관계를 넘어 인류학적 발달 과정에서 비롯된 설화 모티프로 접근해볼 필요가 있다. 인류 초기의 혈통주의는 모계제도였다. 이는 여성의 막강한 권력을 의미하기보다는 자식의 부계를 찾기 어려웠던 삶의 방식에 기인한다. 따라서 권력을 갖기 위해서는 부친의 제거가 요구되었으며, 나아가 모계권을 가지고 있는 여성과의 결혼이 필요했다.

크로노스가 누이인 레아와 결혼하여 아버지인 우라노스를 거세하고, 크로노스 또한 제우스에 의해 제거되는 의미는 이러한 모계제도의 맥락으로 파악할 수 있다. 더욱 흥미로운 것은 우라노스와 크로노스의 제거 배후에는 이들의 아내, 즉 새로운 지배자들의 어머니가 존재한다는 사실이다. 우라노스와 크로노스가 자신들을 지키기 위해 그녀들을 억압하고 감금했으나, '크로노스 Kronos'의 이름이 상징하는 것과 같이 '시간Chronos'을 멈추게 할 수는 없었다.[9]

자식들은 성장하여 때가 되면 어미의 선택을 받아 아비를 밀어내고 새로운 지배자로 등장하게 된다. 우라노스와 크로노스는 강력했으나 자신의 미래를 결정할 힘을 가지고 있지는 못했다. 그

---

9) 고대 그리스인들은 시간Chronos을 모든 신들의 조상신으로 보았으며, 모든 것을 창조함과 동시에 파괴하는 신이라고 여겼다. 이런 그리스인들의 사고는 "시간은 자신의 자식들을 삼켜버린다."는 그리스 격언과 더불어 자식을 모두 집어삼킨 '크로노스Kronos'의 신화적 의미를 한층 더 부각시킨다.

것은 신들의 어머니인 여신들의 몫이었다. 이때 여신들이 가지고 있던 무기는 '돌'이었다. 우라노스를 거세하기 위해 가이아는 돌로 만든 낫을 크로노스에게 주었으며, 레아는 크로노스에게 제우스 대신 돌을 삼키게 만들었다. 따라서 이들 여신들은 신석기 신화의 모계적이면서도 무시무시한 대지의 여신 이미지를 보여준다고 할 수 있다.

〈늑대와 일곱 마리 아기 염소〉의 가정에도 아버지가 없다는 사실에 주목할 필요가 있다. 늑대의 배를 가르고 돌을 집어넣어 자식을 구하는 모든 일을 엄마 염소는 거침없이 혼자서 해치운다. 자식을 기르고 먹이는 것도 엄마 염소의 몫이다. 자식은 어미의 것일 뿐 아비가 필요하지 않았다. 언제나 경계해오던 남성적 존재로 보이는 늑대가 나타나서 마치 크로노스처럼 아기 염소들을 삼켜버렸으나, 막내인 제우스가 그랬던 것처럼 막내 염소를 앞세워 늑대의 배를 가르고 자식들을 구해낸 후 자신의 무기인 '돌'로 늑대의 배를 채워 평화로운 가정의 파괴자인 늑대를 처치했다. 마치 가이아와 레아처럼.

그러나 KHM의 〈늑대와 일곱 마리 아기 염소〉 이야기는 흐릿한 신화적 영상을 뒤로 하고, 평화롭고 따뜻한 염소의 가정과 이를 위협하는 포식자 늑대에 대한 경각심을 강조하는 이야기로 아담해졌다. 그리고 엄마 염소의 지혜와 용기로 아기 염소들을 모두 무사히 구해내고, 잠에서 깨어난 늑대가 물을 마시려다 우물에 빠져 죽는 결말을 수용함으로써 우화의 교훈을 넘어서 민담 버전으로서 유쾌한 동물 소담으로 마감되었다.

특히 엄마 염소와 아기 염소들이 우물가에서 춤을 추는 장면은 많은 염소 이야기의 표제 그림으로 널리 애용되고 있기도 하다. 그러나 염소들과는 반대로 거짓말쟁이 포식자로 보다 더 선명한 이미지를 얻게 된 늑대는 현재까지도 사회나 정치적인 선전과 패러디에 자주 등장하는 포악하고 미련한 모델로 그 이미지가 굳어졌다.

06

충신 요하네스

KHM 6

옛날에 한 왕이 있었다. 왕은 노쇠해져 깊은 병이 들자 '충신 요하네스'를 불렀다. 요하네스는 왕에게 평생 충성을 바쳤기 때문에 왕은 그를 '충신 요하네스'라고 불렀다. 왕은 요하네스에게 아직 나이 어린 왕자를 부탁하면서, 자신이 죽거든 이 성의 모든 것을 보여주되 복도 끝에 있는 방만은 보여주어서는 안 된다고 당부했다.

왕은 그 방 안에는 황금 공주의 초상화가 있는데 왕자가 그 초상화를 보는 순간 사랑에 빠져 위험해질 것이라 말하고 숨을 거두었다. 장례를 치른 후 요하네스는 젊은 왕에게 성안의 보물들을 모두 보여주었으나, 그 마지막 방만은 보여주지 않았다. 그러자 젊은 왕은 그 방을 보지 못하면 밤낮으로 마음이 불편할 테니 그게 오히려 더 큰 재앙이라고 말했다.

요하네스는 하는 수 없이 그 방의 문을 열어주었다. 초상화 속 황금 공주의 얼굴을 본 젊은 왕은 그 자리에서 정신을 잃고 쓰러졌다. 얼마 후 정신을 차린 왕은 그림 속 여인을 얻을 수만 있다면 목숨도 바칠 수 있다며 요하네스에게 간청했다. 요하네스는 황금 공주의 모든 것은 황금으로 되어 있으므로, 성에 있는 황금으로 갖가지 종류의 물건을 만들어 공주의 마음을 사로잡자고 했다.

왕은 곧 나라 전체의 금세공 기술자들에게 밤낮으로 황금 물건을 만들게 했다. 그리고 왕은 요하네스와 함께 장사꾼 차림을 한 채 먼 항해 끝에 황금 공주의 성에 도착했다. 요하네스는 자신이 먼저 황금 세공품을 가지고 성으로 가서 물을 길러 나온 공주의 시녀에게 보여주었다. 그러자 시녀는 요하네스를 공주에게 안내했다. 요하네스는 공주에게 황금으로 만든 물건들을 보여주면서 자신의 주인 배에는 더욱 진귀한 보물들이 많이 있다고 부추겼다.

황금 세공품에 마음을 빼앗긴 공주는 요하네스를 따라왔다. 공주를 본 왕이 크게 기뻐하며 그녀에게 기묘한 황금 동물과 배, 접시 등을 보여주며 환심을 사는 사이 배는 최고 속력으로 달려 공주가 정신을 차렸을 때에는 이미 먼 바다 위를 지나고 있었다. 자신이 속았음을 깨달은 공주는 차라리 바다에 빠져 죽겠다며 화를 냈으나, 왕이 자신의 신분을 밝히고 사정을 이야기하자 공주는 그의 청혼을 받아들였다.

그러던 어느 날 요하네스는 까마귀 세 마리가 뱃머리에 앉아 주고받는 말을 듣게 되었다. 한 까마귀가 "왕은 공주를 자기 사람으로 만들 수 없어. 배가 육지에 닿으면 적갈색 말이 달려올 거야. 왕이 그 말을 타게 되면 말은 하늘로 날아 올라가 다시는 공주를 만날 수 없게 돼. 그것을 피하려면 누군가 그 말에 먼저 올라타 안장에 붙어 있는 권총으로 말을 쏘아 죽이면 되지만, 그것을 아는 사람도 없고 또 있다 하더라도 왕에게 그 말을 하게 되면 그 사람은 발꿈치부터 무릎까지 돌이 되어버리고 말 거야."

다른 까마귀가 말했다. "또 누가 말을 죽인다 하더라도 왕이 성에 도착해서 혼례복을 입게 되면 왕은 뱃속까지 타서 죽게 될 거야. 누군가 장갑을 낀 손으로 그 옷을 태워버리면 왕은 목숨을 구할 수 있지만, 그 사람은 무릎부터 심장까지 돌이 되는 저주를 받게 돼." 또 다른 까마귀는 "만약 혼례복이 불에 탄다 해도 결혼식이 끝나고 왕비가 춤을 추기 시작하면 왕비는 갑자기 쓰러져 그대로 죽고 말 거야. 그것을 막으려면 누군가 왕비의 가슴에서 세 방울의 피를 빨아내야 해."라고 말하고 날아가버렸다.

요하네스는 걱정스러운 마음으로 배가 육지에 닿는 것을 지켜보았다. 그때 정말로 적갈색 말 한 마리가 달려왔다. 요하네스는 얼른 말에 올라타 권총으로 그 말을 쏘아 죽였다. 그 모습을 지켜본 다른 신하들이 무엄하다고 소리쳤으나, 요하네스의 충성심을 믿고 있던 왕은 그냥 성으로 향했다.

성의 넓은 방에는 왕의 예복이 준비되어 있었다. 요하네스는 왕이 예복에 손을 대기도 전에 장갑을 끼고 불태워버렸다. 신하들은 다시 요하네스의 불손함을 고했으나 왕은 요하네스를 믿었다. 마침내 혼례식이 끝나고 왕비가 춤을 추다가 쓰러지자 요하네스는 왕비의 가슴에서 세 방울의 피를 빨아냈다. 왕비는 곧 숨을 쉬고 살아났으나, 이제까지 요하네스를 믿었던 왕은 마침내 화가 나서 그를 감옥에 가두라고 소리쳤다.

다음 날 아침 교수대로 끌려온 요하네스는 마지막으로 왕에게 까마귀들에게 들은 이야기를 모두 고했다. 왕은 자신을 용서하라고 외쳤으나, 이야기를 하는 사이 요하네스는 아래에서부터 위로 점차 돌로 변했으며 말을 마치자 쓰러지고 말았다. 세월이 흘러 왕비는 왕자 둘을 낳았다. 어느 날 왕비가 교회에 가고 없을 때 두 왕자를 돌보던 왕은 요하네스의 석상을 보며 "요하네스여, 그대를 살릴 수만 있다면 얼마나 좋겠는가." 하고 탄식했다.

그때 갑자기 석상이 입을 열어 "왕께서 가장 아끼는 것을 희생시킬 수만 있다면 신을 살릴 수 있습니다."라고 말했다. 왕이 놀라며 "그대를 위해서라면 못 할 것이 없소."라고 하자, 석상이 "그렇다면 전하의 손으로 두 왕자의 목을 베서 그 피를 제게 발라 주시면 신을 살릴 수 있사옵니다."라고 대답했다. 왕은 잠시 동안 깊은 고민에 빠졌다. 그러나 왕은 칼을 들어 두 왕자의 목을 베어 그 피를 요하네스의 석상에 발랐다.

그 순간 요하네스가 다시 살아나 왕에게 절을 하며, "전하의 진심이 헛되지 않을 것입니다."라고 말하고, 왕자들의 잘려진 몸에서 흐르는 피를 목에 바른 후 머리를 올려놓자 두 왕자도 다시 살아났다. 그때 왕비가 돌아오는 기척이 들리자 왕은 요하네스와 두 왕자를 숨기고, 왕자들을 희생하여 요하네스를 살릴 수 있다면 어떻게 하겠느냐고 왕비에게 물었다. 왕비는 깜짝 놀라면서도 요하네스를 생각하면 마땅한 희생이라고 대답했다. 왕비도 자신과 같은 생각이라는 것에 기뻐하며 왕은 요하네스와 두 왕자를 나오게 하고 그동안의 일을 모두 왕비에게 이야기했다.

이 민담은 얼핏 《아라비안 나이트》를 연상시키는 다양한 모티프의 집합체인 것처럼 보인다. 이야기의 구조는 크게 '신붓감 데려오기', '충신 요하네스의 희생', '돌이 된 요하네스의 환생'등 세 단계 에피소드로 구성되어 있으나, 각 에피소드의 모티프들도 그 자체로 다양한 의미를 내포하고 있다. 까마귀의 예언, 첫날밤의 위험, 돌로 변하는 마법, 자식을 제물로 바치는 행위 등의 다양한 모티프들은 동서양을 합쳐놓은 듯 복합적이며 이채롭다. 그러나 말안장에 있는 권총과 교회에 나가는 왕비 등 이야기 맥락과 어울리지 않는 요소들은 전체 구성을 다소 산만하게 만드는 요인으로 작용하고 있다.

첫 번째 에피소드인 '신붓감 데려오기'는 결혼의 유형으로 보면 약탈혼에 해당한다. 먼 나라의 공주를 속여서 배에 태워 강제로 데려온 약탈혼 설화 중에서 '그리스의 헬렌' 설화만큼 다층적인 의미를 가지고 있는 이야기도 드물다. 최고의 미모를 지녔다는 소문만으로도 위험했던 그리스의 헬렌만큼이나 〈충신 요하네스〉의 공주 역시 위험한 미의 소유자였다. 아버지의 경고대로 왕자는 공주의 초상화만 보고도 정신을 잃고 만다. 민담에 등장하는 미인 중에서도 가장 아름다운 미인을 의미하는 묘사라고 할 수 있다. 유럽 민담의 특성을 정리한 막스 뤼티Max Lüthi가 언급한 것처럼 '충격적인 미'로 표현할 수 있는 이런 절세미인들은 설화 속 영웅들이 그들의 눈부신 무용을 발휘하는 데 충분한 이유가 될 수 있었다.

헬렌을 약탈했던 테세우스와 파리스가 모두 혹독한 대가를 치러야 했던 것처럼 〈충신 요하네스〉의 왕과 요하네스도 최고의 미녀를 약탈한 대가를 치러야만 했다. 그러나 왕에게는 자신의 목숨을 기꺼이 희생할 수 있는 충신 요하네스가 있었다. 요하네스는 까마귀들이 하는 말을 듣고 왕과 왕비에게 닥칠 불운을 미리 알게 되었으며, 자신만이 그것을 해결할 수 있다고 생각한다. 위험이 점차 다가오지만 아무에게도 말하지 못하는 요하네스의 고뇌는 죽음보다 깊었을 것이다.

요하네스가 처음 해결해야 했던 과제는 배가 육지에 닿았을 때 갑자기 나타난 말을 죽이는 일이었다. 왕보다 먼저 말에 올라탄 후 총을 쏘아 말을 죽여 왕에게 닥친 첫 번째 위기를 비교적 쉽게 해결할 수 있었다.

그 다음 해결해야 할 문제는 왕이 결혼 예복을 입지 못하게 하는 일이었다. 독이 묻은 실로 만든 결혼 예복에 관한 설화로는 이아손이 황금 양털을 구할 수 있도록 도왔던 메데이아가 자신을 배신한 이아손과 새 신부를 불태워 죽인 이야기가 유명하다. 독의 마법에 능통했던 메데이아는 독으로 불을 지펴 그 불로 실을 짜서 만든 옷을 입혀 남편과 새 신부는 물론 그 불로 자신의 자식들과 가족 그리고 결혼식에 온 하객까지 모두 불태워 죽이고 달아났다. 그 후 치유사이기도 했던 메데이아는 미쳐서 자식들을 죽인 헤라클레스를 치유해주고 아테네로 건너가 아이게우스 왕과 결혼하지만, 타지에서 성장하여 아버지를 찾아온 테세우스에게 밀려나 자신이 낳은 아들과 함께 고향으로 돌아갔다.

메데이아로부터 도움을 받은 헤라클레스도 아내인 데이아네이라가 만들어준 옷을 입고 불에 타 죽는다. 어느 날 헤라클레스는 데이아네이라를 겁탈하려 했던 켄타우로스의 네소스를 죽인 적이 있다. 네소스는 죽기 전에 데이아네이라에게 사랑의 묘약이라고 속여 자신의 정액이 섞인 피를 주었는데, 후에 헤라클레스가 이올레를 사랑하게 되자 데이아네이라는 남편의 마음을 돌리기 위해 네소스의 피를 바른 옷을 헤라클레스에게 주었다. 헤라클레스가 그 옷을 입자마자 옷이 살갗에 달라붙어 불타기 시작했으며, 살이 불에 타는 고통을 이기지 못한 헤라클레스는 스스로 장작불에 몸을 던져 죽고 말았다.

이 두 설화는 여성의 불같은 애증을 보여준다. 특히 자식까지 죽인 메데이아의 질투와 복수는 그리스의 극작가 에우리피데스에 의해 극화되어 복수의 표본으로 전해지고 있다. 그러나 〈충신 요하네스〉에서는 왕을 죽이려고 했던 대상에 대한 정보를 찾을 수가 없다. 이 이야기에서는 누군가 왕과 왕비를 질투하여 그들을 죽이려고 한 의도는 보이지 않는다.

그러나 세 번째 과제는 다름 아닌 왕의 질투심을 자극하기에 충분한 일이었다. 쓰러진 왕비의 가슴에서 세 방울의 피를 빨아내야 하는 일은 이제까지 요하네스를 믿으려 노력했던 왕의 자제심을 무너뜨리기에 충분한 사건이었다. 이제 요하네스에게 남은 것은 자신의 신뢰를 회복하고 죽는 일뿐이었다. 요하네스가 지금까지 자신이 행한 행동들에 대해 설명하는 동안 그의 몸은 아래부터 점점 돌로 변해갔다. 돌로 변하는 모티프는 구약성서 〈창세기〉의 '롯의 아내'에서부터 그리스 신화 '테세우스와 메두사' 이야기 등의 설화에서도 볼 수 있듯이 신의 뜻을 어겼을 때 받는 일종의 벌이다. 요하네스 역시 모종의 섭리를 어겼기 때문에 벌을 받았다고 보아야 할 것이다.

이렇게 충신 요하네스가 자신의 모든 것을 받쳐 왕을 지켜주었으니, 왕 또한 자신의 모든 것을 받쳐 요하네스를 구원해야 할 책무가 주어진 것이다. 믿음에는 믿음을, 죽음에는 죽음을. 이것이 설화의 정언법적 요구이다. 따라서 일상의 정서로는 불가능한 자식의 희생을 바탕으로 〈충신 요하네스〉의 왕은 신의를 되갚는 용기를 감행해야만 했다.

자식을 희생시키는 이야기는 주로 종교적인 이야기나 동양의 효행담에서 찾아볼 수 있다. 그러나 〈충신 요하네스〉의 이야기는 신에 대한 복종이나 효도의 의미가 아니라, 은혜를 갚기 위해 자식을 희생시킨다. 돌이 된 충신을 살리기 위해 두 아들의 목을 베어 그 피를 석상에 바르는 왕의 행동은 자식보다는 신에게 또는 대의에 충실했던 아버지를 보여줌과 동시에 피가 곧 생명이라 믿었던 종교적 사고의 연장이라고 할 수 있다.

친구의 나병을 고치기 위해 자신의 두 아들을 희생시킨 〈아미

쿠스와 아멜리우스Amicus und Amelius〉전설도〈충신 요하네스〉와 같은 맥락의 설화이다. 중세에는 처녀나 어린아이 피에는 기적적인 효험이 있으며, 특히 나병에 효험이 있다는 민간신앙이 널리 퍼져 있었다. 중세 독일의 음유시인 하르트만 폰 아우에의《가엾은 하인리히》도 나병에 걸린 연인에게 자신의 가슴 피를 주려하는 순박한 처녀의 사랑과 희생을 주제로 한 이야기이다.

이와 같이〈충신 요하네스〉이야기는 약탈혼과 관련된 결혼의 어려움을 여러 가지 사건의 전개로 다각적으로 보여주고 있다. 누군가의 직접적인 위해 의도를 찾을 수는 없으나 왕과 왕비는 결혼과 연관된 통과의례적인 상황들을 충신의 보살핌과 희생으로 극복할 수 있었다. 또한 충신 요하네스의 목숨을 건 희생도 이를 보상하기 위해 행해진 또 다른 희생 속에서 극복될 수 있었다. 자식조차 희생시킨 부정의 비정함이 민담의 생산력으로 복원된 것이다. 그러나 역시 KHM의 다른 민담들과 구별되는 이국적인 정서라고 할 수 있다.

☙07❧
수지맞는 거래

KHM 7

한 농부가 시장에서 소 한 마리를 칠 탈러에 팔고 집으로 돌아가던 중 연못의 개구리들이 "아크, 아크, 아크" 하고 우는 소리를 듣고 중얼거렸다. "바보 같은 녀석들. 8탈러가 아니라 7탈러란 말이야!" 농부는 개구리들이 계속 울어대자 주머니에서 은화를 꺼내 7탈러를 세어 보였다. 그래도 개구리들이 계속 울자 농부는 은화를 직접 세어보라며 연못 속으로 던져 넣었다. 그러나 개구리들은 울음을 그치지 않았다. 개구리들이 돈을 돌려주기를 기다리던 농부는 어느덧 날이 저물자 개구리들에게 욕을 퍼붓고 집으로 가버렸다.

얼마 후 농부는 소 한 마리를 잡은 후 '이 고기를 잘 팔면 소 두 마리 살 돈과 가죽이 남겠지.'라는 즐거운 생각에 빠져 있었다.

그런데 농부는 고기를 팔러 가던 중 개 떼를 만났다. 개들이 "바스, 바스, 바스" 하고 짖어대자 농부는 "뭐라고? 알았어. 조금만 달라고?"라고 물었다. 개들이 계속 짖어대자 "좋아. 계속 조르니까 주는 거야. 너희들 주인을 내가 알고 있거든. 하지만 사흘 안에 돈을 가지고 와야 한다. 그렇지 않으면 혼날 줄 알아!"라며 고기 꾸러미를 바닥에 내려놓고 집으로 돌아갔다.

사흘이 지나도 아무 소식이 없자 농부는 한 푸줏간 주인에게 가서 돈을 내놓으라고 말했다. 푸줏간 주인은 처음에는 농담인 줄 알았으나 농부가 떼를 쓰자 화를 내며 쫓아버렸다. 억울한 농부는 왕을 찾아가서 그동안의 일을 고했다. 그때 왕 옆에 있던 공주가 배꼽을 잡고 웃기 시작했다. 왕은 농부에게 사건의 판결을 내릴 수가 없으며, 공주를 웃기는 사람을 공주와 결혼시키겠다고 했으므로 공주와 결혼할 것을 명했다.

그러나 농부는 자신은 아내가 있기 때문에 공주와 결혼할 수 없다며 거절했다. 왕은 화를 내며 사흘 뒤에 다시 오면 500탈러를 주겠다고 약속했다. 기분이 좋아진 농부는 성문 앞에서 만난 성문지기가 자신을 부러워하며 돈을 좀 달라고 하자, 선뜻 그에게 200탈러를 줄 테니 사흘 뒤 왕에게 가서 직접 받으라고 말했다. 또 옆에서 그들의 이야기를 듣고 있던 한 유대인이 그 큰돈을 어디에다 쓰겠냐면서 자신이 잔돈으로 바꾸어주겠다고 나섰다. 그러자 농부는 잔돈을 지금 받았으면 좋겠다며 유대인에게는 사흘 뒤 왕에게 300탈러를 받으라고 말했다. 유대인은 농부에게 질이 나쁜 은화로 300탈러를 주었다.

사흘 뒤 농부는 왕을 찾아갔다. 왕은 농부의 옷을 벗긴 후 그 옷에 500탈러의 돈을 담아주라고 말했다. 그러자 농부는 이제 그 돈은 자신의 것이 아니므로 성문지기에게 200탈러를, 유대인에게 300탈러를 주라고 말했다. 그러나 왕은 두 사람에게 200탈러와 300탈러만큼의 매를 때리라고 명했다. 성문지기는 그런대로 참을 수 있었지만, 잔돈으로 300탈러나 농부에게 주고 매까지 맞은 유대인은 억울하기 짝이 없었다. 그러나 왕은 농부의 그런 모습을 보자 웃음이 나서 화가 풀려 왕궁의 보물창고에서 원하는 만큼 돈을 가져가라고 말했다.

농부는 주머니에 돈을 가득 넣은 후 술집에서 돈을 세며 중얼거렸다. "왕이 나를 속였어. 돈을 세어주었더라면 얼마인지 알 거 아냐?" 마침 그때 뒤를 따라온 유대인이 농부가 투덜거리는 소리를 듣고 왕에게 이를 고해 바쳤으며, 화가 난 왕은 농부를 당장 데려오라고 명령했다. 그러나 농부가 낡은 옷차림으로는 왕에게 갈 수 없다며 늑장을 부리자, 유대인은 빨리 가고 싶은 욕심에 자신의 외투를 입혀 왕에게 데리고 갔다.

왕은 유대인에게 들은 이야기를 하며 농부를 꾸짖었다. 그러자 농부는 그것은 유대인의 거짓말이라며 자신이 지금 입고 있는 외투도 유대인이 자신의 것이라 우길 것이라고 말했다. 왕은 농부의 말대로 유대인이 그 옷을 자신의 외투라고 주장하는 것을 보고, 그가 거짓말을 한다고 생각했다. 그래서 유대인은 또다시 매를 맞아야 했으며, 농부는 새 외투를 입고 주머니에는 돈을 가득 넣은 채 집으로 돌아가며 말했다. "이번에는 수지맞는 거래였어."

이 이야기는 암소 한 마리를 썩은 사과 한 자루와 바꾸고도 행복해하던 농부를 연상시킨다. 그러나 여기 이 농부는 썩은 사과의 농부와는 질적으로 다른 주관적인 거래방식을 알고 있다. 이야기는 크게 네 개의 에피소드로 구성되어 있다.

첫 번째 이야기는 17세기 이탈리아에서 시작되어 유럽으로 전해진 소담 유형이다. 농부가 소를 7탈러에 팔고 집으로 돌아가던 중 개구리 울음소리 "아크ak, 아크, 아크"를 '8'을 뜻하는 독일어 '아흐트acht'로 잘못 알아듣고 개구리들의 오해를 풀어주려고 애를 쓴다. 8탈러가 아니라 7탈러라고 아무리 말해보지만, 개구리들이 계속 울어대자 직접 세어보라며 소 판 돈 7탈러를 연못 속으로 모두 던져 넣는다. 농부의 행동이 바보스러워 보이지만 주관은 있는 듯하다.

또다시 농부는 쇠고기를 팔러 성문 밖을 지나다가 "바스, 바스, 바스"라고 짖으며 쫓아오는 개들의 소리를 '조금'이라는 뜻인 독일어 '에트바스etwas'의 줄임말 '바스was'로 알아듣고, 개들이 고기를 조금만 달라고 짖는 것이라 생각하고 개 주인이 돈을 줄 것이라 믿고 고기 꾸러미를 통째로 던져준다. 그리고 개들의 주인이라고 생각한 푸줏간 주인을 찾아가 고깃값을 달라고 떼를 쓴다. 이 이야기는 16세기 이탈리아와 프랑스 그리고 아랍 지역에 널리 퍼졌던 것으로 파악되고 있다. 여기까지의 농부는 바보스럽고 어처구니가 없다.

세 번째 이야기도 역시 이탈리아에서 유래되었다. 이 부분에서 농부는 인심이 좋으면서도 남을 믿는 거래방식으로 큰돈을 벌게 된다. 푸줏간 주인에게 쫓겨난 농부가 왕을 찾아가 왕으로부터 많은 돈을 받게 되는 이 세 번째 이야기까지 농부는 당당하며 자신의 방식으로 거래를 하고 있다.

그러나 네 번째 이야기에서 농부는 그간의 실습 때문인지 재치를 넘어 영악스럽고 음흉스럽기까지 하다. 우둔하지만 당당한 농부의 행운에 흐뭇해하던 독자들을 다소 의아하게 만드는 이 부분은 유대인에 대한 모함으로 당황스러움마저 들게 한다. 더욱이 독일 민담에 등장한 유대인에 관한 직접적인 부정적 언급이라는 점에서 더욱 거북하기만 하다. 널리 알려진 것과 같이 셰익스피어의 《베니스의 상인》에서도 돈과 관련된 유대인에 대한 유럽인들의 부정적인 시각이 선명하게 드러나는데, 이는 유대인들이 초기에 유럽 사회에 정착하기 위해서 취했던 지난했던 그들의 삶과 무관하지 않다.

유대인들이 유럽 전역으로 퍼져나가게 된 직접적인 계기는 기원전 1세기 로마가 지금의 팔레스타인 지역을 정복한 역사적 사건에 있다. 유일신을 믿는 유대인들은 로마가 이를 인정해주지 않자 이에 대항하여 기원후 70년과 135년에 두 차례의 커다란 반란을 일으켰으며, 이에 로마는 철저한 유대인 탄압정책으로 대응했다. 이때부터 유대인들은 전세계로 떠돌아다니게 되었으나, 자신들의 종교와 문화 그리고 선민의식은 버리지 않았다. 이런 이유로 유대인들은 토착민들과 화합하지 못한 채 토지 소유와 조합의 가입을 금지 당했으며, 농업과 상업, 공업에도 종사할 수 없었다.

또한 기독교 국가에 정착한 유대인들은 예수의 살해범으로 더욱 심한 차별을 받기도 했다. 이런 제한적인 여건하에서 그들이 살아남는 방법은 기독교 사회에서 이자를 받고 돈을 빌려주는 것을 죄악으로 여기는 금융업에 손을 대는 것이었으나, 이는 기독교인들이 더욱 유대인을 미워하게 된 원인이 되었다. 그러나 이러한 생계 방편 때문에 천하고 인색한 유대인이라는 이미지가 더해지고 제2차 세계대전 때는 나치에 의한 대학살을 경험하기도 했지만, 유대인들은 자본주의라는 현대의 사회체제 속에서 전세계의 금융 시장을 손아귀에 넣는 역사의 아이러니를 이룩하기도 했다.

그러나 민담의 이야기들은 이러한 역사적 아이러니 또한 뛰어넘는 패러독스를 과감히 수용했다. 우리의 농부가 한 수 위였을 뿐 유대인도 농부도 모두 영악스럽기는 마찬가지이다. 단지 독자들은 우둔한 바보의 행복한 거래에 즐거워하면 될 일이다. 몽둥이 피해가거나 썩은 사과 이야기와 같은 소담들은 중세 이후 이탈리아와 스페인 등지에 널리 알려진 민담들로서 우화식의 경고를 넘어 유쾌한 행복론자의 넉살을 배짱 좋게 받아들였다.

거래란 결국 자신이 좋으면 되는 것이므로, 자신이 원하는 바를 얻으면 그게 바로 '수지맞은 거래'인 것이다. 가장 좋은 거래란 지금 식으로 말하면 '윈윈winwin'하는 것이며, 인류 최초의 거래가 그러했을 것이다. 서로 바꾸고 바꾸는 민담의 우스운 물물교환 이야기들은 인류 최초의 경제방식인 물물교환의 오래된 문화사적 역량을 보여주는 것이라고 할 수 있다. 그러나 서로에게 이득이 되던 원시적 물물교환의 형태는 인간의 타고난 경제적 감각에 힘입어 서로 자신에게 보다 유리한 거래로 기획, 발전되고 확대, 재생산의 수단이 되어 인류를 지배하는 체제로 변형된 지 오래이다.

극대치로 이익을 창출하고자 하는 인간의 욕망, 이를 민담의 경제적 언어로 표출한 이야기들이 바로 〈수지맞는 거래〉나 우리의 민담 〈새끼 서 발〉 또는 〈조 이삭 하나로〉와 같은 이야기들일 것이다. 게으른 남자 주인공이 달랑 '새끼 서 발'과 '조 이삭 하나'를 가지고 바꾸고 바꾸어 예쁜 여자와 결혼도 하고 부자도 되니, 이만저만한 수지맞는 거래가 아닐 수 없다.

민담의 경제학은 원천적으로 이러한 극대치의 이익 창출을 목표로 하고 있다. 거짓말이나 도둑질로 세상을 정복하고 어리석고 가진 것도 없고 나이도 어린 막내들이 맨 몸으로 세상으로 나가 공주와 나라를 얻는 이야기들은 극대치로 꿈을 시련시킨 민담 경제학의 단면이라고 할 수 있다. 그러나 민담의 경제학은 행동이 결여된 공상은 허락하지 않는 철저한 셈법을 구현하고 있다.

〈독장수 구구〉에서와 같이 나무 그늘에 앉아 생각만으로 "하나를 팔면 두 개를 살 수 있고, 다시 두 개를 팔면 네 개가 되고, 네 개가 여덟 개가 되고, …… 고래등 같은 집도 사고, 예쁜 여자와 결혼도 하고, 첩도 두고, 말을 안 들으면 이렇게 때릴 수도 있고! 아뿔싸!" 두 팔을 뻗어 때리는 시늉을 하는 순간, 지게를 받쳤던 작대기가 넘어지면서 독이 박살나고 독장수의 백일몽도 끝이 나고 만다. 이른바 독장수의 공상은 허망한 '옹산甕算'이 되고 만 것이다.

이 〈수지맞는 거래〉의 주인공이 여러 번의 위기와 불협화음에도 불구하고 '수지맞는 거래'를 할 수 있었던 것은 공상에 빠지지 않고 자신이 원하는 바를 직접 행동으로 옮긴 결과가 아닐까. 열심히 행동하라. 그러면 수지도 맞고, 꿈도 실현될 것이다. 민담은 허망한 꿈만 꾸는 공상문학이 아닌 것이다.

08

오누이

KHM 11

계모 밑에서 개보다도 못한 음식을 먹으며 구박을 받고 살던 오누이가 있었다. 어느 날 오빠는 누이동생에게 집을 떠나 넓은 세상으로 나가자고 말했다. 저녁나절 숲속 깊이 도착한 오누이는 피로와 허기에 지쳐 속이 빈 큰 나무 밑동에 들어가 잠을 청했다.

이튿날 잠에서 깨어난 오누이는 갈증이 나서 샘물을 찾아 나섰다. 그러나 맑은 물이 솟아오르는 샘을 발견하고 다가갔을 때 누이동생은 샘물이 말하는 소리를 들었다. "나를 마시는 사람은 호랑이로 변할 거예요." 여동생은 깜짝 놀라 오빠에게 말했다. "그 물을 마시지 말아요. 그 물을 마시면 사나운 짐승으로 변해 나를 찢어죽일 거예요."

오누이는 다시 다른 샘물을 찾아 나섰다. 그러나 두 번째 샘물도 "나를 마시면 늑대가 될 거야."라고 종알거렸다. 여동생은 다시 오빠를 말렸다. "그 물을 마시지 말아요. 그 물을 마시면 늑대가 되어서 나를 잡아먹을 거예요." 오빠는 다음번에는 꼭 물을 마시겠다고 다짐하면서 다른 샘물을 찾아갔다.

세 번째 샘물도 "나를 마시는 사람은 노루로 변하지."라고 속삭였다. 그러나 오빠는 이미 몸을 숙여 샘물에 입술을 적시었으며, 그 순간 한 마리 노루로 변하고 말았다. 마녀였던 계모가 숲속의 모든 샘물에 마법을 걸어놓았던 것이다. 누이동생은 노루로 변한 오빠를 지켜주겠다며 금실로 짠 양말 끈을 풀어 노루의 목에 묶어주었다. 그리고 더 깊은 숲속으로 들어간 오누이는 오두막을 발견하고 그곳에서 살게 되었다.

그러던 어느 날 그 나라의 왕이 숲으로 사냥을 하러 왔는데, 오빠는 호각 소리가 들리는 곳으로 달려가고 싶은 충동을 참을 수가 없었다. 더 이상 오빠를 말릴 수 없다고 생각한 누이동생은 오빠를 보내주면서 오두막으로 돌아오면 문을 세 번 두드리면서 "누이야, 나를 들여보내줘."라고 말하라고 당부했다. 밖으로 나간 노루는 사냥꾼들의 추격을 받았으나 재빠르게 덤불을 넘어 오두막으로 도망쳤다.

그러나 다음 날 다시 밖으로 나간 노루는 사냥꾼들의 눈에 띄어 그만 한쪽 다리에 화살을 맞고 말았다. 노루는 간신히 오두막으로 돌아왔으나 다친 노루의 뒤를 밟은 한 사냥꾼에 의해 오두막으로 들어가는 모습을 들키고 말았다. 사냥꾼은 왕에게 오두막에 대해 이야기했다.

왕은 다음 날 같은 장소로 다시 사냥을 나왔다. 노루는 또다시 오두막을 나섰다가 곧 사냥꾼들에게 들키고 말았다. 왕은 노루를 절대로 해치지 말라고 명령하고 자신은 어제의 사냥꾼과 함께 오두막을 찾아갔다. 그리고 오두막의 문을 두드리면서 "누이야, 나를 들여보내줘."라고 소리쳤다. 그러자 문이 열리며 아름다운 소녀가 나타났다. 왕은 소녀의 아름다운 모습에 반해 자신의 왕비가 되어달라고 청했다. 소녀는 노루와 함께 왕을 따라나섰다. 왕비가 된 누이동생과 노루는 행복하게 지내게 되었다. 그러나 계모는 오누이의 소식을 듣고 배가 아파 죽을 지경이었다.

그러던 어느 날 왕이 사냥을 떠난 뒤 왕비가 아들을 낳자, 왕비를 돌본다는 핑계로 성에 들어온 못된 계모는 왕비를 욕조에 밀어넣고 불을 지펴 죽이고 말았다. 그러고는 자신의 딸에게 왕비의 옷을 입히고 모자를 씌워 침대에 눕게 했다. 사냥에서 돌아온 왕에게는 왕비가 아직 빛을 보면 안 된다고 핑계를 대어 가까이 가지 못하게 했다.

그런데 자정 무렵 아기 방의 문이 열리더니 왕비가 들어와 아기에게 젖을 먹이고 노루도 토닥거리고는 말없이 사라졌다. 마침 잠을 자지 않고 깨어 있던 유모가 이 모습을 보았으나 아무에게도 말하지 않았다. 그 후로도 왕비는 며칠 밤 계속 나타났다. 그러던 어느 날 왕비는 아기와 노루에게 "우리 아기 잘 있니? 우리 노루도 잘 있니? 나는 두 번만 더 오면 다시는 오지 못한단다."라고 슬픈 얼굴로 말했다. 다음 날 유모는 이 사실을 왕에게 전했다.

밤이 되자 왕은 직접 아기 방을 지켜보았다. 그랬더니 정말 왕비가 나타나 아기와 노루를 어루만지며 "아기야 잘 지내니? 노루야 잘 지내니? 나는 한 번만 더 오면 다시는 오지 못한단다."라고 말하고 사라졌다. 다음 날 밤 왕은 다시 아기 방에 숨어서 왕비가 나타나기를 기다렸다. 그리고 왕비가 나타나 "아기야 잘 있니? 노루야 잘 있니? 이번이 마지막이야. 나는 다시 오지 못한단다."라고 말하는 것을 듣고 "당신이 바로 내 아내요!"라고 외치며 뛰쳐나가 왕비를 붙잡았다. 그 순간 왕비는 다시 살아났으며, 자신에게 일어났던 일을 모두 왕에게 이야기했다. 왕은 계모의 딸인 외눈박이를 숲속의 짐승들에게 찢겨 죽게 했으며, 계모는 화형에 처했다. 계모인 마녀의 몸이 재로 변하자 노루로 변했던 오빠의 마법도 풀려 오누이는 행복하게 살게 되었다.

❦

유형별로 남매 민담에 해당하는 이 이야기는 KHM 15 〈헨젤과 그레텔〉과 같이 누이동생이 오빠를 위기에서 구하는 형식으로 구성되어 있다. 그러나 오빠가 마법에 걸려 동물인 노루로 변하는 모티프와 누이동생의 역할로 오빠의 마법이 풀리는 모티프의 결합은 KHM 9 〈열두 형제〉나 KHM 49 〈여섯 마리 백조〉와 유사하다. 또한 외눈박이인 계모의 딸이 왕비로 가장하는 부분은 KHM 13 〈숲속의 세 난쟁이〉와 KHM 130 〈한눈이, 두눈이, 세눈이〉에서도 찾아볼 수 있는 '바뀐 신부' 모티프로 이해할 수 있다.

민담에 등장하는 동물로 변한 남자 이야기는 크게 두 가지 유형으로 구분할 수 있다. 첫 번째 유형은 여성의 사랑을 기다리는 동물 신랑에 관한 민담이며, 두 번째 유형은 누이동생 때문에 숲으로 쫓겨간 오빠들에 관한 민담이다. 또한 동물로 변한 남자를 돕는 여성의 유형도 두 가지 형태로 나눌 수 있다. 하나는 동물 신랑을 마법에서 풀어주는 신붓감에 관한 이야기이며, 다른 하나는 마법에 걸린 오빠들을 구해내는 누이동생에 관한 이야기이다.

그러나 이 〈오누이〉에서 가장 우리의 흥미를 끄는 요소는 역시 노루가 된 오빠에 대한 의문과 아울러 오빠를 노루로 만든 샘물과 관련된 모티프이다. 민담에 등장하는 물은 대부분 '마법의 물'이다. 러시아의 민속학자 블라디미르 프로프Vladimir Propp는 민담에 등장하는 물을 이탈리아 남부의 무덤에서 발견한 '페텔리아 황금 서판'에 기록된 두 개의 샘물과 관련해서 설명했다.

황금 서판은 고인에게 이르기를 지옥에서는 오른쪽과 왼쪽 두 개의 샘을 볼 수 있는데, 흰 물푸레나무가 자라는 왼쪽 샘에는 가까이 가지 말고, 파수꾼들이 지키고 있는 오른쪽 샘물로 가서 물을 청하라고 명하고 있다. 아무도 지키지 않는 왼쪽 샘은 '생명의 물'로서 저승으로 들어가는 대신 되돌아 나오고자 하는 죽은 자를 위한 샘이며, 오른쪽 파수꾼이 지키는 샘은 '죽음의 물'로서 저승으로 가고자 하는 이를 위한 샘으로서, 죽음의 강을 넘었다가 다시 삶으로 돌아오고자 하는 자는 이 두 곳의 물을 차례로 사용해야 한다고 해석했다.

갈증을 해소하기 위해 샘물을 찾아 나선 오누이는 차례로 세 개의 샘물을 발견했으나, 이 샘물은 모두 마셔서는 안 되는 마법의 물이었다. 첫 번째 샘물은 사람을 '호랑이'로, 두 번째 샘물은 '늑대'로, 세 번째 샘물은 '노루'로 변하게 하는 샘물이었다. 오누이는 똑같이 갈증에 시달리고 있었다. 그러나 샘물의 경고는 누이동생에게만 들렸으며, 오빠를 자제시키는 것도 그녀의 몫이었다. 그러나 오빠는 프로프의 견해와 같이 무사히 입문의례를 통과하고, 죽음의 강을 넘어 삶으로 돌아오기 위해서는 샘물을 마셔야 했다. 그러나 이야기는 이들 샘물을 계모인 마녀에 의한 저주로 파악했기 때문에 오빠로 하여금 가장 가벼운 저주인 '노루'로 변하는 샘물을 마시게 했으며, 순한 동물인 노루와 함께 누이동생은 안전하게 오두막에 머물 수 있었다.

누이동생의 이러한 역할과 기능에 대해서 아동심리학자인 브루노 베텔하임은 여성의 모성적 성향의 상징으로 보았다. 또한 원초적 욕구인 갈증의 순간에도 샘물의 경고를 들을 수 있었던 것은 남성보다 높은 여성의 정신적 기능을 상징한다고 설명했다. 그는 오빠가 누이동생의 제지로 '호랑이'와 '늑대' 같은 포악한 동물로 변하게 하는 샘물을 마시지 않은 것은 본능에 약한 남성이 여성의 통제와 보호로 본능을 누르고 자아와 초자아를 점차 획득하게 되는 과정을 보여준다고 설명하기도 했다.

그러나 또 한편으로 이 〈오누이〉에서 '남매 민담'의 모티프를 발견할 수 있다. 남매 민담은 창조신화의 한 유형으로, 홍수신화와 맞물려 있는 인류의 기원을 설명하는 설화 유형에 해당한다. 신의 노여움에 의해 거대한 홍수로 타락한 모든 인간들이 사라진 후 홀로 남은 두 남매가 인류를 번성시킬 수 있는 방법은 근친상

79

간 이외에는 다른 방법이 없었을 것이다. 그러나 신화시대에는 이들 설화들이 근친상간의 비인륜적 테마가 아니었다. 신화의 주신인 남신들은 최초의 신인 여신에게서 태어나 남매끼리 혼인하여 자손을 퍼뜨리고, 그 자손들도 다시 남매끼리 혼인하여 세계를 이루게 된다.

성경과 불경에 등장하는 초기의 영웅들도 마찬가지이다. 아브라함도 이복누이와 혼인했으며, 모세도 고모와 결혼했다. 또한 불경에서는 외삼촌 딸과의 혼인을 엄격하게 금하고 있다. 이런 혼인 형태는 모계친족 제도하에서 가능한 혼인제도로서 같은 모계에서 태어난 자손들은 친족이지만, 같은 부계에서 태어난 남매나 고모는 친족이 아니기 때문에 혼인이 가능했다. 그러나 부계권이 확립되면서 이런 유형의 설화들은 폄하되고 변질되었으며, 비인륜적인 전설로 변형되기도 했다.

KHM의 〈오누이〉에서도 때로는 동물로 변한 오빠에게서 남성적 욕구를 발견할 수 있다. 인간의 원초적인 본능 중에서 가장 강한 욕구는 갈증이라고 한다. 그 다음으로 식욕과 성욕을 꼽는다. 그러나 이 〈오누이〉에서 볼 수 있는 욕구는 이 세 가지를 총체화한 본능으로 보인다.

흥미로운 것은 샘물이 마시면 죽는 독물이 아니라, '동물'로 변하게 하는 마법의 물이라는 점이다. 동물로 변하는 민담 모티프는 일반적으로 동물 신랑에게서 주로 찾아볼 수 있다. 그러나 이 〈오누이〉에서의 동물 변신은 동물 신랑과는 다른 유형의 변신에 해당하며, 신붓감의 사랑에 의한 환생 모티프도 아니다.

이 〈오누이〉 이야기는 동물 변신에 대한 해석의 방향을 이야기 스스로가 보여주고 있다. 호랑이와 늑대로 변할 것이라는 샘물의 말을 듣고 누이동생은 오빠를 제지하면서 "오빠가 그 물을 마시면 나를 찢어죽일 거예요."라고 말한다. 이와 아주 유사한 문구를 〈열두 형제〉에서 찾아볼 수 있다. 누이동생 때문에 숲으로 도망가던 오빠들은 "우리가 왜 계집애 때문에 죽어야 해. 이제부터 계집애만 보면 모두 찢어죽이자."라고 맹세한다.

그러나 다행히도 이 맹세는 처음 만나는 여자만은 제외한다는 맹세로 바뀌어 누이동생을 찢어죽이는 비극에서 벗어날 수 있었듯이, 〈오누이〉의 오빠도 결과적으로 첫 번째 샘물과 두 번째 샘물에서의 강렬한 충동을 극복하고 누이동생과 조화롭게 공존할 수 있는 순한 노루로 변하게 되었다고 해석할 수 있다.

결말 부분에 계모인 마녀가 불에 타 죽고 재로 변한 후 노루로 변했던 오빠가 마법에서 풀려나는 해결방식 역시 악의 소멸로 이야기를 마감하고자 했던 이야기의 내적 요구로 파악할 수 있다. 1810년 최초의 판본에서는 오누이를 괴롭히는 계모가 등장하지 않으며, 샘물도 원래부터 마법의 샘이었을 뿐 계모나 마녀의 저주는 존재하지 않았다.

또한 마녀의 저주나 마법으로 동물 신랑으로 변한 〈미녀와 야수〉 유형의 이야기에서 마녀가 '벌'이나 '죽음' 등으로 단죄되지 않는 이야기 특성을 발견할 수 있다. 이와 관련된 마녀들에 대한 이야기는 KHM 15 〈헨젤과 그레텔〉, KHM 43 〈트루데 부인〉, 〈여섯 마리 백조〉 등에서 좀더 자세히 살펴보기로 하자.

❧09❧

라푼첼

KHM 12

옛날에 한 남편과 아내가 살고 있었다. 오랫동안 아이를 원하던 이 부부는 드디어 아이를 갖게 되었다. 어느 날 아내는 마녀의 집 정원에 탐스럽게 자란 상추(라푼첼)를 보고 너무 먹고 싶어졌다. 이 사실을 안 남편은 마녀의 정원에서 상추를 뽑아다 아내에게 주었다. 아내는 상추 샐러드를 만들어 맛있게 먹었다.

며칠 후 아내는 또다시 상추가 먹고 싶어 괴로워했다. 남편은 그런 아내를 보다못해 다시 한 번 마녀의 정원으로 상추를 뽑으러 갔다가 그만 마녀에게 들키고 말았다. 마녀는 처음에는 무섭게 화를 냈으나, 남편의 사정 이야기를 듣고 상추를 가져가는 대신 아이를 낳으면 자신에게 보내겠다는 약속을 받았다. 드디어 아이가 태어나자 마녀는 아이에게 '라푼첼'이라는 이름을 지어주고 데리고 가버렸다.

라푼첼은 아주 길고 예쁜 황금빛 머리카락을 가진 세상에서 가장 아름다운 소녀로 자라났다. 그러나 라푼첼이 열두 살이 되자 마녀는 소녀를 숲속의 문도 계단도 없이 꼭대기에 조그만 창문 하나만 있는 높은 탑 안에 가두어버렸다. 그리고 탑으로 올라갈 때면 밑에서 "라푼첼, 라푼첼. 너의 머리카락을 내려다오."라고 외친 후 라푼첼의 머리카락을 타고 탑으로 올라갔다.

그러던 어느 날 숲속을 지나던 한 왕자가 라푼첼의 노랫소리에 이끌려 탑 아래까지 왔다가, 마녀가 라푼첼의 머리카락을 타고 탑으로 올라가는 것을 보았다. 마녀가 돌아가자 왕자도 "라푼첼, 라푼첼. 너의 머리카락을 내려다오."라고 외치자 라푼첼의 머리카락이 내려왔다. 왕자는 라푼첼의 황금 머리카락을 타고 탑 위로 올라갔다. 처음에 라푼첼은 낯선 남자를 보고 깜짝 놀랐으나 두 사람은 금세 서로 사랑하게 되었다.

라푼첼은 왕자를 따라 탑에서 내려가기로 약속하고 왕자에게 탑에 올 때마다 자신이 타고 내려갈 수 있는 사다리를 만들 비단실을 가져다달라고 부탁했다. 그러나 사다리가 다 만들어지기도 전에 라푼첼은 마녀가 왕자보다 더 무겁다고 무심결에 말하는 바람에 왕자의 존재가 발각되고 말았다. 화가 난 마녀는 그녀의 머리카락을 잘라버리고 그녀를 황량한 땅으로 쫓아버렸다.

그 사실을 모른 채 마녀가 걸어놓은 라푼첼의 머리카락을 붙잡고 탑 위로 올라온 왕자는 라푼첼 대신 마녀가 있는 것을 보고 깜짝 놀랐다. 그리고 다시는 라푼첼을 볼 수 없을 거라는 표독한 마녀의 말을 듣고 절망한 나머지 탑에서 뛰어내려 가시에 눈이 찔려 그만 장님이 되고 말았다. 왕자는 풀과 나무뿌리로 연명하며 라푼첼을 잃은 슬픔에 잠겨 황량한 벌판을 방황하며 돌아다녔다.

그러다가 어디선가 들려오는 노랫소리에 이끌려 간 곳에서 왕자의 아들과 딸 쌍둥이를 낳아 기르고 있는 라푼첼을 만나게 되었다. 라푼첼과 왕자는 서로를 한눈에 알아보았으며, 기쁨과 슬픔에 겨워 눈물을 흘렸다. 그런데 라푼첼의 눈물이 왕자의 두 눈에 떨어지자 왕자는 다시 앞을 볼 수 있게 되었다. 왕자는 기쁜 마음으로 라푼첼과 쌍둥이를 데리고 자신의 왕국으로 돌아가 행복하게 살았다.

❦

〈라푼첼〉은 독일은 물론 프랑스와 이탈리아 등지에 널리 알려져 있는 민담이다. 독일에 유포된 이야기는 프랑스나 이탈리아 판본에 비해 덜 유쾌한 반면 구성이 탄탄한 편이다.

대중 오락소설 작가인 프리드리히 슐츠Friedrich Schulz에 의해 유입된 것으로 알려진 〈라푼첼〉은 문헌상으로 이탈리아의 지암바티스타 바실레Giambattista Basile의 《펜타메로네Pentamerone》를 전거로 하고 있다. 그러나 그림 형제는 슐츠의 이야기를 기초로 〈라푼첼〉을 구성했으며, 표제 역시 슐츠의 〈라푼첼〉를 따랐다.

〈라푼첼〉은 1812년 J. 그림에 의해 처음으로 KHM에 수록되었다. 슐츠의 기록에는 왕자가 일인칭 주인공으로 서술되어 있었으나, J. 그림은 이야기를 민담에 어울리는 구조로 개작했다. 특히 〈라푼첼〉의 특징적인 문구인 "라푼첼, 내가 올라갈 수 있도록 너의 머리카락을 내려줘."의 서술문을 "라푼첼, 라푼첼. 너의 머리카락을 내려다오."의 노래로 바꾸고, 이 민담의 발생 시기로 추정되는 10세기나 11세기에 어울리는 리듬을 수용해 구전 민담으로서의 특성을 강화시켰다. 또한 독일어로 '상추'를 의미하는 '라푼첼Rapunzel'은 '상추를 먹으면 임신이 된다'는 민간의 속설을 연상시키는 소재로 수용하기도 했다.

그러나 외설적이라는 초판본의 지적을 받아들여 〈라푼첼〉의 경우에도 어린이를 고려한 언어와 문체상의 통일을 기하기 위한 수정이 이루어졌다. 1812년 판본에서 라푼첼은 "왕자와 즐겁게 지내던 어느 날, 이상하게 자신의 옷이 껴서 더 이상 입을 수 없다."고 말한다. 그러나 W. 그림은 1819년 판본부터 전후 문맥상 아무런 논리적 설명 없이 라푼첼의 임신 사실을 드러내는 이런 직접적인 어구 대신 "왕자와 라푼첼이 아내와 남편처럼 진심으로 사랑했다."는 표현으로 수정했다. 또 두 사람의 비밀도 라푼첼 스스로 "고텔 부인, 당신은 젊은 왕보다 더 끌어올리기가 어렵군요."라고 말함으로써 라푼첼의 순진함을 나타냄과 동시에 사건의 진행을 유도하는 문장으로 수정했다. 그러나 〈라푼첼〉에 수용된 빛나는 여성성을 모두 삭제하지는 않았다.

여성의 머리카락은 여성성을 대표하는 상징이다. 특히 금발과 관련된 이미지는 최고의 여성성으로서 KHM의 여자 주인공들을 인증하는 표시로 폭넓게 수용되었다. 눈부신 황금 물결의 머리카락이 화폭을 가득 채우고 있는 구스타프 클림트의 〈키스〉가 연상되는 '라푼첼'의 머리카락은 KHM에 등장하는 모든 황금색 머리카락을 가지고 있는 여자 주인공들을 한데 묶는 황금색 끈이라고 할 수 있다. 황금빛 동경으로 가득 찬 〈키스〉는 청동 탑에 갇힌 미녀에 관한 신화인 '다나에와 황금 빗물'의 이야기가 소재가 되어 탄생한 작품이다.

아버지가 자신의 목숨을 위협할 손자가 태어나는 것을 막기 위해 딸을 감금하는 '다나에 신화'는 이야기로만 전해오는 설화가 아니다. 실제로 유럽에서는 역사적으로 선왕을 살해하고 왕위를 잇는 관례가 상당 기간 행해졌으며, 이는 부친살해 모티프에 사실적 근거를 제공한다고 볼 수 있다. 또한 이 다나에 신화에서는 격리된 채 불가사의한 힘에 의해 임신이 되는 소녀와 관련된 모티프를 발견할 수 있다. 우리나라 고구려 동명성왕의 탄생 설화와도 유사한 '감금과 임신' 모티프에 대해 블라디미르 프로프는 그의《민담의 역사적 기원》에서 "은폐된 탑 속의 감금은 명백히 결혼을 준비하는 것이며, 거기서 신성한 아이가 태어날 것"이라고 언급한 바 있다.

사춘기 소녀의 격리나 감금에 대한 민속학적인 유래와 근거는 KHM 9 〈열두 형제〉와 같이 〈라푼첼〉의 경우도 포괄적으로는 '사춘기 소녀의 격리'라는 범주에 포함시킬 수 있다. 그러나 라푼첼이 격리된 장소가 〈열두 형제〉나 KHM 49 〈여섯 마리 백조〉에서의 '높은 나무'와는 구별되는 더 높고 견고한 '탑'이라는 점에서 〈라푼첼〉은 격리 모티프를 가지고 있는 다른 민담들에 비해

보다 본격적이며 구체적인 설화라는 추측을 가능케 한다. 사춘기 소녀의 일반적인 격리와는 달리 높은 탑에 갇힌 소녀의 감금은 의미하는 바가 다르다.

외견상으로 라푼첼을 괴롭히는 사람은 마녀인 것처럼 보이지만, 실제로 아이를 포기한 사람은 아버지이다. 오히려 어린 라푼첼을 아름답게 키운 인물은 마녀였다. KHM의 많은 이야기에 마녀가 등장한다. 그러나 결과적으로 이들 마녀가 주인공을 죽이거나 갈 길을 방해하지는 못한다. 오히려 이러저러한 방법으로 주인공을 돕거나 목표를 향해 곧바로 나가도록 돕는 역할을 하곤 한다. 〈라푼첼〉에 나오는 마녀도 라푼첼을 죽이거나 쌍둥이를 해치지 않았다. 결과적으로 마녀들은 입문의례에 들어간 주인공들을 돕는 역할을 담당하고 있다고 보아야 할 것이다. 입문의례에 들어간 여자아이들을 돕는 '여성'의 이야기는 KHM 53 〈백설공주〉에서 더 자세히 다루도록 하겠다.

결말 부분에서 왕자가 라푼첼과 헤어져 장님이 되어 그녀를 찾아 황량한 벌판을 헤매는 상황은 다소 이례적이다. 관례의 순서로 보면 입문의례를 통과한 이들에게만 결혼이 허락되었으나, 모든 제도가 시대에 따라 변화하듯이 입문의례의 엄격함도 유동적이며 모의적인 성격을 띠게 되었다. 변화된 모습은 크게 두 가지 유형으로 구분할 수 있다.

그 한 가지 유형이 〈라푼첼〉에서와 같이 남자가 여자를 찾아가서 재결합을 하는 형태이다. 자유로운 결합인 첫 번째 의례인 약혼은 소녀의 집에서 행해진 다음, 입문의례를 치른 후에는 새로운 모습으로 돌아온다. 약혼자인 남자는 입문의례에 들어갔다가 아무도 알아보지 못하는 변화된 모습으로 신부를 찾아온다. 기다리는 신부를 두고 저세상이나 물고기 뱃속 등에 다녀온 남자들의 이야기가 이런 유형에 해당한다고 보아야 할 것이다.

또 다른 유형은 이른바 '잃어버린 남편'을 찾아가는 여성들의 이야기이다. 결혼은 했으나 여성에게 아직 과제가 남아 있는 경우가 여기에 해당한다. 금기를 어기는 방식 등으로 남편이 떠나간 후 남편을 찾아가는 고행의 길 끝에서 다른 여자와 결혼하려는 남편을 발견하고 용기와 지혜를 발휘해 남편을 되찾는 유형의 이야기들이다. 이는 여성의 사랑과 믿음이 주요 테마인 다수의 민담에서 발견할 수 있는 형태이다. KHM 13 〈숲속의 세 난쟁이〉가 이 유형에 속하는 이야기로서, '진짜 신부와 가짜 신부' 모티프가 수용된 복합적인 이야기로 발전된 양상을 볼 수 있다.

이렇듯 이야기는 남녀 두 주인공의 신뢰와 약속을 바탕으로 사랑을 이루는 해피엔딩의 결혼으로 마무리되지만, 이들에게는 각기 타인이 대신할 수 없는 고유한 과제가 부여되어 있으며 타인으로부터 고립되어 있다. 그러나 이 고립은 특별함을 의미한다. 때로는 자신들에게 주어진 고통스러운 운명의 길로 내몰리지만, 그 길은 그들만의 선택된 길인 것이다.

❧IO❧

숲속의 세 난쟁이

KHM 13

옛날에 홀아비와 과부가 있었는데, 그들에게는 딸이 한 명씩 있었다. 어느 날 과부는 홀아비의 딸에게 자신이 결혼을 하게 되면 매일 아침 우유로 세수를 하고 포도주를 마실 것이며, 자신의 딸은 물로 세수하고 물을 마시게 될 것이라고 말했다. 과부의 말을 전해들은 아버지는 결혼 생활이란 기쁨 반, 고통 반이라며 주저하다가 딸에게 구멍이 뚫린 구두를 주면서 그 구두에 물을 부어서 물이 새지 않으면 재혼을 하겠다고 말했다. 딸은 구두에 물을 부었다. 그랬더니 신통하게도 물은 구두 목까지 가득 차올랐다. 홀아비는 바로 과부에게 청혼을 한 후 네 식구가 함께 살게 되었다.

결혼식 다음 날 아침 홀아비의 딸은 우유로 세수를 하고 포도주를 마셨으며, 과부의 딸은 물로 세수를 하고 물을 마셨다. 그러나 둘째 날 아침 두 딸은 모두 물로 세수를 하고 물을 마시더니, 셋째 날 아침부터 홀아비의 딸은 물로 세수를 하고 물을 마시고, 과부의 딸은 우유로 세수를 하고 포도주를 마셨다. 이후 계모는 의붓딸을 눈엣가시처럼 미워했다.

어느 추운 겨울날 계모는 의붓딸에게 종이옷을 입힌 후 빵 한 조각을 주면서 숲에 가서 딸기를 따오라고 했다. 소녀는 온통 하얀 눈밖에 보이지 않는 길을 더듬어 숲속으로 들어가 다행히도 세 명의 난쟁이가 사는 오두막을 발견했다. 소녀는 계모가 준 빵을 난쟁이들과 함께 나눠 먹으며 딸기를 따지 못하면 집으로 돌아갈 수 없는 자신의 처지를 한탄했다.

난쟁이들은 소녀에게 빗자루를 주며 뒷문 밖에 쌓인 눈을 쓸어보라고 했다. 그리고 그들은 소녀에게 각기 한 사람씩 그녀가 날이 갈수록 더 아름다워지고, 말을 할 때마다 입에서 황금 조각이 튀어나오며, 왕의 아내가 될 것이라고 축복해주었다. 그 사이 소녀는 뒷마당 눈 속에서 찾은 빨간 딸기를 바구니 가득 담아 집으로 돌아갔다.

집으로 돌아온 소녀는 숲속의 일을 계모에게 자세히 이야기했다. 이야기를 하는 소녀의 입에서는 반짝이는 황금 조각이 튀어나왔다. 그 모습을 보고 몹시 샘이 난 계모는 자신의 딸에게는 두꺼운 털옷과 버터 바른 빵과 과자를 주어 숲으로 보냈다.

계모의 딸도 난쟁이가 사는 오두막에 도착했다. 그러나 소녀는 빵을 나눠 먹자는 난쟁이들의 말을 들은 척도 하지 않고 혼자서

만 빵을 먹었다. 또 소녀는 난쟁이들이 뒷마당을 쓸어보라고 빗자루를 주었으나 자신은 하녀가 아니라며 거절했다. 그러고는 딸기를 찾을 수 없자 투덜거리며 집으로 돌아갔다. 그 모습을 본 난쟁이들은 소녀에게도 차례로 선물을 주었다. 날이 갈수록 흉해지기를, 말을 할 때마다 두꺼비 한 마리씩 나오기를, 그리고 마지막에는 비참하게 죽게 될 것이라고 했다.

집으로 돌아온 계모의 딸은 말을 할 때마다 입에서 두꺼비가 튀어나왔다. 이 모습을 본 계모는 더욱더 의붓딸을 괴롭혔다. 어느 날 계모는 의붓딸에게 실꾸러미와 도끼를 주며 꽁꽁 언 강에 가서 말끔히 헹궈오라고 했다. 의붓딸은 얼어붙은 강을 깨서 실을 헹구고 있었다. 그때 마침 그곳을 지나가던 왕이 아름다운 그녀를 보고 반하여 성으로 데리고 가서 왕비로 삼았다.

그리고 1년 뒤 왕비는 아들을 낳았다. 그 소식을 듣고 찾아온 계모는 마침 성에 아무도 없다는 것을 알고는 왕비를 창문 밖 강물로 던져버렸다. 그러고는 자신의 딸을 왕비의 침대에 눕혀 머리 꼭대기까지 이불을 씌웠다. 왕에게는 왕비가 몸이 아프니 쉬어야 한다며 돌려보냈다. 말을 할 때마다 튀어나오는 두꺼비도 땀을 몹시 흘려서 생긴 증세라고 둘러댔다.

그러던 어느 날 주방에 오리 한 마리가 나타나 한 소년에게 왕과 아기의 소식을 물었다. 잘 자고 있다는 소년의 대답을 들은 오리는 왕비의 모습으로 변하더니 아기에게 젖을 먹이고 잠자리를 돌봐주고는 돌아갔다. 그리고 다시 나타난 왕비는 소년에게 왕에게 가서 자신의 이야기를 하고 자신을 보면 칼로 머리 위를 세 번

휘두르라고 전하게 했다. 소년의 말을 들은 왕이 오리가 나타나자 머리 위를 칼로 세 번 휘두르니 정말 왕비가 다시 살아났다. 그러나 왕은 왕자가 세례를 받는 날까지 왕비를 숨겨두었다.

그리고 왕자가 세례를 받은 후 왕은 계모에게 침대에 누워 있는 사람을 강물에 던져버린 자를 어떻게 하면 좋겠느냐고 물었다. 그러자 계모는 그런 인간은 못이 잔뜩 박힌 통 속에 넣어 언덕 아래 강물로 굴려버려야 한다고 대답했다. 그래서 왕은 계모와 그 딸에게 자신들이 정한 벌을 그대로 받게 했다.

⚜

〈숲속의 세 난쟁이〉의 내용은 표제가 가리키는 바와 다소 거리가 있다. 이 이야기의 주된 모티프는 '진짜 신부와 가짜 신부'이며, 구성상으로는 새로운 가정의 갈등관계를 보여주는 전반부와 바뀐 신부에 관한 이야기인 후반부로 나눌 수 있다.

이야기 전반부의 갈등관계는 민담의 기본 구조를 이루는 대립적 특성을 수용하고 있다. 착한 홀아비의 딸에게는 상이 부여되고, 못된 과부의 딸에게는 벌이 준비되어 있다. 그런데 인상적인 것은 이 두 사람이 상과 벌을 받는 과정에 제시된 '겨울철 딸기의 획득'과 상과 벌을 주는 '세 난쟁이의 등장'이다. 우리나라에도 한여름에나 구할 수 있는 채소나 과일 또는 물고기를 엄동설한에 구해오는 이야기들이 있다. 이들 이야기에서 눈 속에서 여름철 물상들을 구할 수 있는 방법은 '지극한 정성'이었으며, 이를 돕는 대상은 신선이나 보살 등 신성한 존재들이었다.

그러나 〈숲속의 세 난쟁이〉에서 착한 소녀가 찾아간 오두막의 주인은 신성한 존재라기보다는 다른 민담에서는 대부분 보조자나 심술궂은 인물로 묘사된 난쟁이들이었다. 따라서 이 이야기의 난쟁이들은 신성한 존재인 동시에 심술궂은 이중적 인물임을 알 수 있다.

또한 이들 난쟁이들이 사는 오두막 뒷마당에 있는 '딸기'도 이들이 사는 곳이 일반적인 장소가 아닌 초월적 공간이라는 것을 나타낸다. 비록 이 공간이 민담의 일차원적 특성에 따라 두 소녀가 도달할 수 있는 거리에 위치해 있지만, 시간을 뛰어넘어 계절을 달리하는 물상인 딸기가 존재하는 초월 공간임을 알 수 있다. 따라서 의붓딸인 소녀가 획득한 딸기는 초월적 공간을 성공적으로 다녀왔다는 증표로 볼 수 있다.

또한 이들 난쟁이들이 부여한 선물도 매우 특징적이다. 착한 의붓딸에게는 아름다움과 왕비의 자리를 선물하고, 못된 딸에게는 점점 더 미워지고 비참하게 죽게 될 것이라는 저주는 주문인 동시에 일종의 예언적 기능을 한다. 그러나 두 소녀가 말을 할 때마다 튀어나온 '황금'과 '두꺼비'는 예언이 아닌 일종의 내적 본질을 의미하는 민담적 상징이다. 착한 소녀에게는 황금이, 못된 소녀에게는 두꺼비가 주어진 구도는 KHM 24 〈홀레 할머니〉의 두 소녀에게 주어진 '황금'과 '검정'의 의미와 유사하지만, 〈홀레 할머니〉에 나오는 소녀들에게 주어진 황금과 검정의 의미보다 더 본질적인 의미를 가지고 있음을 알 수 있다. 그것은 입에서 나오는 '말'과 관련된 '덕'과 '죄'의 의미이다.

착한 소녀가 말을 할 때마다 튀어나오는 황금 조각은 일차적으로 난쟁이에게서 받은 선물을 의미하지만, 그 선물을 가능하게 하는 것은 그녀의 덕, 즉 그녀의 본질에 해당하는 것으로서 그녀의 입을 통해 구현되었다고 보아야 할 것이다. 반대로 못된 소녀의 입에서 튀어나온 두꺼비는 죄의 본질이며, 그녀의 정체성이다. 옛말에도 죄 중에서 가장 큰 죄는 '구업', 즉 말로 짓는 죄라고 했다. 덕도 죄도 모두 말로 짓는다는 우리의 사고와도 일맥상통함을 알 수 있으며, 구비문학의 묘미를 보여주는 대목이라고 할 수 있다.

이야기의 후반부 환생 모티프는 두 번째 결혼을 의미함과 동시에 두 번째 입문의례와 연관이 있다. 왕비는 결혼을 했으나 아직 입문의례를 통과하지 못했다. 따라서 그녀는 일시적 죽음을 거쳐 새로운 생명을 얻어야 했으며, 이를 위해 강물에 던져져 죽음에 이르러야 했다. 그 다음은 귀환의 단계로서 다양한 모습으로 변신할 수 있으나, 블라디미르 프로프의 지적처럼 강으로부터 귀환하는 왕비의 오리 모습은 가장 합당한 변이체일 것이다. 민속학에서 강물은 저승과 이승의 경계를 뜻하며, 오리는 죽음의 이미지를 상징하는 동물인 동시에 저승과 이승의 전령사인 새를 의미하기 때문이다. 때로는 왕비의 변신은 한 번이 아닐 수도 있다.

따라서 〈숲속의 세 난쟁이〉의 왕이 왕비의 혼령에게 칼을 세번 휘두르는 행위는 왕비의 또 다른 변신을 저지하고 환생으로 인도하는 의례로 파악할 수 있다. 즉 왕은 왕비를 죽음에서 이끌어내기 위해 왕비에게서 죽음의 혼령을 쫓아내야 한다. 이런 관념은 현재도 무속에서 무당이 병자를 치유할 때 신칼로 병자의 머리나 몸을 문지르거나 휘두르는 행위 등에서 볼 수 있다.

❧ II ❧

세 명의 실 잣는 여인들

KHM 14

실잣기를 싫어하는 처녀가 있었다. 처녀의 어머니는 딸을 달래도 보고 혼내도 보았으나 말을 듣지 않자 딸을 때리며 야단을 쳤다. 처녀는 큰 소리로 울기 시작했고, 마침 그 옆을 지나던 왕비가 처녀의 울음소리를 듣고 사연을 물었다. 딸의 게으름이 창피해서 사실대로 말할 수 없었던 어머니는 딸이 실 잣는 것을 좋아하지만 너무 가난해서 실을 자을 아마를 대줄 수 없다고 둘러댔다. 그말을 들은 왕비는 성에는 아마가 가득 쌓여 있으니 자신이 처녀를 데리고 가겠다고 말했다.

성에 도착한 왕비는 아마가 천장까지 쌓여 있는 세 개의 방으로 처녀를 데리고 가서 그 아마를 모두 실로 자으면 자신의 큰아들과 결혼시켜주겠다고 말했다. 처녀는 기가 막혀 울면서도 손가락 하나 까딱하지 않았다. 사흘 뒤 처녀를 찾아온 왕비에게 처녀는 어머니가 보고 싶어 일이 손에 잡히지 않는다고 변명을 하자, 왕비는 내일은 꼭 일을 시작해야 한다고 말하고는 돌아갔다.

다시 혼자 남겨진 처녀는 창밖만 바라보고 있었다. 그때 괴상하게 생긴 세 여자가 처녀가 있는 방 창 쪽으로 다가왔다. 한 여자는 아주 넓적한 발을 가지고 있었으며, 또 한 여자는 아랫입술이 너무 넓어 턱을 덮을 정도였다. 그리고 나머지 한 여자는 엄청나게 큰 엄지손가락을 가지고 있었다.

창 밑에 서서 처녀의 이야기를 들은 세 여자는 실을 자아줄 테니 결혼식에 자신들을 초대하여 사촌이라고 소개해달라고 했다. 처녀의 약속을 받은 세 여자는 방으로 들어와 실을 잣기 시작했다. 한 여자가 실을 뽑으며 물레의 발판을 밟으면, 또 한 여자는 입술로 그 실을 축축하게 만들고, 나머지 한 여자는 엄지손가락을 비비면서 실을 꼬아 얼레에 감았다. 일을 마친 세 여자는 약속을 잊지 말라고 당부하며 떠났다.

왕비는 산같이 쌓인 실을 보고 좋아하면서 그녀를 왕자와 결혼시키겠다고 말했다. 결혼식 날 처녀는 약속대로 실 잣는 세 여인을 초대했다. 그런데 세 여인을 본 왕자는 깜짝 놀라면서 첫 번째 여자에게 왜 발이 그렇게 넓적하냐고 물었다. 그녀는 물레의 발판을 하도 밟아서 그렇게 되었다고 대답했다. 왕자는 두 번째 여자에게 왜 입술이 그렇게 늘어졌냐고 물었다. 그녀는 실을 하도 많이 핥아서 그렇다고 대답했다. 엄지손가락이 왜 그렇게 크냐는 왕자의 질문에 세 번째 여자는 실을 하도 많이 꼬아서 그렇다고

대답했다. 세 여자의 말을 들은 왕자는 자신의 신부에게 다시는 물레를 건드리지 못하게 하겠다고 결심을 하게 되었고, 그 덕분에 처녀는 끔찍한 실 잣는 일에서 벗어날 수 있었다.

*

이 민담은 KHM 55 〈룸펠슈틸츠헨〉과 같이 '실 잣는 여인'을 주요 모티프로 삼고 있으며, 불성실한 주인공의 성공으로 이야기가 끝난다는 점에서도 좋은 비교 대상이 된다.

〈룸펠슈틸츠헨〉에서는 위기에 처한 소녀를 도와주는 역할이 난쟁이에게 부여되었으나, 왕비가 된 소녀를 도와준 대가로 왕비의 첫아기를 탐내는 과도한 욕심이 화가 되어 난쟁이는 상 대신 벌을 받고 말았다. 그러나 〈룸펠슈틸츠헨〉의 독자들에게는 여전히 왕이 다시 왕비에게 금실을 자으라고 요구할 수도 있다는 염려가 남아 있다.

반면 이 〈세 명의 실 잣는 여인들〉의 세 여인은 비록 외형적으로는 괴이해 보이지만, 이 괴상한 모습조차 우리의 불성실한 처녀를 왕비로 편안히 살게 하기 위한 확실한 처방 그 자체였다.

여성들의 직조 행위는 신화나 마법담에서는 일종의 권능으로 신성하게 묘사되고 있다. 이집트의 죽음과 농경의 신인 오시리스의 누이동생이자 아내인 이시스는 오시리스에게 농업 기술을 가르쳐주었을 뿐만 아니라, 여자들에게 방적과 직조법을 가르쳐준 대모신이다. 일본의 태양신인 아마테라스 오미카미도 농경은 물론 자신의 입에 누에를 넣어 실을 뽑아 최초로 양잠을 시작한 직조신이다. 또한 〈세 명의 실 잣는 여인〉의 '세 여인'에서 연상되는 북유럽 신화의 노른 세 자매와 그리스 신화의 모이라이 세 자매도 직조신이다. 노른의 세 자매인 우르드는 운명의 베를 잣고, 베르단디는 베를 잘라 인간의 수명을 결정하고, 스쿨드는 베를 인간에게 배분한다고 한다.[10]

이렇듯 실잣기와 직조는 인류 문명사에서 성스럽고 획기적인 기능이었다. 그러나 실제로 작업을 담당하는 여성에게는 혹독한 노동으로서 여인들에게 평생토록 부가된 시련이었다. 때로는 실을 잣고 베를 짜는 작업이 우리나라 신라시대의 원화제도에서도 볼 수 있듯이 여인의 능력을 보여주는 한 방편이었으나, 한편으로는 벗어나고 싶은 고통이자 짐이었다. 스코틀랜드의 인류학자인 제임스 조지 프레이저James George Frazer에 의하면 초경을 시작한 여성들은 폐쇄된 공간에서 1년 또는 수년간 격리된 채 실을 잣고 옷감을 짜면서 고통스럽게 지내다가 죽거나 평생 불구가 되는 경우가 많았다고 한다.

실을 잣고 옷감을 짜야 하는 여성들의 이러한 고통이 〈세 명의 실 잣는 여인들〉에 나오는 기형적인 세 여인의 모습에 반영되었다고 보아야 할 것이다. 따라서 이 세 여인은 어려움에 처한 처녀의 운명을 밝혀주는 운명의 여신 내지는 요정의 역할을 함과 동시에 세 여인의 기괴하고 흉측한 모습은 결과적으로 게으른 처녀

---

10) 그리스 신화에서는 모이라 세 자매로, 클로토와 라케시스, 아트로포스가 이들에 해당한다.

를 실 잣는 일에서 해방시켜주는 기능을 하고 있다. 또한 처녀의 게으름과 어머니의 거짓말은 이야기 전체 상황과 맞물려 이야기에 활력과 재미를 더해준다. 즉 처녀의 게으름과 어머니의 거짓말 그리고 괴기스러운 세 여인의 모습이 혼합되어 이야기 전체를 주도하는 일종의 유머로서 우스꽝스럽게 수용되었다.

약혼은 결혼의 계약을 의미하고, 두 사람의 약속을 세상에 알리는 역할을 한다. 현대에 와서도 약혼의 기능은 처음과 상당히 유사한 특성을 지니고 있다. 그러나 약혼이 처음 행해진 당시는 혼인 예물의 계약, 즉 매매 계약을 의미했으며 증여의 계약이 완성되어야만 혼인이 성립되었다. 혼인이 성립되기 위해서 신랑감은 신부 측에 금품이나 지참금 등 직접적인 경제적 제공을 해야 했으며, 신붓감은 실잣기 등 가사에 대한 일정 능력의 검증을 받곤 했다.

고대인들에게 가장 중요한 신붓감의 조건은 바로 노동력이었을 것이다. 그러나 일반적인 노동력보다 여성에게서 가장 요구된 능력은 '실잣기'와 '베짜기'였다. 이 같은 여성의 능력은 여성의 통과의례 내지는 격리와도 깊은 관련이 있다. 이러한 사실은 설화에도 영향을 미쳐 실잣기나 베짜기와 관련된 다양한 모티프들로 형성되었으며, 일종의 신부 자격시험에 관한 민담에 수용되었다.

어느 시대나 경제적 원리는 희소성에서 비롯된다. 고대의 약탈혼이나 매매혼이 동족 내의 금혼 또는 여아 살해로 인한 성비의 불균형에 의해 생겨났다면, 약혼자의 노동력 시험 내지 노동력의 요구는 사회가 변화했음을 나타낸다. 즉 수렵시대가 지나고 농경

사회로 변화했음을 보여주는 양상이라고 할 수 있다.

　우리나라의 민며느리제나 서옥제와 같이 노동을 요구하는 풍속은 이미 농경사회와 더불어 부계권이 확립되었음을 의미한다. 부계권의 확립은 재산 형성과 함께 더욱 강력한 가부장적 체제로 변화되었으며, 재산의 관리와 상속을 위해 '자신의 남자아이'가 필요하게 되었다. 이로부터 여성에게는 정조 관념이 요구되었으며, 일부일처제가 등장하는 사회적 배경이 되었다. 이 시대의 여성들은 집 안에 고립된 채 실을 잣고 바느질을 하면서 외부인, 특히 자신의 집을 방문하는 남자들과 마주치는 행위 자체도 금지되었다.

　이렇듯 〈세 명의 실 잣는 여인들〉과 〈룸펠슈틸츠헨〉 두 편의 민담은 실을 자음으로써 가정의 부의 생산을 요구받았던 여인들이 겪어야 했던 시대적 상황이 반영된 이야기라고 할 수 있다. 그러나 〈룸펠슈틸츠헨〉이 실 잣는 일의 신성함과 이로부터 확인된 여성성의 발견을 마법담의 구조 속에 수용한 반면, 〈세 명의 실 잣는 여인들〉은 신화적 영상을 뒤로 하고 소담의 반어적인 묘미로 이야기를 마감했다.

☙ 12 ❧

헨젤과 그레텔

KHM 15

어느 깊은 숲에 가난한 나무꾼과 새어머니 그리고 헨젤과 그레텔이 살고 있었다. 어느 해 흉년이 들어 먹을 것이 없게 되자 새어머니는 남매를 숲에다 버리자고 남편을 조르기 시작했다. 남편은 처음에는 펄쩍 뛰었으나 계속 들볶는 아내를 이기지 못하고 결국 허락을 하고 말았다. 마침 배가 고파서 잠을 이루지 못하던 남매는 부부가 주고받는 이야기를 모두 듣게 되었다. 헨젤은 슬피 우는 그레텔을 달래며 궁리 끝에 문을 열고 나와 달빛을 받아 은화처럼 반짝이고 있는 조약돌을 주워 주머니에 가득 넣었다.

다음 날 아침 헨젤과 그레텔은 아버지와 새어머니를 따라 숲속으로 가면서 조약돌을 떨어뜨렸다. 숲속에 도착하자 아버지는 모닥불을 피워주며 나무를 하는 동안 이곳에서 기다리라고 말하고 자리를 떠났다. 날이 어두워지고 불이 꺼질 때까지 아무도 오지 않자 남매는 보름달 빛에 반짝이는 조약돌을 따라 집으로 돌아왔다. 아이들이 돌아오자 새어머니는 다시 아버지를 졸랐다. 이번에도 아이들은 자신들을 내다버리려는 계획을 엿들었으나 새어머니가 문을 밖으로 잠가놓아 조약돌을 주우러 나갈 수 없었다.

이튿날 새벽 새어머니는 아이들에게 작은 빵을 하나씩 주면서 길을 재촉했다. 할 수 없이 헨젤은 빵을 조금씩 떼어 그 조각을 땅에 떨어뜨렸다. 이번에도 아버지는 모닥불을 피워주고 남매를 숲에 버려둔 채 집으로 돌아갔다. 헨젤은 다시 달이 뜨기를 기다려 낮에 떨어뜨렸던 빵 조각을 찾아보았으나 새들이 모두 먹어버려 집으로 가는 길을 찾을 수가 없었다. 숲속을 헤매던 남매는 허기와 피로에 지쳐 죽을 지경이 되었다.

그때 마침 하얀 새 한 마리가 나타나 남매에게 따라오라는 듯 날갯짓을 했다. 헨젤과 그레텔은 새의 뒤를 따라가보았다. 그러자 조그만 오두막이 하나 나타났다. 놀랍게도 그 집은 모두 과자와 빵으로 만들어져 있었는데, 지붕은 과자로, 창문은 설탕으로 되어 있었다. 배가 몹시 고팠던 남매는 지붕의 과자와 창문의 설탕을 정신없이 뜯어먹었다.

그때 집 안에서 "누가 집을 갉아먹느냐?"라는 소리가 들리며 문이 열리더니 목발을 짚은 한 노파가 나타났다. 노파는 아이들에게 부드러운 목소리로 집 안에는 먹을 것이 더 많이 있으니 안으로 들어오라고 말했다. 그 노파는 아이들을 잡아먹는 못된 마녀였으나, 이를 모르는 남매는 마녀가 차려준 맛있는 음식을 마음껏 먹고 잠이 들었다.

아이들이 깊은 잠에 빠지자 마녀는 헨젤을 우리에 가두었다. 마녀는 헨젤을 살찌운 후 잡아먹기 위해 그레텔에게 매일 맛있는 음식을 먹이게 했다. 그러고는 얼마나 살이 쪘는지 살펴보기 위해 아침마다 헨젤에게 손가락을 내밀어보게 했다. 헨젤은 그때마다 조그만 뼈다귀를 내밀곤 했는데, 눈이 어두운 마녀는 이를 알아차리지 못했다.

그러던 어느 날 생각대로 헨젤이 살이 찌지 않자 마녀는 그냥 잡아먹기 위해 그레텔에게 물을 끓이게 하고, 그레텔도 구워 먹을 생각으로 화덕 안으로 들어가 그 안을 살펴보라고 했다. 마녀의 속셈을 알아차린 그레텔은 마녀에게 화덕으로 들어가는 법을 알려달라고 말하고 마녀가 화덕 안으로 들어가자 재빨리 문을 닫아버렸다. 그리고 우리로 달려가 헨젤을 풀어주었다.

남매는 마녀의 집에 있는 보물을 챙긴 후 오두막을 빠져나와 숲을 가로질러 쉬지 않고 달려 한 강가에 이르렀다. 남매는 강을 건너지 못하고 발을 동동 굴렀으나 다행히 강물 위에서 헤엄치고 있던 하얀 오리의 도움으로 강을 건널 수 있었다. 남매는 새어머니도 죽고 없는 집에서 외롭게 지내던 아버지에게 돌아가 행복하게 잘 살았다.

⚜

민담은 아동문학권에서 가장 애호받는 장르 중 하나이다. 특히 민담 중에서도 어린이들이 좋아하는 유형은 자신들과 같은 어린 아이가 마녀나 괴물을 용감하게 물리치는 이야기일 것이다. 이들 이야기의 주인공은 어리고, 약하고, 가난한 반면 상대는 크고, 강하며, 강한 악의 힘을 지니고 있다. 그러나 이들 주인공은 악을 두려워하지 않고 재치와 용기로 마녀나 괴물을 물리친다. 우리식으로 말하면 '똘똘이'와 '예쁜이' 정도의 평범한 아이들인 '헨젤'과 '그레텔'도 마녀를 물리치고 가난한 아버지에게 줄 보물을 가지고 집으로 돌아온다. 그동안 못된 새어머니도 죽고 이제는 세 식구가 행복하게 살 일만 남았으니 매우 바람직한 결말이다.

이렇듯 〈헨젤과 그레텔〉은 가난 때문에 어린 남매가 숲속에 버려지는 슬픈 이야기이지만, 남매는 숲속에서 이제까지의 배고픔을 모두 보상해주는 듯한 과자로 만들어진 집을 발견한다. 비록 그 집이 마녀의 덫이라고 해도 남매는 배부르게 먹을 수 있었으며, 브루노 베텔하임이 언급한 것처럼 구순 욕구를 일거에 해소할 수 있었다.

민담이 아니면 인간에게 이렇게 멋진 선물을 해주는 이야기는 없을 것이다. 배고프고 가난한 이들에게는 마음껏 먹는 것이 최상의 소원이었으며, 상상 속에서라도 실컷 먹는 것이 언제나 첫 번째 소원이었다. 이 절박한 구순 욕구는 이야기에 의해서라도 구원되어야 했으며, 마법의 소원과 실현도 왕자나 공주와 같은 아름다운 환상이 아닌 생존을 위한 투쟁으로 전환되어 있음을 관찰할 수 있다.

그림 형제는 1812년 KHM의 시문에서 가난한 가족들의 결핍 상황으로 이야기가 시작되는 대다수의 민담들에 대해 "대부분의 민담 상황은 생활에서 많은 부분을 발견할 수 있을 정도로 매우 평범하다. 마치 모든 것이 실제인 것처럼 언제나 새롭게 다시 사무쳐온다. 부모는 식량이 떨어져 궁핍 때문에 아이들을 쫓아내야 했거나 아이들은 혹독한 계모에게 학대받아야 했다."고 이야기한 바 있다.

그림 형제가 제시한 이런 상황은 바로 〈헨젤과 그레텔〉의 시작 상황이다. 현대의 독자들은 자식을 내다버리는 비정한 부모나 계모에 의해 전처의 아이들이 학대받는 것을 방치하는 생부를 이해하지 못한다. 요즘 유행하는 변형 민담을 저술하는 작가 중에는 이런 어른들의 패륜을 극대화시켜 《알고 보면 무시무시한 그림동화》[11] 등의 표제를 붙인 성인용 민담을 발표하기도 했다.

그러나 민담의 전체 모티프와 연결해서 생각해보면 이런 비정한 상황들은 민담의 가장 중요한 국면 중 하나인 '집을 떠나는 이야기'의 발단 상황을 준비하는 단계에 해당한다는 것을 알 수 있다. 구조주의의 측면에서 민담을 관찰했던 블라디미르 프로프는 그의 《민담 형태론》에서 본격적인 민담, 즉 마법담들은 대개 31가지의 순차적인 기능 구조를 가지고 있으며, '주인공의 길 떠남'을 이야기의 초기 국면으로 삼고 있다고 설명한 바 있다. 《유럽의 민담》을 저술한 막스 뤼티도 민담은 주인공이 집을 떠나게

---

11) 《알고 보면 무시무시한 그림동화》는 공동 필명을 쓰는 일본의 기류 미사오의 변형 민담집으로, 실제의 그림 민담과는 내용상 거의 연관이 없다.

만드는 것이라면 얼마든지 그 이유를 만들어낼 수 있다고 언급하기도 했다. 이렇듯 민담은 그 발생이 비록 고통스러운 현실에 바탕을 두고 있다하더라도 언제나 새롭게 창조되어 '이야기'가 되었다.

로버트 단턴Robert Darnton과 같은 근세사를 연구하는 사회학자들은 〈헨젤과 그레텔〉과 같은 민담들을 고대에 발생한 설화가 아닌 중세나 근세 시대에 발생한 이야기들로 간주한다. 그림 형제가 민담을 수집했던 시대나 중세 또는 근대 시대의 상황들을 감안해 보면 단턴의 설명에 어느 정도 수긍이 간다.

너무나 참혹했던 대기근이 세대를 바꿔가며 유럽을 휩쓸었던 기록들을 유럽 역사의 곳곳에서 찾아볼 수 있다. 최극단의 고통 속에서 자식들을 내다 팔거나 유기하고, 심지어는 굶주림을 참지 못해 어린아이들을 먹기까지 했다는 기록들이 남아 있다. 게다가 유럽 인구의 3분의 1을 희생시킨 페스트의 공포와 더불어 가톨릭과 프로테스탄트의 종교적 갈등으로 인한 마녀사냥과 같은 대혼란이 불길처럼 번져나갔다.

민담에 등장하는 마녀와 마녀의 화형에 대한 이미지들은 이른바 마녀사냥이라 불리는 여성의 박해와 직간접적으로 깊은 관련을 맺고 있다. 여성에 대한 편견과 폭력은 중세를 거치면서 이론적으로 가시화되었다. 15, 16세기는 사회 전반에 걸쳐 근대로의 변혁기에 해당하는 시기로 마녀사냥의 절정기였다. 특히 페스트로 인한 죽음에 대한 공포와 불안에 대해 설명해야 했던 교회와 왕정은 그 책임을 이교도들과 '여성femina', 즉 '신앙fe'이 '적음

minus'을 의미하는 여성에게로 돌려서 자신들의 책무를 회피하고
자 했다.

특히 여성에 대한 박해의 표제어라고 할 수 있는 마녀사냥은
1484년 교황 인노켄티우스 8세의 '칙서'가 그 도화선이 되었다.
2년 뒤《마녀망치》라는 책이 출판됨으로써 17세기에 이르기까지
이 책은 여성 박해의 지침서로 사용되었다. 10세기 카롤링거 왕
조의 법령집 축약본인《카농 에피스코피》도 여성 박해의 종교적
배경을 고취시키는 데 큰 영향을 미쳤다. 이는 설화의 수용에 따
른 시대적 변이를 보여주는 흥미로운 사례들이라고 할 수 있다.

이 책에서는 '사탄의 사주를 받고 로마의 여신 디아나와 함께
동물의 등에 올라타고 밤하늘을 날아다니는 여인'들에 대해 언급
하고 있다. 이를 바탕으로 당시의 학자들은 디아나 여신을 '마녀
들의 여신'이라고 부르기도 했다.

신화인류학의 측면에서 볼 때 로마 신화의 '디아나'는 그리스
의 '아르테미스' 여신에 해당한다. 아르테미스 여신은 구석기시
대부터 전해 내려오는 사냥꾼이자 길들여지지 않는 자연의 수호
자인 '위대한 어머니'이다. 또한 이 여신은 동물의 여왕일 뿐만
아니라 삶의 원천이기도 한 수렵의 여신이기도 하다. 수렵의 시
대가 끝나고 농경시대, 산업시대로 변화되면서 수렵의 여신은 점
차 무시무시한 마녀로 전락했다. 이에 따른 공포와 혐오가 수많
은 소문과 이야기들로 재생산되고 심화되어 저절로 민담의 부정
적인 여성의 이미지로 투영되었다. 이로부터 주인공을 괴롭히는
민담의 부정적인 여성들은 모두 마녀로 낙인찍혀 마땅히 죽어 사

라져야 할 존재로 인식되었다.

　바로 이런 전형적인 마녀의 이미지를 우리는 이 〈헨젤과 그레텔〉에서 볼 수 있다. 매부리코에 굽은 허리, 절뚝거리는 다리, 잘 보이지 않는 크고 빨간 눈 등의 모습은 바로 러시아 민담에 등장하는 숲의 마녀 '바바야가'의 모습과 매우 흡사하다. 그러나 러시아의 민속학자들에 의하면 바바야가는 숲속에 살면서 입문의례를 주도하거나 보조하는 역할을 했던 '숲의 어머니'였다.

　민속학의 연구에 따르면 그녀들은 숲으로 들어오는 입문의례자들에게 먼저 음식을 먹였다고 한다. 이는 입문자들이 저승의 음식을 먹음으로써 저승에 온 것을 인정받는 단계이다. 또한 바바야가가 뼈나 해골, 시체와 관련된 표식을 가지고 있는 것은 숲의 오두막이 저승세계이며, 그곳에 존재하는 바바야가와 입문자들이 죽음의 상태라는 것을 의미한다. 그러나 바바야가의 눈이 잘 보이지 않는 것이나, 불에 타 죽는 상황들은 입문자들이 받았던 불의 시련이 이야기에서는 전도되어 나타났기 때문이라고 주장한다.

　〈헨젤과 그레텔〉의 상황도 이와 매우 유사하다. 숲속을 헤매던 남매는 과자와 빵으로 만들어진 마녀의 오두막을 뜯어먹었으며, 우리에 갇힌 헨젤은 뼈다귀로 손가락을 대신했으나 마녀는 눈이 잘 보이지 않아 이를 알아차리지 못한다. 또 그레텔 대신 마녀가 오븐 속에서 타 죽고 만다.

　또한 대다수의 민담에서 계모들은 마녀와 동일시되거나 마녀와 같은 악마적인 존재로 그려지고 있다. 그러나 헨젤과 그레텔을 숲속에 버려야 하는 실제적인 역할이 아버지에게 부과되어 있었던 이야기 상황에서 볼 수 있듯이, 역사적으로 아이들을 숲으로 데리고 가야 하는 인물은 반드시 아버지나 삼촌 등의 남성이었다는 사실이다.

그럼에도 불구하고 다수의 민담에서 못된 계모의 등장과 역할이 강조된 것은 이야기의 냉혹한 책임을 가족 간의 연관이 적은 새어머니에게로 전가시키려고 했던 일종의 사회적 해결방식이었는지도 모른다. 오히려 민담의 마녀들은 어린아이들조차 제대로 통제하지 못하는 무기력한 인물로서 결과적으로는 민담의 주인공들을 이롭게 하는 역할을 한다. 이렇듯 마녀나 계모들에게 부과된 이미지는 과장되고 편파적인 반면에 흥미롭게도 민담에는 계부나 남자 마법사들은 거의 등장하지 않는다는 사실 또한 주목할 필요가 있다.

따라서 〈헨젤과 그레텔〉의 마녀는 그 자체로 악이 아니며, 그녀의 과자 집도 아이들을 속여 죽음으로 이끌고자 한 덫이 아니다. 처음 남매는 이 과자 집에서 굶주림을 해결했으며, 집 안으로 들어가 우리에 갇히고, 모진 시련을 당했으나 마녀에게 당당히 대적할 힘을 기른다. 그리고 마침내 마녀의 집에서 탈출하여 집으로 돌아온다. 현대의 아이들이 과자 집으로부터 꿈을 키우듯 헨젤과 그레텔 남매도 용기와 미래를 키웠던 것이다.

❧ 13 ❧

뱀이 물어온 세 잎사귀

KHM 16

옛날 가난한 아버지와 아들이 살았다. 너무나 가난해서 밥을 굶게 되자 아들은 아버지의 짐을 덜어주어야겠다며 살 길을 찾아 집을 떠났다. 아들은 마침 전쟁 중이던 한 부강한 나라의 군대에 들어가 전쟁에 참가했다. 총알이 빗발치는 전쟁터를 누비며 용감하게 싸운 덕에 아들은 왕의 신임을 얻어 사령관의 직책에 올랐다. 또 많은 상금도 받아 유명한 사람이 되었다.

왕에게는 아름답지만 성질이 괴팍한 공주가 한 명 있었다. 공주는 자신과 결혼하는 남자는 자신이 먼저 죽게 되면 산 채로 자신과 함께 무덤에 묻혀야 하고, 자신도 남편이 먼저 죽으면 함께 묻히겠다는 조건을 내걸고 신랑감을 구하고 있었다. 아들은 공주의 그와 같은 결혼 조건에 겁내지 않고 공주의 아름다움에 반해 그녀와 결혼했다.

그런데 얼마 후 공주가 병이 들어 의사들의 노력에도 불구하고 죽고 말았으며, 아들도 함께 묻히게 되었다. 산 채로 무덤 속에 묻히게 된 아들은 기가 막히고 두려웠으나 약속을 이행하라는 왕의 엄명에 어찌할 도리가 없어 공주의 시신과 함께 지하 묘지에 묻히게 되었다. 무덤에 묻힐 때 초 네 자루, 빵 네 덩어리, 포도주 네 병만이 아들에게 주어진 전부였으므로 죽음이 점차 아들에게 다가오고 있었다.

그러던 어느 날 아들은 무덤 한 구석에서 뱀 한 마리가 나타나 공주의 시신 쪽으로 기어가는 것을 보고 뱀을 칼로 내리쳐 세 토막을 냈다. 그런데 잠시 후 또 다른 뱀이 나타나 토막나 죽어 있는 뱀을 보고 급히 돌아가더니 곧 입에 초록색 잎사귀 세 장을 물고 되돌아왔다. 그리고 죽은 뱀의 토막난 자리에 잎사귀를 한 장씩 올려놓자 놀랍게도 죽은 뱀이 다시 살아났다.

그 모습을 지켜본 아들은 두 마리 뱀이 사라지자 황급히 땅에 떨어진 잎사귀를 집어 공주의 입과 두 눈에 올려놓았다. 그러자 공주도 역시 깊은 숨을 몰아쉬면서 다시 살아났다. 이렇게 해서 두 사람은 모든 사람들의 환대 속에 다시 삶으로 돌아올 수 있었다. 아들은 이 기이한 잎사귀를 충실한 하인에게 잘 간수하라고 일렀다.

그런데 죽음에서 다시 살아 돌아온 공주는 마음이 변해 남편이 자신을 구해주었다는 사실도 까맣게 잊어버렸다. 얼마 뒤 공주는 남편의 아버지를 만나기 위해 배를 타고 가던 중 선장과 짜고 아들을 바다 속으로 던져버렸다. 그러나 불행 중 다행히도 충성스러운 하인이 공주의 눈을 피해 작은 배로 주인을 바다에서 건져 올렸다. 그리고 자신이 보관하고 있던 잎사귀를 아들의 입과 눈에 올려주어 그는 다시 살아날 수 있었다.

아들과 하인은 있는 힘을 다해 노를 저어 공주와 선장보다 먼저 왕에게로 돌아가 공주의 배신을 고했다. 왕은 진실을 밝히기 위해 두 사람을 아무도 모르게 숨겨놓은 후 뒤늦게 나타난 공주에게 사위의 행방을 물었다. 그러나 자신의 남편이 먼저 와 있다는 사실을 알지 못한 공주는 선장을 증인으로 내세우며 남편은 병이 들어 죽었다고 거짓말을 했다. 그렇게 공주의 거짓과 배신을 확인한 왕은 많은 구멍이 뚫린 배에 공주와 선장을 태워 바다로 보내 파도에 휩쓸려 죽게 했다.

❧

가난한 한 남자가 전쟁 영웅이 되어 공주와 결혼한다. 그러나 결혼 전 서약대로 공주가 죽자 함께 무덤 속에 묻히는 신세가 된다. 한 마디로 순장을 당한 것이다. 순장은 동서양에 걸쳐 널리 퍼져 있는 장례 풍속 중 하나로, 구석기시대로 거슬러 올라가는 아주 오래된 풍속이기도 하다.

호모 사피엔스의 초기 원인에 속하는 네안데르탈인의 무덤에서도 무기와 연장, 제물로 바쳐진 짐승의 뼈가 발견된 것으로 보아 구석기인들도 이미 자신들의 세계와 흡사한 사후세계에 대한 믿음을 가지고 있었음을 알 수 있다. 이와 더불어 순장의 역사 또한 매우 오래된 인간의 종교적 심성의 발로였음을 알 수 있다.

순장의 의미를 살펴볼 수 있는 흥미로운 설화로 《북유럽신화》의 〈발데르의 죽음〉 편을 들 수 있다. 발데르는 북유럽의 주신 오딘이 가장 사랑하는 아들이었다. 뿐만 아니라 그는 신들 사이에서도 가장 아름답고 고결하여 모든 신들의 사랑을 한 몸에 받기도 했다. 그러나 발데르는 북유럽 신화에 나오는 트릭스터인 로키의 간계에 빠져 죽임을 당하게 된다. 발데르는 전쟁터에서 죽은 것이 아니기 때문에 전사자들을 불러 모으는 오딘의 전투장 발할라에도 들어가지 못했다.

오딘과 모든 신들은 슬픔에 빠져 발데르의 장례를 준비했다. 그러던 중 발데르의 아내 난나도 슬픔으로 인해 가슴이 터져 죽자 발데르와 함께 화장되어 저승까지 동반하게 되었다. 이때 신들은 화장하기 위한 배인 링호른 안에 발데르의 애마를 죽여 그 몸뚱이를 나누어 넣은 후 각종 보물과 칼, 물렛가락, 삽, 그릇 등 생활 도구들도 함께 실었다. 그리고 마지막으로 오딘이 자신의 마법의 황금 팔찌를 발데르의 팔에 채워주고 고개를 숙여 아들의 귀에 대고 속삭인 후 배에 불을 붙여 바다로 밀어 보냈다.

오딘이 발데르의 귀에 대고 무엇이라고 속삭였는지에 대한 의문은 《북유럽신화》 연구자들에게 가장 어렵고 궁금한 문제 중 하나이다. 한 가지 분명한 것은 이 〈발데르의 죽음〉에서 우리는 그리스나 로마 신화와는 달리 고뇌하고 운명을 받아들이는 인간과 유사한 북유럽 신들의 비장미와 숙명론, 그리고 '부활의 세계관'

을 엿볼 수 있다는 점이다.

발데르의 죽음을 대하는 신들이 최상의 애도로 이별을 고하면서도 한편으로는 발데르를 화장할 배 안에 그가 사랑하는 말과 보물, 각종 생활 도구를 함께 실어 불태우는 것은 그 죽음이 끝이 아님을 시사한다. 북유럽 신화 연구자 중 한 사람인 독일의 라이너 테츠너Reiner Tetzner는 오딘이 발데르의 귀에 대고 "죄 없는 천진한 자로 돌아오게 되리라고 속삭였을지 모른다."고 발데르의 부활을 암시하는 견해를 밝히기도 했다.

결국 순장은 환생을 위한 모색이었다. 죽음은 그것으로 끝이 아니었다. 죽어서 땅에 묻힌 사람이 새로운 삶으로 돌아오기를 바라는 기도였다. 적어도 그 시작은 그러했을 것이다. 그러나 모든 관습은 세월의 때가 묻으면 처음의 의미는 점차 사라지고 형식과 억압만이 만연하기 마련이다. 이런 의미에서 본다면 순장은 가장 타락한 길을 걸은 인류의 공허한 관념 중 하나일 것이다.

순장 풍속은 자진해서 죽는 경우도 있었으나 강제로 매장되는 것이 대부분이었다. 또 산 채로 묻히는 일도 있었으나 죽어서 묻는 경우가 일반적이었고, 세월이 지난 후에는 흙으로 만든 인형으로 대체되기도 했다.

이러한 순장 풍속의 배경에는 지배층은 죽어서도 살아서와 같은 생활을 누려야 한다는 믿음이 뒷받침되어 있었다. 그러나 점차 생산력이 발달하고 노예 노동이 중시되어 피지배층의 지위가 향상되면서 순장은 서서히 사라져갔다. 특히 불교와 기독교 같은 고등 종교가 수용되고, 죽음에 대한 관념이 이전과 달라지면서 순장은 점차 소멸하게 되었다.

〈뱀이 물어온 세 잎사귀〉도 순장과 관련된 권력의 횡포를 보여주는 이야기이다. 그러나 이 민담은 억울한 약자에게 행해진 순장을 모험담의 구조 속에 순화시켰다. 순장을 당하게 된 주인공에게 이 가상의 죽음은 새로운 삶으로 돌아오기 위한 일시적인 행로였으며, 땅 속에 묻힌 그는 그곳의 비밀을 아는 동물인 뱀으로부터 행운을 얻게 된다.

동물들이 풀이나 열매, 식물의 진 등을 먹거나 발라 상처나 병을 치유하는 모습을 보고 사람의 병을 치료하는 약초와 차로 이용한 예는 실제로도 여러 가지 사례를 들 수 있다. 뱀이 죽은 자를 되살리는 잎사귀를 물고 나타나는 모티프의 배경도 과거 유럽에 널리 퍼진 뱀과 연관된 사고에서 그 맥락을 찾을 수 있다.

그리스 신화의 트릭스터이자 상업의 신이며, 제우스의 전령이기도 한 헤르메스의 지팡이를 두르고 있는 두 마리 뱀은 의술을 상징한다. 그리스인들에게 뱀은 의사를 상징하는 동물이었다. 현대에도 헤르메스의 지팡이는 우리나라와 미국 등 육군 의무대의 부대 기장에서 찾아볼 수 있는 의학적 상징이기도 하다. 또한 뱀은 땅에 몸을 밀착시켜 기어다니기 때문에 땅의 모든 비밀을 알고 있으며, 암수가 함께 다닌다는 사고가 민속에 두루 수용되어 있음을 볼 수 있다.

인간의 생명을 위협하는 고통 중에서 질병 또한 커다란 공포로 인간을 괴롭히는 악마적 요소임에 틀림없을 것이다. 따라서 직접적으로 인간의 생명을 도울 수 있는 의, 식, 그리고 의료와 관련된 일들은 신성한 업적으로 추앙받았음을 쉽게 미루어 짐작할 수 있으며, 이런 추구가 신화와 민담들에 각기 특징적인 모습으로 수용되었다고 보아야 할 것이다. 모든 약초를 일일이 맛을 보고 약초의 효능을 인간에게 알려주었다는 중국의 신농神農씨 신화나 우리의 신화 〈바리데기〉에서 바리데기가 서천서역의 삼신산에서 구해온 '숨살이꽃', '살살이꽃', '뼈살이꽃'들은 인간의 병을 치료하는 약초는 물론 그 약을 사용할 수 있는 인물들에 대한 신성성을 나타낸다.

죽음에 직면했던 〈뱀이 물어온 세 잎사귀〉의 주인공도 뱀으로부터 약초의 효능을 알게 되어 공주와 자신을 구할 수 있었으며, 나중에는 그 잎사귀 덕분에 자신을 배신한 공주를 응징하고 왕위를 이어받았다. 생명을 살리는 잎사귀를 가지고 있는 민담의 주인공으로서 그의 신성함과 권위는 오랫동안 그와 그의 왕국을 지켜줄 것이라는 믿음을 이야기는 전하고 있다.

14
하얀 뱀

KHM 17

세상의 모든 비밀을 알고 있는 왕이 있었다. 왕은 날마다 저녁 식사를 마친 후 주위에 아무도 없으면 충직한 신하를 불러 뚜껑이 덮인 접시를 가져오게 하여 접시 안에 담겨 있는 것을 먹은 후 뚜껑을 덮어 다시 가져가게 했다. 접시 안에 무엇이 들어 있는지 아무도 알지 못했다.

그러던 어느 날 신하는 더 이상 호기심을 참지 못하고 접시의 뚜껑을 열어보았다. 접시 위에는 하얀 뱀 한 마리가 놓여 있었다. 뱀을 본 신하는 그 뱀의 맛을 보고 싶은 마음이 너무나 간절해 살 한 점을 떼어 먹어보았다. 그랬더니 놀랍게도 동물들의 말소리가 들리기 시작했다.

그런데 바로 그 다음 날 왕비의 반지가 없어졌다. 왕비의 처소를 수시로 드나들 수 있었던 그 신하가 의심을 받게 되었다. 신하는 어찌할 바를 몰라 정원을 거닐었다. 그때 신하의 귀에 한 오리가 창문에서 떨어지는 반지를 삼켰더니 몸이 무거워 죽겠다고 불평하는 소리가 들려왔다. 신하는 기뻐하며 그 오리를 잡아 요리사에게 배를 가르게 하여 반지를 찾아 자신의 무죄를 증명할 수 있었다. 그 일로 신하는 왕으로부터 얼마간의 여행을 허락받았다.

여행을 떠난 신하는 우연히 한 호숫가 갈대밭에 갇혀 헐떡거리는 세 마리 물고기의 비명소리를 듣고 살려주었다. 물고기들은 자신을 구해준 은혜를 잊지 않고 꼭 보답하겠다는 인사를 하고 물속으로 사라졌다. 다시 길을 떠난 신하는 자신의 말에 밟혀 죽게 될 개미들을 구해주었다. 개미들도 은혜를 잊지 않겠다는 말을 남겼다. 다시 길을 가다가 이번에는 아직 날 수도 없는 새끼 까마귀들을 어미 새가 둥지 밖으로 밀어내는 광경을 보게 되었다. 신하는 새끼 까마귀들을 위해 자신의 말을 죽여 먹이로 던져주었다. 그러자 새끼 까마귀들도 보답을 약속했다.

그 후 신하는 한참을 걸어 큰 도시에 도착했다. 시내를 돌아다니던 신하는 공주와 결혼을 하고 싶은 사람은 공주가 내는 과제를 풀어야 한다는 소리를 들었다. 그러나 만약 과제를 풀지 못하면 목숨을 잃게 된다고 했다. 이미 많은 사람이 목숨을 잃었기 때문에 이제는 아무도 나서는 사람이 없었다. 신하는 공주의 신랑 후보로 자원을 했다.

첫 번째 과제로 공주는 금반지 하나를 바다 속에 던지고는 그것을 찾아오라고 했다. 신하는 바닷가에 서서 어떻게 해야 할지

곰곰이 생각하고 있었다. 그때 지난번 그가 구해준 세 마리 물고 기가 나타나 조개 하나를 신하의 발밑에 떨어뜨렸다. 조개 안에 는 공주가 바다 속으로 던진 반지가 들어 있었다. 반지를 왕에게 가져가자 왕은 크게 기뻐했으나, 공주는 이에 만족하지 않고 또 다른 과제를 냈다.

다음 번 과제는 좁쌀이 가득 들어 있는 자루 열 개를 정원에 쏟 아붓고 다음 날 해 뜨기 전까지 모두 골라 자루에 주워 담으라는 것이었다. 걱정을 하고 있는 신하 앞에 이번에는 개미들이 나타 났다. 개미들은 밤새 부지런히 좁쌀을 자루에 담았다.

세 번째 과제는 생명의 나무에서 황금사과를 따오는 것이었다. 신하는 생명의 나무가 어디에 있는지도 알지 못한 채 무작정 길 을 나섰다. 이미 세 왕국을 거쳐 몹시 피곤해진 신하는 어느 숲속 의 나무 밑에서 잠이 들었다. 그런데 나무 위에서 무슨 소리가 들 리더니 황금사과 한 알이 그의 손에 떨어지는 것이 아닌가.

이번에는 신하에게 도움을 받았던 새끼 까마귀들이 생명의 나 무가 있는 세상 끝으로 날아가서 사과를 물어온 것이었다. 신하 가 가지고 온 사과를 본 공주는 더 이상 평계를 대지 못하고 신하 와 결혼하여 행복하게 잘 살았다.

⚜

KHM 16 〈뱀이 물어온 세 잎사귀〉에 이어 이 〈하얀 뱀〉 이야기 도 뱀과 연관된 기이한 능력의 획득이 주요 모티프이다. 〈하얀 뱀〉에서 하얀 뱀을 먹은 왕과 신하는 모든 동물의 말소리를 알아들을 수 있는 능력을 갖게 되었다. 또 신하는 이 능력을 바탕으로 도둑 누명에서 벗어날 수 있었다. 그리고 한 나라의 공주와 결혼까지 할 수 있는 행운도 얻게 되었다.

뱀에 관한 이 두 편의 이야기는 우선 뱀과 관련된 고대의 믿음이 만물의 이치를 아는 지혜와 연관되어 있음을 살펴볼 수 있다. 뱀이 생명을 살릴 수 있는 식물을 판별하고 또 이를 사용할 수 있는 지혜를 가지고 있으며, 그런 뱀을 먹게 되면 뱀이 알고 있는 만물의 비밀을 알 수 있는 혜안을 얻을 수 있다는 믿음이 이야기의 토대를 이루고 있다.

뱀이 지혜나 세상의 모든 비밀을 알고 있는 동물로 수용된 것은 뱀이 땅과 가장 가까운 동물로서, 땅의 소리를 가장 잘 들을 수 있는 존재로 이해되었기 때문이다. 그리고 이런 관념하에서 뱀은 그리스 신화에서 세상이 시작된 이래 일어난 모든 일을 알고 있는, 무궁무진한 지혜의 소유자인 대지의 여신 가이아의 신탁을 들을 수 있는 성소 델포이를 지키는 성스러운 존재로 그려져 있다.

그러나 뱀신은 모신들과 적대관계로 발전한 올림포스 신들과는 적대적 양상을 보이거나, 뒤로 물러나 올림포스 신들의 능력의 일부분으로 퇴보되었다. 델포이를 지키던 뱀인 퓌톤은 아폴론에게 죽임을 당함으로써 아폴론에게 지혜와 의술의 신의 자리를 넘겨주었다. 아폴론은 자신의 아들인 아스클레피오스에게 의술을 전해주어 그를 의술의 신으로 만들었다. 아스클레피오스가 가지고 다니던 뱀이 감긴 지팡이는 헤르메스의 지팡이인 케리케이

온과 더불어 의사와 약사들의 상징이 되었다. 아스클레피오스의 지팡이에 감긴 뱀은 아폴론이 퓌톤을 제압함으로써 퓌톤의 능력을 가지게 되었고, 그 능력이 아들인 아스클레피오스에게 이어졌음을 상징하는 것이기도 하다.

또한 아스클레피오스를 임신하고 있던 코로니스를 구해준 헤르메스의 케리케이온을 계승했다고 이해할 수도 있다. 헤르메스의 케리케이온 역시 헤르메스가 아르카디아를 여행하던 중 두 마리 뱀이 싸우고 있는 것을 보고 그들 사이에 아폴론에게서 받은 지팡이를 꽂았더니 두 마리 뱀이 분리되어 지팡이로 감겨 올라온 것이다.

이상과 같은 신화적 배경들은 뱀과 지혜의 신들과 의술의 신들 사이에서 유추할 수 있는 동질성을 가늠케 해준다. 특히 인류 최초의 여성인 판도라에게 목소리를 부여한 헤르메스의 뛰어난 언어적 능력은 헤르메스를 해석자, 전달자, 거짓말쟁이, 장사꾼, 도둑의 신으로 추앙받게 만들었으며, 다른 한편으로는 해석학을 '헤르메노이틱Hermeneutik'이라 지칭하는 이유이기도 하다.

다른 세계를 이해할 수 있는 능력은 우선 그들의 언어를 이해하는 능력에서 출발한다고 보아야 할 것이다. 헤르메스는 여행자로서 세상을 돌아다니며 지혜를 발휘하여 어려움에 처한 영웅들을 구해주고 세상을 중재했다. 어머니 세멜레와 함께 불에 타 죽게 된 디오니소스를 재빨리 꺼내 제우스의 허벅지 속에 넣어 꿰매 살려낸 신도, 마녀 키르케의 마법에 걸리지 않도록 오디세우스에게 약초를 건네준 신도, 메두사의 머리를 자른 페르세우스에게 다이아몬드 칼을 준 신도, 아스클레피오스가 태어나도록 도와준 신 모두 헤르메스였다.

게르만의 서사시 〈니벨룽겐의 노래Das Nibelungen Lied〉의 영웅 지크프리트도 황금을 지키던 용을 죽이고 그 심장을 구워 먹자 자신의 양부인 레긴이 자신을 죽이려 한다는 새들의 말을 듣게 되어 양부를 죽이고 막대한 양의 황금을 차지하게 되었다. 그러나 이야기의 시작부터 이미 용이 지키고 있던 황금을 갖게 된 자는 불행한 결말을 맞게 될 것이라는 저주에서 출발한 지크프리트의 운명은 영웅 서사시의 비극적인 결말에서 벗어나지 못했다. 따라서 지크프리트 서사시는 인간의 한계를 보여주는 전설로 전해지게 되었다.

이에 반해 〈하얀 뱀〉은 행복한 결말을 준비한 민담의 탄탄한 구성으로 이루어져 있다. 주인공인 신하가 뱀의 살점을 먹어 동물들의 말을 들을 수 있게 되고, 그들의 어려움을 도와줌으로써 자신도 도움을 받는다. 그가 도와준 동물들은 차례로 물(물고기)과 육지(개미), 하늘(까마귀)의 동물들로서, 즉 세상의 모든 동물들을 아우르는 역할을 한다고 보아야 할 것이다. 이는 일차적으로 세계 민담의 특성 내지는 구연가의 뛰어난 구상력으로 평가할 수 있다.

그러나 굳이 뱀과 같은 동물을 먹지 않아도 동물들과 소통할 수 있는 다른 민담들을 상기해본다면 이 민담에는 '동물들과 소통하기 위한 수단으로 뱀 고기를 먹는 행위' 이외의 또 다른 배경이 내재되어 있음을 추측할 수 있다. 동물들의 말을 알아들을 수 있게 된 신하가 모든 동물을 이롭게 한 것은 아니다. 물론 자신의 누명을 벗기 위한 자구책이었으나, 신하는 처음으로 말을 알아들은 오리의 배를 갈라 왕비의 반지를 찾아낸다. 여기서 우리는 뱀 또는 이와 유사한 용의 고기를 먹은 인물들이 처음 알아들은 언어가 새의 말이었다는 사실과 그들로부터 획득한 것이 황금이나 반지와 같은 보물이었다는 사실에 주목할 필요가 있다.

블라디미르 프로프는 뱀의 고기를 먹음으로써 새들과 다른 동물들의 말을 알아듣게 되는 모티프를 '마법적 능력을 얻기 위한 삼킴과 토함'의 모티프로 파악했다. 프로프는 제의나 입문의례에 임하는 사람들이 용이나 물고기 등에 삼켜져 '삼킨 자의 뱃속' 같은 저세상을 다녀온 이야기들에 주목했다. 그는 이들 이야기에서 괴물의 뱃속으로 들어간 자들은 보물을 획득하거나 죽은 자들을 만나며, 결국에는 괴물이 이들을 다시 뱉어냄으로써 '토해진 자'는 우주를 이해하게 되고 전지를 획득했다고 파악했다. 그러나 점차 제의와 의례가 희미해지고 축소되면서 용이나 뱀과 같은 동물에게 삼켜지던 것에서 반대로 이들 동물을 삼키는 행위로 역전되었다고 보았다. 즉 용이나 뱀에게 삼켜지는 것이 아니라, 반대로 삼키는 동물을 죽여 그 살이나 국물 등을 먹음으로써 마법적 능력을 획득하고 이로부터 동물들의 말을 알아듣게 되는 영웅이 탄생하는 이야기로 전환되었다고 설명했다.

이와 같은 프로프의 견해는 전래설화나 창작동화에 수용된 아버지나 괴물, 늑대, 물고기 등에 삼켜졌다가 다시 살아나오는 모티프에 접근할 수 있는 길을 제시해주고 있다. 이른바 아비인 크로노스가 자식을 삼키는 행위는 그가 신, 아버지이기 때문이며 크로노스의 신성이 자식들에게 부여되었음을 보여주는 메타포로 이해할 수 있다. 또한 오딘이 늑대 펜니르의 뱃속으로 들어간 이야기, 고래에게 삼켜졌던 선지자 요나의 이야기, 물고기 뱃속에서 아버지를 만난 피노키오 이야기 등은 모두 성숙을 위해 기이한 세계를 체험하는 모험의 경로로 파악할 수 있다.

또한 원시사회에서 토템 동물의 능력을 획득하기 위해 토템 동물의 몸 일부를 먹는 행위도 이와 동일한 차원에서 설명할 수 있다. 처음에는 동물의 행위나 사고를 이해하기 위해 사냥할 동물의 일부를 먹었던 것처럼, 토템 동물의 능력을 전수받고 동일한 지평을 획득하기 위해 토템 동물의 일부를 먹는 행위로 발전되었다.

인류의 가장 초기 축제 형태라고 할 수 있는 이러한 토템적 식사는 아버지의 힘을 이어받으며 아버지와 동일시될 수 있는 근거를 마련하기 위해 행해졌던 '부친 살해 및 식인제의'의 기원적 배경을 유추할 수 있는 근거로 삼을 수 있다. 아울러 부활의 표상인 '두 번 태어난 자' 디오니소스를 기리는 축제(디오니소스를 상징하는 염소를 갈가리 찢어서 먹고 포도주를 마시는 축제)와 나아가 유월절 축제를 계승한 예수의 성찬의식에 대한 기원을 설명하는 단초로도 이해할 수 있을 것이다.

❦ 15 ❦
어부와 그의 아낙

KHM 19

어느 바닷가 오두막집에 가난한 어부와 아내가 살고 있었다. 어느 날 어부는 여느 때처럼 바다에 나가 고기를 잡고 있었다. 어부는 커다란 넙치 한 마리를 잡아 올렸는데, 뜻밖에도 넙치가 말을 하며 자신은 마법에 걸린 왕자이니 놓아달라고 사정을 했다. 어부는 넙치의 간절한 애원을 물리치지 못하고 놓아주었다.

어부는 집으로 돌아와 아내에게 넙치 이야기를 했다. 어부의 아내는 아까운 기회를 놓칠 수 없다며 어서 바다로 가 넙치에게 살려준 대가로 새집 한 채를 지어달라고 소원을 빌라며 어부를 집 밖으로 내몰았다. 어부는 할 수 없이 바닷가로 나갔다. 조금 전까지 맑고 투명했던 바다는 푸르고 누르스름한 녹색을 띠고 있었다. 어부는 넙치를 불렀다.

"넙치야, 넙치야. 깊은 바다 속 넙치야. 내 마누라 일제빌이 내 말을 듣지 않는구나."

잠시 후 물 밖으로 고개를 내민 넙치는 그녀가 원하는 것이 무엇이냐고 물었다. 어부가 아담한 집 한 채를 원한다고 답했다. 그러자 넙치는 집으로 가보면 새집이 지어져 있을 것이라고 말했다. 집으로 돌아온 어부는 아담한 집 앞에 놓인 의자에 흡족하게 앉아 있는 아내를 볼 수 있었다.

그러나 얼마쯤 지나자 어부의 아내는 집이 비좁다고 불평을 하면서 다시 넙치에게 근사한 성을 지어달라고 부탁하라며 어부를 괴롭혔다. 아내의 성화에 못 이겨 어부는 다시 바닷가로 나갔다. 바다는 고요하기는 하지만 온통 짙은 보라색과 파란색, 잿빛을 띠고 있었다. 어부가 다시 넙치를 불렀다.

"넙치야, 넙치야. 깊은 바다 속 넙치야. 내 마누라 일제빌이 내 말을 듣지 않는구나."

넙치가 다시 나타나 그녀가 원하는 것이 무엇이냐고 묻자, 어부는 근사한 성이라고 답했다. 넙치는 어부에게 그녀가 성문 앞에서 기다리고 있을 테니 어서 가보라고 했다. 역시 이번에도 어부는 수많은 하인과 귀한 물건들로 가득 찬 성의 계단에 서 있는 아내를 볼 수 있었다. 어부는 아무쪼록 이 아름다운 성에서 즐겁게 살기를 바라며 아내와 함께 잠자리에 들었다.

그러나 다음 날 아침 어부가 잠에서 깨어나자마자 아내는 마음이 변해 이제는 왕비가 되고 싶다고 어부를 졸라댔다. 어부는 파도가 일며 고약한 냄새가 나고 완전히 잿빛으로 물든 바닷가에

서서 또다시 넙치에게 아내의 요구를 전해야 했다. 그리고 다이아몬드와 보석으로 장식된 높은 옥좌에 앉아 왕비가 된 아내에게 더 이상 욕심 내지 말자고 말했다. 그러나 그 말이 채 끝나기도 전에 어부의 아내는 왕비가 아니라 여왕이 되고 싶다며 마음을 바꿨다.

어부는 다시 미친 듯이 파도치면서 거품이 이는 완전히 시커멓게 변해버린 바닷가에 서서 넙치를 불렀다. 넙치는 이번에도 어부의 아내를 여왕으로 만들어주었다. 그러나 여왕의 자리도 어부의 아내를 만족시킬 수는 없었다. 다음 날 그녀는 교황이 되고 싶다고 말했다. 어부는 또 집채만한 파도가 해안을 때리는 시뻘건 바다로 나가 넙치를 불렀으며, 어부의 아내는 소원대로 교황이 되었다.

그러나 어부의 아내는 그 밤이 채 지나기도 전에 교황보다 더 위대한 존재가 되고 싶었다. 그녀는 어처구니없게도 떠오르는 아침 해를 보면서 그 해도 마음대로 할 수 있는 절대자가 되고 싶은 욕망에 사로잡혔다. 어부의 아내는 또다시 남편을 닦달했다. 아내의 끝없는 욕망에 두려움을 느낀 어부는 아내 앞에 무릎을 꿇고 간절히 만류했으나, 아내는 머리카락을 곤두세우며 미친 듯이 날뛰었다. 어부는 바닷가로 뛰쳐나갔다. 바닷가에는 사나운 폭풍이 휘몰아치고 있었으며, 칠흑같이 어두운 바다는 산 같은 시커먼 파도와 거품을 뿜어내고 있었다. 어부는 바다를 향해 울부짖으며 소리쳤다.

"넙치야, 넙치야. 깊은 바다 속 넙치야. 내 마누라 일제빌이 내

말을 듣지 않는구나."

거품으로 뒤덮인 바닷물 위로 올라온 넙치가 그녀가 원하는 것이 무엇이냐고 물었다. 어부는 울면서 그녀가 신이 되고 싶어한다고 말했다. 그러자 넙치는 그녀가 다시 오두막에 앉아 있을 것이니 어서 가보라고 말했다. 이렇게 그들은 다시 오두막에서 살게 되었다.

⚜

〈어부와 그의 아낙〉은 KHM 47 〈노간주나무〉와 더불어 포메른 지방의 화가 필리프 오토 룽게의 텍스트에서 채록한 것이다. 룽게는 1806년 이 두 편의 민담을 저지독일어, 즉 방언으로 기술하여 하이델베르크의 출판업자인 요한 게오르그 짐머만에게 보냈다. 짐머만은 이 텍스트를 다시 클레멘스 브렌타노에게 보냈다. 브렌타노는 당시 독일의 시대사조였던 낭만주의의 선두 작가 중 한 사람으로,《소년의 마법피리》에 이어 독일 민속문학의 자산이 될 민요와 설화들을 폭넓게 수집하고 있었다. 그림 형제도 룽게의 민담을 보고 싶어했으나 브렌타노의 거절로 접하지 못하다가《소년의 마법피리》의 공저자인 아힘 폰 아르님에 의해 〈노간주나무〉가 한 잡지에 발표되고, 〈어부와 그의 아낙〉도 아르님의 도움으로 필사를 할 수 있게 되어 룽게의 두 편의 민담을 KHM에 실을 수 있었다.

아직까지 룽게의 민담 근원 설화나 출처에 대해서는 정확히 밝혀지지 않았으나, 그림 형제는 저지독일어로 기록된 이 두 편의 텍스트를 민담의 모범으로 삼았다. 그러나 1812년 KHM 최초의 1집에서는 다른 민담들과 마찬가지로 고지독일어(표준어)로 출판했다. 그러다가 마침 룽게와 같은 포메른 지역 출신이었던 KHM의 출판인인 게오르그 안드레아스 라이머의 도움으로 1843년 5집부터는 저지독일어로 출간하여 지금에 이르게 되었다.

　방언으로 쓰인 민담이라는 특성과 함께 화가였던 룽게의 텍스트는 설화적 특성이나 예술성에서도 그림 형제에게 깊은 영감을 주었다. 어부가 아무 조건 없이 넙치를 놓아주었을 때 바다는 맑고 투명했다. 그러나 아내의 성화에 못 이겨 요구의 수위가 점차 높아질수록 바다는 암울하게 변해갔다. 처음 어부가 아내의 요구를 전하러 바닷가로 갔을 때 바다는 푸르고 누르스름한 녹색을 띠고 있었다. 그 다음에는 온통 진한 보라색과 파란색, 잿빛을 띠고 있었다. 세 번째로 어부가 바닷가에 갔을 때 바다는 고약한 냄새가 나며 완전히 잿빛으로 물들어 있었다. 네 번째 바다는 미친 듯이 파도치면서 거품이 일며 시커멓게 변해 있었다. 그리고 다섯 번째로 파도가 해안을 때리고 있는 시뻘건 바다에서는 집채만 한 파도가 몰아치고 있었다. 마지막으로 어부가 신이 되고 싶다는 말을 전하러 갔을 때 칠흑같이 어둡고 산같이 높은 시커먼 파도가 거품으로 들끓고 있는 바다의 모습은 되돌릴 수 없는 분노를 보여주는 듯하다.

　이렇듯 점점 강하게 상승하는 시각적인 이미지를 통해 과도한 욕망이 불러올 위험에 대해 강한 경고를 나타내고 있는 인상적인 이 민담에 대해 그림 형제는 "이브에서 맥베드 부인에 이르기까지 높은 자리에 오르기 위해 남편을 도발시킨 여성들에 관한 이야기"라고 언급했다. 그림 형제의 이와 같은 생각은 당시의 사회적 분위기와 특히 독실한 기독교도였던 형제의 가치관에서 비롯되었다고 보아야 할 것이다. 어부 아내의 엉뚱한 요구, 즉 교황으로도 부족해 신이 되고 싶어했던 도발적인 한 여성의 욕망에 분노를 전하고자 하는 듯하다.

그러나 민담의 모티프는 언제나 유동적인 것이기 때문에 여타 다른 지역에 유포된 유사 민담들에서는 다른 여러 소망들이 나타나 있기도 하다. 스페인의 한 판본의 여인은 처음에는 암소, 다음에는 좋은 집, 좋은 옷, 가구, 그리고 마지막에는 여시장이 되기를 원한다. 또한 이후 독일에 유포된 다른 판본들에서는 아내 대신 남편의 욕망에 초점이 맞혀져 있기도 하다. 이러한 변화와 유동성은 이 민담의 경고가 유독 여성에게 집중되어 있음이 아니라는 것을 보여주며, 인간의 끝없는 욕망을 경계하는 이야기로 이해함이 옳을 것이다. 예를 들어 억지를 써서 하느님에게 얻어낸 세 가지 소망을 아내와의 다툼으로 헛되이 만들어버린 한 어리석은 남자에 대한 이야기가 여기에 해당한다.

노벨문학상 수상자인 독일의 귄터 그라스Günter Grass는 그의 소설 《넙치Der Butt》(1977)를 통해 인간의 허황된 욕구를 무의미함을 넘어 저주로 표현했다. 귄터 그라스의 《넙치》에서 어부에게서 풀려난 넙치는 주인공에게 영원불멸성을 부여한다. 그러나 어부에게 남은 것은 끝없는 지루함뿐이었다. 어부는 넙치를 자유롭게 해준 대가로 영원불멸성을 얻었으나, 그에 반해 자유와 시간의 존귀함을 잃은 것이다. 오히려 넙치가 수백 년 동안 자신의 삶의 대화 동반자로 어부를 선택한 것이다.

그라스의 메시지를 보면서 '어부의 아내'가 소원대로 신이 되었다면 과연 행복했을까?

☙16☙

용감한 꼬마 재봉사

KHM 20

어느 날 잼을 바른 빵에 달라붙은 귀찮은 파리를 헝겊으로 내리쳐 한 방에 일곱 마리나 잡은 한 꼬마 재봉사가 있었다. 그는 자신의 재주에 경탄하여 '한 방에 일곱'이라는 수를 놓은 띠를 두르고 치즈 한 조각과 새 한 마리를 주머니에 넣고 세상 구경을 나섰다.

길을 나선 꼬마 재봉사는 제일 먼저 산에서 만난 거인 한 명과 힘을 겨루었다. 거인은 '한 방에 일곱'이라는 띠의 문구를 보고 조금은 꼬마 재봉사를 경계하며, 첫 번째 시합으로 돌 움켜잡기 내기를 했다. 거인이 돌에서 물이 뚝뚝 떨어지도록 움켜쥐자 꼬마 재봉사는 주머니에 있던 치즈를 꺼내 움켜쥐어 보였다. 꼬마 재봉사의 손가락 사이에서 치즈가 삐져나오는 것을 본 거인은 두 번째로 돌팔매질 시합을 요구했다.

거인은 돌멩이가 거의 보이지 않을 정도로 하늘 높이 던져 올렸다. 그러자 꼬마 재봉사가 주머니에서 새를 꺼내 하늘로 날리자 자유를 얻은 새는 몹시 기뻐하며 멀리멀리 날아갔다. 세 번째로 거인은 참나무 들어올리기를 제안했다. 꼬마 재봉사는 거인에게 나무 밑동을 들게 하고, 자신은 나뭇가지를 드는 대신 그 위에 올라앉았다. 뒤를 돌아볼 수 없었던 거인은 나뭇가지에 걸터앉은 꼬마 재봉사까지 둘러메고 가야 했다. 거인이 한참을 가다 도저히 견딜 수가 없어 나무를 내려놓자 꼬마 재봉사는 재빨리 뛰어내렸다.

거인은 자신의 친구들이 있는 동굴로 꼬마 재봉사를 데리고 가서 침대 하나를 내주며 푹 쉬라고 말했다. 그러나 침대가 너무 크다고 생각한 꼬마 재봉사는 동굴 한 구석에서 잠을 청했다. 한밤중이 되자 거인은 꼬마 재봉사가 잠들었다고 생각하고 몽둥이로 침대를 힘껏 내리쳤다. 그러나 다음 날 아침 아무렇지도 않은 얼굴로 자신들을 따라 나서는 꼬마 재봉사를 본 거인들은 무서워서 모두 도망치고 말았다.

의기양양해진 꼬마 재봉사는 왕이 사는 궁전에 도착했다. 이곳에서도 그는 띠에 새긴 문구를 이용해 군인으로 일하게 되었다. 그러나 다른 군인들은 꼬마 재봉사가 마음에 들지 않아 그를 내칠 궁리를 했다. 그들은 모두 모여서 왕에게 꼬마 재봉사와 함께 지낼 수 없다며 떠나겠다고 말했다. 왕도 꼬마 재봉사 한 사람 때문에 군인 모두를 잃을 수 없다고 생각하여 그를 쫓아내고 싶었지만 두려워서 섣불리 나서지 못했다.

궁리 끝에 왕은 꼬마 재봉사에게 숲속의 두 거인을 없애주면 공주와 왕국의 절반을 주겠다고 제안했다. 숲으로 들어간 꼬마 재봉사는 거인들끼리 싸움을 붙여 서로 때려죽이게 만들었다. 그러나 왕은 또다시 숲속에 사는 일각수를 잡아오라고 했다. 이번에도 혼자 숲으로 들어간 꼬마 재봉사는 꾀를 올려 나무에 뿔이 깊이 박혀 빠지지 않는 일각수를 사로잡았다. 다음에도 왕은 또 핑계를 만들어 숲속에 사는 난폭한 멧돼지를 잡아오라고 했다. 꼬마 재봉사는 역시 꾀를 내어 멧돼지를 교회에 가두어버림으로써 마침내 공주와 결혼하게 되었다.

그러나 꼬마 재봉사가 마음에 들지 않았던 공주는 그의 잠꼬대를 듣고 그가 재봉사 출신임을 알게 되어 왕에게 자신을 구해달라고 하소연했다. 왕은 꼬마 재봉사가 잠이 들면 그를 묶어 바다에 버리기로 하고, 공주에게 방문을 열어두라고 일렀다. 그러나 꼬마 재봉사를 좋아하게 된 왕의 신하가 이 사실을 미리 알려주었다. 꼬마 재봉사는 잠든 척하고 잠꼬대를 하는 것처럼 큰 소리로 말했다.

"이녀석. 웃옷을 만들고 바지를 꿰매. 그렇지 않으면 이 자로 따귀를 갈겨줄 테다. 나는 한 방에 일곱을 처치하고, 거인을 둘이나 죽이고, 일각수와 멧돼지를 잡은 사람이야. 그런 내가 밖에 있는 저 따위 녀석들을 겁낼 것 같아?"

밖에서 그의 잠꼬대를 듣고 있던 사람들은 모두 두려워서 달아나버렸다. 그리하여 꼬마 재봉사는 평생 왕으로 잘 살았다.

꼬마 재봉사는 기적적인 능력과는 거리가 먼 평범한 직업의 소시민이었다. 그러나 세상 구경을 떠난 그에게 '한 방에 일곱'이라는 표식은 예상 외로 큰 효과가 있었으며, 가는 곳마다 그에게 커다란 행운을 안겨주었다. 산에서 만난 거인은 숫자에 놀라서 기가 죽었으며, 왕까지 두려워하게 만들었다. 물론 그는 자신의 호언을 실천에 옮겨야 하는 위기를 여러 번 맞았지만, 그때마다 꾀를 써서 위험에서 벗어날 수 있었고 또한 굽히지 않는 용기로 왕의 자리에까지 올랐다.

이 민담은 결혼 유형으로 보면 비나혼에 해당하며, 왕을 위협하는 사윗감의 존재와 딸의 결혼을 저지하려는 왕이 등장하는 마법담의 구조를 가지고 있다. 그러나 거인을 이기는 방식, 즉 문제를 해결하는 방식이 여타 마법담과는 달리 초월적 존재인 보조자의 도움 없이 스스로의 힘으로 자기 자신을 구한다는 데 차이가 있다. 또한 왕의 사위가 되는 사람이 평민 출신이라는 것도 다른 마법담의 이야기들과 구별되어 이야기를 소담화시키는 작용을 한다. 만일 이 이야기가 마법담에 머물렀다면 주인공은 재봉사가 아니라 왕자였을 것이며, 그 왕자는 스스로의 재치나 거짓말이 아니라 제삼의 인물의 도움으로 목표에 도달했을 것이다.

세상 구경에 나선 꼬마 재봉사가 만난 세상은 그에게 결코 친절하지 않았다. 뿐만 아니라 거대한 힘으로 그의 새로운 세상으로의 진입을 방해하고 위협했다. 처음으로 세상에 나가 꼬마 재봉사가 만나게 된 거인들은 소시민인 재봉사가 상대해야 할 세계를 의미한다고 볼 수 있다. 그러나 꼬마 재봉사와 거인의 힘겨루기는 이미 다윗과 골리앗의 이야기에서 정통성을 확보한 바 있으며, 왕의 첫 번째 과제였던 숲속의 거인 퇴치담도 그리스 신화의 한 부분으로 소급할 수 있다.

황금 양모를 구하기 위해 콜키스에 도착한 아르고호의 영웅 이아손에게 콜키스의 왕인 아이에테스는 황금 양모를 내주는 조건으로 불가능한 과제를 부여한다. 아이에테스 왕의 과제는 헤파이스토스가 자신에게 선물한 두 마리 황소에게 멍에를 씌워 밭을 간 후, 그 밭에 아테네 여신에게서 받은 용의 이빨을 파종하라는 것이었다. 이 황소는 청동 발굽을 가진 입으로 불을 뿜는 괴물이었으며, 용의 이빨은 밭에 뿌려지면 무기를 든 거인이 되어 파종한 사람을 공격하는 마법의 이빨이었다.

그러나 이아손의 늠름한 모습에 반한 아이에테스의 딸 메데이아가 자신을 아내로 맞이하겠다는 서약을 받고 이아손에게 황소가 내뿜는 불에 견딜 수 있는 마법의 약을 줌으로써 이아손은 황소에게 멍에를 씌워 밭을 갈 수 있었다. 또한 메데이아는 용의 이빨에서 태어난 거인들의 힘은 세지만 머리가 아둔한 점을 이용해 그들 한 명에게 돌을 던져 서로 싸우게 해 모두 죽게 만들었다.

거인을 퇴치한 메데이아의 방법은 꼬마 재봉사가 거인들을 골려준 방법과 거의 흡사하다. 이야기는 힘없고 작은 소인의 재치와 거인의 우둔함을 대조하면서 거인의 파멸을 보여준다. 그러나 이러한 거인의 파멸이 외부적 사건이 아니라 내적인 불신의 결과라는 점에서 이 두 이야기는 상당 부분 정치적이며 풍자적이다.

정치사회학자 이링 페처Iring Fetscher는 〈용감한 꼬마 재봉사〉에서 찾아볼 수 있는 소시민의 역할과 덕목에 대해 "기지와 조소, 술수는 굼뜨고 생각이 더디며 자신의 명예에 집착하는 당시의 영주들과 대비되는, 당시 사회에서 부상하고 있던 소시민들의 특징을 나타낸다. 사회적으로 부상하고 있던 소시민의 투쟁이 그림 형제의 많은 유명한 민담들에 반영되었다. 이 모습이 가장 명확하게 묘사된 이야기가 〈용감한 꼬마 재봉사〉일 것이다."라고 평가했다.

이링 페처가 언급했듯이 유럽에 일찍이 시민사회가 형성된 것은 소시민들의 투쟁과 이로부터 획득한 정치적·사회적 영향력 때문이었다. 19세기 전반까지 독일은 인구의 3분의 2가 농업에 종사하고 있었으며, 여전히 영주와 농민 사이에는 반봉건적인 관계가 청산되지 않고 있었다. 그러나 1807년 이래 각 영방들에서 행해진 농민 해방Bauernbefreiung의 결과, 토지를 잃은 농민들이 도시 노동자로 전락하는 기이한 노동력 창출이 대량으로 이루어졌다.

도시 노동자의 한 사람인 우리의 '꼬마 재봉사'도 원래 신체적으로 작거나 어린 '꼬마'가 아니다. 그럼에도 불구하고 그에게 축소형 어미 '-lein'을 부여하여 '꼬마 재봉사Schneiderlein'라 칭한 것은 일차적으로 그가 민담의 주인공이라는 것을 의미한다. 나아가 힘없고 가진 것 없는 평민 출신의 재봉사인 그가 상대해야 하는 거대한 세상이 거인만큼이나 위협적이라는 사실을 상대화한 것이라고 할 수 있다. 그러나 그는 과감히 세상과 맞선다. 따라서 재봉사라는 낮은 신분과 자신의 직업적 재치를 이용해 왕의 자리에까지 오른 이 '용감한 꼬마 재봉사'는 새로운 시대를 여는 혁명

가라고 할 수 있다. 따라서 그의 이야기는 신분 상승기라기보다는 신분 해체기로 보아야 할 것 같다. 해체는 진보를 위함이며, 더 나은 세상에 대한 갈구, 이는 여전히 희망이다.

17

재투성이

KHM 21

　병석에 누워 있던 어머니가 세상을 떠나자 소녀는 매일같이 무덤을 찾아가 슬피 울었다. 그렇게 겨울이 지나고 봄이 오자 아버지는 새 부인을 얻었다. 그러나 계모와 소녀보다 나이가 많은 계모의 두 딸은 얼굴은 예쁘지만 마음씨가 매우 고약했다. 그들은 소녀를 구박하며 온갖 집안일을 시키고, 잠도 부엌의 아궁이 옆에서 자게 했다. 그래서 그녀는 항상 재투성이로 지내야 했으며, 식구들은 그녀를 '재투성이'라고 불렀다.

　그러던 어느 날 아버지는 장을 보기 위해 길을 나서면서 아이들에게 필요한 물건이 무엇인지 물어보았다. 위의 두 언니는 아름다운 옷과 보석을 원했으나, 재투성이는 집에 돌아올 때 아버지 모자에 닿는 첫 번째 나뭇가지를 꺾어달라고 부탁했다. 아버지는 재투성이의 말대로 자신의 모자에 닿은 첫 번째 나뭇가지인 개암나무의 가지를 꺾어다 재투성이에게 주었다. 재투성이는 그 나뭇가지를 어머니 무덤 옆에 심고 매일 그곳에서 하염없이 울었다. 개암나무는 금세 자라 아름다운 나무가 되었다. 그 후로도 재투성이는 매일 하루에 세 번씩 어머니 무덤에 가서 울며 기도를 했다. 그때마다 하얀 새 한 마리가 날아와 그녀가 원하는 것을 던져주곤 했다.

그러던 어느 날 그 나라의 왕자가 신붓감을 구하기 위해 온 나라의 처녀들을 초대하여 사흘 동안 파티를 열었다. 재투성이도 그 파티에 가고 싶었다. 그러나 계모는 콩 한 말을 잿더미 속에 쏟아붓고 2시간 안에 콩을 모두 골라놓으면 파티에 가게 해주겠다고 말했다. 재투성이는 뒷마당으로 나가 커다란 소리로 노래를 불렀다.

"착한 비둘기들아, 산비둘기들아, 하늘 아래 모든 새들아. 이리 와서 콩 고르는 것을 도와다오. 좋은 콩은 단지 안에, 나쁜 콩은 뱃속에."

그러자 온갖 새들이 날아와 콩을 쪼아서 채 1시간도 걸리지 않아 단지 안에 콩을 모두 골라 넣었다. 계모는 다시 콩 두 말을 잿더미 속에 섞어놓고 1시간 안에 골라놓으라고 억지를 썼으나, 이번에도 새들이 날아와 30분도 안 되서 일을 마쳤다. 그러나 계모는 입고 갈 옷도 없는 재투성이를 데리고 갈 수 없다며 자신의 딸들만 데리고 파티장으로 향했다. 재투성이는 어머니 무덤에 가서 "온몸을 흔들어라 나무야. 나에게로 금과 은을 던져다오."라고 슬피 울면서 소리쳤다.

그러자 하얀 새가 나타나 금과 은실로 짠 드레스와 신발 한 켤레를 던져주었다. 재투성이는 서둘러 성으로 달려갔다. 공주처럼 아름다운 재투성이는 왕자와 춤을 추웠다. 어느 덧 밤이 되고 그녀는 왕자의 배웅을 받으며 집으로 돌아왔다. 왕자는 그녀가 어느 집 딸인지 알고 싶었으나, 재투성이가 재빨리 비둘기장 속으로 도망가 찾을 수가 없었다. 왕자는 재투성이 아버지와 함께 비둘기장을 부숴보았다. 그러나 그녀는 이미 그곳을 빠져나와 아름다운 옷을 무덤 위에 벗어놓고 잿빛 옷으로 갈아입은 후 잿속에 누워 있었기 때문에 그녀를 알아보지 못했다.

이튿날 재투성이는 다시 개암나무로 가서 더 예쁜 옷과 신발을 받아 입고 왕자와 춤을 추었다. 재투성이는 밤이 되자 다시 왕자를 버려둔 채 배나무 위로 올라가 몸을 숨겼다. 이번에도 왕자는 재투성이 아버지의 도움으로 배나무를 베었으나 그녀를 찾을 수 없었다. 사흘째 되는 날 재투성이는 개암나무로부터 더욱 화려하고 눈부신 드레스와 순금으로 된 신발을 받았다. 재투성이는 밤이 되자 또 서둘러 성을 떠나려고 했다. 그러나 이번에는 왕자가 미리 계단에 송진을 발라두었기 때문에 재투성이의 왼쪽 신발이 계단에 달라붙고 말았다.

이튿날 아침 왕자는 그 신발을 들고 재투성이 아버지에게 가서 그 신발이 맞는 처녀와 결혼하겠다고 말했다. 큰딸이 먼저 신발을 신으려 했으나 들어가지 않았다. 그러자 계모는 큰딸에게 칼을 주며 왕비가 되면 더 이상 걸을 일이 없으니 엄지발가락을 자르라고 말했다. 엄지발가락을 자른 후 억지로 신발을 신고 나타난 큰딸을 데리고 왕자는 성으로 가기 위해 재투성이 어머니의 무덤 옆을 지나게 되었다.

그때 개암나무에 앉아 있던 두 마리 비둘기가 "구구구구. 피투성이 너무 작은 신발을 신고 있는 여자는 진짜 신부가 아니지."라고 노래했다. 그 소리를 듣고 다시 재투성이 집으로 돌아온 왕자 앞에 이번에는 둘째 딸이 발뒤꿈치를 자르고 나타났다. 왕자가 둘째 딸을 데리고 또다시 재투성이 어머니의 무덤 옆을 지날 때 이번에도 두 마리 비둘기가 "구구구구. 피투성이 너무 작은 신발을 신고 있는 여자는 진짜 신부가 아니지."라고 꾸룩거렸다.

드디어 재투성이 차례가 되었다. 계모는 더러운 재투성이에게는 말도 안 되는 소리라며 만류했으나, 왕자는 재투성이에게 황금 신발을 신겨보았다. 재투성이의 발은 신발 안으로 끌려들어가듯 꼭 들어맞았다. 그리고 그녀의 얼굴을 자세히 본 왕자는 자신과 춤을 추었던 처녀가 바로 재투성이라는 것을 알아차렸다. 왕자와 재투성이는 말을 타고 함께 성으로 향했다.

그리고 개암나무 밑을 지날 때 두 마리 비둘기가 "구구구구. 피가 흐르지 않는 신발이 꼭 맞는 그 처녀가 진짜 신부지."라고 노래하며 재투성이의 양 어깨 위에 올라앉았다. 왕자와 재투성이는 곧 성대한 결혼식을 올렸다. 그러나 결혼식 날 작은 행운이라도 얻으려고 나타난 두 언니는 두 마리 비둘기에게 눈알이 쪼여 평생 장님으로 살아야 했다.

❧

〈신데렐라〉라는 이름으로 더 익숙한 〈재투성이〉만큼 널리 알려져 사랑받는 민담도 드물 것이다. 〈재투성이〉는 전세계적으로 1,000여 편이 넘는 이본들이 있으며, 주인공의 이름도 여러 가지이다. 우리에게도 매우 익숙한 〈재투성이〉 이야기는 여러 각도에서 재조명되어야 하는 민담이다. 또한 오늘날에도 가장 많은 변형본이 창작되고 있으며, 그에 대한 해석들도 매우 다양하다.

그림 형제가 KHM을 출판하기 이전 이미 프랑스의 샤를 페로 Charles Perrault가 쓴 〈상드리용Cendrillon〉이 독일에 널리 유포되어 있었다. 그러나 그림 형제는 독일에서 가장 널리 알려진 이야기를 자료로 삼았다. 그리하여 독일어 표기인 〈재투성이Aschenputtel〉로 제목을 정하고, 가장 많은 사람이 알고 있는 결말로 이야기를 끝맺었다. 그리고 1819년 KHM 제1집과 2집을 합권할 때 헤센 지방의 판본을 보충하면서 민담에 알맞은 문체로 이야기를 윤색했다.

그러나 이 〈재투성이〉 이야기는 일반적으로 착한 요정과 호박으로 만든 마차, 마부로 변한 쥐 등의 화려한 배역으로 가득 찬 샤를 페로의 〈상드리용〉으로부터 각인된 선입관이나 어머니 무덤의 나무와 새가 주는 기적의 선물에 의해 별다른 노력 없이 그저 행운만으로 화려한 신분 상승에 이른 여성에 대한 이야기로 간주되곤 한다.

확실히 〈재투성이〉 이야기에는 일반에서 인정할 만한 특별한 도덕적 행위나 요구를 찾아볼 수 없다. 또한 '어찌해야 한다'는 당위적 표현도, 재투성이가 '특별히 예쁘다거나 어떤 재주가 있다'는 묘사도 찾아볼 수 없다. 이런 점을 보완하기 위해서 샤를 페로는 이야기 끝부분의 '교훈' 편에 "아름다움보다는 착한 마음씨가 더 가치가 있다." 그리고 '또 다른 교훈' 편에 "모든 재능과 좋은 조건들도 이것들을 가치 있게 해줄 대부나 대모가 없으면 소용이 없다."는 도덕적 제시를 첨부해놓은 것으로 보인다. 그러나 페로의 이 같은 도덕적 견해는 궁정 작가로서 자신이 속한 계층에서 벗어나지 못한 오류라는 것을 알 수 있다. 원래 프랑스판 구전 〈신데렐라〉에도 요정이나 호박 마차 등은 등장하지 않는다.

현대의 정신분석학자들은 이 〈재투성이〉 이야기를 주로 자매들 사이의 갈등관계로 파악한다. 또한 브루노 베텔하임은 〈재투성이〉 민담은 어린이들로 하여금 오이디푸스적인 환멸과 거세불안, 자기 비하의 절망감에서 자기 자신을 끌어올려 자율성과 근면성 그리고 자기 정체성을 획득하게 해준다고 보았다. 그러나 〈재투성이〉 이야기를 교육적이나 심리적인 견해만으로 이해하는 것은 매우 소극적인 접근방식이다. 앞에서 이야기한 것과 같이 〈재투성이〉 유형의 민담은 전세계에 유포되어 있는 광포설화로서 몇 가지로 압축할 수 있는 공통 모티프를 가지고 있다. 가장 중요하고 특징적인 공통 모티프는 '나무'와 '재', 그리고 '신발'일 것이다.

블라디미르 프로프는 '무덤 위의 나무'에 대해 언급한 적이 있는데, 그는 무덤 위의 나무는 '모계 조상의 매장'과 관련이 있다고 보았다. 프로프는 러시아 민담에서 발견할 수 있는 매장과 나무 모티프에 대해 "주인공과 가까운 사람이나 동물의 죽은 시신

또는 시신의 일부를 정성 들여 매장하면 이 무덤에서 나무가 자란다. 이때 살아남은 사람은 죽은 자를 추억하며 눈물로 무덤의 흙을 적시기도 한다. 그러면 나무는 자라서 주인공을 행복에 이르게 도와주는 단계로 사건이 진행된다."고 언급했다. 프로프의 연구를 바탕으로 〈재투성이〉 이본들의 공통점을 살펴보면 이들 민담들도 공통적으로 '매장'과 관련된 모티프를 가지고 있다는 것을 발견할 수 있다. 매장은 구석기시대부터 내려오는 장례 풍속으로 '생산' 및 '농경'과 밀접한 신화적 의미를 지니고 있다.

대지는 어머니와 더불어 인간의 존립을 가능하게 하는 원초적인 생산의 모체이며, 나무 역시 세계를 형성하고 품에 안고 있는 위그드라실[12]과 같은 우주적 의미의 모신이다. 따라서 '무덤 위의 나무'는 죽음과 환생과 풍요의 연관관계 안에서 관찰할 수 있는 가장 원초적이며 오래된 인간의 염원을 의미하는 것이라고 할 수 있다.

재 또한 죽음과 환생의 의미로 해석해야 할 것이다. 그리스의 농경과 출산의 여신 '데메테르De-meter'는 영어로 표기하면 'Da-mother', 즉 '땅-어머니'를 뜻한다. 데메테르는 하데스가 지하세계에 감춰놓은 딸 페르세포네를 찾아다니다 아테네 근방의 한 나라에 머물게 되었다. 그는 그곳에서 환대를 받은 대가로 메타네이라 왕비의 어린 아들인 데모폰을 불사신으로 만들기 위해 불 속에 집어넣었다. 그러나 이 모습을 보고 놀란 왕비가 비명을 지

---

12) 위그드라실은 《북유럽신화》에서 온 세계를 이루고 있는 '세계수'를 말한다.

르자 데메테르는 자신을 믿지 못한 메타네이라를 벌하기 위해 잿속에서 불길이 솟아오르게 하여 아이를 불태워 죽였다. 데메테르는 나중에 이 일을 후회하여 엘레우시스 밀교를 탄생시켰는데, 이후 이 밀교의 제의는 모신 숭배로 이어졌다.

이렇듯 '재'는 새로운 탄생을 의미하는 상징으로 죽음의 표상인 동시에 정화의 의미로서, 기독교의 지옥에까지 그 의미가 이어졌다고 볼 수 있다. 심리학자 브루노 베텔하임은 '그을음'의 의미인 '신데렐라'보다는 '재'의 의미가 뚜렷한 '재투성이'가 이야기의 본질에 더 가깝다고 언급한 바 있다.

이상과 같은 맥락에서 볼 때 '재투성이'는 단순히 계모에게 구박받는 가진 것 없는 처녀가 아니다. 재투성이는 결혼 적령기에 이른 여성으로서 그녀는 자신이 새롭게 태어난 처녀임을 증명할 시험을 거쳐야만 했다. 그리고 그 시험을 성공적으로 통과했다면 그녀는 드디어 약탈혼의 과정을 거쳐 결혼할 자격을 얻게 되는 것이다. 이런 번거로운 형식은 처녀에게만 한정되어 있는 특권이었다. 결혼 발생에 대해 연구한 영국의 법률학자이며 사회학자인 존 퍼거슨 맥리넌John Ferguson McLennan은 최초의 결혼 형태였던 약탈혼은 부계제도의 확대와 더불어 점차 사라졌으나, 그 모방적 의식은 일종의 의례로서 계속 존속해왔다고 언급했다. 또한 신랑에게 헌 신발 따위를 던지던 풍속 등도 행해졌는데, 이런 풍속은 약탈혼이 소멸하는 마지막 단계에 나타나는 형식으로 간주할 수 있다고 설명했다.

인류학자인 제임스 조지 프레이저는 그의 《황금가지》에서 어떤 종족은 신랑에게 끌려가던 신부가 결혼 행진 직전에 마지막으로 자유를 달라고 요구하면 자기 아버지에게 다시 되돌아올 수 있었으며, 이런 경우 의식은 처음부터 다시 치러져야 했다고 언급했다. 또한 고대 독일에서는 신랑이 신부에게 약혼의 증표로 신발 한 짝을 주는 풍습도 있었다고 한다. 신발과 관련된 이런 결혼 풍습들은 오늘날 허니문카 뒤에 낡은 신발을 다는 행위로 이어졌다고 볼 수 있다. 이것은 신부의 아버지가 신부의 헌 신발을 신랑에게 주는 풍속의 일환으로, 그 헌 신발은 신부의 아버지가 결혼 때까지 그녀를 보살펴왔다는 것, 그리고 이제부터 신부를 보살피는 일이 신랑에게로 넘어갔다는 것을 의미한다. 약탈혼의 모방의식과 연관된 이런 일련의 결혼 과정들은 〈재투성이〉 이야기에서도 찾아볼 수 있다.

재투성이는 무도회장에서 밤이 되면 집으로 도망쳐온다. 왕자가 집까지 쫓아왔으나 첫째 날은 비둘기장으로, 그 다음 날은 배나무 위로 도망을 간다. 그때마다 왕자는 재투성이 아버지에게 부탁하여 그와 함께 재투성이를 찾아 나선다. 그리고 왕자가 한 쪽 신발을 들고 재투성이 집을 찾아왔을 때도 재투성이 아버지가 왕자를 안내한다.

이는 딸의 결혼에서 신부 아버지의 주도권을 나타내고 있는 것이다. 특히 매매혼인 경우 신부의 아버지는 딸의 결혼에 대한 결정권을 가지고 있었다. 이는 신부의 손을 잡고 식장으로 들어가 신랑에게 신부를 건네주는 현대의 아버지에서도 볼 수 있다. 이와 같은 의미에서 재투성이의 신발은 결혼의 상징물로 파악할 수 있으며, 오늘날도 남녀의 결합을 뜻하는 에로틱한 의미로 해석되고 있다. 이렇듯 재투성이의 신발 한 짝은 그녀를 알려주는 증표로서, 또 다른 한 짝을 필요로 하는 비유적 상징물을 의미한다 하겠다.

그러나 '신발 한 짝'의 의미는 유럽에 널리 유포된 '모노산달로스'와 연관해서 보다 포괄적인 견해로 접근할 수 있다. '모노산달로스'란 말 그대로 신발 한 짝, 즉 한쪽 신발만 신은 인물을 가리킨다. 신화학자들은 모노산달로스를 경계를 넘어온 자로 파악한다. 이런 해석은 '신발 한 짝'이 아니라, 모노산달로스들의 걸음걸이에 의미를 부여하는 시각이다. 즉 절뚝거리며 걷는 비정상적인 걸음을 뜻하며, '부은 발등'이라는 뜻인 '오이디푸스' 신화와도 연결해서 생각할 수 있다.

널리 알려진 것과 같이 오이디푸스 역시 버려졌다가 귀향한 영웅이다. 아버지를 죽이고 어머니와 결혼할 것이라는 신탁을 받은 라이오스 왕은 아들인 오이디푸스의 발꿈치에 구멍을 뚫은 후 키타이론 산에 내다버렸다. 오이디푸스는 코린토스의 한 목동에 의해 발견되어 코린토스의 왕 폴리보스의 양자가 되었다. 그러나 결국 가혹한 오이디푸스의 운명은 그로 하여금 아버지인 라이오스를 죽이고 어머니와 결혼하게 함으로써 '오이디푸스 콤플렉스'라는 용어를 탄생시키기도 했다.

이와 같이 〈재투성이〉 설화는 다층적인 의미를 지니고 있는 세계적인 광포설화로서 다각적인 해석의 가능성을 열어두고 있다. 그럼에도 불구하고 일반에서는 '신데렐라 콤플렉스'라는 용어를 오용하여 〈재투성이〉 이야기를 아무 노력 없이 얻은 행운이나 꿈같은 신분 상승기로 간주하려는 경향이 있다. 이것은 '신데렐라'라는 이름에서 비롯되었다고 볼 수 있으며, 우리식의 식모나 부엌데기로 이해하기 때문일 것이다. 그러나 〈재투성이〉 설화가 앞에서 이야기한 것과 같이 고대부터 이어져왔다는 것을 이해한다면, 〈재투성이〉 이야기를 부엌데기의 허황한 신분 상승기 정도로 이해하는 것은 지나치게 단편적인 해석이라고 할 수 있다.

18

수수께끼

KHM 22

어느 날 갑자기 세상 구경이 하고 싶어진 왕자는 시종 한 명과 길을 나섰다. 그들은 어느 저녁 큰 숲을 지나다가 한 소녀를 만났다. 마침 밤이 되어 잠잘 곳이 마땅치 않던 두 사람은 소녀에게 하룻밤 지낼 것을 청했다. 그러자 소녀는 슬픈 얼굴로 자신은 계모와 살고 있는데, 계모는 낯선 사람을 보면 마법을 부리므로 다른 곳을 찾아보는 게 좋겠다고 말했다. 왕자는 소녀의 계모가 마녀라는 것을 알았으나, 달리 갈 곳이 없어 소녀와 함께 마녀의 오두막으로 들어갔다.

과연 집 안에는 붉은 눈을 가진 노파가 앉아 있었다. 그 노파는 가래 끓는 소리로 인사를 건넸다. 다음 날 아침 왕자와 시종이 떠나려고 하자 노파는 두 사람에게 술 한 잔씩을 권했다. 노파가 주

153

는 것은 아무것도 먹어서는 안 된다는 소녀의 말에 왕자는 서둘러 출발하려고 했다. 그러나 소녀의 말을 미처 듣지 못한 시종은 노파의 술잔을 받다가 그만 술잔이 튕겨나가 말 위로 쏟아져 시종의 말은 그 자리에서 죽고 말았다. 놀라서 달아났던 시종은 말 안장이라도 챙겨가기 위해 죽은 말이 있는 곳으로 돌아가 보니 벌써 까마귀 한 마리가 말의 시체를 뜯어먹고 있어 그 까마귀를 잡아가지고 왕자를 따라갔다.

두 사람은 종일 숲속을 달렸으나 숲에서 벗어나지 못했다. 그들은 숲속에 있는 한 주막에 도착하여 가지고 있던 까마귀를 저녁 식사거리로 맡겨놓았다. 이 주막은 살인자들의 소굴이었는데, 밤이 되자 12명의 살인자와 마녀들이 들이닥쳤다. 그들은 손님들을 해치우기 전에 저녁을 먼저 먹기로 하고 시종이 맡겨놓은 까마귀 고기로 스프를 끓여 먹었다. 그러나 그 까마귀 고기에는 독이 퍼져 있었기 때문에 두 숟가락도 채 뜨기 전에 모두 죽고 말았다. 왕자는 주막에 숨겨져 있던 보물을 찾아 부모와는 달리 착한 주막집 딸에게 모두 주고 다시 여행을 떠났다.

오랜 여행 끝에 왕자는 한 나라에 도착했다. 그런데 그 나라에는 외모는 매우 아름다우나 성격이 아주 오만한 공주가 있었다. 그녀는 누구든 자신이 3일 내에 알아맞히지 못하는 수수께끼를 내는 사람을 남편으로 삼겠지만, 반대로 자신이 아는 수수께끼를 내는 사람은 목을 베겠다고 공포하여 이미 아홉 명의 구혼자가 목숨을 잃었다.

왕자도 공주의 미모에 반해 공주와 내기에 나섰다. 왕자는 "때린 자는 없는데, 맞은 자는 열둘인 게 뭡니까?"라고 물었다. 공주는 아무리 생각해도 답을 알 수가 없자, 시녀에게 왕자의 잠꼬대를 들어오라고 시켰다. 그러나 영리한 왕자의 시종은 망토로 몸을 가리고 숨어든 공주의 시녀를 흠씬 때려서 내쫓았다.

공주는 그 다음 날 또 다른 시녀를 왕자의 방으로 보냈으나 그녀 역시 매만 맞고 쫓겨났다. 셋째 날에는 공주가 직접 망토를 뒤집어쓰고 왕자 곁에 앉아서 "때린 자는 없다는 게 무슨 뜻이냐"고 물었다. 그러자 왕자는 "까마귀가 독약에 오염되어 죽은 말고기를 먹고 죽은 것을 말하는 것"이라고 답했다. 이에 공주가 다시 "맞은 자가 열둘은 무슨 뜻이냐"고 묻자 왕자는 "12명의 살인자가 그 까마귀 고기를 먹고 죽은 것"이라고 답했다.

드디어 답을 알아낸 공주는 기뻐하며 조용히 왕자의 곁을 떠나려고 했다. 그러나 왕자가 그녀의 망토를 잡아채는 바람에 공주는 망토를 남긴 채 도망치고 말았다. 다음 날 아침 공주는 12명의 재판관을 불러 왕자가 낸 수수께끼의 답을 말했다. 그러나 왕자는 공주의 망토를 보여주며 어젯밤에 있었던 일을 모두 말하고 공주의 거짓을 밝히자, 공주의 망토를 본 재판관들은 "금실과 은실로 수놓은 그 망토를 잘 보관하시오. 결혼식 예복이 될 터이니."라고 말했다.

❦

〈수수께끼〉는 왕자와 시종이 숲속의 오두막과 주막에서 마녀와 살인자들로부터 죽을 고비를 넘기는 전반부 에피소드와 수수께끼를 내어 신랑감의 목숨을 흥정하는 공주와의 내기에서 이겨 결혼을 하는 후반부 에피소드로 구성되어 있다.

처음 1812년 22번째로 수록된 이야기는 〈아이들의 도살놀이〉였다. 그러나 이 이야기는 내용이 너무 잔인했기 때문에 지금 민담의 후반부인 수수께끼 공주 이야기로 교체되었다. 그리고 1837년부터는 1822년에 출간된 KHM-주석서의 이야기 중 한 편인 마녀의 오두막과 살인마들의 주막 이야기를 전반부 에피소드로 연합했다. 따라서 전반부 이야기와 후반부 이야기는 각 한 편의 민담으로서 서로 긴밀한 연관성이 없으며, 전반부 에피소드가 온전한 한 편의 민담으로 수용되었다면 왕자는 자신을 도와준 마녀의 의붓딸과 결혼했어야 한다. 따라서 〈수수께끼〉 이야기는 후반부 에피소드를 중심으로 논의하는 것이 타당할 것이다.

일반적으로 '수수께끼'는 재미있는 오락거리로 생각한다. 그러나 다수의 설화에서 수수께끼는 지혜뿐만 아니라 목숨 또는 인생 전체를 걸고 승부를 펼치는 모티프로서 특징적인 용도로 활용된다. 설화에서 서로의 지혜를 겨루는 수수께끼는 종종 내기의 수단으로 활용되곤 하는데, 이 〈수수께끼〉 이야기에서처럼 결혼 상대를 구하는 방식으로 수용된 이야기들도 여러 편 있다. 〈수수께끼〉에 나오는 공주는 자신이 사흘 안에 맞히지 못하는 수수께끼를 내는 사람과 결혼할 것이나, 만약 자신이 답을 맞히는 수수께끼를 내는 사람은 목을 베어버렸다. 이런 무시무시한 결혼 조건은 억울하게 죽은 도전자들이 가엾게 그려지는 반면 공주의 거만하고 포악한 성격이 단적으로 대비되는 상황이라고 할 수 있다.

목숨을 건 수수께끼와 관련된 가장 유명한 설화로 스핑크스와 오이디푸스의 운명적 대결을 들 수 있다. 피할 수 없는 운명의 땅인 고향으로 들어서는 그 길목에서 오이디푸스가 대면하게 된 스핑크스의 수수께끼는 스핑크스와 오이디푸스 모두에게 마지막 주사위인 셈이었다. '아침에는 네 발, 점심에는 두 발, 저녁에는 세 발로 걷는 존재'를 묻는 스핑크스의 질문은 덧없는 인간의 숙명을 조소하고 있다.

그러나 오이디푸스의 운명과 더불어 스핑크스의 운명도 역설적임을 간과할 수 없다. 단순히 인간을 잡아먹기 위해서라면 스핑크스는 수수께끼 따위를 낼 필요가 없었다. 자만심이든 조소이든 스핑크스는 수수께끼를 냈으며, 그 수수께끼는 운명의 굴레에 묶여 절뚝거리며 고향으로 돌아온 오이디푸스에 의해 풀렸다. 그러자 스핑크스는 성벽 아래로 몸을 던져 죽고 말았다. 여자의 얼굴에 사자의 몸과 날개 달린 모습 자체도 매우 역설적인 괴물인 스핑크스의 투신과 죽음은 날개 달린 괴물과는 어울리지 않는다. 스핑크스의 출현과 죽음은 그 자체가 수수께끼이다. 오이디푸스가 친부인 라이오스 왕을 죽인 그 시점에 스핑크스가 테베의 성벽 꼭대기에 나타난 이유를 우리는 아직 알지 못한다. 그러나 한 가지 분명한 것은 스핑크스의 죽음으로 이제 오이디푸스의 저주받은 운명을 제어할 그 무엇도 남아 있지 않으며, 나아가 괴물을 죽인 영웅으로서 어머니와 결혼하게 되는 '이겨서 패한 자'의 역설로 작용한다는 것이다.

패러독스는 수수께끼의 백미이다. 상대의 허점을 찌르는 가장 지독한 답변인 역설은 수수께끼의 결정타이기도 하다. 〈수수께끼〉에서의 수수께끼도 역설의 묘수를 놓치지 않았다. '때린 자는 없는데, 맞은 자는 열둘', 이른바 '없는데, 있는 것' 형태의 이 수수께끼는 동양의 선문답과 비슷하다. 실제로 "때린 자는 없는데, 맞은 자는 열둘"이라는 질문과 "독약에 의해 죽은 말고기를 먹고 죽은 까마귀와 그 까마귀 고기를 먹고 죽은 12명의 살인자"라는 답은 그 사건의 당사자 외에는 알 수 없는, 지혜와는 거리가 먼 답변이 아닐 수 없다. 다른 민담에서도 약간은 이런 허망한 문답을 볼 수 있는데, 이는 소담의 반어적 특성에 해당하기도 한다.

　그러나 선문답식의 수수께끼들은 단순한 지혜 겨루기가 아니라 상대의 마음속까지 파고 들어가는, 때로는 목숨까지 거는 지혜 대결의 결정적 승부수로 작용하기도 한다. 특히 《북유럽신화》의 〈바프트루드니르의 노래〉 편에서 오딘과 지혜의 거인 바프트루드니르가 겨루는 지혜 싸움은 '세상의 모든 것을 아는 능력'이 지혜라는 것을 보여준다. 항상 자신을 은폐하고 상대에게 다가가는 오딘은 자신을 '강라트'라 이르고, 세상의 모든 것을 알고 있다는 거인 '바프트루드니르'와 머리를 걸고 지혜를 겨룬다.

　불타는 니플하임에 이르기까지 온 세상을 돌아다니며 모든 것을 경험한 바프트루드니르는 세상의 모든 일과 미래의 모든 일을 알고 있었다. 그러나 바프트루드니르는 자신의 경쟁자가 최고 지혜의 신인 오딘임을 알지 못했으며, 오딘이 발데르가 죽어 화장하기 직전에 발데르의 귀에 대고 무엇이라고 속삭였는지 알지 못했다. 결국 바프트루드니르는 오딘이 자신보다 지혜롭다는 것을 인정하고 자신의 머리가 오딘의 것임을 시인했다. 최고의 신으로서, 오딘만이 최고의 지혜를 가질 수 있다는 의미일 것이다.

이렇듯 지혜 겨루기는 단순한 문답을 넘어 수수께끼는 하나의 세계를 의미하며, 그 세계를 통찰할 수 있는 지혜를 얻기 위한 행위 또한 간단하지 않다. 지혜를 얻기 위해 한쪽 눈을 희생한 오딘은 세계수인 위그드라실에 9일 동안 거꾸로 매달려 온몸을 가시에 찔린 채 지혜를 구하기도 했다. 세계를 다스리는 신으로서 지혜에 탐닉한 것은 오딘만이 아니다. 그리스의 주신인 제우스도 지혜를 얻기 위해 자신의 첫 번째 부인인 메티스를 삼켜버렸다. 메티스는 모든 신 중에서 가장 지혜로웠던 티탄족의 여신이었다.

〈수수께끼〉에 나오는 공주와 구혼자들의 경쟁도 자신들의 세계를 거는 승부수이다. 공주는 비록 자신의 목숨을 걸지는 않았으나 자신의 인생 전부와 왕국을 건 것이다. 신화와는 다르게 민담에서는 남성과 여성의 대립 국면이 극명하게 묘사되지는 않는다. 다만, 잔인한 공주와 모자라고 가진 것 없는 남자의 경쟁 구도가 극적으로 수용되어 있다. 그러나 결혼과 연관된 남성과 여성의 대립에서 내기에 지는 것은 언제나 여성이며, 세계를 얻는 것은 어리석은 남성이다. 이런 결론은 외지에 성공적으로 정착한 이방인들의 모험담을 극적인 내용으로 전달하고자 하는 민담의 내적 특성에 기인한다고 보아야 할 것이다.

결혼제도에서 일반적으로 '족외혼'보다 '족내혼'이 먼저 생겨난 것이라고 생각하기 쉽다. 그러나 원시공동체 사회에서 행해진 난혼이나 군혼은 족내혼이라고 하지 않는다. 원시공동체 사회에서는 결혼에 대한 의식이나 사고가 아직 존재하지 않았다. 성비의 불균형이나 관습 등 여러 이유에서 다른 종족의 여자를 훔쳐오는 '약탈'이 시작되면서 족외혼이 생겨났다. '약탈'의 행위 자체가 '결혼식'의 시작이었던 것이다. 약탈혼 형식의 족외혼은 오랫동안 행해졌으며, 그 잔존 형태나 의미들은 결혼식의 관례로 현재까지도 영향을 주고 있다.

이와 같은 영향으로 일부 설화에서 공격적이며 야만스러운 신랑의 모습을 볼 수 있다. 반면 〈수수께끼〉에서와 같이 신부가 신랑감을 죽이거나 무차별적으로 공격하는 이야기에서는 또 다른 형태의 족외혼인 비나혼을 관찰할 수 있다. 비나혼은 고향이 아닌 외지에서 결혼하여 정착하는 제도로서, 특히 신부가 될 공주가 마녀처럼 신랑을 죽이려는 그 배경의 원인을 찾을 수 있는 결혼제도라고 할 수 있다.

모계사회의 전형에 따르면 원래 모계 친권은 남자가 아니라 여자를 통해 혈통을 지키고 가문을 이어가는 제도이다. 프레이저는 자신의 《황금가지》의 〈왕국의 계승〉 편에서 "로마의 초대 왕 로물루스는 알바롱가의 후손이며, 알바롱가에서는 왕위를 부계로 세습했다고 알려져 있으나, 로마 왕 중 아무도 자기 아들에게 왕위를 물려준 왕이 없었다."고 했다. 또한 "몇몇 왕은 아들이나 손자가 있었는데도 외국인이나 외국인 후손인 사위에게 왕위를 물려주었는데, 이와 같은 사실은 기록이 행해지던 역사시대까지 상당 기간 모계 친권제도가 존재했으며, 그보다 앞선 고대에서는 광범위한 지역에 오랫동안 모계사회가 지속되어왔음을 말해준다."고 설명했다.

일반적인 상식과는 다르게 딸이 태어나면 아들을 모두 내쫓는 KHM 25 〈일곱 마리 까마귀〉나 KHM 49 〈여섯 마리 백조〉 등의 이야기들은 바로 이런 비나혼의 배경하에서 이해할 수 있다. 이는 딸은 집에 남기고 아들은 고향을 떠나 타 지역의 왕녀와 혼인하여 처가 쪽 백성들을 다스리게 했던 고대 그리스나 스웨덴, 이탈리아 지역 왕족의 풍습에서 유래했다고 볼 수 있다.

따라서 외지에서 온 구혼자들에 대한 경쟁과 경계가 상당히 공격적으로 행해졌을 것이며, 무용과 지혜를 겨루는 경합이 보편적이었다. 약탈혼이나 이와 유사한 형태의 혼인에서도 신부는 신랑감에게 끝까지 저항하며 거부하거나 능력을 가늠하기도 했다. 비나혼의 경우 모계 친권을 이어받게 될 왕녀들은 보다 더 주도적이며 계획적으로 신랑을 제압하기 위해 온 힘을 기울였다고 해야 할 것이다. 신부와 신랑의 힘겨루기는 주로 달리기나 말타기 등 경주가 대부분이었으나, 때로는 생명을 거는 결투에 나서기도 했다.

설화에서는 이런 양보 없는 경쟁 양상이 '마법적 능력'과 일종의 '선택된 사람'이라는 구도로 이야기에 수용되어 있음을 볼 수 있다. 자신이 맞히지 못하는 수수께끼를 내는 사람과 결혼하겠다는 공주의 의도도 결국은 현명하고 용맹한 신랑감을 찾기 위한 탐색인 것이다. 이러한 공주의 위악성은 여성이라는 취약성을 극복하기 위한 적극적인 견제책의 일환이라고 할 수 있다. 지혜는 미래를 보는 힘이며, 새로운 세상을 열고자 하는 의지이기 때문이다.

19

생쥐와 작은 새와
소시지에 관한 이야기

KHM 23

옛날에 생쥐와 작은 새, 그리고 소시지가 한집에 함께 모여 평화롭게 살고 있었다. 작은 새는 매일 숲속으로 날아가 땔감을 구해오고, 생쥐는 물을 긷고 불을 지펴 밥상을 차리고, 소시지는 요리를 했다.

그러던 어느 날 여느 때처럼 작은 새는 숲으로 나무를 하러 갔다가 다른 새에게 자신들이 얼마나 잘 살고 있는지 자랑을 했다. 그런데 작은 새의 자랑을 들은 다른 새는 생쥐와 소시지는 집에서 놀면서 새만 부려먹는 것이라며 새에게 바보라고 놀려댔다. 작은 새가 생각해보니 사실 생쥐는 물을 긷고 불을 피워 밥상을 차리는 일 외에는 방에서 편히 쉬며 지냈다. 그리고 소시지는 끓는 냄비 속에 자신의 몸을 담가 휘저어 음식의 간을 맞추는 것이 전부였다.

다음 날 아침 작은 새는 숲에 가지 않겠다고 말하며, 자신만 바보처럼 고된 일을 할 수 없으니 이제부터 일을 바꿔서 하자고 제안했다. 생쥐와 소시지는 작은 새의 변덕이 마음에 들지 않았으나 그가 고집을 꺾지 않자 소시지가 땔감을 구해오고, 쥐는 요리를 하고, 작은 새는 물을 긷고 불을 지피기로 했다.

그렇게 소시지가 나무를 하러 간 사이 작은 새는 불을 피우고, 쥐는 난로 위에 솥을 올려놓고 소시지를 기다렸다. 그러나 한참이 지나도 소시지가 돌아오지 않자 작은 새가 소시지를 찾으러 나갔다. 작은 새는 가여운 소시지가 개에게 잡아먹힌 사실을 알고 화가 나 개에게 날강도라고 욕을 해댔다. 그러나 개는 소시지가 가짜 상표를 달고 있었기 때문에 자신에게는 책임이 없다고 주장했다.

작은 새는 할 수 없이 소시지가 떨어뜨린 땔감을 물고 집으로 돌아와 소시지의 죽음을 쥐에게 알렸다. 그러고는 둘이라도 잘 살아보자고 서로를 위로했다. 그래서 작은 새가 밥상을 차리고, 쥐는 음식을 하기로 했다. 그러나 소시지가 하던 대로 간을 맞추려던 쥐가 끓는 냄비에 데여 죽고 말았다.

밥상을 차리기 위해 들어온 작은 새는 생쥐가 보이지 않자 이리저리 살펴보다가 불이 붙은 땔감을 건드리는 바람에 집에 불이 나고 말았다. 작은 새는 급히 물을 길러 우물로 날아갔지만 두레박이 우물 속으로 떨어지면서 두레박을 물고 있던 작은 새도 함께 끌려들어가 비명도 지르지 못하고 물에 빠져 죽고 말았다.

맛있는 것만 먹는 입이 얄미워서 몸의 다른 부분들이 입을 혼내주려다가 모두 다 굶어 죽는 미련한 몸에 관한 우화를 떠올리게 하는 이야기이다. 이 〈생쥐와 작은 새와 소시지에 관한 이야기〉는 시기와 질투의 마지막 모습을 제대로 보여주는 동물 소담에 속한다. 일반적으로 동물 소담은 대부분 우화의 성격을 띠고 있다. 그러나 KHM에 수용된 동물 소담의 인물들은 우화 형식과 직선적인 인과관계를 탈피함으로써 새로운 인물로 재탄생되었다고 보아야 할 것이다. 이런 동물 소담의 특성에 대해 프리드리히 폰 데어 라이엔은 "옛날 우화에서 교훈이 약화되고 모험이 강화됨으로써 동물 우화가 동물 소담으로 변형되었다."라고 파악했다.

〈생쥐와 작은 새와 소시지에 관한 이야기〉는 그림 형제가 동물 우화를 어떻게 동물 소담으로 개작했는지를 보여주는 좋은 예이다. 이 민담은 원래 모쉬로쉬J. M. Moscherosch의 이야기 중 한 편으로, 그 서두와 끝은 다음과 같다. "투룬마이어는 덧붙여 말하기를 이 이야기는 한 성실한 농부에게서 들은 것으로, 독일의 상황을 묘사한 것인데 우습기는 하지만 음미해볼 필요가 있는 것이라고 했다. 그 농부가 말하기를 세 부류의 계급이 있었는데 이들은 모두 실패했다. 그들은 마음속에 자리잡은 불신과 불화로 인해 어느 누구도 다른 이에게 명령하거나 또 순종하려고 하지 않았으며, 결국에는 여러 가지로 훌륭하던 상황을 파국으로 이끌고 말았다. (……) 이 이야기는 세상을 너무 많이 바꾸려다가 잘못되어 이익 대신 손해만 입게 된다는 사실을 나에게 충분히 말해주었다. 따라서 많이 침묵하고 인내하며, 다만 하느님께 맡기는 게 가장 좋은 길이 될 것이다.”

이와 같이 모쉬로쉬의 이야기는 지명 및 당시 사회 상황과 인물들의 계층 문제를 사실적으로 제시하고, 그에 대한 직접적인 문제 해결방식과 교훈을 첨부하고 있다. 이런 자료로부터 그림 형제는 이야기의 서두와 끝부분의 사실적 상황과 도덕적 언급을 모두 삭제했다. 그리고 민담의 특징적인 도입 문구인 “옛날에 생쥐와 작은 새, 그리고 소시지가 한집에 함께 모여 평화롭게 살고 있었다.”로 이야기를 시작하여 단순하게 민담의 인물들을 소개함과 동시에 자연스럽게 민담의 사건 속으로 독자를 이끄는 형식을 취했다.

“옛날에……”로 이야기가 시작됨과 동시에 민담의 사건은 일회적 상황이나 현실적인 이야기가 아닌 시대를 뛰어넘는 ‘열린 이야기’로 전환된다. 또한 이야기의 마지막 부분도 도덕적 경구나 계몽적 결말 없이 간략하게 작은 새가 물에 빠져 죽는 것으로 이야기를 끝맺음으로써, 이야기의 전체적인 플롯과 구성상의 변화를 피하고 민담에 알맞은 인물과 문체로 맛을 살렸다.

생쥐와 작은 새와 소시지의 인물 구성은 다소 의아스럽다. 외부적인 시각으로 볼 때 이 세 인물의 동거는 우스꽝스러우면서도 위기감이 느껴진다. 특히 소시지라는 인물은 생쥐나 새에게도 좋은 먹이가 될 수 있으며, 다른 동물들에게도 욕심나는 먹잇감이기 때문에 소시지의 등장은 이미 잔인한 파국을 복선으로 깔고 있다고 할 수 있다.

소시지라는 인물을 가운데 두고 생쥐와 작은 새가 서로 돕고 견제하면서 각자의 재능을 발휘해 협력했다면 이 세 인물은 함께 살아갈 만했을지도 모른다. 아무튼 소시지는 집 안에 머물러 있어야만 했다. 바깥세상에서 소시지는 맛난 먹을거리일 뿐이기 때문이다. 그리고 작은 새와 생쥐 중에서 바깥세상에 익숙하고, 먼 거리를 쉽게 이동할 수 있는 작은 새가 땔감을 구해오는 것도 타당했다. 집안일을 맡은 생쥐는 집쥐 출신임에 틀림없다. 바지런한 몸놀림으로 불을 피우고 물을 긷고 밥상을 차리면서 살림을 하는 생쥐의 모습을 떠올릴 수 있다. 생쥐는 네 발을 쓸 수 있는 동물로 부리와 두 발을 사용하는 새보다 더 기능적이며 섬세한 일을 할 수 있다. 따라서 세 인물의 동거에서 이 둘의 역할은 소시지의 역할보다 커 보인다. 특히 작은 새가 하는 '바깥일'은 생쥐가 하는 '집안일'이나 소시지의 '요리'보다 더 어려워 보인다. 이러한 이유로 외부인이 보기에 새가 바보같이 이용당하고 있다고 생각할 수도 있다.

그러나 남들이 보기에 별일 아닌 듯 보이는 끓는 냄비 속에 몸을 담가 음식을 저어서 맛을 내는 역할은 소시지만이 할 수 있는 일이었다. 일반 동물들은 자신의 몸을 끓는 냄비 속에 담글 수조차 없다. 이 민담에서 소시지의 역할은 소박하면서도 재미있는 기능을 하는 역할 행동이다. 아울러 네 발로 민첩하게 두레박을 교묘히 다루어 물을 길을 수 있는 일은 셋 중에서 생쥐만이 할 수 있는 일이었으며, 바깥세상의 위험을 '넘어' 숲에서 땔감을 가져올 수 있는 일은 작은 새에게 가장 적당한 일이었다. 일의 외형만을 알 뿐, 속사정을 제대로 모르는 아둔한 다른 새는 제 종족을 위한답시고 되지도 않는 조언을 하여 자신의 종족을 죽음으로 몰아넣었다.

제각기 적성에 맞는 일을 해야 자신과 사회가 온전함은 두말할 필요가 없다. 바깥세상에서는 모두에게 먹이로만 보이는 소시지의 바깥일은 소시지의 죽음은 물론 그를 바깥으로 내몬 이들의 동반 파멸을 초래했다. 자신에게 어울리지 않는지도 모르고 바깥일에 나선 소시지의 무모함이나 타인의 몇 마디 말로 자신의 일에 대한 확신을 잃은 작은 새의 옹졸함은 사실 우리가 겪는 매일, 매시의 사건이다. 우리는 끝없이 회의懷疑에 빠진다. 그러나 이는 어쩔 수 없는 우리의 유약함이며 한계이다. 다만, 생쥐와 작은 새와 소시지에게 주어졌던 시험에 들지 않기를 바랄 뿐이다.

☙20❧

홀레 할머니

KHM 24

예쁘고 부지런한 의붓딸과 못생기고 게으른 친딸을 데리고 사는 과부가 있었다. 과부는 친딸만 예뻐했기 때문에 의붓딸은 재를 뒤집어쓴 채 온갖 궂은 집안일을 혼자 해야 했고, 또 손에서 피가 나도록 물레질을 해야 했다.

그러던 어느 날 소녀는 피가 묻은 물렛가락을 닦기 위해 우물에서 물을 긷다가 그만 우물 속으로 빠뜨리고 말았다. 무섭게 화를 내는 계모에게 쫓겨나 우물가로 간 소녀는 무작정 우물 속으로 뛰어들면서 그만 정신을 잃었다. 얼마 후 정신을 차린 소녀는 자신이 태양이 환하게 빛나고 꽃이 만발한 아름다운 풀밭 위에 누워 있다는 것을 알게 되었다.

소녀는 풀밭을 걸어가다가 자신들을 꺼내달라고 외치는 잘 익은 빵들을 만나 이들을 꺼내주었다. 또 사과가 주렁주렁 매달린 나무가 흔들어달라고 외쳐 나무를 흔들자 사과가 비 오듯 떨어졌다. 그리고 다시 길을 가다가 조그만 오두막집에서 한 노파를 만났다. 그 노파는 대문짝만한 이를 드러내고 있었는데, 소녀가 겁이 나서 도망가려고 하자 자신은 깃털을 털어 지상에 눈을 내리는 홀레 할머니라고 했다.

노파는 두려워하지 말고 자신의 집에서 집안일을 해주고 또 깃털이 날리도록 이불을 잘 털어주면 좋은 일이 생길 것이라고 말했다. 소녀는 홀레 할머니 곁에서 집안일을 열심히 하면서 깃털 이불도 잘 털며 편안하게 지냈다.

그러나 소녀는 어느덧 집으로 돌아가고 싶은 마음이 들었다. 그런 소녀의 마음을 알게 된 할머니는 소녀를 커다란 문 앞까지 배웅해주었다. 그런데 문이 열리자 갑자기 황금이 쏟아지면서 소녀의 온몸이 황금으로 뒤덮였다. 홀레 할머니는 소녀에게 열심히 일했으니 모두 가져가라며 우물에 떨어뜨린 물렛가락도 함께 건네주었다.

의붓딸이 온몸에 황금을 휘감고 돌아오자 배가 아픈 계모는 친딸의 손가락에서 억지로 피를 내어 물렛가락에 묻힌 후 물렛가락과 함께 우물 속에 빠지게 했다. 친딸도 의붓딸처럼 아름다운 풀밭에 이르렀다. 친딸도 화덕에서 꺼내달라고 외치는 빵들과 흔들어달라고 아우성치는 사과들을 만났으나 거들떠보지도 않고 홀레 할머니의 오두막집으로 갔다.

그리고 의붓딸과 마찬가지로 친딸도 홀레 할머니 집에서 집안

일을 하며 함께 지내게 되었다. 그러나 게으른 그녀는 집안일을 열심히 하지도 않았으며, 깃털 이불도 열심히 털지 않았다.

홀레 할머니는 게으른 친딸에게 일을 그만두라고 말하며 역시 커다란 문으로 데리고 갔다. 친딸은 이제 황금 비가 쏟아질 것을 기대하며 내심 기뻐했지만, 그녀가 문을 나서자 대문 위에서 시커먼 검정이 떨어졌다. 친딸은 죽을 때까지 온몸에 시커먼 검정을 뒤집어쓰고 살아야 했다.

❧

〈홀레 할머니〉는 고난에 처해 있는 소녀와 그녀를 돕는 여성 조력자와의 관계를 살펴볼 수 있는 모티프를 가지고 있는 민담이다. 우선 '홀레Holle'라는 이름의 어원을 살펴보면 북유럽의 지하 여신 '헬Hel' 혹은 '헬라Hella'에서 유래했다. 이 여신은 원래 게르만 이전 시대에는 땅과 하늘에 동시에 거처하면서 풍요와 생산을 돌보는 신으로, 기상을 담당하고 땅의 생육을 살피던 북구의 신이었다. 그리스의 데메테르 여신과 같은 모신이다.

그러나 기독교의 유입과 함께 지하의 개념인 '지옥Hölle'의 이미지가 강조되면서 어둡고 악마 같은 이미지로 전락했으나, W. 그림이 "얼마 전까지만 해도 헤센 지방에서는 눈이 오면 홀레 할머니가 이불을 턴다고 말했다."고 이야기에 주를 달아놓았듯이 '홀레'라는 명칭은 여전히 여신의 모신적 이미지를 수용하고 있음을 알 수 있다.

〈홀레 할머니〉에 나오는 소녀가 지하세계에서 만난 홀레 할머니의 세계는 모든 것이 풍요로웠다. 아름다운 풀밭과 빛나는 태양, 터질 듯 잘 구워진 빵과 화덕, 가지에 주렁주렁 매달린 잘 익은 사과들, 그리고 이 풍요로운 공간에 살고 있는 대문짝만한 이를 가진 할머니의 모습. 이 모두는 기상과 생육의 여신으로서 홀레 할머니의 정체성을 보여주는 세계라고 할 수 있다. 따라서 홀레 할머니와 함께 살게 된 소녀에게 요구되었던 것은 다른 집안일보다도 깃털 이불을 눈송이처럼 잘 터는 일이었으며, 그 일을 잘 해냈을 때 소녀는 홀레 할머니의 허락을 받고 집으로 돌아갈 수 있었다. 소녀가 홀레 할머니의 집 문을 나설 때 위에서 쏟아진 '황금'은 바로 이를 증명하는 표식이다. 그녀는 하강의 기간을 마치고 '황금'을 얻게 된 것이다.

우물 속으로의 하강은 가장 오래된 여성 입문의례의 한 형태이다. 이는 지하세계로 들어감을 의미하며, 그 설화적 의미는 하데스에게 납치된 페르세포네에게서 찾아볼 수 있다. 페르세포네는 지상의 생육을 보살피는 그리스의 여신 데메테르의 딸이다. 하데스가 그녀의 아름다움에 반해 저승으로 납치하자 데메테르는 지상을 돌보지 않고 딸을 찾아 온 세계를 헤매고 다녀 지상에는 풀한 포기 자라지 않게 되었다. 이에 제우스가 중재에 나서 페르세포네는 1년의 반은 지상의 데메테르 곁에서, 나머지 반은 하데스의 지하세계에서 살게 되었다. 이 때문에 페르세포네가 지하에 거주하는 6개월[13] 동안은 데메테르가 농사를 돌보지 않아 식물이 자라지 않는 기간에 해당한다고 신화는 전하고 있다.

그러나 민속학의 의미에서 볼 때 페르세포네의 하강은 지상의 풍요로운 생육을 위한 소녀의 희생제의로 파악할 수 있다. 인간에게 풍요로운 양식을 제공해주는 대지로부터 마냥 받기만 할 수 없었던 고대인들은 대지에게 감사를 표하기 위해 또는 대지의 생산력을 높이기 위해 희생제의를 바치거나 남녀관계를 상징하는 의식을 행했다. 즉 페르세포네를 상징하는 소녀를 바치기도 하고, 하데스와 페르세포네의 결합을 의미하는 의식을 치르기도 했다.

이렇듯 씨앗처럼 땅속으로 내려갔지만, 때가 되면 다시 돌아오는 페르세포네의 이야기는 죽음과 환생에 관한 신화이다. 이러한 사고와 의례들은 농경의 풍요로움과 인간의 번성을 기원하는 행위였다. 대지는 그 품안에 받아들인 것을 성숙시켜 다시 세상으로 돌려보내는 인자한 어머니 신이었다. 이런 맥락에서 '황금'은 땅속에서 최고의 성숙에 이른 최고의 정신적 광물로 대접받았다. 이제 황금은 부의 상징이 아니라 땅의 깊은 모태, 즉 풍부한 생산력을 의미한다. 따라서 황금이 소녀의 온몸을 휘감았다는 것은 소녀가 '황금화' 되었다는 것을 의미하며, 황금의 특성을 가지게 되었다는 의미이다. 즉 창조모인 홀레 할머니의 능력을 이어받게 되었다고 보아야 할 것이다.

반면 친딸의 온몸을 뒤덮은 검정은 표면적으로는 황금과 반대되는 벌을 의미하는 것으로 보인다. 그러나 민담의 권선징악적

---

13) 페르세포네가 지하에 거주하는 기간을 4개월로 보는 견해도 있다. 이 기간은 농사를 지을 수 없는 기간을 의미하기 때문에 장소나 시각에 따라 해석을 달리할 수 있다.

대립 구도는 이야기의 목표를 분명하게 보여주기 위한 문체의 특성일 뿐, 민담의 목표는 권선징악이 아니다. 막스 뤼티는 자신의 《유럽의 민담》에서 민담의 이런 대립적 특성을 목표를 향해 일직선으로 향해가기 위한 서사적 명징성 내지는 추상성으로 보았다. 계모와 의붓딸의 대립구조 또한 이와 같은 민담의 내적 요구로부터 발생한다고 보아야 할 것이다. 뤼티는 민담은 이야기의 신성성을 가볍게 만드는 특성을 가지고 있기 때문에 외부로부터 수용한 모티프를 민담에 합당한 모티프로 변형시킨다고 언급하기도 했다. 신화에서 주인공을 도와주는 여인은 자비로운 여신이지만 고대 민담에서는 늙은 어머니, 근대 민담에서는 여관 아낙이나 농장 아낙, 심지어 괴물의 할머니로 변형되어 더 이상 조력자와 주인공 사이에 인과관계를 찾기 어렵게 되었다고 파악했다.

'홀레 할머니'의 이미지도 온전한 여신도, 온전한 마녀도 아닌 중간적인 존재로 반영되어 있으나, 이야기 전반에서 풍기는 창조모의 성격과 깃털 이불과 관련된 민간의 속설 속에 여전히 여신의 풍모를 잃지 않고 있음을 볼 수 있다.

❦ **21** ❦

빨간 모자

KHM 26

 옛날 모든 사람들에게 사랑받는 예쁜 여자아이가 있었다. 특히 소녀의 할머니는 어떻게 하면 그녀를 기쁘게 해줄까 항상 마음을 쓰곤 했다. 한번은 할머니가 소녀에게 빨간 벨벳 모자를 만들어 주었는데, 빨간 모자는 소녀에게 매우 잘 어울렸다. 소녀도 그 모자가 너무 마음에 들어 언제나 그것만 쓰고 다녀서 사람들은 소녀를 빨간 모자라고 불렀다.

 하루는 소녀의 어머니가 빨간 모자에게 몸이 아파 누워 계시는 할머니에게 빵과 포도주를 가져다드리라고 심부름을 시켰다. 어머니는 빨간 모자에게 길에서 벗어나지 말고 곧장 할머니 집으로 가야 하며, 할머니께 공손히 인사를 해야 한다는 당부도 잊지 않았다. 소녀는 어머니를 안심시키고 집을 나섰다.

그러나 숲 건너편에 살고 있는 할머니 집으로 가기 위해 숲속으로 들어선 빨간 모자는 늑대를 만났다. 빨간 모자는 늑대가 얼마나 나쁜 동물인지 아직 알지 못했기 때문에 늑대와 인사를 나눴다. 늑대는 빨간 모자에게 어디를 가느냐고 물었다. 빨간 모자는 숲에서 15분 정도 떨어진 곳에 사시는 할머니에게 빵과 포도주를 가져다드리러 간다고 말했다.

빨간 모자의 말을 들은 늑대는 자신이 할머니 집으로 먼저 갈 궁리를 하면서 주위의 꽃들이 얼마나 예쁜지 둘러보라며 빨간 모자를 유혹했다. 숲속에는 아침 햇살을 받아 어여쁜 꽃들이 싱그럽게 살랑거리고 있었다. 빨간 모자는 할머니에게도 이 꽃들을 보여드리면 좋아하실 거라 생각하고 더 예쁜 꽃을 찾아 숲속 깊이 들어갔다.

한편, 늑대는 서둘러 할머니 집으로 달려갔다. 그리고 침대에 누워 있던 할머니를 한입에 꿀꺽 삼키고는 할머니의 두건과 잠옷을 입고 침대에 누워 빨간 모자를 기다렸다.

예쁜 꽃에 정신이 팔려 있던 빨간 모자는 문득 정신을 차리고 할머니 집으로 달려갔다. 그러나 왠지 달라 보이는 할머니에게 물었다.

"왜 그렇게 귀가 커졌어요?"

할머니 흉내를 내면서 늑대가 대답했다.

"네 말을 잘 들으려고."

"눈은 왜 더 커졌어요?"

"너를 더 잘 보려고."

"손도 참 크네."

"너를 더 잘 잡으려고."

"입도 굉장히 커졌잖아!"

"너를 더 잘 잡아먹으려고!"

늑대는 말을 뱉자마자 빨간 모자를 한입에 삼켜버렸다. 늑대는 다시 할머니 침대로 기어들어가 코를 골며 깊은 잠에 빠져들었다. 그때 마침 할머니 집 앞을 지나던 한 사냥꾼이 늑대의 코고는 소리를 듣고 할머니 집으로 들어가보았다. 사냥꾼은 늑대가 할머니를 잡아먹었다는 것을 바로 알아차렸다. 사냥꾼은 조심스럽게 늑대의 배를 가위로 갈랐다.

그러자 빨간 모자가 튀어나왔고, 뒤이어 숨이 다 넘어갈 뻔한 할머니가 아무 탈 없이 나왔다. 사냥꾼과 빨간 모자는 커다란 돌을 주워다가 늑대 뱃속에 넣고 다시 꿰매버렸다. 잠에서 깨어난 늑대는 도망가려고 했으나 돌이 든 배가 무거워 고꾸라져 죽고 말았다. 사냥꾼은 늑대의 가죽을 벗겨 집으로 돌아가고, 할머니와 빨간 모자는 빵과 포도주를 먹으며 기운을 차렸다.

이 일로 빨간 모자는 엄마가 시키는 대로 숲속 같은 곳에는 절대로 혼자 가서는 안 된다는 것을 알게 되었다.

또 다른 이야기도 있다. 빨간 모자는 할머니 집에 가는 길에 다른 늑대를 만났으나, 늑대의 꼬임에 빠지지 않고 곧바로 할머니 집으로 달려갔다. 할머니는 늑대가 들어오지 못하게 문을 잠갔다. 잠시 후 나타난 늑대는 빨간 모자 흉내를 내면서 문을 두드렸으나 열어주지 않자, 지붕으로 올라가 빨간 모자가 집으로 돌아가기만을 기다렸다. 빨간 모자를 기다렸다가 어둠 속에서 잡아먹을 생각이었다.

그러나 마침 할머니 집 앞에는 커다란 구유가 있었는데, 할머니는 빨간 모자에게 소시지를 넣고 펄펄 끓인 물을 구유 안에 붓게했다. 구유의 소시지 삶은 물에서 나는 맛있는 냄새가 지붕에 앉아 있는 늑대의 코를 자극했다. 늑대는 코를 벌름거리며 아래를 내려다보다가 그만 중심을 잃고 지붕에서 떨어져 뜨거운 물에 빠져 죽고 말았다. 빨간 모자는 마음놓고 집으로 돌아갈 수 있었다.

❧

〈빨간 모자〉는 늑대에게 잡아먹힘으로써 영원히 살게 된 소녀의 이야기이다. '삼킴과 토함'의 모티프는 본격 민담, 즉 마법담에서는 영웅의 재탄생과 연관된 통과의례의 한 형태로 해석된다. 〈빨간 모자〉에서도 삼킴과 토함의 의미를 발견할 수 있다. 철없는 소녀가 늑대라는 경험하지 못한 위험한 상대를 만나 죽음을 경험한 후, 다시 늑대의 몸 밖으로 나옴으로써 예전과는 다른 성숙된 새로운 삶을 살게 되었다는 점에서 〈빨간 모자〉 이야기도 어른이 되기 위한 소녀의 통과의례담으로 볼 수 있다.

그러나 〈빨간 모자〉는 내재되어 있는 선험적 체험보다는 등장인물들의 속화된 이미지나 배경 등 기타 여러 가지 다른 면에서 호기심을 끄는 이른바 튀는 민담이다. 특히 구연가나 독자들은 이야기에서 빨간 모자를 쓴 조그만 소녀가 늑대에게 잡아먹힐 만한 빌미를 준, 즉 벌을 받을 만한 이유를 발견하려고 애쓴다. 간혹 안데르센 동화 중에서 〈빨간 신〉의 소녀가 보여준 여성성의 한 단면과 연관시켜보기도 하지만, 〈빨간 모자〉의 소녀와 〈빨간 신〉의 소녀는 탄생에서부터 그 배경이 다르다.

〈빨간 모자〉의 소녀에게 닥친 위험 역시 해명되지 않는 부분이 많다. 늑대가 야들야들한 군침 도는 소녀를 잡아먹는 것이 목적이었다면 숲속의 아름다운 경치를 떠벌이면서 굳이 소녀를 숲에 지체하게 만들거나, 지름길로 달려가 할머니를 먼저 잡아먹고 침대에 누워 소녀를 기다릴 필요가 없었다. 또한 숲에서 만날 수 있는 위험한 인물이 늑대뿐만이 아니며, 더불어 빨간 모자를 위해할 대상이 숲에만 있는 것도 아니다. 그러나 역시 〈빨간 모자〉 이야기에는 늑대가 제격이다.

이러한 해명되지 않은 호기심을 바탕으로 〈빨간 모자〉는 다양한 변형 민담과 모티프를 가지고 있다. 변형된 모티프의 주체로서 특히 '빨간 모자'만큼 다양하게 학자나 독자들의 관심을 끄는 모티프도 드물다. 우선 독자들은 소녀의 모자 색깔인 '빨간색'에 시선을 빼앗긴다. 독자들은 이미 '빨간색'이 여자의 색이라는 것을 수많은 문화 체험을 통해 학습해왔으며, 그와 동시에 '늑대'에 대해서도 별다른 고민 없이 '나쁜 남자'로 받아들인다. 이것으로 〈빨간 모자〉가 이른바 '경고 민담'으로서 '소녀들에게 남자를 조심하라는 교훈을 주는 이야기'라는 등식이 공인된 셈이다.

〈빨간 모자〉의 빨간색과 늑대는 신화학자나 인류학자에게 특징적인 모티프로 간주되고 있다. 특히 신화학자들은 빨간 모자를

일출 및 일몰과 관련된 자연 신화적 모티프로 보았으며, 늑대가
빨간 모자를 삼키는 모티프를 일식과 관련된 고대 신화의 잔영으
로 해석하기도 한다. 그러나 로버트 단턴과 같은 역사사회학자들
은 〈빨간 모자〉나 〈헨젤과 그레텔〉 같은 민담들을 농민의 모습을
담고 있는 실제 삶의 이야기로 보기도 한다. 즉 '옛날이야기'의
변형이 아니라 '근세사의 사건'이라는 맥락으로 이들 민담을 파
악하고 있으며, 문자로 기록되는 과정에서 '농민의 이야기'에서
'시민의 이야기'로 전환되었다고 주장한다.

이를테면 대략 14세기부터 16, 17세기 유럽의 척박한 농촌사회
의 현실을 담고 있는 비교적 짧은 생성사를 가지고 있던 농촌의
민담들이 여기에 해당한다. 이러한 '농민 민담'들은 민담의 아동
문학화를 성공으로 이끈 프랑스의 샤를 페로나 독일의 그림 형제
등의 민담집에 수용됨으로써 이른바 고급 문학으로 상승, 이동했
다고 보고 있다.

로버트 단턴은 〈빨간 모자〉나 〈헨젤과 그레텔〉과 유사한 프랑
스의 '농민 민담'들로부터 그 근거를 마련하고 있다. 단턴이 제
시한 〈빨간 모자〉의 구전본이라 여겨지는 '농민본'의 소녀는 '빨
간 모자'를 쓰고 있지 않았으며, 브루노 베텔하임이 처녀성의 상
징으로 파악한 '포도주를 담은 병'도 빨간 모자가 가지고 가는 것
이 아니라, 늑대가 할머니를 죽이고 '할머니 집에 있던 병에 할머
니의 피'를 담아놓은 것이다. 또한 늑대는 소녀에게 할머니의 살
과 피를 먹인 후 옷을 벗고 침대로 오라고 하면서 더 이상 옷이 필
요하지 않으니 불 속에 넣으라고 말한다.

이런 사실적이며 노골적인 성적 묘사와 잔인함은 당시 농촌사회의 모습을 반영하고 있다고 할 수 있다. 1347년 흑사병이 최초로 유럽을 휩쓴 시점부터 1730년대 인구와 생산성이 비약적으로 증가할 때까지 4세기에 걸쳐 프랑스 사회는 이른바 움직이지 않는 시대였다. 샤를 페로의 이야기는 1690년 중반 17세기 최악의 위기가 절정에 달했을 때 서술된 것으로, 단턴은 유럽에 유포되어 있는 〈빨간 모자〉 유형의 이야기가 프랑스 농민들 사이에서 발생되었다고 보고 있다. 그는 프랑스 대부분의 민담은 아직 글을 읽을 수 없던 시절 그 이야기를 들으며 자란 농민들에 의해 구술된 것이라고 주장했다. 페로도 자신의 아들의 유모였던 농부의 아낙에게서 이야기를 채록했다고 주장했다. 또한 이 시기에는 〈헨젤과 그레텔〉, 〈노간주나무〉의 프랑스판인 〈엄지 소년〉과 〈엄마는 나를 죽였고 아빠는 나를 먹었다〉의 내용인 아동 학대와 유아 살해가 실제로 꽤 광범위한 지역에서 행해졌다고 보았다.

샤를 페로의 〈빨간 모자〉는 내용상으로 농민본과 다르지 않다. 순진한 소녀에게 접근해 할머니를 잡아먹은 후 침대에서 맨몸으로 소녀를 기다리다 소녀마저 잡아먹는 '늑대 같은 남자'와 '죄 없는 소녀의 죽음'이라는 내용은 거의 비슷하다. 그러나 '빨간 모자'라는 특징적인 소재의 도입과 경고 민담으로의 전환 등 문체상의 몇 가지 변형으로 페로의 〈빨간 모자〉는 문화사적 의미로 볼 때 급진적·역사적 전환점을 가져왔다고 볼 수 있다.

페로의 〈빨간 모자〉에 비해 보다 더 교육적이며, 독일 비더마이어시대의 가정적인 분위기를 담고 있는 그림 형제의 〈빨간 모자〉도 변형의 원심력에서 크게 벗어나지는 못했다. 그림 형제는 페로의 '죄 없는 소녀' 이미지가 아닌, 이성적으로 수긍이 가는 '부주의한 소녀' 이미지로 대체시키고, 성적으로 연상되는 부분을 최대한 축소시켰다. 또 결말 부분에 사냥꾼이 늑대의 배를 가르고 두 사람을 구해내는 판본을 연합시킴으로써 행복한 가정의 유지와 다정한 이웃이라는 구도로 이야기를 마감했다.

그러나 샤를 페로와 그림 형제가 〈빨간 모자〉에서 그리고자 했던 교육적 의도는 어린이용 동화로서 〈빨간 모자〉 유포에는 많은 기여를 했으나, 세계적으로 가장 많은 변형본을 가지고 있는 변형 민담의 원동력으로서 주도적인 역할을 하지는 못했다. 오히려 시대와 장소에 따라 '빨간 모자'의 특징적인 색깔과 '늑대의 삼킴'의 모티프가 변형된 이야기들의 포커스로 등장하는 경향이 더 크다고 볼 수 있다. 이는 공교롭게도 빨간색이 가지고 있는 상징성이 근세사의 시대적 상황과 맞물려 있기 때문이며, 원초적으로 서양인들 사이에 내재해 있는 포식자 '늑대 인간'이나 '식인귀'와 관련된 의식의 표출이라고 보아도 좋을 것이다.

인간을 해치는 동물은 늑대뿐만이 아니다. 그럼에도 불구하고 유럽 민담에 늑대가 포식자로 자주 등장하는 이유에 대해 한스 리츠Hans Ritz는 "구전되고 있는 대부분의 공포감을 주는 이야기들은 낭만주의의 공간, 그 중에서도 프랑스 지역에서 유래하며 기이한 상황들도 역사적인 배경에서 설명될 수 있다. 근세사에서 여자들만 마녀로 박해받은 것은 아니다. 남자들도 '늑대 인간'으로 몰려 희생의 대상이 되기도 했다. 특히 16, 17세기 프랑스에서는 어린 소녀와 소년을 죽여 식인 행위를 행했다는 죄명으로 잡혀온 사람들에 대한 재판이 줄을 이었다."고 설명했다. 이러한 식인귀에 대한 인식 때문에 늑대도 역시 변형 민담의 주요 모티프로 자주 등장, 신문이나 잡지 등의 정치적 패러디에 애용되는 모티프가 되었다.

그러나 〈빨간 모자〉는 거의 내용상 변형 없이 수용되는 경우가 대부분이다. '빨간 모자'의 영향력이 날로 증가하여 간혹 늑대가 억울하다는 식의 변형이 행해지기도 하지만, 늑대가 '선'한 이미지로 전도되는 이야기는 거의 없다고 보아도 좋을 것이다. 그만큼 〈빨간 모자〉는 페로시대에 이미 현대적이며 상징적인 의미를 획득했다고 할 수 있으며, 앞으로도 지속적으로 각종 문화현상들 속에서 되살아나 끊임없는 성장과 변형을 자신의 운명으로 받아들일 것이다.

❧22❧

브레멘 음악대

KHM 27

오랜 세월 방앗간에서 일을 하던 당나귀가 있었다. 당나귀는 젊은 시절 열심히 일했으나 늙어서 힘이 빠지자 주인이 자신을 처분하려 한다는 사실을 알게 되었다. 당나귀는 도망쳐 나와 브레멘의 전속 음악가가 되기로 마음먹고 브레멘으로 향했다.

브레멘으로 가는 도중 당나귀는 헐떡거리고 있는 사냥개를 만났다. 사냥개도 주인을 위해 열심히 사냥을 했지만 나이가 들자 자신을 죽이려고 해서 도망치는 중이라고 말했다. 그래서 당나귀와 사냥개는 함께 브레멘 음악대가 되기로 했다. 둘은 조금 가다 주인이 물에 빠뜨려 죽게 될 고양이와 내일이면 목이 비틀려 수프가 될 수탉도 만났다. 이렇게 네 마리의 도망자는 함께 브레멘으로 향했다.

그렇게 길을 떠난 그들은 밤이 되자 숲속에서 하룻밤을 지내기로 했다. 그런데 큰 나무 꼭대기로 올라갔던 수탉이 멀리 있는 집에서 흘러나오는 불빛을 보고 모두 그곳으로 가게 되었다. 그 집은 도둑의 집이었는데, 도둑들이 음식을 차려놓고 한참 신나게 먹고 있는 중이었다. 네 마리 동물은 그 집에서 도둑들을 몰아내기로 하고 묘책을 세웠다.

당나귀가 두 발을 창에 걸치고 서자, 그 위로 개가 당나귀 등에 올라타고, 고양이는 개 등에 올라가고, 맨 위에는 수탉이 고양이 머리 위에 올라앉았다. 그들은 일제히 "히이잉, 멍멍, 야옹야옹, 꼬끼오." 하고 악을 쓰며 창문을 깨고 집 안으로 뛰어들어갔다. 난데없는 무시무시한 소리에 얼이 빠진 도둑들은 혼비백산하여 모두 도망가버렸다. 네 마리의 동물은 배가 터지게 음식을 먹은 후 각자 편한 곳에 잠자리를 정하고 금세 곯아떨어졌다.

깊은 밤이 되자 도둑들은 영문을 알아보기 위해 다시 집으로 돌아왔다. 두목은 부하 한 명을 집 안으로 들여보냈다. 부하는 촛불을 켜기 위해 두리번거리다가 이글거리는 고양이 눈과 마주쳤다. 그는 그게 석탄불인 줄 알고 성냥개비로 쑤셨다가 침을 뱉으며 달려든 고양이에게 할퀴고 찢겨 뒷문으로 달아나다 엎드려 자고 있던 개에게 다리를 물렸다. 그리고 비명을 지르며 앞마당을 내달리다가 이번에는 당나귀에게 차여 혼이 빠진 도둑은 잠에서 깨어난 수탉이 내지르는 꼬기오 소리에 걸음아 나 살려라 하고 줄행랑을 놓았다.

한걸음에 두목에게 달려간 부하는 집 안에는 마녀가 살고 있으며, 문 앞에는 칼을 든 사내가 지키고 있어 그자에게 다리를 찔렸고, 마당에 있는 몽둥이 든 괴물에게 걸어 차였다고 보고했다. 또 지붕의 재판관이 "저 악당 놈을 데려오너라."라고 외쳤다고 허풍을 떠는 바람에 도둑들은 모두 도망을 가버렸다. 브레멘 음악대는 그 집이 마음에 들어 계속 살기로 했다.

❧

〈브레멘 음악대〉의 당나귀와 개, 고양이, 수탉이 자신들을 죽이려고 하는 주인을 피해 새로운 삶을 찾아간 희망의 장소가 바로 브레멘Bremen이다. 브레멘은 '그림 메르헨Grimm Märchen'을 기념하기 위한 메르헨 가도Märchen Straße 최북단에 위치한 도시이다. 메르헨 가도는 그림 형제의 기념비와 막내 동생 루트비히의 흔적을 찾을 수 있는 하나우에서 브레멘에 이르는 길이다.

브레멘은 유럽 북부와 북동부 기독교의 중심지였던 1200년의 역사를 지닌 도시로, 14세기 한자동맹에 가입하면서 번영하기 시작하여 화려한 상업 중심지로 성장했다. 당시의 영주가 "자유시에 누구든 1년 하고 하루만 더 거주하면 자유를 준다."고 선언했듯이 브레멘은 노예와 농노들에게는 자유의 땅이었다.

지금도 사람들이 '브레멘 음악대'의 당나귀 조각상 다리를 잡고 소원을 빌면 소원이 이루어진다고 믿는 것은 〈브레멘 음악대〉가 희망의 이야기이기 때문일 것이다.

부리던 동물들에 대한 인간들의 몰인정한 태도가 이 이야기의 출발점이다. 그러나 '브레멘 음악대'가 되기로 마음먹은 당나귀와 개, 고양이, 수탉은 자신의 주인들에게 앙갚음이나 복수를 하는 대신 새로운 길을 찾아 브레멘으로 향한다. 종속되지 않는 새로운 삶을 찾고자 한 것이다.

그렇지만 이 네 마리 동물이 새로 찾은 삶도 온당한 방법으로 획득한 것이라고 할 수는 없다. 남의 것을 속여서 빼앗은 것으로 도둑의 입장에서 보면 억울하게 집을 빼앗긴 것이다. 그러나 네 마리 동물이 사용한 힘은 잔인한 공격이나 무력이 아니었다. 이는 사회에서 힘없고 늙어 냉대받던 '노인'들의 기발한 지혜였기 때문에 그들의 피라미드는 KHM의 대표적인 삽화 중 하나로 꼽힐 정도로 재미있는 발상의 전환으로 볼 수 있다. 더구나 상대는 도둑들로서 사회에서 제거되어야 마땅한 존재들이었으므로, 도둑의 집을 불쌍한 네 마리 동물이 차지한 것은 그다지 거스를 것 없이 용인되는 상황인 것이다.

원래 소담은 완전한 유토피아적 삶을 보여주는 이야기가 아니다. 어느 정도의 거짓말이나 속임수 등은 재치나 지혜로 간주되기도 한다. 그만큼 세상은 소담의 수혜자들에게는 상대하기 힘든 거인 같고 악마 같은 힘겨운 곳이기 때문일 것이다.

이렇게 네 마리 동물의 방랑은 일단 여기에서 멈춘 듯하다. 그러나 이들의 방랑은 완전히 종료된 것은 아니다. 왜냐하면 이들 브레멘 음악대는 아직 브레멘에 도달하지 못했기 때문이다. 영원한 유토피아로서 브레멘이 거기 그렇게 있는 한, 이들 브레멘 음악대의 영혼은 자유와 희망을 찾아 언제나 그곳을 향하게 될 것이다.

23

노래하는 뼈다귀

KHM 28

옛날 한 나라에 농작물은 물론 사람까지 찢어 죽이는 사나운 멧돼지가 숲에 살고 있었다. 그 때문에 온 나라는 걱정에 싸여 있었다. 그래서 왕은 누구든 그 멧돼지를 잡아오거나 죽이는 사람을 외동딸인 공주의 남편으로 삼겠다고 공포했다.

이 소식은 한 가난한 농부의 두 아들에게도 전해졌다. 농부의 큰아들은 꾀가 많고 용기가 있었으나, 작은아들은 마음씨는 좋으나 어리석고 아둔했다. 그러나 동생도 형과 함께 참가했다. 왕은 두 형제에게 각각 숲의 반대쪽으로 들어가면 멧돼지를 더 빨리 만날 수 있을 것이라며 행운을 빌어주었다. 그리하여 형은 저녁나절에, 동생은 아침 일찍 숲으로 들어갔다.

숲으로 들어간 동생은 한 작은 난쟁이를 만났다. 난쟁이는 동생에게 창을 하나 주면서 마음이 착해서 주는 것이라며 그 창으로 멧돼지를 잡을 수 있을 것이라고 말했다. 동생은 고맙다고 인사를 한 후 난쟁이와 헤어져 숲속 깊이 들어갔다.

얼마 가지 않아 동생은 사납게 달려드는 멧돼지를 만났다. 그는 난쟁이에게서 받은 창을 힘껏 앞으로 치켜들었다. 화가 난 멧돼지가 달려들어 창끝에 심장이 찔려 죽고 말았다. 동생은 멧돼지를 어깨에 메고 숲 반대편으로 걸어 나왔다. 마침 그곳에는 집이 한 채 있었는데, 술을 마시며 춤추고 있는 사람들 사이에 형도 끼어 있었다. 용기를 내기 위해 술을 마시고 있던 형은 동생이 멧돼지를 잡아온 것을 보고 샘이 난 나머지 못된 꾀를 생각해냈다.

형은 동생에게 술을 먹이면서 멧돼지 잡은 이야기를 들으며 시간을 끌어 어두워지기를 기다렸다. 그리고 밤이 되어 성을 향해 함께 걸어가다가 다리 위에서 동생을 몽둥이로 내리쳐 죽인 후 다리 밑에 묻었다. 왕과 다른 사람들은 동생이 멧돼지에게 물려 죽었다는 형의 말을 조금도 의심하지 않았다.

그렇게 세월이 흐른 어느 날 한 양치기가 다리 밑 모래 사이에서 새하얀 뼈다귀 하나를 주어 피리 주둥이로 만들어 피리에 끼워 불어보았다. 그런데 피리가 저절로 노래를 하기 시작했다.

"여보세요, 내 뼈를 부는 양치기 양반. 공주를 얻기 위해 내가 잡은 사나운 멧돼지를 가로채 우리 형이 나를 죽여 다리 아래에 묻었다오."

이상한 일이라고 생각한 양치기는 그 뼈다귀 피리를 왕에게 가져갔고, 피리를 불자 다시 같은 노래가 흘러나왔다. 왕이 모든 사실을 알아차리고 다리 아래를 파보게 하니 죽은 동생의 뼈가 나왔다. 형은 더 이상 자신이 한 일을 숨길 수 없었으며, 그 자신도 자루 속에 넣어져 산 채로 물속에 던져졌다. 그리고 동생은 교회 묘지로 옮겨져 편히 쉴 수 있었다.

❦

우리나라의 〈전설의 고향〉 같은 〈노래하는 뼈다귀〉는 형제간의 경쟁에 얽힌 폭력과 복수에 관한 이야기이다.

KHM에는 KHM 21 〈재투성이〉나 KHM 63 〈세 개의 깃털〉, KHM 124 〈삼 형제〉 등과 같은 형제와 자매 사이의 경쟁을 다룬 이야기가 여러 편 나온다. 그러나 KHM에 수용된 대다수의 민담에서 이들 형제나 자매들 간의 경쟁은 선의의 경쟁이거나, 어느 한쪽이 악의를 품은 경쟁이더라도 오히려 경쟁자의 악의가 주인공을 돕는 계기가 되거나 자신을 파멸로 몰고 가는 구실을 할 뿐 주인공인 약자가 죽음에 이르는 경우는 드물다. KHM 47 〈노간주나무〉에서처럼 주인공이 죽임을 당했을 경우에도 약자였던 주인공이 초월적 존재로 다시 환생하는 죽음과 환생의 프로세스를 보유하고 있다.

또한 결과적으로도 죽음을 경험한 약자가 악인을 제거할 수 있는 능력과 정당성을 확보하는 것으로 이야기를 이끌고 있다. 그러나 이 〈노래하는 뼈다귀〉는 형제 사이의 갈등관계를 민담적 상황이 아닌 전설적 상황으로 수용하고 있어 다른 형제 민담들과는 좀더 다르게 살펴볼 필요가 있다.

형제나 자매들 사이의 갈등을 다루고 있는 설화 중에는 대개 '삼 형제' 이야기가 주를 이룬다. 이 경우 주인공은 역시 막내 동생이다. 두 형들은 악의적인 경우가 많으나 중간 형태의 형제도 존재하며, 이야기의 흐름도 주인공에게 부정적이지만은 않다. 오히려 형제 사이의 극심한 경쟁관계는 '두 형제나 두 자매' 이야기에서 흔히 찾아볼 수 있다. 이는 아마도 형제 사이에 중간에 위치하는 존재가 없어 중재 및 열등 비교의 대상이 없기 때문에 생겨날 수 있는 현실적 사고의 수용일 수 있다. 또한 '셋'이라는 숫자보다는 대비가 잘 되는 숫자인 '둘'이 나타내는 양분적인 수의 속성에서 비롯된 설화적 특성일 수도 있다.

형제간의 갈등을 가장 극명하게 나타내는 대표적인 설화로 구약성서의 〈카인과 아벨〉을 들 수 있다. 카인과 아벨의 이야기는 다양한 해석을 낳고 있으나 형제 사이의 극적인 갈등을 보여주는 설화임에 틀림없으며, 이야기의 양상도 〈노래하는 뼈다귀〉와 유사하다. 형인 카인이 동생인 아벨을 죽여 숨겨놓았으나 그의 신인 하느님을 속일 수는 없었다. 하느님은 카인에게 "아벨의 피가 너에게 울부짖고 있다."라고 말한다.

〈노래하는 뼈다귀〉의 뼈처럼 아벨의 피는 자신의 억울한 죽음을 세상에 알리는 구실을 한다. 문학적 표현의 측면에서 볼 때 부분으로 전체를 나타내는 대유법은 강조의 기능과 더불어 전체를 대표하는 부분으로서의 역할을, 즉 가장 대표적인 '부분'이다. 그러나 설화문학에서는 '뼈'나 '피'와 같은 동물, 특히 사람의 신체 일부분은 사라진 외형을 대변하는 정신이나 영혼을 의미하며, 이 때 영혼은 초월적이다.

영혼에 대한 의문과 인정은 종교적 심성의 발로이며, 영혼의 응징 역시 종교적이다. 아벨의 피가 울부짖어 하느님에게 자신의 억울한 죽음을 알리듯, 형에 의해 죽임을 당한 동생의 뼛조각도 자신의 억울한 죽음을 피리 소리에 실어 세상에 알린다. 인간을 속일 수는 있어도 하늘을 속일 수 없다는 사고가 깊이 내재되어 있음을 알 수 있다. 바로 천벌이 내린 것이라고 할 수 있다.

그러나 원수는 갚았으나 아벨이 그랬던 것처럼 〈노래하는 뼈다귀〉의 동생도 환생하지는 못했다. 이 부분은 기존의 민담과는 상당한 거리를 보인다. 이야기가 본격적인 순수 민담 유형에 상응하기 위해서는 〈노간주나무〉에서처럼 약자인 주인공은 다시 환생하고, 강자였던 악한은 스스로의 판결 등에 의해 벌을 받아야 한다. 여기서 우리는 민담과 여타 설화문학의 차이를 다시 한번 확인할 수 있다. 즉 설화문학 중에서 환생 모티프는 순수 마법담에서는 제한이 없으나, 성담에서는 예수나 석가모니와 같은 성인의 이야기에만 수용되어 있음을 알 수 있다. 환생 모티프의 제한은 신화와 전설에서도 찾아볼 수 있다. 신화는 신의 권위를 드러내는 반면 인간의 유한성을 보여주는 이야기이기 때문에 인간 영웅의 영속성을 허락하지 않는다. 그러므로 영원성에 대한 갈구를 무한한 별자리에 비쳐 보이려고 한 듯하다.

전설에서도 인간의 환생은 허락되지 않는다. 우리나라 전설인 '아기장수'도 그렇고, 게르만 민족의 영웅 전설 중 가장 빛나는 영웅인 '지크프리트'도 죽음으로부터 살아 돌아오지 못했다. 그러나 전설은 환생 모티프를 포기하는 대신 부당하게 죽은 이의 억울함을 해결하는 방식을 택하고 있다. 이는 신이나 하늘, 천심에 비견되는 민심 내지는 하늘의 뜻을 아는 명판관에게 역할을 대행시킨다. 따라서 주인공의 환생은 이루어지지 않았지만 자신의 원한을 갚은 후 무덤에서 편안히 쉬는 것으로 이야기가 끝나는 〈노래하는 뼈다귀〉는 '전설적 민담'으로 이해해야 할 것이다.

일반적으로 우리나라의 전래 민담은 권선징악을 주제로 다룬 이야기가 많다. 본격적인 민담의 기준으로 본다면 이 말은 맞지 않으나, 그만큼 우리의 설화가 대다수 전설적 요소를 담고 있는 '한의 문학'이기 때문일 것이다. 원한은 민담의 소재가 아니라 전설의 소재이다. 유한해서 억울하고 그 유한성마저 유린당한 원통함은 풀지 않고는 배길 수 없는 절통의 한이다. 인간의 힘으로 안 된다면 하늘의 힘으로라도, 그것도 안 된다면 기어코 귀신이라도 움직여서 풀어야만 하는 한이다. 남에게 원한을 사면 반드시 그 한풀이를 당하게 된다고 우리의 이야기는 '한'의 무서움에 대해 경고해오고 있다.

24

세 가닥 황금 머리카락 도깨비

KHM 29

옛날 머리에 양막을 쓰고 태어난 사내아이가 있었다. 사람들은 양막을 쓰고 나온 것을 행운의 징조라고 여겼으며, 열네 살이 되면 공주와 결혼하게 될 것이라고 말하는 이도 있었다.

어느 날 왕이 그 마을을 지나다가 그 소문을 듣고 기분이 나빠져 아이의 부모를 찾아가 큰돈을 주면서 자신이 아이를 잘 길러주겠다고 말했다. 부모는 처음에는 거절했으나 행운을 타고난 아이이니 괜찮을 것이라 믿고 아이를 왕에게 맡겼다. 그러나 왕은 아이를 상자에 넣어 강물 속에 던져버렸다. 다행히 상자는 한 방앗간 부부에 의해 건져져 아이는 그 집에서 자라게 되었다.

어느덧 아이는 열네 살 소년으로 자랐다. 그러던 어느 날 비를 피해 방앗간에 들른 왕은 소년의 이야기를 듣고 자신이 강물에

버린 아이라는 것을 알게 되었다. 왕은 왕비에게 소년을 바로 죽이라는 편지를 써서 소년에게 전하게 했다.

그런데 소년은 길을 잘못 들어 깊은 숲속으로 들어가게 되었다. 밤이 되어 길을 헤매던 소년은 한 오두막집을 발견했다. 그 집을 지키고 있던 할머니는 이곳은 도둑의 집이며, 도둑들이 돌아오면 소년을 당장 죽이려 할 것이라고 했다. 그러나 너무 피곤했던 소년은 그냥 곯아떨어졌다.

얼마 후 집으로 돌아온 도둑들은 화를 내며 소년이 누구냐고 물었다. 할머니는 왕비에게 편지를 전하러 가는 착하고 불쌍한 소년이라고 도둑들을 구슬렸다. 그들은 소년의 편지를 뜯어보고 그가 불쌍해져 소년이 도착하는 즉시 공주와 결혼시키라고 편지의 내용을 바꿔놓았다. 아무것도 모르는 소년은 왕비에게 그 편지를 전했으며, 왕비는 소년과 공주를 결혼시켰다.

얼마 후 성으로 돌아온 왕은 편지가 바뀌어 공주와 소년이 결혼하게 된 사실을 알고 화를 냈다. 왕은 소년에게 지옥에 가서 도깨비의 황금 머리카락 세 가닥을 뽑아오지 않으면 딸을 줄 수 없다고 말했다. 소년은 그 길로 황금 머리카락 도깨비를 찾아 나섰다.

소년은 한 큰 도시에 도착했다. 그곳의 성문지기가 소년에게 포도주가 넘치던 우물이 말라서 지금은 물 한 방울 나오지 않는 이유를 알려주면 금을 가득 실은 노새 두 필을 주겠다고 했다. 소년은 돌아오는 길에 알려주겠다고 약속을 했다. 또 얼마쯤 가다가 황금 사과나무가 왜 잎도 돋지 않는지 근심하고 있던 성문지기가 소년에게 그 이유를 물었다. 소년은 다시 돌아오는 길에 이유를 알려주겠다고 말했다. 계속 길을 가던 소년은 강가에서 배를 타고 강을 건넜는데, 왜 자신은 교대해줄 사람도 없이 계속 일을 해야 하는지 궁금해하는 뱃사공에게도 돌아올 때 해결책을 알려주겠다고 약속했다.

강을 건넌 소년은 지옥으로 들어가는 입구를 찾아 동굴 속으로 들어갔다. 동굴 속에는 할머니 한 분이 앉아 있었는데, 도깨비의 황금 머리카락 세 가닥을 뽑으러 왔다는 소년의 말을 듣고 소년을 개미로 만들어 치맛주름 속에 숨겨주었다. 소년은 돌아갈 때 대답해주겠다고 약속한 세 가지 질문도 잊지 않았다.

저녁이 되어 돌아온 도깨비는 사람 냄새가 난다며 이리저리 살펴보았으나, 할머니의 핀잔만 듣고 저녁을 먹은 후 할머니 무릎을 베고 잠이 들었다. 그러자 할머니는 도깨비의 황금 머리카락 한 가닥을 뽑았다. 화를 내며 잠에서 깬 도깨비에게 할머니는 포도주가 넘치던 우물이 말라버린 꿈을 꾸었는데 왜 그런 것이냐고 물어보았다. 도깨비는 그건 우물 속 두꺼비 때문이라고 대답하고는 다시 잠이 들었다.

할머니가 다시 황금 머리카락을 뽑자 도깨비가 소리를 질렀다. 할머니는 도깨비를 달래며 황금 사과나무 이야기를 물었다. 도깨비는 뿌리를 쥐가 뜯어먹었기 때문이라고 대답하고는 다시 깨우면 할머니의 따귀를 때리겠다고 했다. 그러나 할머니는 황금 머리카락을 또 뽑았으며, 벼락같이 성질을 내는 도깨비를 다시 달래며 뱃사공에 대해 물었다. 도깨비는 노를 저어 강을 건넌 다음 다른 사람에게 노를 주고 뛰어내리면 될 것이라고 대답하고서야 남은 잠을 잘 수 있었다.

할머니 치맛자락에 숨어 있던 소년도 도깨비의 대답을 모두 들었다. 다음 날 아침 할머니는 소년을 다시 사람으로 되돌린 후 도깨비의 황금 머리카락 세 가닥을 건네주었다. 돌아오는 길에 소년은 배를 타고 강 건너편에 도착해 배에서 뛰어내린 후 뱃사공에게 그곳에서 벗어날 수 있는 방법을 알려주었다.

그리고 황금 사과나무의 성문지기에게도 약속한 대로 해답을 알려주고 답례로 금을 실은 당나귀 두 필을 받았다. 또 포도주가 나는 우물의 성문지기에게도 방법을 알려주고 금을 실은 당나귀 두 필을 받았다. 소년은 금을 가득 실은 당나귀 네 필을 이끌고 공주가 있는 성으로 돌아왔다.

왕은 도깨비의 황금 머리카락 세 가닥을 보고 소년을 사위로 인정하면서 소년이 가져온 황금에 더 큰 관심을 보였다. 욕심이 생긴 왕은 강을 건너가면 황금이 모래처럼 널려 있다는 소년의 말에 속아 강을 건너기 위해 서둘러 뱃사공의 배에 올랐다. 뱃사공은 왕을 태워 강 건너편에 도착한 후 잽싸게 노를 왕에게 쥐어주고 배에서 뛰어내려 도망치고 말았다. 그 후로 욕심 많은 왕은 죗값을 치르기 위해 그 배 위에서 내내 노를 젓게 되었다.

⚜

우리나라에서는 양막을 쓰고 나온 아기는 불길하다고 여긴다. 아이의 탄생이 뭔가 순조롭지 않았음을 걱정했다고 보아야 할 것이다. 그러나 유럽에서는 이 〈세 가닥 황금 머리카락 도깨비〉에서 볼 수 있듯이 아기가 태어날 때 머리에 쓰고 나온 양막을 행운의 모자라고 여겨 길조로 생각했다. 이와 같이 양막을 행운의 모자로 여기는 서양의 사고는 모자와 연관된 그들의 생활 일면에서 시작된 것으로 보인다. 모자는 보온을 위한 것이기도 하지만 신분을 나타내는 물건이기도 하다. 설화에서 가장 유명한 모자는 헤르메스의 모자이다. 양막을 쓰고 태어난 행운의 아이에 대한 이야기는 중세문학이나 북구 신화에도 등장하는 것으로 연구되어 있다.

행운의 표식을 가지고 태어난 아이는 행운의 길을 가게 되지만, 그 길이 순탄치 않음은 분명한 사실이다. 주인공의 운명이 험하면 험할수록 주인공이 받게 되는 상은 크고 값지다. 반면 그의 적대자는 주인공의 행운과 대조되는 엄한 벌을 받기 마련이다. 이야기에 상반되는 상과 벌이 두드러질수록 민담의 맛이 되살아나며, 이러한 대조는 이야기를 풀어나가는 추진력이기도 하다.

그러나 이런 민담을 더욱 흥미롭게 만드는 것은 이야기 속의 흥미로운 모티프의 결합이다. 특히 '행운의 양막'과 '바뀐 죽음의 편지', '저승의 뱃사공', 그리고 이 이야기의 소재인 '세 가닥 황금 머리카락 도깨비' 등은 이 이야기를 빛나게 해주는 소재들이다.

편지 이야기부터 시작해보자. 민담에서 자신의 딸과 결혼하려는 사윗감에게 우호적인 왕은 없다. 그러나 이 이야기의 왕처럼 아무 죄 없는 소년을 두 번씩이나 죽이려 하는 왕도 드물다. 아무도 모르게 아이를 유기했던 왕은 다시 기발한 생각을 해내어 감쪽같이 주인공을 죽이려고 한다. "편지를 지참한 자를 죽여라." 라고 쓴 죽음의 편지를 우리는 일명 '우리아의 편지'라고 한다. 우리아의 편지는 다윗의 참회하기 이전 모습을 볼 수 있는 구약 성서 사무엘 하편의 한 대목이다. 우리아는 의로운 장군이었다. 우리아는 그의 아름다운 아내 밧세바에게 현혹된 다윗이 우리아를 죽이기 위해 편지를 가지고 가는 자를 적진 깊숙이 보내라는 내용의 편지를 들려 보내 적군의 손에 죽게 된 인물이다. 이 대목은 젊은 시절에 행한 다윗의 죄와 벌을 나타내며, 다윗은 하느님의 사자가 자신이 행한 죄를 비유하는 것을 알아차리지 못하고 "그런 자는 똑같은 벌을 주어야 한다."고 외쳐 스스로 죗값을 정했음을 보여주고 있다.

그러나 성경에서조차 살인의 도구로 쓰인 죽음의 편지는 〈세 가닥 황금 머리카락 도깨비〉에서는 민담답게 행운의 편지로 뒤바뀌게 된다. 잔인한 도둑에게조차 도움을 받게 되는 주인공의 행운은 도둑들의 마음까지 움직였다. "소년이 도착하는 즉시 공주와 결혼시키라."는 편지의 전환은 평면적이면서도 직선적이며 목표지향적인 민담적 특성을 강하게 드러낸다. 그리고 그 편지가 그렇게 바뀌어야 한다는 것을 모두가 알고 있다. 모르는 이는 주인공뿐, 그는 오직 자신의 길을 갈 뿐이다.

주인공이 다녀와야 하는 최종 정점은 저승이다. 그리고 저승으로 가기 위해서는 먼저 이승과 저승의 경계인 강을 건너야만 하며, 뱃사공의 고민까지 해결해준다. 뱃삯을 준 셈이다. 헤르메스가 아케론(또는 스틱스) 강까지 죽은 자의 영혼을 인도해오면 뱃사공인 카론은 영혼들을 배에 실어 강을 건네준다. 이때 영혼들은 카론에게 뱃삯을 지불해야 하기 때문에 그리스인들은 죽은 자의 혀 밑에 작은 동전을 넣어주었다고 한다.

강을 건너 저승에 도착한 곳에서 소년은 마음씨 좋은 할머니의 도움을 받는다. 저승의 할머니에 대한 설화적 의미는 KHM 24 〈홀레 할머니〉에서도 언급했듯이 저승으로 보내진 소년에게 황금 머리카락을 구해주는 인자한 여신의 이미지를 가지고 있다. 또한 '세 가닥 황금 머리카락 도깨비'는 저승의 초월적 인물로서, 소년에게는 저승에 다녀온 증표를 가지고 있는 존재이다. 머리카락은 많은 설화에서 힘과 지혜의 상징으로 묘사되고 있다.

〈삼손과 데릴라〉의 이야기도 그렇지만 그리스 신화의 사랑 이야기 중 가장 재미있는 〈암피트리온과 알크메네〉 이야기에서는 황금 머리카락을 가진 불사의 힘을 볼 수 있다. 암피트리온은 알크메네와 결혼하기 위해 알크메네의 원수인 타포스의 왕 프테렐라오스를 제거하려고 하지만, 그는 마법의 황금 머리카락을 가진 불사의 몸이었다. 그러나 암피트리온을 사랑하게 된 프테렐라오스의 딸이 아버지의 황금 머리카락을 뽑아버림으로써 암피트리온은 프테렐라오스와 그의 딸까지 함께 제거하고 알크메네가 기다리고 있는 테베로 돌아갈 수 있었다.

이처럼 설화에서 머리카락의 상실은 힘의 상실을 의미한다고 할 수 있다. 그러나 역으로 머리카락의 획득은 능력의 전이를 의미하는 것이다. 나아가 일반적인 머리카락이 아닌 황금 머리카락은 황금이라는 완전한 물질로서 더욱 특별한 능력을 가지고 있는 것이며, 또한 도깨비의 황금 머리카락의 획득은 더더욱 특별한 능력의 전이를 의미하는 것이다. 우리의 주인공은 도깨비의 능력 전부는 아니지만 황금 머리카락 세 가닥만큼의 능력은 가지게 되었다. 인간에게는 대단한 세 가닥이지만 도깨비에게 세 가닥 정도는 큰 피해를 주지 않는, 주인공에게는 흐뭇한 해결책인 것이다.

이상과 같은 특징적인 모티프와 소재가 다채롭게 수용된 가운데 이 〈세 가닥 황금 머리카락 도깨비〉 이야기는 주인공이 버려졌다가 외지에서 성장한 후 다시 고향으로 돌아오는 영웅의 귀환을 이야기하고 있다. 여기에 공주와 주인공의 결혼을 방해하는 왕의 계략으로 저승 여행을 통해 주인공이 죽음과 환생을 거쳐 지상에서는 알 수 없었던 지혜까지 얻어 회귀하게 되는 과정은 영웅의 모험담으로서 정통 마법담의 면모를 보여주고 있다.

25

손 없는 소녀

KHM 31

물레방아와 뒷마당의 큰 사과나무 외에는 가진 것이 없는 가난한 방앗간 주인이 있었다. 어느 날 나무를 하러 숲으로 간 그는 한 노인을 만났다. 노인은 그에게 뒷마당에 서 있는 것을 자신에게 주면 부자로 만들어주겠다고 말했다. 사과나무밖에 없다고 생각한 방앗간 주인은 그렇게 하겠다고 약속했다.

노인은 3년 뒤 자신의 것을 가지러 오겠다고 말하고 사라졌다. 집으로 돌아온 방앗간 주인은 자신의 집이 부유해진 것을 보았다. 그러나 노인의 말을 전해들은 아내는 그 노인은 악마가 틀림없으며, 그때 뒷마당에 우리 딸이 서 있었다고 소리를 질렀다.

드디어 악마가 오기로 한 날이 되자 아름답게 자란 소녀는 목욕을 하고 자신의 주위에 흰 동그라미를 그린 후 그 안에 앉아 악마를 기다렸다. 악마는 새벽같이 그녀를 데리러 왔다. 그러나 악마는 그녀에게 접근하지 못하고 화를 내면서 그녀의 아버지에게 그녀가 세수는 물론 물 한 방울도 접하지 못하게 하라고 말했다. 하지만 그녀는 다음 날 악마가 오기 전에 자신이 흘린 눈물로 깨끗이 세수를 했다. 악마는 또다시 그녀에게 다가갈 수 없게 되자 불같이 화를 내며 이번에는 소녀의 두 손을 자르게 했다.

아버지는 두려움에 몸을 떨며 딸에게 사정하자 소녀는 두 손을 내밀었다. 두 손이 잘린 소녀는 울고 또 울었다. 소녀의 온몸은 눈물로 흠뻑 젖었으며, 그런 그녀를 악마는 더는 어쩌지 못하고 물러났다. 모든 행복을 누리게 해주겠다는 아버지를 뒤로 하고 소녀는 세상에 나가 자신에게 자비를 베푸는 사람들과 살아가겠다고 말하고, 두 손이 잘린 팔을 등 뒤로 묶고 집을 떠났다.

소녀는 온 종일 걸어 한 왕궁의 정원 밖에 이르렀다. 하루 종일 아무것도 먹지 못한 소녀는 정원에 주렁주렁 열린 과일들이 너무 먹고 싶어 간절히 기도를 올렸다. 그러자 천사가 나타나 그녀를 정원으로 인도했다. 천사를 따라 정원으로 들어간 소녀는 탐스럽게 생긴 배를 하나 골라 맛있게 먹었다.

그때 마침 그 모습을 왕궁의 정원사가 보았으나, 그녀를 유령이라 생각하고 지켜보기만 했다. 이튿날 아침 왕은 배가 하나 없어진 사실을 알고 정원사를 불러 자초지종을 물었다. 정원사는 어젯밤에 본 광경을 모두 이야기했다. 왕은 자신이 직접 확인하기 위해 사제와 함께 몸을 숨기고 그녀가 나타나기를 기다렸다.

이윽고 자정이 되자 한 소녀가 숲에서 나와 배를 먹기 시작했다. 그녀 옆에는 흰 옷을 입은 천사가 서 있었다. 사제는 그녀에게 하늘에서 내려왔는지, 아니면 이 세상 사람인지를 물었다. 소녀는 신을 제외한 모든 이로부터 버림받은 불쌍한 사람이라고 대답했다. 그 말을 들은 왕은 그녀를 왕비로 삼고, 그녀에게 은으로 된 두 개의 손도 마련해주었다.

1년 뒤 왕은 전쟁에 나가게 되었고, 왕이 떠난 지 얼마 되지 않아 왕비는 아들을 낳았다. 왕의 어머니는 그 소식을 전하기 위해 왕에게 편지를 썼다. 그런데 전령이 길을 가던 중 그만 깜박 잠이 든 사이 악마가 나타나 왕비가 괴물을 낳았다고 편지를 바꾸어놓았다.

편지를 받은 왕은 몹시 놀랐으나 어머니에게 왕비와 아이를 잘 보살펴달라고 답장을 보냈다. 전령은 돌아가는 길에 다시 잠이 들었으며, 악마는 왕비와 아이를 모두 죽이고 그 증거로 왕비의 눈과 혀를 보관해두라고 편지를 바꾸어놓았다. 왕의 어머니는 믿을 수 없었으나 왕의 명령이라 하는 수 없이 불쌍한 모자를 피신시키고, 암사슴 한 마리를 잡아 눈과 혀를 뽑아두었다.

궁에서 나온 왕비는 하느님께 기도를 올려 천사의 인도로 숲속의 한 작은 집에서 지내게 되었다. 왕비는 그곳에서 천사들의 보살핌을 받으며 7년을 보냈다. 그동안 그녀는 더 신실해졌으며, 잘린 손도 다시 자라났다. 마침내 전쟁이 끝나고 궁으로 돌아온 왕은 왕비와 아이를 찾았으나, 왕의 어머니는 악마가 바꾸어놓은 편지와 암사슴의 눈과 혀를 보여주었다. 왕은 충격에 빠져 울기 시작했다. 그러나 어머니로부터 사실을 전해들은 왕은 모자를 찾을 때까지 먹지도 마시지도 않겠다는 결심을 하고 길을 떠났다.

왕은 7년 동안 세상을 돌아다니다가 드디어 왕비와 아들이 살고 있는 숲속의 집에 도착했다. 천사는 왕에게 먹을 것을 주었으나 왕은 이를 사양하고 잠시 쉬게만 해달라고 청하여 천사는 왕의 얼굴을 수건으로 가려 잠들게 해주었다. 그리고 왕비에게 왕이 왔음을 알렸다. 왕비는 '설움덩이'라고 이름지은 아들을 데리고 왕에게로 갔다.

그때 마침 왕의 얼굴을 덮고 있던 수건이 떨어져 왕비는 아들에게 아버지의 수건을 다시 덮어드리라고 말했다. 잠결에 그 소리를 들은 왕은 다시 수건을 떨어뜨려보았다. 그러자 설움덩이는 자신의 아버지는 하늘나라에 있다고 들었는데, 어떻게 이 거친 남자가 자신의 아버지냐고 왕비에게 물었다. 그 소리를 들은 왕은 자리에서 벌떡 일어났으며, 왕비는 왕의 손을 잡고 자신이 왕비이며 설움덩이는 왕의 아들이라고 말했다.

그러나 왕비의 되살아난 손을 본 왕은 자신의 아내는 은으로 된 손을 가지고 있다며 믿으려 하지 않았다. 왕비는 그동안의 일과 하느님의 은총으로 다시 손이 자란 사실을 설명했다. 왕은 크게 기뻐하며 모자를 데리고 궁으로 돌아갔다. 그리고 모든 사람의 축복 속에 다시 결혼식을 올리고 행복하게 살았다.

✣

민담의 아버지들은 대체로 자신의 딸에게 무책임하며 존재의 의미가 불투명하다. 그 중에서도 〈손 없는 소녀〉의 아버지는 민담에 나오는 모든 아버지 중 가장 무책임하면서도 파렴치한 아버지라는 오명을 피하기 어렵다. 비록 이야기는 이들 아버지들이 자발적인 판단이 아니라 악마나 사자(KHM 88), 물의 요정(KHM 181)의 계략에 의해 자식을 내줄 수밖에 없었다는 변명의 여지가 있기는 하지만, 이 역시 수긍할 수 있는 상황은 아니다. 더욱이 〈손 없는 소녀〉의 초기 자료 중에는 근친상간의 모티프가 수용된 판본도 있어 민담에 반영된 아버지의 본질을 파악하기 더욱 어렵게 만든다.

그림 형제는 1812년 판본의 책 표지에 녹색 견사로 "그대의 손 없는 소녀에게 소녀의 두 손이 감사를 바치며"라는 문구를 수놓아 KHM의 발행을 기념하기도 했다. 이는 〈손 없는 소녀〉에 대한 형제의 애정을 보여주는 것으로서 형제의 깊은 기독교적 심성에서 비롯된 것이라고 할 수 있다.

1812년 판본은 현재의 최종본과 플롯상으로는 큰 차이가 없으며, 이야기 서두도 최종본과 거의 동일하다. 그러나 집을 떠난 그녀를 보호하고 그녀와 결혼하는 사람은 왕이 아닌 왕자였으며, 편지를 보내는 왕비도 등장하지 않는다. 그리고 결정적으로 다른 것은 어려움에 처할 때마다 그녀를 인도하는 천사가 등장하지 않는다는 것이다. 깊은 숲속으로 들어간 그녀는 우물가에서 한 착한 노인을 만나 그가 알려준 대로 잘린 손목으로 굵은 나무를 세 번 감싸안았더니 새 손이 자란다. 그리고 고생 끝에 왕비를 찾아온 왕은 '제발' 하고 세 번 말한 후 그녀와 아들을 만나게 된다.

이렇게 볼 때 〈손 없는 소녀〉는 최종본의 기초가 된 1819년 판본부터 성담과 유사한 이야기로 변모되었다고 볼 수 있다. 1812년 판본은 마리Marie 할머니에게서 채록한 이야기를 수록한 것이었으나, 1819년 판본은 전반적으로 피만Viehmann 부인이 기고한 이야기를 따랐다. 그러나 도입 부분은 1812년 판본을 유지했다. 왜냐하면 피만 부인의 이야기 도입 부분은 아버지가 자기 딸을 아내로 삼으려고 하자, 딸이 이를 거부하여 딸의 두 손과 가슴을 칼로 베고 흰 옷을 입혀 내쫓는 너무 잔인하고 충격적인 내용이기 때문이다. 근친상간은 민담에서 드물게 나타나는 모티프로서, 중세 후기에 나온 판본들에서 자주 볼 수 있는 '죄 없는 소녀의 박해' 모티프 중 하나라고 할 수 있다.

근친상간 이외에도 아버지가 딸에게 행하는 박해 모티프 중 '자신의 딸을 악마에게 주는' 모티프도 아버지의 부정적 측면을 극대화한 소재라고 할 수 있다. 구약성서에서도 자신의 목적을 위해 자식을 희생시키는 부정적인 아버지의 모티프가 수용된 설화들을 볼 수 있다. 그 중에서 아들을 제물로 바치려고 했던 아브라함과는 달리 자신의 딸을 희생제물로 바친 사사 입다Jephthah의 이야기는 KHM의 〈손 없는 소녀〉와 아주 유사한 모티프를 가지고 있다.

구약성서의 입다 설화는 '희생양의 암호화'라는 미묘한 도덕적 장치와 신과의 약속이라는 종교적 의지를 그 배경으로 하고 있으나, 역시 자식을 희생시킨 비인륜적인 아버지라는 비판에서 자유로울 수는 없다. 아브라함 이야기의 반전과 다르게 입다의 이야기는 끝내 딸의 희생으로 귀결되었기 때문이다.

민담의 몇몇 아버지들도 어려움에 처한 상황에서 자신의 목적을 위해 '암호화된 것'을 약속한다. 그러나 민담의 신은 희생을 요구하는 신이 아니다. KHM 3 〈마리아의 아이〉에서와 같이 거짓도 인내하며 아이의 성장을 이끄는 포용적인 신이다. 민담에서 두려움의 대상은 악마이며, 모든 어려움은 악마의 횡포로 설명되고 있다. 따라서 이들 아버지를 무력하게 만들어 자식을 파는 비인륜적인 약속을 하게 만들고, 약속의 이행을 요구하며 아버지를 괴롭히는 대상은 악마일 수밖에 없다. 또 근친상간의 패륜적인 아버지도 악마의 조정을 받는 나약한 존재로 전환되었다.

그러나 아무리 부정적으로 보이는 아버지라 하더라도 전체 플롯에서는 그 역할이 미미하며, 등장도 거의 이야기 초반에 한정되어 있다. 이는 민담에서 아버지 역할의 한 단면을 보여주는 것이다. 즉 민담에 나오는 아버지는 민담 초기 국면과 밀접한 관련을 맺고 있음을 알 수 있다. 전 부인과의 사랑이 깊었던 아버지라도 민담 속의 아버지들은 대다수 재혼을 하여 전 부인의 딸에게 고통을 안겨주는 역할을 한다. 단적으로 말해서 아버지는 전 부인의 딸을 시험에 들게 하는 주도적인 역할을 담당하고 있다. 결과적으로 이 시험은 전 부인의 딸인 주인공을 행복한 결혼으로 이끄는 사전 준비로 귀결됨을 볼 수 있다. 따라서 민담의 아버지 존재는 부정적으로 보이기는 하지만, 민담의 모든 요소들이 그러하듯 행복한 결말을 위해 준비된 하나의 역할을 담당하고 있다고 보아야 할 것이다.

그럼에도 불구하고 〈손 없는 소녀〉의 핵심을 이루는 '아버지에 의해 딸의 손이 절단'된 모티프는 여타 설화에서는 찾아보기 어려우면서도, 이야기 전체 과정상의 한 단면으로 축소시켜보아도 쉽게 이해가 가지 않는 모티프이다. 이야기의 플롯으로 볼 때 소녀의 손이 절단된 것은 깨끗한 물과 눈물로 악마의 접근을 차단하는 소녀의 정화 행위를 방해하기 위한 방법일 수도 있으며, 또 다른 유사 판본인 메클렌부르크Mecklenburg 판본에서와 같이 쉽없이 기도하는 손과 혀를 자르는 신앙 행위의 원천적인 부정일 수도 있다.

그러나 1812년 판본이나 그림 형제가 수집했던 〈손 없는 소녀〉의 나머지 세 개 판본에서는 기독교적 이미지가 특별히 부각되지 않았다. 특히 절단된 손이나 혀 등 절단된 몸의 재생 상황도 종교적이 아니다. 1812년 판본에서는 굵은 나무를 세 번 감싸안음으로써 손이 재생되었으며, 파더보른Paderbom 지역에서 수집한 판본에서는 눈이 보이지 않는 쥐가 한 샘물에 머리를 담근 후 앞을 보게 되는 것을 보고 소녀도 잘린 손목을 그 샘물에 넣자 손이 다시 자라났다. 메클렌부르크 판본에서도 숲속의 한 샘물을 마시고 손을 넣자 혀가 다시 자라나고 손도 되살아났다.

또 앞에서 살펴본 것과 같이 '손'이 아니라 '혀'도 잘린 이야기도 있고, 헤센 지방에서 수집한 이야기에서는 '손'이 아니라 '손가락'이 절단되기도 한다. 특히 헤센 지역 판본에서의 소녀는 왕비가 된 후 손가락 두 개가 잘린 채 두 아이와 함께 추방당하기도 한다. 이와 같이 볼 때 손 절단의 의미를 단순히 '기도하는 손' 또는 '정화시키는 손'을 없애고자 하는 악마의 행위로 파악하는 것은 좁은 의미의 해석이라고 생각된다. 이는 손 절단의 의미를 제한적인 개념보다는 '몸의 훼손'의 포괄적인 개념으로 보는 것이 더 타당할 것이다.

이야기를 포괄적으로 보기 위해서는 우선 이야기의 전체 지평을 다시 조망해볼 필요가 있다. 이에 이 민담은 마법담이며, 두 번의 결혼과 진정한 신부 찾기 코드를 밑그림으로 하고 있음을 알 수 있다. 따라서 결혼을 위한 준비 과정인 통과의례가 내재되어 있다고 보아야 할 것이며, 손 절단의 의미 또한 통과의례의 한 과정인 '몸 훼손'의 의식으로 이해할 수 있을 것이다. 민속학의 의미에서 블라디미르 프로프는 통과의례 중 '몸 절단'과 '재생'의 의미를 통과의례의 '죽음과 재생'의 약화된 모방의식으로 파악했다. 또한 암호화된 악마와의 거래로 자식을 넘기는 행위는 '결혼을 위한 사전 매매'에 해당한다고 보았다.

따라서 물을 접하지 못하게 하는 것은 씻지 못하게 하는 통과의례의 금기로 이해할 수 있다. 소녀가 집을 떠나 외지에서 왕을 만나 결혼한 후 다시 악마의 방해로 숲에서 은거의 시간을 보내는 것과 왕이 '먹지 않고 마시지도 않고' 왕비를 찾아 헤매는 고행의 시간 역시 통과의례를 다시 치르는 과정으로 관찰할 수 있다. 따라서 왕은 이전의 그가 아닌 변모된 '거친' 남자로 변해 돌아와야 했다. 그러므로 처음에 했던 결혼은 정식 결혼이 아니라 약혼에 해당하기 때문에 이야기의 결말에서처럼 두 번째 정식 결혼이 필요했던 것이다. 이로써 '설움덩이'로밖에 불릴 수 없었던 아이도 정식 아들로 세상에 인정을 받게 되었을 것이다.

이러한 관찰을 바탕으로 우리는 이 〈손 없는 소녀〉를 유사 모티프를 가지고 있는 신화나 민담, 전설에서 모티프 활용의 차이를 살펴볼 수 있는 좋은 자료로 삼을 수 있다. 우선 자신의 목적을 위해 자식을 희생시키는 구약성서의 입다와 〈손 없는 소녀〉의 아버지가 거역할 수 없었던 악마를 비교해볼 수 있으며, 신화와 민담이 보여주는 희생의 의미 차이를 발견할 수 있다. 특히 〈손 없는 소녀〉와 마찬가지로 왕비가 아들과 함께 숲속에서 천사의 보호를 받으며 지내는 모티프를 가지고 있는 그림 형제의 전설 〈지그프리트와 게노페바〉와의 비교를 통해 민담적 상황과 성담적 전설 상황의 차이를 확인할 수 있다.

〈손 없는 소녀〉에서 왕비의 절단된 손과 은거의 시간은 아무런 희생 없이 복원되고 다음의 행복한 삶으로 연결된 데 반해, 〈지그프리트와 게노페바〉의 왕비 '게노페바'는 숲속의 은거 생활에서 얻은 생식 습관으로 음식을 소화시키지 못해 고생하다가 자신이 머물던 숲속 자리에 교회를 지어달라는 말을 남기고 죽어 마이엔이라는 곳에서 멀지 않은 '성모교회'의 전설이 되었다.

이렇듯 신화는 믿음을 위한 복종의 희생에, 전설은 시간과 장소와 인간의 운명에 묶여 있는 데 반해, 민담의 소녀는 희생과 고통을 딛고 자신의 묶이지 않는 삶을 획득했음을 알 수 있다.

❧26❧

똑똑한 한스

KHM 32

한스의 어머니가 물었다.

"한스야, 어디 가니?"

"그레텔에게요, 어머니."

"잘 해라, 한스야."

"걱정마세요. 다녀올게요, 어머니."

"잘 다녀와라, 한스야."

한스는 그레텔에게 갔다.

"안녕, 그레텔!"

"안녕, 한스. 뭘 가지고 왔니?"

"아니, 아무것도. 너는 내게 줄 게 있니?"

그레텔은 한스에게 바늘을 하나 주었다.

"잘 있어, 그레텔."

"잘 가, 한스."

한스는 바늘을 건초 마차에 꽂아놓고, 마차 뒤를 따라 집으로 돌아왔다.

"안녕, 어머니."

"안녕, 한스야. 어디 갔었니?"

"그레텔에게요."

"뭘 가지고 갔었니?"

"아무것도 안 가져가고, 받기만 했어요."

"뭘 받았니?"

"바늘을 받았어요."

"그 바늘은 어디 있니?"

"건초 마차에 찔러놓았죠."

"바보 같으니! 소매에 꽂아두어야지."

"괜찮아요. 다음에 잘 할게요."

❧

이야기는 같은 구조를 반복하며 낱말을 바꾸어 말을 이어간다. 그러나 단순히 말만 잇는 것이 아니라 핵심 낱말을 바꾸어가면서 사건을 전개한다. 이야기의 목표는 결혼이다. 그러나 한스의 우둔함 때문에 이 결혼은 성사되지 못하는 것처럼 보인다.

한스는 처음 그레텔에게 '바늘'을 받아 건초더미에 꽂아놓고 돌아온다. 그러나 바늘은 소매에 꽂아야 한다는 어머니의 가르침을 잊지 않고, 그 다음 그레텔에게 받은 '칼'을 소매에 꽂는다. 어머니는 다시 칼은 주머니에 넣어야 한다고 가르치고, 그 가르침은 다음에 받은 '어린 염소'에게 실천되어 염소의 다리를 묶어 주머니에 넣어가지고 돌아온다. 염소는 끈으로 묶어 끌고 와야 한다는 어머니의 또 다른 가르침에 따라 다음에 받은 '베이컨 한 덩이'를 끈에 묶어 끌고 오다가 개의 먹이가 되고 만다. 이렇게 계속해서 베이컨은 머리에 이고 와야 한다는 가르침은 '송아지'에게로, 송아지는 밧줄로 매어 끌고 와서 외양간에 매두어야 한다는 교훈은 한스를 따라온 그레텔에게 행해진다. 그리고 마지막에는 다정한 눈빛을 던져주어야 한다는 어머니의 가르침에 따라 외양간의 모든 송아지와 양의 눈을 뽑아서 그레텔의 얼굴에 던진다. 그레텔은 화가 나서 줄을 끊고 도망가버린다.

여기까지 낱말의 사슬에 얽혀 사건을 따라온 독자는 왜 한스가 그레텔의 집을 오갔는지 아직 알지 못한다. 또한 그레텔이 한스를 왜 따라왔으며, 그레텔이 왜 도망갔는지 그 의미를 알지 못한다. 그러나 이야기의 마지막 한마디 "그녀는 한스의 신붓감이었다."를 읽고서야 독자는 한스가 무슨 일을 저질렀는지 알게 된다. 한스는 그레텔과 결혼하기 위해 며칠 동안 그레텔의 집을 오갔으나 그는 시행착오를 반복한다. 그러므로 '똑똑한 한스'라는 표제는 반어적이다.

그러나 다른 시각에서 보면 한스는 다음에 잘 하겠다는 자신과의 약속을 잘 지키는 인물이며, 또한 금기를 모르는 민담의 여타 주인공들과 마찬가지로 기존의 방식을 거부하는 태생적인 민담의 인물이기도 하다. 원래 신붓감을 데리러 가는 신랑 후보라면 신부에게 줄 선물을 가지고 가야 한다. 그럼에도 불구하고 한스는 오히려 신붓감에게 선물을 받아온다. 그래도 그는 늠름하며 언제나 자신감에 넘치고 미래지향적이다. 그래서 그는 불행하지 않다. 비록 신붓감인 그레텔이 도망을 갔지만 다시금 한스는 태평스럽게 "괜찮아요. 다음에 잘 할게요."라고 말하며, 그 약속을 이행할 새로운 삶을 보여줄 수 있기 때문이다.

그렇다. 이야기는 사슬처럼 얼마든지 이어갈 수 있다. 여기에 사슬 민담의 맛이 있다. 사슬 민담이 아닌 다른 민담들은 일반적으로 과거 시제로 이야기가 기술되어 있다. 그러나 〈똑똑한 한스〉와 같이 사슬 민담은 현장성을 부여하기 위해 대개 '현재형'으로 이야기를 이어간다. 그리고 한스가 한 박자씩 늦는 것처럼 앞의 사건이 뒤에 올 사건과 연결고리를 맺음으로써 독자로 하여금 다음에 벌어질 해프닝을 상상하게 만든다. 이런 방식으로 독자는 자신의 기대감을 충족시키는 이야기에 애착을 느끼며 이야기에 동참하게 되고, 주고받는 웃음으로 서로를 전염시킨다.

원래 〈똑똑한 한스〉는 문헌에서 유입되었다고 볼 수 있다. 이 민담의 최초 출전에 대한 전거를 정확히 이야기하기 어렵지만, 대체로 인문주의시대의 이탈리아에서 시작된 것으로 알려져 있다. 최초의 기록은 1514년 독일의 인문주의자인 하인리히 베벨 Heinrich Bebel에 의해 라틴어로 쓰여진 〈바보 청혼자〉라고 할 수 있으며, 1556년에 발표된 야코프 프라이Jakob Frey의 〈무례한 바보 농부에 대해서〉는 KHM의 전거가 된 이야기라고 할 수 있다. 한 부자 과부의 바보 아들이 신붓감을 데리러 갔다가 바보짓을 계속해서 신붓감을 놓치게 된다는 이야기인 프라이의 판본은 라틴어(1568)와 저지독일어(1592), 네덜란드어(1680)로 번역되어 유럽에 널리 유포되었다. 이와 함께 바실레의 이야기도 전해졌다. 물론 그림 형제도 이들 판본을 수집했으나, KHM에는 이들 형제에게 다수의 이야기를 기고한 하센플루크 가족이 전한 대화체의 이야기를 수용한 것으로 보인다.

유럽에 유포된 〈똑똑한 한스〉의 여러 판본들은 볼테-폴리브카Bolte-Polívka가 정리한 것처럼 사건과 소재에서 자연스럽게 차이를 보이고 있다. 그러나 가장 핵심적인 몇 가지 모티프를 중심으로 다음 일정한 범주 안에서 이야기 사슬을 이어가고 있음을 볼 수 있다.

- 청혼자는 바늘을 소매 대신 건초 마차에 꽂아놓는다.
- 그는 신붓감에게 받은 장갑을 더럽히고, 매를 목 졸라 죽이고, 써레를 손으로 나르고, 베이컨을 말에 묶어 끌고 집으로 돌아온다.
- 그는 쏟아진 포도주를 밀가루로 말리려고 한다.
- 그는 소리치는 거위를 죽인 후 거위의 알을 품고 알에다 꿀과 깃털을 바른다.
- 그는 양에게서 뽑은 눈을 신부의 얼굴에 던진다.
- 신부는 그에게서 달아나 염소를 밧줄에 묶어놓고, 한스를 침

대로 밀쳐버린다.

이러한 카테고리는 이 '바보 신랑감' 이야기의 모티프들이 시대와 공간, 계층 간의 차이에도 불구하고 이야기를 이어가는 사슬로서, 비교적 서로 유기적인 관계를 맺고 있음을 보여준다. 또한 KHM의 〈똑똑한 한스〉도 구전의 사슬 민담으로 재구성되었으나, '신붓감에게서 바늘을 받아오는' 모티프와 '양의 눈을 뽑아 신부의 얼굴에 던지는' 특징적인 모티프는 앞선 구전자들에게 강한 인상을 주어 원래 형태가 잘 보존된 것으로 보인다.

소담으로서 사슬 민담은 이렇듯 대상을 현재화하고, 이야기를 늘이고 줄임으로써 구전의 현장성을 구현한다. '한스'와 '그레텔', 이 둘은 어려움에 처한 남매일 때도, 서로 아웅다웅 다투는 불협화음의 약혼자일 때도 여전히 소박하고 자연스러운 민담에 가장 적합한 주인공들이라고 할 수 있다.

27

세 가지 언어

KHM 33

옛날 스위스에 한 백작이 살고 있었다. 그에게는 무엇을 가르쳐도 알아듣지 못하는 미련한 아들이 있었다. 백작은 고심 끝에 공부를 가르쳐줄 고명한 선생을 찾아 아들을 떠나보냈다. 1년 후 아들은 집으로 돌아왔다. 그러나 잔뜩 기대를 하며 무엇을 배웠느냐는 백작의 질문에 아들은 개들이 짓는 소리를 알아듣는 법을 배워왔다고 했다. 실망한 백작은 다른 선생을 찾아 아들을 다시 떠나보냈다.

그리고 1년 후 돌아온 아들에게 백작은 무엇을 배워왔느냐고 물었다. 아들은 이번에는 새들의 이야기를 알아들을 수 있는 법을 배웠다고 대답했다. 백작은 제대로 된 것을 배우지 못한 아들을 크게 나무라면서 이번에도 자신을 실망시키면 다시는 아들로 여기지 않겠다고 경고하며 또 다른 선생에게 아들을 보냈다. 그러나 1년 후 돌아온 아들로부터 개구리의 말을 배워왔다는 말을 들은 백작은 불같이 화를 내면서 신하를 불러 숲속으로 끌고 가서 죽여버리라고 명령했다.

신하는 아들을 끌고 숲으로 갔지만 불쌍한 생각이 들어 차마 죽이지 못하고, 백작의 아들을 죽인 증거로 어린 사슴의 눈과 혀를 가지고 돌아갔다. 아들은 숲에서 길을 헤매다가 한 고성에 도착해 하룻밤 묵어가기를 청했다. 그런데 성주는 그 마을에는 정해진 시간에 사람을 한 명씩 집어넣어야 하는 사나운 들개들로 가득 찬 탑이 하나 있는데, 그곳에서 자도 좋지만 죽음을 각오해야 한다고 말했다. 백작의 아들은 사람들의 만류에도 불구하고 개들에게 줄 먹이를 잔뜩 준비해 탑 안으로 들어갔다.

다음 날 아침 백작의 아들은 태연히 마을사람들 앞에 나타났다. 그리고 그 사나운 개들은 탑 속의 보물을 지키는 마술에 걸려 있어 그 보물을 다른 곳으로 옮기면 개들이 모두 사라질 것이라는 사실도 알려주었다. 성주는 그 보물을 가져오면 아들로 삼겠다고 말했다. 탑 속의 보물을 파내어 다른 곳으로 옮기니 정말 사나운 개들이 모두 사라져 마을은 재앙에서 벗어날 수 있었다.

얼마 후 백작의 아들은 로마로 여행을 가게 되었다. 그는 길을 가던 중 개구리들이 개굴거리는 소리를 듣고 갑자기 침울한 표정이 되었다. 로마에 도착한 그는 교황이 죽어 다음 교황을 선출하고 있다는 소리를 듣게 되었다. 추기경들은 하느님의 기적의 표시가 나타나는 사람을 새로운 교황으로 선출하기로 결정했다. 그때 마침 백작의 아들이 교회에 들어섰으며, 두 마리 흰 비둘기가 그의 양 어깨에 내려앉았다. 추기경들은 그 표시를 하느님의 계시라 여기고 그에게 교황이 될 것을 권했다. 그는 자신이 없었으나 두 마리 비둘기가 한사코 졸라대는 바람에 온몸에 성유를 바르고 교황의 자리에 올랐다.

사실 그는 로마로 오는 도중 개구리들이 자신이 새 교황이 될 것이라고 하는 말을 듣고 놀라 침울한 표정이 되었던 것이다. 교황이 된 백작의 아들은 미사 집전과 그 밖의 일들을 제대로 알지 못했으나, 양 어깨의 비둘기들이 쉴새없이 조잘대며 모든 것을 알려주어 아무 문제없이 지낼 수 있었다.

❧

이 〈세 가지 언어〉는 1812년 판본에는 수록되지 않았다. 1812년 판본에 33번으로 수록된 이야기는 널리 알려져 있는 〈장화 신은 고양이〉였다. 그러나 보다 더 독일적인 민담을 수집하기 위해 프랑스 민담이 확실하다고 여겨지는 〈푸른 수염〉 등 몇 편의 이야기를 삭제하는 과정에서 〈장화 신은 고양이〉도 배제되었다. 그리고 그 자리에 〈세 가지 언어〉가 대체되었다. 형제의 이러한 작업은 독일의 민담을 수집하려는 그들의 의지에서 비롯되었다고 할 수 있다. 그러나 그림 형제의 다른 설화집인 《독일 신화》, 《독일 전설》, 《독일 영웅 전설》, 《아일랜드의 민담》, 《덴마크의 영웅시가, 발라드, 민담》 등에서는 각 설화들의 지역적 영역을 분명히 한 데 반해, 민담집인 《어린이와 가정을 위한 민담》에서는 지역적 구분 대신 민담의 전달 장소와 대상에 의미를 둔 표제를 선택한 것으로 보아 협소한 의미의 독일 민담만을 고집한 것은 아니라는 것을 짐작할 수 있다.

그 결과 1819년부터 수록된 이 〈세 가지 언어〉는 스위스 출신의 노르타르 한스 트루퍼Nortar Hans Truffer에 의해 전해진 민담이다. 이 민담은 다른 동물들과 대별되는 인간의 능력 중 인간의 언어가 가지고 있는 긍정적인 측면과 부정적인 측면을 함께 생각하게 하는 이야기이다. 인간은 다른 동물들과 차원이 다른 언어체계를 사용함으로써 동물들과 구별되는 세계를 구축했다. 그러나 다른 한편으로 자연계에서 동떨어져 다른 동물들과 서로 소통하지 못하는 고립된 세계에 놓이게 되었다고 할 수 있다. 바로 이러한 인간의 불완전한 면을 부분적으로나마 극복하여 인간들의 폐쇄적 공간을 뛰어넘어 더 넓은 세계를 알게 된 인간으로서 〈세 가지 언어〉의 주인공이 교황이 되었다는 플롯은 교황이라는 종교적 책무와 더불어 인간과 또 다른 세계를 중계하는 자의 언어에 대한 의미를 되새기게 한다.

동물들의 말을 알아들어 행운을 얻게 된 이야기는 민담에서 비교적 자주 접할 수 있는 주제이다. 이른바 정통 마법담에서는 인간과 동물 사이의 대화와 소통은 민담의 장르 특성상 특별한 모티프가 아니다. 그러나 이 〈세 가지 언어〉에서는 동물의 말을 알아듣는 특성이 주인공인 백작 아들의 남다른 능력으로 수용되어 있다는 점에서 기존의 마법담과 구별된다고 보아야 할 것이다.

따라서 이 민담은 기존의 마법담과는 다른 각도에서 관찰할 필요가 있다.

사실 이 〈세 가지 언어〉는 중세에 널리 유포되었던 교황 '인노센트 3세'와 '그레고리우스 7세', 그리고 '실베스타 2세'의 교황 선발과 관련된 배경 설화와 연관해서 파악해볼 수 있다. 특히 인노센트 3세는 '카노사의 굴욕' 사건으로 유명한 전 교황 그레고리우스 7세가 죽은 후 약화되었던 교황권을 절정에 이르게 했다고 평가되는 인물이다.

인노센트 3세의 막강한 권위는 이미 그가 교황으로 선발될 당시 "세 마리 비둘기가 교회 안에서 선회하다가, 그 중 한 마리 하얀 비둘기가 인노센트의 오른쪽 어깨 위에 내려앉았다."는 전설이 전해질 만큼 하느님의 강력한 메시지가 전달된 것으로 설화는 전하고 있다. 인노센트 3세 이전의 그레고리우스 7세와 실베스타 2세도 하느님의 심부름꾼인 새들로부터 교황이 될 것이라는 예언을 받았다고 한다. 이런 교황 선발 예시를 전하는 설화 중에는 한 기사의 아들이 자신의 부모에게 "장차 두 사람은 비천하게 되고, 자신은 고귀하게 되어 자신에게 손 씻을 물과 수건을 바치게 될 것"이라고 예언하는 이야기도 있다.

교황과 관련된 이러한 종교적 설화들은 마땅히 성담으로 분류되어야 하며, 이 〈세 가지 언어〉도 성담과 관련해 파악해야 할 것이다. 그러나 일단 이 〈세 가지 언어〉는 마법담의 골격을 갖추고 있다. 이야기 전체의 핵심인 '동물의 말을 알아듣는 남다른 재주'와 '마술에 걸린 들개'의 모티프는 〈세 가지 언어〉를 마법담으로 이해하게 만드는 단서가 된다. 또한 아무것도 할 줄 아는 게 없었던 주인공이 집을 떠나 외지에서 성공을 하는 서사적 전개도 마법담의 구조에 해당한다. 그러나 앞서 이야기한 것과 같이 '동물의 말을 알아듣는 재주'가 주인공이 선택된 사람이라는 것을 알려주는 증표로 작용한다는 것과 아울러 그 재주를 고명한 선생으로부터 배웠다는 점에서 저절로 동물의 말을 알아듣는 마법담의 주인공과는 구별된다. 따라서 〈세 가지 언어〉의 주인공은 준비된 프로그램 속에 투입되어 자신도 모르게 도움을 받는 행운의 주인공이 아닌, 스스로 능력을 획득하고 고난을 감내해야 하는 새 시대의 인물인 영웅의 면모를 지녔다고 보아야 할 것이다. 따라서 〈세 가지 언어〉는 종교적 전설, 즉 성담의 영웅 모티프를 담고 있다고 할 수 있다.

그러나 이 〈세 가지 언어〉는 이상과 같은 종교적 모티프를 지니고 있으나, 이야기의 전체 분위기는 오히려 소담적이라고 할 수 있다. '아는 것이 없음'과 '무모함'은 소담의 단골 모티프이다. 그러나 아무것에도 얽매이지 않는 이 고립성은 민담의 주인공들을 열린 세계로 인도하는 원동력이다.

⌐28⌐
요술 식탁, 황금 당나귀,
자루 속 몽둥이

KHM 36

옛날 세 아들을 둔 재단사가 있었다. 그의 집에는 염소 한 마리가 있었는데, 모든 식구가 염소의 젖을 먹었다. 세 아들은 교대로 염소에게 풀을 먹였는데, 하루는 큰아들이 교회 묘지로 염소를 데리고 나가 좋은 풀을 골라 먹였다. 그리고 집으로 돌아갈 때가 되자 큰아들은 염소에게 실컷 먹었느냐고 물어보았다. 그러자 염소는 잔뜩 먹어서 더 이상 한 잎도 먹을 수 없다고 대답했다. 그러나 집에 돌아온 염소는 많이 먹었느냐는 재단사의 질문에 느닷없이 이파리 하나 보지 못하고 무덤 위를 뛰어다니기만 했는데, 어떻게 배가 부를 수 있겠느냐고 대답했다. 화가 난 재단사는 재단자로 큰아들을 실컷 때려준 뒤 내쫓고 말았다.

다음 날은 둘째 아들이 가장 좋은 풀이 자라고 있는 곳으로 염소를 데려가 실컷 먹여 집으로 데리고 돌아왔다. 그러나 집에 돌아온 염소는 또 먹은 것이 없다고 대답했다. 재단사는 둘째 아들도 흠씬 때려 내쫓아버렸다. 다음에는 셋째 아들이 염소를 데리고 나가 정성껏 좋은 풀을 골라 먹였다. 이번에도 집으로 돌아온 염소는 먹은 것이 없다고 대답했다. 재단사는 셋째 아들도 죽을 만큼 패서 쫓아내고 말았다.

다음 날 재단사는 자신이 직접 염소를 데리고 나가 좋은 풀을 골라 먹인 후 염소에게 실컷 먹었느냐고 묻자 염소는 배가 터지도록 먹었다고 대답했다. 집으로 돌아온 재단사가 염소에게 다시 한 번 잘 먹었느냐고 물어보자 염소는 뜻밖에도 "땅은 거칠고 풀은 질긴데 어떻게 실컷 먹겠어요?"라고 삼 형제 때와 똑같이 대답했다. 그제야 재단사는 자신이 못된 염소에게 속아 아무 죄도 없는 아들 셋을 내쫓았다는 사실을 깨닫고 염소의 머리털을 빡빡 밀고 채찍을 휘둘러 내쫓아버렸다.

아버지에게 쫓겨난 큰아들은 목공일을 배웠다. 그리고 열심히 일해 정식 목수가 되어 떠날 때가 되자 스승은 그에게 작은 나무 식탁 하나를 주었다. 그 식탁은 평범해 보였으나 식탁을 내려놓고 "차려라, 식탁!" 하고 말하면 식탁 위에 깨끗한 식탁보가 깔리고, 고기와 포도주 등 온갖 맛있는 음식이 차려지는 요술 식탁이었다. 큰아들은 원할 때는 언제나 식탁을 꺼내 한 상 잘 차려 먹으면서 이곳저곳으로 목공일을 하러 다녔다.

큰아들은 이제 집으로 돌아가기로 마음먹었다. 집으로 돌아가던 큰아들은 저녁이 되자 한 여관에서 하룻밤을 묵게 되었다. 그 여관은 손님들로 북적였으며, 음식을 먹기도 힘든 형편이었다. 마음씨 좋은 손님들은 그에게 음식을 함께 먹기를 권했으나, 그는 사양하면서 대신 자신이 그들을 초대하겠다고 말했다. 그러고는 요술 식탁을 꺼내 잘 차려진 음식으로 모든 손님들을 기쁘게 해주었다. 옆에서 이 모습을 지켜보던 여관 주인은 그 식탁이 너무나 탐이 났다. 밤이 깊어 손님들이 잠들 때를 기다려 자기 집 창고에 있던 똑같이 생긴 나무 식탁과 요술 식탁을 바꿔놓았다.

다음 날 아침 아무것도 모르는 큰아들은 가짜 요술 식탁을 짊어지고 집으로 돌아와 아버지에게 그동안의 일을 이야기했다. 아버지는 크게 기뻐하며 자랑 삼아 이웃들을 불러 음식을 대접하기로 했다. 손님들이 모두 모이자 큰아들은 방 한가운데 식탁을 놓고 외쳤으나 아무리 외쳐보아도 식탁은 꼼짝도 하지 않았다. 그제야 큰아들은 요술 식탁을 도둑맞았다는 것을 알아차렸다. 아버지는 다시 재단 일을 시작했으며, 큰아들도 목수 일을 하며 지냈다.

그동안 둘째 아들은 방앗간에서 일을 배웠다. 그가 일을 다 배우자 방앗간 주인은 당나귀 한 마리를 선물로 주면서 "이 당나귀는 마차를 끌거나 곡식을 나르지는 못하지만, 천 조각을 펼쳐놓고 '브릭클레브레트'라고 외치면 앞뒤로 금돈을 쏟아낸단다."라고 말했다. 둘째 아들은 마음껏 돈을 쓰면서 세상을 돌아다니다가 아버지 생각이 나 집으로 발길을 재촉했다. 둘째 아들은 형이 머물렀던 바로 그 여관에서 하룻밤을 묵게 되었다. 그는 귀한 당나귀를 잘 간수하기 위해 자신이 직접 마구간에 매어놓았다. 그런데 젊은이가 돈 쓰는 품이 보통이 아니라고 생각한 여관 주인이 훔쳐보는 것도 모르고, 둘째 아들은 곱절이나 올려 부른 숙박비를 치르기 위해 당나귀에게 '브릭클레브레트'라고 외쳐 금화를 여관 주인에게 주었다.

이 모습을 훔쳐본 여관 주인은 또 욕심이 생겨 둘째 아들의 당나귀와 자신의 당나귀를 바꿔놓았다. 날이 밝아 서둘러 집으로 돌아온 둘째 아들은 자신이 방앗간 일을 배워왔으며, 스승에게서 금화를 낳는 당나귀도 받아왔다고 자랑했다. 아버지는 기뻐하며, 당나귀가 금화 낳는 것을 보여주기 위해 다시 이웃들을 불러모았다. 그러나 아무리 '브릭클레브레트'라고 외쳐도 당나귀는 멀뚱거리고만 있어 아버지와 아들은 또 창피만 당하고 말았다. 할 수 없이 재단사는 하던 일을 계속해야 했으며, 둘째 아들도 동네 방앗간에서 일을 하게 되었다.

한편, 셋째 아들은 기계 일을 배웠다. 기계 일은 어려운 기술이었으므로 그는 두 형들보다 더 오래 배워야 했다. 셋째 아들은 형들에게서 자신들이 묵었던 여관과 잃어버린 요술 식탁, 당나귀에 대한 사연이 담긴 편지를 받았다. 마침내 셋째 아들도 집으로 돌아갈 때가 되었다. 스승은 셋째에게 몽둥이가 든 자루를 선물했다. 이 몽둥이와 자루는 위험에 처했을 때 "나와라, 몽둥이야!" 하고 외치면 몽둥이가 자루 밖으로 나와 못된 이를 흠씬 패주고, "들어가라, 몽둥이야!" 하면 몽둥이가 다시 자루 안으로 들어가는 신기한 물건이었다.

셋째 아들은 곧장 형들이 묵었던 여관으로 갔다. 그리고 사람들 앞에서 자신의 자루를 보여주며 어떤 요술 식탁이나 당나귀도 자신의 요술 자루와는 비교도 안 될 것이라고 떠벌였다. 여관 주인은 셋째 아들의 말을 듣자 요술 자루에 또 욕심이 생겼다.

여관 주인은 셋째 아들이 잠들기를 기다렸다가 자루를 몰래 빼내려고 손을 뻗었다. 그 순간 벌떡 일어난 셋째 아들이 "나와라, 몽둥이야!" 하고 외치자 몽둥이가 자루 밖으로 나와 사정없이 여관 주인을 두들겨팼다. 여관 주인은 비명을 지르며 요술 식탁과 당나귀를 돌려주겠다고 통사정했다. 셋째 아들은 요술 식탁과 당나귀를 챙겨 집으로 돌아왔다.

아버지와 두 형은 막내를 보고 매우 기뻐했다. 아버지는 자신의 요술 몽둥이로 형들의 요술 식탁과 당나귀를 찾아왔다는 막내의 말을 믿지 않았다. 그러나 이웃들을 불러 그들 앞에서 먼저 둘째 아들이 당나귀에게 "브릭클레브레트" 하고 외쳤다. 그러자 정말 금화가 앞뒤로 쏟아졌다. 이어서 첫째 아들이 요술 식탁을 향해 "차려라, 식탁!"이라고 외치자 식탁 위에 온갖 맛있는 음식이 차려졌다. 아버지와 이웃들은 날이 새도록 즐겁게 먹고 마셨다.

그런데 그 고약한 염소는 어찌 되었을까? 재단사에게 머리를 깎인 염소는 창피해서 달려가다 엉겁결에 여우가 사는 굴로 들어갔다. 밤이 되어 자신의 굴로 돌아온 여우는 어둠 속에서 번쩍거리는 빨간 두 개의 눈알을 보고 기절초풍해 달아나다 곰을 만났다. 여우와 함께 여우 굴로 온 곰도 빨갛게 이글거리는 염소의 눈을 보고 줄행랑을 쳤다. 그러다 벌을 만나 굴속의 괴물에 대해 이야기했다. 덩치 큰 두 짐승이 허둥거리는 것을 본 벌은 보란 듯이 굴속으로 날아가 염소의 대머리에 일침을 놓았다. 가뜩이나 겁에 질려 있던 염소는 비명을 지르며 정신없이 굴 밖으로 뛰쳐나갔다. 그 뒤로는 아무도 염소를 볼 수 없었다.

⚜

이 민담은 거짓말쟁이 염소 이야기 안에 삼 형제의 모험담이 들어 있는 액자 형식의 이야기이다. 액자 형식은 외부 이야기와 내부 이야기가 어울려 이야기의 주제를 향해 서로 기능적으로 작용하게 구성된 이야기를 가리킨다. 그러나 〈요술 식탁, 황금 당나귀, 자루 속 몽둥이〉는 못된 염소 이야기를 바깥 틀로 하고 있으나, 안의 틀로 수록된 삼 형제의 모험담을 제대로 담고 있지 못하는 아쉬운 감이 있다. 이야기는 오히려 삼 형제의 모험담에 비중이 실려 있으며, 독자의 흥미 또한 세 가지 요술 선물의 기능과 그것을 도둑질하는 여관 주인의 응징에 맞추어져 있다. 못된 염소의 거짓말은 기존 모험담의 시작인 '길 떠남'의 배경으로 작용하고 있을 뿐이다.

민담에서 길 떠남의 배경이 되는 사건들은 매우 다양한 모습으로 등장한다. 길 떠남의 모티프는 대개 마법담의 시작이다. 그러나 염소에게 속아서 세 아들을 내쫓는 길 떠남의 모티프를 마련한 이야기의 발단은 우스꽝스러운 시작으로서, 이 민담이 소담 형태를 지향하고 있음을 보여준다.

세 아들이 기술을 배우고 스승에게서 얻은 요술 식탁과 황금 당나귀, 자루 속 몽둥이는 마법적 모티프로서 이 민담을 마법담이게 한다. 그러나 이 요술 선물의 역할을 살펴보면 마법적 증여들이 주인공의 허물이나 동물의 탈을 벗을 수 있게 해주거나, 혹은 주인공을 도와 결혼에 이르게 하는 등 기존의 마법적 기능보다는 배고픔의 해갈, 즉 가난으로부터의 탈출과 강하게 연관되어 있음을 볼 수 있다. 이는 소담 형태의 민담에서 볼 수 있는 두드러진 특징 중 하나이다. 특히 소담에 '소원에 대한 언급'이 자주 등장하는 것은 가난으로부터 벗어나고 싶은 민중의 강한 소망이 이야기 속에 절절하게 수용되었기 때문일 것이다. 왕자나 공주의 행복한 결혼 대신 배고픔과 가난으로부터의 탈출이 이야기의 목적으로 전환되었다.

언제나 행복하고 달콤한 이미지로 연상되는 '과자로 만든 집' 모티프가 이야기 전체를 이끌고 있는 KHM 15 〈헨젤과 그레텔〉을 순수한 마법담으로 보기 어려운 이유가 바로 여기에 있다. 길을 떠남으로써 마법적 증여와 도움으로 과제를 해결하고 결혼에 이르는 순수 마법담과는 다르게 소담에서는 빈곤에 대한 현실적 해결 욕구가 이야기를 강하게 이끌고 있다. 온갖 음식을 차려놓는 '요술 식탁'에서 경험할 수 있는 포만감과 앞뒤로 '금화를 낳는 당나귀'에서 얻을 수 있는 지속적인 안도감, 그리고 힘센 자와 여관 주인 같은 도둑으로부터 자신을 지킬 수 있는 '몽둥이', 이 세 가지 요건은 완벽한 하모니를 이룬다. 먹을 것도, 가진 것도, 기댈 곳도 없는 배고픈 민중이 바라는 삼위일체로서 더할 수 없는 조합이 아닐 수 없다.

또한 삼 형제의 모험담 속에서 볼 수 있는 도제 수련 모티프는 이 세 가지 요술 물건을 소담적으로 이해하는 데 힘을 보탠다. 도제 수련은 고대 이집트에서 시작되어 유럽 전역으로 퍼진 것으로서, 현재의 기술 관련 학습체계에도 영향을 미치고 있다. 독일에서는 12세기경에 수용되었으며, 14세기부터 법제화되었다. 수련생인 도제는 도장인都匠人, meister에게 일정 기술을 배워 장인이 된 후에는 이곳저곳을 떠돌며 3년 정도의 실습 기간을 거친다. 그런 다음 동업조합에 시작품을 제출하여 통과하면 도장인이 될 수 있는 체제가 도제제도이다.

〈요술 식탁, 황금 당나귀, 자루 속 몽둥이〉의 세 아들은 각기 스승으로부터 기술을 배운 후 여행을 떠난다. 이들의 여행은 바로 장인 수련 기간에 해당한다고 보아야 할 것이다. 그리고 이들 삼형제가 스승으로부터 받은 선물은 '장인으로서의 자격과 기술'을 의미할 수도 있다. 이들을 배고픔과 가난으로부터 벗어나게 해줄 수 있는 기술은 '요술 방망이'로서의 충분한 자격을 가지고 있다. 이들에게 충분한 먹을 것과 돈, 그리고 힘까지 줄 수 있었기 때문이다.

이렇듯 이〈요술 식탁, 황금 당나귀, 자루 속 몽둥이〉는 모험담 구조 속에 사회적 현상과 현실의 고달픔을 해결하는 방식으로 민중의 소망과 현실을 함께 수용하고 있다. 재단사로 평생을 살아온 아버지가 이제 새로운 보물을 가지고 돌아온 세 아들 덕으로 잘 살게 된 상황은 수공업시대에서 벗어나 기계 생산체제로 접어들었음을 보여주는 것이다.

마지막으로 이야기의 결말을 염소와 곰, 여우, 벌의 일화로 마감하는 것도 이 민담을 소담화하는 데 크게 기여하고 있다. 특히 벌의 일침으로 이들 큰 동물들이 일거에 제압되는 결말은 소담으로서의 이야기 성격에 종지부를 찍는다. 염소에게 부여된 부정적인 이미지는 서양에 널리 유포된 염소에 관한 민간 속설과 연관되어 있다.

빨간 눈과 뿔은 악마의 영상으로 부각되었으며, 디오니소스의 추종자 '사튀로스'의 방종한 이미지와 신화적·비극적인 의미도 함께 수용되어 있다. 고대 아테네에서는 디오니소스 제전 때 희극과 비극이 번갈아가면서 공연되었는데, 이는 디오니소스의 방탕하고 쾌락적인 면모와 자기 파괴의 폭력적인 이중적 숙명을 의미하는 것이었다. 또한 비극을 공연할 때는 사튀로스로 분한 가수들의 선창으로 극을 시작했기 때문에 비극을 '염소의 노래'라고 부르기도 한다.

그러나 〈요술 식탁, 황금 당나귀, 자루 속 몽둥이〉의 이야기는 디오니소스와 사튀로스의 비극적 이미지도, 요술 식탁과 황금 당나귀와 자루 속 몽둥이의 마법적 의미도 모두 가볍게 수용되어 주변의 일상으로 순화되었다.

29

엄지둥이

KHM 37

어느 가난한 농부가 부뚜막에 앉아 불을 뒤적이고, 아내는 실을 잣고 있었다. 그때 농부가 아이가 없어서 너무 쓸쓸하다고 하자 아내도 한숨을 쉬며 엄지만한 아이라도 하나 있었으면 좋겠다고 말했다. 그 후 농부의 아내는 일곱 달 뒤에 아기를 낳았다. 그런데 아이는 딱 엄지손가락만했다. 그래서 부부는 아이를 '엄지'라 이름짓고 열심히 먹였으나 더 이상 자라지 않았다. 그러나 엄지는 영리하고 날렵해서 무슨 일이든 척척 해냈다.

어느 날 엄지는 나무를 하러 간 아버지를 돕기 위해 어머니에게 자신을 말의 귓속에 넣어달라고 했다. 그리고 말의 귓속에 앉아 능숙하게 마차를 숲으로 몰고 갔다. 그런데 마부도 없이 달리는 마차를 보고 이상히 여긴 두 남자가 뒤를 따라왔다. 엄지는 무사히 아버지가 있는 곳에 도착했으며, 아버지는 말의 귓속에서 엄지를 꺼내주었다.

그 모습을 본 두 남자는 엄지를 도시로 데려가 팔면 큰돈을 벌 수 있을 것이라는 생각에 아버지에게 엄지를 팔라고 말했다. 아버지는 절대 그럴 수 없다고 거절했다. 그러나 엄지는 얼마든지 다시 집으로 돌아올 수 있으니 걱정하지 말라고 아버지를 설득했다. 아버지는 많은 돈을 받고 엄지를 두 남자에게 넘겨주었다. 그들을 따라 길을 떠난 엄지는 저녁 무렵까지 한 남자의 모자 위에 앉아 세상 구경을 했다. 그러다가 오줌이 마렵다며 땅으로 내려온 엄지는 얼른 흙덩이 사이로 기어들어가 숨어버렸다. 엄지는 밤늦도록 자신을 찾던 남자들이 사라진 것을 확인한 후 달팽이 집을 발견하고 그곳에 들어가 잠을 청했다.

그때 마침 그 옆을 지나던 도둑 두 명이 부자 목사의 돈과 은을 훔치려 한다는 소리를 들었다. 엄지가 자신이 도와주겠다고 하자 엄지를 발견한 도둑들은 코웃음을 쳤다. 그러나 엄지가 자신이 목사 집 쇠창살 사이로 들어가 원하는 물건을 빼줄 수 있다고 하자 도둑들은 엄지를 목사 집으로 데리고 갔다. 목사의 방으로 기어들어간 엄지는 도둑들에게 금화가 어디 있냐고 큰 소리로 물었다. 그 바람에 옆방에서 자고 있던 하녀가 깨어 목사 방으로 들어오자 도둑들은 놀라 도망가고 말았다. 엄지도 방에서 빠져나와 외양간 건초 더미에 누워 잠이 들었다.

그러나 다음 날 아침 하필이면 엄지가 누워 있던 건초가 소에게 줄 건초 뭉치에 휩쓸리는 바람에 엄지는 소의 뱃속으로 들어가게 되었다. 소의 뱃속은 어둡고 비좁았으며, 여물에 눌려 죽을 지경이었다. 겁이 난 엄지는 "여물을 그만 줘요."라고 소리쳤다. 마침 소의 젖을 짜고 있던 하녀가 그 소리를 듣고 놀라서 달려가며 소가 말을 한다고 외쳤다. 목사는 하녀의 말이 믿기지 않았으나 정말인지 확인하기 위해 외양간으로 갔다. 그랬더니 정말 소의 몸속에서 "여물을 그만 줘요."라는 소리가 들렸다. 소의 몸에 악마가 씌었다고 생각한 목사는 소를 죽여서 소의 위를 거름 더미에 던져버렸다. 엄지는 죽을힘을 다해 밖으로 빠져나오려고 했지만 쉽지 않았다.

엄지가 머리를 내민 순간 그 옆을 지나던 굶주린 늑대가 소의 위를 한입에 통째로 삼켜버리고 말았다. 그렇게 다시 늑대의 뱃속으로 들어간 엄지는 좌절하지 않고 꾀를 내어 늑대에게 맛있는 먹이가 있는 곳을 알려주겠다고 말을 걸었다. 먹을 것이라는 말에 솔깃한 늑대는 엄지가 안내하는 대로 엄지의 집 하수도 구멍을 통해 먹을 것이 가득한 창고로 들어갔다. 늑대는 배가 터지도록 음식을 실컷 먹은 후 다시 하수도 구멍으로 나오려고 했으나 배가 너무 부른 바람에 나올 수가 없었다.

바로 이때를 기다린 엄지는 늑대의 배를 발로 차며 소리를 질러댔다. 늑대는 조용히 하라고 사정했으나 엄지는 더욱 악을 쓰며 소동을 피웠다. 그 소리에 잠에서 깬 엄지의 부모는 창고에 갇힌 늑대를 발견하고 엄지의 목소리를 들었다. 아버지는 도끼를 휘둘러 한 방에 늑대를 죽인 후 늑대의 배를 갈라 엄지를 꺼내 품에 안았다.

〈엄지둥이〉는 민담의 특징적이면서도 가장 인상적인 모티프 중 하나이다. 설화문학 중에서 민담이 아동문학 영역에서 가장 폭넓은 비중을 차지하게 된 배경에는 민담의 주인공이 대다수 어린이이며, 힘없고 어수룩한 막내라는 점이 주요하게 작용한다. 아동심리학자들은 민담의 이런 어리고 힘없는 주인공들의 모험 담은 어린이 독자들로 하여금 현재의 자신은 힘없고 나약하지만, 자신도 이야기의 주인공처럼 힘든 시련과 모험을 이겨낼 잠재력을 지니고 있다는 희망과 용기를 부여해준다고 말한다.

아이들에게는 성장을 위한 모든 일상이 어려움의 연속이다. 특별히 힘들게 하는 부모나 형제자매가 없어도 세상은 거인처럼 크고 거대해 보여 어린이들은 상대적인 열등감에 두려움을 느끼게 된다. 이런 어린이들에게 민담의 어린 주인공들의 모험담은 자신을 경시하지 않는 자기 사랑과 잠재력을 인식시켜 아동의 자아 형성에 긍정적인 지표로 작용하게 된다. 이런 견지에서 볼 때 〈엄지둥이〉 이야기는 어리고 힘없는 막내의 이미지를 응집한 어린 주인공들의 총체적 이미지라고 할 수 있다.

그러나 〈엄지둥이〉 이야기는 마법담의 여타 어린 주인공들과 구별되는 유형이다. 일반 마법담의 막내나 어린 주인공들은 제삼의 조력자나 상황에 따른 도움으로 목표에 도달하게 된다. 그러나 엄지둥이는 자신의 지혜로 고난을 헤쳐나간다. 따라서 〈엄지둥이〉는 서민적 면모를 느낄 수 있는 소담으로 분류할 수 있다. 또한 엄지둥이의 이야기는 집 떠남의 모티프와 결합되어 모험담의 한 전형을 이루고 있다. 그러나 〈엄지둥이〉 이야기는 여타 민담의 모험과도 구별할 수 있는 특이한 과정을 내포하고 있다는 점에서 주목된다. 우선 '엄지만한 아이'는 기형적인 소인, 즉 난쟁이와는 다르다. 난쟁이는 민담의 주인공이 아니다. 대개의 경우 난쟁이는 부정적인 인물로 기능하면서 결과적으로는 주인공을 도와주는 마법담의 주변적 인물이다.

그러나 엄지둥이는 민담의 주인공일 뿐만 아니라 모험을 성공적으로 수행하는 인물이다. 또한 〈엄지둥이〉 이야기는 유럽 전역에 널리 퍼져 있는 영웅담으로서, KHM에 대한 폭넓은 주석과 판본들을 연구한 볼테-폴리브카는 엄지둥이 유형의 서사구조를 다음과 같이 정리했다.

1. 아이가 없는 농부 부부가 아주 작은 아이라도 태어나기를 간절히 소망하여 엄지둥이가 태어난다.
2. 엄지둥이가 말의 귓속에 앉아 마차를 몬다.
3. 낯선 사람들에게 엄지둥이가 팔리지만 이들에게서 도망친다.
4. 아궁이에서 나오는 음식의 김에 휩쓸려 공기 중으로 날아오른다.
5. 재단사의 처를 놀린다.
6-1. 도둑들을 돕겠다고 나선다.
6-2. 소리를 질러 도둑들을 좌절시킨다.
7. 소의 위에 들어가 소를 도살하게 만든다.

8-1. 자신을 삼킨 늑대를 설득하여 자신의 집으로 데리고 와서 닭들을 실컷 먹게 한다.

8-2. 자신을 잡아먹은 늑대를 창고에 가둬놓고 소리를 질러 도움을 청한다.

이러한 구조는 일차적으로 엄지둥이 민담이 주로 농촌을 배경으로 하는 소박한 분위기를 담고 있음을 보여준다. 그러나 이 민담의 목가적 배경은 풍경으로만 그치지 않는다. 엄지둥이의 모험이 사람 사는 세상이 아닌 여러 동물들의 뱃속을 거쳐 귀환하는 것은 다른 입문의례와 구별되는 특이한 모험 경로와 서로 상응하는 공간적 배경이라고 할 수 있다. 동물들에 의해 삼겨지는 것은 바로 동물의 뱃속으로 들어가는 것을 의미한다. 설화는 동물의 뱃속으로 들어간 인간의 이야기를 여러 형태로 전하고 있다. 예를 들면 제우스 형제들이나 늑대 뱃속에 들어갔다 나온 오딘, 〈빨간모자〉, 〈선지자 요나〉의 이야기와 현대의 변형 동화로는 〈피노키오〉, 〈닐스의 이야기〉 등이 여기에 해당한다.

이렇게 '삼겨졌다 토해지는 이야기' 유형은 KHM 17 〈하얀 뱀〉에서 이미 살펴보았다. 블라디미르 프로프는 용이나 물고기 등에게 삼겨져 뱃속과 같은 저세상에 다녀온 이야기들을 제의나 입문의례에 관한 이야기로 보았다. 이들 이야기에서 괴물들의 뱃속으로 들어간 자들은 보물을 획득하거나 죽은 자들을 만난다. 또한 결과적으로 괴물에게서 다시 뱉어져 우주를 이해하게 되고, 전지를 획득한다고 파악했다.

239

그러나 이야기는 변형되기 마련이다. 세월에 적응하기 위해서 변형은 필수이며, 변형의 목표 역시 다양하다. 그 중에서도 '엄지둥이' 모티프는 현실적인 변형을 겪었다고 보아야 할 것이다. 〈엄지둥이〉는 농경적이며 매우 편안하다. 이야기에 긴장감이나 마법적 이미지가 보이지 않는다. 엄지만한 아이가 세상을 두려워하지 않고 무서운 늑대를 설득하여 자신의 집으로 돌아올 수 있는 지혜와 용기를 발휘하지만, 늑대를 직접 죽이거나 누군가를 구하는 모험을 감행하지는 않는다. 이야기는 그저 아담하다. 이야기의 문체나 플롯만 축소된 것이 아니라, 동물의 뱃속으로 들어갈 만큼 인물도 아담해져 엄지만하게 되었다. 그야말로 이야기가 축약되어 새로운 민담의 인물인 '엄지둥이'가 탄생했다고 할 수 있다.

그러나 아주 조그만 아이라는 의미의 엄지둥이는 그냥 손가락만한 아이가 아니라, '엄지'이다. 엄지는 손가락을 대표하며, 최고를 뜻하기도 한다. 독일 민간신앙에서 엄지는 호기심 많은 건방진 손가락이며, 마법의 힘을 가지고 있는 최고의 손가락이다. 또한 '엄지'는 별자리 신화의 이름으로, 마차자리의 가장 작은 별의 이름이기도 하다.

이처럼 엄지둥이는 미성숙의 기형아가 아닌 민담의 소영웅으로서, 기존 민담의 작은 주인공들과도 구별되는 새로운 인물이라고 할 수 있다. 마치 우리의 민담 〈외쪽이〉의 주인공과 같은 인물 유형에 해당한다고 볼 수 있다. '반쪽이' 또는 '외짝이'라고도 하는 '외쪽이'는 외형적으로는 몸이 반만 있는 기형이다. 그러나 외쪽이는 반쪽의 몸인데도 힘이 장사이며, 총솜씨도 위의 두 형을 능가한다. 또 혼자서 아버지의 원수인 호랑이를 죽이고, 호랑이 가죽을 밑천 삼아 장가도 간다.

이른바 외쪽이라는 신체적 특징이 전혀 결함으로 작용하지 않으며, 또한 '외쪽이'가 '온쪽이'가 되었다는 등 더 이상의 신체적 성장이나 완성이 요구되지도 않는다. 즉 '외쪽이'는 신체적 결함을 의미하는 것이 아니라, 민담 영웅들의 신이함을 드러내는 평범함과 다른 그 무엇을 의미한다. 마찬가지로 우리의 엄지둥이도 더 이상의 성장이나 성장통을 필요로 하지 않는다. '엄지만한' 그 특이함으로 그만이 행할 수 있는 세계로의 모험을 성공적으로 수행한 것이다.

그러나 이야기는 엄지둥이가 낯선 이들에 의해 세상으로 나와 농촌의 동물이나 사물들과 뒤섞이면서 영웅의 거취가 가려져 소담 형식으로 이야기를 감싸안았다. 모험은 상징적으로 추상화되었으며, 인물 또한 동물의 뱃속으로 들어갈 수 있도록 유형화된 엄지만한 인물로서, 이야기 내용에 합당하게 고립화되어 기이한 모험을 겪은 특이한 인물의 재미있는 이야기로 순화되었다.

❧30❧
여우 부인의 결혼

KHM 38

1

옛날에 꼬리가 아홉 달린 늙은 여우가 있었다. 여우는 자기 부인이 진실한지 시험을 해보기로 했다. 여우는 의자 밑에 사지를 뻗고 죽은 듯이 누워 있었다. 그러자 여우 부인은 자기 방에 들어가 나오지 않고, 하녀인 고양이가 요리를 했다.

얼마 후 늙은 여우가 죽었다는 소문이 퍼지자 청혼자들이 여우집 문을 두드렸다. 하녀가 문을 열자 한 젊은 여우가 물었다.

"무얼 하세요? 자고 있었나요, 깨어 있었나요?"

"나는 자지 않고, 깨어 있었어요. 내가 무엇을 했는지 알고 싶나요? 맥주를 따뜻하게 덥히고, 그 안에 버터를 넣었어요. 식사를 차려드릴까요?"

"감사합니다, 아가씨. 여우 부인은 무엇을 하고 계시나요?"

"그녀는 슬픔에 젖어 방 안에 앉아 울고 있답니다. 늙은 주인이 죽어 너무 울어서 눈이 빨개졌어요."

"아가씨, 부인에게 젊은 여우가 청혼하러 왔다고 말해주시오."

고양이는 계단을 올라가 방문을 두드렸다.

"밖에 청혼자가 와 있어요."

"어떻게 생겼더냐? 돌아가신 주인처럼 아홉 개의 멋진 꼬리가 있더냐?"

"아니오. 꼬리가 한 개밖에 없던걸요."

"그러면 나는 그 사람과 결혼하지 않겠다."

그래서 첫 번째 청혼자는 물러나고, 다음 청혼자가 문을 두드렸다. 이번 청혼자는 꼬리가 두 개 달린 여우였으나, 역시 거절당했다. 연이어 꼬리가 한 개씩 더 많은 청혼자들이 줄을 이었다.

그리고 마침내 꼬리가 아홉인 여우가 나타나자 여우 부인은 기뻐하며 그의 청혼을 받아들였다. 그러나 결혼식이 막 거행되려고 할 때 늙은 여우가 의자 밑에서 튀어나와 손님들을 모두 때려 내쫓고, 마누라도 내쫓아버렸다.

2

늙은 여우가 죽자 한 늑대가 청혼을 하기 위해 그의 집 문을 두드렸다. 하녀인 고양이가 문을 열자, 늑대가 인사를 하며 말을 건넸다.

"고양이 부인, 어떻게 집에 혼자 앉아 계시오? 무슨 맛있는 거라도 만드셨소?"

"빵을 부스러뜨려 우유에 넣었어요. 식사 좀 하시겠어요?"

"고맙습니다. 여우 부인은 집에 없나요?"

"그녀는 이층 방에 들어앉자 울고 있어요. 남편이 죽은 슬픔과 고통에 빠져 울고 있어요."

"그녀가 새 남편을 얻고자 한다면, 아래로 내려오시기만 하면 될 겁니다."

고양이는 한달음에 계단을 뛰어올라가 다섯 손가락에 황금 반지를 낀 손으로 커다란 방문을 두드렸다.

"부인 안에 계시죠? 새 남편을 얻고자 하신다면 내려오시기만 하면 된답니다."

여우 부인이 물었다.

"빨간 바지를 입고, 입이 뾰족한 분이더냐?"

"아니오."

"그럼 나는 그를 맞을 수 없다."

늑대가 돌아간 후 차례로 개, 사슴, 토끼, 곰, 사자 등 숲의 모든 동물이 청혼자로 나섰다. 그러나 죽은 남편처럼 잘생긴 청혼자는 없었다.

마침내 젊은 여우가 찾아왔다. 여우 부인이 빨간 바지를 입고, 입이 뾰족하냐고 묻자 고양이가 그렇다고 대답했다. 그러자 여우 부인은 하녀에게 결혼식 준비를 시켰다.

"고양이야. 방을 말끔히 치우고, 늙은 남편은 창밖으로 던져버

244

려라. 그 영감은 살찐 퉁퉁한 쥐들은 모두 혼자만 먹고, 나에게는 한 마리도 주지 않았어."

여우 부인과 젊은 여우는 춤추고 환호하면서 결혼식을 성대히 치렀다. 만약 멈추지 않았다면 아직도 춤을 추고 있을 것이다.

❦

이 두 편의 민담은 서로 상반되는 상황, 즉 서로 다른 측면의 귀결을 보여주는 현대의 상황극 같은 느낌을 준다. 첫 번째 이야기는 남편의 가짜 죽음으로 여우 부인이 곤경에 처하는 반면, 두 번째 이야기는 진짜로 늙은 남편이 죽어 여우 부인은 마음에 드는 새 남편을 얻게 된다. 아르네-톰슨은 이 두 편의 이야기를 묶어 '여우 부인의 청혼자'로 분류했다. 이 두 편의 이야기는 1편과 2편처럼 연결되어 있으면서도 주요 모티프가 서로 다르다. 첫 번째 이야기의 모티프가 '여우 부인의 정조 시험'이었다면, 두 번째 이야기의 모티프는 '여우 부인의 재가'로 보아야 할 것이다.

J. 그림은 어린 시절의 회상과 함께 이 민담의 순수성과 순박함을 높이 평가했다. 1808년 이 민담의 채록본을 자신들의 스승인 프리드리히 카를 폰 사비니에게 보낼 때 J. 그림은 글의 말미에 "이 이야기는 아주 유쾌하고, 서정적으로 느껴집니다. 아마도 어린 시절에 들어본 이야기였던 것 같습니다."라고 회상했다. 그러나 1812년 첫 번째 판본을 출간한 후 그림 형제의 가장 우호적인 지지자 중 한 사람이었던 아힘 폰 아르님에 의해 외설적이라는

지적을 받았다. 아르님은 "꼬리가 아홉 달린 여우 이야기는 프랑스풍의 천박스러운 암시"라고 비판했다.

아르님의 이러한 지적은 고대부터 유럽에 널리 퍼져 있던 '여우'와 관련된 우화들과 특히 12세기 후반에서 13세기에 걸쳐 여러 운문 작가들에 의해 고대 프랑스어로 쓰인 프랑스의 운문 우화집 《여우 이야기》의 주인공 '르나르'와 독일의 운문 서사시 〈라이네케 여우〉의 '라이네케' 이야기로 거슬러 올라가는 역사적 배경을 가지고 있다.

아르님의 지적처럼 KHM의 〈여우 부인의 결혼〉은 프랑스의 〈르나르 여우〉 이야기와 상당 부분 연관이 있다. 〈르나르 여우〉는 '르나르'가 프랑스에서 '여우'라는 뜻으로 흔히 사용될 만큼 널리 알려진 이야기이다. 여우 르나르는 술책과 속임수로 주위를 괴롭히면서, 황제의 정숙한 아내를 꼬드겨 내통하다가 왕위까지 찬탈한다. 르나르에게 언제나 당하는 인물인 귀족 늑대 '이장그랭'의 아내는 틈만 나면 르나르와 함께 잠자리를 하고, 도둑질하다 중요한 부분을 개에게 물려 거세된 남편을 망설임 없이 버리기까지 한다.

〈르나르 여우〉의 이러한 내용은 비록 르나르가 폭력적이면서 몰염치하기는 하지만, 모두가 악한인 세상에서 쾌활한 사기꾼인 르나르에게 오히려 지지를 보내고 있음을 알 수 있다. 르나르에게 당하는 인물들 역시 르나르 못지않게 악행과 사기성이 농후하기 때문에 르나르가 그들을 비웃으며 밟고 서는 간계를 경쾌함과 재치로 받아들였다.

독일의 〈라이네케 여우〉도 교활하고 염치없는 여우인 '라이네케'의 성공담을 그리고 있다. 라이네케는 도둑질과 간통, 강간, 약탈 등 남을 괴롭히는 일이라면 누구에게도 지지 않는 인물이다. 동물들의 축제일인 성령 강림절에 사자인 노벨의 주최로 궁중회의를 열어 모든 동물들의 공공의 적이었던 라이네케에 대한 고발과 참형의 형벌이 내려진다. 그러나 라이네케는 타고난 요설로 왕과 왕비를 설득하여 자신의 고발자인 늑대 '이제그림'과의 결투에서 승리하고, 대신의 자리에 올라 권력을 잡는다. 〈라이네케 여우〉도 〈르나르 여우〉와 마찬가지로 간교한 악당의 승리로 결말을 맺고 있다.

그러나 독일의 여우 '라이네케'는 프랑스의 여우 '르나르'와는 다른 평가를 받았다. 특히 괴테는 프랑스 혁명으로 사회의 진실을 보여주었다고 열렬히 지지했던 프랑스가 자신의 조국을 침략한 사실에 절망했다. 그는 전선에서 돌아온 후 1793년 〈라이네케 여우〉를 재작품화한 《라이네케 여우》에서 "사람들은 행복한 자에게 '오래도록 건강하시오.'라고 말한다. 또한 그 주변에 수많은 친구도 생긴다. 반면 곤경에 처한 자는 참고 기다리는 수밖에 없는 법이라오. …… 세상은 원래 그런 거니까."라고 언급함으로써 교활한 라이네케의 모습을 통해 프랑스 혁명 지도자들의 폭력성을 풍자했다.

이상과 같은 '여우 이야기'에 대한 외설적이며 폭력적인 이미지를 극복하기 위해 1819년 판본부터 W. 그림은 문체상의 변형을 시도했다. 그러나 모든 이미지를 삭제한 것은 아니다. 이야기에 수용되어 있는 우스운 이미지와 경쾌한 느낌을 살려 이야기를 생동감 있게 윤색했다.

〈여우 부인의 결혼〉은 '르나르'나 '라이네케'와 같은 음험한 '남자 여우'의 이야기가 아니다. 이야기는 남편이 죽은 후 청혼자를 기다리는 '여우 부인'의 속내를 보여주면서, 세상의 모든 늑대 같은 '남편'과 여우 같은 '아내'들의 지지고 볶는 줄다리기를 보여주는 듯하다.

첫 번째 이야기에서 '꼬리 아홉 달린 여우'와 두 번째 이야기의 '빨간 바지를 입고, 입이 뾰족한 여우'를 기다리는 여우 부인의 일관된 요구는 여우 부인이 기다리고 있는 인물이 어쩌면 특정 인물일 수도 있다. 그러므로 늙은 남편의 의심은 근거가 있을 수도 있다. 늙은 여우가 죽은 척하는 것과 청혼자들을 때려 내쫓는 이야기 상황은 '오디세이의 귀환'의 민담적 전환이라고 볼 수 있다.

이야기는 오디세이가 죽었다고 생각한 많은 청혼자들이 방에 틀어박혀 베를 짜면서 남편을 기다리고 있는 오디세이의 아내 페넬로페에게 구혼을 계속하고, 자신의 신분을 숨긴 채 이를 지켜보던 오디세이가 부인의 마음을 확인한 후 모든 청혼자를 물리치는 장면을 연상시킨다. 늙은 남편의 음흉스러움과 때맞춰 찾아온 젊은 여우의 자만심이 서로 충돌하고, 여우 부인의 속내가 드러나면서 한바탕 소동으로 파국을 맞는 이야기 상황은 우스꽝스러운 민담적 결말이라고 할 수 있다. 우리식으로 이야기하면 '구미호'들의 이야기쯤 될 듯하다.

〈여우 부인의 결혼〉은 겉으로 꼬리 아홉 달린 젊은 여우의 엉

248

큼함과 속으로 꼬리 아홉 달린 여우 부인의 앙큼함, 그리고 꼬리
가 아홉 개는 있으나 그 꼬리에 힘이 빠진 늙은 남편의 음흉함이
서로 어울려 유쾌한 소동으로 이야기를 마무리지었다.

31

꼬마 요정

KHM 39

1

옛날 부지런하고 정직한 구두공이 있었다. 그는 열심히 일했으나 형편이 점점 어려워져 구두 한 켤레 지을 가죽밖에 남지 않게 되었다. 그래도 그는 내일 쓸 구두 가죽을 정성껏 마름질해놓고 기도를 한 후 잠자리에 들었다.

그런데 다음 날 아침 기도를 마치고 일을 하려고 보니 구두가 다 만들어져 탁자 위에 놓여 있었다. 그는 깜짝 놀라 구두를 살펴보았다. 구두는 장인이 만든 것처럼 솜씨가 매우 좋았다. 평소보다 많은 돈을 받고 구두를 팔아 그 돈으로 두 켤레분의 가죽을 살 수 있었다.

다음 날 아침 일을 시작하려던 구두공은 다시 완벽하게 만들어진 구두가 탁자 위에 놓여 있는 것을 발견했다. 그 구두로 다시 네 켤레분의 가죽 값을 마련했다. 이 같은 일은 그 후로도 계속되었으며, 그 덕분에 가난한 구두공은 부자가 되었다.

크리스마스를 며칠 앞둔 어느 날 구두공은 아내와 함께 자신들을 도와주는 사람이 누구인지 알고 싶어 방 한구석에 몸을 숨기고 지켜보았다. 한밤중이 되자 몸에 아무것도 걸치지 않은 두 명의 아주 작은 남자가 들어와 날렵한 솜씨로 구두를 만들기 시작했다. 그리고 얼마 되지 않아 구두를 다 만들어 탁자 위에 올려놓고 사라졌다. 놀란 구두공 부부는 자신들의 눈을 믿을 수 없었다.

다음 날 아침 아내는 그 작은 사람들이 우리를 부자로 만들어주었으니 감사의 표시로 옷을 만들어주자고 말했다. 아내는 조그만 셔츠와 겉옷, 바지, 조끼, 양말을 두 벌씩 만들고, 구두공은 두 켤레의 구두를 지어 탁자 위에 놓아두었다. 그리고 부부는 밤이 되어 몸을 숨기고 두 작은 남자가 나타나기를 기다렸다.

드디어 밤이 되자 작은 남자들이 나타나 일을 하기 위해 탁자 위로 올라갔다. 그리고 가죽 대신 조그만 옷과 구두가 놓여 있는 것을 보고 잠시 놀라 멈칫거리더니 이내 매우 기뻐하며 옷을 입기 시작했다. 그리고 멋진 옷을 쓰다듬으며 "우린 이제 꼬마가 아니다. 말쑥한 멋쟁이. 더 이상 구두장이가 아니지!"라고 노래를 부르며 의자 위로 뛰어다니면서 춤을 추더니 밖으로 나갔다. 그 후로 그들은 다시 나타나지 않았으며, 구두공도 행복하게 잘 살았다.

2

부지런하고 착한 하녀가 있었다. 어느 날 아침, 그녀는 쓰레기 더미 위에서 한 통의 편지를 발견했다. 그러나 그녀는 글을 읽지 못하기 때문에 주인에게 편지를 읽어달라고 부탁했다. 그 편지는 그녀에게 자기 아이의 대모가 되어줄 것을 청하는 꼬마 요정들의 초대장이었다. 처음에 그녀는 어찌해야 할지 결정하지 못했으나, 이런 일은 거절하는 것이 아니라는 여러 사람의 의견에 따라 요정들의 제안을 받아들이기로 했다.

그녀는 세 명의 꼬마 요정에 의해 그들이 사는 산속 동굴로 안내되었다. 그곳은 모든 것이 매우 작았으나, 그 화려함과 우아함은 이루 말할 수 없었다. 그녀가 대모가 되어줄 아기도 금과 진주, 상아로 장식된 화려한 흑단 침대에 누워 있었다. 그녀는 아기 요정의 대모가 되어준 후 집으로 돌아오려고 했으나, 꼬마 요정들의 극진한 대접을 받으며 사흘을 더 머물렀다. 그리고 집으로 돌아올 때 꼬마 요정들은 그녀의 주머니에 금을 가득 채워주었다.

집으로 돌아온 그녀는 다시 빗자루를 들고 일을 하기 시작했다. 그런데 웬 낯선 사람이 나타나 그녀에게 누구냐고 물었다. 왜냐하면 그녀가 요정들과 보낸 사흘은 인간 세상의 7년으로, 그 사이 집주인은 세상을 떠나 다른 사람들이 살고 있었다.

3

요정들이 한 어머니에게서 아기를 훔쳐간 대신 기형아(챈지링;악

252

마가 바꾸어놓은 아이)를 요람에 눕혀놓았다. 기형아 아기는 먹지도 마시지도 않고 눈만 껌벅거렸다. 어머니는 어찌해야 할지 몰라 이웃 사람들에게 도움을 청했다.

한 아낙이 아기를 부엌으로 데리고 가서 부뚜막에 뉘어놓고, 달걀 껍데기 두 개에 물을 끓여 그것을 아기에게 보여주어 아기가 웃으면 해결될 것이라고 말해주었다. 어머니는 아낙이 가르쳐준 대로 달걀 껍데기에 물을 담아 끓이기 시작했다.

그랬더니 정말 기형아가 "내가 서쪽 숲만큼 오래 살았어도, 이제까지 달걀 껍데기에 요리하는 건 본 적이 없어." 하며 낄낄 웃기 시작하자, 요정들이 나타나 아기를 부뚜막에 내려놓고 기형아를 데리고 사라졌다.

✤

이 세 편의 이야기에 등장하는 요정들은 기존의 독일 민담에 잘 등장하지 않는 인물 유형이다. 이들 요정은 KHM에 등장하는 '난쟁이'나 '엄지둥이', 그리고 축소형 어미를 붙여 민담의 특징적인 인물로 구현해놓은 '~꼬마'를 포함한 모든 민담의 '소인'들과는 다른 유형의 인물이다.

외면적으로 드러난 가장 큰 특징은 이들 요정들이 민담적 인물이 아니라 '전설적' 인물에 가깝다는 점이다. 특히 아일랜드 전설에 등장하는 요정들과 흡사한 성격을 지니고 있으며, 우리의 옛날이야기에 나오는 '도깨비'와도 유사한 인물 유형이라고 할 수 있다.

첫 번째 이야기의 '구두 요정'은 서양은 물론 동양의 설화에서 만날 수 있는 우리의 '도깨비'에 해당하는 요정이라고 할 수 있다. 집 안에 사람이 없거나 보지 않을 때 집안일을 해놓고 사라지는 '가신' 형태의 요정은 어렵고 가난한 삶을 사는 사람들에게는 매우 반갑고 기이한 인물이다.

요정과 인간과의 관계 양상에 따라 설화의 유형이 나누어지기도 한다. 예를 들면 그림 형제의 《전설집》〈난쟁이들의 발〉에 나오는 난쟁이들은 사람들과 친구처럼 지내면서 밤이면 사람들이 하기 어려운 일을 해결하곤 한다. 그러나 긴 외투로 발을 가리고 밤에만 찾아와 조용히 일을 하고 사라지는 난쟁이들의 비밀인 거위 발을 알게 된 한 인간의 경박한 행동으로 인해 더 이상 사람들은 고마운 요정들을 만날 수 없게 된다. 난쟁이들은 긴 외투 속에 거위 발을 숨기고 뒤뚱뒤뚱 걸어다녔던 것이다.

이렇게 자신들의 비밀을 조롱한 비천한 인간들을 원망하면서 산속으로 들어가버린 난쟁이들의 이야기는 '전설집'에 수용된 반면, 벌거벗은 몸을 가려줄 옷을 받아 입고 즐거워하면서 사라진 이 구두 요정의 이야기는 '민담집'에 수록되었다. 이는 난쟁이와 요정의 사라짐이 서로 각기 다르기 때문이다. 〈난쟁이들의 발〉에 나오는 난쟁이의 사라짐은 인간과 난쟁이의 불협화음을, 〈꼬마 요정〉에 나오는 요정의 사라짐은 인간과 요정의 상생을 의미하는 것으로, 전설과 민담의 차이를 단적으로 보여주는 특징이라고 할 수 있다.

특히 〈꼬마 요정〉에 나오는 요정들의 노래는 많은 민담적 상상을 하게 한다. 감사의 표시로 구두공 부부가 만들어준 옷과 신발은 요정들에게 추위를 막아주는 의복 이상의 의미를 부여한다고 보아야 할 것이다. "더 이상 꼬마도, 구두장이도 아닌 멋진 신사!"라는 요정의 노래는 구두공 부부가 만들어준 옷을 입음으로써 요정들이 과거와는 다른 새로운 인물로 변화했음을 시사한다. 마치 '구두의 노예 정령'이었던 이들이 자신들이 한 일을 인정해주거나, 자신들을 인격체로 대우해준 사람에 의해 '마법'에서 풀려나 더 이상은 구두의 정령으로 살지 않아도 되는 자유를 획득한 것과 같은 맥락일 것이다.

또한 구두장이 요정에 대한 흥미로운 설화로 아일랜드의 〈레프리콘Leprechaun〉 이야기를 들 수 있다. '레프리콘'은 초록 옷에 붉은 모자를 쓰고 앞이 뾰족한 검은 구두를 신고 다니는, 구두를 수선하는 18인치밖에 안 되는 작은 키의 아일랜드 요정들이다. 'Leprechaun'은 '구두 수선공'이라는 뜻의 아일랜드어 'Leith bhrogan'와 '난쟁이'라는 뜻의 'luacharman'이 결합된 말이다. 이들은 늙은 난쟁이 요정들로 구두를 만들고 수선하는 일을 하며, 신발 두 쪽이 아닌 한 쪽만 작업하기 때문에 '외발 구두 수선공'이라 불리기도 한다.

레프리콘은 골짜기나 산울타리 아래에서 외롭게 살면서 쉬지 않고 구두를 만들어 부자가 되었고, 또 보물이 숨겨진 곳을 알고 있다고 알려졌기 때문에 인간은 그들을 보면 보물을 얻을 수 있다고 생각했다. 레프리콘은 보통 인간을 경계하지만 자신을 믿는 사람에게는 친절하게 대하기도 하며, 좋아하는 인간에게 보물을 주기도 한다. 그러나 그들이 주는 보물에는 언제나 조건과 제약이 제시되어 있어서 인간과 갈등을 일으키고, 그 보물이 도리어 해가 되기도 한다고 알려져 있다.

두 번째 이야기도 인간들과 호의적인 관계를 맺고 있는 요정의 이야기이다. 요정들이 하녀를 아기의 대모로 초대하는 이야기 배경에는 '산파'로서 여인의 역할을 짐작해볼 수도 있고, 신부로 삼기 위해 5월이나 한여름 또는 11월 축제 전야에 아름다운 여인을 훔쳐가는 아일랜드 요정 이야기를 상기해볼 수도 있다.

하녀가 요정 마을에서 보낸 사흘은 인간 세상에서는 7년으로, 그녀가 없는 동안 집주인은 이미 세상을 떠났다. 이는 민담적 시간이 아닌 전설의 시간 개념에 해당한다. 원래 민담에서는 시간의 보상, 즉 시간상의 흔적이 개입하지 않는다.

〈장미 아가씨〉의 공주는 100년 동안 잠을 잤지만, 공주는 물론 궁전의 모든 것은 어느 것 하나 변화됨 없이 그대로 되살아난다. 반면 이야기가 전설이었다면 공주와 궁전의 모든 것은 햇살 속에서 먼지로 사라졌을 것이다.

그러나 '요정 마을에 다녀온 하녀' 이야기는 전체적으로는 전설적 시간 개념을 사용했으나, 이야기의 주인공에게는 민담의 시간 개념을 적용하고 있다. 요정 마을에서 돌아온 하녀에게서는 7년의 변화를 관찰할 수 없다. 따라서 이 이야기는 민담적 상황으로 수용되었으나, 전설적인 요정담을 자취로 남겨놓았다고 볼 수 있다.

세 번째 이야기는 인간들을 괴롭히는 요정의 이야기이다. 유럽의 오래된 '첸지링', 즉 '악마가 바꿔놓은 아이'와 관련된 설화 모티프를 가지고 있다. 기형아를 악마가 바꾸어놓은 아이라 여기던 사고에서 비롯되었을지도 모르는 이 모티프는 기형아를 치료하기 위한 주술과도 관련이 있어 보인다. 또는 쭈글쭈글한 피부와 빽빽 울어대는 아이의 고약함과 늙고 못생기고 괴팍한 요정들의 이미지를 연결시켜 '첸지링'이라는 사고가 생겼을지도 모른다.

특히 아일랜드 설화는 요정들이 인간의 건강하고 예쁜 아기를 훔쳐가는 대신 남겨둔 그들의 못생기고 병약한 요정 아기인 '첸지링'에 대한 여러 가지 이야기를 전해준다. 대개 첸지링은 어린 요정이지만, KHM의 첸지링처럼 아이로 가장한 늙은 요정이거나 마법에 의한 나무토막일 수도 있다. 늙은 요정이 아이로 변신한 경우는 겉모습은 요정이 훔쳐간 아이와 아주 유사하지만 성질이 괴팍하고 심술궂은 것이 특징이다.

이런 늙은 요정을 퇴치하는 방법으로는 요정을 불 옆에 놓고 "타라, 타라. 만약 악마의 아이면 불에 타고, 신이나 성인의 아이면 안전해라."라고 주문을 외워 첸지링을 굴뚝으로 도망가게 만드는 방법이 있으며, KHM에서처럼 요정의 진짜 나이를 들키게 하여 쫓아내는 방법이 있다. 나이를 들키게 하는 방법으로 '달걀 껍데기에 물을 끓이는' 방법이 사용되었다고 한다.

'달걀 껍데기에 물을 끓이는 것'이 어떤 주술적인 의미를 가지고 있는 것은 아닌 듯하다. 아주 오래 산 늙은 요정도 보지 못한 황당한 일이라는 의미로 이해하는 것이 알맞으며, 크게 웃겨서 자신의 정체성을 드러내게 하여 아기를 바꾸어놓았음을 인정하게 만드는 작용을 한다고 보아야 할 것이다. 마치 KHM 55 〈룸펠슈틸츠헨〉에서 이름을 들킨 난쟁이가 모든 것을 포기하고 물러나는 것처럼, 정체를 들킨 악마는 더 이상 힘을 못 쓰고 인간 곁에 머물 수 없는 모양이다.

악마는 인간이 달걀 껍데기에 물을 끓이는 이제까지 보지 못한 이상한 행동을 보고 자신이 아기가 아닌, 세상의 모든 것을 보아온 아주 나이 많은 존재라는 사실을 드러낸다. 또는 인간의 희한한 행동을 보고 악마다운 무표정을 깨고 웃어버려 그 순간 악마의 힘을 잃어버린 것은 아닐까? 웃음은 슬프고 병든 인간 이외에도 때로는 자연도 치유할 수 있는 마법적 힘을 가지고 있는 것이 틀림없다. 웃음은 밝음 그 자체이기 때문이다.

인간이 지각할 수 있는 존재들 외에 또 다른 정신적 존재들이 이 세상에 존재할 수 있다고 믿는 인간의 사고는 공포인 동시에 희망이다. 이를 어떻게 받아들일 것인가 하는 시각의 차이는 각자의 이해와 상상력에 달려 있다. 그러나 이 세 편의 이야기에서 공히 요정들의 도움으로, 때로는 방해를 딛고 어려운 삶을 밝음으로 이끌고자 한 인간의 소망을 엿볼 수 있다.

32

대부

KHM 42

아이가 많은 한 가난한 남자가 있었다. 그에게는 가난 이외에도 걱정거리가 하나 더 있었다. 그것은 아는 사람들 모두 이미 아이들의 대부가 된 터라 새로 태어난 아이를 위해 대부가 되어줄 이가 더 이상 없다는 것이었다.

그런데 하루는 꿈에 한 사람이 나타나 아침 일찍 길을 나서 처음 만나는 사람을 대부로 삼으라고 말하고 사라졌다. 그는 꿈에서 들은 대로 새벽길에서 처음 만난 낯선 사람에게 아이의 대부가 되어줄 것을 부탁했다. 그러자 낯선 사람은 흔쾌히 승낙을 했을 뿐만 아니라 병든 사람을 치료해주는 마법의 물이 든 병까지 선물해주었다. 그는 마법의 물을 주면서 죽음의 신이 머리맡에 서 있으면 마법의 물을 먹여 살릴 수 있는 사람이고, 발치에 서 있

으면 살릴 수 없는 사람이라고 설명해주었다. 이때부터 남자는 환자가 죽을지, 살지를 족집게처럼 알아맞혀 돈과 명성을 함께 얻게 되었다.

그러던 어느 날 남자는 왕자의 병을 치료하게 되었다. 다행히 죽음의 신이 머리맡에 서 있어서 남자는 왕자의 병을 낫게 할 수 있었다. 다시 왕자가 병에 걸렸을 때도 마법의 물로 왕자를 살릴 수 있었다. 그러나 세 번째로 왕자가 병에 걸렸을 때는 죽음의 신이 왕자의 발치에 서 있어 왕자는 죽고 말았다.

어느 날 성공한 남자는 대부의 집을 찾아갔다. 대부의 집은 모든 게 이상했다. 남자는 1층 계단 아래에서 서로 다투고 있는 삽과 빗자루에게 대부가 어디 있느냐고 물었다. 그러자 빗자루가 한 층 더 올라가라고 말했다. 2층으로 올라가니 손가락들이 한 무더기 쌓여 있었다. 남자가 다시 손가락에게 대부가 어디 있느냐고 묻자 한 층 더 올라가라고 했다. 그리고 3층에서는 해골들이, 4층에서는 프라이팬에서 스스로 몸을 뒤집던 생선들이 한 층 더 올라가라고 일러주었다.

5층까지 올라온 남자는 방 하나를 발견했다. 남자가 열쇠 구멍으로 안을 들여다보니 대부가 보였다. 그런데 대부의 머리 위에 아주 커다란 뿔 두 개가 나 있었다. 남자가 방문을 열고 들어가자 대부는 재빨리 침대 밑으로 몸을 숨겼다. 남자는 대부에게 이 집에 와서 자신이 본 괴상한 것들에 대해 차례로 이야기했다.

그러자 대부는 1층에 있는 것은 집 안의 종들이고, 2층에는 우엉뿌리, 3층에 있는 것은 양배추라고 둘러댔다. 그러나 남자는 멈추지 않고 4층에서는 생선이 스스로 몸을 뒤집었고, 5층 방에서는 커다란 뿔이 달린 대부를 보았다고 말했다. 대부는 말도 안 된다고 화를 내면서 소리를 질렀다. 남자는 겁이 나서 줄행랑을 치고 말았다. 그러지 않았다면 무슨 일을 당했을지 모를 일이다.

❧

이 민담은 앞부분과 뒷부분이 각기 KHM 44 〈대부가 된 죽음의 신〉과 KHM 43 〈트루데 부인〉의 조합판이라고 할 수 있다.

아이가 너무 많아 주위에서 더 이상 대부가 되어줄 사람을 찾을 수 없던 한 가난한 아버지는 새벽길에서 처음 만난 낯선 사람을 아이의 대부로 삼는다. 그리고 대부로부터 병든 사람을 치료할 수 있는 마법의 물을 얻어 부자로 잘 살게 되었다. 아이의 대부도 되어주고, 또 그로부터 부유함도 얻을 수 있었으니 그야말로 은혜로운 대부가 아닐 수 없다.

그러나 이야기 후반부에서 볼 수 있는 커다란 뿔이 나 있는 대부의 모습은 일반적인 대부의 모습이 아니다. 〈대부가 된 죽음의 신〉과 비교해볼 때 이 낯선 남자도 역시 죽음과 관련된 마법적 존재로 파악된다. '삶과 죽음', 즉 인간의 가장 근원적인 문제가 동시에 제기된 셈이다. 죽음의 신을 아이의 대부로 삼은 이야기 상황은 모든 생명의 출발이 이미 죽음을 마주하고 있음을 의미하는 동시에, 죽음의 신이 수호신의 기능도 함께 담당하고 있음을 보여주는 양가적 측면이라고 할 수 있다.

죽음의 신이 새 생명을 보호하는 대부가 되어 대자에게 주는 선물로 생명을 살리는 마법의 물을 주는 모티프는 재미는 있으나 쉽게 이해가 되지 않는 부분이다. 그러나 저승으로 인간의 영혼을 인도하는 신인 그리스 신화의 헤르메스 성격을 대비시켜보면 어느 정도 연관성을 찾을 수 있다.

말 잘하고 발이 빠른 헤르메스는 제우스의 전령인 동시에 저승의 신이며, 도둑의 신, 장사꾼, 목동, 협잡꾼, 나그네의 신이기도 하다. 그리고 두 마리 뱀이 감고 올라가는 모습의 헤르메스 지팡이가 의미하는 것과 같이 헤르메스는 의사나 약사를 상징하는 신이기도 하다. 따라서 〈대부〉나 〈대부가 된 죽음의 신〉에서는 이와 같은 민중의 수호신으로서 헤르메스의 신화적 이미지가 가난한 이들의 대부로 반영되었다. 또한 죽음의 신이 준 마법의 물에서는 의사 또는 약사의 신인 헤르메스의 이미지가 수용되었다고 볼 수 있다.

헤르메스는 민중들이 가장 중시했으며, 또 가장 친근한 신으로서 마을의 네거리에 세워져 여행자들에게 길을 안내하는 신이기도 했다. 꿈을 믿고 대부가 되어줄 이를 찾기 위해 길을 나선 가난한 아버지는 그 새벽길에 마을 입구에 서 있던 민중의 신인 헤르메스의 인도를 받았는지도 모른다. 믿는 만큼 받는 것이 민담의 법칙이기 때문이다.

그러나 이와 같은 마법적 이야기 성격은 서술 상황의 부조화로 어느 정도 괘도에서 벗어나 있다. 원래 아이의 대부가 되는 사람은 평생 그 아이의 정신적 아버지가 될 뿐만 아니라 세례식 때 아이를 위한 선물을 주어야 한다. 그런데 이 〈대부〉에서는 아이가 아닌 아버지가 대부의 선물을 받아 사용하는 것은 부자연스러운 이야기 상황이다. 그러나 대부인 죽음의 신이 아이의 아버지에게 준 마법의 물로 아버지가 부와 명성를 얻었으니, 대자인 아이에게 가장 궁극적인 선물인 넉넉한 삶을 마련해주었다고 볼 수도 있을 것이다.

이러한 상황의 부자연스러움은 이 민담에 유머러스한 특성을 부여하는 역할을 한다. 죽음의 신의 도움으로 의술을 획득한 아버지가 더 이상 대부의 도움을 받아 환자를 치료할 수 없었을 것이라고 짐작케 하는 결말 부분도 이야기의 소담적 특성을 강화시켰다.

이는 14세기에 사기꾼 또는 익살꾼으로 널리 알려졌던 오일렌슈피겔Eulenspiegel의 가짜 의사 행각과 관련된 우스꽝스러운 민속담들과 더불어 신뢰할 수 없었던 의사들에 대한 당시의 부정적인 사회적 인식의 반영이라고 볼 수 있다.

후반부의 내용도 역시 결과는 다르지만, 지옥의 마녀로 여겨지는 트루데 부인의 무서운 모습을 보고 두려움에 떨며 불꽃 속으로 던져졌던 고집쟁이 소녀처럼, 예고도 없이 대부의 집을 찾았다가 깜짝 놀라 달아난 〈대부〉의 뒷부분은 '신을 엿보다'가 낭패를 당한 이야기를 우스꽝스럽게 수용했다. 친근한 신이건 무서운 신이건 신의 원래 모습을 볼 수 있도록 허락한 신은 없었다.

줄행랑을 친 〈대부〉의 아버지는 다시는 대부를 대면할 수 없었을 것이다. 이야기가 도망가는 정도로 마무리된 것도 〈대부〉가 〈트루데 부인〉처럼 기괴한 마법담이 아니라 민중의 갈등 해소를 지향하는 소담이었기 때문일 것이다.

또한 대부의 집에서 아버지가 본 이상한 형상들도 마법적 요소이기는 하나 이야기에 유머러스함을 더해준다. 빗자루는 마법적 인물과 친근한 요소이다. 삽도 역시 빗자루와 비슷한 형태라고 할 수 있다. 잘려진 손가락이나 해골, 프라이팬에서 스스로 몸을 뒤집던 생선들도 기괴하지만 우스꽝스러움을 더한다. 커다란 뿔이 난 대부의 모습도 기괴하기는 하지만 침대 밑으로 몸을 숨기는 엉뚱한 나약함 때문에 위용을 잃고 무너져버렸다.

그러나 소담의 이런 약화된 형상들을 우스꽝스러운 존재로만 여겨서는 안 될 것이다. 커다란 뿔이 달린 대부의 모습에서 우리는 숫양 또는 숫염소와 관련된 역사적·종교적 사고의 변화를 파악할 수 있다. 유럽 민담에서 커다란 뿔을 가지고 있는 존재들은 주로 악마적 이미지를 수용하고 있다.

그러나 그리스 신화에서 커다란 숫양은 주신인 제우스의 이미지로 해석되고, 산양은 디오니소스로 해석되기도 한다. 헤르메스의 아들인 목동의 신 판도 염소의 뿔과 다리를 가지고 있었다. 제우스가 아직 올림포스를 장악하지 못하고 거인족인 기간테스와 싸우고 있을 때, 한때 열세였던 신들은 이집트까지 도망쳐 동물로 둔갑해 지낸 적이 있다. 그때 제우스가 숫양으로 둔갑했기 때문에 훗날 이집트에서 뿔이 나선형으로 꼬인 암몬신으로 섬김을 받았다고 한다.

특히 디오니소스는 제우스보다 뿔과 관련된 더 강한 이미지를 가지고 있다. 제우스와 함께 이집트에 숨어 지낼 때 디오니소스는 산양으로 변신한 바 있으며, 어릴 때도 새끼 염소로 변신한 적이 있다. 그러나 이상과 같은 뿔의 신들은 재물과 부를 상징하는 암몬신과 부활의 신으로서 고대 신화에서는 권위를 가지고 있었으나, 후세에 이르러 엄격한 기독교적 윤리에 반하는 우상으로 전락되어 우스꽝스럽고 기괴한 소담의 인물로 희화되었다.

〈대부〉에서도 가난한 아이의 대부가 되어주고, 의사로 잘 살 수 있게 해준 신을 죽음의 신으로 상정한 것부터 예사롭지 않다. 또한 이야기 후반부에서는 이제 죽음의 신을 멀리하고 싶은 인간의 속내를 드러내듯 그 고마운 신을 악마적 존재로 전락시킨 인간의 이중성을 민담적 아이러니로 나타내고 있다.

❧ 33 ❧

트루데 부인

KHM 43

옛날에 고집이 세고 호기심이 많은 소녀가 살고 있었다. 어느 날 소녀는 알아서는 안 되는 대상에 대해 강렬한 호기심이 생겼다. 소녀는 부모의 만류에도 불구하고 트루데 부인을 만나러 갔다.

소녀를 본 트루데 부인이 물었다.

"얼굴이 왜 그렇게 창백하니?"

소녀가 온몸을 떨며 대답했다.

"방금 본 것이 너무 무서워서요."

"무엇을 보았느냐?"

"층계에서 검은 옷을 입은 남자를 보았어요."

"그는 숯장이란다."

"초록 남자도 보았어요."

"그건 사냥꾼이란다."

"또 핏빛 남자도 보았어요."

"그건 백정이란다."

"그런데 부인. 창문으로 보니 부인은 보이지 않고 머리에 새빨간 불이 활활 타오르는 괴물만 있더군요. 너무 무서웠어요."

"마녀가 단장한 모습이란다. 어서 오너라. 널 오랫동안 기다렸다. 나에게 빛을 다오!"

그러면서 트루데 부인은 소녀를 장작으로 만들어 난로에 던져 넣고 불을 쬐며 말했다.

"참 밝기도 하구나!"

✤

독일에서는 악몽을 꾸거나 가위에 눌렸을 때 "트루데가 달라붙었다."고 말한다고 한다. 이처럼 '트루데 부인'은 KHM 24의 '홀레 할머니'와 유사하면서도 대조적인 여신으로 민간에 수용되어 있다. 〈홀레 할머니〉의 '검정'을 뒤집어쓴 게으른 소녀에게는 홀레 할머니가 바로 트루데와 같은 마녀였을 것이며, 부모의 만류에도 불구하고 억누를 수 없는 호기심이 죄였던 〈트루데 부인〉의 소녀는 트루데 부인에 의해 장작불 속으로 던져졌다.

'불', '검정', '마녀' 이 세 가지 모티프는 서로 궁합이 잘 맞는 것들이다. 마녀의 이미지에 불과 검정의 모티프가 연합된 것은 KHM 15 〈헨젤과 그레텔〉과 KHM 49 〈여섯 마리 백조〉에서와 같이 마녀 사냥과 같은 여성 박해의 측면에서 비롯된 부정적인 이미지 변질에서 기인한다고 볼 수 있다. 이 〈트루데 부인〉 이야기에서 우리의 시선을 가장 끄는 것은 역시 마녀라 짐작되는 '트루데 부인'의 행색과 태도이다. 그녀가 불을 쬐면서 중얼거리는 모습은 '할로윈'의 마녀를 떠올리게 한다.

할로윈은 10월 31일 밤에 행해지는 축제이다. 이는 고대 켈트족의 죽음의 신 '삼하인Samhain'을 찬양하고, 새해와 겨울을 맞이하는 삼하인 축제에서 비롯되었다고 한다. 켈트족은 한 해를 5월과 11월에 시작하는 풍습이 있었다.

따라서 유럽의 오월제나 사육제의 기원이 되는 '벨테인Beltane'을 시작으로 여름이 시작되고, '올할로우 이븐Allhallow Even', 즉 '만성절All Saints' Day' 전야인 '할로윈'을 끝으로 겨울이 시작되었다. 이때 10월 31일 할로윈의 불은 11월 1일의 만성절 새날의 불을 위해 꺼져야 하는 마지막 불이었다. 만성절의 새 불을 위해 헌 불은 모두 사라져야 했다. 따라서 마지막으로 타오르는 할로윈의 불은 신비스럽고 외경스러운 마력과 결합되어 있었다.

이로부터 켈트족뿐만 아니라 유럽 전역에 할로윈과 연관된 다양한 방식의 점술과 예언이 행해졌으며, 특히 사자(죽은 자)나 마녀와 연관된 인식들이 광범위하게 퍼지게 되었다. 그들은 가을에서 겨울로 넘어가는 할로윈 밤에 사자들의 영혼이 자신이 살던 집을 찾아가 불을 쬐며 몸을 데우고, 친족들의 애정 어린 환대를 받는다고 생각했다. 또한 까만 말로 변하는 암고양이를 타거나 빗자루를 탄 마녀들이 악행을 저지르느라 분주하고, 요정과 요괴들도 마음대로 돌아다닌다고 믿었다. 다음의 민요는 할로윈과 관련된 믿음의 한 면을 보여준다.

할로윈이 온다, 온다. 마법이 시작된다. 요정들이 전속력으로 모든 길을 달려간다. 아이들아, 아이들아, 길을 피해 가거라.

그러나 할로윈이 무섭고 괴기스러운 영향만을 끼친 것은 아니다. 사람들은 화톳불을 피워놓고 그 주위에 둘러앉아 점을 보기도 했고, 불을 타넘으면서 다음 해의 건강과 농사를 예측하기도 했으며, 소녀들은 미래의 남편을 점치기도 했다.

그러나 할로윈의 불의 제전 역시 벨테인제와 마찬가지로 희생 제의로 이어졌다는 점을 간과할 수 없다. 켈트족의 하짓날과 동짓날에 해당하는 벨테인과 할로윈은 태양의 열기를 파악한 고대인의 과학적 행위였다. 즉 해의 기운이 새롭게 뜨거워지는 날과 가장 차가워지는 날 새로운 불을 마련했던 고대인의 의식은 주술적이었으며, 또한 그만큼 경건했다.

그러나 이러한 경건성은 정화의식으로 이어지면서 이른바 더러운 것 내지는 사악한 것을 태워 없애는 제의로 발전했으며, 보다 더 강력한 의식의 발로로서 희생제의로 연결되었다. 지난여름의 목축과 추수에 대해 감사하고, 나쁜 혼들과 악령을 쫓는 의식을 주관하는 사제나 드루이드는 참나무로 화톳불을 피우고 동네 사람들이 가져온 동물과 곡식 그리고 집집마다 주문한 장작이나 나무, 짚으로 만든 인형을 불 속에 던져 넣었다. 때로는 화톳불 주위에 모여든 사람들 중 악령에 홀린 듯 보이는 사람이나 나무와 곡물 정령의 대역으로 지목된 소녀나 소년들을 제물로 바침으로써 마을의 재앙이 사라진다고 믿었다. 사형선고를 받은 죄수들을 제물로 받쳐 토지의 생산성을 높이고 모두의 영혼을 보호하고자 했던 켈트족의 대제전도 이와 같은 맥락에서 이해할 수 있다.

그러나 어떤 의미에서든 불의 제전의 시작은 소멸을 위함이 아니라 정화와 환생을 기리는 제전이었다. 그것은 북구의 가장 사랑받던 신 발데르의 화장으로 보다 더 경건하고 뜻깊은 권위를 가지게 되었다. 불사조가 자신의 재에서 다시 태어나듯이 참나무의 신인 발데르의 죽음도 신록의 푸름과 함께 다시 돌아와 완전한 부활의 믿음으로 신전의 꺼지지 않는 불꽃으로 되살아났다.

불 속에 던져진 〈트루데 부인〉의 소녀는 비록 장작이 되어 불 속에 던져졌지만 우리는 그녀의 죽음을 확인한 것은 아니다. 그녀는 '호기심 많고 다소 고집이 세다'는 정도이지 죽을 만큼 죄를 지은 것은 아니다. 〈홀레 할머니〉의 게으른 소녀와 〈트루데 부인〉의 소녀가 게으름과 호기심의 대가로 받은 '검정'과 '불'은 유사 개념으로 보아야 할 것이다. 〈홀레 할머니〉의 게으른 소녀처럼 〈트루데 부인〉의 소녀도 불의 세례를 받고 잿속에서 살아나와 검정을 뒤집어쓴 채 집으로 돌아갔을지도 모를 일이다. 고집 세고 호기심 많던 소녀 시절을 뒤로 하고 보다 성숙한 처녀로 성장하여 돌아갔을 것이다. 민담에서 목표로 하는 것은 삶이지 죽음이 아니기 때문이다.

34
대부가 된 죽음의 신

KHM 44

아이를 열둘이나 둔 가난한 남자가 있었다. 그는 13번째 아이를 낳게 되자 살아갈 걱정이 태산 같았다. 그는 아이에게 제대로 된 세례 선물을 줄 수 있는 사람을 골라 대부를 세우기로 마음먹고 길을 나섰다.

그가 첫 번째 만난 이는 하느님이었다. 하느님은 이미 그의 가난을 모두 알고 있었기 때문에 아이의 행복한 삶을 약속했다. 그러나 가난한 아버지는 하느님은 있는 사람에게만 행복을 주고 가난한 사람은 외면한다며 거절했다. 그 다음에 가난한 아버지는 부와 쾌락을 약속하는 악마를 만났다. 이번에도 그는 사람을 속이고 못된 길로 빠뜨리는 악마는 원치 않는다고 거절했다.

그리고 얼마 가지 않아 다리가 젓가락처럼 가느다란 죽음의 신을 만났다. 죽음의 신은 아이를 부유하고 유명하게 만들어주겠다고 약속했다. 가난한 아버지는 부자건 가난한 사람이건 차별하지 않는 죽음의 공평함을 믿고 죽음의 신을 아이의 대부로 정했다. 죽음의 신은 약속대로 세례식에 참석해 아이를 축복해주었다.

아이가 성장해 청년이 되자 죽음의 신은 아이를 숲으로 데리고 가서 약초들을 보여주며 말했다. 자신이 머리맡에 서 있으면 약초를 조금 주면 회복될 것이나, 발치에 서 있으면 그 환자는 죽게 될 것이니 가망이 없다고 알려주었다. 그리고 약초를 마음대로 사용하면 큰 화를 당할 것이라는 경고도 잊지 않았다. 의사가 된 젊은이는 곧 유명해졌다.

그러던 어느 날 왕이 병이 들어 부름을 받고 가보니 죽음의 신이 왕의 발치에 서 있었다. 그러나 젊은이는 왕의 죽음을 말할 수 없어 고심하다가 왕의 몸을 돌려 머리맡에 죽음의 신이 서 있도록 만든 후 약초를 먹였더니 왕이 곧 회복되었다. 죽음의 신은 화를 내면서 이번 한 번은 그냥 넘어가지만 다시 그런 짓을 하면 젊은이의 목숨을 빼앗겠다고 으름장을 놓았다.

얼마 후 공주가 병에 걸렸다. 어떤 의사도 공주의 병을 치료하지 못하자 왕은 공주의 병을 낫게 해주는 사람과 결혼시키고, 또 왕위를 물려주겠다고 방을 붙였다. 젊은이가 와서 보니 죽음의 신이 공주의 발치에 서 있었다. 그러나 젊은 의사는 아름다운 공주의 남편이 되는 상상을 하면서 죽음의 신의 경고도 잊은 채, 무시무시한 그의 눈길에도 아랑곳하지 않고 공주의 몸을 돌려 약초를 먹였다. 그러자 공주의 뺨이 금세 붉어지면서 다시 살아났다.

젊은이에게 화가 난 죽음의 신은 이제는 그가 죽을 차례라고 소리치며 얼음같이 차가운 손으로 그를 움켜쥐고 동굴로 끌고 갔다. 그곳에는 길고 짧은 수많은 촛불이 켜져 있었다. 어떤 초는 사그라지고 있었고, 또 어떤 초는 새로 불이 붙고 있었다. 죽음의 신은 그 촛불들이 사람의 생명을 밝히는 촛불이라고 말했다. 죽음의 신은 자신의 것을 보여달라는 젊은이에게 밑동만 남은 촛불을 보여주었다. 젊은 의사는 자신의 촛불을 새로운 초로 옮겨달라고 애원했으나, 죽음의 신은 촛불이 하나 꺼져야 새로운 촛불을 켤 수 있다며 냉정히 거절하면서 밑동만 남아 있던 불꽃마저 꺼버리고 말았다. 결국 젊은이는 더 빨리 죽음의 신 앞에 불려가게 되었다.

⚜

이 민담은 영화의 한 장면을 떠오르게 한다. 어느 날부터인가 철없는 여의사의 눈에 검은 긴 외투를 입고 환자 발치에 서 있는 죽음의 신, 천사가 보인다. 그 천사가 나타나면 환자가 죽는다는 것을 알게 된 여의사와 그 여의사의 안타까운 눈동자에 사로잡혀 사랑에 빠진 천사가 등장하는 영화이다.

인간에게 죽음은 거부할 수 없는 유한성이지만, 삶이 무한하여 지루했던 천사에게는 죽음이 가슴 뛰는 생명감을 느끼게 하는 자유이며 선택이었다. 인간에게 선택의 문제는 운명 바로 그것이다. 선택의 순간은 언제나 버겁고 두려우나 새로운 희망을 품을 수 있는 또 다른 시작이기도 하다. 어느 한순간 제대로 된 결정적인 선택을 할 수만 있다면, 인생의 새로움을 맞이할 수도 있으니 무수히 요구되는 선택의 순간들은 오히려 기회일 수도, 인생 역전이 될 수도 있다.

이런 선택의 의미를 제대로 알고 있던 한 인간을 우리는 이 민담에서 만날 수 있다. 하느님도 악마도 당당하게 거부하고 죽음의 신에게 아들을 맡긴 아버지의 선택은 섣부른 희망보다는 오히려 공평함이었다. 모든 인간에게 죽음은 공평하고, 운명이라는 또 다른 한계 상황과 결부되어 있음을 아버지는 잘 알고 있었다.

하느님이나 악마에게 아들을 맡기지 않은 배짱 좋은 아버지의 선택으로 죽음의 신에게 의탁된 아들은 덕분에 유명한 의사로 편안히 살 수 있었다. 사람들의 삶과 죽음을 정확히 알아맞히는 젊은 의사의 신통함에 세상 사람들은 그를 명의로 떠받들었을 것이다. 그러나 의사가 된 아들이 한 일은 결국 죽음의 신의 대리인 역할이었을 뿐, 죽음을 삶으로 바꾸어놓지는 못했다. 죽음의 신의 경고를 무시하여 그가 끌려간 동굴에는 수많은 사람의 생명이 결정된 촛불이 타고 있었다. 죽음의 신이 돌보고 있었기 때문에 오래 살 것이라 생각했던 젊은 의사의 촛불은 밑동밖에 남아 있지 않았다. 왕과 공주를 살려주지 않았다 해도 그의 생명은 얼마 남지 않았던 것이다.

흔히 생명은 불과 관련해서 언급되고는 한다. 생일 케이크의 촛불을 끄는 행위도 생명과 관련된 풍습이라고 할 수 있다. 생일에 촛불을 끄는 것은 중세 독일 농민들의 '킨더페스트Kindefest', 즉

'아이들을 위한 축제'에서 유래했다. 생일날 아침에 아이가 눈을 뜨자마자 촛불을 켜두었다가 저녁에 온 가족이 모여 함께 케이크를 나누어 먹을 때까지 촛불을 켜두었다고 한다. 이때 촛불은 아이의 나이보다 하나 더 켜두었는데, 이는 다음 생일까지 아이가 살아 있기를 기원하는 의미였다. 유아 사망률이 높았던 시대 자식들이 한 해라도 더 살기를 희망하던 부모들의 간절한 기도와 함께 올린 제의적인 발로였다고 할 수 있다.

인간의 생명이 불과 연관되어 있다고 믿는 의식의 저변에는 '외재적 영혼'을 믿는 풍습과 관련이 있다. 외재적 영혼이란 인간의 영혼이 몸이 아닌 다른 물건이나 동물들에 깃들어 있다는 원시적 사고를 말한다. 인간의 영혼, 즉 생명을 절대적으로 안전한 장소에 보관해둘 수 있다면 그는 불사의 몸이 될 것이다. 마법사나 마녀, 요정들이 멀고 먼 비밀 장소나 동물의 몸속에 자신의 심장이나 영혼을 감추어놓고 다닌다는 내용의 신화나 민담들은 오랫동안 죽지 않는, 또는 죽일 수 없이 강력한 존재들에 대한 외경심과 두려움에 대한 원시적 해석이었을 것이다.

그러나 다른 한편으로 외재적 영혼과 관련된 설화들은 오히려 고립적이며 제한적인 인간의 생명과 운명에 대해서 보다 강력한 메시지를 제공해준다. 그리고 이를 가장 표피적으로 보여주는 소재가 바로 불과 관련된 인간의 생명에 관한 설화들일 것이다. 불은 외적인 간섭이 없어도 다 타고 나면 스스로 사그라지며, 또한 '바람 앞에 등불'처럼 외부의 상황 변화에 민감하게 반응하면서도 꺼질 듯 위태롭게 존재한다.

276

생명의 한계를 장작불로 비유한 그리스의 멜레아그로스 설화는 인간의 고립된 운명을 단적으로 보여준다. 멜레아그로스는 이아손을 도와 황금 양털을 찾으러 나선 아르고호의 용사 중 한 명이다. 그가 태어날 때 운명의 세 여신은 그의 어머니 알타이아에게 난로에서 타고 있는 장작을 가리키며, 그 장작이 다 타버리면 멜레아그로스의 목숨도 다할 것이라고 예언했다. 그리하여 알타이아는 장작을 꺼내 상자 안 깊숙이 간직했다. 그러나 청년이 된 멜레아그로스가 자신의 두 오빠(또는 남동생)를 죽인 것에 분노하여 그녀는 상자 속에 간직하고 있던 타다 남은 멜레아그로스의 장작을 꺼내 불 속에 던져버렸다. 그러자 멜레아그로스의 목숨은 그 자리에서 다하고 말았다. 이를 후회한 알타이아는 스스로 목숨을 끊고 말았다.

신화에서 보여주는 이와 같은 비극들은 인간의 삶과 운명이 온전하게 저들의 것이 아닌, 신들에게 의탁된 것임을 분명한 어조로 강조하고 있다. 그러나 올림포스 산 위에서 인간들의 운명을 희롱하던 그리스의 신들도, 아무에게도 허락하지 않던 자신만의 옥좌 흐리드스칼프에 앉아 인간 세상을 굽어보던 오딘과 그의 세상도 영원토록 존속하지 못했다. 다만, 신들이 지배하던 그때부터 지금까지 세상을 이어온 것은 자신들의 한계를 알고 있던 나약한 인간들이다. 다음 한 해를 기원하며 단 하나의 촛불만을 더 욕심냈던 바로 그 인간들 말이다.

35

피처의 새

KHM 46

옛날 아름다운 처녀들을 잡아가는 마법사가 있었다. 그는 망태기를 메고 거지 차림으로 구걸을 다녔다. 하루는 마법사가 예쁜 딸이 셋 있는 집을 찾아갔다. 마법사가 먹을 것을 구걸하자 첫째 딸이 빵 조각을 들고 나왔다. 마법사가 첫째 딸을 슬쩍 건드리자 그녀는 순식간에 망태기 속으로 빨려 들어갔다. 마법사는 그녀를 짊어지고 서둘러 자신의 집으로 향했다.

마법사의 집은 깊은 숲속에 있었으며, 그녀가 원하는 모든 것이 갖춰져 있었다. 얼마 후 마법사는 외출을 하면서 그녀에게 열쇠 뭉치를 맡기며 말했다. 집에 있는 모든 방을 열어보아도 좋지만 작은 열쇠가 맞는 방은 절대로 열어보아서는 안 되며, 만약 약속을 지키지 않으면 목숨을 잃게 될 것이라고 경고했다. 그리고 달걀을 하나 주면서 그것을 몸에서 떨어뜨릴 경우에도 불행해질 것이라고 덧붙였다.

혼자 있게 된 첫째 딸은 집 안을 둘러보다가 마침내 작은 열쇠가 맞는 방 앞에 이르렀다. 그녀는 마법사의 경고를 떠올렸으나 호기심을 이기지 못하고 방문을 살짝 열어보았다. 방 안에는 토막난 시체들과 피 묻은 도끼와 대야가 나뒹굴고 있었다. 엄청난 광경을 본 그녀는 그만 넋을 잃고 손에 들고 있던 달걀을 떨어뜨려 피를 묻히고 말았다. 첫째 딸은 계란을 닦고 또 닦았으나 피 얼룩은 없어지지 않았다.

얼마 후 집으로 돌아온 마법사는 첫째 딸이 내놓은 달걀을 보고 그녀가 금지된 방에 들어간 사실을 알게 되었다. 마법사는 그녀를 작은 방으로 끌고 가서 도끼로 머리를 자르고 온몸을 난도질하여 다른 시체들과 함께 대야에 던져두었다. 그리고 다시 그녀의 집으로 찾아가 첫째 딸과 같은 방법으로 둘째 딸을 잡아와 죽인 후 막내딸을 데리고 왔다.

마법사는 그녀에게도 달걀과 함께 두 언니에게 했던 경고를 남긴 후 집을 비웠다. 막내딸은 달걀은 안전한 곳에 놓아두고 집 안의 이곳저곳을 살펴보다가 드디어 그 작은 열쇠의 방에 이르렀다. 그녀도 언니들과 같이 그 방의 문을 열어보았다. 그리고 토막난 다른 시체들과 함께 대야 속에 버려져 있는 두 언니의 시체를 보았다.

그녀는 침착하게 토막난 두 언니의 시체를 가지런히 붙여보았다. 그러자 두 언니가 눈을 뜨고 되살아났다. 얼마 후 돌아온 마

법사는 막내딸이 내놓은 깨끗한 계란을 보고 시험에 통과했으니 자신의 신부가 될 수 있다고 말했다. 그러나 막내딸은 광주리에 금을 가득 담아 자신의 부모에게 직접 전해달라고 했다. 막내딸은 광주리에 언니들을 숨기고 그 위를 금으로 덮었다. 그리고 마법사에게 자신이 지켜볼 테니 쉬지 말고 자신의 부모에게 다녀오라고 일렀다.

마법사는 무거운 광주리를 가지고 막내딸의 부모님이 계신 집을 향해 떠났다. 중간에 너무 힘이 들어 몇 번이고 쉬고 싶었지만 광주리 속에 있던 두 언니가 번갈아가며 막내딸인 양 창문으로 보고 있으니 어서 가라고 재촉하여 쉬지도 못하고 그녀들의 집에 도착했다.

한편, 막내딸은 결혼식 준비를 하며 마법사의 친구들을 초대했다. 그녀는 해골 하나를 꽃으로 장식해 2층 입구에 세워놓았다. 그리고 자신은 온몸에 꿀을 바른 후 새의 깃털 위를 굴러 아무도 자신을 알아보지 못하게 변장을 하고 집을 나서다가 결혼식에 참석하러 오는 친구들과 집으로 돌아오던 마법사를 만났다. 그러나 마법사와 친구들은 그녀를 알아보지 못했다.

마법사와 친구들이 모두 집 안으로 들어갔을 때 마침 그녀를 구하러 온 그녀의 오빠와 친척들이 도착했다. 그들은 마법사의 집 문을 모두 막아버린 후 불을 질러 마법사 일행은 불에 타 죽고 말았다.

KHM의 민담 중에서 이 〈피처의 새〉는 KHM 40 〈강도 신랑〉과 더불어 프랑스계의 민담 〈푸른 수염〉과 유사한 '잔혹 민담'으로 분류할 수 있다. 1812년 판본의 KHM에 수록되어 있던 〈푸른 수염〉은 1819년 판본부터는 삭제되었으나, 〈푸른 수염〉이야기의 잔인한 성향과 특징들이 이 〈피처의 새〉와 〈강도 신랑〉에 유입되었다고 보는 견해가 다수 있다.

〈푸른 수염〉은 턱수염 속에 푸른 수염 몇 가닥을 가지고 있는 겉모습은 신사다운 한 성의 군주가 아내를 죽여 그 시신을 작은 방에 숨겨두고 계속 아내를 얻어 죽인다는 이야기이다. 〈푸른 수염〉의 군주가 아내를 죽이는 데는 나름의 이유가 있다. 그는 아내들에게 성의 모든 부를 소유하고 즐길 수 있지만, 한 작은 비밀의 방은 절대로 열어보지 않을 것을 약속받는다. 그러나 그의 아내들은 그 약속을 어기고 작은 방을 열어봄으로써 푸른 수염의 비밀을 알게 되어 그 대가로 죽임을 당하게 된다. 마지막 부인이었던 여성도 비밀의 방을 열어보고 그녀 역시 죽음의 위기에 처하게 되나 오빠들의 도움으로 푸른 수염을 처치하게 된다.

〈푸른 수염〉의 주요 모티프는 한 마디로 '아내 시험'과 '아내 살해'일 것이다. 이 두 모티프는 아라비안나이트의 세헤라자드의 남편인 샤흐르야르 왕을 연상시키는 '부정한 아내에 대한 증오 내지는 질투심'을 나타낸다. 이는 현대의 심리적인 변을 더해 '새디즘'적인 가해자와 '마조히즘'적인 피해자의 병적인 성적 담론으로 널리 해석되고 있다. 〈피처의 새〉 또한 〈푸른 수염〉과 상당히 유사한 플롯을 가지고 있으며, 주요 모티프도 '아내 시험'과 '아내 살해'로 요약할 수 있다.

그러나 〈피처의 새〉는 〈푸른 수염〉류의 민담들과 상당한 근접성을 지니고 있음에도 불구하고, 좀더 다른 시각으로 관찰할 필요가 있다. 〈피처의 새〉의 주요 서사구조를 살펴보면 약탈(납치)－시험 통과－구혼－재물 증여－신부의 탈출로 요약할 수 있다. 이와 같이 〈피처의 새〉는 우선 소담과 마법담의 중간 형태인 슈방크메르헨으로 분류할 수 있다.

'마법사Hexenmeister'나 처녀들을 잡아가는 방식을 고려하면 이 이야기는 마법담으로 이해할 수도 있다. 그러나 다른 유사 판본에서는 마법사가 아니라 '난쟁이', '강도', '기사', '악마' 등 각기 다르게 거명되는 것으로 보아 이런 유형에 나오는 신랑감은 다면적이며 일정하지 않으나, 그 존재가 마법적이며 초월적인 것으로 국한된 것은 아니라는 사실을 알 수 있다.

또한 주인공을 도와주는 마법적 인물의 부재나 결혼 실패로 끝을 맺는 이야기의 결말로 보아 이 〈피처의 새〉를 완전한 형태의 마법담으로 파악하기는 어렵다.

그러나 이 민담을 인상적으로 만드는 가장 특징적인 모티프는 역시 마법사의 존재이다. 특히 처녀들을 잡아가는 마법사의 약탈 방식과 그의 행동양식은 이 이야기가 〈푸른 수염〉류의 잔혹 민담과는 다른 기조를 수용하고 있음을 보여준다. 우선 마법사라는 신랑감의 존재부터 파악해볼 필요가 있다. KHM의 여타 민담에서는 의외로 마법사의 존재를 찾아보기 어렵다. 그것은 KHM의 이야기들이 마법과 기적 모티프로 가득 찬 환상적인 '요정담'과는 달리 궁극적으로 인간 위주의 세계를 구현하고 있기 때문일 것이다.

이 〈피처의 새〉에 나오는 마법사 역시 기적이나 마법을 행할 수 있는 파괴력 있는 초월적인 존재로 보기는 어렵다. 이 인물이 마법적 존재임을 알 수 있는 것은 단지 이야기 서두에서 그치고 있다. 처녀들을 잡아가는 기이한 방식만이 마법사로서 그의 존재감을 드러낼 뿐, 결과적으로 그는 막내딸의 지혜와 담력에도 미치지 못하고 죽음을 맞게 되는 불운한 남성일 뿐이다. 그가 원하는 것은 결혼할 처녀였다. 그는 여러 처녀를 잡아갔으나 그 처녀들은 번번이 약속을 지키지 않아 목숨을 잃게 되고, 마법사는 다시 새로운 처녀를 잡아다가 죽이는 일을 반복하게 된다.

그러나 약속을 지킨 듯이 보이는 막내딸에게는 신의를 지키고, 그녀의 요구에 따라 재물도 나눠주는 아량을 베푸는 구혼자였다. 따라서 금기를 인식시키려는 마법사의 행위는 잔인하지만, 약속의 이행을 요구하는 신랑감의 행위는 나름대로 합법적이라고 할 수 있다. '약속의 불이행은 죽음과 불행'이라고 마법사는 명백히 경고했으며, 이 경고를 지킨 자와 지키지 않은 자를 그는 확실히 구분했다. 따라서 마법사의 행위는 모두 결혼을 위한 준비된 직선적인 프로그램이라고 볼 수 있으며, 그의 심리적 동인은 '살인'이 아니라 '구혼'이었음을 알 수 있다.

마법사는 아름다운 처녀를 보면 슬쩍 건드려 망태기 안으로 집어넣었다. 이는 마법사로서의 진면목을 보여주는 일부로 작용하기는 하지만, 포괄적으로는 '처녀 약탈'과 관련된 약탈자의 신속함 내지는 존재감을 강조하려는 이야기의 묘미에 해당한다. 대다수 설화에서 처녀 약탈자들은 '용'이나 '독수리', '지하세계의 귀신' 등과 같은 존재로 묘사되어 있다. 이것은 신속하게 처녀들을 약탈하여 먼 거리를 이동할 수 있는 존재들을 함축적으로 발전시킨 설화적 인물 특성에 해당한다고 볼 수 있다.

우리나라에도 이와 유사한 형태의 처녀 약탈에 관한 이야기가 다수 있다. 이들 중 〈돌개바람〉과 같은 각 편의 제목에서 알 수 있듯이 약탈자는 '돌개바람'과 같은 광풍이 불면서 홀연히 나타나거나, 혹은 날개 달린 괴물 등이다. 그리고 이야기는 이들 여성을 구하는 것은 가족이 아닌 제삼의 남성으로, 대부분 이 남성의 용기와 여성의 지혜가 합쳐져 괴물을 물리치는 영웅담의 형태로 끝을 맺는다.

그러나 결혼식을 준비하는 〈피처의 새〉의 막내딸의 태도와 깃털을 뒤집어쓴 채 새로 변장하여 마법사의 집을 빠져나오는 장면, 그리고 막내딸을 구하러 온 가족들에 의해 마법사의 집이 불타는 파국은 통일적인 이야기 전체 구조를 무너뜨리는 역할을 한다. 따라서 〈피처의 새〉는 소담적 상황으로 이야기를 마무리했다고 볼 수 있다.

1822년 그림 형제가 하노버 지역에서 수집한 〈피처의 새〉의 한 유사 판본에는 난쟁이가 등장한다. 난쟁이에게 잡혀간 세 딸 중 막내딸은 역시 언니들을 구하고 난쟁이가 광주리를 가지고 자신의 집으로 간 동안 짚 뭉치에 옷을 입혀 아궁이 옆에 세워놓고, 자신은 피로 몸을 적신 후 깃털에 구른 다음 난쟁이 동굴을 빠져나온다. 집으로 돌아오는 중에 '여우'와 '곰', 그리고 난쟁이를 만난다. 난쟁이는 짚 뭉치를 보자 자신이 속았다는 것을 알아채고 그녀를 쫓아오지만 그녀는 무사히 집으로 도망가는 것으로 기술되어 있다.

이 판본에서 우리는 새의 깃털로 변장한 막내딸의 모습과 결혼식 손님으로 초대된 여우와 곰이 서로 잘 어울린다는 것을 알 수 있다. 막내딸이 분장한 것이 새라면 여우와 곰도 분장한 인물일 수 있다는 유추를 어렵지 않게 할 수 있다. KHM의 주요 연구자 중 한 사람인 프리드리히 폰 데어 라이엔은 이 상황을 사육제의 모티프로 보았다. 또 볼테-폴리브카도 사육제 내지는 결혼식을 위한 가장 축제로 상정하기도 했다. 사육제는 사순절이 시작되기 전에 열리던 축제로, 동물 모습으로 분장하고 다소 광란적인 분위기의 모임을 갖는 축제의식이다. 특히 부활절 46일 전의 사육제 2일에 해당하는 수요일은 '재의 수요일'로서 불의 축제와 참회의식이 행해졌다고 한다. 이는 아마도 불과 재 그리고 환생으로 연결되는 고대의 사고가 기독교적인 의미로 전환된 것으로 보인다. 이런 맥락에서 하노버 판본에서 볼 수 있는 새와 여우, 곰 등의 인물들과 마법사의 집을 불태우는 상황 등을 하나의 통일된 기조로 접근할 수 있는 여지를 찾을 수도 있다.

그러나 '피처의 새Fitchers Vogel'의 '피처'는 새와 통하는 장소 또는 새들의 거처를 연상시키는 둥지로 이해할 수 있다. 더 나아가 마법사가 신붓감들에게 주었던 '달걀'의 존재 또한 새와 연결된 소재이기도 하다. 마법사가 신붓감들에게 손에서 내려놓지 않고 절대적인 보호를 요구했던 '달걀'은 여성의 생식 능력 내지는 부화와 같은 생산 능력을 상징하는 의미일 수도 있다. 두 언니가 이를 어기고 달걀을 떨어뜨려 피로 얼룩진 것은 '알의 죽음'을 뜻하므로, 고대의 법에 따라 죽음은 죽음으로 보상되었다고 볼 수 있다.

이상과 같이 〈피처의 새〉 이야기는 약탈혼의 형태로 시작되었다. 그러나 마법사의 시험에 통과한 막내딸의 당당한 금품 요구와 그에 순응하는 마법사의 태도에서 볼 때 〈피처의 새〉의 결혼 유형은 외형적으로는 약탈혼이지만, 내용적으로는 약혼과 매매혼이 결합된 유형으로 보아야 한다. 우리나라의 고대 결혼과 관련된 풍습 중 데릴사위제나 민며느리제 등도 매매혼과 유사한 제도라고 할 수 있다.

민담에서 결혼은 가장 중요한 현실적 소재이다. 결혼을 위한 약속이 성립될 수도 있고 파기될 수도 있었으므로 약혼 개념이 성립된 배경에 이미 파혼의 개념도 내재되어 있었다. 〈피처의 새〉는 이러한 약혼의 의미가 보다 사실적으로 수용된 민담이라고 할 수 있다. 이런 점에서 볼 때 〈피처의 새〉는 신부 측에서 원했던 재물 증여의 매매혼 형태를 관찰할 수도 있으나, 계약의 불이행 내지는 거짓으로 성공적인 결혼에 이르지 못한 현실적인 변형담에 준한다고 볼 수 있다.

ᴥ36ᴥ

노간주나무

KHM 47

아주 오래전, 2000년도 더 오래전에 부자 부부가 살고 있었다. 부부에게는 자식이 없어 자식을 낳게 해달라고 밤낮으로 소원을 빌었다. 그러던 어느 겨울 날 아내는 집 마당에 있는 노간주나무 아래에서 사과를 깎다가 손가락을 칼에 베었다. 그녀의 손가락에서 빨간 피가 흘러 하얀 눈 위로 떨어졌다. 그것을 본 아내는 "저렇게 피처럼 빨갛고 눈처럼 하얀 아기가 있으면 얼마나 좋을까." 하고 한숨을 쉬었다.

시간이 흘러 세상이 초록으로 바뀌고 노간주나무의 열매도 영글어 아내는 그 열매를 욕심 사납게 먹어댔다. 그러고는 몸져누워 자신이 죽으면 노간주나무 아래에 묻어달라고 말하고는 피같이 빨갛고 눈처럼 하얀 사내아이를 낳고 죽고 말았다. 남편은 아

288

내의 유언대로 그녀를 노간주나무 아래에 묻어주었다.

그리고 시간이 흘러 남편은 새 아내를 얻었다. 새 아내는 딸아이를 낳았는데, 그녀는 자신이 낳은 아이만 사랑하고 전 부인이 낳은 피처럼 빨갛고 눈처럼 하얀 사내아이는 몹시 구박했다. 소년도 새엄마를 두려워했다.

그러던 어느 날 딸아이에게 사과를 주던 새엄마는 마침 소년이 들어오는 것을 보고 소년에게 사과가 먹고 싶으냐고 물었다. 소년은 어쩐지 웃고 있는 새엄마 얼굴이 무섭게 느껴졌지만 먹고 싶다고 대답했다. 새엄마는 소년에게 사과를 직접 궤짝에서 꺼내오게 했다. 그리고 소년이 궤짝에 머리를 들이민 순간 궤짝 뚜껑을 세게 닫아버렸다. 그러자 소년의 목이 뎅강 잘리면서 머리가 궤짝 속으로 떨어졌다. 새엄마는 얼른 수건을 가져다가 소년의 머리를 몸에 동여매 붙여놓고 문 앞 의자에 앉혀놓았다.

얼마 후 아무것도 모르는 그녀의 딸인 마들렌이 오빠가 이상하게 문 앞에 앉아 있는데, 사과를 들고 있어서 달라고 했더니 들은 척도 하지 않는다고 엄마에게 말했다. 새엄마는 딸에게 소년의 따귀를 때려보라고 일렀다. 마들렌은 다시 오빠에게로 가서 사과를 달라고 했으나 대답이 없자 엄마의 말대로 따귀를 때렸다. 그러자 오빠의 목이 땅으로 툭 떨어졌으며, 그것을 보고 놀란 마들렌은 자기 때문에 오빠가 죽었다고 하염없이 울었다.

새엄마는 마들렌에게 이 일을 절대로 다른 사람이 알아서는 안 된다고 이르고, 소년을 토막내서 국을 끓였다. 그리고 아버지가 집으로 돌아오자 큰 고깃덩어리를 아버지 앞에 내놓았다. 아버지는 맛이 좋다고 하며 어쩐지 이 음식은 자기 것 같은 기분이 든다면서 뼈에 붙은 살점까지 모두 발라 먹었다. 마들렌은 슬피 울면서 오빠의 뼈를 모아 비단 목도리에 싸서 노간주나무 아래에 묻었다.

그러자 노간주나무의 나뭇가지들이 박수라도 치는 듯 모였다 벌어지면서 연기가 피어오르더니 불이 붙으며 불꽃 속에서 예쁜 새 한 마리가 노래를 부르며 하늘로 날아올랐다. 마들렌은 오빠가 살아난 것처럼 마음이 밝아졌다. 하늘 높이 날아간 새는 금세 공업자 집 앞에 내려앉아 노래를 부르기 시작했다. "내 어머니는 나를 죽였고, 내 아버지는 나를 먹었고, 내 여동생은 내 뼈를 모두 모아 고운 비단에 싸서 노간주나무 아래에 묻어주었네. 짹짹짹짹, 나같이 예쁜 새가 또 어디 있을까!"

금세공업자는 예쁜 새소리에 반해서 새에게 금목걸이를 주며 노래를 더 부르게 했다. 예쁜 새는 금목걸이를 오른쪽 발에 걸고 다음은 구두장이에게로 날아갔다. 그리고 노래를 불러 빨간 구두 한 켤레를 얻어 왼쪽 발에 걸고 이번에는 방앗간으로 날아갔다. 역시 같은 노래를 불러 이번에는 맷돌을 얻어 목에 걸고 아버지 집으로 날아갔다.

그때 갑자기 아버지가 기분이 너무 좋다고 하자 새엄마는 마음이 불안하다고 했다. 그러자 아버지는 밖에는 밝은 햇살이 비추고, 옛 친구를 다시 만날 것 같다고 했다. 새엄마는 뜨거운 불꽃이 핏속을 흐르는 것 같다고 했다. 구석에 앉은 마들렌은 쉬지 않고 눈물을 흘렸다.

노간주나무 가지에 내려앉은 새가 노래를 불렀다. 아버지는 새소리가 너무 아름답다며 밖으로 나갔으나, 새엄마는 눈에서 불길이 일고 귀를 막으며 울부짖으면서 바닥을 굴렀다. 아버지가 밖으로 나가자 예쁜 새는 금목걸이를 아버지 목에 걸어주었다. 그리고 뒤따라 나온 마들렌에게는 빨간 구두를 떨어뜨렸다. 마들렌은 기분이 좋아져 춤을 추면서 집 안으로 들어갔다.

그러나 새엄마는 온통 헝클어진 머리카락을 시뻘건 불꽃처럼 휘날리면서 미친 듯 밖으로 뛰쳐나갔다. 그러자 새가 그녀의 머리 위로 맷돌을 떨어뜨려 새엄마는 그 자리에서 죽고 말았다. 아버지와 마들렌은 쿵 하는 소리가 들려 밖으로 나왔다. 밖에는 시뻘건 불꽃과 연기가 피어오르고 있었다. 그리고 불길이 사그라지자 소년의 모습이 보였다. 소년은 아버지와 마들렌의 손을 잡고 집으로 들어가 행복하게 밥을 먹기 시작했다.

⚜

KHM 전체 민담 중 가장 잔인한 민담이라고 할 수 있는 이 〈노간주나무〉는 그로테스크한 모티프와 더불어 강한 시각적인 이미지 묘사로 기괴한 분위기를 상승시키는 작용을 한다.

아이를 간절히 원하던 아내는 어느 겨울날 눈 위에 떨어진 피를 보고 피처럼 빨갛고 눈처럼 하얀 아이 갖기를 소원한다. 그로부터 아홉 달이 채 지나지 않아 소원하던 피같이 빨갛고 눈처럼 하얀 아이를 낳는 모티프는 〈백설공주〉의 탄생 과정과 일치한다. 그리고 뼈의 매장과 잿속에서 환생하는 모티프는 〈신데렐라〉 유형의 민담들과 유사하다.

궤짝 뚜껑으로 목을 내리쳐 죽이는 모티프는 〈신데렐라〉의 이본 중 서양에서 최초로 출판된 이탈리아의 지암바티스타 바실레의 〈고양이 신데렐라〉에서 볼 수 있다. 또한 1916년에 출판된 〈프랑크족의 역사〉에 수록된 프레드군트 여왕이 자신의 자리를 탐낸 친딸인 라군디스를 죽이려던 방법이기도 하다. 더 거슬러 올라가면 독일 전설에 나오는 대장장이 빌란트가 자신의 두 다리를 불구로 만들고 감금시킨 니둥 왕에게 복수하기 위해 왕의 두 어린 아들을 죽인 방법으로, 아주 오래된 이야기들로부터 내려오는 모티프라는 것을 알 수 있다.

또한 새가 된 소년이 새엄마에게 떨어뜨린 맷돌 모티프도 《북유럽신화》에서 사악한 두 난쟁이 프얄라르와 갈라르가 거인 주퉁의 어머니가 문을 나설 때 떨어뜨려 죽인 도구로, 살인과 관련된 오래된 모티프 중 하나이다.

그러나 이들 살인과 죽음에 관련된 모티프 중에서도 이 민담의 가장 잔인하면서도 그로테스크한 내용을 이루는 핵심 모티프인 '아들을 먹는 아버지'의 모티프를 중심으로 〈노간주나무〉의 의미를 살펴보자.

'아들을 먹는 아버지'의 모티프는 먼저 '식인', 즉 '카니발리즘'의 범주 안에서 살펴볼 필요가 있다. 식인 행위는 일종의 영양 공급을 위한 식용적 식인과 죽은 자의 영력이나 능력 등을 계승하거나 죽은 자와 영혼의 결속을 갖기 위한 주술적이고 제의적인 식인으로 구분할 수 있다.

주술적이며 제의적 식인 형태는 KHM 17 〈하얀 뱀〉에서 다루었던 것과 같이 토템 동물이나 상징 대체물을 취하는 형태로 전이되면서 의료나 종교적인 사고 속에 병합되어 현재까지도 종교적 의식 등에서 그 잔존 형태를 발견할 수 있다. 식용 식인의 경우는 전세계 곳곳을 휩쓴 기근과 전염병으로 황폐해진 사람들의 삶을 묘사한 역사서에서 볼 수 있듯이, 풀포기는 물론 갖가지 짐승의 고기나 인육을 먹은 사람들의 이야기에서 관찰할 수 있다. 역사학자들이나 일부 문화사가들은 바로 이런 현실적 어려움으로 인해 자식을 내다버리거나 인육을 먹는 이야기들이 설화 속에 수용되었다고 주장하기도 한다.

그러나 〈노간주나무〉에서 볼 수 있는 아버지가 아들을 먹는 유형은 앞의 두 경우와는 크게 다르다. 생존을 위한 행위도 아니며, 아들의 능력을 계승받고자 함은 더더욱 아니다. '자식을 잡아먹는 아버지'에 관한 모티프의 가장 특징적인 설화로 '사투르누스(크로노스) 신화'를 들 수 있다. 이는 일차적으로 설화의 큰 틀인 삼킴과 토함의 모티프 안에서 이해할 수 있다. 따라서 크로노스의 삼킴도 제의적인 삼킴과 토함의 의미인 환생 모티프로 보아도 좋을 것이다.

그러나 크로노스가 자식을 삼키는 행위는 토해지는 자를 위해 준비된, 위에서 아래로의 전이 모티프로 보기에는 미흡한 점이 있다. 단적으로 크로노스의 권위와 자리를 이어받은 제우스는 크로노스에 의해 삼켜지지도, 그 입을 통해 다시 나오지도 않았다.

또한 제우스는 아버지인 크로노스를 제거하고 아버지의 자리를 빼앗기까지 한다. 따라서 크로노스의 자식 살해는 제의적인 수동적 삼킴이 아니라, 오히려 능동적 삼킴으로 파악해야 할 것이다.

이와 같은 크로노스의 자식 삼킴은 문학은 물론 다른 예술 분야, 특히 미술가들에게 다양한 해석과 영감을 불러일으키기에 충분한 이례적인 메타포로 수용되었다. 크로노스 신화를 가장 특징적으로 해석했다고 평가되는 피터 폴 루벤스와 프란시스코 데 고야의 그림은 크로노스가 자식을 집어삼키는 잔인함을 보여주기에 충분한 작품들이다. 그러나 이들의 그림은 자식을 잡아먹는 인간의 잔인함에 머무르지 않는다. 특히 루벤스는 그림 한편에 크로노스의 낫을 그려 넣음으로써 '시간'을 의미하는 그리스어의 'Chronos(크로노스)'와 발음이 유사한 'Kronos(크로노스)'를 '시간의 아버지'인 '새턴'과 동일시하고 있음을 알 수 있다. 즉 "시간은 자신의 자식들을 삼켜버린다."라는 그리스의 유명한 격언이 메시지로 각인되어 있는 것이다. 따라서 우라노스의 성기를 거세했던 크로노스의 낫에서 우리는 부친 거세와 자식 살해라는 양면적인 메타포를 발견할 수 있다.

그러나 크로노스의 부친 거세는 완벽한 성공을 거두지 못했다. 산드로 보티첼리의 그림 〈비너스의 탄생〉에서 보아왔던 것처럼 지중해에 뿌려진 우라노스의 정자에서 비너스, 즉 아프로디테가 탄생했다. 그리스의 여신 중 가장 아름다운 아프로디테의 이 특이한 탄생은 흥미로운 발상을 가능케 한다. 단적으로 말해서 여성의 협력 없이도 우라노스에게서 아프로디테라는 완벽한 미를 갖춘 생명이 탄생한 것이다.

이 사건은 우라노스의 가부장적 태도와 나아가 여성을 배제하려는 우라노스의 일면을 보여주며, 우라노스의 뒤를 이어 보다 강력한 가부장적 체계를 구축한 크로노스의 자식 삼킴 역시 같은 맥락으로 이해할 수 있다. 또한 제우스가 자신의 첫 번째 아내였던 메티스를 삼켜버리고, 그녀가 임신하고 있던 딸인 아테네를 산고를 겪으며 머리로 낳은 사건 역시 출산이라는 여성의 고유 능력을 부정함으로써 여성의 권위를 도태시키려고 했던 공격적인 시도로 간주할 수 있다.

그러나 우라노스와 크로노스의 시도가 가이아와 레아에 의해 좌절되었듯이, 새어머니에게 죽임을 당하고 아버지에게 먹힌 〈노간주나무〉의 소년도 노간주나무 아래에 묻혔다가 잿속에서 다시 환생하게 된다. 노간주나무는 처음부터 소년의 잉태와 탄생을 지켜온 모성적 존재이다. 재 또한 새로운 탄생을 증명하는 모티프로서 이 두 모티프의 결합은 소년이 새로운 존재로 재탄생했음을 의미하는 강력한 메시지로 작용하고 있다.

새 부인에 의해 죽임을 당한 아들의 살을 '이 음식은 자기 것 같은 기분이 든다면서 뼈에 붙은 살점까지 모두 발라 먹은' 소년의 아버지 행위도 여인이 아닌 남자의 몸으로 자식을 환생시키고자 하는 신화적 아버지의 연장이라고 볼 수 있다. 계모가 온몸에 불이 붙어 악마처럼 죽은 후 자신의 피를 이어받은 아들과 딸만을 데리고 집으로 들어가는 아버지의 모습에서 여성의 존재를 부정하는 남성적 우월감을 발견할 수 있다.

37
여섯 마리 백조

KHM 49

어느 날 왕이 깊은 숲속에서 사냥을 하다가 길을 잃었다. 사슴을 쫓아 너무 멀리 오는 바람에 신하들과 헤어져 숲에서 길을 잃고 헤매고 있었다. 이때 노파로 변장한 마녀가 나타나 자신의 딸을 왕비로 삼으면 길을 가르쳐주겠다고 말했다. 왕은 마녀의 딸이 마음에 들지 않았으나 약속대로 그녀를 데리고 성으로 돌아왔다.

왕에게는 첫째 부인과의 사이에서 낳은 아들 여섯과 딸 하나가 있었다. 왕은 새 왕비가 못된 짓을 할까 봐 걱정되어 아이들을 숲 한가운데 있는 외딴 성에 숨겨놓았다. 그리고 어느 현명한 부인에게서 얻은 길을 가르쳐주는 실 뭉치를 풀어 성으로 아이들을 만나러 가고는 했다. 이 마법의 실 뭉치는 던지면 저절로 실이 풀리면서 숲속의 성으로 가는 길을 안내해주었다.

그러나 이를 눈치챈 새 왕비는 왕이 숨겨놓은 실 뭉치를 찾아내어 작고 새하얀 마법의 옷을 만들어 아이들이 있는 성을 찾아갔다. 새 왕비가 여섯 왕자들에게 하얀 옷을 하나씩 던지자 왕자들은 모두 백조로 변해 날아갔다. 다행히 막내 공주는 새 왕비의 눈에 띄지 않아 화를 면할 수 있었고, 새 왕비도 공주 생각은 하지 못했다.

다음 날 아이들을 보러 온 왕은 공주로부터 여섯 왕자들이 백조로 변해 날아간 이야기를 전해 들었다. 공주라도 지켜야겠다고 생각한 왕은 공주를 성으로 데리고 가려 했으나, 공주는 오빠들을 구하기 위해 숲으로 들어갔다. 깊은 숲속으로 들어간 공주는 작은 오두막을 발견했다. 그곳에는 여섯 개의 작은 침대가 놓여 있었다.

해가 저물자 여섯 마리 백조들이 날아와 마치 옷을 벗듯이 깃털이 떨어지면서 여섯 오빠들로 돌아왔다. 여동생을 본 오빠들은 매우 기뻐했다. 그러나 그곳은 도둑의 소굴이며, 자신들은 하루에 15분 동안만 사람으로 변하기 때문에 공주를 보호할 수 없으니 어서 돌아가라고 재촉했다.

그러나 공주는 오빠들이 마법에서 풀려날 수 있는 방법을 물었다. 6년 동안 말을 해서도 안 되고, 웃어서도 안 되며 쐐기풀로 자신들의 겉옷을 여섯 벌 짜야 한다고 말했다. 그러고는 다시 백조로 변해 날아갔다. 공주는 숲으로 들어가 쐐기풀을 모아 큰 나무 위로 올라가 앉아 옷을 짜기 시작했다.

그러던 어느 날 사냥을 나온 그 나라의 왕이 나무 위에서 뜨개질을 하고 있는 공주를 발견했다. 왕은 공주에게 이것저것을 물어보았으나 공주는 아무 대답도 하지 않았다. 왕은 공주가 너무 아름다워 그녀를 성으로 데리고 가서 왕비로 삼았다.

그러나 성으로 온 후에도 말없이 옷만 짜고 있는 왕비가 마음에 들지 않았던 왕의 어머니는 그녀가 첫아기를 낳자 아기를 숨겨놓고 왕에게는 식인귀인 왕비가 아기를 잡아먹었다고 모함했다. 왕은 그 말을 믿지 않았다. 다시 왕비가 둘째 아기와 셋째 아기를 낳았을 때도 왕의 어머니는 아기들을 감추고 거짓말을 하여 왕은 할 수 없이 왕비를 화형에 처하도록 명령했다.

화형이 집행되는 날은 왕비가 오빠들을 마법에서 풀기 위해 보낸 6년이 되는 마지막 날이었다. 왕비는 자신을 위해 변명도 하지 못한 채 뜨개질을 멈추지 않았다. 화형대에 불을 붙이려는 순간 하늘을 올려다본 왕비는 여섯 마리 백조가 날아오는 것을 보았다. 왕비는 미처 마지막 옷의 한쪽 팔을 다 완성하지 못했으나 여섯 벌의 옷을 오빠들을 향해 던졌다. 쐐기풀로 만든 옷이 몸에 닿자 오빠들은 늠름한 왕자의 모습으로 변했다.

드디어 왕비는 모든 사정을 왕에게 이야기했으며, 그동안 왕비를 괴롭혀온 왕의 어머니는 화형대에 묶여 불에 타 죽었다.

⚜

KHM 9 〈열두 형제〉와 같이 이 이야기도 새로 변한 오빠들을 구한 소녀의 이야기이다. 민담에는 마법에 걸려 동물로 변한 많은 왕자들의 이야기가 있다. 이들은 자신을 구원해줄 진실한 사랑을 기다린다. 동물로 변한 남자들의 내력은 무엇일까. 인류학적 견해에 따르면 숲속의 '남자들의 집'에 살던 입문자들은 특정 이름과 특정 가면 등을 갖는 하나의 결사로 뭉쳐져 있었다고 한다.

오빠들을 찾아 나선 공주가 발견한 오두막도 입문자들이 형제와 같이 살던 남자들의 집이라고 할 수 있다. 이들은 공동의 삶을 살면서 결혼을 준비한 것으로 알려져 있다. 이들도 민담의 왕자들처럼 자신을 구원해줄 진실한 사랑을 기다렸을 것이다. '남자들의 집'에 관한 이야기는 KHM 53 〈백설공주〉에서 좀더 자세히 살펴보기로 하자.

이렇게 결혼을 준비하던 남자들의 이야기와 성숙을 기다리면서 높은 나무나 해먹 같은 곳에 격리되어 있던 여자들에 대한 이야기의 결합은 좋은 이야깃거리가 될 수 있다. 여자들이 거처하는 곳에는 원래 그녀들을 돌보는 사람 외에는 어느 누구도 접근할 수 없었지만, 새와 같이 자유롭게 이동할 수 있는 존재라면 가능한 일이 아니었을까? 또한 침묵의 고통 속에서 그녀들이 짠 옷을 입을 수 있었다면 이는 진정한 사랑이 담긴 날개옷을 얻은 것과 다르지 않을 것이다.

실제로 짐승의 가죽이나 나뭇잎으로 몸을 가리고 살던 원시인들에게 '실'과 '옷'을 만드는 기술은 신의 능력이었으며, 그 옷은 신성한 풍모를 부여하는 굉장한 마법의 물건이었다. 일본의 태양신이며 직조신인 아마테라스 오미카미와 그리스와 북유럽 신화 속 운명의 베를 짜는 여신들, 그리고 인간에게 베틀과 바느질을 가르쳐준 아테네 여신과 그 아테네 여신에게 방자하게 군 죄로 거미가 된 아라크네 설화 등에서 우리는 고대 여인들이 가지고 있던 직조 능력의 신성한 의미를 읽을 수 있다.

〈여섯 마리 백조〉의 왕이 자신의 아이들에게 가기 위해 사용한 여인에게서 얻은 실 뭉치도 마법적 능력을 가진 실과 관련된 중요 모티프이다. 실을 이용해 길을 찾아가는 모티프는 크레타 섬의 미궁으로 들어가 사람을 잡아먹는 미노타우로스를 물리치고 미로를 빠져나온 테세우스 신화에서도 찾아볼 수 있다.

이렇듯 실을 잣거나 옷을 짜는 일이 신의 작업인 고귀한 능력으로 신성화된 것은 이 일이 불의 발견만큼이나 획기적으로 인간의 생활을 변화시킨 기능이었다는 것을 시사한다. 또한 이 기능은 여인들의 고유한 능력으로 인정되고, 나아가서 여인들을 평가하는 중요한 덕목이었음을 알 수 있다. 우리나라 신라에서도 화랑의 전신인 원화의 수장을 뽑을 때 길쌈으로 직위를 결정했다는 기록을 찾아볼 수 있다. 이렇듯 과거의 여인들은 성숙을 위해 실을 잣고 옷감을 짜면서 고통을 인내하고 상상력을 펼쳐 무늬를 섞어가며 이야기를 지어냈을 것이다.

그러나 다른 한편으로 여성의 신성한 능력이었던 실을 잣고 베를 짜는 기술은 여성의 입문의례와 연계되면서 KHM 14 〈세 명의 실 잣는 여인들〉과 KHM 55 〈룸펠슈틸츠헨〉에 묘사된 것과 같이 고통의 의미로 이야기에 수용되었다. 또한 여성들의 입문의례는 결혼을 준비하는 의례와 맞물리게 되면 여성에게 가해진 최고의 고통으로 묘사되기도 한다.

〈여섯 마리 백조〉에서 우리는 입문의례와 결혼을 준비하는 여성의례를 살펴볼 수 있다. 여성의 초경을 두려워했던 원시인들은 사춘기에 접어든 여성들을 높은 나무 위나 해먹 같은 곳에 매달아두곤 했다. 이것은 일종의 격리이다. KHM 12 〈라푼첼〉이나 KHM 50 〈장미 아가씨〉에서 볼 수 있는 '높은 탑' 속의 격리 역시 바로 이런 사춘기 소녀의 격리로 이해할 수 있다.

입문의례의 성공은 결혼을 의미하지만, 결혼을 준비하는 여성에게는 말해서도 안 되며, 웃어서도 안 되는 금욕의 시간이 요구되었다. 입문의례에서 여성들은 격리 기간 동안 대부분 혼자 지내야 했기 때문에 자연스럽게 말을 하지 않을 수 있었다. 그러나 입문지인 숲을 떠나 마을로 돌아온 이후에도 입문지에서 보고 들은 것을 절대로 말해서도, 웃어서도 안 되는 금기가 더욱 강화되었다. 새로운 시험이 그녀들을 기다리고 있는 것이다.

〈여섯 마리 백조〉의 공주에게 요구된 말해서도 웃어서도 안 되는 금기가 바로 이런 유형의 여성의 금기에 해당할 것이다. 왕비가 된 그녀를 아기들까지 빼앗아가며 괴롭히는 시어머니의 행동은 왕비가 되었어도 그녀에게 요구된 금기의 기간이 아직 끝나지 않았음을 보여준다. 그러나 화형대에 불이 붙여지는 순간 마침내 왕비가 6년의 고행 끝에 오빠들에게 여섯 벌의 옷을 던져주는 극적인 상황에서도 말해서는 안 되는 금기를 강조하는 것은 이야기의 또 다른 장치라고 할 수 있다.

때로 우리는 민담을 지나치게 권선징악의 테두리 안에서 해석하려는 경향이 있다. 그러나 민담의 본래 목적은 권선징악이 아니다. 주어진 행로를 향해가는 목표가 있을 뿐이다. 이야기의 주인공이 아닌 부차적인 인물들의 방해나 악행은 결코 성공하지 못하고, 오히려 주인공을 돕는 역할을 할 뿐이다.

이 〈여섯 마리 백조〉에서처럼 자신의 아내를 괴롭히고 아기들을 훔쳐간 벌로 자신의 어머니를 화형대에 세우는 아들은 흔한 경우가 아니다. 그러나 우리는 이와 유사한 결말을 비교적 많은 민담에서 볼 수 있다. 이런 결말은 이야기의 도덕적 주제에 해당하는 것이 아니라 대칭적 구조에 해당하는 민담의 문체 특성이다. 선과 악, 행과 불행 등의 대립적 구조는 이야기를 명징하게 하는 민담의 추상성의 한 면일 뿐 그 자체가 아니다. 〈여섯 마리 백조〉의 왕비가 '선善' 그 자체가 아닌 것처럼 왕의 어머니 역시 '악惡' 그 자체가 아니다.

유럽 민담에서 여성에 대한 형벌로 자연스럽게 화형이 언급되는 것은 그만큼 뿌리 깊었던 유럽 사회의 여성에 대한 편견과 박해의 한 면을 보여주는 것이다. 불은 인간이 발견한 문명 중 가장 빛나는 업적으로 너무 존귀한 나머지 종교로 승화되기까지 했다. 그러나 새로운 생명으로 태어나기 위한 정화의 불로서 원시의 입문자들에게 행해졌던 불의 시험은 죄의 소멸을 위한 지옥의 불로 변질되어 '마녀'라 낙인찍힌 여성들을 벌하는 방식으로 합리화되었다.

〈여섯 마리 백조〉의 왕의 어머니가 화형대에서 목숨을 잃은 결말은 여성과 관련된 상투적인 형벌을 수용한 시대적 산물이라고 할 수 있다. 이야기의 앞부분에서 악한 역할을 했던 '숲속의 마녀'와 '마녀의 딸인 새 왕비'가 더 이상 이야기에 등장하지 않는 것처럼, 왕의 어머니 역시 과정상의 인물일 뿐 자신의 역할이 끝나면 더 이상 이야기에 등장할 필요가 없는 존재이다. 마치 민담의 여타 소도구들이 일회만 사용되고 더 이상 사용되지 않는 것처럼 부차적인 인물들 역시 자기 역할이 끝나면 이야기에서 사라질 뿐이다. 왕의 어머니의 화형도 왕의 어머니로서, 왕을 돌보는 제일인자인 여성적 존재로서의 퇴장을 의미할 뿐, 악의 존재로서의 소멸을 의미하는 것은 아니다. 그녀가 진정한 '악'이었다면 이야기는 다르게 변형되었을 것이며, 그것은 민담이 아니다.

38

장미 아가씨

KHM 50

옛날 어느 나라에 아이 갖기를 소원하던 왕비가 있었다. 어느 날 왕비가 목욕을 하고 있는데, 개구리 한 마리가 나타나 그해가 다 가기 전에 딸이 태어날 것이라고 말했다. 그리고 정말 왕비는 몇 달 뒤 예쁜 딸을 낳았다. 왕은 너무 기쁜 나머지 친척과 친지 그리고 12명의 무녀들을 불러 잔치를 벌였다.

그런데 그 나라에는 원래 13명의 무녀가 있었으나 성에 황금 접시가 12개밖에 없어 한 명의 무녀를 부르지 못했다. 잔치가 거의 끝날 무렵 12명의 무녀들은 차례로 아름다움과 보물 등 세상의 온갖 좋은 덕목으로 공주를 축복해주었다. 마지막으로 12번째 무녀가 막 축복을 하려는 순간 초대받지 못한 13번째 무녀가 갑자기 나타나 "열다섯 살이 되면 저 아이는 베틀 바늘에 찔려 죽을 것이다."라는 저주를 남기고 사라졌다.

왕과 왕비는 두려움에 사로잡혔다. 그나마 다행스러운 것은 아직 축복을 내리지 않은 12번째 무녀가 죽음의 저주를 '100년 동안의 깊은 잠'으로 바꾸어주었다. 왕은 저주를 피하기 위해 온 나라의 베틀을 불태우라고 명령을 내렸다.

세월이 흘러 어느덧 공주가 열다섯 살이 되는 날, 공교롭게도 왕과 왕비가 성을 비우게 되었다. 공주는 한 번도 가본 적이 없는 뾰족한 탑에 가보고 싶었다. 공주는 비좁은 계단을 따라 뾰족탑 꼭대기까지 올라갔다. 그곳에는 녹슨 열쇠가 달린 문이 하나 있었는데, 열쇠를 돌려 문을 열어보니 그곳에서 한 늙은 노파가 베틀에 앉아 베를 짜고 있었다. 베틀을 처음 본 공주는 낯선 물건에 호기심이 생겨 손을 뻗어 만져보았다. 그 순간 공주는 북바늘에 손가락이 찔려 그 자리에 쓰러져 깊은 잠에 빠지고 말았다.

성안의 모든 것들도 공주와 함께 잠이 들었으며, 성 주변을 둘러싸고 있던 장미 넝쿨이 쑥쑥 자라서 금세 성 전체를 뒤덮어 성의 모습은 자취를 감추었다. 잠자는 공주와 성의 이야기는 널리 퍼져나갔다. 이 소식을 들은 많은 왕자들이 공주를 구하기 위해 성안으로 들어가려고 했으나 그들은 모두 장미 넝쿨에 갇혀 죽고 말았다.

그렇게 세월이 흘러 정확하게 100년째 되는 날, 한 왕자가 성에 도착했다. 왕자가 성으로 다가가자 장미 넝쿨은 기다렸다는 듯이 길을 터주었으며 성문도 저절로 열렸다. 왕자는 거침없이 공주가 잠들어 있는 탑으로 올라갔다. 그리고 잠자는 공주를 보는 순간 공주의 아름다움에 이끌려 자신도 모르게 공주에게 입을 맞추었다.

그 순간 공주는 100년 동안의 깊은 잠에서 깨어났으며, 왕과 왕비도 성의 모든 것들과 함께 잠에서 깨어났다. 부엌의 장작불도 다시 피어올랐으며, 지붕 위의 비둘기도 날갯죽지에 묻었던 머리를 들고 들판으로 날아갔다. 왕자와 공주는 성대한 결혼식을 올리고 오래도록 행복하게 살았다.

⚜

〈잠자는 숲속의 미녀〉로 널리 알려진 〈장미 아가씨〉는 W. 그림의 문학적 재능이 가장 잘 드러난 민담이라고 할 수 있다. 그는 이 〈장미 아가씨〉에서 민담의 무시간성을 거의 완벽하게 실현시켰다는 평가를 받고 있다. 전설이나 신화에서의 시간은 주변 인물은 물론 주인공에게도 세월의 흐름이 분명하게 드러나는 데 반해, 민담의 시간은 세월의 흐름과는 무관하게 사건이 진행되고 시간상의 흔적도 존재하지 않는다.

〈장미 아가씨〉의 100년이라는 시간도 공주가 깨어나는 순간 마치 멈추었던 필름이 돌아가듯 아무런 훼손 없이 자연스럽게 미래로 이어졌다. W. 그림의 이러한 윤색은 종종 후대의 학자들에게 원본을 훼손시켰다는 비판을 받기도 한다. 그러나 1810년의 웰렌베르크 원고와 1857년의 최종 판본을 비교해볼 때 내용상으로는 별다른 차이가 없다. 단지, W. 그림의 가필로 이야기 흐름이 생동감 있고 경쾌한 어구들로 바뀌었을 뿐 도덕적 제시 등은 강화되지 않았다. 무녀들이 축복을 내리는 장면도 "요정들은 그녀에게 모든 덕목과 아름다움을 주었다."라는 간단한 서술에서, "무녀들은 아이에게 그녀들의 축복을 선물로 주었다. 첫째 무녀는 미덕을, 둘째 무녀는 아름다움을, 셋째 무녀는 부를, 이렇게 세상에서 가질 수 있는 것은 모두 아이에게 주었다."라는 좀더 상세한 구어체 문장으로 바뀐 정도이다.

또한 그림 형제는 때로는 '마녀Hexe'라는 외국어 대신 '무녀' 또는 '현명한 여인'이라고 해석할 수 있는 '다이 와이즈 프라우 Die weise Frau'로 바꾸어 표현하곤 했다. 이때의 현명한 여인은 여자 마법사나 산파 등의 의미로서, 마녀로 해석되는 부정적인 인물과는 여러 면에서 구별되는 긍정적인 인물로 수용되었다.

대다수 민담에서 계모나 마녀들은 주인공을 파괴하려는 악마적인 역할을 담당한다. 그러나 이들의 박해를 피해 달아난 남녀의 이야기에서 패하거나 죽임을 당하는 쪽은 언제나 계모나 마녀들이다. 오히려 이들의 추적과 박해는 연인들의 결속과 사랑을 더욱 강하게 하는 요인으로 작용했다. 따라서 특히 민담의 여주인공들에게 부정적인 인물로 등장하는 마녀나 계모, 무녀들에 대한 의미 연관을 보다 긴밀히 관찰할 필요가 있다.

〈장미 아가씨〉의 이본 중 가장 널리 알려진 것은 프랑스의 샤를 페로의《교훈을 곁들인 옛날이야기》에 수록된〈잠자는 숲속의 미녀〉와 지암바티스타 바실레의《펜타메로네》의〈해, 달, 그리고 탈리아〉이다. 이 두 이야기는 그림 형제의 KHM이 출판되기 이전에 이미 민간에 널리 유포되었던 이야기로, KHM의〈장미 아가씨〉와 비교를 위해 먼저 간략히 정리해보는 게 좋을 듯하다.

우리나라에서도 그림 형제의 〈장미 아가씨〉보다 샤를 페로의 〈잠자는 숲속의 미녀〉가 더 널리 알려진 것은 디즈니 만화의 영향이 크다 하겠다. 그만큼 페로의 이야기는 환상적인 요정담에 해당한다. 페로가 쓴 《교훈을 곁들인 옛날이야기》에는 여덟 편의 이야기가 수록되어 있다. 이 책의 특징은 각 이야기 끝부분에 '교훈'과 '또 다른 교훈' 편을 두어 이야기의 교훈을 직접 제시해주었다는 점이다.

그 중 〈잠자는 숲속의 미녀〉는 1, 2부로 나뉘어 있다. 1부의 내용은 KHM의 〈장미 아가씨〉와 거의 일치하고, 2부는 왕이 된 왕자가 전쟁에 나가 있는 동안 왕자의 어머니인 식인귀에게 괴롭힘을 당하던 공주가 시종장의 도움으로 왕과 다시 만나게 된다는 내용이다. 그리고 '교훈' 편에는 "훌륭한 배우자를 얻기 위해서는 얼마간 기다리는 것은 당연하며, 인연이 되는 결혼은 늦어지더라도 행복하다."는 자신의 의견을 실었다.

페로의 이런 구성은 《교훈을 곁들인 옛날이야기》를 아동용 도서로 출간한 자신의 의도를 분명히 하고 있다. 그러나 캐나다의 교육학자 페리 노들먼Perry Nodelman은 "페로의 민담은 순진한 어린이를 위해서가 아니라 알 건 다 아는 어른을 위해서 썼다는 생각이 들게 하는, 아동들에게 부적당하며 지나치게 노골적인 이야기"라고 지적한 바 있다.

그러나 최초의 민담 모음집이라고 알려져 있는 1634년에 출간된 바실레의 《펜타메로네》에 기록된 〈해, 달, 그리고 탈리아〉는 페로나 그림 형제의 이야기보다 훨씬 더 노골적이며 세속적이다. 물레 바늘에 찔려 잠이 든 공주를 발견한 왕자는 공주의 미모에 반하여 침대로 기어들어가 사랑을 즐긴다. 그리고 바로 사랑의 결실이 생기지만 왕자는 임신한 채 잠을 자고 있는 공주를 버리고 떠나버린다. 그러나 공주는 쌍둥이를 낳은 뒤에도 여전히 자고 있다가, 쌍둥이 중 하나가 배가 고픈 나머지 그녀의 손가락을 빨자 마법에 걸린 물레 바늘이 빠져 잠에서 깨어난다.

이렇듯 바실레의 《펜타메로네》는 어른들을 위한 책이었으므로, 페로나 그림 형제의 이야기와 도덕성 여부를 견줄 필요는 없다. 그리고 페로의 이야기(1697)도 W. 그림의 이야기(1857)보다 150여 년이나 앞서 있었으므로, 어린이에 대한 의식과 어린이의 연령 대상이 그림 형제의 시대와 많은 차이가 있다. 물론 19세기의 아동관도 지금의 아동관과는 많이 다르다. 따라서 이 세 편의 판본 모두는 각기 다른 시대적 상황과 결부되어 있으며, 특히 기록 과정에서 기록자의 의도가 적지 않게 개입되어 있음을 간과할 수 없다.

그러나 이 세 편의 이야기는 대상이나 출간 연도가 크게 차이가 나지만, '잠자는 공주' 라는 공동의 모티프를 수용하고 있다. '장미 숲에 갇혀 잠자는 미녀' 의 모티프는 게르만의 서사시 〈니벨룽겐의 노래〉에서도 찾아볼 수 있다. 북구의 신 오딘의 총애를 받던 처녀 전사(또는 아이슬란드의 여왕)인 브룬힐트에 관한 이야기로, J. 그림은 인도－게르만 민족들 간에 본원신화Ur-Mythos가 존재한다는 이론을 주장하기도 했다.

이에 반해 민속학자들은 잠자는 공주의 근원적 모티프를 〈백

설공주〉의 죽음에서와 같은 성인식의 모의적 죽음으로 파악한
다. 한편, 〈장미 아가씨〉와 같이 '탑 속에서의 100년 동안의 긴
잠'은 KHM 12 〈라푼첼〉이나 KHM 198 〈말렌 아가씨〉, 그리고 그
리스 신화의 〈다나에와 황금 빗물〉 이야기에서와 같은 감금 모티
프로 간주된다.

　높디높은 탑 속에 격리된 여주인공들은 평범한 여인들이 아니
다. 그녀들은 공주이면서도 외동딸인 경우가 대부분으로, 그리스
영웅 페르세우스의 할아버지인 아르고스의 왕 아크리시오스가
다나에를 청동 탑에 가두었던 것처럼, 그녀들을 관리하는 주체인
아버지는 외지에서 찾아온 구혼자들로부터 자신의 딸을 철저히
격리시킨다.

　〈장미 아가씨〉의 공주도 열다섯 살이 되자 아무도 그녀에게 다
가갈 수 없는 탑에 갇혀 잠에 빠져 세상과 격리된다. 그러나 그녀
의 감금은 완전하지 못해 때를 맞춰 찾아온 왕자에 의해 잠에서
깨어난다. 민담의 이야기는 금기를 뛰어넘는 인간의 이야기이기
때문에 그녀들을 외부로부터 완전히 차단할 수 있는 탑은 존재하
지 않는다.

　그러나 〈장미 아가씨〉나 〈라푼첼〉과 같은 민담에서는 여주인
공의 감금 모티프보다 더 흥미로운 모티프를 발견할 수 있다. 그
것은 '토템과 연관된 기이한 임신'의 모티프로서, 이야기의 주인
공이 아닌 그녀들을 낳은 어머니의 임신 내지는 '임신할 수 있는
여인의 능력'에 대한 모티프와 '예언과 축복의 능력을 지닌 무
녀'에 대한 모티프이다.

〈장미 아가씨〉의 왕비는 목욕을 하다 개구리로부터 아이가 태어날 것이라는 예언을 듣는다. 개구리의 등장은 KHM 1 〈개구리 왕 또는 충직한 하인리히〉에서와 같이 동물 토템과 관련된 남성적 상징으로 해석할 수도 있으나, 기이한 임신과 관련된 '물'과 관련하여 생각하는 것이 더 타당할 것이다. 인간의 '정신'을 의미하는 독일어 'Seele(See-le)'는 'See(호수, 바다)'와 밀접하며, 생명의 탄생이 물속에서 시작되었음을 간과할 수 없다. KHM 1812년 판본의 〈요하네스-물오름과 카스파르-물오름〉에서도 물에 의한 기이한 임신 모티프를 발견할 수 있다. 이 이야기의 공주는 숲속에 갇혀 남자와 만나지도 못하고, 숲속의 물만 마셨을 뿐인데 임신을 하여 두 아들을 낳는다.

이렇듯 물이 발생 측면에서 인간의 탄생과 연관되어 있다면, 나무는 탄생의 순간과 비유적인 의미로 연관을 맺고 있다. 오늘날에도 "나무 우듬지 아래에 예쁜 소녀가 있다."거나, "크리스마스 때 나무가 새로운 해를 낳는다."라는 표현들은 모두 '탄생'과 관련된 나무의 민속적인 의미를 담고 있다고 볼 수 있다.

마을 한가운데 서 있는 나무도 이와 유사한 의미를 가지고 있으며, 그 밑에 있는 샘이나 우물은 생명의 근원이 된다. 즉 나무는 모태를 의미하며, 나아가 세계를 떠받치고 있다는 세계수 아래에 있는 모천신화와 연관이 있다. 더 거슬러 올라가면 태모수는 석기시대의 태모석과 관련이 있다. 지중해의 말타 섬 한 동굴에서 발견된 배가 부른 채 잠을 자고 있는 여인상이나, 마을 가운데 서 있는 거대한 돌들은 태모석으로서 석기시대부터 전해오는 창조모의 흔적이다. 시대가 바뀌면서 태모석은 나무 여신상으로 대체되었는데, 아이를 안고 있는 성모상에도 수용되었다는 견해도 있다.

〈장미 아가씨〉의 초기 이본에서 장미 아가씨는 잠을 자면서 해와 달 두 아기를 낳는다. 이것은 그녀 자신이 '죽음의 잠'을 통해 어머니에게서 창조 능력을 이어받은 것이며, 동시에 신화적 창조모의 특성을 얻게 된 것이라고 할 수 있다. 또한 창조모의 영상은 신성한 동물이나 달의 색깔(흰색, 빨간색, 검은색)로 나타나기도 한다. 민속에서 달은 여자를 상징하고, 땅의 기운을 다스리는 것으로 알려져 있다.

이와 같은 의미에서 민속학자와 심리학자들은 〈장미 아가씨〉의 13번째 무녀의 등장을 태음력을 사용하던 고대의 자취로 파악했다. 또한 여성의 월경이 달의 주기에 영향을 받는다는 사실에 근거하여 13번째 무녀의 저주는 월경을 의미한다고 보았다. 공주에게 선한 덕을 베푼 12명의 무녀 이외에도 저주를 내린 한 명의 무녀 역시 공주의 운명을 결정짓고, 결과적으로 공주의 정신적·육체적 성장, 나아가서는 새로운 생명의 탄생까지 주관하고 있음을 알 수 있다.

브루노 베텔하임과 같은 심리학자들도 〈장미 아가씨〉는 어머니에게서 딸로 유전되는 여성성의 발현을 주제로 하고 있으며, 베틀 바늘에 찔려 피를 흘린 것을 월경의 상징이라고 보았다. 그리고 100년 동안의 길고 긴 잠은 사춘기를 맞는 소녀에게 필요한 심리적 성숙의 기간을 상징한다고 설명하고, 긴 잠에서 깨어나는 것은 자신의 본능, 자아, 그리고 초자아 사이의 내적인 조화를 획득하는 것으로 파악했다.

또한 장미 아가씨가 계단을 올라가 작은 방에 이르는 것은 소녀가 성적인 인식에 도달했음을 나타낸다고 보았다. 프로이드에 의하면 꿈에 나선형 계단을 올라가는 것은 성적인 경험을 상징하고, 잠겨 있는 작은 방은 때로는 꿈속에서 여성의 성기를 나타내며, 그 작은 방을 여는 것은 성 경험을 의미한다고도 보았다. 그는 성서의 해석에 따라 월경은 일종의 저주이며, 장미 아가씨가 탑에서 만난 노파의 존재는 월경이라는 저주가 여성에서 여성으로 계승되기 때문이라고 파악했다.

이렇듯 민담의 중심에는 여성이 있다. 아무 죄 없이 박해받거나 감금되는 것도 여성이며, 이들을 쫓는 적대자 역시 여성이다. 주인공인 여성은 순진무구한 소녀로 묘사되어 있으며, 이들의 적대자인 계모나 시어머니는 대다수 마녀와 같은 악의 존재로 등장한다. 그러나 결과적으로 미성숙의 소녀를 '여인'으로 성장하게 이끄는 역할을 하는 것은 적대자인 여성이다.

반면 민담의 아버지는 불분명한 상태로 존재하며 여성들 사이의 문제에 근본적인 영향을 미치지 못한다. 소녀의 성장을 받아들이지 못하는 왕이 아무리 이를 막으려고 해도 소녀는 스스로 여인의 길을 찾아갈 것이다. 또한 계모나 시어머니, 무녀가 때로는 마녀로 그 이름이 격하되고 퇴색된다 하더라도 세대를 이어가며 창조모의 능력을 전할 것이다. 여성들에게 내려진 월경의 저주 또한 인류가 지속될 수 있는 유일한 방식이기 때문에 멈출 수 없는 운명의 끈으로 장미처럼 피어나야 하는 여성성의 발현일 것이다.

❧39❧
주운 새

KHM 51

옛날 사냥을 나갔던 산지기는 커다란 나무 위에서 울고 있는 한 아이를 발견했다. 아이 엄마가 나무 밑에서 잠든 사이 매가 물어다 나무 위에 올려놓았던 것이다. 산지기는 그 아이를 '주운 새'라고 이름을 지어주고 자신의 딸 렌헨과 함께 키웠다.

그러던 어느 날 렌헨은 노파 요리사가 양동이 두 개로 열심히 물을 길어오는 것을 보고 그 이유를 물어보았다. 노파 요리사는 렌헨에게 비밀을 지킬 것을 약속받은 후 산지기가 사냥을 나가면 주운 새를 잡아 요리할 것이라고 말해주었다.

다음 날 아침 렌헨은 아버지가 사냥을 떠나자 주운 새에게 "네가 나를 떠나지 않으면, 나도 너를 떠나지 않을게."라고 말했다. 이에 주운 새도 "절대 그런 일은 없어."라고 다짐했다. 렌헨은 아무에게도 말하지 않겠다는 다짐을 받고 노파 요리사에게 들은 이야기를 해주고 주운 새와 함께 숲으로 도망갔다. 노파 요리사는 아이들이 사라진 것을 알고 하인들에게 잡아오라고 명령했다.

숲속에 숨어 있던 렌헨은 주운 새에게 다시 한 번 "네가 나를 떠나지 않으면, 나도 너를 떠나지 않을게."라고 말했다. 그러자 주운 새도 "절대 그런 일은 없어."라고 대답했다. 주운 새의 대답을 들은 렌헨이 말했다. "그럼 너는 장미 가지가 돼. 나는 장미꽃이 될게."

숲에 도착한 하인들은 장미 덩굴과 장미꽃 한 송이 외에는 아이들을 찾을 수 없었다. 하인들은 집으로 돌아와 노파 요리사에게 자신들이 본 것을 이야기했다. 하인들의 말을 들은 노파 요리사는 장미 덩굴은 잘라버리고 꽃은 꺾어오라며 하인들을 다시 숲으로 보냈다. 하인들이 다시 돌아오는 것을 본 렌헨은 주운 새에게 말했다. "네가 나를 떠나지 않으면, 나도 너를 떠나지 않을게." 주운 새가 "절대 그런 일은 없어."라고 말하자, 렌헨은 "그럼 너는 교회로 변해. 나는 샹들리에가 될게."라고 말했다.

이번에도 하인들이 아이들을 찾지 못하고 그냥 돌아오자 노파 요리사는 직접 하인들과 함께 숲으로 갔다. 렌헨은 멀리서 노파가 오는 것을 보며 말했다. "네가 나를 떠나지 않으면, 나도 너를 떠나지 않을게." 주운 새는 여전히 똑같이 "절대 그런 일은 없어."라고 대답했다. 그러자 렌헨은 주운 새에게 "그럼 너는 연못으로 변해. 나는 오리가 될게."라고 말했다.

연못에 도착한 노파 요리사는 고개를 숙여 연못의 물을 마시기 시작했다. 그러자 오리가 재빨리 다가와 노파 요리사의 머리채를 덥석 물어 물속으로 잡아당겼다. 노파 요리사는 물에 빠져 죽고, 렌헨과 주운 새는 무사히 집으로 돌아갔다.

❀

이 민담의 원제인 'Fundevogel'을 직역하면 '주운 새'이나, 이 야기의 내용상 '주운 아이'로 이해하는 것도 큰 무리는 없을 듯하다. 그러나 '주운 아이'로 번역하면 '새'나 '아기'와 연관된 설화적 의미를 포괄적으로 전달하지 못하기 때문에 '주운 새'라고 번역하는 것이 좀더 타당하다. '주운 새'라는 아이의 이름은 아기의 탄생과 연관지어볼 때 "아기는 두루미가 가져다준다."는 민간의 속설을 연상시키는 등 나무와 아기, 새에 관련된 복합적인 의미의 폭을 넓혀줄 수 있는 제재題材이다. 이런 의미에서 그림 형제도 1810년 원고의 '주운 아이Fündling'에서 1812년 판본부터는 '주운 새Fundevogel'로 수정했다고 보아야 할 것이다.

KHM 21 〈재투성이〉나 KHM 47 〈노간주나무〉 등에서 살펴본 것과 같이 설화에서 나무는 자신의 몸에 생명을 잉태하는 모체의 의미를 가지고 있다. 특히 북유럽 신화의 세계수 이그드라실은 신들이 세계를 창조하기 이전에 이미 초세계를 형성하고 있었으며, 그 안에 삼라만상 모두를 품었다. 하늘로 뻗은 나뭇가지가 얼마나 멀리, 얼마나 높이 치솟아 있는지는 상상할 수도 없으며, 거대한 세 갈래의 나무뿌리는 신의 세계와 인간의 세계, 죽은 자의 세계를 나누어 떠받치고 있다. 또한 이 세 갈래의 나무뿌리 밑에 있는 샘물은 그 안에 살고 있는 모든 생명체의 근원이기도 하다. 그런데도 이그드라실은 항상 고통에 시달리는 모체이다. 이그드라실의 나뭇가지와 밑동에 사는 다람쥐, 독수리, 네 마리 사슴은 이그드라실의 어린잎을 먹으며, 뿌리에 사는 많은 미물은 나무뿌리의 잔털을 뜯어먹는다. 위에서는 사슴들이 뜯어먹고, 아래에서는 니드회그가 뿌리를 갉아먹어 이그드라실의 고통은 인간이 상상하는 것 이상으로 더욱 깊다고 신화는 전하고 있다. 이렇듯 나무는 자신의 몸을 나누는 태초의 어머니, 즉 생명의 근원을 의미한다.

한편, 나무는 저세상으로 통하는 사다리 또는 높은 산꼭대기와 같은 의미를 갖기도 한다. 저승으로 여겨지는 지하세계의 또 다른 한편은 '하늘'이다. 하늘의 발견은 인간에게 종교적 심상의 발로를 가져온 혁명적 사건이라고 할 수 있다. 영국의 신화학자 캐런 암스트롱Karen Armstrong은 구석기인의 하늘에 대한 두려움과 외경심은 신적 존재에 대한 관념을 발생시켰으며, 최초의 상승 신화가 이 시기에 이미 형성되었다고 보았다.

종교적 역할을 담당하는 샤먼은 무아지경에 빠지면 공중을 날면서 신과 소통하는 정신적 체험을 했으며, 이들은 무아지경에 이르는 기술을 습득하기 위해 특별한 훈련을 받기도 했다. 샤먼은 특별한 의식을 통해 무아지경에 빠지거나 종종 나무나 장대를 기어오르기도 했는데, 이는 거대한 나무나 산 또는 사다리가 하늘과 땅을 이어주는 역할을 한다고 믿었기 때문이다. 〈재크와 콩

나무〉에서 재크가 콩나무를 타고 하늘로 올라가는 상상의 저변에도 사다리나 거대한 나무를 타고 하늘로 올라갈 수 있다고 믿었던 원시의 근원적 믿음이 깔려 있다고 볼 수 있다.

따라서 하늘 높이 솟은 나무와 그 위에 거처하는 새가 서로 유사한 의미 관련을 맺게 된 것은 자연스러운 연상일 것이다. 인류학자들의 견해에 따르면 원시인은 화장할 때 연기가 하늘로 올라가는 형상을 보고 공중에서 빠르게 이동하는 새를 영혼과 근접한 존재로 이해했으며, 이것의 연장선상에서 새를 저승과 이승을 이어주는 영혼의 매개자로 이해했다. 하늘과 관련된 이런 사고로부터 하늘과 가까운 곳과 새로운 생명의 탄생 장소를 연결시키는 사고의 전환이 있었다고 추측된다. 따라서 하늘로 날아가는 새가 머무는 장소인 나무 위의 둥지는 여러 가지 의미에서 합당한 탄생의 장소로 보인다. 나아가 '주운 새'는 새로운 탄생을 위해 나무 위에 있었던 것으로 이해할 수 있다.

그러나 〈주운 새〉 이야기는 '주운 새' 자체에 초점을 맞추고 있는 것으로 보이지 않는다. 이는 〈헨젤과 그레텔〉의 상황과 비교해보면 어느 정도 이해할 수 있을 것이다. 〈헨젤과 그레텔〉에서도 남자인 헨젤보다는 여자인 그레텔이 주도적이 되어 마녀와 맞서 곤경에서 벗어나는 것처럼, 〈주운 새〉에서도 적극적인 렌헨 덕분에 노파 요리사의 계획은 수포로 돌아가고 〈헨젤과 그레텔〉의 마녀처럼 그녀도 죽음을 맞이한다. 이 두 이야기의 공통점은 여성이 주도적 인물이라는 것과 오리의 도움을 받았던 그레텔과 같이 렌헨 역시 연못을 지키는 오리가 되어 노파 요리사를 물속에 빠뜨려 죽인다는 것이다.

렌헨과 노파 요리사의 싸움은 우리나라의 수로왕과 탈해왕의 왕위 쟁탈전에 얽힌 설화와 비교해볼 수 있는 흥미로운 변신 모티프이다. 《가락국기》에 따르면 탈해왕이 바다를 건너 가락국으로 들어와 수로왕과 왕위 쟁탈전을 벌인다. 수로왕은 탈해왕의 도전을 받아들여 서로의 변신 능력을 겨룬다. 처음에 탈해왕이 매로 변하자 수로왕은 독수리로 변했으며, 다시 탈해왕이 참새로 변하니 수로왕은 새매로 변했다. 이에 탈해왕이 본래의 모습으로 돌아와 수로왕에게 엎드려 항복했다. 독수리는 매를 죽일 수 있고, 새매는 참새를 죽일 수 있었기 때문이다. 탈해왕은 자신이 죽음을 면할 수 있었던 것은 수로왕의 고매한 인품 덕분이라며 왕위를 다툰다 해도 자신이 이기기는 실로 어렵다고 말하며 계림으로 떠났다.

이와 같은 마법의 변신은 평범하지 않은 계층 사이의 싸움을 보여준다. 수로왕과 탈해왕의 변신 싸움은 나라를 두고 겨루는 다툼이며, 렌헨과 노파 요리사의 다툼은 세대 사이의 다툼일 수 있다. 그림 형제가 주석에서 밝힌 것과 같이 〈주운 새〉의 또 다른 이본인 요한 하인리히 포스Johann Heinrich Voß의 〈거인 언덕 Riesenhügel〉에서는 여성과 남성 사이의 다툼을 관찰할 수 있다. 포스의 이야기에서는 마법사와 마녀가 싸움을 벌인다. 마법사가 바다로 변신해 몸을 숨겼지만, 마녀가 바닷물을 모두 마셔 마법사를 죽이고 승리하는 이야기이다. 마법으로 서로의 능력과 힘을 겨루는 이러한 설화는 전쟁이나 무력이 아닌 신령한 능력을 겨루어 승패를 가르는 특수 계층 사이의 다툼을 의미한다고 보아야 할 것이다.

더욱이 〈주운 새〉와 〈거인 언덕〉에 나오는 물속에서의 싸움은 '여성과 물'의 근원적인 친연성을 보여준다. 블라디미르 프로프는 결혼할 남성과 '달리기 경합'을 벌이던 여성은 최종적으로 우물 또는 연못에 이르게 되는데, 그 물은 마술의 물로서 '생명과 자유'를 상징하는 것으로 파악했다. 이는 물이 생명의 근원으로서 여성과 동일한 상징을 가지고 있으면서도 끊임없이 변화하는 물의 속성에 기인한다고 볼 수 있다. 또한 그 물 위를 떠다니는 오리는 흔히 죽음과 연관된 존재로서, 〈주운 새〉에서의 도주와 변신은 렌헨의 입문의례를 위한 것이다. 나아가 그녀가 일반적인 여성이 아닌 샤먼과 같은 특수 계층의 여성임을 짐작할 수 있다.

〈주운 새〉의 렌헨은 주운 새와 함께 도주와 변신을 시도할 때마다 "네가 나를 떠나지 않으면, 나도 너를 떠나지 않을게."라고 말하고, 주운 새도 "절대 그런 일은 없어."라고 약속한다. 이는 두 사람이 서로 함께 있을 것을 서약하는 '약혼'을 의미하는 맹세이다. 그러나 이 맹세는 원칙적으로 한 번만 행해져야 하는 것으로 반복은 여성의 고난을 의미한다.

이러한 여성의 고난에 대해 KHM의 주요 주석서의 저자 중 한 사람인 한스 외르크 우터Hans-Jörg Uther는 KHM 56 〈내 사랑 롤란트〉, KHM 88 〈노래하며 날아오르는 종달새〉, KHM 181 〈물의 요정 닉시〉 등과 연관하여 〈주운 새〉에서 '변신과 싸움'의 모티프와 더불어 '잊혀진 신부'의 모티프가 내재되어 있다고 보았다. 프로프는 '잊혀진 신부'의 모티프는 입문의례를 한 번에 성공하지 못한 여성의 경우에서 찾을 수 있는 것이라고 파악했다.

　이와 같이 여성과 남성이 주인공으로 함께 곤경에 처한 민담에서 여성이 능동적으로 남성을 보호하고 찾아 나서는 배경과 기원에는 다층적이며 가변적이지만 특수 계층 여성의 입문의례를 관찰할 수 있다. 또한 〈주운 새〉의 마녀 모티프는 유럽에 널리 퍼진 '마녀사냥'의 부정적 이미지와 밀접한 관련이 있으나, 고대의 입문의례를 주관하던 '숲의 무서운 어머니'와 연관이 있음을 살펴볼 수 있다.

❧40❧
지빠귀수염 왕

KHM 52

세상에서 가장 아름다운 공주가 있었다. 오만했던 그녀는 구혼자들의 약점을 찾아내어 웃음거리로 만들어 모욕을 주고는 했다. 구혼자 중에 턱이 약간 길고 비틀린 한 젊은 왕이 있었는데, 공주는 그를 '지빠귀수염' 같다고 말하며 조롱했다. 공주의 이런 방자한 모습을 본 공주의 아버지인 왕은 크게 화를 내며 첫 번째로 성에 나타나는 거지에게 시집을 보내겠다고 결심했다.

며칠 뒤 왕은 궁전 밖에서 떠돌이 거지 가수가 구걸하며 노래 부르는 소리를 들었다. 왕은 그 떠돌이 가수에게 공주를 시집보내기로 마음먹었다. 공주가 아무리 애원해도 왕은 두 사람을 결혼시켜 공주를 성에서 쫓아냈다. 어쩔 수 없이 거지를 따라가던 공주는 커다란 숲에 이르자 숲의 주인이 누구냐고 물어보았다.

거지는 지빠귀수염 왕의 것이라고 말했다. 그 말을 들은 공주는 지빠귀수염 왕과 결혼하지 않은 자신의 신세를 한탄하며 거지를 따라 계속 길을 걸었다. 두 사람은 이내 넓은 들판에 도착했다. 공주는 들판을 바라보며 누구의 것이냐고 또 물었다. 거지는 이 들판 역시 지빠귀수염 왕의 것이라고 대답했다. 그리고 얼마 더 가서 두 사람은 거지의 오두막에 도착했다.

거지의 집은 옹색하고 누추하기 이를 데 없었다. 뿐만 아니라 집안일 역시 모두 공주가 직접 해야 했다. 공주는 새벽부터 잠자리에 들 때까지 쉴새없이 일을 해야 했다. 그렇게 며칠이 지나고 양식이 떨어지자 거지 남편은 바구니를 짜서 팔아야겠다며 공주에게 버드나무 가지를 잘라다주었다. 거친 버드나무 가지에 공주의 손은 상처투성이가 되었다. 그것을 본 거지 남편은 바구니보다는 베를 짜는 것이 낫겠다며 베틀을 마련해주었다. 하지만 공주는 손가락만 찔리고 베를 짜지 못했다.

그러자 거지 남편은 항아리라도 팔아오라며 공주를 시장으로 보냈다. 공주는 창피해서 고개도 들지 못했으나 굶어 죽지 않으려면 항아리를 팔 수밖에 없었다. 처음에는 항아리가 꽤 잘 팔렸다. 그러나 어느 날 술에 취한 군인이 말을 타고 지나가다가 쌓아놓은 항아리를 건드리는 바람에 항아리가 모두 깨지고 말았다. 집으로 돌아온 공주는 자초지종을 이야기했으나 거지 남편은 아무짝에도 쓸모없다고 핀잔을 주며 궁전에 가서 부엌데기라도 해서 밥을 얻어오라고 했다. 공주는 하는 수 없이 궁전 요리사의 부엌데기가 되어 더럽고 힘든 일을 해야 했다. 공주는 집으로 돌아올 때 옷에 달아둔 작은 단지에 남은 음식을 담아왔다.

그러던 어느 날 궁전에서 호화로운 왕의 결혼식 연회가 열렸다. 그 광경을 지켜보던 공주는 지난날을 후회하며 집으로 가져갈 음식을 단지에 담았다. 그때 화려한 옷과 금 목걸이를 한 왕이 다가왔다. 왕은 다짜고짜 공주의 손을 잡고 연회실 안으로 들어갔다. 공주는 깜짝 놀랐다. 왕은 공주가 비웃었던 바로 그 지빠귀수염 왕이었던 것이다.

공주는 당황하며 손을 뿌리치다 음식을 담아놓은 단지를 떨어뜨렸다. 음식 찌꺼기가 사방으로 튀자 그 모습을 본 사람들이 모두 소리내어 웃었다. 놀라고 창피한 공주는 있는 힘을 다해 도망쳤다. 그러나 계단에서 지빠귀수염 왕에게 잡히고 말았다.

눈물을 흘리며 지난 일을 사과하는 공주에게 지빠귀수염 왕이 말했다. "그간의 일은 모두 공주의 콧대를 꺾기 위해 내가 꾸민 일이오. 이제 모든 불행한 날은 지나갔으니 우리의 결혼을 축하합시다." 시녀들이 나타나 공주에게 아름다운 옷을 입혀주었고, 그녀의 아버지도 나타나 두 사람을 축복해주었다. 환호성이 울려퍼지는 가운데 행복한 결혼식이 거행되었다.

⚜

'drossel'은 '지빠귀', '개똥지빠귀' 또는 '티티새'를 뜻하고, 'bart'는 '수염'을 뜻한다. 따라서 원제는 '지빠귀수염 왕'으로 해석하는 것이 제재의 원문을 살리고 내용 전달에도 무리가 없을 듯하다. 이야기에는 턱이 약간 길고 휘어 있어 '지빠귀수염'이라고 놀림을 받았다고 묘사되어 있으나, 아마도 왕은 주걱턱에 지빠귀의 털 같은 수염이 나 있었던 모양이다.

이야기는 제재에서부터 재미있는 느낌을 준다. 한 마디로 요약하면 '신붓감 길들이기'인 핵심 모티프는 셰익스피어의 《말괄량이 길들이기》와 비교할 수 있는 희극적 소재가 수용되어 있음을 볼 수 있다.

신붓감이나 부인을 길들이는 이야기는 이미 고대 설화에서부터 재미있는 모티프로 수용되어 있다. 특히 마음에 드는 여자를 굴복시키는 이야기는 신화의 주요 모티프 중 하나로서, 이는 아마도 신화가 확고한 가부장적 틀에서 구현된 설화 형태이기 때문일 것이다. 마음에 드는 여성을 굴복시키는 것은 쉽지 않으며, 전설화되어 회자될 정도로 일종의 영웅 시험처럼 묘사되어 있다. 영웅 시험에 걸맞게 여성들은 매우 강하고 냉혹했기 때문에 영웅들은 목숨을 거는 모험을 감행하기도 하고, 때로는 거짓과 마법으로 아내를 얻기도 했다.

게르만의 영웅설화 〈지크프리트와 브룬힐트〉의 사랑과 비극에 얽힌 이야기는 거짓으로 감행된 대표적인 신부 얻기 설화일 것이다. 지크프리트는 오딘이 걸어놓은 마법의 불길 속을 뚫고 들어가 브룬힐트의 사랑을 얻지만, 그를 사랑한 크림힐트의 어머니가 준 약을 마시고 브룬힐트를 잊고 크림힐트와 결혼한다. 그리고 크림힐트의 오빠 부르군트 왕의 부탁으로 마법의 도롱이를 쓰고 부르군트인 양 브룬힐트를 찾아가 그녀를 제압함으로써 부르군트와 브룬힐트를 결합하게 해준다. 그러나 크림힐트의 경박함으로 비밀이 탄로나고 브룬힐트는 남편 부르군트 왕을 움직여 지크프리트를 죽이고 자신도 자살한다. 부르군트 왕도 크림힐트에게 죽임을 당하고, 크림힐트도 하겐에게 죽임을 당하는 비극적 전설은 빗나간 사랑의 결말을 보여준다.

북유럽 신화에 나오는 신 중 농경의 신이며, 풍요의 신인 프레이르가 한눈에 반한 여인 게르드를 얻은 이야기도 매우 흥미롭다. 어느 날 프레이르는 온 세상을 볼 수 있는 오딘의 의자에 앉아 북쪽의 요툰하임을 바라보다가 서리 거인 이미르의 딸 게르드를 보고 사랑에 빠지게 된다. 그러나 거인의 나라 요툰하임은 자신의 힘이 미치지 않는 곳이어서 식음을 전폐하고 고뇌에 빠진다.

이를 보고 현명한 가신인 스키르니르가 나선다. 그는 세상을 가르고 있는 마법의 불길을 겁내지 않고 바람처럼 달릴 수 있는 말과 거인과 싸울 수 있는 칼을 프레이르에게 받아 요툰하임으로 떠난다. 그리고 게르드를 만나 프레이르의 사랑을 전한다. 그러나 게르드는 스키르니르가 보여준 청춘의 사과와 마법의 팔찌를 거절하며 아무도 자신을 완력으로 꺾을 수 없다고 말한다. 이에 분노한 스키르니르는 마법의 지팡이로 주문을 걸어 게르드를 어떤 남자와도 만날 수 없는 춥고 음울한 저승 입구로 보내 허기와 갈증, 절망에 몸부림치게 할 것이라고 으름장을 놓는다. 마침내 게르드는 스키르니르의 지독한 저주에 무릎을 꿇고 아홉 날 후 바리 숲에서 프레이르와 만날 것을 약속함으로써 프레이르는 게르드의 사랑을 얻을 수 있었다.

이런 설화는 겉으로는 사랑 이야기처럼 보이지만, 힘겨루기로 결합된 이민족 사이의 경쟁으로 이해할 수 있다. 또 다른 측면에서는 여성의 권위가 남성에게로 전이되는 양상을 관찰할 수 있는 설화로 파악할 수 있다. 특히 농경의 신 프레이르는 농사뿐 아니라 인간의 생산도 담당하는 신으로서, 그의 아버지 니외르드 역시 서리 거인족 여인 스카디와 결혼했다. 프레이르와 니외르드가 서리 거인족 여인과 결혼한 것은 극단적인 두 지역의 결합을 상징한다고 보아야 할 것이다. 그러나 게르드를 제압하여 이룬 두 집단의 결합은 동등한 결합이 아닌 남성 우월주의의 한 면을 보여준다. 더욱이 프레이르는 대지의 여신 네르투스를 이어받은 남성 신이었다.

이와 같은 이야기는 여성 신에서 남성 신으로 권위가 이전되는 양상을 보이는 것으로서, 기원전 10세기부터 예수 탄생 사이에 형성되어 그 기록은 기원후 10세기경에 행해졌다고 연구되고 있는 '북유럽 신화'의 군건한 가부장적 성격을 보여주는 예라고 할 수 있다. 이러한 남성적 우월주의는 중세를 거치면서 더욱 군건해졌다. 또한 설화의 문학적 수용에서도 여성의 단순한 제압을 넘어 거만한 여성을 훈도하고 보복하며 모욕을 주어 웃음거리로 전락시키는 희극적 형태로 발전해왔다고 보아야 할 것이다.

〈지빠귀수염 왕〉에는 이러한 남성 주도의 신부 길들이기가 두드러져 보인다. 순종적인 아내의 상을 실현하기 위한 여러 시도가 희극적으로 그려져 있으며, 그 시작은 공주의 아버지에서부터 행해졌다고 해야 할 것이다. 결혼의 형태로 볼 때 이 민담은 공주의 아버지가 주도하는 매매혼에 해당한다. 공주의 아버지는 공주 마음에 드는 사람이 아닌 부자 사윗감을 선택했으며, 이야기도 사윗감이 부자인 왕이라는 것을 알리는 데 주력하고 있다. 그런 신랑감을 알아보지 못한 공주는 마땅히 길들여져야 했다고 이야기는 전하고 있다.

그러나 많은 민담에서 우리는 신붓감인 여성이 주도권을 쥐고 남성을 시험하는 모티프를 다수 관찰할 수 있다. 또한 그 배경에는 개인적인 욕구나 승부욕이 아닌 진정한 신랑감을 찾기 위한 노력이 내재되어 있음을 알 수 있다. 때로는 폭력적이고 때로는 오만한 그녀들의 시험은 자신과 나라를 위한 불가피한 선택이었으나, 세상은 변했으며 이야기도 우스운 소담으로 변형되었다.

❧4I❧

백설공주

KHM 53

하얀 눈이 내리던 어느 겨울날 아름다운 왕비는 창가에 앉아 바느질을 하고 있었다. 바느질을 하던 왕비는 손가락을 바늘에 찔려 창틀에 쌓인 눈으로 핏방울이 떨어졌다. 새하얀 눈 위에 떨어진 빨간 피를 보고 왕비는 "눈처럼 하얗고 피처럼 빨가며 흑단 창틀처럼 까만 아이가 있었으면……" 하고 중얼거렸다. 그 뒤 얼마 후 왕비는 빨간 입술과 하얀 피부, 검은 머리카락을 가진 예쁜 딸을 낳았다. 왕비는 아이의 이름을 '백설공주'라 짓고 애지중지했다.

그러나 기쁨도 잠시 아이가 태어난 지 얼마 되지 않아 왕비가 죽어 새 왕비를 맞이했다. 새 왕비는 어느 누구도 자신보다 아름다운 여자는 세상에 없다고 생각하며 몹시 거만했다. 새 왕비에게는 마법의 거울이 있었다. 그녀가 마법의 거울에게 이 세상에서 제일 예쁜 여자가 누구냐고 물어볼 때마다 마법의 거울은 "왕비님이지요."라고 대답했다. 그러나 백설공주가 일곱 살이 된 후부터는 "왕비님보다 백설공주가 천 배는 예쁘지요."라고 대답했다. 질투심에 치를 떨던 왕비는 사냥꾼을 불러 백설공주를 죽이고 간과 허파를 가져오라고 명령했다. 백설공주를 숲으로 데리고 간 사냥꾼은 공주가 너무 가여워 차마 죽이지 못하고 깊은 숲속으로 도망가게 했다. 사냥꾼은 백설공주 대신 멧돼지의 간과 허파를 새 왕비에게 가져다주었다.

가엾은 백설공주는 깊은 숲속을 헤매다 작은 오두막 하나를 발견하고 안으로 들어갔다. 집 안은 매우 깨끗했다. 식탁에는 일곱 개의 작은 그릇과 포크와 컵이 놓여져 있었고, 한쪽에는 일곱 개의 침대가 나란히 놓여 있었다. 배가 너무 고팠던 백설 공주는 음식을 조금씩 덜어 먹고, 일곱 번째 침대에 누워 잠이 들었다. 해가 지자 산속에서 광석을 캐던 오두막의 주인인 일곱 난쟁이가 돌아왔다. 그들은 침대에 누워 잠들어 있는 백설공주를 발견했다. 잠에서 깨어난 백설공주에게 자초지종을 들은 난쟁이들은 함께 살자고 말했다. 아침마다 광석을 캐러 산속으로 가면서 난쟁이들은 백설공주에게 아무에게도 문을 열어주어서는 안 된다고 당부했다.

백설공주가 죽은 줄 알고 있던 새 왕비는 마법의 거울로부터 공주가 살아 있다는 사실을 알게 되었다. 새 왕비는 백설공주를 죽이기 위해 박물 장수로 변장을 하고 일곱 난쟁이들의 오두막으로 찾아갔다. 처음에는 허리에 묶는 레이스로, 두 번째는 독이 묻은 빗으로 공주를 현혹해 죽이려고 했으나, 다행히도 난쟁이들이 일찍 발견하여 공주를 살릴 수 있었다. 그러나 새 왕비가 다시 전해준 독이 든 사과를 먹고 쓰러진 공주는 난쟁이들이 아무리 애를 써도 깨어나지 않았다. 슬픔에 잠긴 난쟁이들은 공주를 유리관에 눕혀 산꼭대기에 올려놓았다.

그러던 어느 날 숲을 지나가던 한 왕자가 유리관 속에 누워 있는 백설공주를 보고 사랑에 빠져 난쟁이들에게 원하는 모든 것을 줄 테니 백설공주를 달라고 부탁했다. 왕자의 간절함에 난쟁이들은 백설공주가 누워 있는 유리관을 왕자에게 주기로 했다. 왕자의 신하들이 유리관을 어깨 위로 들어올렸다. 그 순간 신하들이 발을 헛디뎌 비틀거리자 공주의 목에 걸려 있던 사과가 튀어나왔고, 공주는 거짓말처럼 다시 살아났다. 백설공주가 살아난 것을 본 왕자는 매우 기뻐하며 청혼을 했다. 그리고 많은 사람을 초대해 성대한 결혼식을 올렸다.

새 왕비도 결혼식에 초대되었다. 그녀는 두려움을 느꼈으나 젊은 왕비가 누구인지 궁금하여 결혼식에 참석했다가 불에 달구어진 쇠로 만든 신발을 신고 죽을 때까지 춤을 추어야 했다.

⚜

〈백설공주〉의 독일어 원제는 '슈네비트헨Sneewittchen'으로, '눈같이 하얀 아이'라는 뜻이다. 눈처럼 하얗고 피처럼 빨가며 흑단

처럼 까만 예쁜 아이 '백설공주'는 민담을 대표하는 여주인공이며, 누구보다 민담이라는 장르를 널리 부각시킨 주도적인 공로자이다.

일반적으로 가장 널리 알려진 〈백설공주〉의 플롯은 어머니의 소원대로 빨갛고 희며 까만 예쁜 아이가 태어나 자라면서 점점 더 아름다워져 계모의 불같은 질투심을 사게 된다. 그로 인해 계모를 피해 깊은 숲속으로 도망가 일곱 난쟁이들과 함께 살았으나, 다시 계모의 계략에 빠져 독이 든 사과를 먹고 죽었다가 왕자의 사랑으로 되살아나 행복한 결혼을 한다는 내용이다. 그러나 1810년의 〈백설공주〉 최초 필사본에 의하면 백설공주를 내쫓은 사람은 다름 아닌 그녀의 생모였다. 다만, 생모는 백설공주를 숲속에 버릴 뿐 죽이려고 하거나 죽이기 위해 사냥꾼을 보내지는 않는다. 또한 공주를 죽음에서 깨운 사람도 왕자가 아니라 그녀의 친아버지인 왕이었다.

이와 같은 초판본의 내용에 의거해 일부 심리학자는 백설공주의 아름다움을 사춘기 소녀의 성적 매력으로 해석하고, 이야기의 기본 모티프를 백설공주와 계모 사이의 갈등관계로 설명하기도 한다. 일명 '엘렉트라 콤플렉스'라고도 불리는 어머니와 딸 사이의 심리적 갈등관계는 민담 해석에서 '딸의 불행에 대해 무능력하고 무책임한 아버지'와 수많은 '나쁜 계모'에 관한 해석에 이론적 토대로 사용되고 있다.

심리학자인 브루노 베텔하임은 왕비가 가지고 온 반쪽만 빨간 사과는 백설공주가 아직 완전한 성숙에 이르지 못했고, 백설공주가 사과의 빨간 부분을 먹은 것은 순결을 잃는 것을 상징한다고 보았다. 따라서 백설공주는 너무 일찍 성을 경험했기 때문에 완전한 여성에 도달하기 위한 보충 기간 내지 사춘기 과정의 마감을 상징하는 생의 휴지기休止期에 이르러 마치 인큐베이터 안에서 미숙아가 미진한 성장을 보충하듯 유리관 안에서 죽음과 같은 잠을 통해 미성숙을 회복할 수 있는 시간을 가져야 했다고 설명했다.

이와 같은 심리학적 해석을 바탕으로 한때 일부 변형 민담 작가 사이에서 〈백설공주〉를 아버지와 딸 사이의 근친상간을 주제로 다룬 변형담이 유행하기도 했다. 그러나 인류학에서 〈백설공주〉 이야기는 모계 신화와 관련 있으며, 백설공주의 삼색三色은 여성을 상징하는 달의 세 가지 색으로 파악하고 있다. 백설공주도 사춘기가 되어 집을 떠나야만 하는 시기가 되었다면 어떤 방식으로든 숲으로 보내야만 했을 것이다.

일반적으로 입문의례는 주로 아버지가 주도했으며, 대부분 무력으로 성인식을 위해 마련된 장소로 아이를 보내야만 했다. 아이는 정해진 장소에서 정해진 기간 동안 죽음과도 같은 모험 또는 죽음을 상징하는 의식을 치러야만 했다. 그러나 KHM 15 〈헨젤과 그레텔〉에서 살펴보았듯이 입문의례를 주도하던 남자의 악역은 구전의 형태로 시대적 변형을 겪으면서 의례의 폭력적 이미지가 일차적으로는 남자의 악역을 돕던 여성에게로, 생모에서 계모로, 그리고 마녀에게로 전가되었다고 볼 수 있다.

그러나 이런 남녀의 역할 변화는 실제로도 행해져 그 잔재가 '숲속의 마녀'로 수용되었다고 할 수 있다. 고대의 모권과 남성의 갈등관계는 특히 제의와 관련된 문제에서 첨예하게 대립했으나, 이 갈등은 대체로 두 가지 방향으로 조정된 것으로 보인다. 하나는 제의 집행자가 여장을 하는 방식이다. 이런 방법은 그리스 신화의 아킬레우스와 헤라클레스의 양성주의나 북유럽 신화의 오딘과 로키의 여복 차림에서도 발견할 수 있는 흥미로운 화소話素들이다.

또 다른 하나는 남성이 제의를 수행하지만 신비한 곳 어딘가에 부족 공동의 어머니인 여성이 실재하여 직접적인 입문 과정을 담당하는 역할을 했다. 이 여성은 그리스 신화의 남성처럼 양성적이므로 이야기에서 남성과 동격인 존재로 등장한다. 그러나 수렵시대가 지나가고 농경과 그에 상응하는 종교가 나타남으로써 숲의 스승이며 마법적 증여자였던 대모는 아이들을 유인하여 괴롭히는 마녀로 폄하되었다. 또한 여성을 핍박하는 시대에 이르러서는 그 이름도 변질되어 화형을 부추기는 구실로 남용되었다.

입문의례를 통과한 남자들은 바로 집으로 돌아가거나 일정 기간 숲속의 집에 모여 살면서 사냥을 하는 등 공동생활을 하며 '형제'로 거듭났다. 고대사회에서는 특히 먹는 것에 엄격했음에도 자기 몫이 없는 신참이 들어오면 형제들의 음식을 조금씩 나누어 먹었다고 한다. 남자들의 집은 여자들에게 금지되어 있었지만 완전한 금지는 아니었다. 특정 여자들은 '누이'라는 개념으로 남자들의 집에서 존경과 대우를 받으면서 가사를 돌보며 함께 생활했다. 그러다가 그 중 한 명과 결혼하거나 또 다른 제삼자와 결혼하면 그는 다른 형제들에게 신부에 대한 물질적 대가를 치러야 했다.

〈백설공주〉 이야기의 숲속 생활도 이와 매우 유사하다. 숲속에 버려진 백설공주는 난쟁이들의 오두막을 찾아간다. 배가 고픈 공주는 일곱 개의 접시에서 음식을 조금씩 덜어 먹고 잠이 든다. 그녀를 발견한 난쟁이들은 그녀를 호의적으로 대하고 집안일을 돌보며 같이 지내기를 청한다. 또한 죽은 듯 누워 있는 백설공주를 본 왕자는 난쟁이들에게 원하는 것을 모두 주겠다고 제안한다. KHM 49 〈여섯 마리 백조〉와 KHM 93 〈까마귀〉 등에서 볼 수 있는 숲속의 오두막도 '남자들의 집'으로 파악할 수 있으며, 공주의 신랑감인 왕자 역시 제삼의 구혼자로 이해할 수 있다.

입문의례에서 마지막은 죽음과 소생의 의식이었다. 널리 알려진 것과 같이 백설공주는 왕비가 건네준 독이 든 사과를 먹고 죽음에 이른다. 그리고 왕자의 신하들이 관을 옮기다가 비틀거리는 바람에 목구멍에 걸린 사과가 튀어나와 다시 살아나는 것으로 묘사되어 있다. 1812년 판본에서는 오랫동안 관 속에 누워 있던 백설공주가 지나가는 왕자에 의해 궁전으로 옮겨진다. 왕자는 그녀를 보지 않고는 견딜 수 없어서 왕자가 가는 곳마다 신하들은 공주의 관을 하루 종일 지고 다녀야 했다. 이 때문에 화가 난 한 신하가 관에서 공주를 들어올려 등을 한 대 치자 공주의 목에 걸려 있던 사과가 튀어나와 공주가 살아난다.

빨간 사과를 한 입 베어물고 쓰러진 백설공주의 죽음과 소생은 KHM 50 〈장미 아가씨〉의 일시적 죽음과 환생만큼이나 시적인 환상을 자극하며 상상력의 극대화를 보여준다. 그러나 볼테-폴리브카의 《그림 형제의 어린이와 가정을 위한 민담의 주석

Anmerkungen zu den Kinder-U. Hausmärchen der Brüder Grimm》에 따르면 입문 제의에서 일시적 죽음에 도달하기 위해 사용한 도구는 살갗을 파고드는 날카로운 물건이나 음료 형태의 독극물이었으며, 그녀들에게는 집에서 보내온 '수의'에 해당하는 속옷이나 목걸이, 허리띠 등을 입혔다고 한다. 〈백설공주〉 유형의 다른 판본에서도 죽음을 유발하는 물건은 첫째가 바늘, 핀, 가시 등이며, 두 번째는 독이 든 사과, 배, 포도, 음료수, 세 번째는 옷이나 보석 종류였다.

입문자를 소생시키기 위해서는 핀이나 바늘을 빼주거나, 흔들어서 독이 든 조각이 튀어나오도록 만들고, 옷을 벗겨주고, 반지를 빼주는 방법을 시행했다고 기록되어 있다. 또한 유리관은 수정과 유리가 마법적 속성을 지니고 있다고 생각했던 고대 의식이 반영된 것으로, 수정은 입문제의의 중요한 부분을 차지하고 있었다. KHM 25 〈일곱 마리 까마귀〉나 〈까마귀〉의 유리산과 같은 의미로 파악할 수 있으며, 현대의 샤먼에게서 볼 수 있는 수정 구슬과도 같은 맥락이라고 할 수 있다.

이와 같이 백설공주가 집을 떠나 죽었다가 다시 살아나는 계기나 장면은 KHM의 각 판본이 조금씩 다르고, 또 전세계에 유포되어 있는 유사 본들의 형태도 조금씩 다르다. 그러나 각각의 이본에서 주인공 소녀가 '집을 떠나서' '일정 기간 숲에서 기거하다가' '죽음을 맞고' '다시 살아나는' 기본 구조에는 차이가 없다.

현대의 많은 변형 민담에서 볼 수 있듯이 단순히 비도덕적인 근친상간의 테마나 여성의 아름다움을 결혼 수단으로 삼고 있다면, 굳이 떠남-죽음-환생의 서사 단계를 거칠 필요가 없다. 민담의 사건은 결코 개인적 차원의 비윤리적 근친상간의 이야기나 성적 아동 학대 또는 여성의 미모를 둘러싼 이야기가 아니다. 민담에서는 개인적인 에로티즘이 나타날 여지가 없으며, 그런 일은 신화에서나 가능하다.

실제로 민담에 등장하는 여주인공의 아름다움에 대한 묘사를 자세히 살펴보면 우리가 피상적으로 생각하고 있는 이미지와는 다르게 그 표현이 순수하며 자연에 가깝다는 것을 알 수 있다. '눈처럼 희고 피처럼 붉으며 흑단처럼 까만 아이'라는 표현은 현대인이 상상하고 있는 미인의 모습이 아니다. 만약 〈백설공주〉가 서구의 전형적인 섹시한 미인에 관한 이야기였다면 검은 머리카락이 아니라 금발이었을 것이며, 수동적인 여성이 아닌 좀더 주도적으로 미를 과시하는 능동적인 여성으로 묘사되었을 것이다.

42

배낭과 모자와 뿔피리

KHM 54

가난한 삼 형제가 있었다. 삼 형제는 굶어 죽게 되자 세상 밖으로 나가 운명을 바꿔보기로 했다. 정처 없이 길을 걷던 어느 날 삼 형제는 커다란 숲에 도착했다. 그런데 놀랍게도 숲 한가운데에는 은으로 된 산이 있었다. 첫째는 은산을 만난 것에 감사하며 은을 가득 챙겨서 집으로 돌아갔다. 하지만 둘째와 막내는 은 덩어리에 만족하지 않고 더 좋은 행운을 찾아 좀더 멀리 가보기로 했다. 그러자 이번에는 금으로 된 산이 나타났다. 둘째는 금덩이에 만족하고 모든 주머니에 금을 가득 채워 집으로 돌아갔다.

막내는 더 큰 행운을 찾기 위해 둘째 형과 작별하고 계속 길을 걸어갔다. 그러나 사흘 동안 계속 걸어도 은산이나 금산을 또다시 만나는 기적은 없었다. 막내는 기진해 쓰러지기 일보 직전이었으나 사력을 다해 숲이 어디까지 펼쳐져 있는지 확인하기 위해 나무 위로 올라갔다. 하지만 배가 너무 고팠던 막내는 내려오면서 혼잣말로 "무엇으로라도 배를 채울 수 있으면 좋겠다."라고 중얼거렸다.

그러자 나무 밑에 맛있는 음식이 한 상 차려져 있었다. 배가 고팠던 막내는 허겁지겁 음식을 먹고 식탁보만 챙겨 또다시 길을 떠났다. 시간이 흐르고 허기가 진 막내는 식탁보를 펼쳐놓고 "맛있는 음식을 또 한 상 먹었으면……." 하고 말했다. 그러자 말이 끝남과 동시에 맛있는 음식이 식탁보 위에 펼쳐졌다. 그제야 막내는 자신이 마법의 식탁보를 갖게 되었다는 사실을 알게 되었다. 그러나 막내는 마법의 식탁보에 만족하지 않고 더 많은 행운을 찾아 계속 길을 걸어갔다.

그러던 중 온몸에 숯검정을 묻히고 구운 감자를 막 먹으려는 숯쟁이를 만났다. 숯쟁이는 막내에게 감자를 권했다. 이에 막내는 자신이 한턱내겠다며 식탁보를 펼쳐 음식을 주문했다. 숯쟁이는 눈 깜짝할 사이에 맛깔스럽게 차려진 음식을 보고 잠시 놀라더니 허겁지겁 먹기 시작했다. 그는 식탁보가 마음에 들었던지 자신이 가지고 있는 배낭과 바꾸자고 제안했다. 그것은 손으로 툭툭 두드리면 여섯 명의 병사를 거느린 하사가 나타나는 마법의 배낭이었다.

막내는 식탁보를 숯쟁이의 배낭과 바꾸고 어깨에 멘 채 또다시 길을 걸어갔다. 문득 배낭이 궁금해진 막내는 배낭을 가볍게 툭툭 쳐보았다. 그러자 일곱 명의 병사가 나타났다. 막내는 병사들에게 "숯쟁이에게서 식탁보를 빼앗아오라."고 명령했고, 병사들은 순식간에 식탁보를 가지고 돌아왔다.

해질 무렵 막내는 또 다른 숯쟁이를 만났다. 그 숯쟁이 역시 막내에게 감자를 권했고, 막내도 그에게 식탁보를 꺼내 음식을 대접했다. 그러자 숯쟁이는 모자를 보여주며 식탁보와 바꾸자고 제안했다. 그 모자는 마술 모자로 머리에 쓰고 모자를 돌리면 대포알이 쏟아졌다. 막내는 지난번과 마찬가지로 모자와 식탁보를 바꾼 뒤 병사들에게 식탁보를 다시 빼앗아오게 했다. 그 다음 여정에서 만난 숯쟁이에게도 같은 방법으로 한 번만 불어도 성과 마을을 무너뜨리는 뿔피리를 빼앗았다. 그리하여 막내는 마법의 식탁보, 배낭, 모자, 뿔피리를 갖게 되었다.

많은 것을 얻게 된 막내는 형들이 궁금하여 집으로 돌아갔다. 형들은 금과 은으로 지은 집에서 잘 살고 있었다. 하지만 형들은 누더기 옷에 헌 배낭과 모자를 쓰고 나타난 동생을 비웃으며 내쫓았다. 화가 난 막내는 배낭을 마구 두드렸다. 그러자 150명의 병사들이 줄지어 나타났다. 막내는 병사들에게 두 형이 정신을 차릴 때까지 매질을 하라고 명령했다.

두 형의 집에서 한바탕 소동이 벌어지자 이를 말리기 위해 동네 사람들이 모여들었고, 이를 본 막내는 더욱 화가 나 배낭을 열심히 두드렸다. 소동은 걷잡을 수 없이 커져 왕이 군대를 보내 점점 더 큰 싸움으로 번졌다. 막내는 계속해서 더 많은 병사를 불러냈으며, 마법의 모자를 쓰고 대포알을 우박처럼 쏟아냈다. 그리고는 자신에게 공주를 아내로 줄 것과 나라를 다스리게 해주지 않으면 싸움을 멈추지 않겠다고 엄포를 놓았다. 왕은 하는 수 없이 막내와 공주를 결혼시켰다.

그러나 공주는 헌 배낭과 모자를 쓰고 다니는 촌놈을 자신의 남편으로 인정할 수 없어 그를 없앨 수 있는 방법을 찾다가 막내의 배낭에 비밀이 있다는 것을 눈치챘다. 공주는 남편의 환심을 산 뒤 배낭을 훔쳐 병사들을 불러내 남편을 왕궁에서 쫓아버렸다. 이에 화가 난 막내가 모자를 돌려 성에 포탄 세례를 퍼붓자 공주는 용서를 빌었다.

하지만 공주는 포기하지 않았다. 그녀는 다시 모자의 비밀을 알아낸 다음 모자를 훔쳐 대포알을 쏟아부으며 막내를 공격했다. 머리끝까지 화가 난 막내는 마지막으로 뿔피리를 불어 성과 마을을 모두 무너뜨려 왕과 공주는 깔려 죽고 말았다. 그 후로 아무도 막내를 함부로 대하지 못했으며, 왕이 된 막내는 나라를 다스리며 잘 살았다.

❧

이 민담은 KHM 36 〈요술 식탁, 황금 당나귀, 자루 속 몽둥이〉와 유사하게 마법의 물건으로부터 행운을 얻는 이야기이다. 이 이야기는 직접적인 제재에는 포함되어 있지 않으나 가장 처음 '요술 식탁보'를 얻어 허기를 해결하는 장면이 생생히 묘사되어 있다. 유럽 민담의 특성을 연구한 막스 뤼티는 "민담은 단순하고 개별적인 소원의 충족을 목표로 하는 이야기가 아니다."라고 주장했으나, 이와 같은 특성은 여전히 민담을 '소원의 문학'으로 언급하게 하는 근거를 제공하기도 한다.

배고프고 힘없는 평범한 백성이 굶주림을 해결했다면, 이제 고향으로 돌아가 가족과 함께 사는 것이 행복하고 자연스러운 결말일 것이다. 그러나 이 〈배낭과 모자와 뿔피리〉의 막내는 운좋게 얻은 행운을 소박하게 받아들이지 않는다는 점에서 〈요술 식탁, 황금 당나귀, 자루 속 몽둥이〉와 마법적 물건으로부터 얻은 배부른 삶에 만족하는 다른 민담들과 구별된다. 이야기의 제재에서 '요술 식탁보'가 제외되었듯이, 이 민담은 '배고픔과 부'의 해결보다는 '힘과 권력'을 더 많이 지향하고 있음을 알 수 있다.

따라서 〈배낭과 모자와 뿔피리〉에서는 '힘센 상대를 단번에 해치울 수 있는 물건'을 대거 등장시켰다. 병사들을 불러낼 수 있는 배낭, 포탄을 쏠 수 있는 모자, 성과 마을을 무너뜨릴 수 있는 뿔피리까지 기존의 권력체제를 제압할 수 있는 무력이 총동원되었다. 은이나 금이 가져다줄 '부'나 맛있는 요리를 항상 먹을 수 있는 '식욕의 원천적 해소'에 만족하지 않은 막내는 나라를 통째로 얻게 된다. 마침내 막내의 신화가 실현된 것이다.

그런데 막내가 얻은 병사나 포탄 등은 이른바 군대 소재이다. 이런 소재가 〈배낭과 모자와 뿔피리〉에 수용된 것은 나름대로 이유가 있다. 1812년 판본에는 이 민담이 포병 상사 출신의 프리드리히 크라우제가 기고한 〈냅킨과 군인 배낭과 대포 모자와 피리〉라는 제재로 수록되어 있었으나, 1819년 판본부터 헤센 지방의 판본을 수용하여 지금의 제재로 이야기를 수록했다. 따라서 〈배낭과 모자와 뿔피리〉의 인물이나 군대 용어 및 물건은 포병 상사 출신인 기고자의 영향이라고 할 수 있다.

이 밖에도 KHM의 민담 중에서 가장 최초로 우리나라에 소개된 KHM 71 〈여섯이 세상을 누비다〉와 KHM 100 〈악마의 숯검둥이 동생〉 등과 같이 '퇴역 병사'가 등장하는 이야기가 몇 편 더 있다. 이는 KHM의 주석서를 쓴 우터가 이야기한 것과 같이 16, 17세기의 사회적 상황과 결부되어 있다고 보아야 할 것이다. 유럽의 16, 17세기는 구교와 신교가 팽팽하게 대립하고 있던 중 종교개혁과 더불어 인문주의운동이 활발하게 전개되던 시기이다. 이 변혁의 시대에 수많은 종교전쟁이 유럽 각지에서 일어났다. 특히 독일에서는 1618년에서 1648년에 종교전쟁이라고 할 수 있는 '30년전쟁'이 일어났다.

전쟁은 계속되었고 용병으로 참가한 병사들은 급료를 받지 못하자 전선을 이탈하거나, 고향으로 돌아가기 위해 또는 일자리를 찾아 유리걸식하면서 방랑했다. 당시의 이런 시대적 상황이 민담의 특성과 결합되면서 이들이 얼마나 피곤한 삶을 살았는가를 보여줌과 동시에, 민중의 소망과 갈구가 이야기 속에 각인되었다고 할 수 있다.

그렇다고 〈배낭과 모자와 뿔피리〉를 온전한 군인 이야기로 볼 수 있는 것은 아니다. 오히려 마법담의 구조에 군대의 전투 분위기가 수용되었다고 보아야 할 것이다. 하지만 '배낭과 모자, 뿔피리'가 '30년전쟁'에 참가했던 군인들의 차림에서 관찰할 수 있었던 소지품이라는 점 등은 흥미로운 시사점이다.

이런 전체적인 내용과 모티프로 볼 때 〈배낭과 모자와 뿔피리〉
는 마법담의 형태가 변형되어 소담화된 민담이라고 할 수 있다.
은산과 금산, 그리고 온 세상을 얻는 행운이 삼 형제에게 허락되
고, 그 중에서도 형제간의 갈등 때문에 막내에게 행운이 집중되
는 것은 마법담의 기본 구조에 부응한다. 그러나 막내는 식탁보
이외의 마법의 물건을 선의로 얻은 것이 아니다. 자신에게 호의
를 베푼 숯쟁이들에게서 빼앗은 것으로, 막내는 이들에게 쫓기거
나 해를 당하지도 않았다. 이것은 이야기에 소담적 순리가 작용
했기 때문일 것이다.

민담에는 일상에서는 허락되지 않는 것이 마치 주인공의 '재
주'인 것처럼 '소용'되는 행위가 있다. 그 대표적인 행위가 '도둑
질'이다. 세계에서 가장 오래된 성문법인 바빌로니아의 '함무라
비 법전(기원전 1728~기원전 1686)'이나 우리나라 고조선의 '8조 금법',
부여의 '4대 금법'에도 절도에 관한 과중한 벌이 기록되어 있을
정도로 타인의 물건을 훔치는 일은 고대부터 엄격한 제재를 받아
온 행위이다.

그러나 설화의 세계에서는 다르다. 특히 신화에서 도둑질은 새
로운 세계를 얻는 수단으로 사용되기도 한다. 인간에게 가장 유용
한 도둑질은 프로메테우스가 인간에게 훔쳐다준 '불'이다. 인간
을 불쌍히 여긴 프로메테우스는 불을 훔쳐다준 벌로 코카서스 바
위에 쇠사슬로 묶여 영원히 독수리에게 간을 쪼여 먹히는 형벌을
받았다. 하지만 그 덕분에 인간은 '인간답게' 살 수 있는 세계를
구축할 수 있었다. 프로메테우스의 살신성인의 도둑질과는 차원

이 다르지만, 프로메테우스보다 더 뛰어난 도둑의 대가는 제우스의 전령사인 헤르메스였다.

헤르메스는 태아나자마자 아폴론의 소를 훔친 후 잡히지 않기 위해 소 떼를 거꾸로 몰아 계곡에 숨겨놓았다. 그러고는 아기 행세를 하며 시치미를 떼었다. 물론 헤르메스의 도둑질은 들통이 났다. 하지만 헤르메스는 능청스러운 화술로 제우스를 감복시키고, 거북의 등껍질로 만든 최초의 수금을 아폴론에게 줌으로써 사건을 종결지었다. 헤르메스의 도둑질과 거짓말은 신성한 신의 세계에는 어울리지 않는 행위이다. 그러나 어원적으로 '트릭스터Trickster'의 의미를 가지고 있는 헤르메스는 올림포스와 하계, 신과 인간, 이승과 저승을 넘나드는 전령사로서 세상의 원칙을 뛰어넘는 방식으로 자신의 위치를 구축한 이단의 신이다.

〈배낭과 모자와 뿔피리〉의 막내 역시 큰 세상을 훔치려는 트릭스터이다. 은산도 금산도 그에게는 흡족하지 않았다. 민담의 막내는 항상 '바보'로 그려진다. 형들과 마찬가지로 세상은 은산과 금산, 나아가 기존의 가치를 알아보지 못하는 막내를 어리석다고 말하기에 주저함이 없다. 당연히 왕이나 공주의 눈에도 그는 천둥벌거숭이 바보로 보일 뿐이다.

그러나 열등감이나 겸양 등 세상 처세에 묶이지 않는 이단자인 막내는 왕이나 공주의 권위를 인식하지 못한다. 그는 고심하고 인내하지 않는다. 타고난 욕망과 갈구를 좇아 자신의 세계를 구축하는 일에 주저하지 않는다. 대다수 민담의 주인공이 막내인 이유도 바로 막내의 유약함과 미숙함 이면에 원초적 갈구와 허기가 존재하기 때문인지도 모른다. 바로 이 허기와 갈구가 막내들로 하여금 밖으로 향할 수밖에 없게 만드는 아이러니의 근원인지도 모르겠다.

☙43☙
룸펠슈틸츠헨

KHM 55

옛날 가난한 방앗간 주인에게 예쁜 딸이 있었다. 어느 날 그는
왕을 만난 자리에서 자신의 딸이 짚으로 금실을 짤 수 있다고 허
풍을 떨었다. 그의 말을 들은 왕은 당장 방앗간 주인의 딸을 성으
로 데리고 갔다. 그러고는 짚으로 가득 찬 방에 가두고 물레를 주
면서 내일 아침까지 짚을 금으로 바꾸지 못하면 죽음을 면치 못
할 것이라고 엄명을 내렸다.

짚을 금으로 만드는 재주가 없었던 방앗간 딸은 눈앞이 깜깜하
여 울음을 터뜨렸다. 그때 갑자기 난쟁이가 나타나 자신이 대신
금실을 자아주면 무엇을 주겠느냐고 물었다. 이에 방앗간 딸은
난쟁이에게 자신의 목걸이를 주었다. 목걸이를 받은 난쟁이가 물
레를 돌리자 짚은 금으로 바뀌었고 방 안은 금실로 가득 차게 되

었다.

금실을 본 왕은 욕심이 생겨 방앗간 딸을 더 큰 방에 가두었다. 걱정에 싸인 그녀는 울기 시작했다. 그러자 난쟁이가 다시 나타났고 방앗간 딸이 손가락에 끼고 있던 반지를 주자 물레를 돌려 짚을 모두 금으로 바꾸어놓았다. 왕은 금실로 가득한 방을 보며 기뻐했지만 여전히 만족할 줄 몰랐다. 그리하여 방앗간 딸을 짚으로 가득 찬 더 큰 방에 가두며 모두 금실로 바꾸면 그녀를 왕비로 삼겠다고 말했다. 홀로 남겨진 그녀의 울음소리를 듣고 난쟁이가 나타나 이번에는 무엇을 주겠느냐고 물었다.

그러나 방앗간 딸은 이제 더 이상 가진 것이 없었다. 아무것도 가진 것이 없다고 말하자 난쟁이는 그녀에게 왕비가 되어 낳는 첫아이를 자신에게 달라고 말했다. 그녀는 난감했으나 앞으로의 일을 알 수 없었고, 다른 방법이 없었기 때문에 약속을 해버렸다. 난쟁이는 다시 한 번 짚으로 금실을 만들어주었다. 다음 날 아침 금실로 가득한 방을 본 왕은 약속대로 그녀를 왕비로 맞이했다.

세월이 흘러 왕비가 된 방앗간 딸은 첫아이를 낳았다. 그때 그동안 까맣게 잊고 있던 난쟁이가 찾아와 아기를 달라고 요구했다. 왕비는 놀라고 슬퍼서 온 나라의 보물을 다 줄 테니 아기만은 데려가지 말라고 사정했다. 그러자 난쟁이는 왕비에게 사흘간의 시간을 줄 테니 그때까지 자신의 이름을 알아맞히면 아기를 포기하겠다고 했다.

다음 날 난쟁이가 나타났을 때 왕비는 자신이 알고 있는 모든 이름을 이야기했다. 그러나 난쟁이는 고개를 저으며 내일 다시

오겠다고 말하고 사라졌다. 왕비는 신하를 시켜 온갖 기묘한 이름을 알아오게 했으나 난쟁이의 이름을 알아맞히지는 못했다. 이제 남은 시간은 하루밖에 없었다.

셋째 날, 신하가 돌아와서 여우와 토끼가 서로 인사를 하는 어느 깊은 숲속에서 이상하게 생긴 난쟁이가 모닥불을 피워놓고 춤을 추며 "오늘은 술을 빚고 내일은 빵을 굽자. 얼마 있으면 왕비의 아이를 갖게 될 몸. 내 이름은 룸펠슈틸츠헨. 아무도 모르니 얼마나 좋으냐."라고 노래 부르는 소리를 들었다고 왕비에게 전했다.

왕비는 마음을 가라앉히고 난쟁이를 기다렸다. 곧 난쟁이가 들어와서 물었다. "쿤츠인가요?" "아니." "하인츠인가요?" "아니." "그럼, 룸펠슈틸츠헨?!" 왕비가 마침내 그의 이름을 입에 올리자 난쟁이는 "악마한테 들었구나!"라고 괴성을 지르며 다리가 땅속에 박히도록 발을 굴렀다. 그래도 화가 풀리지 않자 땅속에 박힌 자신의 다리를 미친 듯이 잡아당겨 몸이 두 조각으로 찢어지고 말았다.

⚜

'룸펠슈틸츠헨Rumpelstilzchen'이라는 괴상한 이름을 가진 난쟁이가 이름이 밝혀짐으로써 파멸된다는 이 이야기의 주요 모티프는 '악마의 이름과 관련된 정체성'과 '짚으로 금을 만드는 난쟁이의 마법'으로 집약할 수 있다. 난쟁이의 이름 '룸펠슈틸츠헨'은 특정한 의미를 가지고 있지는 않다. 그림 형제의 자료 중에서 1808년 그들의 스승인 사비니에게 보낸 편지에 첨부된 필사본이 이 민담에 대한 최초의 기록이다.

당시 이 민담의 제재는 '룸펜스튄츠헨Rumpenstünzchen'이었다. 그 후 1812년의 KHM에 수록된 이후 지금의 〈룸펠슈틸츠헨〉으로 수정되었는데, 요하네스 피셔Johanes Fischer의 〈잡다한 이야기 Geschichtsklitterung〉(1584)의 이야기 중 한 행인 '룸펠레 슈틸트 오더 데어 팝파르트 Rumpele stilt oder der poppart'의 음을 차용한 것으로 보인다. 이것은 '달그락거리며 집 안을 돌아다니는 도깨비' 정도의 의미로 이해할 수 있다.

상대방의 이름을 아는 사람은 그 사람의 힘을 가지게 되거나 힘을 없앨 수 있으며, 자신을 돕는 자로 만들 수 있다는 믿음은 고대부터 전해오는 사고의 연장이다. 이름을 은폐하는 것은 능력을 감추기 위한 것이다. 반대로 이름을 들키는 것은 정체성의 노출을 의미한다. 이런 이유로 최고의 지혜를 가진 거인 바프트루드니르와 지혜를 겨루러 간 오딘도, 브룬힐트를 찾아간 지크프리트도, 고향으로 돌아온 오디세우스도 자신을 밝히지 않는다. 이들은 자신의 정체성을 은폐함으로써 적과 동지를 구별하고 자신과 가족을 보호한다. 이름은 곧 정체성을 의미한다. 따라서 본질적으로 그 존재를 가늠조차 할 수 없이 절대적인 '신'에게는 이름이 없다.

그러나 자신의 이름은 절대 들키지 않을 거라고 자신하던 난쟁이는 이름이 들통남으로써 정체가 탄로나 화가 난 나머지 자신을 두 조각으로 찢어버리는 극단적인 행동을 보인다. 이런 행동은 1819년 판본부터 볼 수 있는데, 1810년과 1812년 판본에서는 화를 내며 창문을 통해 달아나는 것으로 귀결되어 있다. 또한 이야기의 전체 분위기로 볼 때 난쟁이는 자신의 사지를 찢어버릴 만큼 왕비나 그녀의 아기를 위해할 의도가 극명하게 드러나 있지도 않다. 왕비에게 여러 번의 기회를 부여하는 삼세번의 반복과 의심할 여지없이 맞아떨어지는 해피엔딩 구조 등은 민담의 특성에서 비롯된 것일 수도 있다. 하지만 난쟁이의 여유는 방앗간 딸을 완벽한 왕비로 만들어주는 역할 이외에는 별다른 기능이 없어 보인다.

결과적으로 난쟁이는 방앗간 딸의 능력이 미치지 못하는 '금실 잣기'를 도와주면서 그녀를 완벽한 아내이자 왕비로 거듭나게 해준다. 즉 그녀는 왕이나 외부인이 보기에 짚을 금실로 바꿀 수 있는 능력을 가지고 있으며, 아기도 낳을 수 있는 생산력이 확인된 완벽한 여인인 것이다. 따라서 더 이상의 시험은 필요없으며, 왕도 더 이상 왕비에게 금실을 요구하지 않는다.

이런 맥락에서 볼 때 그녀의 금실은 KHM 13 〈숲속의 세 난쟁이〉와 KHM 24 〈홀레 할머니〉에 나오는 소녀가 획득한 '금'과 같은 동질의 의미를 갖는다. 또한 그녀가 방에 혼자 갇히는 것도 입문의례를 받는 소녀들의 격리와 맥을 같이한다. 그리고 자신의 딸이 짚으로 금실을 짤 수 있다고 허풍을 떠는 방앗간 주인의 행동은 매매혼을 주선하는 아버지의 처세술에 해당한다고 볼 수 있다. 따라서 난쟁이의 도움으로 이를 증명한 방앗간 딸은 왕의 아내가 될 수 있었으며, 그녀의 아버지 또한 그에 상응하는 대가를 받았을 것이다.

'짚으로 금실을 짜는 난쟁이'의 모티프는 난쟁이와 황금, 연금술과 관련된 모티프와 밀접한 관련이 있다. 게르만 신화에 나오는 신들이 가지고 있는 보물이나 마법의 물건은 모두 난쟁이가 만든 것이다. 〈니벨룽의 반지〉에서 저주의 기원이 되는 '반지와 《북유럽신화》의 주신 오딘의 창 '궁니르', 오딘의 장남 토르의 쇠망치 '묠니르', 그리고 토르의 아내 시프를 위한 '황금 머리카락' 등은 모두 동굴에서 살던 검은 난쟁이들의 기술의 결정체이다. 난쟁이들은 신을 위해 또는 신의 강요로 마법의 물건을 만들거나 보물을 빼앗긴다.

그러나 신에게 조롱만 당할 뿐 그 대가를 제대로 받지는 못한다. 자신이 만든 무기와 물건의 대가로 토르의 딸과 결혼하고자 했던 난쟁이 알비스도 토르에게 속아 태양이 떠오를 때까지 잘난 척하다가 아침 햇살을 받고 돌로 변했다. 토르는 난쟁이가 태양을 보면 돌로 변하는 약점을 이용해 알비스에게 밤새도록 질문하며 아침이 오기를 기다린 것이다. 알비스에게는 가혹했으나 신이 보기에는 건방지고 불손한 요구에 대한 마땅한 벌이었다.

〈룸펠슈틸츠헨〉의 난쟁이도 자신의 처지를 망각하고 왕비의 목걸이와 반지에 만족하지 못한 채 인간의 아기를 요구하여 사지가 찢겨 죽어도 마땅한 인물로 이야기에 수용된 것으로 보인다. 나아가 난쟁이에 대한 우스꽝스러운 민간의 사고와 '룸펠슈틸츠헨'이라는 익살스러운 이름과 함께 소담적 성격을 수용하면서 해학적 이야기로 변천해왔다고 보아야 할 것이다.

그러나 난쟁이가 요구하는 교환 대상이 '아기'라는 점을 생각하면 〈룸펠슈틸츠헨〉이 단순히 해학적이며 재미있는 민담에 머물지 않는다는 것을 알 수 있다. 앞에서도 살펴보았듯이 설화에서 난쟁이는 주로 금속을 다루는 마법적 인물로 수용되어 있다. 황금에 몰두하는 인간의 내적 욕구의 근원을 인류학적 시각으로 접근하고자 했던 미르체아 엘리아데는 금속을 다루던 연금술사의 입문 스승에게서 난쟁이의 외모와 유사한 점을 발견할 수 있다고 보았다. 그는 연금술을 배우고자 했던 입문자의 통과의례적인 신체 훼손과 여러 설화에서 볼 수 있는 불구의 대장장이 모습은 짧은 다리를 가진 난쟁이의 외모를 본뜨고 있다고 설명하기도 했다.

또한 그는 북구의 주신 오딘의 애꾸눈과 일본의 외다리 대장장이 신, 그리스의 대장장이 헤파이스토스 등 불구의 외모를 같은 맥락에서 이해했다. 그러나 대장장이의 신으로서 난쟁이의 불과 금속을 다루는 능력은 철기시대를 거치면서 오랜 전쟁과 대학살로 인해 이제 금속과 관계하는 대장장이는 거인이나 악마와 연관을 가지게 되었다. 나아가 농경이 정착되고 기독교가 널리 유포되면서 대장장이인 난쟁이에게 악마적 이미지가 더욱 고착되었다고 볼 수 있다.

그러나 인간의 아기를 요구하는 난쟁이에 대한 혐오는 연금술과 관련된 '인신공희人身供犧'의 모티프와 더욱 밀접한 관련이 있다고 할 수 있다. '에밀레종'이라고도 불리는 '성덕대왕 신종'에 얽힌 전설에서도 볼 수 있듯이 야금冶金을 목적으로 인신 제물을 바친 설화를 세계 곳곳에서 찾아볼 수 있다. 사람들은 연금술을 미성숙한 금속을 완성에 이르게 하려는 인간의 능력과 노력이라고 이해했다. 따라서 연금술을 효과적으로 완성에 이르게 하는 여러 가지 제의와 비책의 일환으로 인간을 제물로 바쳤으며, 미성숙한 금속과 인간의 태아 또는 아기 사이의 생태학적 상징성을 매개로 했던 것으로 보인다.

최초의 대장장이는 신의 아들이자 왕이며 샤먼으로서 인간에게 불의 사용법을 알려주고, 집짓는 기술과 자식을 낳는 행위, 매장 형식 등 인류 최초의 문화를 일구고 전해주었다. 그런데 이상과 같은 역사적 변천을 거치면서 신성한 조물주적 영상의 다른 한편에 악마적 이미지도 함께 수용하게 되었다. 따라서 금실을 짜준 대가로 왕비의 아기를 요구한 〈룸펠슈틸츠헨〉의 난쟁이에게서 유발되는 악마의 이미지 역시 '금에 대한 욕구와 증오'를 양가적으로 보여주는 이미지의 총체로 보아야 할 것이다.

44
황금새

KHM 57

옛날 한 왕의 정원에 황금 사과나무가 있었다. 왕은 황금사과를 애지중지하며 매일 그 수를 헤아렸다. 그러던 어느 날 왕은 황금사과가 하나 모자라는 것을 발견하고, 세 명의 왕자를 불러 매일 밤 차례로 황금 사과나무를 지키게 했다. 첫째 날 밤은 첫째 왕자가 정원을 지켰으나 졸음을 이기지 못하고 깜박 잠이 들어 아침에 눈을 떠보니 황금사과 한 개가 사라지고 없었다. 다음 날 둘째 왕자 역시 잠이 들어 또 황금사과 한 개가 없어졌다. 왕은 두 왕자가 황금사과를 지키지 못해 믿음이 가지 않았지만 막내 왕자가 간청하여 마지못해 허락해주었다.

막내 왕자는 사과나무 아래에 앉아 있었는데, 12시경이 되자 온통 황금색으로 반짝이는 새 한 마리가 날아와 사과를 쪼아 먹기 시작했다. 막내 왕자는 황금새를 향해 화살을 쏘았다. 하지만 황금새는 깃털 하나를 떨어뜨리고 날아가버렸다.

황금 깃털이 나라 전체보다 더 비쌀 것이라는 말을 들은 왕은 황금새를 갖고 싶은 욕심이 생겼다. 황금새를 잡기 위해 먼저 길을 나선 첫째 왕자는 숲 입구에서 여우 한 마리를 만났다. 첫째 왕자가 여우를 향해 총을 겨누자 여우는 살려달라고 애원했다. 그러고는 두 개의 여인숙이 나타나면 불이 켜진 밝은 집이 아닌 허름한 집으로 가라고 말했다. 그 말을 믿지 못한 왕자는 여우에게 다시 총을 겨누자 여우는 재빠르게 숲속으로 달아나버렸다.

밤이 되어 마주 보고 있는 두 개의 여인숙 앞에 도착한 왕자는 여우의 말을 무시하고 불이 켜진 밝은 여인숙으로 들어가 세상 모든 일을 잊고 재미있게 지냈다. 첫째가 돌아오지 않자 둘째 왕자가 황금새를 찾아 나섰다. 하지만 둘째 왕자 역시 여우의 말을 무시하고 밝은 여인숙 창으로 보이는 형의 모습을 보고 들어가 형과 함께 재미있게 놀았다.

마지막으로 길을 떠난 막내 왕자도 숲에서 여우를 만났다. 막내 왕자가 살려달라는 여우의 간청을 들어주자 여우는 자신의 꼬리에 왕자를 태워 그 두 여인숙까지 데려다주었다. 막내 왕자는 여우의 충고대로 허름한 여인숙에서 잠을 잤고, 다음 날 길에서 여우를 다시 만났다. 여우는 이번에는 막내 왕자를 성으로 데리고 갔다. 여우는 왕자에게 성안에는 잠들어 있는 병사들이 있는데 신경 쓰지 말고 나무 새장 안에 있는 황금새를 가지고 나오라고 일렀다. 그때 절대로 그 옆에 있는 황금 새장으로 새를 옮겨서는 안 된다고 당부했다.

막내 왕자가 성안으로 들어가자 과연 나무 새장 안에 황금새가 앉아 있었다. 그리고 그 옆에는 세 개의 황금사과와 황금 새장도 놓여 있었다. 막내 왕자는 그 볼품없는 나무 새장이 어울리지 않는다는 생각에 황금새를 황금 새장으로 옮겼다. 그 순간 황금새가 미친 듯이 울어댔다. 막내 왕자는 그 소리에 잠에서 깨어난 병사들에게 잡혀 재판정에 끌려가 사형 선고를 받았다.

그러나 왕은 바람보다 더 빨리 달리는 황금말을 가져오면 목숨을 살려주는 것은 물론 황금새도 주겠다고 제안했다. 무작정 길을 떠난 막내 왕자는 여우를 다시 만났다. 이번에도 여우는 왕자를 태우고 바람같이 달려 또 다른 성 앞에 내려주었다. 그러고는 지난번처럼 막내 왕자에게 마부들이 모두 잠들어 있으니 황금 안장 대신 초라한 안장을 얹어 황금말을 끌고 나오라고 말했다. 그러나 성으로 들어간 왕자는 황금 안장을 말 등에 얹었고, 그 순간 황금말은 큰 소리로 울기 시작했다. 그 바람에 마부들이 모두 잠에서 깨어 왕자는 다시 재판정에 끌려가 사형 선고를 받았다.

다행히 그 나라의 왕도 황금 성의 공주를 데려오면 황금말도 주고 목숨도 살려주겠다고 약속했다. 왕자는 다시 여우를 만났다. 여우는 왕자의 부주의에 불평하면서도 왕자를 황금 성으로 데려다주었다. 그러고는 날이 어두워져 공주가 목욕을 하러 나오면 공주에게 입을 맞춘 후 데리고 나오라고 일러주었다. 그러나 공주에게 절대로 왕과 왕비에게 작별 인사를 하게 해서는 안 된다고 당부했다. 여우의 말대로 왕자는 공주에게 입을 맞추었다.

그러나 눈물을 흘리며 작별 인사를 하게 해달라고 사정하는 공주를 성으로 들여보내 막내 왕자는 다시 감옥에 갇히고 말았다.

다음 날 그 나라의 왕은 여드레 안에 성 앞에 있는 커다란 산을 없애주면 목숨도 살려주고 딸도 주겠다고 제안했다. 왕자는 이레 동안 쉬지 않고 땅을 팠지만 산은 꼼짝도 하지 않았다. 낙담에 빠져 있는 왕자 앞에 여우가 다시 나타나 자신이 산을 없애줄 테니 걱정 말고 잠을 자라고 말했다.

이튿날 왕자가 잠에서 깨자 산은 감쪽같이 사라졌고, 왕은 약속대로 공주를 줄 수밖에 없었다. 왕자는 공주를 데리고 길을 가다가 여우를 만났다. 여우는 황금말을 가지고 있는 왕에게 공주를 데리고 가서 황금말을 받으면, 얼른 말 위에 공주를 태워 함께 달아나면 아무도 쫓아올 수 없을 것이라고 알려주었다. 왕자는 여우의 말대로 공주와 함께 황금말을 타고 바람처럼 달렸다. 그 다음 나라에 가서도 다시 여우의 말대로 황금말을 주는 척하고 황금새를 받은 후 그대로 말을 타고 줄행랑을 쳤다.

드디어 왕자는 황금 보물들을 가지고 집으로 돌아가게 되었다. 그런데 뜻밖에도 여우는 숲에 도착하는 대로 자신을 쏘아 머리와 발을 잘라달라고 부탁했다. 그럴 수 없다는 왕자의 말에 여우는 할 수 없다는 듯 교수형으로 죽을 목숨을 구하지 말고, 우물가에도 앉지 말라는 말을 남기고 사라졌다. 왕자는 공주와 함께 여행을 계속하다가 형들이 머물고 있는 마을에 도착했다. 마침 그날은 범죄자를 교수형에 처하는 날이었다. 그런데 그 범죄자들은 바로 막내 왕자의 형들이었다. 막내 왕자는 여우의 당부를 잊고 형들을 구해 우물가에서 쉬게 되었는데, 형들은 막내 왕자를 우물 속에 빠뜨렸다.

성으로 돌아간 형들은 왕에게 자신들이 공주와 황금말과 황금 새를 구해왔다고 거짓말을 했다. 성에서는 큰 잔치가 벌어졌다. 그러나 황금말과 황금새는 먹지도 노래하지도 않았으며, 공주는 울기만 했다. 우물에 빠진 막내 왕자는 여우의 도움으로 우물에서 살아나와 형들의 눈을 피해 허름한 옷을 입고 성으로 들어갔다. 그때 갑자기 황금새가 노래하기 시작했고, 황금말도 먹기 시작했으며, 공주도 울음을 그쳤다. 이를 이상히 여긴 왕은 공주에게 연유를 물어 모든 사실을 알게 되었다. 왕은 성안에 있는 모든 사람을 불러모았다. 공주는 사람들 틈에 있는 막내 왕자를 알아보고 그를 끌어안았다. 왕은 막내 왕자와 공주를 결혼시켜 자신의 후계자로 삼았으며, 두 형은 처형당했다.

세월이 흘러 어느 날 숲을 찾은 왕자는 다시 여우를 만났다. 이번에도 여우는 자기를 쏘아 죽이고 머리와 발을 잘라달라고 애원했다. 하는 수 없이 왕자는 여우의 소원을 들어주었다. 그러자 여우는 바로 늠름한 남자로 변했는데, 그는 다름 아닌 그동안 마법에 걸려 있던 공주의 오빠였다.

❧

그림 형제는 1808년 이 민담의 유사 판본을 처음 접한 것으로 보이며, 1810년의 필사본에 〈하얀 비둘기〉라는 제목으로 이 이야기를 채록했다. 〈하얀 비둘기〉에서는 왕의 정원에 있는 탐스러운 열매를 훔쳐가는 새는 황금새가 아니라 하얀 비둘기였다. 또 사건을 해결하는 막내 왕자는 엄지둥이이며, 막내 왕자를 돕는 인물은 늙은 난쟁이였다. 그러나 〈하얀 비둘기〉는 1812년 판본에 64번째 민담으로 수록되어 있었으나, 1819년 판본부터는 실리지 않았다. 그 대신 1812년 판본부터 수록된 헤센 지방 출신 그레첸 빌트Gretchen Wild의 이야기인 〈황금새에 대하여〉를 실었다. 그리고 1819년 판본부터는 츠베른 지역의 이야기를 합하여 지금의 〈황금새〉가 탄생되었다.

따라서 〈황금새〉의 주요 소재로 보이는 몇몇 모티프는 새로 추가했거나 변환된 모티프로서, KHM의 다른 민담에서와 같이 일정 모티프나 소재 연구를 일관된 시각으로 접근하기에는 상당한 어려움이 있다. 또한 '황금 성의 공주'와 더불어 '황금말'과 '황금새', '황금사과' 등 일련의 특징적 모티프가 이야기의 소재로서 제 기능을 다하지 못하고 있음을 발견할 수 있다.

〈황금새〉의 '황금새'는 이야기 진행상 별다른 기능을 하지 못하며, '황금사과'도 마찬가지이다. 이 황금 보물들은 재물로서의 가치보다는 또 다른 용도로 작용할 때 좀더 짜임새 있는 민담의 모티프로서 제 기능을 발휘할 수 있다. 예를 들면 파더보른 지역에서 수집한 1822년의 한 판본에서는 '피닉스 새'의 울음소리를 들어야 고칠 수 있는 병에 걸린 왕을 살리기 위해 피닉스 새가 필요했으며, 〈황금새〉의 유사 판본 중 하나인 KHM 97 〈생명수〉에서는 병든 왕을 살리기 위해 '생명수'가 필요했다. 그러나 〈황금

새〉에서는 황금말이 빠른 속력으로 공주와 다른 황금 보물들을 빼앗아오는 데 기여했을 뿐, 황금새나 황금사과는 귀한 보물 이 상의 의미를 갖지 못한다.

그런데도 이 민담의 키워드는 황금이다. 황금 성의 공주와 황 금말, 황금새, 황금사과 모두 황금 일색이다. 원시 인류에서부터 현대에 이르기까지 황금에 대한 갈구는 멈추지 않는다. 황금에 대 한 인간의 욕망은 가히 원초적이라고 할 수 있으며, 때로는 황금 에 대한 욕구가 재물로서의 가치에 머물지 않는 것처럼 보인다.

황금에 대한 인간의 욕망을 종교사적 측면에서 관찰한 미르체 아 엘리아데는 황금은 모든 만물의 어머니인 대지모의 자궁 속에 서 '절대적 완성에 이른 금속'을 의미하며, 오랜 시간을 필요로 하는 대지의 성숙 과정을 촉진시키려는 인간의 조물주적 과정을 연금술이라고 정의했다. 따라서 연금술의 작업은 자연의 완전성, 즉 자연의 절대성과 자유를 추구했으며, 비의秘儀와 제의祭儀로 이 어지는 종교적 성격을 얻게 되었다고 보았다. 이로써 연금술의 제의는 연금술사와 대장장이에게 특별한 성격과 기능을 부여했 다. 나아가 금의 추구는 정신적 본질의 추구를 함축하기도 했다. 이제 물질은 금이 되고, 금은 불멸의 상징이 되었다.

이와 같은 정신적인 금의 추구는 민담의 여러 곳에서 관찰할 수 있다. KHM 13 〈숲속의 세 난쟁이〉와 KHM 24 〈홀레 할머니〉 등에서도 금은 재물의 의미를 넘어 소녀의 진실성을 나타내는 증 표로 기능했던 것처럼, 〈황금새〉의 황금 보물들도 재물 이상의 의미를 넘어 막내 왕자의 성숙과 완성을 의미한다. 따라서 이제 막내 왕자는 자신이 구해온 황금 성의 공주와 결혼을 해야 하는 단계로 접어들었다고 보아야 할 것이다.

그러나 막내 왕자와 공주의 결혼을 위해서는 아직 겪어야 할 시련이 남아 있다. 그 중 한 가지는 두 형의 비밀을 일찍 말하지 않은 공주의 행동과 관련이 있다. 입문의례에서 돌아온 여성은 일정 기간 말을 해서도 웃어서도 안 된다. 블라디미르 프로프는 '잊혀진 신부' 모티프는 죽은 자의 세계에서 산 자의 세계로, 혹은 산 자의 세계에서 죽은 자의 세계로 이행했을 때의 망각으로 간주되는 것으로, 입문지에서 첫 번째 결혼했음을 의미한다고 언급했다.

이 금기의 비밀스러움을 강조하기 위해 약혼자인 남성은 제3의 장소에 머물러야 하며, 이 금기의 기간이 끝난 후 여러 형제 사이에서 자신의 약혼자를 찾아내야 하는 시험으로 이어졌다. 신부가 약혼자를 찾아내야 하는 시험은 약혼한 남자에게 부여된 표식을 찾거나, 여러 비슷한 형제 사이에서 자신의 약혼자를 발견할 수 있는 능력을 보여주는 것이기도 했다. 씻지 않은 더러운 신랑의 모티프는 새로운 삶으로 다시 태어남을 의미함과 동시에, 똑같은 분신 사이에서 결혼 상대자를 찾아내는 과제 역시 혼인제의의 일부임을 보여주고 있다.

따라서 〈황금새〉의 왕이 많은 사람을 불러모은 곳은 바로 혼례 장소이며, 많은 사람 사이에서 막내 왕자를 알아보고 끌어안은 공주의 행동은 혼인의 마지막 과제에 해당할 것이다. 마치 우리의 혼인 의례가 많은 사람 앞에서 하늘이 내려다보는 열린 공간인 마당에서 행해짐으로써 공식적인 인정을 받음과 동시에 두 집안의 결합을 널리 공포하는 것과 같은 맥락이다.

이렇게 막내 왕자와 공주의 결혼은 완성되었으나, 두 사람의 성공적인 결합을 위해 많은 도움을 준 여우의 존재에 대한 의문은 아직 남아 있다. 또한 공주의 오빠로 밝혀진 여우가 마법에서 풀려나기 위해 자신에게 총을 쏘아 죽여 머리와 발을 잘라달라는 요구는 매우 특이한 마법의 해제법이라고 할 수 있다. 일부 학자가 제기하고 있는 민담의 잔인성에 관한 의문은 신체 절단의 문제와 직결되어 있다. 특히 KHM 21 〈재투성이〉에서 언니들은 재투성이의 황금 신발을 신기 위해 발가락과 뒤꿈치를 잘랐으며, 재투성이의 결혼식에서는 비둘기가 눈알을 쪼아 장님이 되는 상황과 결부되어 민담의 잔인성 문제가 제기된다.

그러나 민담의 신체 절단 행위를 민족성 등과 관련한 심리적 문제로 접근하는 것은 올바른 인식 태도가 아니다. 막스 뤼티의 언급처럼 민담에는 원칙적으로 심리적 묘사가 존재하지 않는다. 뒤를 돌아보지 않는 추진력 있는 행동만이 필요할 뿐이다. 만약 누군가가 슬피 운다면 그것은 바로 그 순간 우는 행위가 필요한 것이지 슬퍼서 우는 것이 아니다. 마찬가지로 몸의 일부분을 절단당한 인물도 아프다거나 신체 훼손으로 인해 다음 행동으로 나아가지 못하는 일은 없다. 다만, 행위만이 있을 뿐이다.

민속학자들은 민담의 신체 훼손을 입문자에게 행한 '능지처참과 재생'의 과정으로 이해한다. 과거의 몸을 버리고 새로운 몸으로 다시 태어나기 위해 입문자들이 불과 재의 시험을 받았던 것과 마찬가지로, 신체 훼손이라는 상징적 죽음을 새롭게 태어나고자 하는 의식의 일환으로 보았다. 〈황금새〉에서 여우를 총으로 쏘아 머리와 발을 자르는 의식은 바로 사람으로 되돌아오기 위한 고대의 방식이었다.

그러나 여우에게 행한 '총으로 쏘아 머리와 발을 자르는 죽음'은 능지처참과 환생의 모티프로서 손가락이나 발꿈치를 절단하는 여타 민담의 소극적 신체 훼손에 비해 훨씬 본격적인 양상이라고 할 수 있다. 블라디미르 프로프는 이런 본격적인 능지처참의 모티프를 일반 입문자가 아닌 신이나 영웅의 부활의식으로 이해했다. 갈가리 찢겨져 죽은 후 다시 부활한 이집트의 오시리스나 시리아의 아도니스, 트라키아의 디오니소스 이야기는 능지처참과 환생의 의미가 집약된 신화라고 할 수 있다. 또한 현대까지 이어지는 할례의식 역시 신체 훼손의 상징을 통해 새로운 생명과 정신을 획득하고자 했던 고대의 믿음이 이어져 내려온 것이라고 할 수 있다.

⟊45⟊

두 형제

KHM 60

옛날에 두 형제가 있었다. 형은 금세공업을 하는 부자였으나 심술이 고약했으며, 동생은 빗자루를 만들어 팔지만 정직했다. 동생에게는 쌍둥이 아들이 있었다. 어느 날 숲에서 나무를 하던 동생은 황금새 한 마리를 보고 돌을 던졌다. 그러자 새는 황금 깃털 하나를 떨어뜨리고 날아갔다. 동생이 깃털을 주워 형에게 가져가자 형은 동생에게 돈을 주었다. 다음 날 동생은 또 황금새의 뒤를 따라가 둥지에서 알을 꺼내 형에게 가져다주었다. 형은 돈을 주면서 다음에는 그 새를 통째로 잡아오라고 말했다. 다시 숲으로 간 동생은 황금새를 잡아 형에게 주고 많은 돈을 받았다.

동생이 돌아간 뒤 형은 아내에게 황금새를 구워오라고 하며 아무도 건드리게 해서는 안 된다고 단단히 일렀다. 사실 형은 황금

368

새의 심장과 간을 먹은 사람은 자고 나면 베개 밑에서 황금 한 조각씩을 얻을 수 있다는 것을 알고 있었다.

그러나 형의 아내가 잠시 부엌을 비운 사이, 때마침 동생의 쌍둥이 아들이 부엌에 들어왔다가 구운 새의 심장과 간을 먹어버렸다. 이 사실을 안 형의 아내는 닭의 심장과 간을 대신 채워 넣었다. 아무것도 모르는 형은 황금새의 살을 남김없이 먹고 잠을 잔후 베개 밑을 살펴보았으나 아무것도 발견할 수 없었다.

한편, 다음 날 자리에서 일어난 쌍둥이 형제는 베개 밑에서 두 개의 황금 조각을 발견했고, 이런 일은 그 후로도 계속 이어졌다. 동생에게서 그 사실을 전해들은 형은 쌍둥이 형제가 황금새의 심장과 간을 먹었다는 것을 알고 화가 나 두 아이에게 악마가 붙었으니 집에 두어서는 안 된다고 말했다.

결국 쌍둥이 형제는 숲속에 버려졌다. 그러나 다행히 쌍둥이는 착한 사냥꾼을 만나 그의 양자가 되어 총 쏘는 법과 사냥하는 법을 배웠다. 사냥꾼은 아이들의 잠자리에서 주은 황금 조각들을 잘 모아두었다.

그리고 어느덧 아이들이 어엿한 사냥꾼이 되어 세상으로 나가게 되었을 때 사냥꾼은 그동안 모아놓은 황금 조각과 칼 하나를 주었다. 사냥꾼은 둘이 헤어지게 되면 그 칼을 길이 갈라지는 길목에 서 있는 나무에 꽂아두라고 일렀다. 그리고 나중에 돌아와서 그 칼이 녹슬어 있으면 상대방이 죽어가고 있다는 뜻이며, 반대로 빛이 나면 건강한 표시라고 말해주었다.

사냥꾼과 헤어진 형제는 거대한 숲속에서 며칠을 헤매다 먹을 것이 떨어져 지나가는 산토끼를 잡아먹기 위해 총을 겨눴다. 그러자 산토끼는 새끼 두 마리를 줄 테니 살려달라고 애원했다. 형제는 새끼 토끼들이 애처로워 죽이지 못하고 살려주었더니 형제 뒤를 따라왔다. 길을 계속 가면서 만난 여우, 늑대, 곰, 사자도 형제가 총을 겨눌 때마다 새끼 두 마리씩을 주어 형제는 열 마리 동물과 함께 여행하게 되었다. 그러나 형제는 계속 모두가 함께할 수 없어서 사냥꾼이 준 칼을 나무에 꽂아놓고 동물을 다섯 마리씩 나누어 각각 동쪽과 서쪽으로 헤어졌다.

동생은 한 마을에 도착했는데, 마을 전체에 검은 띠가 여기저기 걸려 있었다. 내일은 하나밖에 없는 공주가 머리 일곱 달린 용에게 잡아먹히는 날이었다. 하지만 그 용을 퇴치하는 용사는 왕의 사위가 될 수 있었다.

동생은 동물들을 데리고 산으로 올라갔다. 산꼭대기에는 교회가 있었는데, 그 교회 제단에서 세 잔의 술을 마시는 사람은 세상에서 가장 힘센 사람이 되고, 문턱 밑에 묻혀 있는 칼을 쓸 수 있다고 적혀 있는 종이쪽지를 발견했다.

동생은 술을 마신 후 땅속에 묻혀 있는 칼을 뽑아서 용을 기다렸다. 공주도 산 위로 올라왔다. 동생은 동물들과 함께 용을 해치웠다. 공주는 크게 기뻐하며 결혼을 약속했다. 동생은 일곱 개의 용의 혀를 잘라 공주의 이름이 수놓인 손수건에 싸두었다. 공주는 동물들에게 자신의 산호 목걸이를 걸어주고, 사자에게는 황금 걸쇠 목걸이를 주었다.

녹초가 된 동생과 공주는 깊은 잠에 빠졌다. 동물들도 모두 잠이 들었다. 그 사이 산 밑에서 용이 날아가는 모습을 보기 위해 기다리고 있던 한 장군이 산 위로 올라왔다. 그는 죽은 용과 잠이 든 동생을 보고 동생의 목을 칼로 벤 후 공주를 안고 산을 내려왔다. 그리고 공주를 협박하여 모든 것을 비밀에 부칠 것을 맹세하게 했다. 살아 돌아온 공주를 본 왕은 크게 기뻐하며 당장 결혼을 시키려고 했으나 공주는 1년 하고 하루 뒤에 결혼하겠다며 결혼을 미루었다. 한편, 잠에서 깨어난 동물들은 동생이 목이 잘려 죽은 것을 보고 깜짝 놀랐다. 이때 산토끼가 죽은 사람을 살릴 수 있는 풀뿌리를 구해와 동생을 살려냈다.

그러나 동생은 공주가 자기를 버리고 도망간 줄 알고 실망하여 세상을 떠돌아다니다가 다시 공주를 구해준 마을에 도착했다. 마을은 1년 전과 달리 분홍빛으로 물들어 있었다. 내일이 바로 공주의 결혼식이었던 것이다.

동생은 자신이 왕의 식탁에 오를 빵을 가져올 수 있다며 여관 주인과 내기를 했다. 그러고는 산토끼에게 왕의 빵을 가져오게 했다. 왕궁으로 간 산토끼는 개들에게 쫓겨 공주의 방으로 들어갔다. 공주는 자신이 걸어준 산호 목걸이를 하고 있는 산토끼를 알아보고 자신을 구해준 동생이 돌아왔다는 것을 알게 되었다. 공주는 요리사를 불러 빵을 가져오게 하여 산토끼에게 주었다. 그 다음에는 고기를 얻으러 여우가 공주에게 갔으며, 야채와 사탕, 술을 얻으러 늑대와 사자, 곰이 차례로 공주에게 다녀왔다.

그렇게 동물들이 공주의 방을 들락거리는 것을 보고 이상히 여긴 왕이 물었다. 공주는 이유를 말할 수 없으나 동물들의 주인을 불러달라고 청했다. 왕은 시종을 보내 동생을 초대했으나 동생은 왕족이 입는 옷과 여섯 마리 말이 끄는 마차와 시종이 없으면 가지 않겠다고 하여 왕은 그의 요구를 들어주었다. 동생은 공주의 손수건에 싸놓은 용의 혀를 가지고 왕궁으로 향했다.

왕의 옆에 앉아 있던 장군은 동생을 알아보지 못했으며, 왕은 다른 한쪽에 동생을 앉혔다. 이어서 일곱 개의 용의 머리가 날라져왔다. 왕은 일곱 마리 용의 입을 벌리고 혀는 어디에 있느냐고 장군에게 물었다. 당황한 장군이 용들은 원래 혀가 없다고 둘러대자, 동생이 손수건을 풀어 용의 혀를 꺼내 각각 입 속에 넣었다. 그제야 공주는 이제까지 장군이 자신에게 한 일을 털어놓고 동생이 용을 죽이고 자신을 구한 사람이라고 말했다. 왕은 장군을 네 마리 황소에 묶어 찢어 죽이고 동생과 공주를 위해 성대한 결혼식을 거행했다.

젊은 왕과 젊은 왕비는 행복하게 지냈다 그러던 어느 날 사냥을 떠났던 젊은 왕은 흰 암사슴을 쫓다가 길을 잃어 숲속에서 밤을 보내게 되었다. 그곳에서 동생은 마녀에게 속아 마녀가 건네준 나뭇가지로 동물들의 등을 치는 바람에 동물들이 모두 돌로 변했다. 그리고 자신도 마녀에 의해 돌로 변해 구덩이에 떨어지고 말았다.

바로 그때 각지를 떠돌던 형이 동생의 안부가 궁금하여 나무에 꽂아둔 칼을 확인했다. 그런데 동생 쪽의 칼날이 거의 녹슬어 있었다. 형은 서둘러 동물들을 데리고 서쪽으로 향했다. 성문을 지키던 보초병들이 그를 보고 반가워하며 젊은 왕이 죽은 줄 알고 왕비가 걱정하고 있다고 전했다. 형은 사람들이 자신을 동생으로 착각하고 있다는 것을 깨달았으나 동생을 구하기 위해서는 동생처럼 행동하는 것이 유리할 것 같아 입을 다물었다.

왕비는 죽은 줄 알았던 남편이 살아 돌아오자 매우 기뻐했다. 하지만 밤이 되어 침실에서 형이 양쪽에 날이 선 칼을 사이에 두고 자는 영문을 알 수 없었으나 아무것도 묻지 않았다. 며칠 뒤 형은 동생을 찾아 마법의 숲으로 들어갔다. 그곳에서 형도 마녀를 만났으나 마녀의 꼬임에 넘어가지 않고 총을 쏘았다. 그러나 마녀는 납으로 만든 총알을 맞고도 끄떡도 하지 않았다. 그래서 형은 옷에 달린 은단추 세 개를 떼내어 총알 삼아 쏘자 마녀는 비명을 지르며 나무 위에서 떨어졌다. 형은 마녀를 다그쳐 동생과 동물들뿐만 아니라 구덩이에 있던 다른 사람들까지 모두 구해주었다. 마녀를 불에 태워 죽이고 형제는 왕궁을 향해 걸어갔다. 형제는 서로 그간의 모험에 대해 이야기를 나누다가 형이 모두 자신을 동생으로 여겨 할 수 없이 왕비와 잠을 잘 수밖에 없었다고 이야기했다.

그 순간 동생은 참을 수 없는 질투심에 형의 목을 베었다. 피를 흘리며 죽어 있는 형을 보고 동생은 곧 후회하며 크게 울부짖었다. 그러나 산토끼가 다시 죽은 사람을 살리는 풀뿌리를 구해와 형을 살릴 수 있었다. 형제는 서로 반대편 성문으로 들어가기로 했다. 같은 시간 양쪽 성문에 나타난 똑같은 모습의 형제를 보고 왕을 비롯해 모든 사람들은 젊은 왕을 구별할 수 없었다. 공주도 처음에는 구별할 수 없었으나, 사자의 목에 걸린 목걸이를 보고 젊은 왕을 구별할 수 있었다. 그리고 그날 밤 잠자리에 들었을 때 왕비는 왜 지난 며칠 동안 침대에 양날이 선 칼을 놓았는지 물어보았다. 동생은 비로소 형의 진실을 깨닫게 되었다.

⚜

두세 편의 이야기를 합쳐놓은 듯한 이 민담은 여러 모티프가 혼재된 복잡한 이야기 성향을 보이고 있다. 모티프의 긴밀한 연관 없이 동서와 전후 세대의 사고가 뒤엉킨 엉성한 이야기 틀을 보여주고 있다. 아울러 용이 출현하는 산꼭대기에 있는 교회와 제단 위에 마련된 세 잔의 술과 종이쪽지 역시 이야기의 긴장감을 오히려 반감시킨다.

KHM 17 〈하얀 뱀〉에서와 같이 민담의 주인공이 다른 동물의 살을 먹었을 때 주인공은 그로부터 신기한 능력을 얻고, 그것을 발판 삼아 목표로 나아가는 원동력을 얻게 되는 것이 대다수이다. 그러나 가난하지만 착한 동생이 발견한 황금새에게서 얻은 황금 재물은 아버지 세대의 갈등 구조를 보여주는 데 그칠 뿐, 결국 상황은 동생의 쌍둥이 형제가 길을 떠나게 하는 큰 이야기 틀의 발단 배경으로 사용되었다. 따라서 황금새라는 모티프는 더 이상 이야기의 주요 소재로서 기능하지 못했다.

그러나 이야기 흐름의 전체 플롯을 따라가다 보면 〈두 형제〉이야기의 큰 틀을 그려볼 수 있다. 블라디미르 프로프는 민담이 원시적 제의를 담고 있다고 본다. 이러한 그의 견해에 따르면 새의 살을 먹는 것은 새의 말을 이해하는 것과 관련된 예언 능력의 모티프와 관련이 있으며, 원초적으로 동물의 말을 알아들을 수 있는 능력을 얻는 것은 사냥을 잘할 수 있는 능력을 얻는 것을 목표로 한다. 따라서 쌍둥이 형제가 먹은 황금새의 심장과 간은 형제를 솜씨 좋은 사냥꾼으로 변화시켜준 원동력이 되었다고 볼 수 있다. 나아가 일곱 개의 머리를 가진 포악한 용을 물리칠 용사로 거듭날 수 있는 마법적 능력을 얻는 것을 의미한다고 보아도 좋을 것이다.

용과 관련된 민담은 일반적으로 오래된 이야기로 간주된다. 특히 서양에서는 동양과는 달리 용은 부정적인 동물로서 여성을 잡아가는 약탈자로 대변된다. 민담에서 어떤 개체의 복수화는 그 개체의 특성을 극대화시키는 기능을 한다. 이를테면 〈두 형제〉 민담에서 머리가 일곱인 용의 등장은 용의 삼키는 능력을 과장한 이미지이다. 그러나 용은 삼키는 이미지만을 가지고 있는 상징체가 아니다. 용은 모든 동물의 총체적인 이미지를 가지고 있으며, 특히 새와 뱀의 이미지가 두드러진다.

따라서 용은 원시적인 상상의 동물에 그치지 않는다. 프로프는 용을 저승과 관련된 제의적 동물의 융합체로 보았다. 또한 용은 부정적 이미지를 가지고 있으나 용에게 납치된 여인은 죽음을 경험하지만 죽임을 당하지는 않는다고 보았다. 용에게 납치된 여인은 프시케처럼 자신을 납치한 신의 아내가 되거나, 허물을 벗고 멋진 모습으로 변신한 왕자와 결혼한다. 그러나 대부분 그녀를 구하기 위해 제삼의 용사가 나타나고, 구출된 여성은 그 용사와 결혼하는 것이 민담적 방식이다.

〈두 형제〉 이야기에서 동생이 용과 싸울 때 그는 사냥꾼에게서 받은 총을 사용하지 않는다. 길을 떠나는 형제에게 사냥꾼이 총이 아닌 칼을 준 것도 총이라는 문화적 도구가 불완전하게 이야기에 수용되었다고 볼 수 있다. 동생은 교회 문턱 밑에 묻혀 있던 칼로 용을 죽인 후 일곱 개의 혀를 잘라낸다. 이는 이 민담의 시대적 배경이 부정적인 용과 칼의 시대였음을 보여주는 단서이다.

또한 〈두 형제〉 민담은 보다 흥미로운 칼에 대한 모티프를 담고 있다. 땅속에 묻혀 있던 칼이 용을 퇴치하는 데 사용한 용사의 칼이라면, 사냥꾼이 형제에게 준 칼은 서로를 지켜주는 생명의 칼일 것이다. 서로의 건강과 생명을 나타내는 증표로 기능함과 동시에 위험을 알리는 신호로 사용된 칼의 모티프는 우리의 이야기에서 길을 떠난 남편 또는 아들의 위급 상황을 알리는 놋쇠 밥그릇이나 거울 이야기와 유사하다.

금속으로 된 물건은 자주 쓰지 않으면 빛을 잃게 마련이다. 금속이나 생명과 관련된 의미는 아마 이런 물건과 사람 사이의 긴밀함에서 의미를 얻었을 것이다. 나아가 민속적인 심령적 물건으로 간주된 것으로 보인다. 사냥꾼이 형제에게 하나의 칼을 준 것은 이들이 한 몸이라는 것을 의미하는 메타포로 이해할 수 있다. 따라서 형은 한 몸처럼 행동해야 했으며, 다른 형제들에서 볼 수 있는 형제간의 갈등도 극복해야 했다.

따라서 쌍둥이 형이 왕비와의 잠자리에서 칼을 놓은 것은 정조 내지는 진실을 의미한다고 볼 수 있다. 그러나 침대 가운데 놓은 칼을 단순히 형제간의 진실한 행위를 보여주기 위한 도구로만 이해하는 것은 현실적으로 경도된 현대적인 의미의 해석이라고 할 수 있다. 침대 사이에 놓인 칼의 모티프는 혼례 첫날밤 부부 사이에 토템적 성격의 의미가 새겨진 나무를 놓았던 것으로 거슬러 올라간다.

조상의 정령이 수태를 시킨다고 믿었던 원시인은 첫날밤의 성적인 관계를 금지했다. 그러나 이후 점차 신령스러운 수태를 위한 도구는 분리의 도구가 되었으며, 부부 사이에 놓인 무기의 형태로 변모했다. 이러한 배경에는 첫날밤 신부의 출혈에는 독이 있으며, 나아가 성적으로 무능한 신랑에게 공주나 왕녀의 저항은 매우 위협적이었다. 그렇기 때문에 이를 방지하기 위해 숲의 정령 혹은 조상이라 이해되는, 때로는 강간자로 불리는 자에 의해 처녀성 박탈의식이 행해지기도 했다. 이러한 의식은 이른바 초야권이라는 반인륜적인 의식으로 변형되어 첫날밤의 권리가 마법적 권위자로부터 사회적 강자에게로 넘어가 여성을 탐하는 야만적인 수단으로 정당화되기도 했다.

이렇듯 〈두 형제〉 이야기는 복합적인 모티프의 수용과 전개로 다소 장황한 민담으로 보인다. 여러 동물의 등장도 민담의 직선적인 추진력을 방해한다고 볼 수 있다. 물론 다른 동물들은 용과는 다르게 민담의 주인공을 돕는 보조자로서 구실한다. 그러나 산토끼 이외의 다른 동물들은 별다른 역할을 하지 않고 있지만, 토끼나 여우, 늑대, 곰은 비교적 민담에 자주 등장하는 동물들이다.

반면에 사자는 유럽 풍토에 어울리지 않지만 강한 동물을 대표하는 특성을 이미지화했다고 볼 수 있다. 그러나 동물 민담이 아닌 마법담의 동물은 단순한 동물이 아님을 우리는 잘 알고 있다. 이들 역시 주인공과 더불어 이야기 전개에서 각각의 기능을 담당하고 있다. 아울러 두 형제의 상황에 걸맞은 동시에 숲속의 집에서 함께 기거하던 '형제'들로 이해할 수도 있다.

❧46❧

세 개의 깃털

KHM 63

옛날에 세 아들을 둔 늙은 왕이 있었다. 두 아들은 똑똑했지만, 막내아들은 바보라고 불릴 정도로 어리석었다. 어느 날 왕은 세 아들에게 세상으로 나가 가장 고운 양탄자를 구해오는 아들에게 왕위를 물려주겠다고 했다. 그리고 길을 떠나는 세 아들에게 깃털 하나씩을 주며 각자 깃털이 날아가는 방향으로 가라고 일렀다.

두 아들의 깃털은 각각 동쪽과 서쪽으로 날아갔지만, 막내의 깃털은 바닥으로 내려앉았다. 막내는 출발도 하지 못하고 바닥에 주저앉았다. 그런데 깃털이 떨어진 그 자리에 뚜껑이 달린 문이 하나 있었다. 그 문을 열자 계단이 나타났고, 그 계단을 따라 내려가자 또 하나의 문이 보였다. 막내는 문을 두드렸다. 문이 열리자 작은 두꺼비들에 둘러싸여 있는 큰 두꺼비가 보였다. 그리고 세상에서 가장 고운 양탄자를 구하러 왔다는 막내의 말을 들은 큰 두꺼비는 상자에서 아름다운 양탄자를 꺼내 막내에게 주었다.

한편, 두 아들은 바보인 막내가 세상에서 가장 고운 양탄자를 구해오는 일은 없을 것이라고 생각했다. 그리하여 그들은 처음 만난 목동의 아내가 가지고 있는 거친 천을 빼앗아 성으로 돌아왔다. 하지만 막내가 가지고 온 양탄자가 가장 아름다웠고 왕은 약속대로 막내에게 왕위를 물려주겠다고 했다.

그러나 두 아들은 단념하지 않고 다른 과제를 요구했다. 할 수 없이 왕은 세상에서 가장 아름다운 반지를 가져오는 아들에게 왕위를 물려주겠다고 말하고, 이번에도 세 개의 깃털을 날려 세 아들의 갈 길을 정해주었다. 두 아들은 또 동쪽과 서쪽으로 가게 되었고, 막내는 땅 밑으로 내려가게 되었다. 그리고 막내는 다시 큰 두꺼비에게서 반지를 구해왔으며, 두 아들은 낡은 마차 고리를 뽑아가지고 돌아왔다. 이번에도 왕은 막내가 가지고 온 반지를 보고 흡족해하며 막내에게 왕위를 물려주려고 했다. 그러나 두 아들은 또다시 반대하며 다른 과제를 요구했다.

두 아들의 성화에 못 이겨 왕은 다시 세상에서 가장 아름다운 여자를 데리고 오는 과제를 낸 후 깃털을 하늘에 날렸다. 이번에도 깃털은 똑같은 방향으로 날아갔다. 막내는 곧바로 큰 두꺼비에게로 갔다. 세상에서 가장 아름다운 여자를 데려가야 한다는 막내의 말을 들은 두꺼비는 여섯 마리 쥐가 이끄는 속을 파낸 노란 무를 내주며 작은 두꺼비 한 마리를 태우라고 말했다. 막내는 큰 두꺼비가 시키는 대로 작은 두꺼비 한 마리를 무 안에 태웠다.

그러자 작은 두꺼비는 아름다운 처녀로 변했고, 여섯 마리 쥐도 늠름한 말로 변했다.

막내는 여자를 데리고 말을 몰아 성으로 돌아왔고, 두 아들도 곱상한 시골 처녀를 데리고 돌아왔다. 이번에도 왕은 막내에게 왕위를 물려주려고 했다. 그러나 두 아들은 방 가운데에 있는 둥근 고리를 잘 빠져나가는 여자를 데려온 사람에게 왕위를 물려주어야 한다고 성화를 부렸다. 그러나 두 아들의 끈질긴 요구로 치러진 둥근 고리 시험에서도 막내가 데리고 온 여자만이 통과하여 막내가 왕위에 오르게 되었다.

⚜

구하기 어려운 생명수나 황금사과가 아니면 고칠 수 없는 병에 걸렸거나, 왕의 명령으로 귀한 보물을 구하기 위해 길을 떠나는 삼 형제 이야기는 바보처럼 보이는 막내 왕자의 성공담이기도 하다. 두 아들은 똑똑하지만 거만하고 진실하지 못한 반면, 어리석어 보이는 막내는 거짓말을 하지 않는다. 이것이 삼 형제 민담의 기본 화소이며, 사건 해결의 키워드이기도 하다. 그리고 이런 소재를 이야기의 제재로 받아들여 간혹 민담을 권선징악의 이야기로 이해하기도 한다.

그러나 유럽의 민담은 적어도 권선징악을 주제로 하는 설화가 아니다. 삼 형제 민담에서 막내가 왕위에 오르는 배경을 단순하게 막내의 진실성에서 찾고자 하는 것은 우리식의 접근방식이다.

심리학자들은 어리석은 막내의 성공담을 형들보다 아직 영글지 않은 막내가 가질 수 있는 심성에서 파악하고자 했다.

민담 심리학자 마리 루이제 폰 프란츠Marie-Louise von Franz는 이 이야기를 일련의 상징 모티프를 중심으로 해석했다. 그녀는 아들만 셋이 있고, 왕비나 공주의 등장이 없는 상황을 왕위 계승의 필연적 상황으로 보았다. 이 왕국은 '아니마anima'의 결핍된 상황으로 그것을 채워주어야 했다. 따라서 이야기에서는 '의식'을 따르는 영리한 두 형과는 달리 바보인 막내는 '무의식'의 길을 따라 심리적 하강의 길로 내려감으로써 아니마를 상징하는 두꺼비를 만나게 되었다. 그리고 왕국에 아니마를 보충하게 되었기 때문에 왕위를 이을 수 있게 되었다고 파악했다.

또한 이야기의 중요 모티프인 '깃털', '반지', '양탄자'는 과거와 현재를 잇는 심령적인 운명의 도구로 파악했다. 더불어 삼 형제, 세 개의 깃털, 세 가지 과제의 '3'이라는 숫자를 남성의 숫자로 파악하고, 이야기 마지막에 두꺼비가 고리 안으로 뛰어오르는 과제를 완성하여 드디어 아니마가 남성의 세계로 유입됨으로써 아니마와 아니무스가 통합된 조화로운 세계가 실현되었다고 보았다.

이에 반해 브루노 베텔하임은 '3'이라는 숫자 개념을 '본능', '자아', '초자아'의 세 단계 측면으로 보았다. 또한 막내가 땅속으로 들어가 만난 두꺼비를 '무의식'으로 파악하고, 두꺼비에게서 받아온 양탄자와 반지를 무의식의 산물로 해석했으며, 무의식을 예술의 원천으로 보았다. 그리고 바보라고 불리던 막내가 이 과제를 완수해내는 것은 막내의 우둔함이 무의식과 가깝기 때문이며, 영리한 형들이 완성의 길에 이르지 못한 것은 본능과 자아, 초자아도 무의식에 기반을 두지 못하면 한계를 나타낼 수밖에 없는 것임을 설명하는 것으로 해석했다.

이 두 학자가 해석한 것과 같이 막내의 어리석음은 비이성적인 것에 해당한다. 그리고 이들 나라에는 공주와 왕비가 없다. 이런 상황은 폰 프란츠의 견해처럼 왕국에 감성적인 측면이 부재한 상태로 아니마의 수용이 긴급한 상황, 즉 여성의 도입이 시급한 시점이라고 할 수 있다. 현실적인 측면으로 보면 아들들이 여성과 결혼을 하고, 새로운 왕국을 이끌어갈 후계자가 필요한 상황인 것이다.

KHM 57 〈황금새〉나 KHM 97 〈생명수〉도 외연적으로는 귀한 보물을 탐내거나 늙은 왕이 죽을병에 걸려 세 왕자가 길을 떠나는 것으로 이야기가 시작된다. 그러나 결과적으로 볼 때 왕자들이 길을 떠나는 것은 결혼할 여성을 구하기 위한 여정이었으며, 배우자를 얻은 막내 왕자가 왕국을 이어받는다. 〈세 개의 깃털〉에 나오는 왕은 제대로 된 배우자를 데리고 오는 아들에게 왕위를 물려줄 것을 명백히 밝힌다. 왕이 마지막에 제시한 가장 아름다운 여인은 물론 처음과 두 번째에 제시한 양탄자와 반지도 여성을 나타내는 물건이다. 그리고 막내가 땅속으로 내려간 것이나, 땅속에서 만난 두꺼비 모두 여성성을 나타내는 모티프이다.

침을 튀겨서 갈 길을 정하는 우리의 풍속과 같이 정처 없이 어디로 가야 할지 모르는 상황에서 유럽 설화는 자주 깃털을 날리거나, 돌 또는 열매 등을 굴리는 방식을 택하고 있다. 침을 튀기거나 물건을 굴려 방향을 정하는 의미는 운명에 순응하고자 하는 심성의 반영일 것이다. 나아가 깃털이 날아가는 방향으로 길을 정하는 것도 운명의 길을 따르는 결정임과 동시에 바람의 방향, 즉 자연에 순응하는 길이라고 볼 수 있다.

그러나 막내가 깃털의 방향을 따라 내려간 지하세계의 의미와 관련해보면 다른 민담에서 볼 수 있는 주인공을 인도하는 '새'의 대유적 의미로 확대할 수도 있다. 민담의 지하세계는 지리적인 위치 개념이 아니다. 초월적인 장소로 상정되었으며, 가장 초기의 여성의 입문의례 장소로도 생각해볼 수 있다. 따라서 가장 완성된 형태의 여성을 만날 수 있는 적합한 민담적 장소라고 할 수 있다.

그리고 형들이 요구했던 마지막 과제인 둥근 고리를 통과하는 시험은 두꺼비보다는 두꺼비와 유사한 개구리에게 어울리는 과제이다. 막내가 왕위를 이어받는 것을 방해하기 위해 형들이 제시한 과제이지만, 민담의 문제 해결방식답게 주인공에게 유리한 방향으로 설정되었다는 것은 쉽게 추측할 수 있다. 또한 이 과제는 개구리 신붓감을 위해 준비되었다는 추측을 가능하게 한다.

따라서 두꺼비와 고리 통과하기 사이의 미묘한 불협화음은 최소한 세 명의 기고자로부터 채록한 판본들을 통합하는 과정에서 생긴 결과물이라고 할 수 있다. 이러한 불협화음은 막스 뤼티의 견해처럼 민중으로 돌아가면 제 모습을 찾는 민담의 생명력으로 얼마든지 새로운 모티프와 결합할 수 있음을 보여준다. 비록 세계적인 유사 판본들과 비교하여 이 민담을 '생쥐 신부'로 분류한 아르네-톰슨의 경우나, 1812년 판본에서는 두꺼비가 '개구리'였던 것과 다르게 1819년 판본부터는 두꺼비 신부로 바뀐 것은 민담에 수용된 개구리를 남성적 상징으로, 두꺼비를 여성적 상징으로 이해한 막스 뤼티의 견해와도 합당한 민담적 선택이라고 생각된다.

❧47❧
황금 거위

KHM 64

옛날에 세 아들을 둔 남자가 있었다. 사람들은 막내아들을 바보라고 놀렸다. 하루는 큰아들이 산에 나무를 하러 갔다가 먹을 것을 청하는 한 늙은 난쟁이를 만났다. 큰아들은 어머니가 싸준 맛있는 빵과 술이 있었지만 외면하고 숲속으로 들어가 나무를 하기 시작했다. 그러나 얼마 되지 못해서 도끼에 팔을 다쳐 집으로 돌아와야 했다. 난쟁이가 해코지를 했던 것이다. 얼마 후 작은아들도 나무를 하러 숲으로 갔으나, 큰아들처럼 먹을 것을 원하는 난쟁이를 박대했다가 다리를 다쳐 실려왔다.

이번에는 막내아들이 나무를 하러 가겠다고 나서자 부모는 불안했으나 하도 조르는 바람에 재로 만든 빵과 쓴 맥주를 싸주었다. 숲으로 간 막내아들도 난쟁이를 만났다. 그러나 큰아들이나 작은아들과 다르게 재로 된 빵과 쓴 맥주라도 괜찮다면 먹으라고 난쟁이에게 주었다. 그러자 재로 만든 빵과 쓴 맥주는 맛있는 빵과 술로 바뀌어 두 사람은 배부르게 먹었다. 그런 다음 난쟁이는 한 늙은 나무를 베어보면 뿌리 사이에서 행운을 찾을 수 있을 것이라고 말하고는 사라졌다.

막내는 난쟁이가 말한 나무를 찾아 베어보니 그곳에 황금 거위 한 마리가 있었다. 막내는 거위를 안고 하룻밤을 지내기 위해 여관으로 향했다. 도착한 여관집에는 딸이 셋 있었는데, 그녀들은 막내아들이 안고 온 황금 거위의 깃털을 갖고 싶어했다. 그러던 중 막내가 잠시 자리를 비운 사이 큰딸이 거위의 깃털을 뽑으려고 잡아당겼다. 그러나 손가락이 거위에게 딱 달라붙어 떨어지지 않았다. 둘째도 언니의 몸에 손이 닿는 순간 달라붙어 떨어지지 않았다. 막내 역시 언니들에게 손을 대는 순간 딱 달라붙었다.

다음 날 막내아들은 거위에 달라붙은 세 딸은 신경도 쓰지 않은 채 거위를 안고 길을 떠났다. 세 딸은 막내아들이 가는 대로 어쩔 수 없이 끌려다녔다. 그 모습을 본 한 목사가 막내딸을 잡아당기자 목사의 몸도 붙어버렸다. 잠시 뒤 지나가던 교회지기가 목사를 보고 잡아당기기 위해 손을 뻗자 그도 딱 달라붙었다. 밭에서 일하던 두 명의 농부도 교회지기를 잡는 바람에 거위에 달라붙어 끌려가게 되었다.

얼마 뒤 막내아들과 일행은 한 나라에 도착했는데, 그 나라에는 한 번도 웃은 적이 없는 공주가 살고 있었다. 왕은 누구든 공주를 웃기는 사람을 사위로 삼겠다고 공포했다. 막내아들이 그 말을 들고 거위와 그 뒤에 붙은 사람들을 이끌고 공주 앞으로 나갔다. 공주는 일곱 명이 거위에게 붙은 것을 보고 배를 잡고 웃기 시작했다. 그러나 바보 사위를 맞을 생각이 없었던 왕은 지하실에 있는 술을 모두 마실 수 있는 남자를 데려와야 결혼시키겠다고 조건을 붙였다.

막내는 숲속의 늙은 난쟁이를 만나면 도움을 받을 수 있을 것이라 생각하고 나무를 벤 자리로 가보았다. 마침 그곳에서 술을 마시고 싶어 갈증에 시달리고 있는 한 남자를 만날 수 있었다. 막내는 그 남자를 지하실로 데리고 가서 모든 술을 마시게 했다. 그러나 왕은 이번에도 산처럼 쌓인 빵을 먹어치울 수 있는 남자를 데려와야 한다고 핑계를 댔다. 막내는 다시 숲속으로 가보았다. 그리고 그곳에서 바구니 하나 가득 빵을 먹었는데도 배가 고파 죽을 지경인 남자를 만나 산같이 쌓인 빵도 모두 먹어치울 수 있었다. 그러나 왕은 또다시 땅과 물에서 갈 수 있는 배를 가져와야 한다고 억지를 부렸다. 막내는 또다시 늙은 난쟁이의 도움을 받았다. 모든 것을 해결한 막내아들을 왕은 더는 어쩔 수 없어 공주와의 결혼을 허락해주었고, 막내는 왕이 죽은 뒤 왕국을 물려받아 공주와 행복하게 살았다.

❦

울음이 곧 터질 듯한 얼굴로 거위에 달라붙어 이리저리 끌려다니는 사람들의 행렬을 본다면 웃음이 절로 나올 듯하다. 게다가 그들 앞에서 거위를 안고 가는 무표정한 사내의 모습까지 그려볼 수 있다면 웬만한 사람은 폭소를 금치 못할 것이다.

웃지 못하는 것은 일종의 병이다. 〈황금 거위〉에 나오는 공주가 웃지 않는 것은 일종의 심리적 단절이라고 할 수 있다. 그러나 일곱 명이 황금 거위에 달라붙어 이리저리 끌려다니는 모습을 보고 웃음을 터뜨린 것은 마침내 공주가 자신을 가둔 벽을 허물고 세상으로 복귀했음을 의미하는 것이다. 웃음은 자신의 내적 고립을 해체하는 것이며, 밖으로 향한 소통의 생생한 기호이다. 웃지 않는 여성에 관한 이야기는 고대에서부터 현대에 이르기까지 비교적 다양한 버전이 있으며, 아울러 이해와 접근방식도 다양하다. 일반적으로 웃지 않는 현상은 심리적 문제이며, 삶의 욕구에 대한 결여 내지는 부족을 의미한다.

고대 그리스 신화 중에도 웃음이 생명력임을 보여주는 이야기가 있다. 그리스인들은 지상의 생육을 관장하는 여신인 데메테르를 '아겔라스토스Agelastos'라고 부르기도 한다. 아겔라스토스란 '웃지 않는 사람'이라는 뜻으로, 하데스가 납치해간 페르세포네를 찾아다니던 데메테르의 모습을 가리키는 말이기도 하다. 감쪽같이 사라진 딸을 찾기 위해 데메테르는 식음을 전폐하고 온 천지를 헤매다가 엘레우시스라는 곳에 머문 적이 있다. 그곳에서도 여신이 계속 침묵한 채 음식을 거부하자 늙은 시녀 바우보Baubo는 음부를 내보이며 외설적인 춤을 추어 데메테르를 웃게 만들었다. 데메테르는 잠깐 동안 슬픔을 잊고 웃음을 보였으며, 그 사이 지상에는 잠시 봄이 찾아왔다.[14]

데메테르보다 더 독한 여인의 한도 웃음으로 풀어졌다. 《북유럽신화》 중 가장 추운 땅, 트림헤임의 서리 여인 스카디는 아버지의 복수를 하기 위해 북구의 찬 냉기를 담아 신의 세계인 아스가르드로 쳐들어갔다. 그러나 교활한 로키의 외설에 웃음을 터뜨리는 바람에 신과 화해하고, 뱃사람의 신 니외르드와 결혼까지 하게 되었다. 스카디는 다시 원래의 삶으로 돌아온 것이다.

그런데 흥미로운 것은 '웃지 않는 남성'에 관한 설화는 없다는 사실이다. 또한 문제가 되는 웃지 않는 민담의 여성은 바로 결혼을 앞둔 여성이라는 것이다. 따라서 '결혼을 앞둔 웃지 않는 여성'의 문제는 심리적 이유보다는 일종의 금기로 이해하는 것이 타당하며, 여성의 입문의례와 관련하여 접근하는 것이 좀더 근원적인 이해일 것이다. 결혼은 또 다른 세계와의 소통이다.

일본의 태양신 아마테라스의 은거와 관련된 이야기는 웃음이 세상을 향한 소통인 동시에 여성의 입문의례와 관련이 있다는 것을 좀더 확실하게 보여준다. 《고사기古事記》에 의하면 어느 날 아마테라스의 말썽꾼 남동생인 스사노오가 가죽을 거꾸로 벗긴 말을 던지는 바람에 베를 짜던 여자가 깜짝 놀라 베틀을 자신의 성

---

14) 데메테르가 딸을 찾아다니며 농사를 살피지 않아 기근이 계속되자 제우스는 하데스에게 헤르메스를 보냈다. 하지만 하데스의 계략으로 페르세포네는 이미 석류 네 알을 먹은 후였기 때문에 지상으로 돌아올 수 없었다. 그래서 제우스가 중재에 나서 페르세포네는 석류 한 알에 한 달씩, 넉 달을 지하세계에 머물고, 나머지 시간은 데메테르와 함께 지상에서 머물게 되었다. 따라서 페르세포네가 지하에 머무는 넉 달 동안은 데메테르가 일을 하지 않아 지상에는 식물이 자라지 않았으며, 이 시기가 겨울에 해당한다는 이야기이다. 그리고 헤르메스가 하데스를 만나러 갈 때 '봄의 전령'을 데리고 갔다는 설도 있다.

기에 쑤셔 넣고 죽는 사건이 발생했다. 이것을 보고 놀란 아마테라스는 아메노이와야라는 동굴에 숨어 은거하여 세상은 빛을 잃고 무질서에 빠지고 말았다. 신들이 모여 궁리를 했으나 아마테라스를 동굴에서 나오게 할 방법을 찾지 못했다.

이때 아메노우즈메 여신이 옷을 한 겹씩 벗으면서 외설스러운 춤을 추자 신들이 모두 웃음을 터뜨렸다. 그 웃음소리에 밖의 일이 궁금해진 아마테라스가 동굴 밖으로 고개를 내밀었다. 이렇게 하여 아마테라스가 다시 밖으로 나오자 세상은 광명과 질서를 되찾게 되었다.

신화학자들은 이 설화를 아마테라스의 입문의례 과정으로 해석하고 있으며, 아마테라스의 은거에서 일시적인 죽음을 읽어내고 있다. 또한 《일본서기日本書紀》에는 성기에 상처를 입고 죽은 베를 짜는 여인의 이름이 '와카히루메'라고 기록되어 있는데, 이는 농경신이며 직조신인 아마테라스의 별명 중 하나인 '오호히루메'와 유사하다. 베 짜기와 일시적 죽음인 은거, 새로운 질서 회복으로 이어진 이 일련의 과정은 여성 신인 아마테라스의 입문의례와 함께 은거와 침묵에 들었던 여성의 웃음이 뜻하는 바를 보여주는 설화이다.

〈황금 거위〉에 나오는 공주가 웃지 않는 것도 단순한 심리적 장애만은 아니다. 오히려 민담의 주인공은 우울증과 같은 심리적 장애를 갖지 않는다. 근본적으로 민담에서는 심리적 상황에서 비롯된 행동이 존재하지 않는다. 바보의 길 떠남과 결혼으로 귀결되는 전체 민담의 구조로 볼 때 〈황금 거위〉의 공주가 웃지 않는 것 역시 심리적 상황이 아닌 민담의 서사구조 안에서 관찰해야 한다. 공주를 웃기는 사람과 결혼시키려고 하는 상황은 공주와 소통할 수 있는 특정한 사람을 선택하려는 행위일 것이다. 나아가 공주가 웃지 않는 것은 결혼을 대비한 민담의 여인이 말해서는 안 되는 금기와 연관시켜 이해해야 한다. 높은 탑 위의 격리나 말해서는 안 되는 금기는 결혼을 앞둔 여인에게 부여된 고립 상황이었으며, 웃지 않는 공주 역시 결혼을 준비하는 여성의 고립 상황으로 보아야 할 것이다.

따라서 이야기 내용상 주도적인 마법 모티프로 보이지 않는 '황금 거위'는 바보와 공주를 연결시켜주는 숨겨진 코드라고 할 수 있다. 비록 사람들이 달라붙어 웃음을 잃은 공주를 웃기게 하는 모티프로 사용되었을지라도 '황금 거위'는 숲속의 난쟁이가 바보 주인공에게 준 마법적 증여로서, '결혼을 준비하는 남자'에게 필요한 물건에 해당한다고 볼 수 있다. 우리의 혼인 의례에서 혼례를 치르기 전에 신랑 측 기럭아비가 신부 측에 기러기 한 마리를 전하는 의식[15]이나, 우리의 민담 〈새털 옷을 입은 신랑〉과 파랑새의 유래담이기도 한 〈우렁각시〉 등에서 볼 수 있는 새의 존재는 '신랑과 새'의 밀접한 상관관계를 보여주는 것이다.

그러나 〈황금 거위〉는 유럽의 '달라붙은 웃기는 이야기'의 유형으로 간주되고, 황금 거위에 달라붙은 사람들의 웃기는 모습에

---

15) 우리의 혼례에서 혼인 전에 신랑 측에서 신부 측에 기러기를 전달하는 것은 평생 짝을 바꾸지 않는 기러기의 습성을 의미하는 것이기도 하다.

시선이 집중되면서 소담 형태로 전환되었다고 할 수 있다. '달라 붙은 우스운 이야기'의 전통은 그리스 신화에 나오는 미의 여신 아프로디테와 전쟁의 신인 아레스가 바람피우는 현장을 급습하여 벌거벗은 두 남녀를 한데 걸어 붙여놓은 헤파이스토스의 보이지 않는 '황금 그물'부터 욕심 많은 아낙의 얼굴에 달라붙은 숟가락에 이르기까지, 부도덕하고 탐욕스러운 인간들을 풍자하며 즐기는 감각적인 소담 형성에 영향을 주었다.

〈황금 거위〉에서도 마법이 아니라 포복절도의 웃음과 산처럼 쌓인 빵, 지하실에 넘치는 술, 땅과 물에서 다닐 수 있는 배 등으로 가득 찬 밑그림이 그려지는 풍요를 느낄 수 있다. 따라서 〈황금 거위〉의 '달라붙음'은 마법담의 구조에서 벗어난 소담의 아우라로서 한바탕 웃음과 생생한 생명력으로 이야기에 활력을 더해주는 마법이라고 할 수 있다.

또한 〈황금 거위〉에서는 소담으로서 탐욕스럽고 거짓된 인물을 풍자하는 의미도 놓치지 않았다. 여러 민담에서 손님의 물건을 도둑질하거나 경박하고 인색한 인물로 나오는 여관 주인 대신 〈황금 거위〉에서는 여관집 딸들이 풍자의 대상이 되었다. 또한 근엄해 보여야 할 목사와 교회지기도 웃음의 대상으로 희화되었다. 일종의 남성 상징이라고 할 수 있는 '황금 거위'에 달라붙은 여관집 딸들과 그 뒤에 달라붙어 끌려가는 목사와 교회지기 또한 얄궂은 웃음을 제공하기에 충분한 인물 구성이라고 할 수 있다. 이로써 〈황금 거위〉는 웃음의 양면적 모습, 즉 소통과 해학의 양면성을 동시에 보여준 제 기능을 다한 민담이라고 할 수 있다.

48

가지각색 털가죽

KHM 65

옛날에 금빛 머리카락을 가진 세상에서 가장 아름다운 왕비가 있었다. 그러나 병약한 왕비는 자신이 얼마 살지 못할 것을 알고 있었다. 그러던 어느 날 왕비는 왕에게 자신처럼 금빛 머리카락을 가진 여인이 아니면 재혼을 하지 않겠다는 약속을 받고 세상을 떠났다. 슬픔에 빠진 왕은 한동안 재혼할 생각을 하지 않았으나 신하들의 성화에 못 이겨 새 왕비를 구하기로 했다. 그러나 어디에서도 죽은 왕비처럼 아름답고, 금빛 머리카락을 가진 여인을 찾을 수 없었다.

그런데 왕에게는 왕비만큼 아름다운 금빛 머리카락을 가진 공주가 있었다. 왕은 공주가 바로 왕비의 유언에 꼭 맞는 아름다운 여인이라는 생각이 들었다. 왕은 자신의 생각을 신하들에게 알리고 공주와 결혼하겠다는 결심을 밝혔다. 신하들은 모두 반대했다. 공주 역시 왕을 설득했다. 그러나 왕이 마음을 바꾸지 않자 공주는 왕에게 금빛, 은빛, 별빛의 옷과 온 나라의 모든 짐승의 털가죽으로 만든 외투를 만들어줄 것을 요구했다. 공주는 이런 무리한 요구를 하면 왕이 뜻을 꺾으리라고 생각했다.

그러나 왕은 서둘러 솜씨 좋은 여인들과 사냥꾼을 불러 모아 공주가 요구한 세 벌의 옷과 수천 가지 가지각색 털가죽으로 된 외투를 만들게 했다. 얼마 되지 않아 공주가 요구한 옷들이 마련되었다. 왕은 서둘러 공주에게 세 벌의 옷과 털가죽 외투를 보이며 다음 날 결혼식을 올리겠다고 선언했다. 왕의 마음을 돌리기 어렵다고 생각한 공주는 밤이 되자 왕에게 받은 털가죽 외투를 입고 세 벌의 옷과 황금 반지, 황금 물레, 황금 물렛가락을 챙겨 성을 빠져나왔다.

공주는 쉬지 않고 걸어 커다란 숲에 이르러 피곤에 지쳐 나무 밑동으로 기어들어가 잠이 들었다. 마침 그곳에서는 숲의 주인인 왕이 사냥을 하고 있었다. 수천 가지 털옷을 입고 왕에게 발각된 공주는 성으로 끌려갔다. 그들은 빛도 들어오지 않는 계단 밑 헛간에 공주의 잠자리를 마련해주었다. 이제부터 공주는 부엌의 온갖 궂은일과 재를 치우며 비천하게 지내야 했다.

그러던 어느 날 성에서 무도회가 열렸다. 공주는 요리사에게 구경해도 좋다는 허락을 받고 서둘러 금빛 옷으로 갈아입고 무도회장으로 갔다. 공주의 아름다운 모습에 왕이 다가와 춤을 청했다. 왕은 이렇게 아름다운 여인을 본 적이 없었다. 그는 춤을 춘

뒤 사라지는 공주를 넋을 잃고 바라보았다. 왕은 이내 정신을 차리고 그녀를 찾았으나 아무도 그녀를 본 사람이 없었다. 부엌으로 돌아온 공주는 왕에게 줄 수프를 끓인 후 그 안에 자신의 황금 반지를 넣었다. 수프를 먹던 왕은 황금 반지를 발견하고 누가 끓인 것인지 요리사에게 물었다. 공주가 끓였다는 요리사의 말에 공주는 왕 앞에 불려왔다.

왕은 "너는 누구이며, 내 성에 왜 왔는지, 그리고 수프 속 반지는 어디서 났느냐?"고 물었다. 이에 공주는 "자신은 불쌍한 소녀일 뿐"이라고 대답했다. 얼마 뒤 또 무도회가 열렸다. 공주는 은빛 옷으로 갈아입고 또다시 무도회장으로 갔다. 왕은 그녀를 반가이 맞아 함께 춤을 추었으나, 춤이 끝나자 그녀는 아무도 모르게 서둘러 헛간으로 돌아갔다. 그리고 다시 왕에게 줄 수프를 끓여 그 속에 황금 물레를 넣었다. 왕은 다시 그녀를 불렀다. 그러나 그녀는 장화로 머리를 맞은 것 외에는 아무것도 모른다고 대답했다. 다시 세 번째 무도회가 열렸고, 공주는 별빛 옷을 입고 무도회장으로 갔다. 이번에도 공주는 왕과 함께 춤을 추었다. 왕은 춤을 추면서 그녀 몰래 손가락에 금반지를 끼워주었다. 춤이 끝나자 공주는 또 사라졌다.

옷을 바꿔 입을 시간도 없을 만큼 시간이 지체되어 공주는 별빛 옷을 입은 채 그 위에 털가죽을 쓰고 온몸에 검정을 발랐다. 그러나 너무 서두른 나머지 손가락 하나가 덜 칠해진 줄 모르고 그대로 부엌으로 달려가 수프를 끓여 그 안에 황금 물렛가락을 넣었다. 공주는 왕에게 다시 불려갔다. 왕은 공주의 하얀 손가락에서 금반지를 발견하고 그녀의 손을 붙잡았다. 그 바람에 털가죽이 조금 벗겨지면서 반짝거리는 별빛 옷이 왕의 눈에 띄었다. 왕이 털가죽을 잡아당겼다. 그러자 아름다운 금빛 머리카락이 흘러내렸다. 그녀의 얼굴에서 재와 검정을 씻어내자 세상에서 가장 아름다운 모습이 드러났다.

왕이 말했다. "당신은 나의 사랑스러운 신부요. 우리는 절대로 헤어지지 않을 것이오." 이어서 성대한 결혼식이 치러졌으며, 두 사람은 행복하게 오래오래 살았다.

✤

금빛 머리카락을 가진 아름다운 여인은 민담 최고의 여성상이다. 여인의 금빛 머리카락은 그녀가 민담의 여주인공이라는 표시이기도 하며, 최고의 신부라는 보증이기도 하다.

〈가지각색 털가죽〉의 빛나는 금빛 머리카락도 진정한 신부를 나타내는 코드로 작용하고 있다. 대다수의 민담은 진정한 신부를 찾는 작업에 집중되어 있으며, 그 코드 또한 여러 형태로 관찰할 수 있다. KHM 21 〈재투성이〉와 같이 '신발'이 진정한 신부를 찾는 코드로 사용된 이야기도 있고, KHM 55 〈룸펠슈틸츠헨〉에서와 같이 '금실을 짤 수 있는 능력'이 진정한 신부의 기준이 되기도 한다. 그러나 KHM 12 〈라푼첼〉이나 KHM 89 〈거위치기 소녀〉에서와 같이 여주인공의 '금빛 머리카락'은 아름다움을 겸비한 민담의 진정한 신부를 보장하는 최고의 코드로 작용하고 있다.

〈가지각색 털가죽〉의 여주인공이 지닌 금빛 머리카락도 그녀가 최고의 여성성을 지닌 진정한 신부라는 것을 증명해준다. 그러나 〈가지각색 털가죽〉의 금빛 머리카락은 진정한 신부라는 코드로 작용하는 것 이외에도 이 민담을 이끄는 주도 모티프로 작용하고 있다는 점에서 흥미로운 해석을 가능하게 한다. 자신과 같이 아름다운 금빛 머리카락을 가진 여인과 재혼하라는 왕비의 유언은 그냥 유언일 수도 있다. 그러나 이 '이야기'는 다소 부자연스러운 가운데 그 유언이 단순한 유언이 아닌, 꼭 지켜야 할 '약속'임을 각인시키기 위해 애쓰고 있다. 그러나 왕비와의 이 약속은 딸과 결혼하고자 하는 왕의 요구를 합리화시키려는 하나의 장치에 불과하다. 이야기는 왕이 금빛 머리카락의 신부를 찾는 것이 왕의 개인적 욕망이 아니라 죽은 부인과 굳게 맺은, 꼭 지켜야 할 약속임을 복선으로 깔고 있다.

그러나 이것은 전달자의 개입이며, 그들의 시각이라고 할 수 있다. 우리는 이 이야기에서 아버지와 딸의 결혼, 즉 근친상간의 모티프를 희석시키고자 하는 의도를 가지고 있음을 엿볼 수 있다. 그림 형제도 이런 의도에서 최종 판본에서 공주와 결혼하는 왕을 친부인 왕이 아닌 다른 왕으로 변형시켰으며, 딸과 결혼하려는 아버지의 요구를 하느님이 허락하지 않는 금기사항이라고 표현하기도 했다. 또한 공주도 도저히 있을 수 없는 아버지와의 결혼을 피하기 위해 무리한 요구를 했다. 그런데도 왕이 어려운 과제를 해결하자 공주가 아버지를 피해 멀리 떠나는 것으로 근친상간의 비극을 모면한 것으로 이야기를 변형시켜놓았다.

그러나 1812년의 최초 판본에서는 공주가 아버지인 왕과 결혼하는 것을 분명히 관찰할 수 있다. 이 판본에서도 공주는 아버지에게 해, 달, 별 세 벌의 옷과 수천 가지 털가죽으로 된 외투를 요구한다. 그러나 어려운 과제를 요구함으로써 왕을 포기시키고자 하는 의도는 찾아보기 힘들다. 또한 공주가 달아나자 왕은 바로 공주가 숨어 있는 숲으로 찾아와 가지각색 털가죽을 뒤집어쓰고 있는 공주를 모르는 체하며 성으로 데리고 와 부엌데기로 일을 시킨다. 그리고는 성에서 무도회가 열리는 날이면 공주는 왕에게서 받은 옷을 차례로 입고 춤을 추러 가며, 자신이 끓인 수프 속에 황금 반지와 물레, 물렛가락을 넣어 자신의 신분을 밝힌다. 결국 왕은 자신의 가장 사랑스러운 신부를 찾은 것으로 이야기는 종결된다.

이상의 과정으로 보아 공주는 이방인의 형태를 빌려 아버지인 왕과 결혼했다고 보아야 할 것이다. 공주가 요구한 가지각색 털가죽도 아버지를 단념시키기 위한 과제라기보다는 결혼을 위해 준비한 의복으로 보아야 할 것이다. KHM 46 〈피처의 새〉에서도 결혼을 준비하는 신붓감은 온갖 새의 깃털로 온몸을 치장한다. 따라서 〈가지각색 털가죽〉에는 민담으로서는 이례적이기는 하지만 근친상간의 모티프가 내재되어 있음을 확인할 수 있다.

그러나 분명한 것은 이 민담이 딸에게 이성의 감정을 느껴 금기를 깨뜨린 파렴치한 아버지를 고발하거나, 딸의 가련함을 위로하려는 이야기가 아니라는 점이다. 더구나 근친상간을 저지른 아버지와 딸의 선정성을 전하려는 이야기는 더더욱 아니다. 근친상간은 통속적인 설화의 소재일 수 있으나 결혼을 다룬 마법담의 소재일 수는 없다. 블라디미르 프로프는 모계적 전통을 따르는 비나혼의 형태로 결혼을 해야 하는 경우, 왕의 권력이 사위에게 넘어가거나 때로는 왕의 생명까지 위협받는데, 이를 막기 위해 왕은 성년의 딸과 결혼해야 했다고 이야기한 바 있다. 이런 경우 그 시대에 합당한 합법적인 결혼 절차를 밟기 위해 준비와 장치가 필요했을 것이다. 또한 세간의 이목을 속이기 위한 묵계도 행해졌을 수 있는데, 그 중 이야깃거리가 생길 수 있다.

또 다른 가정도 가능하다. 〈가지각색 털가죽〉이 아버지와 딸 사이의 결혼이 금기가 아니었던 시대에 발생한 민담일 수 있다. 지금 우리가 알고 있는 근친상간의 개념은 부계적 혈통을 기준으로 한다. 그러나 이 이야기가 초기의 모계적 혈통을 따르던 시대에 발생한 설화라면 아버지와 딸의 결혼은 근친상간이 아니다. 같은 어머니의 자식이 아닌 사람들의 결혼은 근친상간이 아니기 때문이다.

금지된 것을 뛰어넘는 행위는 분명 민담의 주요 모티프이다. 그러나 민담에서 금지된 상황은 이른바 미성숙한 주인공에게 금지된 그 무엇이다. 민담의 주인공이 약하고 모자라게 등장하는 배경에는 힘없는 인간이 바로 민담의 주인공임을 상기시키는 문체의 특성 중 한 면으로, 그런 힘없는 인간이 자신의 굴레를 뛰어넘어 새로운 세계로 도약하는 것을 보여주는 신선한 역전이 준비되어 있다. 그러나 〈가지각색 털가죽〉의 금기 위반은 주인공의 도약을 위한 장치가 아니다. 그렇다고 사건의 비통함을 보여주는 이야기도 아니다. 근친상간의 금기를 보여주는 이야기라면 우리의 〈달래 고개〉와 같은 전설이 되었어야 한다. 분명 〈가지각색 털가죽〉은 비극적·전설적 상황의 이야기가 아니다.

이와 같은 시각에서 우리는 〈가지각색 털가죽〉을 좀더 포괄적인 민담적 상황으로 사건의 전개를 재구성해볼 필요가 있다. 우선 이 민담이 결혼 이야기라는 점에서 시작해보자. 민담의 결혼은 이야기의 결론인 동시에 목표이다. 그리고 결혼을 위한 통과의례가 내재되어 있다. 특히 주인공이 여자인 경우 결혼을 하기 전에 신붓감인 여성은 떠남과 죽음 또는 고난과 환생의 과정을 거쳐 과거와 차단된 진정한 신부로 다시 태어나야 한다.

〈가지각색 털가죽〉에서 공주가 성을 떠나 신분을 숨기고 부엌에서 비천하게 지내는 것은, 즉 '가진 것이 아무것도 없고, 아는 것도 없는 여인'으로 다시 태어난 것에 해당한다. "너는 누구냐?"라는 반복되는 왕의 물음과 "불쌍한 소녀일 뿐"이라는 공주의 대답은 그녀가 과거와 단절된 현재의 인물임을 확인하려는 문답이다. 온몸에 검정을 칠하고 신분을 속인 채 '재투성이'로 부엌에서 지내다가 금빛과 은빛, 별빛 옷을 차례로 바꿔 입고 춤을 추러 가는 것 역시 〈재투성이〉에서도 관찰할 수 있었던 '재의 길'로의 하강과 '진정한 신부'를 상징하는 메타포라고 할 수 있다.

이런 맥락에서 왕비의 죽음과 그녀의 유언을 다시 살펴보면, '왕비의 죽음', '닮은 신부'라는 두 모티프로 집약되면서 이 두 사건을 중첩시킬 수 있다. 즉 죽은 왕비와 새 왕비는 한 여인으로서 입문의례를 위한 가상의 죽음과 환생이라는 두 축으로 이야기를 포괄적으로 이해할 수도 있으며, 〈라푼첼〉이나 KHM 13 〈숲속의 세 난쟁이〉에서와 같이 첫 번째 결혼 후 입문의례를 치르고 진짜 결혼식을 다시 올리는 중혼의 구조도 발견할 수 있다.

아울러 아르네-톰슨 유형 510 B에 속하는 〈가지각색 털가죽〉은 510 A에 해당하는 〈재투성이〉의 유사 유형으로서 '재' 또는 '검정'을 칠하고 자신을 철저히 은폐한 처녀와 세 벌의 드레스, 털 가죽 외투, 반지 등으로 '진짜 신부와 가짜 신부'의 정체성을 묻는 완성된 결혼담을 담은 정통 마법담으로 구성되었음을 확인할 수 있다.

49
열두 명의 사냥꾼

KHM 67

옛날에 약혼녀와 행복하게 지내던 한 왕자가 있었다. 어느 날 아버지가 죽을병에 걸려 왕자를 애타게 기다리고 있다는 소식을 받았다. 왕자는 사랑하는 약혼녀를 남겨두고 혼자 가는 것이 마음에 걸렸지만, 왕이 되어 돌아오겠다는 약속과 함께 반지를 주고 길을 떠났다.

몹시 위중했던 왕은 마지막 소원으로 왕자에게 어떤 왕의 딸을 아내로 맞이할 것을 당부했다. 왕자는 아버지의 유언을 차마 거절할 수 없어 승낙하고 말았다. 그러자 왕은 편안히 눈을 감았다. 얼마 뒤 왕자는 다른 나라의 공주와 결혼하기 위해 결혼식 준비를 했다. 온 나라 안에 왕자의 결혼식 소식이 퍼져 약혼녀도 그 소식을 듣게 되었다.

슬픔에 빠진 약혼녀를 본 아버지는 그녀에게 원하는 것이 무엇인지 물어보았다. 그녀는 자신과 닮은 사람 11명을 구해달라고 했다. 약혼녀는 11명의 처녀를 모아 사냥꾼 옷으로 갈아입고 성으로 향했다. 왕자는 왕이 되어 있었다. 약혼녀는 새로운 왕에게 12명 모두를 사냥꾼으로 써줄 수 있느냐고 물어보았다. 약혼녀를 알아보지 못한 왕은 그녀의 제안을 수락하여 함께 성에서 지내게 되었다.

그런데 왕에게는 비밀을 알아맞히는 신기한 사자 한 마리가 있었다. 사자는 왕에게 새로 뽑은 12명의 사냥꾼이 모두 여자라고 알려주었다. 하지만 왕은 사자의 말을 믿지 않았다. 이에 사자는 대기실 바닥에 콩을 뿌려놓으면 알 수 있을 것이라고 말했다. 남자는 콩을 밟아도 잘 걸을 수 있지만 여자는 콩을 밟으면 잘 걷지 못할 것이라고 장담했다.

그러나 사냥꾼들과 친한 신하 한 명이 약혼녀에게 콩으로 시험할 것이라는 사실을 미리 알려주어 사냥꾼들은 비틀거리지 않고 콩 위를 지나갈 수 있었다. 사자는 물론 다시 한 번 시험하자고 제안했다. 왕은 사자의 제안을 받아들여 12개의 물레를 대기실에 준비해놓으라고 명령했다. 그러나 이번에도 신하가 알려주어 아무도 물레를 쳐다보지 않아 사자만 낭패를 보고 말았다.

하지만 결혼할 공주가 곧 도착한다는 소식을 들은 약혼녀는 그만 정신을 잃고 말았다. 왕은 아끼던 사냥꾼이 쓰러지자 일으키려다가 그녀의 손에 끼워져 있는 반지를 보고 그녀가 자신의 약혼녀임을 알게 되었다. 왕은 공주에게 "자신은 아내가 있는 사람이며, 이미 열쇠가 있는 사람은 다른 열쇠는 필요하지 않는 법"이라는 전갈을 보내고 약혼녀와 성대한 결혼식을 올렸다.

⚜

〈열두 명의 사냥꾼〉은 제목만 보고는 이야기의 내용을 짐작할수 없다. 일반적으로 민담에 등장하는 복수의 인물은 KHM 9 〈열두 형제〉를 비롯하여 KHM 25 〈일곱 마리 까마귀〉, KHM 49 〈여섯 마리 백조〉, KHM 53 〈백설공주〉, KHM 71 〈여섯이 세상을 누비다〉 등에서와 같이 '남자'이며, 대부분의 경우 이들 남자는 숲속에서 공동생활을 한다.

그러나 〈열두 명의 사냥꾼〉은 실제 사냥꾼도 아닐뿐더러 남장을 한 여성이라는 점이 흥미롭다. 민담에 수용된 숫자는 대부분 민속적 의미를 지니고 있으며, 이야기 전개상 삼세번의 규칙 등 민담의 서사적 특성을 드러내는 기능을 한다. 따라서 대다수의 민담은 삼세번의 규칙에 상응하면서도 세상의 균형을 나타내는 숫자인 '3'에서 비롯된 '삼 형제'나 '삼 남매'의 모티프를 자주 사용한다.

'6'도 '3'의 약수의 합이자 곱인 완전한 숫자로 사용되었으며, '7'도 '3'과 더불어 민담에 자주 등장하는 숫자로서 다수를 의미하는 완전함과 충만함을 나타낸다. 특히 '12'는 고대 발달된 문명 지역에서 관찰할 수 있는 12진법이나 12궁도, 12달 등의 관련 개념으로 보더라도 인간을 둘러싸고 있는 세계를 읽을 수 있는 가장 큰 범주의 우주적 숫자에 해당하는 무한수의 기수이다. 따라서 〈열두 명의 사냥꾼〉의 12명도 민담에서 수용할 수 있는 최대의 인물의 수를 의미한다고 보아야 할 것이다.

약혼녀를 알아보지 못하는 신랑감 이야기는 '잊혀진 신부' 모티프에 해당한다. 그러나 이 이야기에서 왕자가 약혼녀를 알아보지 못한 것은 그녀가 사냥꾼으로 남장을 하고 있었기 때문이기도 하지만, 더욱 주요한 이유는 스스로를 알리지 않았기 때문이다. 그러므로 약혼녀의 남장은 금기를 어기고 신랑을 잃어버린 '잊혀진 신부'의 모티프로 보기는 어렵다.

따라서 '남장을 한 약혼녀'는 '잊혀진 신부' 이야기를 위한 숨겨진 코드라고 볼 수 있다. 또한 이 민담을 흥미롭게 만드는 '남장의 열두 여인'과 '자신의 정체를 밝히지 않는 약혼녀'의 모티프와 연결해보면 이 모티프가 왕자와 약혼녀의 결혼을 위한 일련의 과정으로 작용한다는 것을 알 수 있다. 남장을 하고 자신을 숨긴 약혼녀는 결혼을 앞둔 여인의 말없음과도 연결지을 수 있으며, '자신의 정체를 숨기는 신붓감'의 모티프는 약혼녀를 구별해내야 하는 '신랑 시험'과도 관련이 있다.

똑같이 생긴 사람들 중에서 약혼녀를 찾아내야 하는 시험은 19세기까지 유럽 전역에 널리 유포되어 있던 결혼의식이었다. 결혼식 날 신랑은 한 무리의 소녀들 사이에서 자신의 약혼녀를 찾아내야 했으며, 일부 지역에서는 치마 아래로 드러난 다리를 보고 약혼녀를 찾아내기도 했다. 신랑에게 주어진 이러한 시험은 일종의 호사다마好事多魔의 방지책, 즉 '결혼을 방해하려는 존재를 속이기 위한 꾀'로 설명할 수 있으나, 첫날밤의 성적 접촉을 금하는 금기사항과 더불어 아직까지 신부는 신부 아버지의 권한 아래에 있다는 뜻이기도 했다.

그러나 약혼녀가 자신과 닮은 11명의 여자들과 사냥꾼으로 가장하고 길을 떠나는 것은 결혼을 하러 가는 행렬이 약탈혼으로부터 유래된 풍속이므로 신부를 보호하기 위한 '들러리' 행렬로 보는 것이 가장 타당하다. 들러리는 원래 결혼을 하러 가는 신부의 약탈을 방지하기 위한 '가장 행렬'이었다. 따라서 들러리와 신부를 구별할 수 없게 가장을 해야 했으며, 힘이 센 남자들로 구성되는 경우도 있었다. 따라서 사냥꾼 복장으로 남장을 한 약혼녀의 행렬은 12명이라는 완전한 다수로 구성된 형식을 잘 갖춘 결혼 행렬로 보아야 할 것이다. 그리고 약혼의 증표로 사용된 반지와 함께 "당신은 나의 것이며, 나도 당신의 것이다."라는 중세시대의 약혼 문구로 보아 〈열두 명의 사냥꾼〉은 중세 이후의 결혼 과정이 반영된 민담이라고 할 수 있다.

약혼할 때 반지를 주는 풍습은 고대 로마시대의 기록에서도 찾아볼 수 있다. 그 기원은 신부 아버지에게 전달된 매매혼의 증표로 소급된다. 따라서 약혼반지는 강한 법적 구속력을 가지고 있지 않았으며, 오히려 기원전에는 열쇠가 더 중요한 의미를 갖는 혼수였다. 그래서 로마시대에는 열쇠 달린 반지를 약혼 선물로 주는 풍습이 유행했으며, 중세 이후 유럽에서는 결혼할 때 주부권의 상징으로 신부에게 열쇠를 맡기는 관례가 널리 유포되어 있었다.

이러한 역사적 배경은 이 이야기에서 왕이 공주에게 결혼 파기를 알리면서 "이미 열쇠가 있는 사람은 새 열쇠는 필요하지 않은 법"이라고 말하는 이유를 이해할 수 있는 근거를 제공한다. 이렇듯 반지와 열쇠는 약혼녀를 뜻하는 물건으로서, KHM 65 〈가지각색 털가죽〉에서도 결혼 예물을 알리는 증표로 사용되었다.

그러나 이러한 물건보다도 〈열두 명의 사냥꾼〉에는 '콩'과 관련된 성적 특성이 흥미롭게 수용되어 있다. 여성은 콩을 밟으면 중심을 잡을 수 없다고 하는 것이 바로 그것이다. 이는 여성의 몸이 가볍다는 것을 뜻하는 것으로 이해할 수 있으나, 그리스의 수학자 피타고라스는 남성의 고환을 닮았다는 이유로 콩을 먹지 않았다는 설과도 관련지어 생각해볼 수 있다.

또한 콩은 고대부터 여성과 남성을 상징하는 양성적 상징으로 받아들여졌으며, 나아가 삶과 죽음의 중간자적 존재로도 비유되었다. 일본의 민속학자 나카자와 신이치도 콩을 중간 매개 상징으로 보았다. 남성과 여성의 성적 상징을 연상시키는 의미 관련에서 콩을 남성과 여성의 경계선상에 있는 중간자적 상징으로 파악했다.

〈열두 명의 사냥꾼〉에 나오는 콩도 남장 차림의 여성의 의미와 관련해서 파악해보면 그녀들의 중간자적 성적 경향과 들러리로서 가짜 신부와 진짜 신부 사이의 중간 역할을 함께 생각해볼 수 있다.

50

암탉의 죽음

KHM 80

암탉과 수탉이 호두를 찾아 나누어 먹기로 하고 산으로 갔다. 그러나 호두를 먼저 찾은 암탉은 혼자 몰래 먹기 위해 급히 알맹이를 삼키다가 그만 목구멍에 걸리고 말았다. 숨이 막혀 죽을 것 같은 암탉은 수탉에게 물 좀 가져다달라고 비명을 질렀다. 수탉은 부리나케 우물로 달려갔다.

하지만 우물은 새색시에게 가서 붉은 비단을 가지고 오면 물을 주겠다고 했다. 수탉은 새색시에게 달려가서 부탁했다. 그러나 새색시는 버드나무에 걸려 있는 자기 화환을 가져다주면 붉은 비단을 주겠다고 했다. 그래서 수탉은 버드나무 가지에 걸려 있던 화환을 새색시에게 가져다주고, 붉은 비단을 받아 우물에게 주어 겨우 물을 얻어 가지고 암탉에게로 달려갔다.

그러나 암탉은 이미 숨이 끊어져 있었다. 수탉은 몹시 슬퍼하며 목청껏 소리 높여 울었다. 수탉의 울음소리를 듣고 나타난 모든 동물도 함께 울었다. 여섯 마리 생쥐가 암탉을 싣고 갈 마차를 만들어 수탉이 마차를 몰았다. 그리고 가는 도중에 만난 여우, 늑대, 곰, 사슴, 사자를 비롯해 온갖 동물을 뒷자리에 태웠다. 그렇게 얼마 가자 개울이 나타났다. 모두 어떻게 건너야 할지 걱정하고 있을 때 개울가에 누워 있던 지푸라기가 자신의 등을 밟고 건너가라고 했다.

생쥐가 개울을 건너기 위해 지푸라기를 밟자마자 미끄러지면서 물속에 빠지고 말았다. 그때 마침 길을 지나던 숯이 도와주겠다며 나섰다. 그러나 숯도 물에 닿자마자 죽고 말았다. 다음에는 돌멩이가 자청해서 물속에 누웠다. 그러나 마차의 무게를 견디지 못해 마차에 타고 있던 동물들이 모두 물속에 빠져 죽고 말았다. 죽은 암탉과 단둘이 남은 수탉은 혼자서 암탉을 묻고 그 위에 앉아서 하염없이 울다가 자신도 죽고 말았다.

❦

〈암탉의 죽음〉은 '사슬 민담'으로 분류할 수 있다. 사슬 민담은 앞 문장과 뒤 문장이 서로 대구를 이루며 이야기를 구성한다. 때로는 결론도 내용도 없이 끝없이 말잇기로 이어지기도 한다.

그러나 〈암탉의 죽음〉은 내용이나 모티프 면에서 볼 때 말잇기를 주 문체로 하는 여타 사슬 민담과는 다소 거리가 있다. 우선 내용상으로 〈암탉의 죽음〉은 민담의 특징으로 규정되는 '해피엔딩'의 결론에서 벗어나 있다. 이 민담은 민담의 고유 특성이나 말 잇기의 본래적 문체 특성에도 불구하고 비극적 결말로 끝을 맺고 있다. 또한 형태상으로는 소담의 성격을 띤 사슬 민담이지만, 내용상으로는 비극적 설화의 성격을 지니고 있다. 사슬 민담의 구조가 얄미우리만치 수탉을 괴롭히던 연이은 과제 때문이었을까. 수탉이 정신없이 뛰어다닌 보람도 없이 암탉은 숨을 거두고 말았으며, 암탉을 잃은 슬픔을 이기지 못한 수탉도 결국 따라 죽었다.

암탉의 죽음에 슬피 우는 수탉의 울음소리를 듣고 많은 동물이 모여든다. 대부분의 동물 소담에서 동물 주인공은 주로 대립적 양상으로 나타난다. 그러나 암탉의 장례식에 모인 동물들은 적대적 양상을 보이지 않는다. 단지 암탉의 죽음을 애도할 뿐이며, 암탉을 장사 지내기 위해 함께 마차를 타고 간다. 그리고 개울을 건너다가 차례로 물에 빠져 죽는다. 물속에 들어가면 꺼지게 될 숯도 물속으로 들어가 죽고 만다.

〈암탉의 죽음〉의 이런 양상은 '장례'의 절차와 관련된 설화 모티프를 보여준다. 민담에서 장례식의 모습을 보여주는 이야기는 드물다. 일반적으로 민담의 죽음은 모의적이며 가상적이다. 그러나 〈암탉의 죽음〉에서는 사실적 죽음과 고대의 장례식 모티프를 보여주고 있다.

고대의 장례식 모습을 볼 수 있는 설화로 '발데르의 죽음'을 들 수 있다. 북유럽 신화의 주신 오딘의 아들 발데르가 겨우살이 화살에 맞아 죽어 그를 애도하기 위해 수많은 신이 모인다. 서로 적

대적인 신도 있으나 너무나 아름답고 우아하던 발데르의 어이없
는 죽음에 한마음으로 애도를 표한다. 신들은 발데르의 시신을
바닷가로 가져가 화장대에 뉘여 바다로 떠나보내려고 한다. 그러
나 슬픔에 빠져 기운을 잃은 신들은 화장대를 바다로 밀어 보내
지 못해 애를 쓴다. 그래서 거인족 여인 히로킨에게 도움을 청한
다. 히로킨은 있는 힘껏 화장대를 밀다가 소나무로 만든 굴대가
물속에 빠지는 바람에 화장대도 물속에 처박히고 만다. 히로킨이
발데르의 화장대를 거칠게 다루자 화가 난 신들은 다시 힘을 모
아 붉은 천을 화장대에 깔고 그 위에 발데르를 뉘여 바다로 밀어
보낸다. 그 모습을 지켜보던 발데르의 아내 난나도 가슴이 터져
죽어서 발데르와 함께 바다로 보내진다.

'암탉의 죽음'과 '발데르의 죽음'은 주인공의 성별이 서로 다
르고 함께 죽는 배우자의 성별도 바뀌어 있다. 그러나 장례 절차
나 전개가 상당 부분 유사하다. 그리고 수탉이 암탉을 구하기 위
해 뛰어다니는 모습은 죽은 발데르를 살리기 위해 발데르의 동생
헤르모드가 죽음의 신 헬에게 달려가는 모습을 연상시킨다. 저승
으로 간 헤르모드는 죽은 발데르와 난나를 만나는데, 발데르는
증표로 오딘에게서 받은 팔찌를 헤르모드에게 주고 난나는 머리
의 화환을 건네준다. 발데르를 부활시켜달라는 헤르모드의 청에
저승의 신 헬은 발데르가 모든 이들에게 사랑받았다는 증거로 모
든 신이 발데르를 위해 울어주면 발데르를 돌려보내주겠다고 약
속한다. 하지만 로키의 거부로 발데르는 신들의 땅인 아스가르트
로 돌아오지 못한다.

〈암탉의 죽음〉에서도 목구멍에 호두가 걸려 죽을 것 같은 암탉을 위해 수탉은 동분서주하지만 암탉은 끝내 숨을 거두고 만다. 발데르를 구하기 위해 천신만고 끝에 저승에 다녀온 헤르모드와 마찬가지로 고생한 보람도 없이 수탉은 암탉을 구하지 못한다.

그러나 이야기는 이것으로 끝이 아닐 수도 있다. 《북유럽신화》의 가장 아름다운 신 발데르가 봄이 되면 참나무 정령으로 되살아온 숲에 생명을 불어넣듯이, 버드나무에 걸려 있는 새색시 화환과 붉은 비단, 우물의 맑은 물 역시 새로운 삶을 의미하는 모티프에 해당한다. 따라서 여타 민담의 죽음이 그것으로 끝이 아니듯 '암탉의 죽음' 역시 '암탉의 결혼'을 위한 일시적 죽음이었을 수도 있다. 그것은 '말잇기'가 아직 끝나지 않은 미완의 이야기이기 때문이다.

51
행복한 한스

KHM 83

한스는 7년 동안 주인을 섬기며 열심히 일했다. 그러던 어느 날 집으로 돌아가기 위해 품삯으로 커다란 금덩이 하나를 받았다. 한스는 금덩이를 보따리에 싸서 어깨에 메고 집으로 가던 중 말을 타고 달려가는 남자를 보았다. 한스와 눈이 마주친 남자는 가던 길을 멈추고 말을 걸었다. 한스는 자신이 메고 있는 금덩이가 너무 무거워 힘들어 죽겠다고 투덜거렸다.

그러자 말을 탄 남자는 말과 금덩이를 바꾸면 어떻겠느냐고 제안했다. 한스는 기다렸다는 듯이 냉큼 금덩이를 말과 바꾸었다. 말 위에 올라탄 한스는 기분좋게 달리다가 더 신나게 달리고 싶어 말 주인이 가르쳐준 대로 혀를 차며 '이랴!' 하고 외쳤다. 그러자 말이 껑충 뛰면서 한스를 밭고랑에 팽개치고 달아났다. 그때 마침 소를 몰고 오던 농부가 잡아주지 않았다면 말을 잃어버리릴 뻔했다.

한스는 간신히 몸을 일으키며 말보다는 우유나 치즈를 먹을 수 있는 암소가 낫겠다고 중얼거렸다. 그러고는 농부에게 말과 소를 바꾸자고 말했다. 그러자 농부는 한스에게 소를 건네주고 서둘러 떠났다. 소를 타고 가던 한스는 목이 말라 소젖을 짜서 먹으려다가 소의 뒷발에 차여 정신을 잃고 말았다.

다행히 한스는 어린 돼지를 끌고 지나가던 푸줏간 주인의 도움으로 정신을 차렸고, 아무짝에도 쓸모없는 소를 푸줏간 주인의 어린 돼지와 맞바꾸었다. 부드러운 소시지를 먹을 생각에 기분이 좋아진 한스는 언제나 운 좋게도 원하는 대로 일이 이루어진다고 생각하며 길을 재촉했다.

한스는 거위를 안고 가는 소년을 만났다. 소년은 마을 시장의 돼지가 없어져서 난리가 났다는 말을 전하며 자신의 거위를 자랑했다. 그러고는 한스의 돼지를 보면 단박에 한스를 범인으로 지목할 것이라고 말했다. 겁이 난 한스는 돼지와 거위를 바꿨다.

다시 길을 재촉하던 한스는 숫돌로 가위를 갈면서 노래를 부르는 남자를 만났다. 한스는 발걸음을 멈추고 신나게 가위를 가는 모습을 보며 "좋아하는 일을 해서 그렇게 즐거운 거예요?" 하고 물었다. 가위 가는 사람은 한스의 말에 어디서 그렇게 아름다운 거위를 샀냐고 물었다. 한스는 그동안의 일을 자랑스레 이야기했다.

가위 가는 사람은 한스가 원하는 것을 차례로 얻는 재주를 가진 사람이라고 추어주면서 일어날 때마다 돈 소리를 들을 수 있는 좋은 직업을 가질 수 있다면 정말로 행운아가 될 것이라고 말했다. 한스는 두말 할 것도 없이 숫돌과 거위를 바꾸었다. 그리고 덤으로 못을 펼 때 받칠 돌덩이도 하나 더 얻었다. 한스는 행운을 잡았다고 좋아하며 돌덩이 두 개를 짊어지고 신나게 길을 걸어갔다.

그러나 소 사건 이후 굶었던 탓에 배도 고프고 목도 말라 힘이 하나도 없었다. 게다가 등에 짊어진 돌덩이 두 개가 그를 내리누르고 있어 '이 돌들을 없앨 수 있다면 얼마나 좋을까'라는 생각뿐이었다.

다행히 우물을 발견한 한스는 우물가에 몸을 기대고 물을 마시기 시작했다. 그때 한스는 몸의 중심을 잃는 바람에 우물 옆에 고이 놓아두었던 돌덩이 두 개가 우물 속으로 빠지고 말았다. 우물 속에 빠진 돌덩이를 잠시 바라보던 한스는 불현듯 무릎을 꿇고 돌덩이에서 해방시켜준 신에게 감사 기도를 올렸다. 그리하여 한스는 가벼워진 몸과 마음으로 환호성을 지르며 고향으로 달려갔다.

❧

그림 형제의 KHM에는 '한스'가 주인공으로 등장하는 이야기가 다수 있다. 그러나 한스라는 이름을 보고 그가 똑똑한 주인공일 것이라고 생각하는 사람은 아무도 없다. 그만큼 한스라는 이름은 '바보'라는 또 다른 이름으로 독자의 뇌리에 각인되어 있다. 그렇다고 한스가 불행하다고 생각하는 사람도 없다.

〈행복한 한스〉는 현대에서도 패러디나 그 밖의 선전 문구 등으로 널리 애호하는 소담 중 하나이다. 한스의 거래가 어처구니없지만, 한편으로는 시원스럽기도 하고 한스의 행복감을 함께 공유하고 싶기도 하다.

이 민담은 KHM 100 〈악마의 숯검둥이 동생〉이 변형된 듯한 이야기로 〈악마의 숯검둥이 동생〉에 나오는 병사처럼 한스도 7년 동안 일한 대가로 '금덩이'를 받는다. 그러나 이 금덩이가 병사와는 달리 한스에게는 행복이 되지 못했다. 한스는 짐이 되었던 무거운 돌덩이에서 해방될 수 있도록 축복을 내려준 신에게 감사의 기도를 올린 후 "태양 아래 나처럼 이렇게 운 좋은 사람은 없어."라고 환호하며 가벼운 몸과 마음으로 어머니가 계신 고향으로 달려간다.

맨몸의 금의환향이었다. 그런데도 그는 행복했을까? 기존의 민담에서 보아온 금의환향의 행복한 결말에 익숙한 독자들은 무언가 숨겨진 뜻이 더 있을 것이라는 기대감을 버리지 못할지도 모른다. 그러나 이야기는 이것으로 끝나고, 더 이상의 인과응보도 보너스도 없다.

우둔한 바보의 행복한 거래나 몽둥이를 피하는 이야기는 중세 이후 이탈리아나 스페인 등지에 널리 알려진 소담의 모티프였다. 마치 물물교환시대의 모티프인 양 보이는 이 소재들은 우화식의 경고를 넘어 유쾌한 행복론자의 전형을 보여준다. 아무리 값어치가 있는 것이라고 하더라도 자신에게 어울리지 않으면 아무 소용이 없으며 오히려 짐이 될 뿐이다. 편안하고 걱정 없이 때로는 게

으르기조차 한 행복론자들은 영리하고 부유한 이들의 생활방식과는 다른 삶을 살아간다. "가난하였으므로 행복하다."라는 말에 어울리는 삶인 것이다.

그러나 무엇보다도 독자들이 한스 이야기를 읽으면서 기대하는 것은 웃음이다. 이 웃음은 바로 소담을 규정하는 가장 특징적인 성격이다. 웃음에는 여러 가지가 있다. 유머, 위트, 기지, 익살, 풍자, 외설, 그로테스크, 농담, 조소, 반어, 흉내, 패러디, 간계, 거짓말, 냉소, 조롱 등 다양한 웃음의 형태와 더불어 목적과 의미도 다양하다.

그러나 웃음을 유발하는 주체의 자세를 중심으로 웃기는 방법을 간단히 나누어보면, 자신을 웃음거리로 만들어 상대를 웃기는 방식과 상대를 비하하여 웃기는 방식이 있다. 자신을 낮추어 타인을 웃기는 모습은 굉장히 익살스럽다. 또한 유머에서 유발되는 웃음은 보고 듣는 이들로 하여금 편안한 카타르시스에 이르게 한다. 풍자나 조소와 같이 상대를 비하하여 얻는 웃음과는 질이 다르다. 유머에서 유발되는 웃음은 인간다움과 즐거움, 생명력을 지니고 있다.

'바보 이야기'에서 체험할 수 있는 웃음은 자신을 낮추어 상대를 웃기는 유머에서 비롯되며, 순진하고 소박한 그 웃음을 접하는 이는 경계심을 허문다. 한스가 돌덩이를 우물에 빠뜨리고 집으로 달려가는 대목에서 자신도 모르게 웃음이 터져 나오는 것은 한스의 바보짓이 예상된 행동이기 때문이며, 그의 행동에 고심할 필요가 없기 때문이다.

이렇듯 유머에 의한 웃음은 마법담의 구조를 벗어난 소담의 아우라로서 독자를 향해 열린 소담의 마법적 코드라고 할 수 있으며, 피곤한 일상에 생명력을 더해주는 마법일 것이다.

52

가난한 이와 부자

KHM 87

아주 오래전 하느님이 사람과 함께하던 그때, 하루는 피곤해진 하느님이 여관을 찾다가 서로 마주 보고 있는 부잣집과 가난뱅이 집을 보았다. 하느님은 하룻밤 신세를 지기 위해 부잣집 문을 두드렸다. 그러나 남루한 모습으로 하룻밤 묵어갈 것을 청하는 하느님을 살피던 부자는 머리를 흔들며 거칠게 문을 닫았다.

하느님은 하는 수 없이 가난뱅이 집 문을 두드렸다. 가난뱅이는 하느님을 흔쾌히 맞아주었다. 가난뱅이 아내도 보잘것없지만 따뜻한 음식을 하느님께 대접하고 하나밖에 없는 잠자리를 내주었다.

다음 날 아침, 부부와 함께 아침 식사를 마친 하느님은 다시 길을 떠나기 위해 집을 나서기 전 세 가지 소원을 말해보라고 말했다. 그러자 가난뱅이는 천국에 가는 것과 건강하게 살면서 살아 있는 동안 양식이 떨어지지 않았으면 좋겠다고 말했다. 그리고 세 번째 소원은 무엇을 말해야 할지 모르겠다고 대답했다. 그의 말에 하느님이 초라한 오두막 대신 새집은 어떻겠느냐고 물었고, 부부는 좋다고 답했다. 하느님은 부부를 축복해주고 소원도 들어주어 오두막은 곧 새집으로 변했다.

한편, 해가 중천에 떴을 때 잠에서 깬 부자는 창밖을 내다보다가 깜짝 놀랐다. 쓰러져가던 초라한 오두막집이 하룻밤 사이에 새집으로 바뀌어 있었기 때문이다. 가난뱅이에게서 자초지종을 들은 부자는 서둘러 말을 타고 하느님을 따라갔다. 하느님을 만난 부자는 거짓 핑계로 어젯밤 일을 둘러대며 자신의 집에서도 머물다 가라고 애원했다. 하느님이 때가 되면 그러겠다고 말하자 부자는 세 가지 소원을 들어달라고 간청했다. 하느님은 세 가지 소원 때문에 오히려 불행해질 수도 있다고 주의를 주었지만 부자는 막무가내였다. 하느님은 하는 수 없이 집에 돌아가서 세 가지 소원을 말하라며 그의 청을 들어주었다.

부자는 집으로 돌아오는 길에 어떤 소원이 좋을까 생각에 잠겼다. 그런데 갑자기 폭우가 쏟아지자 놀란 말이 날뛰었고 그 바람에 "제발 소원이다. 목이나 부러져 죽어라." 하고 말했다. 그 순간 말이 힘없이 쓰러져 죽고 말았다. 첫 번째 소원이 이루어진 것이다.

타고난 욕심쟁이 부자는 말안장을 짊어지고 가면서 어떤 소원이 좋을지 다시 생각했다. 고민에 고민을 거듭해도 마땅한 소원이 떠오르지 않자 전전긍긍하면서 걸어가던 부자는 한낮의 뜨거운 햇살과 피로로 갈증이 심해져 시원한 맥주 한 잔이 간절해졌다. 그러다가 지금쯤 시원한 방에서 맛있는 음식을 먹고 있을 마누라가 생각이 나자 자신도 모르게 "에이 이놈의 안장! 마누라 엉덩이에나 붙어버려라!" 하고 외치고 말았다. 그 순간 그의 등에서 안장이 사라졌으니 이렇게 두 번째 소원이 이루어진 것이다.

집에 도착한 부자는 말안장 위에 앉아 비명을 지르고 있는 마누라를 보게 되었다. 부자는 세상의 모든 금은보화가 우리 것이 될 테니 참고 살라며 마누라를 달래보았으나 그녀는 금은보화도 다 필요 없다고 울부짖었다. 부자는 어쩔 수 없이 마누라를 안장에서 떨어지게 해달라고 세 번째 소원을 빌 수밖에 없었다. 말이 떨어지기 무섭게 세 번째 소원도 이루어졌다.

이로써 부자가 세 가지 소원을 통해 얻은 것은 아무것도 없었다. 대신 말 한 마리를 잃은 것으로도 부족해 불평과 불만으로 평생을 살아가야 했다. 이에 반해 가난뱅이는 평생 평화롭고 건강하게 살다가 축복받은 죽음을 맞이했다.

❦

구전 민담의 현장성이 잘 구현된 이야기 중 하나인 〈가난한 이와 부자〉는 민담의 구전성이 두드러진 재미있으면서도 종교적 교훈이 강한 기독교 성담에 해당한다.

"말한 대로 되리라", "입살이 고살"이라는 경구가 뜻하는 것처럼 〈가난한 이와 부자〉의 '세 가지 소원'은 '말'이 그대로 실현되는 언어의 주술성과 창조성을 단적으로 보여주는 로고스logos이다. 마법담의 가장 적확한 실천방식으로 기능하는 구전문학의 언어 구현성이 종교적 의미와 결합되면서 말이 곧 실존적 이성임을 의미하는 로고스적 엄격함으로 승화되어 KHM 19 〈어부와 그의 아낙〉에서와 같이 인간의 끝없는 욕망을 경계하는 기능으로 전환되었음을 볼 수 있다. 비록 직접적으로 기독교의 신이 거명되지는 않았으나 어부 아낙의 다섯 번째 소원이었던 '교황'의 지칭 등으로 보아 〈어부와 그의 아낙〉 역시 기독교적 세계관과 무관하지 않음을 알 수 있다. 또한 신에게 방종한 인간에 대한 경고도 보여주었다.

그러나 〈어부와 그의 아낙〉에서의 무거운 메시지와는 달리 〈가난한 이와 부자〉는 기독교적 교훈을 대칭적 계층을 통해 사회적 비판의 기능이 첨가된 소담의 특성을 함께 지니고 있다. 소담의 사회 비판적 성향은 사회적 계층상의 대칭구조로 전환되었다. 왜냐하면 소시민 계층을 주요 인물로 수용하고 그들의 생활고에서 비롯된 소망의 실현을 마법담의 기적으로 대치시킴으로써 '선한 이는 예쁘고, 악한 이는 못생겼다'는 마법담의 추상적 논리 대신, '가난한 사람은 선하고, 부자는 악하다'라는 논리를 적용했기 때문이다.

따라서 〈가난한 이와 부자〉는 가난한 이들을 위로하고 부자들을 희화시키는 재미를 제공하고 있다. 여기에 '세 가지'로 제한된 소원의 기회는 영혼조차 가난한 욕심 없는 이들에게는 충분한 것이었지만, 욕심쟁이 부자에게는 감질만 나는 것이었다. 그러나 숙고를 거친 영악한 계산도 못된 심사心思 때문에 헛되이 날려버렸다. 이런 부자의 나쁜 말버릇은 웃음과 재미를 선사한다. 적어도 이야기를 읽고 있는 동안은 영악하지만 재수가 없는 부자의 작태가 웃기고 고소할 따름이다.

그러나 한 번에 많은 것을 챙길 수 있는 소원을 생각하려다 그 기회조차 한순간에 잃은 부자의 허망함과 회한은 일반적인 우리의 모습이다. 이에 반해 가난뱅이의 세 가지 소원은 미래지향적이라고 할 수 있다. 깨끗한 집에서 평생 먹을 것 걱정 없이 건강하게 살다가 죽어서는 천국에 갈 수 있는 소원이야말로 가장 완벽한 소원의 종합 선물세트이다.

언뜻 소박한 것 같지만 가난뱅이의 세 가지 소원은 가장 원초적인 인간의 소망이다. KHM 83 〈행복한 한스〉에서 살펴본 것처럼 무거운 마음의 짐을 내려놓고 영혼의 가난을 좇아 사는 삶이 복되다고 말하고 있다. 반면에 욕심이 많은 자에게는 애당초 단 한 가지 소원도 허용되지 않는 듯해 보이는 이 이야기에서 죄를 받지 않은 것만도 다행이라고 여겨진다.

이렇듯 〈가난한 이와 부자〉는 일차적으로 영혼이 가난한 이의 삶을 찾아 축복을 주는 기독교적 삶을 이야기하고 있다. 그러나 태생부터 욕심이 많은 이에게는 부자가 아니더라도 굉장히 어려운 씁쓸한 과제가 아닐 수 없다. 그러나 다행스럽게도 인간에게 주어진 덕목은 시대마다 다른 듯하다. 우리는 이미 흥부와 놀부에 대한 생각이 뒤바뀐 세상에 살고 있지 않은가.

53
노래하며 날아오르는 종달새

KHM 88

옛날에 세 딸을 둔 아버지가 있었다. 어느 날 아버지는 먼 여행을 떠나면서 세 딸에게 원하는 선물이 무엇인지 물어보았다. 큰딸은 진주, 작은딸은 다이아몬드를 원했으나, 막내딸은 노래하며 날아오르는 종달새를 갖고 싶다고 말했다.

아버지는 여행을 마치고 돌아오는 길에 큰딸과 작은딸을 위해 진주와 다이아몬드를 샀다. 그러나 막내딸이 부탁한 종달새는 구할 수 없었다. 그러다가 어느 깊은 숲속의 커다란 성에 있는 나무 꼭대기에서 노래하는 종달새 한 마리를 보았다. 아버지는 기뻐하며 하인에게 시켜 그 종달새를 잡아오라고 했다.

하인이 막 나무 위로 올라가려는 순간 어디선가 사자 한 마리가 나타나 자신의 종달새를 잡아가는 놈은 모두 잡아먹겠다고 으

426

르렁거렸다. 놀란 아버지는 가지고 있던 금덩이를 모두 줄 테니 살려달라고 애원했다. 그러나 사자는 집에 도착해서 처음 만나는 것을 주겠다고 약속하면 목숨도 살려주고 종달새도 주겠다고 말했다. 아버지는 섣불리 약속할 수 없었지만 승낙하고 말았다.

아버지가 집에 도착하자 제일 먼저 막내딸이 마중 나왔다. 아버지는 비통한 심정으로 막내딸에게 종달새를 보여주며 그동안의 일을 이야기했다. 그러고는 어떤 일이 있어도 절대 막내딸을 사자에게 보내지 않겠다고 했다. 그러나 막내딸은 약속은 지켜야 하며, 사자를 잘 길들여놓고 돌아오겠다고 아버지를 위로했다.

다음 날 아침 막내딸은 사자를 찾아 숲속의 성으로 갔다. 성에 도착한 막내딸은 사자와 신하들의 환대를 받았고, 밤이 되어 왕자로 변한 사자와 성대한 결혼식을 올렸다. 사실 왕자는 마법에 걸려 낮에는 사자로 변했다가 밤이 되면 인간이 되었다. 그들은 낮과 밤을 바꾸어 생활하며 행복하게 지냈다. 그러던 어느 날 왕자는 막내딸에게 집에 다녀오라고 말했다. 바로 큰딸의 결혼식이 있었다.

오래전에 사자에게 잡아먹힌 줄 알았던 막내딸이 돌아오자 모두 기뻐했다. 그리고 얼마 후 둘째 딸도 결혼하게 되어 다시 집에 가게 되었을 때 막내딸은 사자도 함께 가기를 원했다. 사자는 아주 작은 빛이라도 쐴 경우 비둘기로 변해 7년 동안 날아다녀야 하므로 위험한 일이라고 말했다. 그러나 막내딸이 모든 빛을 잘 가려줄 테니 함께 가자고 간청하여 둘은 아이와 함께 집으로 갔다.

막내딸은 단 한 줄기 빛도 들어오지 못하게 철저히 준비했다.

그러나 아주 조그만 틈새로 촛불 빛이 새어들어오는 바람에 왕자는 그만 비둘기로 변하고 말았다. 비둘기는 막내딸에게 자신을 구하려면 일곱 걸음마다 남겨둔 붉은 핏방울과 흰 깃털을 따라 끝까지 따라오라고 말하고 창밖으로 날아가버렸다. 그녀는 비둘기가 말한 대로 핏방울과 깃털을 따라갔다. 그러나 7년이 다 되어가던 어느 날 핏방울과 깃털이 보이지 않는 바람에 비둘기를 놓치고 말았다.

그녀는 해님을 찾아가 비둘기에 대해 물어보았다. 그러나 해님은 보지 못했다며 급한 일이 생기면 열어보라고 작은 상자 하나를 주었다. 달님도 급할 때 쓰라고 달걀 하나를 주었다. 그 다음 그녀가 만난 밤바람은 자신은 보지 못했지만 동쪽과 서쪽, 남쪽 바람에게 물어봐주었다. 다행히 남쪽 바람이 홍해로 날아간 하얀 비둘기가 7년이 다 되어 사자로 변해 지금 마법에 걸린 용과 싸우고 있다고 말해주었다.

그러자 밤바람은 막내딸에게 홍해로 가서 해변에 있는 11번째 갈대를 꺾어 용을 내리쳐 물리친 다음, 주변에 앉아 있는 독수리를 타고 바다를 건너오라고 알려주었다. 그리고 밤톨 하나를 주면서 바다 한가운데를 지날 때 떨어뜨리면 독수리가 앉아 쉴 수 있는 밤나무 가지가 물 위로 뻗어오를 것이라고 일러주었다. 그러나 만일 깜빡 잊고 밤톨을 떨어뜨리지 않으면 모두 바다에 빠질 것이라고 주의를 주었다.

막내딸은 밤바람이 시키는 대로 홍해에 도착해 11번째 갈대를 꺾어 용을 내리쳐 사자는 사람의 모습으로 돌아올 수 있었다. 하지만 독수리는 왕자를 태우고 날아가버렸다. 막내딸은 먼 길을 걸어 한 나라에 도착했다. 그곳에서 그녀는 왕자가 곧 결혼할 것이라는 소문을 들었다. 막내딸은 해님이 준 상자를 열어보았다. 그 안에는 햇살만큼 눈부신 결혼 예복이 들어 있었다.

막내딸은 그 옷을 입고 성으로 갔다. 그녀의 아름다운 모습에 모든 사람들이 눈을 떼지 못했다. 왕자와 결혼하게 될 공주도 그 옷이 탐이 났던지 막내딸에게 그 옷을 팔라고 말했다. 막내딸은 금은보화 대신 왕자 방에서 하룻밤을 자게 해달라고 요구했다. 공주는 내키지 않았지만 그 옷이 너무 갖고 싶은 나머지 하인과 함께 있겠다는 조건으로 허락해주었다.

방으로 들어간 그녀는 잠자는 왕자 곁에서 자신이 도와준 것을 잊었느냐고 물어보았다. 그러나 왕자는 아주 깊이 잠들었기 때문에 막내딸의 말을 듣지 못했다. 다음 날 막내딸은 달님이 준 달걀을 깨뜨려보았다. 그 안에는 아주 사랑스러운 12마리 병아리를 품은 금으로 된 암탉이 들어 있었다. 막내딸은 암탉과 병아리를 가지고 다시 성으로 갔다. 이번에도 공주는 암탉과 병아리를 갖고 싶은 마음에 막내딸을 왕자 옆에서 지내도록 허락해주었다.

한편, 왕자는 지난밤 일을 하인에게 물어보고 한 아가씨가 자신의 방에 들어와 슬프게 이야기를 하고 갔다는 사실을 알게 되었다. 왕자는 하인에게 그날 밤 침대 곁에 있는 술을 버리라고 이르고 침대에 누워 그녀를 기다렸다. 그러자 막내딸이 들어와 그동안의 일을 슬픈 목소리로 이야기하기 시작했다. 그러자 왕자는 그녀를 기억해내고 이제 마법에서 완전히 풀려나게 되었다고 소리쳤다.

막내딸과 왕자는 공주의 아버지인 마법사를 피해 성을 빠져나와 독수리를 타고 홍해를 날아갔다. 그리고 바다 한가운데를 지날 때 막내딸이 밤톨을 던지자 순식간에 독수리가 쉬어갈 수 있는 커다란 밤나무가 바다 밑에서 솟아올랐다. 그리하여 마침내 두 사람이 집에 도착했을 때 아이는 잘 자라서 소년이 되어 있었다.

❧

〈노래하며 날아오르는 종달새〉는 이른바 〈미녀와 야수〉의 독일 버전이라고 할 수 있다. 디즈니 만화 덕분에 더욱 유명해진 유럽의 〈미녀와 야수〉 이야기는 프랑스의 샤를 페로가 그의 민담집 《거위 아주머니 이야기》에 수록했던 판본과 더불어 보몽 부인이라 불리는 잔 마리 르프랭스 드 보몽Jeanne-Marie Leprince de Beaumont이 '어린이 잡지'에 기고했던 판본이 유포되어 현재 많은 사람이 알고 있는 이야기로 정착되었다. 그러므로 1812년 판본 KHM의 〈여름과 겨울 정원〉이나 1819년부터 수정, 편집된 〈노래하며 날아오르는 종달새〉가 프랑스판 〈미녀와 야수〉와 무관하다고는 말할 수 없다.

〈미녀와 야수〉 이야기는 프랑스 고유 민담이라기보다는 유럽 각지에 전승되어온 '마법에 걸린 괴물과 미녀'와의 사랑을 주제로 한 전통적 설화 중 하나이다. 이 보편적인 사랑의 마법담은 이탈리아의 르네상스 작가 지안프란체스코 스트라파롤라Gianfrancesco

430

Straparola가 자신의 《유쾌한 밤》(상권 1550, 하권 1553)에 최초로 문학적으로 채록했다. 하지만 아르네-톰슨의 연구에 따르면 〈미녀와 야수〉 유형의 설화는 지금까지 발견된 이야기만 해도 170여 편이 넘는 전세계의 서로 다른 문화권에 널리 분포되어 있는 설화이다.

그러나 KHM의 〈노래하며 날아오르는 종달새〉는 유럽에 널리 알려진 〈미녀와 야수〉 판본에 비해 좀더 복합적이며 이국적인 모티프를 포함하고 있다. 특히 괴물 신랑인 사자는 유럽에는 어울리지 않는 동물인 동시에 이야기의 부차적인 동물도 아니다. 또한 〈노래하며 날아오르는 종달새〉는 내용이나 구성 면에서도 유럽의 〈미녀와 야수〉와는 다른 형태이다.

이를테면 사자, 독수리, 홍해와 같은 소재는 이 민담이 아프리카나 아랍 쪽에 기원을 두고 있는 듯해 보인다. 또한 독일어로 종달새를 'lerche'라고 하는 것이 더 정확한 표기인데도 '사자löwe'와 연관이 있는 'löweneckerchen'이라는 낯선 조합어를 사용한 것도 유럽에 없는 새를 표현하기 위한 것이 아니었나 하는 추측을 하게 한다.

따라서 〈노래하며 날아오르는 종달새〉 이야기를 〈미녀와 야수〉와 비교하여 유럽 민담으로 국한해 '사랑 이야기'로 접근하기보다는 포괄적인 '동물 신랑'과 관련된 널리 알려진 설화의 하나로 이해하는 것이 더 타당할 것이다.

민담 중에서도 정통 민담이라고 할 수 있는 마법담은 이름 그대로 마법적 모티프를 가지고 있다. 그 중에서도 가장 사랑받는 이야기는 '마법에 걸린 동물 신랑'에 관한 민담이다. 이 마법담에는 마녀 때문에 동물로 변한 멋진 왕자가 있으며, 자신을 희생하며 왕자를 구하는 아름다운 여인이 있다. 그리고 이들 사이에는 이야기를 빛나게 해주는 지고지순한 사랑이 있다. 그러나 민담의 서사적 구조와 결말에서 볼 수 있듯이 민담의 목표는 사랑이 아니라 결혼이다. 따라서 각 민담에서 발견할 수 있는 결혼 형태를 파악하는 작업은 그 이야기를 이해하기 위한 첫걸음이다.

아르네-톰슨은 〈미녀와 야수〉류의 설화를 '에로스와 프시케' 유형으로 분류했으며, 동물 신랑에 관한 원형적 민담으로 이해했다. 일반적으로 '에로스와 프시케'는 신화로 알려져 있으나, 수용되어 있는 여러 모티프의 성격으로 볼 때 민담으로 규정할 수도 있는 설화이다. 그러나 이들 유형의 설화는 동물 신랑의 정체를 어떻게 보느냐에 따라 신화로 볼 것인지, 또는 민담이나 전설로 볼 것인지 판단 기준이 다르다. 이와 관련하여 민담의 결론이라고 할 수 있는 결혼 형태도 달라진다.

예를 들면 그리스 신화인 '에로스와 프시케'의 에로스는 아프로디테의 아들이며, 프시케 또한 제우스의 허락으로 신의 반열에 올랐으므로 '에로스와 프시케'를 '신화'로 분류하는 것은 별 무리가 없다. 그러나 〈미녀와 야수〉 유형의 대다수 설화는 마법에 걸려 동물의 탈을 쓰고 있던 남자가 순결한 여인의 사랑으로 멋진 신랑감으로 변신해 결혼으로 이야기를 끝맺는 '민담'으로 분류된다. 또한 동물 신랑의 정체와 사건의 해결방식에 따른 결혼의 형태로 보면 '에로스와 프시케' 유형의 이야기는 약탈혼으로 파악할 수 있으나, 〈미녀와 야수〉 유형의 대다수 민담은 매매혼을 중심으로 하는 설화에 해당한다. 여기에는 동물 신랑이 인간으로 변신하는 형태의 민담들이 속한다.

그러나 KHM의 〈노래하며 날아오르는 종달새〉는 〈미녀와 야수〉와 '에로스와 프시케'의 내용이 적절히 혼재되어 있으면서 매매혼의 형태를 받아들이고 있다. 〈노래하며 날아오르는 종달새〉의 전반부는 프랑스 판본인 〈미녀와 야수〉와 유사하지만, 후반부는 '에로스와 프시케' 유형에 해당한다.

매매혼의 결혼 형태를 관찰할 수 있는 민담은 대다수 '입다 모티프'로 이야기를 시작한다. 아버지와 사자가 약속한 거래는 KHM 31 〈손 없는 소녀〉나 KHM 92 〈황금 산의 임금님〉, KHM 181 〈물의 요정 닉시〉 등 많은 민담에서 찾아볼 수 있다. 또한 구약성서의 '입다 이야기'로 거슬러 올라갈 수 있는 아버지와 딸 사이의 갈등관계를 보여주는 민담의 전통적 모티프이다. 구약성서의 '입다 이야기'는 신에게 복종하기 위한 제물로 딸을 바치는 성담이지만, 민담의 '입다 모티프'는 대부분 아버지의 탐욕이나 욕구 때문에 딸을 희생시키는 내용을 채택하고 있다.

현대의 심리분석가들은 딸에 대한 아버지의 폭력을 여러 가지 심리적인 병리현상으로 해석하거나, 〈손 없는 소녀〉에서와 같이 근친상간의 모티프로 파악하기도 한다. 그러나 이야기의 과정이나 결론으로 미루어보면 아버지는 결국 딸의 결혼을 중개하는 역할을 하고 있음을 알 수 있다. 또한 흥미로운 것은 이 유형의 민담에는 어머니의 존재가 부재한다는 것이다. 따라서 딸의 결혼에서 아버지는 절대적이며 유일한 존재이다. 처음 만나는 것을 달라고 하는 암호화된 거래는 일종의 '사전 매매'에 해당한다고 볼 수 있다.

또한 막내딸이 아버지에게 부탁한 '노래하며 날아오르는 종달 새'는 이미 그녀의 결혼을 준비하고 있음을 의미하는 것이다. 종 달새는 이야기의 소재이기는 하지만, 이야기에서 종달새의 역할 과 기능은 존재하지 않는다. 따라서 막내딸이 요구한 '종달새', 즉 'löweneckerchen'은 '사자'인 '신랑감'을 의미한다는 것을 알 수 있다. KHM 25 〈일곱 마리 까마귀〉와 KHM 49 〈여섯 마리 백 조〉 등에서 볼 수 있는 것처럼 '새'는 남성을 상징하는 동물인 동 시에 우리의 민담인 〈새털 옷을 입은 신랑〉이나 〈우렁각시〉 등에 서와 같이 신랑의 복색을 나타내기도 한다.

또한 무슨 일이 있어도 사자에게 딸을 보내지 않겠다는 아버지 의 말에 막내딸은 "약속은 지켜야 한다"며 아버지를 안심시킨다. 그러나 이야기는 막내딸의 선택을 바로 확인시켜주지는 않는다. 일진일퇴一進一退의 민담의 서사적 긴장감으로 막내딸에게 금기를 어겨 '잃어버린 신랑'을 찾아야 하는 과제가 부가되고, 신부의 지 고지순한 사랑을 요구함으로써 이야기는 아름다운 사랑 이야기 로 심화되었다.

이 경우 여성은 주로 막내딸로서 아버지의 사랑을 독차지하거 나 유약한 여성으로 묘사하고 있는 데 반해 이야기는 동물 내지 괴물 신랑을 선택하는 막내딸의 내적인 강인함과 지혜를 은연중 에 강조하고 있다. 〈노래하며 날아오르는 종달새〉와 유사한 플롯 을 가지고 있는 우리 민담 〈구렁덩덩 신선비〉에 나오는 막내딸은 '구렁이' 신랑감의 비범함을 알아차리고 구렁이 신랑과 결혼한다. 여기서 흥미로운 것은 신부에게 주어진 금기이다. 그녀들에게 주어진 금기는 궁극적으로 '신랑의 정체'와 연관이 있다. 에로스와 프시케에서 프시케에게 요구된 금기는 '에로스의 얼굴을 보아서는 안 되는 것'이며, 〈노래하며 날아오르는 종달새〉에서는 '사자에게 빛을 쏘여서는 안 되는 것'이다. 그리고 〈구렁덩덩 신선비〉에서는 '구렁이의 허물을 보존해야 되는 것'이다. 따라서 포괄적으로 이들의 금기는 '신랑의 정체를 밝히는 것에 대한 금기'로 집약되어 있음을 알 수 있다.

신랑의 정체에 대한 기이함은 이야기에 긴장감과 흥미를 불러일으킨다. 이때 동물 또는 괴물 신랑과 결혼해야 하는 여성의 유형은 크게 두 가지로 구별된다. 〈노래하며 날아오르는 종달새〉, KHM 108 〈고슴도치 한스〉, KHM 144 〈당나귀〉에서와 같이 아버지의 입장을 이해하고 동물 신랑과 결혼하는 유형이 대부분이다. 그리고 KHM 91 〈땅속의 난쟁이〉에서와 같이 제삼의 영웅을 기다려 그 영웅을 도와 괴물을 퇴치하고 영웅과 결혼하는 유형도 있으나, 이런 경우의 이야기는 영웅설화의 유형으로 변모되기도 한다.

이에 반해 우리의 〈지하국 대적 퇴치담〉과 같이 동양권 설화는 주로 신부를 납치해간 약탈자가 괴물 내지 악마로 상정되어 있다. 이에 따라 제삼의 남성이 신부를 구해오는 내용의 영웅설화가 주를 이룬다. 또한 '이류교혼異類交婚'의 시각이 개입되어 '견훤 신화', '뱀 전설', '이무기 전설' 등 인간과 동물 사이의 이질적이며 기괴한 설화로 발전한 경우도 많다. 동양과 서양의 이러한 차이는 동물과 인간의 결합을 받아들이는 사고의 유연성에 기인한다고 볼 수 있다. 서양보다는 좀더 제한적이었던 동양의 가치 판단에 따라 동물과 인간의 결합은 일반적인 결혼이 아닌 신성한 존재이거나, 괴이한 사건의 이야기로 함축되어 신성한 존재는 주로 신화로, 괴이한 사건은 전설로 지향했음을 알 수 있다.

54
거위치기 소녀

KHM 89

먼 옛날 늙은 여왕의 아름다운 외동딸이 이웃 나라 왕자와 약혼을 했다. 결혼식이 다가오자 여왕은 보석과 지참금을 챙겨 말을 할 수 있는 말 팔라다와 하녀 한 명을 공주와 동행하게 했다. 그리고 여왕은 여행 중에 어려운 일이 생기면 펼쳐보라며 하얀 손수건에 자신의 피 세 방울을 떨어뜨려 공주에게 주었다. 공주는 손수건을 고이 간직하고 여행길에 올랐다.

길을 떠난 지 얼마 되지 않아 하녀는 공주에게 고약하게 굴었다. 그때마다 세 방울의 피는 "이 일을 어머니가 아신다면 가슴이 찢어질 거예요."라고 말했다. 그러나 공주가 물을 마시기 위해 몸을 숙였을 때 품에서 손수건을 떨어뜨려 잃어버리고 말았다. 그러자 하녀는 공주의 것을 모두 빼앗고 아무에게도 말하지 말 것을 강요했다. 공주 일행은 성에 도착했으나 하녀는 자신이 신부인 것처럼 행동했다. 그리고 모든 비밀을 알고 있는 팔라다의 목을 치게 했다.

콘라드라는 소년과 함께 거위를 키우게 된 공주는 팔라다의 소식을 듣고 말의 머리를 자신이 드나드는 통로에 매달아놓게 했다. 다음 날 아침 공주는 거위를 몰고 팔라다의 머리가 걸려 있는 통로를 지나면서 "오, 가엾은 팔라다. 애처롭게도 여기에 매달려 있구나."라고 말했다. 그러면 팔라다는 "존경하는 공주님. 그곳에 계신 분이 정말로 공주님이신가요? 만일 어머니가 이 사실을 아신다면 가슴이 찢어질 거예요."라고 대답했다.

공주는 풀밭에 앉아서 금빛 머리카락을 풀어 땋아 올렸다. 공주의 아름다운 금빛 머리카락에 매료된 콘라드가 몇 가닥이라도 뽑으려 다가가면 그때마다 공주는 노래를 불러 콘라드의 모자를 날려버렸다. 공주는 콘라드가 모자를 찾아 뛰어다니는 동안 머리를 단정히 묶었다. 이에 화가 난 콘라드는 팔라다 이야기와 금빛 머리카락 이야기를 모두 왕에게 고해바쳤다.

다음 날 왕은 공주의 뒤를 따라다니며 일거수일투족을 지켜보았다. 그런 후 공주를 불러 자초지종을 물어보았다. 하지만 공주는 "푸른 하늘을 두고 맹세했기 때문에 한 마디도 할 수 없어요."라고 대답을 거부했다. 그러자 왕은 사람에게 말할 수 없다면 무쇠 난로 속에 들어가 말하라고 명한 후 자신은 연통 끝으로 가서 공주의 슬픈 사연을 모두 듣게 되었다.

왕은 왕자를 불러 진짜 신부를 보여주었다. 곧 성대한 잔치가

열렸으며 왕은 그 자리에서 하녀에게 사악한 방법으로 주인을 속인 여자에게는 어떤 벌을 내리는 게 좋겠느냐고 물었다. 하녀는 지체 없이 그런 여자는 완전히 벗겨서 날카로운 못이 박힌 통 속에 넣어 두 마리 백마가 끄는 마차에 매달아 죽을 때까지 끌고 다녀야 한다고 대답했다. 왕은 하녀에게 자신이 정한 벌을 받도록 했다. 그 사이 다른 한쪽에서는 진짜 신부인 공주와 왕자의 결혼식이 치러졌다.

❧

금빛 아름다운 머리카락을 가진 소녀의 이야기는 구스타프 클림트의 그림만큼이나 눈부신 환상과 동경을 불러일으키기에 충분하다. 넓은 풀밭에 앉아 금빛 머리카락을 풀어 내린 소녀는 그 모습만으로도 이미 거위치기가 아니다. 그녀는 마치 여신과 같은 아름다움과 고결함으로 이야기를 가득 채우고 있다.

〈거위치기 소녀〉의 이런 환상적인 분위기는 KHM 12 〈라푼첼〉이나 KHM 65 〈가지각색 털가죽〉 등 KHM의 다른 아름다운 소녀들이 등장하는 이야기와도 느낌이 다르다. 금빛 아름다운 머리카락은 민담의 여주인공을 나타내는 특징이며, 나아가 민담 최고의 여성성을 의미하는 '황금'의 의미를 구현한 것이기도 하다. 그러나 '거위치기 소녀'의 이미지는 일반적인 민담의 소박한 아름다움과는 다른 우아한 느낌을 준다. 또 이야기 전체에 선명한 시각적 이미지가 두드러져 이국적이며 마법적인 분위기를 더해주고 있다.

여왕의 존재도 여타 민담과 다른 특징으로 KHM에는 이 한 편의 이야기 이외에는 여왕이 등장하지 않는다. '어머니의 부재'는 부정적인 아버지와 더불어 민담의 가장 두드러진 특징 중 하나로, 민담의 기능과 의미를 연구하는 데 매우 중요한 단서가 된다. 이야기에 어머니가 존재하지 않거나, 존재감 없이 아버지가 단독으로 딸의 결혼을 약속하는 민담은 주로 매매혼에 관한 이야기이다.

그러나 〈거위치기 소녀〉에는 아버지가 등장하지 않는다. 늙은 여왕은 이웃 나라 왕자와 약혼한 외동딸을 시집보낸다. 공주가 외동딸인 경우 대다수의 이야기에서는 외지에서 온 왕자나 여타 구혼자들이 장가를 오는 '비나혼'의 결혼 형태가 일반적이다.

그리고 여왕이 공주에게 준 '세 방울의 피'는 특징적인 설화의 대유적 모티프 중 하나이다. 신체의 일부분이 전체를 의미하는 대유적 기능을 하는 '뼈'나 '타액' 등의 모티프는 죽어서도 사라지지 않는 것으로서, 주로 비밀을 폭로하는 기능을 하거나 이야기에 긴장감과 재미를 증폭시키는 초월적인 것으로 기능한다. '피'도 마찬가지로 비밀 보유나 고발 등의 기능을 담당하고 있다. 특히 '피'는 여성과 관계가 깊다. 결혼을 하러 외지로 떠나는 딸을 보호하기 위해 어머니가 손수건에 떨어뜨린 핏방울처럼 피는 모녀 사이의 강한 결속력을 의미한다고 보아야 할 것이다.

하녀에게 모든 것을 빼앗기고 그녀가 가짜 신부 행세를 하는데도 공주가 함구하고 있었던 것은 '푸른 하늘을 두고 한 맹세'와 연관이 있는 듯하다. 결국 공주는 무쇠 난로 속에서 진실을 밝히지만, 이 무쇠 난로라는 폐쇄된 공간은 '푸른 하늘이 보이지 않는 곳'이며, KHM 127 〈무쇠 난로〉에서 의미하는 것과 같이 입문의 례와 연관된 공간이라고 할 수 있다.

이와 관련하여 여왕과 공주의 공간에 대해 다시 생각해볼 필요가 있다. 여왕은 공주에게 지참금을 비롯해 갖가지 보물을 주었지만, 우리의 시선을 끄는 것은 하얀 손수건에 떨어뜨린 '세 방울의 피'와 '말하는 말 팔라다'였다. 이야기에서 세 방울의 피가 의미하는 것은 '위로'였다. 따라서 하녀의 불손함은 여왕의 '피'에 직접적인 영향을 받지 않는다는 것을 알 수 있다. 여왕의 영향력은 다른 요인, 즉 '시냇물'과 연관해 생각하는 것이 더 타당하다. '시냇물'은 '강'과 같은 민담적 요소에 해당한다. 공주와 하녀는 시냇물에서 여왕의 피를 떨어뜨린 손수건을 잃어버렸을 뿐만 아니라 시냇물을 건너온 것이다. 설화에서 강은 이승과 저승의 경계이며, 서로 다른 세계를 나누는 경계선이다.

따라서 시냇물을 건너온 공주와 하녀는 여왕의 영향력에서 벗어났음을 의미하며, 여왕의 피 또한 잃어버렸기 때문에 여왕의 힘이 그만큼 약화되었다고 할 수 있다. 시냇물 건너편까지 미치지 않는 여왕의 영향력을 정치적인 한계로 이해하는 것은 다소 무리가 있다. 민담에서 중요한 것은 이쪽과 저쪽을 가르는 경계의 의미이다. 그렇기 때문에 시냇물 건너편까지 미치지 못하는 여왕의 영향력은 민담의 법칙으로 이해해야 한다. 또한 '피'의 의미와 더불어 '말하는 말'의 마법적 의미를 함께 고려해본다면, 늙은 여왕은 공주의 실제적인 어머니이기보다는 민담의 어머니인 숲의 어머니라고 보아야 할 것이다. 이로써 공주가 자신의 정체를 말할 수 없었던 이유도 함께 이해할 수 있다.

손수건을 잃어버리고 시냇물을 건너온 뒤부터 공주에게 힘이 되어야 하는 존재는 말하는 말 '팔라다'이어야 했으나, 팔라다 역시 죽임을 당하고 공주에게 힘이 되지 못한다. 그러나 팔라다는 '말하는 말'로서 자신의 의무를 다했다는 점을 간과해서는 안 된다. 팔라다는 공주를 입문지인 저세상에서 이 세상으로 보내는 '이동 수단인 말'로 시냇물을 건널 때까지는 자신의 소임인 '공주의 이동'을 수행했다. 그 후에는 비록 죽임을 당했으나 '공주의 부당한 처지를 알리는 역할'을 수행함으로써 '말하는 말'로서 남은 자신의 책무를 다한 것이다.

KHM 15 〈헨젤과 그레텔〉이나 KHM 21 〈재투성이〉에서와 같이 이승과 저승의 경계를 넘나드는 대표적인 민담의 동물은 바로 '새'이다. 그러나 블라디미르 프로프는 인간의 영역에 문화가 보다 넓게 정착되면서 '길들일 수 있는 동물'이 원시적 동물과 대치하게 되었으며, 그 중심에 '말'이 반영되었다고 보았다. 새와 말의 속성이 결합된 '날개 달린 말'은 바로 이런 관점에서 이해할 수 있으며, 〈거위치기 소녀〉의 말 '팔라다' 역시 공주를 이 세상에 안착시켜준 토템적 동물에 해당한다.

따라서 이동 수단으로서 팔라다의 '몸과 다리'는 제 기능을 다했으므로 더 이상 필요하지 않다. 머리만 남긴 채 죽임을 당해 사라진 팔라다의 몸과 다리는 이를 의미하는 것이다. 다음으로 팔라다는 '말하는 말'로서의 역할을 해야 한다. 이는 거위치기로 변신한 공주를 입증할 것이 아무것도 없어야 한다는 전제가 깔려 있다고 보는 것이 타당할 것이다. 입문지를 떠나온 공주는 맹세한 것처럼 그곳에서 보고 들은 것을 말해서는 안 된다. 그러나 거위치기로 완전히 변신했기 때문에 그녀의 진면목을 알릴 수 있는 무언가가 필요했고, 그 역할을 '말하는 말 팔라다'가 담당했던 것이다.

바로 이렇게 '재투성이'나 '부엌데기' 등으로 변신한 소녀가 자신의 본질을 드러낼 수 있는 그녀만의 암호가 준비되어 있는 것이 민담의 묘미이기도 하다. 〈재투성이〉에서는 '한쪽 신발'이, 〈가지각색 털가죽〉에서는 왕에게서 받은 '가지각색 털가죽과 예물'이, KHM 93 〈까마귀〉에서는 '반지'가 증표로 사용되었다. 또한 KHM 88 〈노래하며 날아오르는 종달새〉와 KHM 186 〈진짜 신부〉에서처럼 '신부의 목소리'와 '입맞춤'이 있기도 하다. 그리고 '거위치기'로 변신한 공주에게는 '팔라다의 머리'가 있었다. 나아가 그녀가 완전한 신붓감으로 성숙했음을 의미하는 반짝이는 금빛 머리카락도 그녀가 진짜 신부임을 나타내는 암호로 작용하고 있다.

꒰ 55 ꒱
땅속의 난쟁이

KHM 91

옛날에 세 명의 공주를 둔 왕이 있었다. 왕은 갖가지 나무가 자라는 정원에서 매일 산책하는 것을 좋아했다. 특히 왕은 사과나무를 좋아하여 사과를 따먹는 사람은 까마득한 지하로 떨어지도록 마법을 걸어놓았다.

가을이 되자 사과나무에는 사과가 주렁주렁 열렸다. 탐스러운 사과를 바라보던 막내 공주는 사과가 너무 먹고 싶어 언니들의 만류에도 불구하고 잘 익은 사과 한 개를 따서 언니들과 함께 한 입씩 나누어 먹었다. 그 순간 세 명의 공주는 깊은 지하세계로 떨어졌다.

공주들이 사라지자 왕은 공주들을 찾아오는 사람에게 그들 중 한 명과 결혼을 시키겠다고 선포했다. 많은 사람이 공주들을 찾아 나섰는데, 그 중에 세 명의 사냥꾼이 있었다.

세 명의 사냥꾼은 떠돌아다니다 어느 성에 도착했다. 성에는 따뜻한 김이 모락모락 피어오르는 음식이 차려져 있었다. 그들은 반나절 동안 누군가 나타나기를 기다렸으나 아무도 나타나지 않자 식탁 위의 음식을 맛있게 먹었다. 그리고 그 성에 머물며 교대로 한 명씩 성에 남고, 두 명은 공주를 찾아보기로 했다.

첫째 날은 나이가 제일 많은 사냥꾼이 성에 남게 되었다. 점심때쯤 난쟁이가 나타나 빵을 달라고 하여 사냥꾼은 가지고 있던 빵의 한 귀퉁이를 떼어주었다. 그러자 난쟁이는 그것을 떨어뜨리더니 주워달라고 했다. 사냥꾼이 빵을 줍기 위해 몸을 굽히는 순간 난쟁이가 느닷없이 달려들어 사냥꾼의 머리카락을 휘어잡고 지팡이로 때렸다.

다음 날 두 번째로 나이 많은 사냥꾼이 성에 남았는데, 그 역시 난쟁이에게 호되게 매를 맞았다. 마지막 날 성에 남은 사람은 세상일에 관심 없는 '바보 한스'였다. 한스도 난쟁이를 만났으나 난쟁이가 빵 조각을 주워달라고 하자 화를 내며 자신이 먹을 것은 직접 주우라고 소리치며 달려드는 난쟁이의 멱살을 잡고 뺨을 세게 때렸다. 그러자 난쟁이는 자신은 땅속에 사는데, 친구가 천 명도 더 있으며 공주들이 어디에 있는지 알려주겠다고 말했다.

난쟁이는 깊기는 하지만 물이 없는 우물로 한스를 데리고 갔다. 그러고는 방울과 칼을 준비하여 밧줄로 묶은 커다란 바구니를 타고 우물 밑으로 내려가라고 했다. 그곳에는 세 개의 방이 있는데, 각 방에서 공주들이 머리가 여럿 있는 용의 머리에서 이를 잡고 있을 것이라고 말했다. 그리고 칼로 용의 머리를 베어야 한다고 알려주었다. 저녁때 두 사냥꾼을 만난 한스는 난쟁이에게 들은 이야기를 전하고, 이번에도 나이 순서대로 우물 밑으로 내려가기로 했다.

첫 번째 사냥꾼은 방울이 울리면 얼른 올려달라고 말하고 바구니를 타고 내려갔다. 그러나 중간쯤 내려가다가 다시 올라왔다. 두 번째 사냥꾼도 곧 방울을 울리고 올라왔다. 마지막으로 내려간 한스는 우물 바닥에 도착했다. 한 손에 칼을 들고 첫 번째 방을 살펴보니 머리 아홉 달린 용이 공주의 무릎을 베고 잠을 자고 있었다.

한스가 용의 머리를 모두 베자 공주는 뛸 듯이 기뻐하며 그에게 자신이 가지고 있던 금장식을 걸어주었다. 그는 둘째 공주의 방과 막내 공주의 방에서 자고 있던 머리 일곱 달린 용과 넷 달린 용의 머리도 모두 베었다.

한스는 방울을 울려 공주들을 바구니에 태워 차례로 올려보냈다. 그리고 자신도 바구니를 타고 올라가려다 문득 두 사냥꾼이 믿을 만한 사람이 아니라는 난쟁이의 말이 생각나 바구니에 돌을 넣어 올려보냈다. 그러자 두 사냥꾼은 밧줄을 끊고 공주들을 데리고 왕에게로 갔다. 그러고는 자신들이 공주를 구했다고 거짓말을 하고 공주를 아내로 삼겠다고 했다.

한편, 우물 밑에 남은 한스는 이리저리 돌아다니다가 벽에 걸린 피리를 불었다. 그러자 피리 소리 한 가락마다 난쟁이가 한 명씩 나타나 금세 방 안에 가득 차게 되었다. 난쟁이들은 입을 모아

무엇을 원하느냐고 물었다. 한스가 지상으로 올라가고 싶다고 말하자 난쟁이들은 한스의 머리를 잡고 위로 펄쩍 뛰어 땅 위로 올려주었다.

한스는 바로 성으로 달려갔다. 그런데 한스를 본 공주들은 모두 기절하고 말았다. 왕은 공주들을 괴롭힌 것이 한스라고 생각하고 그를 감옥에 가두었다. 그러나 정신을 차린 공주들은 그를 풀어달라고 청하면서도 이유는 말하지 못했다. 그래서 왕은 난로에 대고 말하라 시키고 밖으로 나가 굴뚝에 귀를 대고 그간의 모든 사정을 듣게 되었다. 왕은 한스를 막내 공주와 결혼시키고, 나쁜 두 사냥꾼을 교수형에 처했다.

⚜

우리 민담 중에는 〈콩쥐 팥쥐〉나 〈손 없는 색시〉와 같이 그림형제의 KHM 민담과 유사한 이야기가 여러 편 있다. 아시아 동쪽 끝에 있는 우리나라의 민담이 어떻게 유럽의 민담과 유사한 공통점을 가질 수 있는지에 대한 의문은 진부하지만, 여전히 풀리지 않은 의문점이다. 때로는 민담 전파론으로 해답을 구하기도 하고, 때로는 인류학적 견해에 의존해보기도 하지만 아직까지 명확한 답을 얻지는 못했다.

〈땅속의 난쟁이〉도 바로 이런 민담 중 하나로, 우리 민담 〈지하국 대적 퇴치담〉과 매우 유사하다. 〈지하국 대적 퇴치담〉에는 십여 편이 채록되어 있다. 〈땅속의 난쟁이〉와 달리 이 이야기는 주인공이 처녀들의 도움으로 힘을 길러 도적 또는 괴수를 처치한다는 내용이다. 하지만 지하세계로 잡혀간 처녀들을 구하기 위해 지상의 남자가 지하세계로 내려가서 괴수를 처치하고 처녀를 구하는 이야기 구조는 크게 다르지 않다.

민담에서 일정 연령에 이른 소녀가 격리되는 형태는 크게 두 가지로 나뉜다. 하나는 KHM 12 〈라푼첼〉이나 KHM 50 〈장미 아가씨〉와 같이 나무 위나 탑 등 높은 곳에 격리되는 방식과, 다른 하나는 KHM 24 〈홀레 할머니〉나 〈땅속의 난쟁이〉에서와 같이 지하세계로 내려가는 형태이다. 단적으로 말하면 높은 곳으로 가는 방법과 낮은 곳으로 가는 방법으로 구분할 수 있다. 두 경우 모두 지상과는 다른 초월적 공간으로 수용되고 있으며, 독일의 민담 인류학자인 쿠르트 데룽스Kurt Derungs와 같은 학자들은 지하세계로 내려가는 형태의 이야기가 높은 곳으로 올라가는 유형보다 앞선 것으로 파악하고 있다.

여성과 땅, 여성과 지하세계의 연관은 원시의 창조신화로 거슬러 올라가며, 그리스의 '페르세포네' 신화와도 비교할 수 있다. 페르세포네가 1년의 4개월은 지하세계에서 하데스와 함께 살고, 나머지 기간은 데메테르와 지상에서 살아도 농경이 가능했던 것처럼, 여성의 지하 여행은 일시적 죽음인 동시에 여성의 생산력과 연결되어 있다. 따라서 지하세계에서 돌아온 여성은 여성성이 확인된 여성이며, 결혼할 수 있는 여성인 것이다.

〈땅속의 난쟁이〉에 나오는 왕이 사과나무에 마법을 걸어놓은 것은 여성인 공주들에게 내려진 금기이다. 성경이나 KHM 53 〈백설공주〉에서 볼 수 있듯이 사과는 여성이 가까이해선 안 되는 금기처럼 보인다. 그러나 사과는 트로이전쟁을 유발시킨 동기가 된 파리스의 사과처럼 가장 아름다운 여신 아프로디테에게 바쳐진 최고의 여성성을 상징하는 과일이기도 하다. 빨갛게 익은 사과를 보고 먹고 싶은 욕망을 참을 수 없었던 공주들은 이제 그녀들이 소녀가 아닌 여성으로 변모해야 할 시기가 되었음을 의미한다고 할 수 있다. 민담의 금기는 바로 경계에 선 소녀에게 내려진 하나의 시험과 같은 것으로, 이 틀을 깨야 한다는 당위성의 다른 표현이기도 하다.

따라서 왕이 금지하는 사과를 먹은 공주들은 소녀라는 틀에서 벗어나기 위한 특별한 성숙의 시간을 가져야 한다. 또한 그녀들이 존재해야 하는 공간은 일시적인 죽음을 의미하는 지하세계가 타당한 장소일 것이다. 아울러 영웅의 대표적 입문의례 형태인 '삼킴과 토함'의 모티프가 집약되어 있는 우물 속 지하의 머리 여럿 달린 용과도 가장 상응하는 장소이기도 하다. 용은 여성을 약탈하는 대표적 괴물로서 큰 입과 많은 머리는 삼킴의 극대화를 보여주는 이미지이자 강력한 남성 상징에 해당한다.

이와 같이 지하세계의 남성적 존재는 여성을 약탈한 부정적 존재로 그려진 반면, 지하로 납치된 여성을 구하러 가는 것은 지상의 남자이다. 그러나 모든 지상의 남자가 그녀들을 구할 수 있는 것은 아니다. 상황에 알맞은 덕목과 금기가 내려지고 그 시험에 통과해야만 한다. 〈땅속의 난쟁이〉에서 공주들을 구하려는 남자들에게 내려진 시험은 한 마디로 말해서 '선입관 없는 행동'이라고 할 수 있다. '선입관 없는 행동'은 KHM 4 〈두려움을 배우러 나선 사나이 이야기〉에서도 관찰할 수 있었던 것과 같이 기존의 규칙에 대한 선입관이 없다. 자신이 원하는 바를 행할 뿐 옆을 돌아보지 않는다.

타인의 눈치를 보지 않는 남자 주인공에 대해 〈땅속의 난쟁이〉에서는 세상일을 알려고 하지 않아 일명 '바보 한스'라 불리는 사람이라고 표현했는데, 이런 유형은 민담의 가장 보편적 유형인 '막내의 신화'로 귀결되는 인물에 해당한다. 세 명의 사냥꾼이라는 수적 구성은 민담의 전통적인 삼 형제 구조에 상응하며, 가장 어린 사냥꾼인 '한스'의 남의 일에 관심이 없는 성격은 세상일을 모르는 어리석은 막내에 해당하는 특징이다. 그러므로 두 명의 사냥꾼이 가장 어린 사냥꾼을 죽이려고 하는 것도 '막내 살해' 모티프와 같은 맥락으로 보아야 할 것이다.

'막내 살해' 모티프는 형제 사이 최고조의 갈등관계로 파악할 수 있으나, 민담의 법칙으로 보면 입문의례의 일시적인 죽음으로 이해할 수도 있다. 이는 입문의례를 마치고 돌아온 사람에게 내려졌던 '침묵'의 요구와 연결시키면 좀더 쉽게 이해할 수 있다. 이 약속은 여자와 남자 모두에게 요구되었으며, 이 금기가 교묘하게 적용되어 비밀을 밝히는 모티프로 사용되었다. '무쇠 난로'를 통해 비밀을 밝히는 모티프는 KHM 89 〈거위치기 소녀〉에서도 볼 수 있다. 특히 무쇠 난로는 여성들에게 요구된 침묵의 약속을 깰 수 있는 '장소'로 적용된 공간이라고 할 수 있다. 이는 KHM 127 〈무쇠 난로〉와 같이 '불타는 지옥'을 상징하는 공간으로 지상으로 오기 이전의 상태, 즉 입문지를 의미한다고 볼 수 있다. 또한 침묵이 요구되기 이전의 상태로 회귀함을 의미한다고도 할 수 있다.

혼자 지하세계에 남겨진 한스는 우연히 발견한 피리를 불어 난쟁이들의 도움으로 밖으로 나올 수 있었다. 현실에서와 마찬가지로 민담에서도 음악은 마법적 힘을 발휘한다. 피리 소리는 피리를 부는 사람의 힘을 대변한다고 볼 수 있다. 독일 하멜른 지역의 전설 〈피리 부는 사나이〉의 이야기처럼 한스는 피리를 불어 원하는 것을 얻었다.

이렇듯 막내에게 내려진 모든 요구는 막내 특유의 성향으로 극복되었을 뿐만 아니라, 우연히 얻은 마법적 도구도 막내의 신화를 뒷받침하고 있다. 나아가 막내는 막내끼리 화합시키려는 이야기의 강한 내적 인력에 따라 지하세계에서 만난 첫째 공주에게서 받은 '금장식' 증표도 상관없이 막내 한스와 막내 공주의 결혼으로 마무리되었다고 보아야 할 것이다.

❧56❧

슬기로운 농부의 딸

KHM 94

작은 오두막에서 외동딸과 함께 살고 있는 가난한 농사꾼이 있었다. 하루는 딸이 왕에게 가서 농사지을 수 있는 손바닥만한 땅이라도 청해보자고 말했다. 딸의 말대로 농부는 왕을 찾아가 부탁했다. 농부의 말을 들은 왕은 농사꾼 부녀에게 넓은 풀밭의 한 귀퉁이를 내주었다.

어느 날 땅을 일구던 농부는 순금 절구통을 발견했다. 농부는 그 절구통을 왕에게 주어야 한다고 했으나, 딸은 순금 절구통을 주면 절굿공이도 가져오라고 할 테니 잠자코 있자고 말했다. 하지만 농부는 딸의 말을 귀담아듣지 않고 절구통을 왕에게 바쳤다. 순금 절구통을 본 왕은 절굿공이를 찾았다. 농부는 절굿공이는 처음부터 없었다고 말했지만 감옥에 갇히는 신세가 되었다.

농부는 딸의 말을 듣지 않은 것을 후회하며 "딸년의 말을 들을 걸." 하며 탄식했다. 그 말을 들은 간수는 왕에게 그대로 전했다. 간수의 말을 듣고 이상히 여긴 왕은 농부에게 그 말의 뜻을 물은 후 딸을 불러 자신이 내는 수수께끼를 풀면 왕비로 삼겠다고 말했다. 왕은 옷을 입지 말되 아주 발가벗지도 말며, 말이나 마차를 타지도 길을 지나지도 비키지도 않고 자신에게 오라는 수수께끼를 냈다. 농부의 딸은 옷을 벗고 온몸을 그물로 칭칭 감은 후 당나귀 꼬리에 자신을 매달고 당나귀를 마차의 수레바퀴 자국만 따라가게 하여 왕의 성에 도착했다. 왕은 약속대로 농부의 딸을 왕비로 삼고 모든 재산을 맡겼다.

　몇 년이 지난 어느 날 왕은 군대를 순시하다가 성 앞에서 싸우고 있는 두 명의 마차꾼을 재판하게 되었다. 그들은 짐마차를 끄는 세 마리의 말 중 한 마리가 새끼를 낳았는데, 그 새끼가 두 마리 황소가 끄는 마차로 도망을 가서 황소 사이에 자리를 잡고 앉자 서로 자신이 망아지의 주인이라며 싸우고 있었다. 사연을 들은 왕은 망아지가 앉아 있던 황소 마차의 주인이 망아지 주인이라고 판결을 내렸다. 진짜 망아지 주인은 억울하여 며칠을 궁리하다가 왕비가 자비롭다는 말을 듣고 그녀를 찾아갔다.

　왕비는 말 주인의 하소연을 들은 후 절대로 다른 사람에게 알리지 말라고 당부하며 방법을 알려주었다. 내일 왕이 순시를 나갈 때 길에서 그물을 던져 고기 잡는 시늉을 하라는 것이었다. 이를 이상히 여긴 왕이 물으면 황소도 망아지를 낳는 판인데 땅에서 물고기는 왜 잡지 못하겠느냐고 대답하라고 했다.

다음 날 말 주인은 성 앞에서 그물질을 했고, 왕의 물음에 왕비가 알려준 대로 대답했다. 하지만 어리석은 말 주인이 그런 대답을 할 수 없다고 생각한 왕은 그가 사실대로 말할 때까지 고문을 하여 말 주인은 하는 수 없이 실토하고 말았다. 왕은 바로 성으로 돌아와 왕비에게 말했다. "당신은 왜 나를 거짓되게 만들었소. 나는 더 이상 당신을 내 아내로 삼을 수 없소. 이제 당신은 당신이 살던 곳으로 다시 돌아가시오." 왕은 왕비가 돌아갈 때 그녀가 가장 좋아하고, 소중히 여기는 것을 가져가도 좋다고 허락했다.

왕비는 이별의 술을 나누고 싶다고 말하며 수면제를 탄 술을 가져오게 했다. 왕은 단숨에 술을 마시고 잠이 들었다. 왕이 깊이 잠든 것을 확인한 왕비는 왕을 자신의 고향집으로 데리고 가서 침대에 눕혔다. 하루 밤낮을 자고 일어난 왕은 놀라서 하인을 불렀으나 아무도 나타나지 않았다. 왕비는 "전하, 당신은 나에게 가장 소중하고 사랑하는 것을 성에서 가져가도 좋다고 하셨지요. 그래서 나는 당신을 가져왔습니다."라고 말했다. 왕은 왕비의 진심에 감복하여 다시 왕비와 함께 성으로 돌아와 성대한 결혼식을 올리고 행복하게 살았다.

❧

여성을 주인공으로 하는 민담에 주로 나타나는 결혼 형태는 매매혼과 매매혼의 약화된 형태인 '계약 결혼'이다. 특히 계약 결혼은 일반적으로 하층민의 여자와 왕이나 왕자와 같은 신분 차이가 나는 계층 간에서 행해진 결혼 형태로 가부장제가 성립된 이후에 나타난 결혼제도라고 할 수 있다. 일정 계약에 따라 조건부로 결혼은 하지만 결혼 후에도 동등한 신분을 가질 수 없으며, 계약이 파기된 경우에는 각자 본래의 신분으로 돌아가는 결혼 형태였다. 다만, 신부는 집으로 돌아갈 때 초야 다음 날 아침에 받았던 '아침 선물'을 그동안의 보상으로 가져갈 수 있었다.

KHM 14 〈세 명의 실 잣는 여인들〉이나 KHM 55 〈룸펠슈틸츠헨〉 등에서와 같이 여성의 능력이 결혼 조건인 민담이 이 유형에 속한다고 할 수 있다. 〈슬기로운 농부의 딸〉은 여성의 능력 조건이 두드러지게 나타나지는 않지만, 왕의 수수께끼를 푸는 지혜의 시험을 거쳐 왕비가 되었으므로 이 이야기에서의 계약 조건은 지혜라고 할 수 있다.

이 〈슬기로운 농부의 딸〉은 계약 조건과 결혼 후에도 동등해질 수 없는 신분상의 제약 조건 사이에서 빚어진 일종의 해프닝을 재미있게 설정한 이야기이다. 농부의 딸의 슬기로움을 높이 사서 왕비로 삼았다면 그에 합당한 권한과 왕비로서의 지혜를 펼 수 있는 자격을 주어야 마땅했다. 그러나 계약 결혼 조건상 왕비의 신분은 제한되었고, 왕비의 지혜와 신분 제한 사이에서 벌어진 불협화음을 어떻게 해결할 것인지가 이 민담의 핵심이다. 왕은 농부의 딸의 지혜를 인정하여 왕비로 삼았으나 왕비로서의 권한은 인정하지 않았다. 따라서 왕은 자신이 재판한 사건에 대한 오류를 지적한 왕비의 개입을 용인하지 않았다.

그러나 농부의 딸의 슬기로움은 왕의 좁은 소견과 계약관계를 뛰어넘을 수 있는 것이었다. 왕비는 자신의 계약 조건을 잘 알고 있었다. 왕으로부터 계약 파기를 통보받았으나, 슬기로운 왕비는 '아침 선물'로 왕을 선택하는 지혜를 발휘하여 다시 성으로 돌아갈 수 있었다. 왕비는 '아침 선물'을 받을 수 있다는 것을 분명히 알고 있었으며, 그 선물을 '왕'으로 선택할 수 있다는 자신감도 가지고 있었음이 틀림없다. 왕비는 '농부의 슬기로운 딸'이기 때문이다.

그러나 다른 한편으로 왕 역시 범상치 않은 듯해 보인다. 왕은 슬기로운 농부의 딸을 왕비로 삼았으나, 아직 완전한 결혼을 인정한 것은 아니다. 왕과 농부의 딸은 결혼식을 올리지 않았다. 따라서 두 사람은 약혼 단계에 있었다고 보아야 할 것이다. KHM 67 〈열두 명의 사냥꾼〉, KHM 88 〈노래하며 날아오르는 종달새〉, KHM 101 〈곰가죽 사나이〉, KHM 186 〈진짜 신부〉 등의 이야기 끝부분에서 다시 한 번 성대한 결혼식을 올리는 민담은 '약혼'의 개념인 첫 번째 결혼과 결혼 약속의 이행 또는 약혼 후에 입문의 례를 치르는 약혼 기간이 설정된 이야기에 해당한다.

약혼은 예나 지금이나 결혼의 약속일 뿐이며, 약혼 기간 동안 행해져야 할 조건이 제시되어 있다. 이를테면 지금도 약혼 기간 동안 결혼을 위한 혼수나 살림살이, 예절 등을 배우고 준비해야 하는 것과 같이 과거의 약혼 기간도 결혼을 위한 준비 기간인 것은 마찬가지였다. 따라서 왕은 왕비가 자신과의 계약을 잘 이행하는지, 그녀의 지혜가 진실한 것인지 관찰할 필요가 있었을 것이다. 그것이 농부의 딸의 지참금이었기 때문이다. 농부의 딸은 두 번의 과정을 통해 지혜를 인정받았으며, 왕은 지혜가 넘치는 왕비에게 자신의 권위에 도전하지 못하도록 단단히 못을 박았다고 볼 수 있다. 따라서 왕과 왕비 서로에게 바람직한 화해인 셈이다.

결혼은 두 사람의 사랑으로 이루어져야 가장 바람직할 것이다. 그러나 최초의 결혼식이 약탈에서 비롯되었듯이 결혼과 결혼식은 예나 지금이나 사랑만으로는 어려운 모양이다. 잔인한 약탈로 행해진 약탈혼은 차치하고라도 그 후에 나타난 매매혼이나, 앞에서 살펴본 계약 결혼에서 볼 수 있듯이 과거로 거슬러 올라갈수록 결혼은 사랑보다 계약과 조건을 우선시했으며, 경제적인 거래와 성사가 결혼의 주요 과제로 작용했다.

매매혼에서는 신랑이 신부를 데려가기 전에 신부 아버지에게 경제적 증여를 해야만 했다. 또한 계약 결혼이라 하더라도 〈슬기로운 농부의 딸〉에서 볼 수 있는 흥미로운 '아침 선물'과 같은 개념의 선물이 있었는가 하면, 유사시에 대비한 신랑 사후에 신부의 생계를 위한 '신랑 지참금'도 필요했다. 〈슬기로운 농부의 딸〉에서 왕이 왕비에게 자신의 전 재산을 맡기는 것도 이런 관습이 반영된 것이라고 할 수 있다.

❧57❧
세 마리의 작은 새

KHM 96

천년도 더 된 아주 오랜 옛날, 사냥을 좋아하는 왕이 있었다. 왕은 신하들과 함께 자주 사냥을 나갔다. 하루는 두 신하를 데리고 사냥을 나갔다가 산 밑에서 소에게 풀을 먹이던 세 명의 처녀가 주고받는 소리를 들었다. 첫째 처녀가 동생들에게 "얘들아, 나는 아기를 낳고 싶어. 시집을 가고 싶다고." 동생들도 맞장구를 쳤다. "나도! 아기를 낳고 싶어. 시집을 가고 싶다고."

다음 날 왕은 세 명의 처녀를 불러 전날 산에서 무슨 이야기를 했는지 물어보았다. 그리고 왕은 두 처녀에게 신하들과 결혼하겠느냐고 물었다. 두 처녀는 좋다고 대답을 했고, 셋째 처녀는 왕의 신부가 되었다.

세 신부는 모두 아름다웠으나, 왕비가 된 셋째 신부는 비단 같은 머릿결을 가지고 있었다. 어느덧 왕비는 임신을 하게 되었다. 왕은 두 언니에게 왕비를 부탁하고 사냥을 나갔는데, 그 사이 왕비는 등에 붉은 반점이 있는 사내아이를 낳았다. 그러나 아이를 갖지 못한 언니들은 아기를 강물에 던져버렸다. 그때 작은 새 한 마리가 날아와 "벌써 깊은 곳으로, 저 먼 곳으로 안녕. 백합꽃 피는 나라로, 용감한 아기야, 그렇지?"라고 노래를 불렀다. 두 언니는 그 자리를 피해 집으로 돌아왔다. 그러고는 사냥에서 돌아온 왕에게 강아지를 낳았다고 말했다.

아기는 강물을 따라 흘러가다 어부에게 발견되었다. 마침 자식이 없던 어부는 아기를 데려다 키우기로 했다. 1년 후 왕비는 다시 임신을 했으며, 왕이 사냥간 사이 사내아이를 낳았다. 그러나 언니들은 또 그 아기를 강물에 내다버렸다. 이번에도 작은 새가 날아와 같은 노래를 불렀으며, 강물을 따라 흘러간 둘째 아이도 첫째 아이를 거둔 어부의 집에서 자라게 되었다. 이번에도 언니들은 왕비가 강아지를 낳았다고 왕에게 거짓말을 했다.

또다시 1년이 지나고 왕이 여행을 간 사이 왕비는 딸을 낳았다. 그러나 언니들은 그 아기 역시 강물 속으로 던졌고, 작은 새가 나타나 다시 노래를 불렀다. "벌써 깊은 곳으로, 저 먼 곳으로 안녕. 백합꽃 피는 나라로, 용감한 소녀야, 그렇지?" 공주 역시 어부가 거두었다. 여행에서 돌아온 왕은 이번에는 왕비가 고양이를 낳았다고 말하는 언니들의 말을 듣고 왕비를 감옥에 가두었다.

세 남매는 어부의 집에서 무럭무럭 자랐다. 어느 날 낚시를 나간 첫째 왕자는 동네 아이들에게서 자신이 주워온 아이라는 말을 듣게 되었다. 어부에게서 사실을 전해들은 첫째 왕자는 아버지를 찾아 길을 떠났다. 며칠 후 왕자는 큰 강가에 이르렀는데, 그곳에서 낚시를 하던 노파의 도움으로 강을 건널 수 있었다. 그러나 길만 헤맬 뿐 아버지를 찾을 수 없었다. 그렇게 1년이 지나도 소식이 없자 둘째 왕자가 형을 찾아 나섰다. 그러나 둘째 왕자 역시 첫째 왕자처럼 길만 헤맬 뿐이었다.

집에서 두 오빠를 기다리던 공주도 오빠들을 찾아 나섰는데, 큰 강가에서 노파를 만났다. 공주가 노파에게 인사하자 노파는 물고기 한 마리를 주면서 길을 따라가다가 큰 검둥개를 보면 웃지도 눈길도 주지 말고 그대로 지나가라고 말했다. 그리고 큰 성이 나타나면 성문 앞에 물고기를 떨어뜨린 후 샘물가에 서 있는 큰 나무 위에 있는 새를 잡아 샘물을 한 컵 떠서 왔던 길로 되돌아오라고 했다. 그런 후 성문 앞에 던져놓은 물고기를 주워 검둥개에게 먹이고 개를 한 대 때리고 자신에게로 데려오라고 말했다.

공주는 노파가 시키는 대로 성으로 가서 새와 샘물을 가지고 돌아오다가 길을 헤매던 오빠들을 만났다. 그리고 검둥개에게 물고기를 먹인 후 한 대 때렸더니 훌륭한 왕자로 변했다. 네 사람은 함께 노파에게로 갔다. 노파는 네 사람 모두 강을 건너게 해주고 떠나갔다. 강을 건넌 네 사람은 늙은 어부에게로 돌아갔다.

그런데 성에서 가져온 새가 날아가는 바람에 둘째 왕자가 활을 들고 숲으로 따라가 피리를 불었다. 마침 사냥을 나왔던 왕이 나타나 누가 이곳에서 사냥을 허락했느냐고 묻자 허락한 사람이 없다는 왕자의 대답에 다시 누구의 자식이냐고 물었다. 왕자가 자신은 어부의 자식이라고 대답하자 왕은 어부에게는 자식이 없다며 믿지 않아 둘째 왕자는 왕을 어부에게 안내했다.

어부는 왕에게 그동안의 사연을 모두 털어놓았다. 이때 작은 새가 나타나 노래를 부르기 시작했다. "왕비는 감옥에 홀로 앉아 있네. 오, 왕이여. 고귀한 혈통이여, 당신의 아이들은 고귀하다오. 나쁜 언니들이 아이들을 강물 깊이 빠뜨려 고통을 주었을 때, 어부가 그들을 발견했지요." 새의 노랫소리를 듣고 놀란 왕은 성으로 달려가 감옥에 있던 왕비를 풀어주었다. 왕비는 병들고 허약해졌으나 공주가 구해온 샘물을 마시자 다시 회복되었고, 못된 언니들은 화형당했다. 그리고 공주와 왕자는 성대한 결혼식을 올렸다.

❧

저지독일어로 수록된 〈세 마리의 작은 새〉는 부모나 가족에게 버려진 아이가 성장해 자신의 정체성을 찾아 고향으로 돌아오는 영웅설화와 유사한 민담에 해당한다. 또한 버려졌던 아이들이 성장한 후 친부모에게 돌아가는 플롯과 더불어 핵심적인 기능은 아니지만 '강가의 노파'와 '생명수' 모티프, '새에 의한 고변' 등 민담의 특징적인 여러 모티프가 부차적으로 포함되어 있다.

세 명의 처녀가 '아기를 낳고 싶다'는 말을 주고받는 이야기에서 시작하는 점도 매우 흥미롭다. '아기를 낳고 싶다'는 말은 곧 결혼하고 싶다는 의미이겠지만, 처녀들의 대화를 듣고 자신을 비롯해 두 신하와 결혼을 하는 것은 다소 의외이다. 그러나 산속의 세 처녀가 결혼을 준비하기 위해 격리된 특별한 존재일 수 있다는 개연성을 고려해보면 이들의 결혼이 아주 의외인 것은 아니다. 왜냐하면 왕이 사냥하는 그 숲은 아무나 들어갈 수 있는 숲이 아니기 때문이다. 그 숲은 왕과 왕이 허락한 자만 들어갈 수 있는 특별한 숲인 것이다.

그녀들의 '아기를 낳고 싶다'는 소망은 실현되었다. 왕은 현명한 판단을 했다. 왕이 선택한 막내만이 아기를 낳을 수 있었기 때문이다. 세 명의 처녀는 숲속에서 일정 기간 결혼을 위한 준비 과정을 거쳤지만, 여자의 고유한 능력인 아이를 낳는 생산성은 막내만이 가지고 있었다. 바로 이 점이 언니들의 질투심을 유발시켜 이야기를 전개시키는 강력한 동인으로 작용하고 있다.

'버려진 아이' 모티프는 동서양의 신화와 전설, 민담에 폭넓게 수용된 모티프이다. 〈세 마리의 작은 새〉의 '버려진 아이'와 '생명수' 모티프의 결합 형태는 우리의 〈바리데기〉와도 유사하다. 바리데기는 부모에게 버림받았으나 부모가 깊은 병에 걸려 죽게 되었다는 소식을 듣자 온갖 고생을 하며 생명수를 구해와 부모를 살린다. 이처럼 우리의 〈바리데기〉는 버려진 자식의 서러운 신세를 극복하고 부모를 용서한다는 효행을 강조하는 설화로 인식되어 있다. 그러나 〈세 마리의 작은 새〉는 왕비의 못된 언니들이 저지른 사건이었다. 그러므로 왕에게는 직접적인 책임이 없으며, 사악한 인물인 왕비의 언니들이 화형당하는 것으로 이야기가 귀결된다. 그리고 왕비와 아이들은 원래의 위치를 되찾는다. 이것은 민담적 해결방식이라고 할 수 있다.

그러나 '오이디푸스', '테세우스', '이아손' 등의 신화와 같이 '버려진 아이' 모티프를 수용하고 있는 신화는 버려진 사내아이가 성장하여 자신의 정체성을 되찾고 고향으로 돌아와 아버지나 왕을 죽이고 왕위를 차지하는 '부친 살해' 형 영웅설화에 해당한다. 널리 알려진 '오이디푸스' 신화에 비해 '테세우스'나 '이아손' 신화보다는 덜 비극적이지만, 결과적으로는 친부를 죽음에 이르게 하는 것은 마찬가지이다.

아테네의 왕 아이게우스는 트로이젠의 공주 아이트라와 사랑을 나눈 후 칼 한 자루와 샌들을 감추고, 사내아이가 태어나면 그것을 찾아 자신에게 보내라는 말을 남기고 떠난다. 이 아이가 바로 테세우스로 열여섯 살이 되자 칼과 샌들을 가지고 아버지를 찾아 아테네로 향한다. 당시 아테네는 크레타의 미노스 왕에게 9년마다 일곱 명의 귀족 청년과 처녀를 조공으로 바쳐야 했다. 테세우스는 스스로 자원해 크레타로 향한다. 그리고 미노스 왕의 딸 아리아드네의 도움으로 괴물 미노타우로스를 처치했으나 괴물을 죽이고 돌아올 때는 흰 돛을 달고, 실패했을 때는 검은 돛을 달고 오라는 아이게우스의 당부를 잊고 검은 돛을 단 채 돌아오는 바람에 아이게우스는 절망하여 바다에 몸을 던진다. 아이게우스가 빠져 죽은 바다가 바로 '에게 해'이다.

황금 양모를 찾아 떠난 영웅들의 총사령관이었던 '이아손'은 아버지가 아닌 숙부에 의해 버려진 아이이다. 이아손의 아버지 이올코스의 왕은 나이가 너무 많아 동생인 펠리아스에게 왕위를 물려준다. 펠리아스는 이아손이 자라면 왕위를 물려주겠다는 약속을 하고 왕의 자리에 올랐으며, 이아손의 어머니는 다섯 살밖에 안 된 그를 펠리온 산으로 보낸다. 15년이 흐른 후 성인이 된 이아손은 자신의 나라를 되찾기 위해 산에서 내려온다. 그런데 고향인 이올코스로 가던 중 강가에서 한 노파를 만난다. 노파의 부탁으로 그를 업고 강을 건너다가 신발 한 짝을 잃어버려 한쪽 신발만을 신은 채 이올코스로 입성한다. 그때 마침 이올코스에는 '한쪽 신발만 신은 자'가 이올코스의 왕이 될 것이라는 노래가 널리 퍼져 있었다.

이 세 편의 신화는 버림받았다가 고향으로 돌아오는 영웅에 관한 대표적인 신화이다. 이 신화는 '부친 살해'의 모티프와 이아손의 귀향이 보여주는 것과 같이 '모노산달로스'의 모티프를 수용하고 있다. 모노산달로스란 '한쪽 신발만을 신은 자'를 가리킨다. 한쪽 신발만을 신고 절뚝거리며 자신의 본거지를 찾아가는 모습은 오이디푸스의 절뚝거림과도 무관하지 않다. 나아가 블라디미르 프로프가 말한 '새로 태어난 자' 또는 '경계를 넘어 돌아온 자'를 의미한다고 보아야 할 것이다. 또한 KHM 97 〈생명수〉에서 12시 종소리와 함께 닫히는 황금 성의 성문을 가까스로 빠져나오다 '발꿈치가 잘린 막내 왕자'처럼 특별한 장소를 다녀온 자로서의 증표와 왕위 계승자로서의 표식으로 이해할 수도 있을 것이다.

더불어 '생명수' 모티프가 좀더 분명한 〈생명수〉와 더불어 〈세 마리의 작은 새〉의 생명수의 의미도 〈바리데기〉에서 강조하고 있는 효행의 증표인 생명수보다는 '특별한 곳을 다녀온 허락된 자의 증표'로 이해할 수 있다. 물론 막내 공주가 구해온 생명수로 감옥에 갇혀 있던 왕비가 건강을 회복하지만, 〈세 마리의 작은 새〉의 생명수 모티프는 전체 흐름에서 볼 때 이야기와 밀접한 모티프로 보기는 어렵다.

그리고 왕비를 질투한 두 언니에게 버려졌던 세 아이 중 막내 공주의 역할로 부모를 찾아 돌아오는 플롯으로 볼 때, 이 민담 역시 '막내의 신화'를 보여주는 이야기라고 할 수 있다. 아버지를 만날 수 있는 계기를 마련한 것은 막내 공주였고, 노파의 도움을 받을 수 있었던 것도 막내 공주였으며, 샘물로 어머니의 건강을 회복시키는 것 역시 막내 공주였다. 이런 점에서 막내 공주가 이 모험담의 주인공임을 의미한다고 보아야 할 것이다.

또한 검둥개의 모습을 하고 있던 왕자를 마법에서 풀어주고 그와 결혼을 하는 인물도 공주라는 사실은 마법에 걸려 검둥개의 탈을 쓰고 있던 왕자에 대한 내력 등이 확연치는 않으나 장차 공주와 함께 이 나라에서 계속 살게 될 것임은 분명하다. 검둥개를 보고 웃지도 눈길도 주지 않아야 하는 공주에게 제시된 금기 또한 공주의 결혼을 예고하는 대목에 해당한다.

따라서 〈세 마리의 작은 새〉는 이야기 뒷부분이 확연하지는 않으나, 아들이 아닌 사위가 왕권을 계승하는 모계적 전형이 약화된 형태의 민담으로 볼 수 있다. 이런 의미에서 볼 때 강가에서 만난 노파의 도움 역시 '정해진 자'에게만 주어진 약속일 수 있다. 막내이거나 모자라거나 때로는 절룩거리는 이들의 귀환에는 언제나 그들의 귀환을 성공적으로 이끄는 손이 있다.

그러나 민담에서는 이 역할을 주로 '노파'가 담당한다. 민담에 등장하는 노파는 언뜻 '마녀'의 이미지를 연상시키기 쉬우나 결론적으로는 부정적인 이미지만큼 단호하지 못하다. 민담의 주인공이 길을 떠나 주로 숲이나 악마가 사는 곳, 또는 강가에서 만나게 되는 노파는 때로는 숲의 어머니인 사나운 모습으로, 때로는 경계를 지키는 지혜로운 노파의 모습으로 나타나 민담의 인물을 지켜준다. 숲속의 오두막에서 만나는 노파는 대체로 마녀의 모습이다. 이는 한편으로는 중세와 근대사의 마녀 재판에서 샤먼 등에게 부여했던 악마적 이미지의 반영일 수 있으나, 다른 한편으로는 숲의 오두막으로 들어온 입문자에게 신체적 고문과 같은 제의를 행했던 엄격한 숲의 어머니의 이미지가 반영된 것이기도 하다.

이에 반해 강가에서 만나는 노파는 대부분 민담의 인물에게 지혜와 절제를 가르쳐주는 역할을 하는 것으로 보인다. 이아손이 강가에서 만난 노파가 '헤라' 여신이었던 것과 같이 강가의 노파는 여신과 같은 기품으로 고행을 마치고 고향으로 돌아오는 민담의 인물에게 경계를 넘을 수 있는 능력을 시험함과 동시에 그들의 귀향을 돕는 역할을 한다. 특히 물은 여성의 일시적 죽음이나 환생과 관계가 깊은 장소로 〈세 마리의 작은 새〉에 나오는 강가의 노파는 공주와 더불어 민담에서 물의 성격과 여성의 의미를 강하게 부각시켜준다.

⚘58⚘
생명수

KHM 97

옛날 깊은 병에 걸린 왕이 있었다. 어느 날 궁으로 찾아온 한 노인이 슬픔에 빠진 세 명의 왕자에게 생명수를 마시면 나을 수 있지만, 그것을 구하기가 매우 어렵다고 일러주었다. 왕자들은 왕에게 생명수에 관한 이야기를 전하고, 첫째 왕자가 생명수를 찾아 길을 떠났다.

첫째 왕자는 생명수를 구해오면 왕의 총애와 왕국을 차지할 수 있을 것이라고 생각했다. 첫째 왕자는 길을 가다가 행선지를 묻는 난쟁이를 만났다. 그러나 첫째 왕자는 볼품없는 난쟁이에게 참견하지 말라며 퉁명스럽게 대꾸하고 가던 길을 계속 갔다. 왕자의 무시에 화가 난 난쟁이는 저주를 퍼부었다. 그 때문인지 산으로 들어간 첫째 왕자는 길이 점점 좁아져 오도가도못하고 갇히고 말았다.

첫째 왕자가 돌아오지 않자 이번에는 둘째 왕자가 길을 나섰다. 첫째 왕자가 죽었다면 왕국은 자신의 것이 될 거라고 생각하며 길을 가다가 난쟁이를 만났다. 그러나 둘째 왕자 역시 난쟁이에게 모욕을 주어 저주를 받아 첫째 왕자와 같이 골짜기에 갇히고 말았다. 둘째 왕자가 돌아오지 않자 셋째 왕자가 생명수를 찾아 떠났다. 셋째 왕자도 난쟁이를 만났고, 난쟁이의 질문에 생명수를 찾으러 간다고 대답했다. 그 덕분에 난쟁이에게서 생명수가 있는 마법의 성이 있는 곳과 성으로 들어갈 때 필요한 쇠지팡이와 빵 두 쪽을 얻었다.

셋째 왕자는 난쟁이가 일러준 대로 마법의 성을 찾아갔다. 그는 쇠지팡이로 성문을 열고, 성을 지키는 사자들에게 빵을 던져준 뒤 안으로 들어갔다. 그리고 마법에 걸린 여러 왕자가 있는 크고 아름다운 방에서 그들이 끼고 있던 반지를 뺀 다음 칼 한 자루와 검은 빵 한 덩어리를 집어 다음 방으로 갔다. 그곳에는 아름다운 공주가 있었다. 공주는 그를 보자 입을 맞추며 마법에 걸린 자신을 풀어주었으니 왕국 전체를 그에게 주고 1년 안에 돌아오면 결혼을 하겠다고 말했다. 그리고 생명수가 있는 곳을 가르쳐주며 12시가 되려면 아직 멀었으니 쉬라고 했다. 셋째 왕자는 너무 피곤했던 터라 침대에 눕자마자 깊은 잠에 빠졌다.

셋째 왕자가 잠에서 깨었을 때는 벌써 세 번째 종이 울리고 있었다. 왕자는 서둘러 우물로 달려가 생명수를 떠서 12번째 종이 울리면서 닫히는 문틈으로 간신히 빠져나올 수 있었다. 그러나 발꿈치가 성문에 끼어 떨어져나가고 말았다. 그래도 셋째 왕자는 생명수를 구할 수 있어서 다행이라 생각하며 집으로 돌아오는 길에 난쟁이를 다시 만났다. 난쟁이는 왕자가 가지고 있는 칼과 검은 빵을 보고 칼은 한 나라의 군대를 물리칠 수 있는 칼이며, 검은 빵은 아무리 먹어도 줄지 않는 빵이라고 했다. 그리고 형들과 함께 돌아가고 싶었던 셋째 왕자는 난쟁이에게 형들을 풀어달라고 사정했다. 난쟁이는 형들을 조심하라는 당부를 남기고 풀어주었다.

셋째 왕자는 첫째와 둘째 왕자를 만나 그간의 일을 모두 이야기하고 나란히 성으로 돌아가게 되었다. 돌아가는 길에 그들은 전쟁과 기근으로 피폐해진 한 나라를 지나게 되었다. 온 나라 사람들이 굶주리고 있는 것을 본 셋째 왕자는 빵과 칼을 그 나라 왕에게 빌려주었다. 그리고 다시 길을 가다가 어려움에 처한 두 나라도 구해주었다.

세 형제가 배를 타고 바다를 건너게 되었을 때 첫째와 둘째 왕자는 아버지의 나라가 막내에게 돌아갈 것을 시기하여 막내를 없앨 궁리를 했다. 그리고 막내가 잠든 사이 생명수를 바닷물로 바꾸어놓았다. 그런 줄도 모르고 성에 도착한 막내는 병든 아버지에게 서둘러 바닷물을 먹였다. 쓰고 짠 바닷물을 마신 왕이 신음하면서 쓰러지자 첫째와 둘째 왕자가 독약을 먹였다고 셋째 왕자를 몰아세웠다. 그러고는 자신들이 빼돌린 생명수를 왕에게 먹이자 왕은 건강을 되찾았다. 첫째와 둘째 왕자는 셋째 왕자에게 왕이 이제 너를 믿지 않으니 진실을 입 밖에 내면 죽게 될 것이라고 협박했다.

셋째 왕자에게 화가 난 왕은 신하에게 아무도 모르게 죽이라고 명령했다. 어느 날 신하는 셋째 왕자가 사냥을 나가자 사냥꾼에게 왕자를 죽이라고 명했다. 그러나 사냥꾼은 차마 셋째 왕자를 죽이지 못하고, 왕자의 부탁으로 옷을 서로 바꿔 입고 헤어졌다. 얼마 후 셋째 왕자가 도와주었던 나라에서 감사의 선물로 보낸 세 대의 황금과 보석을 가득 실은 마차를 보고 왕은 셋째 왕자를 죽인 것을 후회했다. 그때 사냥꾼이 왕자가 살아 있음을 알렸다. 왕은 크게 기뻐하면서 언제든 셋째 왕자가 성으로 돌아오면 반갑게 맞이하라고 공표했다.

한편, 막내 왕자를 기다리고 있는 마법의 성 공주는 성으로 들어오는 길을 온통 황금으로 깔아놓았다. 그리고 길 가운데로 곧장 들어오는 사람은 들여보내고, 길 옆으로 오는 사람은 좋은 옷을 입었어도 절대 들여보내지 말라고 일러두었다. 드디어 1년이 되어갈 무렵, 첫째 왕자는 자신이 공주와 공주의 왕국을 차지하기 위해 마법의 성에 도착했다. 그러나 성 앞에 깔린 황금 길을 보자 왠지 부끄러워져 옆으로 비켜 지나갔다. 이를 본 문지기들은 그를 들여보내지 않았다. 둘째 왕자도 황금 길을 밟지 못해 성으로 들어가지 못했다. 마지막으로 막내 왕자가 도착했다. 그동안 숲속에서 오직 사랑하는 사람을 만나 자신의 슬픔을 위로받고 싶은 생각만 하던 막내 왕자는 앞뒤 살피지 않고 황금 길로 말을 몰아 성문 앞에 도착했다.

성문은 활짝 열렸으며 공주는 기쁜 얼굴로 그를 맞이했다. 공주는 그가 자신을 구해준 사람이며, 이 왕국의 새로운 주인이라고 공표했다. 그리고 셋째 왕자의 아버지도 후회하며 그를 기다리고 있다는 사실을 알려주었다. 왕자는 바로 왕에게로 달려가 첫째와 둘째 왕자가 자신에게 한 일을 모두 고했다. 사실이 밝혀지자 첫째와 둘째 왕자는 배를 타고 바다로 도망갔다.

❧

이 민담은 KHM 57 〈황금새〉의 유사 판본으로 간주되고 있다. 그러나 〈황금새〉의 주요 모티프가 서로 긴밀한 연관을 이루지 못하고 제재로서 일관되게 발전하지 못한 반면, 이야기의 내용뿐만 아니라 〈생명수〉의 '생명수'가 마법담의 제재로서 이상적인 기능을 하고 있다는 점에서 두 이야기는 서로 다르다고 할 수 있다.

특히 병든 아버지를 구하기 위해 길을 떠나는 이야기의 발단은 매우 자연스러운 민담의 서두로 여겨지지만, 사실 KHM이나 서양의 여타 다른 민담에서는 보기 어려운 상황이다. 우리가 병든 아버지를 구하기 위해 길을 떠나는 모티프에 익숙한 것은 온갖 희생을 보여준 〈바리데기〉나 〈심청전〉 등에서 보아온 '효행록'에 감화된 일종의 선입관일 수 있다. 그러나 민담에서 길을 떠나는 배경으로 병든 아버지를 구하기 위해 생명의 묘약을 구하러 떠나는 모티프가 보여주는 양상은 본질적으로 다르다. 특히 〈바리데기〉는 생피의 엉킴이 이끄는 대로 자식의 도리만을 구현할 뿐이지만, 켈트나 러시아, 영국 등 서양의 설화에 나오는 공통적인 생명수 모티프는 부모의 생명을 구하기 위한 절박함보다는 KHM의 여타 다른 마법담과 마찬가지로 왕국의 새로운 후계자 선정에 좀 더 무게가 실려 있음을 알 수 있다.

따라서 〈생명수〉의 병든 아버지 모티프는 우리의 효도 모티프라기보다는 길을 떠나게 하는 다양한 배경 중 하나로 이해하는 것이 좋을 듯하다. 이야기 서두에는 왕이 단지 깊은 병이 들었으며, 매우 구하기 어려운 약이 설정되어 있다. 구하기 어려운 약이라는 상황은 우선 그 약을 구하려는 또는 구한 자의 용감함과 진실성을 보증하는 증거물로 이해할 수 있다. 그러나 주인공의 용맹성이나 지혜만을 요구하지 않는다는 것은 막내 신화에서 이미 증명된 바 있다. 막내는 형들에 비해 용감하지도 지혜롭지도 않다. 그러나 승리는 언제나 막내의 것이며, 막내의 성공을 가능하게 하는 장치 역시 민담 특성 중 하나이다. 그리고 이 장치에는 막내가 얻은 보물도 무관하지 않은 듯해 보인다.

그러나 보물 중에서도 〈생명수〉에서의 '생명수'는 생명과 근원적인 친밀성을 보여주는 모티프이다. 이 생명수는 KHM의 다른 민담이나 여타 다른 설화에서 관찰할 수 있는 생명을 구할 수 있는 약과는 다른 차원의 본질적인 보물이라고 할 수 있다. KHM 16 〈뱀이 물어온 세 잎사귀〉에서의 죽은 뱀과 죽은 공주를 살려낸 초록색 잎사귀도 죽은 생명을 살려내는 묘약이지만, 초록색 잎사귀의 발견과 수용은 자연의 묘미를 잘 아는 땅의 동물인 뱀의 섭생을 보고 터득한 삶의 지혜에 해당한다.

그리고 〈황금새〉의 초판본에 수용된 병든 왕을 살리기 위한 '황금사과'는 〈뱀이 물어온 세 잎사귀〉에서의 초록색 잎사귀와는

473

또 다른 차원의 영약이라고 할 수 있다. 〈황금새〉에서 살펴본 것과 같이 황금은 보물 중에서도 궁극적인 보물로 정신적 완성의 추구를 의미하는 물질로 보아야 할 것이다. 또한 이것을 구하기 위해 주인공이 가야 했던 장소도 완성을 위한 궁극적인 장소로 보아야 할 것이다.

〈생명수〉에서의 생명수 모티프는 황금 모티프보다 더 본질적이다. 황금이 대지모의 자궁 속에서 절대적인 완성에 이른 금속을 의미한다면 물은 대지모의 혈액이며, 지상의 모든 생물을 키워내고 생명을 이어주는 젖줄에 해당한다. 따라서 물은 생명을 의미하는 동시에 여성을 의미한다고 보아야 할 것이다. 생명수를 구하기 위해 먼 길을 떠났던 셋째 왕자는 마법의 성에서 공주를 만나 신뢰받지 못하는 막내라는 자신의 부족한 처지를 극복하고 모험의 끝에 이른다. 따라서 막내의 성공을 가능하게 했던 생명수나 황금의 보물은 궁극적인 장소에 존재하는 본질적인 물질에 해당한다고 할 수 있다. 또 이를 획득한 셋째 왕자 역시 거짓을 모르는 본질적인 인간으로서, 이들의 합일은 민담의 궁극적인 지향점으로 보아도 좋을 것이다.

셋째 왕자가 고생 끝에 도착한 마법의 성 역시 막내에게만 허락된 장소이다. 처음 생명수를 찾아 앞서 출발했던 첫째와 둘째 왕자는 교만함 때문에 산속에 갇혔으며, 마지막에도 마법의 성 앞에 깔려 있는 황금의 길을 밟지 못해 성으로 들어가지 못한다. 막내만이 난쟁이의 도움으로 마법의 성으로 들어갈 수 있었다. 또 첫째와 둘째 왕자의 모함으로 아버지에게도 버림받았으나 그는 황금 길을 달려 마법의 성으로 들어갈 수 있었다. 마법의 성은 허락된 자에게만 열려 있는 장소로서 생명수는 그곳을 다녀간 사람의 증표이다.

그러나 생명수 역시 하나의 물질로서 셋째 왕자 자체가 될 수는 없다. 그래서 그에게는 궁극적인 장소를 다녀온 또 다른 증거가 필요했을 것이다. 12시를 알리는 종소리와 함께 닫히는 문을 비집고 나오다가 잘려나간 발꿈치는 셋째 왕자가 오이디푸스처럼 절룩거리며 고향으로 돌아온 왕자라는 것을 나타내는 표식일 것이다. 또한 아버지에게 버림받고 마법의 성으로 돌아온 막내 왕자를 인식할 수 있게 하는 것도 바로 잘려나간 발꿈치였을 것이다.

생명수를 찾아 저승으로 가는 모티프로 자주 거론되는 〈바리데기〉도 효심만 깊은 인물은 아니다. 그녀는 처음부터 자신을 버린 부모를 흔연히 받아들이지는 않았다. 서러운 심정을 드러내고 언니들이 차례로 생명수를 찾아 떠나는 것을 지켜본다. 그러나 그녀는 자신이 그 길을 가야 한다는 것을 천명으로 알고 있었다. 그리고 그 길에서 바리데기는 자신의 운명과 맞닥뜨린다. 그녀는 인간의 바리데기일 뿐 하늘의 바리데기가 아니었다.

59
악마의 숯검둥이 동생

KHM 100

군대를 막 제대한 한스라는 병사가 있었다. 가난했던 그는 특별한 기술도 없어 앞날이 막막하기만 했다. 어느 날 그는 숲속에서 악마인 난쟁이를 만났다. 난쟁이는 불쑥 그에게 왜 힘이 없느냐고 물었다. 배도 고프고 돈도 없다는 한스의 말을 들은 난쟁이는 자신의 하인이 되지 않겠느냐고 물었다. 눈이나 얼굴을 씻지도 않고, 수염이나 손톱, 머리도 깎지 않고 7년 동안 자기 밑에서 일하면 평생 먹고살 돈을 주겠다고 말했다.

한스는 악마를 따라 지옥으로 내려갔다. 그가 해야 할 일은 죄를 많이 지은 영혼들이 들어 있는 솥단지에 불을 지피는 일과 집안을 청소하는 일이었다. 악마는 절대로 솥 안을 들여다보아서는 안 된다고 주의를 주었다. 한스는 열심히 솥단지에 불을 지피고,

집안을 구석구석 청소했다.

어느 날 악마는 한스에게 집을 맡기고 여행을 떠났다. 혼자 남은 한스는 지옥 구석구석을 둘러보다가 엄청나게 큰 불 위에서 펄펄 끓고 있는 많은 솥단지를 보면서 문득 그 안이 궁금해졌다. 그는 호기심을 참지 못하고 첫 번째 솥단지 뚜껑을 열고 그 안을 들여다보았다. 그 안에는 군대에서 자신을 괴롭히던 상사가 앉아 있었다. '옳다 이젠 네 차례다.' 하고 쾌재를 부르며 재빨리 뚜껑을 닫은 한스는 화덕의 불을 더욱 세게 지폈다. 한스는 두 번째 솥단지도 열어보았다. 그 안에는 중위가 앉아 있었다. 한스는 아궁이의 불을 더욱 세게 지폈다. 세 번째 솥단지 안에는 장군이 앉아 있는 것을 보고 한스는 풀무까지 가져와 바람을 일으키자 지옥의 불은 솥단지를 집어삼킬 듯이 타올랐다.

어느덧 7년이 흘렀다. 한스는 그동안 한 번도 씻지 않고, 머리나 손톱, 수염도 깎지 않았다. 그렇게 7년이 6개월처럼 빠르게 지나갔다. 떠날 때가 되자 악마는 한스에게 그동안 한 일에 대해 물었다. 한스는 솥단지의 불을 지피고, 집 안의 먼지를 쓸어다가 문밖에 버렸다고 대답했다. 악마는 한스의 대답에 품삯을 받고 싶으면 마당에 쓸어버린 먼지를 자루에 담아가라고 말했다. 그리고 씻지 않고 깎지 않은 그 상태로 돌아가 사람들이 어디서 왔느냐고 물으면 지옥에서 왔으며, 누구냐고 묻거든 "나의 왕이신 악마의 숯검둥이 동생"이라고 대답하라고 알려주었다.

한스는 7년 동안 일한 대가가 고작 먼지 한 자루인 것이 화가 나서 숲에 도착하자마자 먼지를 쏟아버리려고 자루를 열어보았다. 그런데 뜻밖에도 먼지는 황금으로 변해 있었다. 기분이 좋아진 한스는 잠을 자기 위해 여관을 찾아갔다. 여관 주인은 새까만 병사의 모습을 보고 어디서 온 누구냐고 물었다. 한스가 "지옥에서 온 나의 왕이신 악마의 숯검둥이 동생"이라는 대답과 함께 자루 속의 황금을 보여주자 여관 주인은 한스에게 방을 내주었다.

밤이 되어 모두 잠이 들자 여관 주인은 한스의 방에 몰래 들어와 황금 자루를 훔쳤다. 다음 날 여관비를 지불하려던 한스는 황금 자루가 없어진 것을 알고 악마에게로 달려갔다. 난쟁이는 한스를 씻기고 수염과 손톱을 깎고 머리도 빗겨주었다. 그리고 먼지 한 자루를 더 주면서 여관 주인에게 가서 황금을 돌려주지 않으면 지옥에 끌려가 자신처럼 변하게 될 것이라 전하라고 했다.

악마의 말을 전해들은 여관 주인은 웃돈을 얹어주며 제발 그런 일은 일어나지 않게 해달라고 손이 발이 되도록 빌었다. 부자가 된 한스는 악마에게서 배운 음악을 연주하며 떠돌아다니다가 한 왕을 만나게 되었다. 왕은 한스의 연주가 너무 마음에 들어 큰딸과 결혼시키려고 했으나, 큰딸은 허연 웃옷을 입은 평민과 결혼할 수 없다고 펄쩍 뛰었다. 그러나 아버지의 말을 잘 듣는 작은딸이 기꺼이 악마의 숯검둥이 동생 한스와 결혼했으며, 왕이 죽자 한스가 뒤를 이어 나라를 다스리게 되었다.

❧

〈악마의 숯검둥이 동생〉은 KHM 101 〈곰가죽 사나이〉와 함께

눈이나 얼굴 등 몸을 씻지 않고 수염도 머리도 깎지 않은 채 동물처럼 지내면서 7년간의 고행 기간을 거쳐야 하는 이른바 '재투성이 남성'의 모티프를 수용한 민담에 해당한다.

군대에서 퇴역한 병사가 먹을 것도 가진 것도 없는 상황에 처하는 것은 민담의 초기 국면에 해당하는 결핍 내지는 부재 상황으로, 가진 것 없는 사나이가 숲이나 낯선 초월적 공간으로 이동하게 되는 상황 배경으로 수용하기에 충분하다. 유럽을 휩쓴 전쟁 중에서도 독일의 여러 도시와 공국을 중심으로 일어났던 '30년전쟁'은 독일이 피폐해지는 데 결정적인 작용을 했다. 30년전쟁은 1618년 신성 로마의 황제 페르디난트 2세가 보헤미아 왕의 자격으로 자신의 영토 내에 가톨릭 절대 신앙을 강요하려고 하자 보헤미아와 오스트리아의 프로테스탄트 귀족들이 반란을 일으켜 시작되었다.

이 전쟁은 서로의 이해와 종교적 견해 차이로 유럽 전역으로 확산되어 유럽의 판도를 바꾸어놓는 결과를 가져왔다. 전쟁은 계속해서 간헐적으로 벌어졌으며 독일 도시와 공국이 가장 심각한 피해를 입었다.

그 중에서도 가장 많은 피해를 입은 것은 전쟁에 참가했던 병사들이었다. 30년전쟁에 참가한 대부분의 병사들은 용병이었는데, 용병 다수는 급료를 제대로 받지 못했다. 따라서 보급품 충당도 제대로 받지 못한 병사들은 시골 마을을 약탈했으며, 이 전쟁에서 하나의 전형을 이루는 이른바 '늑대 전략'이 행해졌다. 양쪽 진영의 군대가 모두 진군 중에 약탈을 일삼아 도시와 마을, 농장은 황폐해졌다.

30년전쟁의 이런 참담한 상황은 이것으로 끝이 아니었다. 17세기 유럽을 휩쓴 페스트로 인해 사회는 큰 혼란에 빠졌으며, 경제도 함께 피폐해져 민중의 삶은 그야말로 나락으로 떨어졌다. 18세기에 이르러서도 여전히 그들의 곤궁함은 별반 나아지는 것이 없었다.

이러한 원천적인 민중의 굶주림과 갈망은 KHM의 여러 문체 특성상 한 부분인 현실적인 욕구 충족의 실현이라는 특징으로 수용되었다. 무엇보다도 배고픔의 해결이 민담의 가장 절박한 목표로 작용했다고 보아야 할 것이다. 따라서 죽는 것만 아니라면 못할 것도, 못 갈 곳도 없었다. 이야기는 그렇게 상황을 설명한다.

〈악마의 숯검둥이 동생〉도 앞에서 이야기한 것과 같이 민중의 삶과 결합되면서 여관 주인의 도둑질과 인간의 심리를 정확히 꿰뚫는 악마의 해결책이 수용되어 악한 자가 벌을 받는 재치 있는 소담의 특성을 잘 나타내고 있다.

그러나 〈악마의 숯검둥이 동생〉은 지옥의 불과 솥단지 안에서 고통받는 사람들과 씻지 않는 숯검둥이 모티프의 결합으로 기독교의 지옥불의 의미를 넘어 KHM 147 〈젊게 구워진 남자〉에서의 재생 내지 부활의 의미가 이중적으로 수용되어 있음을 살펴볼 수 있다. 나아가 눈과 얼굴을 씻겨주고 머리를 빗어주는 등 이른바 '숯검둥이'에서 깨끗한 사람으로 거듭나는 행위는 기독교의 '세례' 의식과 더불어 근원적으로 새로운 인간의 탄생을 나타낸다.

또한 보아서는 안 되는 금기를 어기고 들여다본 솥단지 안에는

480

병사를 괴롭히던 상사들이 있어 억울하고 약한 존재였던 병사가 과거의 억울함을 해소하는 장면도 소담적인 특성으로 이해할 수 있다. 그러나 역으로 한스의 인간적 속내를 이미 꿰뚫어보고 있는 악마의 전지적 능력과 어김으로써 오히려 득이 되는 마법담의 금기로도 사용되었음을 알 수 있다.

아울러 '지옥에서' 온 '악마의 숯검둥이 동생'인 한스는 이미 왕 격인 악마가 보증하는 당당하고 부유한 남자임에도 헐렁하고 허연 옷을 입은 초라한 행색으로 연주하며 돌아다니다가 신붓감을 구하는 방식은 완전한 결혼을 하기 전까지 자신을 은폐하는 마법담의 결혼방식에 해당한다.

따라서 결핍 상황으로 시작하여 초월적인 존재를 만나 새로운 인간으로 태어나 공주와 결혼하여 나라를 이어받는 왕이 되는 〈악마의 숯검둥이 동생〉의 전체 이야기 구성은 전형적인 마법담 구조에 해당한다. 또 부분적으로 소담적 경향을 보이기는 하지만 종교적이며 신화적 모티프와 더불어 민담의 풍부한 영상미를 담고 있는 민담이라고 할 수 있다.

◈60◈

곰가죽 사나이

KHM 101

전쟁에 참가하여 용감히 싸우던 병사가 있었다. 그러나 전쟁이 끝나자 그는 할 일이 없어졌다. 병사의 부모는 일찍 돌아가셨고, 고향의 두 형에게서도 쫓겨났다. 마땅히 갈 곳이 없던 병사는 총한 자루를 메고 돌아다니다 나무 아래에 앉아 있었다.

그때 어디선가 초록색 재킷을 입고 한쪽 다리에 의족을 한 남자가 다가왔다. 그는 병사가 겁쟁이가 아니라면 얼마든지 돈을 줄 수 있다고 했다. 그의 말이 끝나기가 무섭게 갑자기 곰 한 마리가 나타나 병사를 공격했다. 병사는 두려울 게 없다고 소리치면서 곰을 향해 총을 쏘아 한 방에 쓰러뜨렸다. 낯선 남자는 한 가지 조건이 더 있다고 말했으나, 그가 악마임을 눈치챈 병사는 영혼을 파는 일이 아니라면 무엇이든지 하겠다고 말했다.

악마는 병사에게 곰가죽을 벗겨주면서 앞으로 7년 동안 수염, 머리, 손톱을 비롯하여 씻지도 주기도문도 외우지 말고, 초록색 재킷과 곰가죽만 입고 살아야 한다고 했다. '곰가죽'이라는 이름으로 살면서, 7년 안에 죽으면 병사는 자신의 것이 될 것이고, 살아남는다면 평생을 부자로 살 수 있게 해주겠다고 했다. 병사가 조건을 수락하자 악마는 초록색 재킷 주머니에 항상 돈이 가득 들어 있을 것이라고 말하고는 사라졌다.

병사는 초록색 재킷과 곰가죽을 입고 세상을 떠돌아다녔다. 처음 1년은 사람 같았으나 시간이 흐를수록 점점 곰의 모습으로 변해갔다. 그러나 가는 곳마다 가난한 사람들에게 돈을 나누어주면서 7년 동안 살아남을 수 있게 해달라고 기도했다. 그런 덕분인지 먹을 것과 잠자리는 쉽게 얻을 수 있었다.

4년째 되는 어느 날, 여관에서 머리를 움켜쥐고 울고 있는 노인을 만났다. 노인은 딸들이 굶어죽게 되었으며, 자신도 여관비를 내지 못해 감옥으로 끌려갈 처지라고 말했다. 곰가죽은 노인의 주머니에 금화를 가득 넣어주고 여관비도 내주었다. 노인은 고마움의 대가로 곰가죽에게 자신의 딸들 중 한 명을 아내로 주겠다고 말했다.

첫째 딸과 둘째 딸은 곰가죽 형상을 보고 기절할 듯 놀라며 거절했으나, 막내딸만은 아버지의 약속에 따르겠다고 했다. 곰가죽은 자신의 반지를 둘로 갈라 서로의 이름을 새겨 막내딸과 하나씩 나누어가졌다. 그리고 3년이 지나 때가 되어도 돌아오지 않으면 죽었다고 생각하고 마음대로 해도 좋다는 말을 남기고 다시 길을 떠났다. 언니들은 검은 옷을 입고 곰가죽을 기다리는 막내딸을 괴롭혔으나 그녀는 대꾸도 하지 않았다.

마침내 곰가죽은 7년이 되는 마지막 날 악마를 만난 곳으로 갔다. 그는 씁쓸한 얼굴로 나타난 악마에게 초록색 재킷을 돌려주며 자신을 씻겨달라고 했다. 악마는 곰가죽의 얼굴과 머리를 씻겨주었다. 곰가죽은 7년 전보다 더 멋진 모습으로 변신했다.

곰가죽은 네 마리 백마가 끄는 마차를 타고 신부의 집으로 갔다. 곰가죽이 신부 아버지에게 세 딸 중 한 명을 아내로 삼아도 좋겠느냐고 하자 두 언니는 화려한 옷으로 갈아입기 위해 서둘러 방으로 뛰어들어갔다. 언니들이 사라지자 곰가죽은 반지를 포도주 잔에 떨어뜨려 막내딸에게 건네주었다. 포도주 잔에서 반지를 발견한 막내딸은 자신의 반지를 꺼내 맞추어보았다. 두 쪽의 반지는 꼭 들어맞았다. 그때 옷을 갈아입고 나타난 언니들은 잘생긴 남자가 바로 곰가죽인 것을 알고는 화가 나서 한 명은 우물에 몸을 던졌고, 또 한 명은 나무에 목을 맸다. 그날 밤 누군가 문을 두드려 곰가죽이 나가 보니 악마가 나타나 "자네 대신 영혼을 둘이나 얻게 되었네."라고 말하고 사라졌다.

❧

〈곰가죽 사나이〉는 KHM 1815년 판본부터 수록된 이야기로 당시 제목은 〈초록 재킷의 악마〉였다. 〈곰가죽 사나이〉는 방랑하는 병사에 대한 이야기로 KHM 100 〈악마의 숯검둥이 동생〉과 유사한 내용이다. KHM에는 전쟁이 끝나 고향으로 돌아가는 병사에 관한 이야기가 여러 편 수록되어 있다.

전쟁터에서는 용감한 군인이었으나 전쟁이 끝나자 이들은 갈 곳도 할 일도 없이 유랑하는 처지로 전락한다. 그러나 병사의 유랑 이야기는 설화의 전통적 방랑 테마와 결합되어 삶의 성숙과 성공을 목표로 하는 민담의 구조에 자연스럽게 수용되었다. 특히 〈악마의 숯검둥이 동생〉과 〈곰가죽 사나이〉 이야기는 병사가 만나는 기이한 존재가 직접적으로 악마라고 표현된 것부터 병사의 유랑 상황이 통과의례의 신화적 의미와 연결되어 있음을 알 수 있다.

황량한 벌판을 헤매는 병사 앞에 나타난 초록색 재킷을 입은 악마의 이미지에서 외눈으로 초록 외투를 입고 전쟁터에서 용감하게 싸우다 죽은 전사들을 되살리기 위해 찾아다니던 '오딘'이 떠오른다. 또 외다리 나무 의족의 악마 모습에서도 애꾸눈이나 외다리 등 불구의 형상을 지녔던 입문 스승의 신화적 외모를 연상할 수 있다. 따라서 병사 앞에 나타난 악마는 진짜 악마가 아니라 새로운 삶으로 인도하는 안내자이다.

악마는 병사의 영혼을 무조건 취하려 하지도, 그렇다고 쉽사리 돌려보내지도 않았다. 〈곰가죽 사나이〉에 나오는 병사에게 악마가 요구한 것은 7년 동안 은폐하며 지내는 것이었으며, 나아가 이름까지 바꾸라고 한 것에서는 병사를 곰 그 자체로 변신시키려는 의도가 있었음을 알 수 있다. 이런 완전한 변신은 통과의례의 목표이다. 떠나온 세상에서 더 이상 자신을 알아보지 못하게 완전히 변신하는 것이 저승을 다녀온 자의 목표이다. 악마가 요구한 7년의 세월을 다 채우지 않았어도 곰가죽을 쓴 지 1년여가 지나자 병사는 점차 괴물의 형상으로 변했다. 4년이 지났을 때는 이미 '곰 신랑'으로 손색이 없었다. 그는 거의 '동물 신랑'이 되어 있었다.

그러나 이 '곰 신랑'은 부모의 섣부른 소원이나 마녀의 저주가 아니라, 자신에게 부가된 과제인 곰가죽을 쓴 '동물 신랑'일 뿐이다. 따라서 〈곰가죽 사나이〉에서 우리는 비로소 마법에 의한 변신이 아닌 '사실적인 변신'을 관찰할 수 있다. 드디어 7년의 세월을 견뎌 곰가죽을 벗고 이전의 모습과는 다른 성숙한 남자로 거듭난 신랑감을 볼 수 있다. 그는 더 이상 희망 없고 굶주린 병사가 아니다. 네 마리 백마가 이끄는 마차를 탄 '백마 탄 왕자'로 변신한 그는 당당하게 약혼녀를 찾아간다.

약혼과 반지에 대한 모티프도 상당 부분 현실적으로 묘사되어 있다. 서로 짝이 맞는 반지야말로 약혼을 의미하는 증표이며, 자신의 약혼자를 찾을 수 있는 표식이다. 그러나 본질적으로 약혼반지는 '매매혼'의 증거로 시작되었다. 고대 로마시대의 기록에 의하면 약혼 때 반지를 건네는 풍습은 아내를 사는 '매매혼'의 풍속에 따른 것으로서, 결혼에 앞서 약혼의 계약이 맺어졌음을 의미한다. 이렇게 약혼반지를 주고받는 관습은 처음에는 일정한 구속력이 없었으나, 기원전 3세기경부터는 점차 인장반지 또는 열쇠 달린 반지가 약혼반지로 사용되면서 주부권의 강화와 더불어 계약의 증거가 되었다. 이와 함께 신부는 미래의 남편을 위해 순결을 지킬 의무가 생겼으며, 부정을 저지르면 법적 추궁을 받기도 했다. 또한 신랑감이 자신의 이니셜을 반지에 새겨 신붓감에게 주는 관례도 고대 로마시대부터 전래되었다.

이러한 약혼반지의 의미를 〈곰가죽 사나이〉에서도 관찰할 수 있다. 아버지의 약속을 지키기 위해 곰가죽의 아내가 되기로 한 막내딸은 검은 옷을 입고 그가 준 반쪽의 반지를 간직한 채 곰가죽이 돌아오기를 기다린다. 검은 옷은 화려한 좋은 옷과 대비되는 것으로, 그녀가 주위를 경계하며 자숙의 시간을 보내고 있음을 의미한다. 곰가죽이 신분을 감추고 돌아와 세 딸과 결혼할 의사를 내비쳤을 때 막내딸은 그를 눈여겨보지 않음으로써 신뢰를 얻을 수 있었다. 따라서 두 사람의 결혼에는 아무런 장애가 없었다.

그러나 이상과 같은 모티프의 수용에도 불구하고 〈곰가죽 사나이〉 이야기는 마법담과 소담의 중간 형태인 슈방크 민담에 가깝다. 이야기의 전체 구성으로 볼 때 결혼을 위주로 하는 마법담의 특징 요소가 차례로 잘 수용되어 있다. 그러나 약화된 악마의 이미지 수용으로 이야기에 소탈하고 투박한 영상을 보태고 있다.

❧61❧

굴뚝새와 곰

KHM 102

어느 여름날 곰과 늑대가 산책을 하고 있을 때 어디선가 아름
다운 새소리가 들려왔다. 곰은 어떤 새가 저렇게 아름다운 노래
를 부르는지 궁금했다. 이에 늑대는 새들의 왕이 부르는 노래이
며, 그 새를 보면 머리를 조아리고 절을 해야 한다고 말했다.

늑대의 말을 들은 곰은 새가 사는 궁전에 가보고 싶다는 생각
을 했다. 사실 그 새는 '울타리의 왕'이라 불리는 굴뚝새였다. 늑
대는 아무 때나 갈 수 있는 것이 아니라고 말했다. 왕과 왕비가 궁
전을 비웠을 때나 갈 수 있다고 했다. 그래서 곰은 궁전의 위치만
확인하고 그곳을 떠났다. 그러나 호기심을 이기지 못한 곰은 늑
대를 졸라 다시 궁전으로 갔다.

마침 왕과 왕비는 궁전에 없었다. 곰은 잔뜩 기대를 하고 둥지

로 기어 올라가 안을 들여다보았다. 그러나 어린 새끼들이 있는 둥지는 너무 보잘것없었으며, 새끼들도 전혀 왕의 자식처럼 보이지 않았다. 실망한 곰은 별 볼일 없다고 비아냥거렸다. 그 말을 들은 어린 새끼들은 자신들을 모욕한 것을 후회하게 될 것이라고 소리쳤다. 먹이를 물고 돌아온 왕과 왕비는 새끼들의 이야기를 듣고 당장 곰에게 날아가 전쟁을 선포했다.

곰은 황소, 말, 송아지, 돼지, 사슴 등 네 발로 땅 위를 걷는 짐승들을 불러모았으며, 굴뚝새는 크고 작은 새뿐만 아니라 모기나 파리 등 날아다니는 모든 짐승을 모았다. 전쟁이 시작되기 전 굴뚝새는 적군의 사령관을 알아내기 위해 모기를 숲속으로 보냈다. 적진으로 날아간 모기는 여우가 사령관인 것을 알아냈다. 아울러 여우가 꼬리를 세우면 공격을 하고, 꼬리를 내리면 후퇴하기로 한 작전을 모두 엿듣고 돌아와 굴뚝새에게 그대로 전했다.

동이 틀 무렵 전쟁이 시작되었다. 날짐승은 날카로운 비명을 지르며 길짐승을 향해 날아갔다. 날짐승의 비명 소리에 길짐승은 두려움에 사로잡혔다. 이때 굴뚝새의 명령으로 호박벌은 여우의 꼬리 밑을 힘껏 쩔렀다. 호박벌에게 쏘인 여우는 고통을 참으며 꼬리를 세우고 버티었으나, 연이은 호박벌의 공격에 그만 다리 사이로 꼬리를 내리고 말았다. 이로써 전쟁은 날짐승의 승리로 끝이 났다.

왕과 왕비는 승리의 기쁨을 새끼들에게 전했다. 그러나 새끼들은 곰의 사과와 자신의 가문이 명예로운 가문이라고 말하기 전까지는 아무것도 먹지 않겠다며 음식을 거부했다. 왕은 곰에게 날

아가 어린 굴뚝새들에게 사과하지 않으면 주둥이를 찢어놓겠다고 엄포를 놓았다. 왕의 말에 두려움을 느낀 곰은 굴뚝새 둥지로 기어 올라가 머리를 조아린 후에야 용서를 받을 수 있었다.

⚜

굴뚝새는 암수 모두 갈색이며, 몸길이가 약 10센티미터 정도의 작은 새로 좁은 땅굴 속이나 좁고 어두운 후미진 장소에 서식하여 '굴뚝새Sylvia Troglodytes'라고 불린다. 그러나 독일어로 굴뚝새는 'Zaunkönig'라고 하는데, 'Zaun'은 '울타리', 'König'는 '왕'이라는 뜻이므로, 조합하면 '울타리 왕'이 된다. 이것이 바로 이 민담의 실마리이다. '왕'의 호칭을 가졌지만 볼품없는 굴뚝새의 풍모와 거처가 이 민담의 실마리로 수용되었으나, 이야기는 왕의 호칭을 가지고 있는 굴뚝새의 유래담을 두 번 비트는 재미가 있다.

굴뚝새가 왕의 호칭을 얻은 것은 '이솝 우화'로부터 비롯되었다. 어느 날 새들은 가장 높이 날 수 있는 새를 그들의 왕으로 삼기로 했다. 가장 유력한 위엄 있는 독수리가 하늘 높이 날아올랐다. 그런데 독수리가 계속 하늘에 머물 수가 없어서 잠시 땅에 내려앉은 사이 굴뚝새가 하늘로 높이 날아오르면서 "내가 왕이다. 내가 왕이다."라고 소리쳤다. 굴뚝새의 경거망동으로 왕의 선발을 방해받은 새들은 그 벌로 굴뚝새를 쥐구멍에 가두어버렸으나, 얼마 후 굴뚝새는 틈을 타 구멍에서 달아나버렸다.

또한 '이솝 우화'의 제2탄쯤에 해당하는 독일 민담의 한 버전에 의하면 새들은 굴뚝새 때문에 망쳐버린 왕 선발대회를 다시 갖기로 했다. 그리고 이번에는 가장 낮게 땅속으로 떨어지는 새를 왕으로 삼기로 했다. 그러자 굴뚝새가 쥐구멍으로 들어가면서 자신을 왕으로 삼으라고 요구했다. 그러나 새들은 굴뚝새를 구멍 속에 가둬버리고 부엉이에게 지키게 했는데, 다음 날 아침 밤을 샌 부엉이가 잠이 든 사이 굴뚝새가 도망가버렸다. 이때부터 부엉이는 낮에 다니지 못하게 되었으며, 굴뚝새도 다른 새들의 미움이 두려워 울타리 주변으로 피해 다닌다고 한다.

이 버전의 굴뚝새는 '이솝 우화'의 굴뚝새와 같이 잔꾀만 부리는 기회주의자가 아니다. 오히려 약속을 저버린 쪽은 다른 새들이다. 땅속으로 가장 낮게 내려간 것은 굴뚝새였으나, 다른 새들은 처음부터 볼품없는 굴뚝새를 왕으로 추대할 생각이 없었다. 앞의 두 이야기에서 교훈을 찾고자 한다면 그것은 아마도 '분수를 알아야 한다'는 것이지 않을까. 그러나 처음에는 조롱 속에서 왕의 칭호를 얻게 된 굴뚝새는 세월이 흐르고 세계가 변하면서 어느 사이 그에 어울리는 민담의 주인공으로 성장한 듯하다. KHM의 〈굴뚝새와 곰〉의 굴뚝새는 당당하고 자신감이 있으며, 왕으로서의 칭호에 걸맞게 지도력과 용기를 갖추고 있다.

내용상으로 볼 때 〈굴뚝새와 곰〉은 동물 민담으로서, 강자와 약자의 대립인 동시에 길짐승과 날짐승의 싸움의 양상이 흥미롭다. 큰 동물과 작은 동물의 싸움을 주제로 하는 우화는 인도, 아라비아, 페르시아 등 여러 지역에 다양한 버전으로 널리 유포되어 있다. 특히 길짐승과 날짐승 사이를 오가며 승자 편에서 이익만을 보려고 했던 유명한 중세 우화 〈박쥐 이야기〉는 기회주의적인 인간의 모습을 보여준 우화로 유명하다. 〈굴뚝새와 곰〉도 덩치 큰 동물인 곰이 작고 보잘것없어 보인다고 함부로 업신여긴 대가로 어린 굴뚝새들에게 벌을 받는 이야기이다.

인간이나 동물 등 작은 존재가 큰 상대를 대할 때 사용할 수 있는 무기는 철저한 준비와 계략이다. 섣부른 자존심이나 의기를 운운하며 바위로 계란 치는 격의 대처는 민담에 어울리지 않는다. 작고 힘없는 민담의 주인공이 가지고 있는 무기는 맹렬한 삶의 욕구와 트릭스터로서 경계를 뛰어넘는 꾀가 전부이다. 따라서 이들은 여기에 승부수를 던진다. 굴뚝새는 날짐승을 지휘하면서 뛰어난 지략을 펼쳐 전쟁에서 승리한다. 특히 굴뚝새는 날짐승의 왕답게 척후斥候를 보내 적을 파악하고 공격 계획을 세우는 주도면밀함을 보여주고 있다.

그렇다고 굴뚝새가 마냥 좋아 보이는 것은 아니다. 그 어느 쪽도 나쁘지도 착하지도 않다. 집요하게 쪼아대고 찔러대는 날짐승은 표독하게만 느껴지고, 덩치만 크고 똑똑하지 못한 길짐승은 불쌍하다는 생각이 든다. 그러나 이것이 동물 소담의 매력이다. 인간의 잣대로 시시비비를 가릴 필요가 없는 그들만의 이야기. 여기에 인간의 교훈은 적합하지 않다.

☙62☙

두꺼비 이야기

KHM 105

1

옛날에 한 아이가 매일 마당에 나와 우유와 빵을 먹었다. 그러던 어느 날 두꺼비 한 마리가 벽에서 기어 나와 우유병에 머리를 넣고 맛있게 먹는 것을 보았다. 아이는 그 모습이 재미있어서 다음 날부터는 두꺼비를 기다려 우유와 빵을 함께 먹었고, 나타나지 않으면 노래로 두꺼비를 불렀다. "두껍아, 두껍아, 어서 나와라, 작은 아이야, 이리 오너라, 네 작은 빵을 먹고, 우유도 먹고 힘을 내야지." 이렇게 아이가 노래를 부르면 두꺼비는 얼른 나와서 우유를 맛있게 먹고 자신의 보물 중에서 가장 아름다운 장신구나 진주, 반짝이는 돌을 아이에게 주었다.

언제부터인가 두꺼비가 우유만 먹고 빵은 먹지 않자 하루는 아

이가 "꼬마야, 빵도 먹어야지." 하고 두꺼비에게 말하며 숟가락
으로 두꺼비 머리를 톡톡 쳤다. 그 모습을 보던 아이 어머니가 나
무 몽둥이를 들고 와 두꺼비를 때려죽였다. 그때부터 아이는 아
름답던 붉은 뺨도 사라지고 차츰 말라가기 시작했다. 그리고 오
래지 않아 밤에 올빼미가 울고 작은 부리울새가 장례용 나뭇가지
와 잎을 모으더니 아이는 곧 관 위에 눕혀졌다.

2

담에 기대 앉아 있던 고아 소녀는 두꺼비 한 마리가 벽 틈에서
기어 나오는 것을 보았다. 두꺼비가 목도리 위를 걷는 것을 좋아
한다는 것을 안 소녀는 얼른 푸른 비단 목도리를 펼쳐놓았다. 그
러자 두꺼비는 되돌아가서 작은 금관을 가지고 나타나 목도리 위
에 내려놓더니 어디론가 사라졌다. 소녀는 정교하게 만들어진 금
관을 가졌다. 잠시 후 돌아온 두꺼비는 왕관이 없어진 것을 알고
벽에 몸을 계속 부딪쳐 죽고 말았다. 소녀가 왕관을 그냥 두었더
라면 두꺼비가 벽에서 더 많은 보물을 꺼내왔을까?

3

"후후, 후후." 두꺼비가 부른다. 아이가 대답한다. "이리 나와
봐." 두꺼비가 나오자 아이가 누이에 대해 묻는다. "빨간 양말 신
은 애 본 적 있니?" 두꺼비가 대답한다. "아니, 나는 모르는데, 대

체 왜 그래? 후후, 후후, 후후."

⚜

세 편의 '두꺼비' 민담인 〈두꺼비 이야기〉는 KHM의 다른 민담과는 성격이나 구성이 크게 다르다. 일반적으로 민담은 '해피엔딩'으로 끝나는 설화라는 선입관을 무색하게 앞의 두 편의 이야기는 '두꺼비의 죽음'으로 불행한 결말을 보여준다.

마치 우리의 애련한 전설과 유사한 첫 번째 이야기는 두꺼비의 억울한 죽음과 뒤이은 아이의 죽음이 겹쳐지면서 아이 어머니의 사려 깊지 못한 행동의 대가가 부각되었다. 어머니의 몰이해로 친구였던 두꺼비가 눈앞에서 죽자 슬픔을 이기지 못하고 아이도 죽게 된다는 상황은 다소 과장되어 보인다.

그러나 아이의 죽음이 의미하는 것으로 볼 때 두꺼비는 아이에게 친구 이상의 존재였다고 보아야 할 것이다. 뱀을 몸에 감고 태어난 아이에게서 뱀을 떼어내자 아이가 큰 소리로 울기만 하여 뱀을 다시 주자 울음을 멈추었다는 이야기처럼, 아이에게 두꺼비는 영혼을 교감하던 존재, 즉 공생의 살붙이였던 것이다. 두꺼비가 아이가 주는 우유만 먹고 빵은 먹지 않은 것은 두꺼비와 아이 사이의 거리를 보여주는 것이 아니라, 두꺼비를 죽음으로 몰고 가게 만든 안타까운 운명 같은 복선에 해당한다.

또한 두꺼비는 아이에게 정신적 교감뿐만 아니라 재물의 증여도 함께 해주었다는 것을 알 수 있다. 두 번째 이야기에서 두꺼비

495

는 벽에서 왕관을 가지고 나온다. 이는 우리나라, 일본, 중국 등의 민속에 널리 유포된 이른바 '파충류와 관련된 업'의 의미와 근원적으로 매우 가깝다. 특히 집 안 깊은 곳에 살고 있는 뱀이 재물을 불러들이고 흉을 막아주는 '업신'으로 좌정坐定해 있다고 믿는 동양의 신화적·민속적 의미를 〈두꺼비 이야기〉에서도 찾아볼 수 있다.

두꺼비에게 밥풀을 먹이며 기르던 소녀가 이무기에게 희생되었을 때 두꺼비가 독을 뿜어 이무기와 싸워 물리치고 자신도 죽었다는 우리나라 설화에서도 '지킴이'로서의 두꺼비 의미를 살펴볼 수 있다.

그러나 인간에게 신뢰와 재물을 베풀던 앞의 두 이야기 속 두꺼비가 인간에게 배신당하고, 결국 죽음을 맞이하는 이야기의 결말은 인간과 동물이 하나로 살 수 없음을 보여주는 것이다. 더욱이 첫 번째 이야기와 두 번째 이야기는 분위기가 상당히 다르다. 첫 번째 이야기가 비장하고 애달픈 정서로 전설적 분위기를 자아낸다면, 두 번째 이야기는 맹랑한 소녀의 이기심과 두꺼비의 급한 성질이 대비되고, 끝맺음을 가보지 않은 길에 대한 아쉬움을 나타내는 소담으로 마무리하고 있다.

세 번째 이야기는 〈두꺼비 이야기〉세 편 전체의 불협화음을 그대로 이어받았다. 현재형 대화 형식으로 주고받는 사슬 민담으로서 부르고 대답하는 이가 서로 뒤바뀌었으며, 느닷없이 '빨간 양말을 신은 누이'의 존재를 궁금하게 하는 밑도끝도없는 문답이 두꺼비와 아이, 나아가 자연과 인간 사이의 강한 패러독스를 보여주는 듯하다. 그러나 사슬 민담은 얼마든지 말을 이어갈 수 있는 불확정성이 그 매력이므로, 이 두꺼비 시리즈가 어디로 튈 수 있을지 궁금하기는 하다.

63
고슴도치 한스

KHM 108

옛날에 한 농부가 살았는데 그에게는 아이가 없었다. 어느 날 다른 농부들이 아이가 없는 그를 놀리자 그는 "나도 아이를 갖고 싶어. 그 아이가 고슴도치라도 좋아."라고 말했다. 그리고 얼마 후 농부의 아내가 아이를 낳았는데 위는 고슴도치이고, 아래는 사람이었다.

아내는 놀라서 남편을 나무랐으나 남편은 아이에게 세례를 해줄 대부를 찾았다. 부부는 아이를 고슴도치 한스라고 이름을 짓고 신부를 불렀다. 세례를 해준 신부는 한스가 뻣뻣한 털 때문에 침대에서 잘 수 없을 것이라고 말하자 농부는 난로 뒤에 밀짚을 깔고 한스를 눕혔다. 그렇게 한스는 8년을 난로 뒤에 누워 있었다.

어느 날 한스는 농부에게 피리를 사달라고 말했다. 그리고 다시는 돌아오지 않겠으니 대장장이에게 수탉의 신발을 만들어달라고 청했다. 한스는 수탉에게 신발을 신겨 수탉 등에 올라타고 당나귀 몇 마리와 돼지를 몰고 길을 떠났다. 숲에 도착한 한스는 여러 해 동안 나무 위에서 피리를 불며 지냈다.

그러던 어느 날 숲에서 길을 잃은 왕이 피리 소리를 듣고 주위를 둘러보다 나무 위에 앉아 있는 고슴도치 한스와 수탉을 보았다. 왕은 신하를 시켜 한스에게 궁전으로 돌아가는 길을 물어보았다. 그러자 한스는 왕이 궁전에 도착했을 때 맨 처음 나오는 것을 자신에게 주겠다고 문서로 약속하면 길을 알려주겠다고 대답했다. 왕은 한스가 글을 모를 것이라 생각하고 대강 적어주고 궁전으로 돌아왔다.

그때 제일 먼저 왕을 맞이한 것은 공주였다. 왕은 공주에게 고슴도치 한스 이야기를 하면서 그가 까막눈이라 괜찮을 것이라며 공주를 안심시켰다. 한스는 당나귀와 돼지를 기르며 계속 나무 위에서 피리를 불며 지냈다. 그리고 또 다른 왕이 궁전으로 돌아가는 길을 물어보았을 때도 왕이 궁전에 도착했을 때 맨 처음 마중 나오는 것을 자신에게 주면 길을 가르쳐주겠다고 말했다. 두 번째 왕도 한스에게 약속했으며, 왕을 처음 맞이한 것도 그의 외동딸이었다. 왕이 고슴도치 한스와 약속한 바를 걱정스레 이야기하자 아버지를 사랑한 공주는 한스를 따라가겠다고 말했다.

그동안 한스의 돼지들이 점점 늘어나 숲속에 가득 차게 되자 한스는 아버지에게 마을의 모든 돼지우리를 비워놓으라고 편지를 보냈다. 그런 후 그는 수탉 위에 앉아 돼지 떼를 몰고 고향으로 돌아갔다. 그리고 그는 다시 아버지에게 수탉의 신발을 만들어달라고 청하여 수탉의 신발을 갈아 신긴 후 수탉을 타고 첫 번째 왕을 찾아갔다. 그러나 병사들이 들여보내지 않자 한스는 수탉을 타고 날아올라 왕에게 공주를 내놓지 않으면 목숨이 위태로울 것이라고 위협했다. 왕은 할 수 없이 공주에게 하인과 돈과 재물을 챙겨주며 한스를 따라가게 했다. 그러나 한스는 얼마쯤 가다가 약속을 지키지 않은 대가라며 공주의 옷을 벗기고 자신의 가시로 공주의 몸에서 피가 나도록 찌른 다음 돌려보냈다.

한스는 두 번째 왕을 찾아갔다. 왕은 한스가 찾아오면 잘 맞이하라고 미리 이야기해놓았기 때문에 한스는 극진한 대접을 받았다. 한스의 모습을 본 공주는 깜짝 놀랐지만 약속을 지키기 위해 결혼식을 올렸다. 한스는 왕에게 네 명의 병사를 시켜 침실 문 앞을 지키고 있다가 자기가 잠을 자러 방으로 들어가 침대에 누우면 큰 불을 지피라고 말했다. 그리고 자신이 고슴도치 껍질을 벗어놓으면 그 껍질을 불에 던져 모두 탈 때까지 지키라고 했다. 이윽고 시계가 11시를 알리자 한스는 껍질을 벗기 시작했으며, 병사들이 달려들어 껍질을 불 속에 던져 넣고 모두 태워버렸다.

한스는 이제 자유로운 몸이 되었으나 불에 그을린 것처럼 거무스름했기 때문에 왕은 의사를 보내 연고와 향료로 닦아주었다. 그러자 한스는 잘생긴 청년으로 변했고, 왕은 공주와 한스의 결혼식을 다시 올려주었다. 그 후 한스는 왕국을 물려받았으며, 몇 년 후 아버지를 왕국으로 불러 행복하게 살았다.

'동물 신랑' 유형의 민담은 대체로 두 가지 유형으로 나눌 수 있다. 하나는 〈고슴도치 한스〉와 KHM 144 〈당나귀〉와 같이 동물의 탈을 쓰고 있다가 자신의 요구를 만족시키는 신붓감을 만나면 스스로 탈을 벗고 진짜 결혼을 하는 단순형이 있다. 다른 하나는 KHM 88 〈노래하며 날아오르는 종달새〉나 KHM 127 〈무쇠 난로〉와 같이 결혼 약속을 지킨 신붓감과 결혼하지만, 신부가 금기를 어겨 신랑이 먼 곳으로 사라져 신부가 신랑을 찾아가 다시 만나 한 번 더 결혼하는 형태의 혼합형이 있다.

단순형에 해당하는 '동물 신랑'은 '고슴도치 한스'나 '당나귀'와 같이 태어날 때부터 동물의 몸으로 태어난다. 그러나 진실한 신붓감을 만나 탈을 벗으면 신부의 나라에 정착하는 '비나혼' 유형으로 끝을 맺는다. 반면 혼합형의 동물 신랑은 대부분 왕자 등 고귀한 존재가 마법에 걸려 동물의 탈을 쓰게 되고, 동물의 탈은 사랑을 얻으면 벗을 수 있는 마법담으로 이야기가 전개된다. 물론 이때의 사랑은 결혼을 의미하며, 완전한 결혼을 위해서는 아직 금기를 극복할 수 있는 신부의 능력 평가가 남아 있다. 이런 혼합형은 대략 아르네-톰슨 425번 '잃어버린 남편을 찾아서'의 유형에 해당하는 민담이라고 할 수 있다.

아르네-톰슨은 단순형의 동물 신랑 유형에 해당하는 〈고슴도치 한스〉와 〈당나귀〉에 대해 자신이 저술한 《설화 유형론》에서 '430번' 유형의 '당나귀'로 분류했으며, '부모의 경솔한 소원 때문에 태어난 괴물'이라고 '동물 신랑'의 성격을 정리해놓았다.

그러나 이는 민담의 서사적 특성을 제대로 고려한 언급이라고 보기 어렵다. 민담은 구전으로 이야기를 전달하는 어법과 더불어 '말의 힘', 즉 언어의 주술적 능력이 강하게 어필하고 있는 '구어'로서, 입 밖으로 내뱉은 말의 효과가 즉각적으로 구현되는 설화적 특성을 가장 두드러지게 보여주는 설화이다.

따라서 동물의 탈을 쓰고 나온 '괴물 같은 아이'는 부모의 경솔한 소원 때문이라기보다는 '말에 따라 실현되는 세계'를 보여주는 민담의 문체 특성의 한 단면으로 이해해야 할 것이다. KHM 50 〈장미 아가씨〉나 KHM 76 〈분홍꽃〉 등 여러 민담에서도 아이가 없는 부모가 "아이가 있었으면"이라고 말한 뒤 아이를 얻게 된다.

또한 동물의 탈을 쓰고 태어난 아이에 대한 좀더 적합한 설화적 이해는 민담의 주인공이 부모의 집을 떠나야 하는 배경으로 도입된 하나의 설정으로 보아야 할 것이다. 나아가 장차 이르게 될 육체적·정신적 성숙과 대비되는 '미성숙한 존재'를 상징하는, 다시 말해서 '환골탈태'를 위한 복선인 셈이다.

하반신은 사람이지만 상반신은 고슴도치의 모습으로 태어난 '고슴도치 한스'는 보통 인간들과는 함께 어울려 살 수 없는 존재이다. 8년 동안 존재감 없이 살아오던 그가 아버지에게 피리와 수탉의 신발을 구해주면 다시는 돌아오지 않겠다고 말하는 이유를 설명할 수 있는 일차적 근거라고 할 수 있다. 그러나 고슴도치 한스가 돌아오지 않겠다고 말하는 근본적인 이유는 장차 그가 고향을 떠나 다른 나라에 정착하게 될 것을 암시하는 것이다. 반인반수로 태어난 아이는 부모의 경솔한 소원 때문에 태어난 원천적인 불구의 괴물이 아니다. 겉으로는 흉측한 동물의 모습이지만 동물탈 안에는 누구보다 고귀한 정체성을 지니고 있는 신이한 존재이다. 그러나 가난한 농부의 아들로 태어난 그는 가진 것이 없었다. 따라서 그에게는 부의 창출이 필요했다.

그렇게 자신의 신분을 스스로 높인 후 그는 아버지에게 수많은 돼지를 맡기고 이미 약속된 신붓감들을 시험하기 위해 떠난다. 그리고 자신에게 신뢰를 보여준 두 번째 왕의 나라 공주에게 자신의 진면목을 보여주고, '고슴도치 허물'도 태워 없애도록 한다. 자신의 과거, 현재, 미래를 모두 진정한 신부에게 온전히 맡긴 것이다. 내적인 능력을 은닉하고 외형적인 기형의 모습으로 진정한 신붓감을 구하는 우리의 〈두꺼비 신랑〉이나 〈구렁덩덩 신선비〉의 설화와 같은 유형의 민담이다.

이렇듯 동물 신랑 민담에 관한 흥미는 동물 신랑의 정체성과 직접적인 관련이 있다. KHM 1 〈개구리 왕 또는 충직한 하인리히〉와 〈노래하며 날아오르는 종달새〉에 나오는 왕자는 고귀한 신분으로 태어났으나 마법에 걸려 여인의 사랑으로 제 모습을 찾는 '미녀와 야수' 유형에 해당한다. 반면 〈고슴도치 한스〉, 〈구렁덩덩 신선비〉, 〈두꺼비 신랑〉 등은 동물 또는 반인반수의 몸을 가진 비천한 신분으로 태어난다. 〈당나귀〉의 당나귀는 왕자로 태어났으나 일반인의 눈에는 못나고 괴상한 인물일 뿐이다. 그러나 이들은 성장하여 과감하게 자신의 배필로 공주나 부잣집 셋째 딸을 지목한다. 외양은 비천한 모습이나 사실 이들은 최상의 신붓감을 찾기 위해 자신의 정체를 숨기고 있는 신성한 인물이었다.

특히 〈구렁덩덩 신선비〉와 〈두꺼비 신랑〉의 민담에서는 전반적으로 동물 신랑의 신성성을 이야기의 기조로 삼고 있다. '구렁덩덩 신선비'라는 인물명이 반영하고 있듯이 구렁이 구혼자를 본 부잣집 막내딸은 "구렁덩덩 신선비이시군요." 하고 그의 본질을 알아본다. '두꺼비 신랑' 역시 하늘에서 내려온 옥황상제의 아들이다. '고슴도치 한스'도 그의 신성성에 대한 직접적인 언급은 없으나 여덟 살이 되자 기사다운 풍모로 부모 곁을 떠난다. 그리고 피리를 부는 그의 행동은 고귀한 본성을 보여주는 것이다. 아테네 여신이 최초로 피리를 만들어 불었고, 아폴론이 최초의 현악기인 리라를 연주했듯이 음악은 귀하고 신성하다.

한편, 이 민담들의 또 다른 묘미는 괴이한 인물의 고귀함을 알아보는 지혜로운 인물이 존재한다는 점이다. 〈고슴도치 한스〉와 〈당나귀〉에는 현명한 왕이 있었으며, 〈구렁덩덩 신선비〉와 〈두꺼비 신랑〉에서는 부잣집 셋째 딸의 지혜로운 선택이 있었다. 이와 같이 이런 유형의 민담은 자신의 정체성을 숨긴 동물 신랑과 이들을 알아보는 혜안을 가진 신부나 신부 아버지의 인물 결합으로 이야기의 큰 틀이 구성되어 있다.

또한 동물 신랑 민담은 동물 탈의 탈각 상황과 탈각 후 껍질의 처리방식에서도 유형상의 차이를 보인다. 마법에 걸린 왕자는 사랑하는 여인을 만나 마법에서 풀려나면 동물 탈이 마법과 함께 사라진다. 그러나 태어나면서부터 동물 신랑인 그들은 결혼 첫날밤에 신부 앞에서 동물 껍질을 벗는다. '고슴도치 한스', '당나귀 왕자', '구렁덩덩 신선비', '두꺼비 신랑' 모두 스스로의 의지로 신붓감을 결정한 후 탈각한다. 그러나 첫날밤에 신부에게 처음으로 자신의 본모습을 보인 동물 신랑들이 바로 신부 아버지나 신부 측 모두에게 자신의 실체를 밝히지는 않는다. 신부에게만 자신의 본모습을 보이고, 다음 날 아침 다시 허물을 뒤집어쓰거나 신부에게 잘 보관하게 하는 등 신비화 전략을 유지하기도 한다.

그러나 〈고슴도치 한스〉 경우의 종결방식은 이야기가 마법담의 틀에서 벗어나 소담으로 향하고 있음을 알 수 있다. 숲으로 들어간 고슴도치 한스가 돼지를 기르는 것, 수탉에게 신발을 신겨 떠나는 정황, 숲에서 길을 잃은 왕들에게 글을 써서 약속을 받는 것, 약속을 지키지 않은 공주를 피가 나도록 가시로 찌르는 일, 고슴도치 한스의 위협에 눌려 딸을 보내는 첫 번째 왕의 태도와 '한스'라는 고슴도치 이름의 요소 등에서 소담화 경향을 읽을 수 있다.

또한 '피리 부는 고슴도치'에서는 사티로스의 하나인 '마르시아스'가 연상되기도 한다. 피리를 최초로 만든 아테나 여신이 피리를 불 때마다 양 볼이 볼록하게 나오는 것이 싫어 피리를 하계로 던졌는데, 마르시아스가 그 피리를 주워 훌륭한 연주 솜씨를 자랑하게 되었다. 마르시아스는 아폴론의 리라 연주보다 자신의 피리 연주 솜씨가 뛰어나다고 아폴론에게 도전장을 냈다가 소나무에 매달려 산 채로 껍질이 벗겨지는 벌을 받았다.

이상과 같이 '피리 부는 고슴도치 한스'의 복합적인 이미지는 이 민담의 성격을 한 마디로 규정하기 어렵게 만들기는 하지만, 감각적인 입말과 신화적 잔상이 불러일으키는 영상으로 인해 민담의 다층성을 배가시켜주고 있다.

64
수의

KHM 109

한 어머니에게 일곱 살짜리 아들이 하나 있었다. 아이는 너무나 귀엽고 예뻐서 그 누구도 사랑하지 않을 수 없었다. 하지만 몹쓸 병에 걸려 그만 죽고 말았다. 어머니는 아들을 잃은 슬픔에 밤낮을 가리지 않고 울었다. 그러던 어느 날 죽은 아이가 밤마다 나타나 어머니와 함께 울다가 아침이 되면 사라졌다. 몇 달이 지나도 어머니는 울음을 멈추지 않았다.

어느 날 밤 아이는 하얀 수의를 입고 영혼의 흰 고리를 머리에 두른 채 나타나 어머니 발치에 앉아 말했다. "어머니, 제발 울음을 그치세요. 제가 잠들 수가 없어요. 어머니가 흘린 눈물에 내 수의가 다 젖었어요." 깜짝 놀란 어머니는 울음을 멈추었다.

다음 날 아이는 손에 등불을 들고 다시 나타났다. "어머니 보세요. 내 수의가 거의 다 말랐어요. 이젠 편히 쉴 수 있겠어요."라는 말을 남기고 사라진 후 아이는 다시 나타나지 않았다.

⚜

누군가 죽은 후 그를 애도하며 너무 슬피 울면 죽은 사람이 편히 쉴 수 없다는 생각은 고대부터 현대에 이르기까지 동서양에 널리 유포되어 있다. 이것은 노래나 문학작품에도 다수 수용되어 있다. 우리나라에서도 가족이 너무 슬피 울면 망자가 저승으로 가지 못한다거나, 가족 중에 누군가 망자의 죽음을 지나치게 두려워하거나 무서운 꿈을 꾸면 망자가 정을 떼려는 것이라고들 한다.

너무나 귀애하던 아들이 나타나 어머니의 눈물에 수의가 젖어서 잠을 잘 수 없다고 하는 대목은 망자가 '정을 떼려고 한다'는 우리의 사고와 같은 맥락에서 이해할 수 있다. 그러나 애절하면서도 다소 으스스한 이런 이야기는 망자를 위한 정서라기보다는 남은 가족을 배려하려는 심상일 것이다.

13세기 한 도미니크회 수사가 쓴 〈슬픔의 거부〉에서 "많은 사람들이 슬픔으로 죽는다.", "바퀴벌레가 옷을 망치는 것처럼, 벌레가 나무를 좀먹는 것처럼, 슬픔은 사람의 심장을 상하게 한다."고 언급한 것처럼, 망자를 지나치게 애도하는 것이 망자에게도 좋지 않으며, 남은 가족에게도 좋지 않다는 합리적 관념을 찾아볼 수 있다.

그러나 고대 설화에서는 망자를 애도하는 눈물을 강조하는

'젖은 무덤'이나 '눈물 단지' 등을 모티프로 하는 이야기들을 다수 볼 수 있다. 덴마크의 한 전설에는 죽은 아이를 다시 살리기 위해 눈물과 비탄이 마술적 기능을 하는 것으로 그려져 있다. 또 지암바티스타 바실레의 《펜타메로네》에도 왕자가 그의 무덤에 걸려 있던 단지가 눈물로 가득 차게 됨으로써 되살아난다는 대목이 있다. 《북유럽신화》에서도 오딘의 아들 발데르의 죽음에 모든 신들과 생물들이 발데르를 위해 눈물을 흘린다. 그러나 발데르를 죽음으로 몰고간 당사자인 로키가 눈물을 흘리지 않아 발데르는 살아나지 못한다.

이와 같은 설화에서 볼 수 있듯이 남은 사람들의 눈물은 망자를 향한 사랑과 그리움의 증표일 것이다. 따라서 그 눈물은 너무도 애절한 기원이며 기도이다. 때문에 그 눈물은 죽음의 신을 감동시킬 수도 있고, 죽은 이를 되살릴 수 있는 마법적 힘을 가질 수도 있다. 우리의 장례의식에서 울음소리를 크게 내는 '곡'은 바로 이런 염원을 담고 있는 관념일 것이다.

이처럼 고대의 장례의식에서 눈물과 비탄은 망자를 위한 긍정적 기능을 갖는 의식의 일면이었던 것으로 보인다. 그러나 언제부터인지 확실하지는 않으나 슬피 우는 것이 망자에게는 물론 가족에게도 부정적인 영향을 미치는 것으로 생각하게 된 것은 고등종교에 기능을 위임한 후의 영향일 것이라 여겨진다.

65

무쇠 난로

KHM 127

아직도 마법이 통용되던 시절, 한 왕자가 마녀의 저주에 걸려 무쇠 난로 속에 갇히게 되었다. 그러던 어느 날 길을 잃어 아흐레 동안 숲속을 헤매던 한 공주가 무쇠 난로가 있는 곳까지 오게 되었다. 그때 난로 안에서 "어디서 와서 어디로 가느냐?"고 묻는 소리가 들려왔다. 공주는 길을 잃어 집으로 가지 못하고 있다고 대답했다.

그러자 무쇠 난로는 공주의 나라보다 더 큰 나라의 왕자라고 밝혔다. 그러고는 공주와 결혼하고 싶다고 말하며, 이 요구를 받아들이면 집에 빨리 갈 수 있도록 도와주겠다고 했다. 공주는 무쇠 난로의 청혼을 받고 놀랐으나 빨리 집에 가고 싶은 마음에 승낙을 했다. 무쇠 난로는 "집에 가서 칼을 가져다 난로에 구멍을

509

뚫어주면 자신이 살아날 수 있다."고 말하고, 공주를 집으로 데려다주었다.

집으로 돌아온 공주는 무쇠 난로와의 약속을 왕에게 이야기했다. 하나밖에 없는 딸을 무쇠 난로에게 시집보낼 수 없었던 왕은 공주 대신 방앗간 딸에게 칼을 주어 무쇠 난로에게 보냈다. 방앗간 딸은 하루 종일 난로를 뚫었으나 겨우 흠집만 낼 뿐이었다. 새벽이 다 되었다는 무쇠 난로의 말에 자기 집 방앗간에서도 소리가 나니 새벽이 온 모양이라고 대답해 공주가 아니라는 사실이 탄로나고 말았다. 다음에 왕은 돼지치기의 딸을 보냈으나 그녀는 무쇠 난로에 흠집도 내지 못한 채 들통이 났다.

화가 난 무쇠 난로는 공주가 약속을 지키지 않으면 나라 안에 있는 풀 한 포기, 돌 하나도 제대로 서 있지 못할 것이라고 엄포를 놓았다. 공주는 할 수 없이 숲속의 무쇠 난로가 있는 곳으로 가 2시간쯤 무쇠 난로를 긁었다. 그러자 조그만 구멍이 뚫렸다. 안을 들여다보니 갖가지 보석을 휘감고 있는 멋진 왕자가 보였다. 공주는 더 열심히 구멍을 뚫었다.

드디어 밖으로 나온 왕자는 "나를 자유롭게 해주었으니 나는 당신의 것이며, 당신은 나의 신부입니다."라고 말하며, 자신의 나라로 함께 가자고 했다. 그러나 공주는 아버지와 작별 인사를 할 수 있게 해달라고 애원했다. 왕자는 세 마디 이상 말을 해서는 안 된다는 약속을 받고 공주를 아버지에게 보냈다. 아버지를 만난 공주는 그만 세 마디 넘게 말을 하고 말았다. 그 순간 왕자는 미끄러운 유리산과 날카로운 칼산 저편으로 멀리 사라졌다. 하지만 또다시 무쇠 난로에 갇히는 신세는 되지 않았다.

공주는 아버지와 작별 인사를 하고 아무것도 모른 채 숲으로 돌아왔으나 왕자는 사라지고 없었다. 공주는 왕자를 찾기 위해 아흐레 동안 숲을 헤매고 다녔다. 어느 날 밤 멀리서 반짝이는 불빛을 보고 찾아가니 오두막집이 있었다. 집 안에는 작은 두꺼비들과 아름다운 식탁이 차려져 있었다. 공주가 문을 두드리자 두꺼비들이 "작은 초록 아가씨, 주름다리, 주름다리 강아지, 이리저리 풀쩍, 밖에 누가 왔나, 얼른 알아보렴." 하고 소리치자 작은 두꺼비가 나와 문을 열어주었다. 두꺼비들은 공주를 반갑게 맞이했다. 공주의 이야기를 듣고 늙은 두꺼비가 다시 노래를 부르자 작은 두꺼비가 상자를 가져왔다.

다음 날 공주가 길을 떠나려 할 때 늙은 두꺼비가 공주는 앞으로 유리산과 칼산, 큰 호수를 지나야만 할 것이라며 상자 안에 들어 있던 바늘 세 개와 쟁기 날, 호두 세 개를 꺼내주었다. 공주는 세 개의 바늘을 손잡이 삼아 유리산을 넘은 후 바늘을 사람들의 눈에 띄지 않게 숨겨놓았다. 그 다음 쟁기를 타고 날카로운 칼산을 넘어 큰 호수를 지나 커다란 성에 도착했다.

그때 마침 왕자는 공주가 이미 죽은 줄 알고 다른 처녀와 결혼하려던 참이었다. 공주는 하녀로 가장하여 부엌에서 일하게 되었는데, 밤이 되어 두꺼비에게 받은 호두를 깨보았더니 뜻밖에도 아름다운 옷이 나왔다. 공주에게 아름다운 옷이 있다는 소문을 들은 신부는 그 옷을 사겠다고 했다. 공주는 왕자의 방에서 하룻밤을 자게 해주는 대가로 신부에게 옷을 주었다. 왕자와 하룻밤을 보내게 된 공주는 왕자에게 자신이 공주임을 이야기했으나 신부가 준 술을 먹은 왕자는 깊은 잠에 빠져 있었다.

다음 날 공주는 두 번째 호두에서 나온 더 아름다운 옷을 신부에게 팔고 다시 왕자와 밤을 보내게 되었다. 공주는 밤새 울면서 자신이 공주임을 이야기했으나 왕자는 여전히 잠만 잤다. 다음 날 침실 밖에 있던 하인이 공주의 이야기를 왕자에게 전해주었다. 세 번째 날 왕자는 신부가 준 술을 먹지 않고 공주를 기다렸다. 왕자는 공주의 말을 듣고 모든 것을 기억해내고, 공주와 함께 큰 호수와 칼산, 유리산을 넘어 두꺼비들이 사는 오두막으로 갔다. 두 사람이 안으로 들어가자 오두막은 큰 성으로 바뀌었으며, 두꺼비들도 모두 왕자와 공주로 변했다. 두 사람은 결혼을 하고 이 성에서 살기로 했으나, 혼자 남은 왕을 생각하여 왕의 성에서 두 개의 나라를 다스리며 살게 되었다.

"아, 저기 쥐가 한 마리 나왔군. 이야기를 마쳐야겠네."

❧

〈무쇠 난로〉는 민담의 전통적인 모티프로 구성된 전형적인 마법담에 해당한다. 그러나 'Der Eisenofen'이라는 원제의 의미가 분명히 전달되지 않아 번역상 어려움이 따른다. 특히 'Ofen'을 '난로'로 볼 것인지 또는 '화덕'으로 볼 것인지 분명하지 않다. 'Eisenofen'도 '용광로'로 번역해야 할 것인지, 아니면 '철로 된 난로'의 의미인 '무쇠 난로'로 번역해야 할지 간단하지 않다. 우선 이야기의 내용에 따르면 '무쇠 난로'가 가장 타당해 보인다. 그러나 프리드리히 폰 데어 라이엔의 견해처럼 '무쇠 난로'는 어원적으로 '지옥의 화덕'을 뜻하는 중세 독일어 'Eitoven'과도 연관지어 생각해볼 수 있다. 나아가 모의적 저승에 보내져 '불의 시험'을 치르고 새로운 영혼을 얻으려 했던 원시인의 통과의례의 정신을 찾아볼 수도 있다. 지금도 대다수 종교에서 모든 것을 '정화하고 쇄신하는 불'의 개념을 볼 수 있으며, 이런 사고로부터 '지옥의 불'이라는 논리도 가능했다고 보아야 할 것이다.

미르체아 엘리아데도 이러한 불의 개념이 신화적 이미지와 민담의 통과의례에 지속적으로 수용되어 있다고 언급했으며, 화덕의 불에 의한 새로운 탄생과 회춘의 모티프를 유럽 민속의 주요 주제 중 하나로 주목한 바 있다. 이를테면 그리스 신화의 대지의 여신 데메테르는 자신에게 후한 대접을 한 왕비의 아들을 불사의 몸으로 만들어주기 위해 불 속에 넣었으며, 여신 테티스도 아들 아킬레우스의 필멸성을 없애기 위해 불 속에 집어넣었다.

그러나 이 두 이야기는 신화적 특성상 인간의 불멸성을 허락하지 않는다. 또한 KHM 147 〈젊게 구워진 남자〉처럼 늙은이를 화덕 속에 넣어 젊은 사람으로 회춘시킨 예수 이야기는 기독교의 지옥불 개념과 더불어 불의 지배자로서 대장장이 또는 제철공, 불의 신이라는 민속적 이미지가 이중적으로 함축되어 있음을 보여준다. 따라서 〈무쇠 난로〉 이야기에서도 철과 화덕, 저승과 부활의 통과의례 모티프를 발견할 수 있다.

그러나 아르네-톰슨은 〈무쇠 난로〉를 '에로스와 프시케' 유형의 이야기로 분류했다. 이는 아르네-톰슨이 이 민담의 주인공을 여성으로 보았으며, 이야기의 주된 모티프를 '잊혀진 신부'로 파악했기 때문일 것이다. 아르네-톰슨의 관점으로 미루어보면 '무쇠 난로'는 '동물 신랑'의 변형체일 수도 있다. 블라디미르 프로프도 수렵시대의 입문자는 숲속의 집에 머물며 불의 시험을 통해 훌륭한 사냥꾼으로 거듭나고자 짐승의 자질을 얻으려 했다고 관찰한 바 있다. 〈젊게 구워진 남자〉에서도 예수를 따라 대장장이의 화덕에서 원숭이가 태어난다. 따라서 여인의 약속 이행에 의해서만 탈을 벗을 수 있는 '무쇠 난로'나 '동물 신랑'은 완전한 성숙에 이르지 못한 중간적 존재로 이해할 수 있다. 또한 '잊혀진 신부' 모티프와 더불어 '약혼의 형식' 과정상에 있는 민담적 인물로 파악할 수 있다.

흔히 〈미녀와 야수〉류의 이야기에서 마법에 걸린 동물 신랑은 여인의 진정한 사랑으로만 구원되는 것으로 구현되며, 괴테의 《파우스트》와 같은 고전적 사랑 이야기들로 이어져온 지고지순한 사랑을 테마화하고 있다. 그러나 실제로 민담에서는 '사랑'의 감정은 존재하지 않는다. 민담의 남녀 주인공에게 가장 중요한 것은 '약속과 이행'이며, 그 결과에 따라 결혼이 성립된다. 물론 남녀의 약속은 결혼을 전제로 하며, 이를 어기는 쪽은 대부분 여성이다. 그 결과 '잊혀진 신부'나 '잃어버린 남편을 찾는' 이야기로 발전되는 양상을 보인다.

'약속을 어기는 여성'의 모티프는 KHM 1 〈개구리 왕 또는 충직한 하인리히〉를 비롯해 KHM의 여러 민담에서 다양한 형태로 접할 수 있다. 그런데 재미있는 것은 이들 여성을 중재하고 간섭하는 사람은 모두 아버지라는 사실이다. 〈무쇠 난로〉에 나오는 공주도 아버지와의 작별 인사 때문에 왕자와의 약속을 어기고 잊혀진 신부가 된다. 또한 아버지가 신붓감을 통제하는 사실은 딸의 결혼을 방해하는 '비나혼'의 아버지나 딸의 결혼을 위한 거래가 탐탁지 않은 '매매혼'의 아버지일 수도 있다. 이런 경우 딸은 몇 번이고 아버지에게로 돌아와 다시 새롭게 과정을 밟아야만 한다.

이러한 결혼의 어려움과 두 사람 사이의 거리는 민담에서는 공간적 거리로 표현한다. 두 사람 사이에는 도저히 넘을 수 없는 산과 도저히 건널 수 없는 강이 놓여 있다. 그러나 이런 민담의 거리는 정신적 거리일 뿐 실질적인 공간적 거리 개념은 아니다. 《유럽의 민담》을 저술한 막스 뤼티는 민담의 이런 거리를 '일차원성' 개념으로 설명했다. 따라서 두 사람 사이의 거리는 극복의 대상이다.

또한 민담의 주인공에게는 언제나 이를 해결해주는 보조자가 있다. 〈무쇠 난로〉에서는 KHM 63 〈세 개의 깃털〉에서와 같이 두꺼비들로서, 이 두 편의 이야기는 서로 영향을 받았다고 볼 수 있다. 더불어 두꺼비의 정체성에 대한 논의가 필요한 민담이라고도 생각된다. 두꺼비들이 부르는 노래도 같은 노래이다. 각운을 맞춘 이 노래가 〈무쇠 난로〉에서는 두 번 나오며, 이야기 끝부분에 "아, 저기 쥐가 한 마리 나왔군. 이야기를 마쳐야겠네."라고 덧붙인 구절과 함께 세 개의 노래로 구성되었다고 볼 수 있다.

KHM의 여러 곳에서 볼 수 있는 이런 마지막 구절은 KHM의 중요 문체 특성 중 하나이다. '아직도 마법이 통용되던 시절에'로 이야기를 열어 독자를 마법의 세계로 이끌었던 상황을 정리하고, 다시 현실로 돌아오게 하는 이야기 장치에 해당한다. 또한 흥미로운 이야기가 여전히 계속되고 있음을 알리는 기능도 함께 한다.

66

한눈이, 두눈이, 세눈이

KHM 130

옛날 어느 집에 세 명의 딸이 있었다. 큰딸은 이마 한가운데 눈이 하나밖에 없어 '한눈이', 둘째 딸은 눈이 두 개 있어 '두눈이', 셋째 딸은 두 눈과 이마에 눈이 하나 더 있어 '세눈이'라고 불렀다. 그런데 어머니는 남들과 같은 두눈이를 구박하며 먹다 남은 것만 주면서 한눈이, 세눈이와 함께 두눈이를 괴롭혔다.

어느 날 염소를 돌보기 위해 들로 나간 두눈이는 배가 너무 고파 울기 시작했다. 그때 한 여인이 나타났다. 그 여인은 풀을 뜯고 있는 염소에게 "염소야, 매에! 식탁아, 차려라."라고 말하면 맛있는 음식이 차려진 식탁이 나타날 것이고, 먹고 난 후에는 "염소야, 매에! 식탁아, 사라져라." 하면 식탁이 사라질 것이라고 알려주었다. 배가 너무 고팠던 두눈이는 당장 염소에게 노래를 불러

보았다. 그랬더니 정말 하얀 식탁보가 깔린 식탁에 음식이 가득 차려졌다. 두눈이는 허겁지겁 음식을 먹었다. 그리고 여인이 알려준 대로 두 번째 노래를 부르자 식탁이 사라졌다.

저녁이 되어 집으로 돌아온 두눈이는 언니와 동생이 남겨준 음식에 손도 대지 않았으며, 아침에도 아무것도 먹지 않았다. 이를 이상히 여긴 한눈이는 두눈이를 따라 염소를 데리고 들판으로 나갔다. 그러나 오랜만에 멀리 걸어온데다 햇볕도 너무 따가워 피곤해진 한눈이는 두눈이가 "한눈이야, 깨어 있니? 한눈이야, 자고 있니?" 하고 계속 부르는 노래를 들으면서 스르르 잠이 들었다. 그 사이 두눈이는 노래를 불러 식탁을 차려서 음식을 실컷 먹은 뒤 한눈이가 깨기 전에 치워버렸다. 한눈이를 깨워 집으로 돌아온 두눈이는 그날도 밥을 먹지 않았다.

다음 날은 세눈이가 두눈이를 따라나섰다. 이번에도 두눈이는 노래를 불러 세눈이를 재우려고 했다. "세눈이야, 깨어 있니? 세눈이야, 자고 있니?" 하고 계속 노래를 부르다가 "세눈이야, 깨어 있니? 두눈이야, 자고 있니?" 하고 노래를 불렀다. 어느덧 세눈이의 두 눈은 잠이 들었다. 그러나 노랫말에 나오지 않은 이마 위의 한 눈은 잠이 들지 않았다. 그것도 모른 채 두눈이는 노래를 불러 실컷 먹은 후 식탁을 치우고 세눈이를 깨워 집으로 돌아갔다.

집으로 돌아온 세눈이는 자신이 본 것을 엄마에게 모두 이야기했고, 엄마는 염소를 칼로 찔러 죽였다. 두눈이는 언덕에 올라가 슬피 울었다. 그때 어디선가 전에 만났던 여인이 나타나 사연을 들은 후 염소의 내장을 현관 앞에 묻으라고 했다. 두눈이는 식구들 몰래 현관 앞에 염소의 내장을 묻었다.

다음 날 아침 집 밖으로 나온 식구들은 깜짝 놀랐다. 하룻밤 사이에 은빛 나뭇잎에 황금사과가 주렁주렁 달린 튼실한 나무가 문 앞에 서 있었다. 엄마는 한눈이를 시켜 황금사과를 따오게 했으나 나뭇가지가 한눈이의 손을 뿌리쳐 따지 못했다. 세눈이와 엄마 역시 허공에 대고 헛손질만 할 뿐 사과를 따지 못했다. 그러나 사과를 따기 위해 두눈이가 올라갔을 때는 두눈이의 손에 황금사과가 저절로 잡혀 금세 앞치마 가득 사과를 따서 내려왔다.

그러던 어느 날 멀리서 한 기사가 집으로 다가오고 있었다. 그러자 식구들은 두눈이 때문에 자신들도 이상하게 보일 것이라며 황금사과와 함께 두눈이에게 통을 씌워 숨겨놓았다. 나무 아래로 온 기사는 감탄하며 나뭇가지 하나만 꺾어주면 원하는 것은 무엇이든지 들어주겠다고 말했다. 한눈이와 세눈이는 서로 그 나무가 자신의 것이라며 나뭇가지를 꺾으려고 애를 썼으나 꺾지 못했다.

그때 통 속에 있던 두눈이가 사과 하나를 기사에게 굴려 보냈다. 기사는 사과가 어디서 온 것인지 물었다. 한눈이와 세눈이는 두눈이의 존재를 말하며 눈이 두 개밖에 없어 나오지 못한다고 대답했다. 기사는 두눈이에게 밖으로 나오기를 청했으며, 통 밖으로 나온 두눈이를 보고 한눈에 반했다. 그리고 두눈이가 따준 황금사과와 은빛 잎이 달린 나뭇가지에 대한 보답으로 원하는 바를 묻자 두눈이는 배가 고프고 목마른 이곳에서 자신을 데려가 달라고 말했다. 기사는 두눈이를 자신의 성으로 데리고 가서 맛있는 음식과 예쁜 옷을 입히고 결혼까지 했다.

두눈이가 기사와 함께 떠난 후 언니와 동생은 질투심에 불탔지만 아직 황금 나무가 있으니 사람들이 찾아와 감탄하며 부러워할 것이라고 위안했다. 그러나 다음 날 아침 그 나무마저 없어져버렸다. 반면 아침에 눈을 뜬 두눈이는 나무가 자신을 따라왔음을 알게 되었다. 얼마 후 거지가 된 언니와 동생을 만나 서로 용서하고 함께 살았다.

⚜

〈한눈이, 두눈이, 세눈이〉는 우리나라의 〈콩쥐 팥쥐〉를 비롯해서 KHM 21 〈재투성이〉, 샤를 페로의 〈상드리용, 혹은 작은 유리 구두〉, 지암바티스타 바실레의 〈고양이 신데렐라〉, 중국 단성식段成式의 《유양잡조》에 있는 〈섭한〉 등으로 포괄되는 아르네-톰슨 510번에 해당하는 '신데렐라' 유형의 민담에 해당한다.

그리고 〈한눈이, 두눈이, 세눈이〉는 널리 알려진 '신데렐라' 유형의 민담과는 구별되는 이야기로, '매장埋葬'과 관련된 모티프를 보다 뚜렷이 관찰할 수 있는 민담에 속한다. '매장'과 관련된 모티프는 〈재투성이〉에서도 찾아볼 수 있었다. 그러나 어머니와 두 자매의 구박으로부터 재투성이에게 마법적 도움을 주는 대상은 '어머니 무덤 위에 심어놓은 개암나무'였다. 블라디미르 프로프는 '어머니 무덤 위에 심어놓은 개암나무'의 마법적 증여에 대해 "모계 조상의 매장과 흙의 비옥함, 장례를 잘 치른 후손의 번창" 에 대해 언급한 바 있다. 이에 반해 〈한눈이, 두눈이, 세눈이〉의 매장 모티프는 직접적인 '모계 조상의 매장'이라기보다는 '모계적 존재로부터 증여받은 동물의 매장' 모티프가 두드러진다. 계모가 죽인 동물의 내장을 매장했더니 그곳에서 마법의 나무가 자라 주인공에게 마법적 도움을 주고, 고귀한 신분의 남자와 결혼까지 하게 해준다.

전세계적으로 천여 개가 넘는 것으로 파악되는 '신데렐라' 유형의 설화 중에서도 〈한눈이, 두눈이, 세눈이〉와 같이 '모계적 존재로부터 증여받은 동물의 매장'과 관련된 설화도 전세계적인 분포를 보이고 있다. 특히 러시아 민담인 〈부레누슈카〉는 KHM의 〈한눈이, 두눈이, 세눈이〉와 매우 유사한 민담으로, 여주인공의 동물을 살해하는 친모가 계모로 변환되었음을 관찰할 수 있다. 또한 '한눈이', '두눈이', '세눈이'라는 인물명도 서로 간섭받았음을 알 수 있다.

〈부레누슈카〉는 전반부와 후반부로 나눌 수 있다. 주인공 마리 공주의 친모인 왕비가 일찍 죽고 두눈이 딸과 세눈이 딸을 데리고 계모가 들어온다. 계모가 마리에게 암소 한 마리를 돌보라고 일을 시키며, 세눈이에게서 그 암소가 마리에게 음식을 준다는 소리를 듣고 암소를 죽여버린다. 그러나 마리가 암소의 내장을 문설주 밑에 묻었더니 그곳에서 나무 한 그루가 자라고 많은 열매가 열리더니 멀리서 그 나무를 보고 이반 왕자가 찾아와 마리와 결혼하여 아들을 낳는다.

여기까지의 전반부 이야기는 〈한눈이, 두눈이, 세눈이〉와 유사하며, 모계적 존재로부터 증여받은 동물 사체의 매장과 관련된 마법적 증여와 결혼의 성공을 관찰할 수 있다. 그러나 후반부 이야기에서는 죽음과 환생, 변신 모티프가 두드러진다. 어느 날 친정집에 놀러온 마리는 계모의 흉계에 빠져 거위로 변한다. 이반은 거위로 변한 마리가 나타나기를 기다렸다가 거위 깃털을 불태우자 마리는 차례대로 개구리, 도마뱀, 뱀, 실톳대로 변한다. 이반이 얼른 막대를 잡아 꺾고 한쪽은 앞으로, 다른 한쪽은 뒤로 던지자 마리가 원래의 모습으로 돌아온다. 궁으로 돌아온 이반은 왕궁의 대문으로 빨리 기어오를 수 있는 여자와 살겠다고 말하고 문 위로 재빨리 기어 올라간 두눈이를 총으로 쏘아 죽인 후 마리와 함께 다시 행복하게 살아간다.

이 후반부 이야기의 죽음과 환생 모티프는 환생 이전에 여러 형태로의 변신 과정을 통한 이승으로의 회귀를 보여주고 있다. 신화나 전설에서는 죽음에서 삶으로 돌아오는 경우를 찾아보기 어렵다. 죽은 아내를 살리기 위해 저승으로 찾아갔던 그리스의 오르페우스도, 일본의 이자나기도 지상으로 아내를 데려오지 못했다. 그러나 민담에서는 죽음과 환생, 즉 저승과 이승의 경계가 크게 차이가 없으나 저승과 이승에서의 삶의 차이, 즉 존재의 구별을 두고 있다. 이를 위해 민담에서는 형태의 변형, 변신을 시도한다. KHM 13 〈숲속의 세 난쟁이〉의 '오리'와 〈부레누슈카〉의 '거위'의 모습은 이승의 삶과는 다른 존재감을 나타내는 변형이라고 할 수 있다. 나아가 〈부레누슈카〉의 마리가 거위에서 개구리, 도마뱀, 뱀, 실톳대로 변신하는 것은 저승과 이승의 정신적 거리 내지는 회귀의 어려움을 나타내는 민담의 추상적 표현이라고 할 수 있다.

베트남의 민담 〈카종과 할록〉도 동물의 매장과 죽음, 그리고 변신 모티프가 두드러진 '신데렐라' 유형의 이야기이다. 매장과 마법의 모티프가 드러나는 전반부와 환생과 변신 모티프가 주를 이루는 후반부로 나눌 수 있다. 〈카종과 할록〉은 '신발 한 짝' 모티프와 더불어 서양의 '신데렐라' 유형의 민담들과도 비슷하고, 중국의 〈섭한〉이나 우리나라의 〈콩쥐 팥쥐〉와도 유사하다. 물고기 뼈와 황금 신발이 등장하는 〈카종과 할록〉의 전반부는 중국의 〈섭한〉과 보다 더 유사하고, 후반부는 변신 모티프가 두드러지는 〈부레누슈카〉와 더 유사하다고 볼 수 있다.

따라서 중국과 국경을 접하고 있고, 프랑스 등 서양의 영향을 많이 받은 나라인 베트남의 민담 〈카종과 할록〉은 중국과 서양 모두에서 영향을 받았을 것으로 추측된다. 이야기 끝부분에 왕이 할록의 시신으로 젓갈을 담가 친모에게 보내는 내용은 다소 충격적이나 우리의 〈콩쥐 팥쥐〉에서도 볼 수 있는 모티프로서 민담 전승의 형태를 폭넓게 연구해야 할 필요성을 시사하고 있다.

중국 당나라시대 단성식이 기록한 《유양잡조》의 〈섭한〉은 문자로 기록된 가장 오래된 '신데렐라' 유형의 설화로 알려져 있다. 이야기는 진한시대 이전에 오동이라는 사람에게 섭한이라는 딸이 있었는데 기르던 물고기 뼈에 빌어서 황금 신발을 얻어 신고 잔치에 갔다가 신발 한 짝을 잃어버렸으나, 그 신발의 주인을 찾아온 타한국의 임금과 결혼한다는 줄거리이다. '진한시대 이전에 오동이라는 사람'이나 '타한국'과 같은 지명 또는 '진한'이라는 시대명과 아버지 이름의 거명 등으로 전설적인 성격을 띠고 있는 설화이다.

이야기의 결말도 마을 사람들에게 돌에 맞아 죽은 계모와 언니들을 불쌍히 여긴 사람들이 돌무덤에 묻고 오녀총이라고 불렀으며, 딸을 갖기를 원하는 사람이 이곳에 제사를 지내면 효험이 있다고 전한다며 전설의 형태를 더하고 있다. 따라서 '신데렐라' 유형의 설화들의 발생적 측면이나 동서양의 특성 비교에 좋은 자료가 되고 있다.

이상과 같이 〈한눈이, 두눈이, 세눈이〉와 유사한 각국의 민담들의 공통 모티프는 '동물의 매장과 환생'과 깊은 관련이 있다. 장례 형식의 하나로서 인간의 매장은 구석기시대의 네안데르탈인으로부터 시작되었다. 또한 네안데르탈인의 무덤에서 동물의 뼈도 함께 발견되는 것으로 보아 이들은 이미 사후세계와 연관된 종교적 사유를 가지고 있었으며, 인간을 위해 동물을 제물로 바쳤음을 알 수 있다. 이와 관련하여 인간을 매장할 때 함께 매장한 동물들은 사자死者와 가까운 동물 내지 그 시대의 중요한 동물이었음을 충분히 짐작할 수 있다. 사랑하는 사람과 그가 사랑했던 동물이나 도구를 묻어 죽은 사람을 위로하고, 그의 사후세계가 평안하기를 바랐던 의식은 사자를 위한 지극한 기도였다. 그러나 그 기도는 결국 남은 자들을 위한 기도였으며, 그 소원은 예나 지금이나 후손들의 안전과 풍요로 집약되었을 것이다.

이집트의 '오시리스' 신화, 일본의 《일본서기》의 '우케모치' 신화, 《고사기》의 '오호게쓰히메' 여신 신화 등에서도 땅에 묻힌 사자의 부활과 농경의 풍요를 기원하는 인간의 의식을 살펴볼 수 있다. 죽음의 신이자 농경의 신인 오시리스의 시신이 분시되고 흩뿌려진 대지 위로 무성히 올라온 옥수수를 보면서 이집트인은 오시리스의 부활과 지하세계를 관장하는 권능을 보았다. 이로부터 죽은 자에 대한 숭배와 다산 숭배가 자연스럽게 연결되어 오시리스는 농경민에게 다산의 신으로 승격되고, 장례의 신으로 추앙되면서 나라 전체로 매장의식이 확대되었다.

일본의 '우케모치' 신화와 '오호게쓰히메' 신화도 대지모인 이자나미의 의미와 맞닿아 있다고 볼 수 있다. 이자나미는 바람의 신과 산, 들, 바다, 흙 등 자연계의 신들을 낳고, 마지막으로 불의 신인 히노야기하야오노카미를 낳다가 화상을 입고 죽음으로써 불과 연관된 수많은 문화의 신을 태어나게 했다. 즉 자연을 먼저 있게 하고 그 위에 문화를 세웠다고 볼 수 있다. 그리고 죽은 후에는 그의 썩은 몸에서 여덟 종류의 뇌신이 생겨났다. 따라서 만물의 어머니, 불의 어머니, 땅의 어머니, 광물의 어머니로서 이자나미는 살아서도 죽어서도 온몸으로 자연과 문화와 기상을 창조한 창조모라고 할 수 있다.

《일본서기》와 《고사기》에 등장하는 농작물의 신인 우케모치나 오호게쓰히메도 온몸에서 농작물을 창조한 여신이다. 우케모치는 쓰쿠요미에게, 오호게쓰히메는 스사노오에게 살해된 후 그녀들의 몸에서 각종 곡식과 누에가 생겨났다. 이러한 이자나미와 우케모치, 오호게쓰히메의 창조방식은 바로 자신의 몸에서 생명체를 길러내고, 나아가 죽음과 함께 농작물이 태어나 인간을 이롭게 하는 모신의 성격을 단적으로 보여주는 것이다.

이렇듯 매장의식은 신석기의 여신 신화나 그리스의 아도니스 신화와 페르세포네 신화가 의미하는 것과 같이 죽음을 환생으로 인도하는, 새로운 회귀를 준비하는 행위였다. 따라서 매장은 재 생산방식의 하나이며, 나아가 인류 최초의 농경의 시작이었다고 해도 과언이 아니다. 이로써 〈재투성이〉나 〈한눈이, 두눈이, 세눈 이〉 등의 '신데렐라' 유형의 민담에서 볼 수 있는 시신의 매장 역 시 풍요의 의미가 집약된 매장과 창조모의 의식의 발로로 보아야 할 것이며, 인간을 이롭게 하는 확대 재생산의 의미로 관찰해야 할 것이다.

❦67❧

닳아버린 신발

KHM 133

먼 옛날 빼어난 미모를 자랑하는 12명의 공주를 둔 왕이 있었다. 왕은 공주들이 잠이 들면 자물쇠로 방문을 잠가버렸는데, 아침이 되면 공주들의 신발이 모두 닳아 있었다. 그 이유를 알 수 없었던 왕은 공주들의 행적을 알아내는 사람을 사위로 삼겠다고 포고를 내렸다. 다만, 사흘 동안 아무것도 알아내지 못할 경우 목숨을 내놓아야만 했다.

얼마 후 왕자 한 명이 공주들을 살피기 위해 그녀들의 방문을 열어놓고 지켰지만, 밤이 되어 왕자는 그만 잠이 들고 말았다. 다음 날 아침 공주들의 신발은 여느 때와 같이 닳아 있었다. 그리고 다음 날도, 그 다음 날도 공주들의 신발은 닳아 있었고, 그 이유를 밝히지 못한 왕자는 처형을 당했다. 그 후에도 몇 명의 후보자가 나섰으나 모두 목숨을 잃고 말았다.

그때 포고문을 보고 도시로 들어서던 한 병사가 노파를 만났다. 노파는 병사에게 밤에 공주들이 주는 술을 절대 먹지 말고 자는 척하라고 알려주었다. 그리고는 보이지 않게 해주는 망토를 주면서 공주들의 뒤를 따라가보라고 말했다. 성으로 간 병사는 노파가 알려준 대로 공주들이 주는 술을 몰래 버리고 잠이 든 척 코를 골았다.

병사가 깊은 잠에 빠졌다고 생각한 공주들은 멋진 옷과 보석으로 치장을 했다. 막내 공주가 불안한 마음을 감추지 못하고 걱정했지만, 곯아떨어진 병사를 본 첫째 공주는 안심하고 침대를 가볍게 톡톡 쳤다. 그러자 순식간에 바닥이 꺼지면서 비밀 통로가 나타났다. 첫째 공주의 뒤를 이어 다른 공주들도 차례로 그곳으로 내려갔다. 병사는 노파가 준 망토를 걸치고 공주들의 뒤를 따라갔다.

비밀 통로로 내려서자 은으로 된 나뭇잎이 바람에 흔들려 반짝이는 멋진 길이 나왔다. 병사는 증거품으로 나뭇가지를 꺾었다. 그 바람에 큰 소리가 났으나 첫째 공주는 자신들을 기다리는 왕자들이 지른 함성일 것이라며 다른 공주들을 안심시켰다. 공주들이 커다란 호숫가에 이르자 12척의 배가 그녀들을 기다리고 있었다. 공주들은 한 명씩 나누어 배에 올라탔다. 병사는 막내 공주의 배에 올라탔다.

12척의 배는 불이 환하게 켜져 있고 음악 소리가 들리는 성 앞에 도착했다. 공주들은 성으로 들어가 왕자들과 춤을 추기 시작했다. 새벽이 되어 공주들의 신발이 다 닳아 더 이상 춤을 출 수 없게 되자 왕자들은 공주들을 다시 호숫가까지 데려다주고 다음 날 다시 만날 것을 약속했다.

병사는 공주들보다 먼저 돌아와 코를 골면서 자는 척했다. 공주들은 코를 골며 자는 병사의 모습을 보고 웃으며 각자 침대 밑에 신발을 넣은 후 잠자리에 들었다. 다음 날도 공주들은 춤을 추러 갔으며, 그 뒤를 따라간 병사는 증거품으로 술병을 하나 가져왔다.

드디어 왕과 약속한 날이 되어 병사는 증거품으로 나뭇가지 세 개와 술병을 왕에게 보여주며 공주들이 매일 밤 지하 궁전의 왕자들과 춤을 춘 사실을 밝혔다. 공주들은 증거품 앞에 꼼짝 못 하고 사실을 고백하지 않을 수 없었다. 왕의 약속대로 병사는 첫째 공주와 결혼식을 올린 후 왕의 후계자가 되었다. 반면 지하 궁전의 왕자들은 공주들과 어울린 밤만큼 저주에 갇혀 있어야 했다.

❋

이 이야기의 주인공에게 부여된 과제는 공주들의 비밀을 밝히는 것이다. KHM의 민담 중에서 '비밀 밝히기'의 과제가 가장 인상적인 이야기는 KHM 55 〈룸펠슈틸츠헨〉이라고 할 수 있다. 왕비의 행운보다는 이름을 들키고 사라져버린 난쟁이 비밀의 의미가 더욱 흥미로운 이야기이다.

민담에서는 비밀 또는 수수께끼를 풀어 행운을 얻는 주인공을 혼히 볼 수 있다. 그러나 비밀과 수수께끼는 은닉되어 있는 것을 밝힌다는 측면에서는 유사하나, KHM 94 〈슬기로운 농부의 딸〉과 같이 상대와 지혜를 겨루기 위한 '내기'의 형태이다. 이에 반해 비밀을 밝히는 행위는 상대의 결점이나 허위를 밝혀 상대를 약화시키거나 근절시키려는 의도를 가지고 접근한다는 데 큰 차이가 있다. 병사에게 비밀이 탄로난 후 12명의 공주나 지하세계의 왕자들 중 어느 누구도 이의를 제기하거나 왕의 지시에 저항하는 사람이 없다. 반면 그들의 비밀을 밝히는 과제를 해결한 병사는 왕이 약속한 대로 자신이 원하는 첫째 공주와 결혼하고 왕의 후계자가 된다. 이렇듯 민담에서 자신의 비밀이 탄로나는 것은 힘의 상실을 의미함과 동시에 주도권을 포기하는 것이라고 할수 있다.

그러나 여기에서 공주들의 비밀 모티프를 '격리' 모티프와 연결해본다면, 12명의 공주는 결혼 준비 과정에 있다고 보아야 할 것이다. 왕이나 공주들이 만족하는 능력을 가진 자가 공주들의 배필이 될 것이다. 포고문을 보고 왕국에 입성한 병사는 노파로부터 행운을 얻는다. 그러나 병사의 행운은 우연이 아니다. 그는 준비된 자라고 할 수 있다. KHM의 여러 민담에는 전쟁에서 돌아온 가난한 병사가 우연히 행운을 얻어 왕이 되거나 큰 부자가 되는 이야기들이 다수 수용되어 이야기에 소담적 특성을 부여하면서, 가난한 이의 성공을 부각시키는 하나의 민담적 특성으로 반영되었다. 그리고 시대적 특성을 넘어 민담의 포괄적인 인물로 확장되었다.

병사들은 먼 여행을 마치고 과거와는 다른, 타인이 알지 못하는 남루한 모습으로 고향으로 돌아온 '오디세우스'나 '이아손'과 다르지 않다. 고향으로 돌아오던 이아손도 강가에서 한 노파를 만났듯이 병사에게도 타인이 모르는 능력이 있으며, 그를 비호하는 노파와 같은 기이한 존재의 도움을 받을 자격이 있는 것이다. 그렇기 때문에 병사는 지크프리트가 소유했던 몸을 감추는 망토를 가질 수 있었으며, 그것을 이용해 공주들의 비밀을 알아낼 수 있었다.

그러나 이 민담의 난해성은 12명의 공주와 지하 궁전 왕자의 수적 조합에 있다. 표면적으로 볼 때 12명의 아름다운 공주와 지하 궁전 12명의 멋진 왕자의 인물 구성은 서로 상응하는 조화로운 수적 구성이다. 오히려 병사의 등장은 인물 구성에 부조화를 이룬다. 그러나 일반적으로 민담에서 성공적인 결혼에 도달하는 커플은 거의 한 쌍이라는 점을 감안할 때 막내 공주의 불안감에 주의를 기울이지 않은 첫째 공주의 행동과 병사와 그녀의 결혼으로 미루어볼 때 나머지 공주들은 이 결혼에서 열외인 것으로 보인다.

그러므로 지하 궁전 12명의 왕자도 첫째 공주의 결혼에 의미가 없다고 보아야 할 것이다. 더욱이 왕자들이 공주들과 비밀리에 춤을 추었던 기간만큼 저주를 더 받아야 하는 이유는 이들이 통과의례와 같은 모종의 기간을 아직 채우지 못했음을 의미한다. 지하 궁전의 왕자들이 호수를 건너 공주들의 공간으로 들어오지 못하는 이유가 바로 여기에 있다고 할 수 있다. 더욱이 지하세계의 남성적 존재에 대해 민담은 우호적이지 않다. 일반적으로 지하세계에 근거하는 남성적 존재는 음흉한 난쟁이나 거인과 같은 부정적 인물로 등장한다. 이런 민담적 특성으로 인해 지하 궁전의 멋진 12명의 왕자도 주인공일 수 없었을 것이다.

그러나 〈닳아버린 신발〉 이야기는 KHM의 여타 민담과는 여실히 다른 분위기의 민담이다. 몽환적이고 신비스러우며 '닳아버린 신발'과 '춤추는' 모티프는 억압된 여성 심리와 성적인 해석의 가능성도 내포하고 있다.

68

철의 한스

KHM 136

많은 동물이 살고 있는 숲이 있었다. 어느 날 왕은 사냥꾼에게 사슴을 잡아오라고 명령했다. 그러나 사슴을 잡으러 간 사냥꾼은 돌아오지 않았으며, 그를 찾으러 간 사냥꾼도 돌아오지 않았다. 실종된 사냥꾼들을 찾기 위해 성안의 모든 사냥꾼이 숲으로 들어갔으나 아무도 돌아오지 않았다. 그 후 숲으로 들어가는 사람은 아무도 없었다.

몇 년이 지난 어느 날, 한 사냥꾼이 왕의 허락을 받고 숲으로 들어갔다. 사냥꾼은 개와 함께 한 연못에 이르렀다. 그곳에서 갑자기 팔이 하나 불쑥 튀어나오더니 개를 잡아끌고 사라졌다. 이에 놀란 사냥꾼은 사람들을 데리고 와 연못의 물을 모두 퍼냈다. 그러자 한 남자가 연못 바닥에 누워 있었다. 그 남자, 철의 한스의 몸은 녹슨 쇠와 같은 갈색이었으며, 긴 머리카락은 무릎까지 내려와 있었다. 왕은 그를 쇠로 만든 우리에 가두었다. 그리고 문을 열어주는 사람은 사형에 처할 것이라 공포하고 열쇠를 왕비에게 맡겨놓았다.

세월이 흐른 어느 날, 왕자가 가지고 놀던 황금 구슬이 우리로 굴러들어가게 되었다. 왕자는 우리 속의 한스에게 구슬을 돌려달라고 청했으나, 그는 우리를 열어주지 않으면 구슬을 돌려주지 않겠다고 말했다. 황금 구슬을 돌려받고 싶었던 왕자는 왕이 사냥을 간 틈을 타 왕비 몰래 열쇠를 훔쳐 우리를 열어주었다. 우리에 갇혀 있던 한스는 우리를 열자마자 왕자에게 황금 구슬을 돌려주고 달아났다. 그제야 겁이 난 왕자는 한스를 향해 소리를 질렀고, 그 소리를 들은 한스는 왕자를 둘러메고 숲으로 달려갔다.

사냥에서 돌아온 왕은 우리에 갇혀 있던 한스와 왕자가 없어진 것을 알고 서둘러 수색대를 숲으로 보냈으나 왕자는 끝내 찾지 못했다. 깊은 숲으로 들어간 한스는 왕자에게 세상 누구보다 많은 보물을 가지고 있는 자신이 시키는 대로만 하면 잘 될 것이라고 말했다.

한스는 이튿날 왕자를 황금의 샘으로 데리고 가서 샘물 속에 아무것도 빠지지 않게 잘 지키라고 했다. 하루 종일 샘을 지키던 왕자는 갑자기 손가락이 아파 자신도 모르게 손가락 하나를 샘물에 넣었다가 깜짝 놀라 얼른 꺼냈다. 그러나 손가락은 이미 황금색으로 물든 후였다. 왕자는 저녁이 되어 샘물을 잘 지켰는지 보러 온 철의 한스에게 손을 보이지 않으려고 뒤로 감추었으나 한스는 이

미 모든 것을 눈치채고 있었다. 한스는 왕자에게 다시 한 번 샘물에 절대로 아무것도 빠뜨려서는 안 된다고 주의를 주었다.

다음 날 왕자는 새벽부터 샘을 지켰다. 그런데 또 손가락이 아파와 손가락을 머리에 대고 비비다가 머리카락 한 올이 물속으로 떨어져 머리카락이 황금색으로 물들고 말았다. 이번에도 한스는 왕자가 머리카락을 샘물에 빠뜨렸다는 사실을 금방 눈치채고 다시 또 이런 일이 있을 경우 함께 있을 수 없다고 경고했다.

셋째 날 왕자는 손가락이 아무리 아파도 꼼짝하지 않고 샘물을 지켰다. 그러나 너무 심심해 얼굴을 물에 비춰보다가 그만 머리가 물속에 빠져 온통 황금색으로 변하고 말았다. 왕자는 수건으로 머리를 가렸으나 저녁이 되어 돌아온 한스는 모든 것을 알아차리고 왕자를 숲 밖으로 쫓아냈다. 다만, 어려운 일이 생기면 언제든지 숲으로 와서 '철의 한스'라고 부르면 도와주겠다고 약속했다.

숲에서 쫓겨난 왕자는 왕궁에서 요리사의 조수로 일하게 되었다. 그러던 어느 날 왕자는 식탁에 음식을 나르게 되었다. 왕은 모자를 쓴 왕자에게 모자를 벗으라고 명령했으나 왕자가 핑계를 대며 벗지 않았다. 화가 난 왕은 왕자를 당장 내쫓으라고 명령했다. 하지만 요리사는 그를 정원사의 조수로 일하게 해주었다.

그러던 어느 더운 날 왕자는 머리의 땀을 식히기 위해 모자를 벗었다. 그러자 황금색 머리카락이 햇살을 받아 반짝였다. 그 모습을 본 공주가 왕자에게 꽃 한 다발을 꺾어오라고 시켰다. 왕자는 서둘러 모자를 쓰고 들꽃 한 움큼을 꺾어 공주의 방으로 가져갔다. 공주는 왕자에게 모자를 벗으라고 명령했지만 왕자가 거부하자 직접 모자를 벗었다. 그러자 멋진 황금 머리카락이 흘러내렸다. 당황한 왕자가 황급히 나가려고 하자 공주는 그의 팔을 잡고 금화를 손에 가득 쥐어주었다. 다음 날도, 셋째 날도 공주는 왕자의 모자는 벗길 수 없었으나 금화를 주었다.

그로부터 얼마 후 나라에 전쟁이 터졌다. 그 사이 청년이 된 왕자는 자신도 전쟁에 나가고 싶었다. 그러나 한쪽 다리를 저는 말밖에 남지 않자 그는 그 말을 타고 숲으로 달려가 '철의 한스'를 불렀다. 그러자 한스는 튼튼한 말과 철갑옷을 입은 기사들을 이끌고 나타났다. 왕자는 기사들을 이끌고 전쟁터로 달려가 왕을 구해준 뒤 한스에게 말과 기사를 돌려주고 성으로 돌아왔다. 공주가 승리를 하고 돌아온 왕에게 축하의 말을 전하자 왕은 전쟁에서 승리를 거둔 사람은 자신이 아닌 정체불명의 기사라고 말했다. 전쟁에서 승리한 왕은 사흘 동안 축하연을 벌이기로 했다. 그리고 정체불명의 기사가 나타날 것을 대비해 공주에게 축제 때 군중을 향해 황금사과를 던지라고 미리 일러놓았다.

축하연이 열린다는 소식을 들은 왕자는 숲으로 가서 한스에게 공주의 황금사과를 받고 싶다고 말했다. 한스는 그에게 빨간 갑옷과 갈색 말을 주었다. 한스가 준 갑옷을 입은 왕자는 공주가 황금사과를 던지자 재빨리 받은 후 사라졌다. 그 다음 날도 왕자는 한스에게서 받은 하얀 갑옷과 말을 타고 나타나 공주의 황금사과를 받은 후 사라졌다. 이를 본 왕은 군사들에게 다음 날 다시 그 기사가 나타나면 꼭 잡아서 데려오라고 단단히 일렀다.

축제 마지막 날 왕자는 한스에게서 받은 검은 갑옷과 검은 말을 타고 다시 축하연장으로 갔다. 그리고 황금사과를 받자마자 사라지려고 했으나 기다리고 있던 군사들의 공격을 받아 투구가 땅에 떨어지는 바람에 황금 머리카락이 드러났다. 왕자를 놓친 군사들은 왕에게 돌아가 사실을 고했고, 이를 들은 공주는 정원사를 불러 조수에 대해 물어보았다. 정원사는 자신의 조수가 축제에서 가져온 것이라며 황금사과 세 개를 보여주었다고 말했다.

왕이 부르자 왕자는 모자를 쓴 채 나타났으며, 공주는 그의 모자를 벗겼다. 그러자 왕자의 어깨 위로 황금 머리카락이 흘러내렸다. 사람들은 모두 깜짝 놀랐다. 3일 동안 매일 황금사과를 가져간 기사에 대해 묻는 왕에게 왕자는 자신이 바로 그 기사이며, 전쟁터에서 왕을 도와준 것도 자신임을 밝혔다. 그리고 자신은 이웃 나라의 왕자이며, 공주를 아내로 맞이하고 싶다고 말했다. 공주는 왕자의 뺨에 입을 맞추었다. 그리하여 왕자가 죽은 줄 알았던 그의 부모도 초대되어 성대한 결혼식이 거행되었다.

그때 갑자기 음악이 멈추고 문이 열리더니 많은 신하를 거느린 위풍당당한 왕이 걸어 들어왔다. 그리고 젊은이를 포옹하며 자신이 철의 한스이며, 그동안 마법에 걸려 있었으나 왕자 덕분에 마법에서 풀려났으니 모든 보물을 주겠다고 말했다.

❧

그림 형제는 〈철의 한스〉를 처음 1815년 판본부터 1843년 판본까지 학스트하우젠Haxthausen 가족에게서 채록한 뮌스터 부근의 방언으로 된 이야기를 '야성인De wilde Mann'이라고 표제를 붙여 50번째 민담으로 편집했다. 그러나 1850년 판본부터는 고지독일어로 채록된 마인 지역의 판본과 1844년 아힘 폰 아르님의 아들 프리문트 폰 아르님Friemund von Arnim이 《산간 지방의 민담 100편》에 기고한 이야기 한 편을 하나로 묶어 〈철의 한스〉로 개작했다.

1850년 판본은 표준어인 고지독일어로 바뀌었다. 뿐만 아니라 1815년 판본의 인물의 정체성에 대해 보다 분명한 성격을 부여하기 위해서 프리문트 폰 아르님 판본의 표제인 '철의 한스'에 따라 '야성인'을 '철의 한스'로 바꾸고, 주인공인 농장주의 아들을 고귀한 신분의 왕자로 수정했다. 게다가 프리문트 폰 아르님 판본에서는 왕이 사냥꾼에게 한스를 풀어준 왕자를 죽이고 그 증거로 손가락 하나와 혀, 심장을 가져오라고 명한다. 하지만 사냥꾼은 왕자를 죽이는 대신 그의 손가락 하나와 돼지의 혀와 심장을 가져간다.

이러한 이전 판본의 영향으로 1850년 판본의 〈철의 한스〉에는 주인공이 왕자보다는 소년이나 젊은이로 표현되었으며, 황금 샘물을 지키던 왕자가 느닷없이 손가락을 아파하는 장면이 삽입되었다고 할 수 있다. 따라서 〈철의 한스〉는 여러 민담의 다양한 모티프를 수용한 형태의 이야기로, KHM 3 〈마리아의 아이〉, KHM 24 〈홀레 할머니〉, KHM 57 〈황금새〉, KHM 65 〈가지각색 털가죽〉, KHM 89 〈거위치기 소녀〉 등에서 볼 수 있었던 '황금'의 의미가 부각되는 민담이라고 할 수 있다.

민담의 황금에 대한 의미는 일차적으로 이야기에 강한 명징성과 순수성을 부여하는 민담의 추상적 양식의 한 단면에 해당된다. 그러나 민담에서의 황금 모티프는 이야기를 견고하고 명확한 형태로 이끄는 추상적 문체로서 작용하는 것뿐만 아니라, 민담의 의미 및 내용과 긴밀한 연관을 가지고 있다. 연금술의 의미에서 볼 때 황금은 대지모의 자궁에서 절대적 성숙에 이른 완전한 금속으로서 새로운 탄생과 불멸을 상징하는 궁극적 물질이다. 황금에 대한 인간의 추구는 원천적 욕구라고 할 수 있다.

최초의 연금술사는 창조적이며 우주적인 물질의 작업 시간을 절약할 수 있는 능력을 지니고 있다고 믿었다. 다시 말해 대장장이는 천상의 조물주와 같은 존재로 인식되기에 충분했다. 그러므로 불의 지배자였던 대장장이가 샤먼이나 개화 영웅으로서 다양한 신화의 주인공으로 등장하는 것은 당연한 현상일 것이다. 최초의 대장장이는 인류에게 불의 사용법과 음식 익히는 법, 집을 짓는 법, 매장 형식 등을 가르쳐주었다. 뿐만 아니라 공동체의 종교 활동 및 통과의례, 비밀 결사에서 군장이며 스승의 역할을 하기도 했다.

〈철의 한스〉에서 우리는 이와 같은 황금과 통과의례적 스승의 모습을 살펴볼 수 있다. 일반적으로 민담은 주인공에게 이야기가 집중되어 있다. 그러나 〈철의 한스〉는 주인공 왕자보다는 숲속의 야성인 '철의 한스'의 정체에 시선을 집중시킨다. 외부의 시각으로 볼 때 철의 한스는 아이를 잡아간 악마의 존재처럼 보인다. 그러나 프리문트 폰 아르님 판본의 이야기를 참고할 경우, 그는 아이를 해치는 악마적 존재가 아닌 아이를 훈육하여 자신의 후계자 또는 성인으로 길러낸 후견인으로 보아야 할 것이다. 마치 '리벨룽'의 대장장이였던 지크프리트의 양아버지가 지크프리트를 훌륭한 대장장이와 전사로 키운 것처럼 말이다.

이와 마찬가지로 '한스'도 자신과의 약속을 지키지 않은 왕자에게 고난을 경험하게 함으로써 그 안에 존재하는 고귀함, 신중함, 용맹성, 사랑을 찾을 수 있도록 훈육하고 있음을 알 수 있다. 왕명을 어기고 철의 한스에게 끌려간 왕자는 이전의 고귀한 신분을 버리고 새로운 탄생을 위한 수련을 받게 된다. 한스는 왕자에게 황금 샘물을 지키게 하면서 존재감을 찾도록 도와준다. 이 과정에서 표면적으로는 왕자가 금기를 깨 손가락과 머리카락이 황금색으로 변하게 되는 벌을 받는 것처럼 보인다. 하지만 황금 머리카락은 숲의 주인인 철의 한스에게서 부여받은 왕자의 본질을 증명하는 존재의 표식이라고 볼 수 있다. 민담에서 금기는 깨어져야 하는 것으로, 이는 기존의 세계를 깨고 또 다른 세상으로 나아가라는 민담의 메시지가 반영된 것이라고 할 수 있다.

그러나 왕자는 아직 성장을 마친 것이 아니다. 다음 단계로 넘어가기 위해 왕자는 낮은 위치에서 침묵과 침잠의 시간을 갖게 된다. 따라서 〈가지각색 털가죽〉이나 〈거위치기 소녀〉의 주인공이 부엌과 정원의 가장 낮은 위치에서 '재의 기간'을 보낸 것처럼 〈철의 한스〉의 왕자도 주위의 견제와 노동 속에서 신중함을 배운다. 그러나 왕자가 가야 할 길은 소녀들의 길과는 다르다.

세 번째 단계에서 청년으로 성장한 왕자는 철의 한스의 배려 속에 용감한 기사로 거듭난다. 처음에 왕자는 한쪽 다리를 저는 말과 같은 불균형한 존재였다. 그러나 빨간 갑옷에 갈색 말을 타는 어린 기사로, 그리고 검은 갑옷에 검은 말을 탄 완전한 흑기사로 거듭 성장해갔다. 이렇게 이야기는 '소년'에서 '젊은이'로, '기사'로 성장하여 양쪽 부모의 인정을 받아 공주의 사랑을 얻게 되는 왕자의 성장을 보여준다. 따라서 '철의 한스'는 이름에 걸맞게 연금술사가 금속을 다루듯 소년을 성장시켜 결혼에 이르게 한다. 이로써 후견인으로서의 그의 역할이 끝났음을 의미하듯 마법에서 풀려나게 되었다고 이해할 수 있다.

여전히 모호하기는 하지만 그의 이름이 왜 '철의 한스'인지 생각해볼 수 있는 여지가 남겨져 있다. 깊은 연못 바닥에 누워 있던 거대한 녹슨 쇠와 같은 갈색 외모와 그가 가진 금과 은 등의 보물에서 '철'의 의미를 추론할 수 있다. 하지만 '한스'라는 이름의 의미는 여전히 파악하기 어렵다. 그러나 숲의 모든 비밀과 금속을 관장하는 자로서 소년을 길들이고 인도하여 인정받는 기사로 성장시킨 그의 역할로 볼 때 불과 철, 황금의 일련의 모티프로 연관되는 최초의 대장장이 모습을 만날 수 있을 것이다.

아울러 〈철의 한스〉의 '한스'처럼 KHM 1 〈개구리 왕 또는 충직한 하인리히〉의 '하인리히'도 개구리 왕의 변신을 지켜온 후견인으로 이해하고, 샘물가에서 새로운 탄생을 기다리는 왕자와 개구리의 동질성을 찾을 수 있다면, '충직한eisem'을 '철'로 해석하여 '철의 하인리히'로 이해할 수 있는 근거로 삼을 수도 있다. 또한 나아가 두 민담 사이의 연관성도 발견할 수 있다.

❧69❧
당나귀

KHM 144

옛날 어떤 나라에 남부러울 것 없는 왕과 왕비가 살고 있었는데, 그들에게는 자식이 없었다. 왕비는 매일같이 신세를 한탄했다. 그러던 어느 날 하느님이 소원을 들어주어 왕비는 손꼽아 기다리던 아기를 낳게 되었다. 그러나 기쁨도 잠시, 왕비는 당나귀를 닮은 아기를 낳았다. 왕비는 당나귀를 기르느니 차라리 강물에 던져버리는 게 낫겠다고 했으나, 왕은 장차 자신의 뒤를 이을 아들이 틀림없다고 왕비를 말렸다.

당나귀 왕자는 자랄수록 귀가 커졌으나 성격이 쾌활하고 여러 가지 놀이를 즐겨했다. 특히 당나귀 왕자는 음악을 좋아해서 왕은 유명한 지휘자를 불러 왕자에게 류트를 가르쳤다. 당나귀 왕자는 손가락이 커서 류트를 배우기가 어려웠으나 열심히 노력하여 지휘자만큼 훌륭한 연주를 할 수 있게 되었다.

그런데 어느 날 당나귀 왕자는 정원을 거닐다가 샘물에 비친 자신의 모습을 보고 큰 충격을 받았다. 상심에 빠진 당나귀 왕자는 친구와 함께 보다 넓은 세상으로 여행을 떠났다. 어느 늙은 왕이 다스리는 나라에 도착했다. 당나귀 왕자가 성문을 두드렸으나 성문은 열리지 않았다. 그러자 당나귀 왕자는 류트를 꺼내 아름다운 곡을 연주하기 시작했다. 놀란 성문지기가 왕에게 달려가 뛰어난 솜씨로 류트를 연주하는 당나귀 왕자에 대해 이야기하자, 왕은 당나귀 왕자가 성안으로 들어오는 것을 허락했다.

왕자는 한동안 그곳에서 지내게 되었다. 그곳에서 지내는 동안 당나귀 왕자는 늙은 왕의 외동딸인 공주를 사모하게 되었다. 그러나 자신의 처지를 잘 알고 있던 왕자는 공주를 단념하고 성을 떠나기로 마음먹었다. 그러나 당나귀 왕자의 마음을 눈치챈 왕은 그의 소원대로 공주와 성대한 결혼식을 올려주었다.

그날 밤 당나귀 왕자와 공주는 함께 침실로 들어갔다. 침실로 들어간 왕자는 문을 단단히 걸어잠그고 주위를 살핀 후 당나귀 껍질을 벗어던졌다. 그러자 당나귀 왕자는 잘생긴 왕자의 모습으로 변했다. 공주는 너무 기뻐하며 왕자를 더욱 사랑하게 되었다. 다음 날 아침 왕자는 다시 당나귀 모습으로 되돌아갔다. 그러나 왕의 명령으로 지난밤 침실을 엿보았던 시종에 의해 모든 사실을 알게 된 왕은 시종에게 당나귀 왕자가 다시 탈을 벗으면 그 탈을 얼른 훔쳐 불에 태우라고 지시했다.

다음 날 아침 자리에서 일어나 당나귀 탈을 찾던 왕자는 자신의 실체가 드러났다는 것을 알고 깜짝 놀라 서둘러 왕국을 떠나려고 했다. 그때 왕이 지금 당장 왕국의 절반을 주고, 자신이 죽은 후 왕국 전부를 주겠다고 제안했다. 당나귀 왕자는 왕의 제안을 받아들여 공주 곁에 머물기로 했다.

그리고 1년 후 왕이 세상을 떠나자 당나귀 왕자는 왕국 모두를 다스리게 되었으며, 왕자의 아버지도 세상을 떠나 그 왕국까지 물려받아 큰 나라를 다스리는 왕이 되었다.

⚜

물에 비친 자신의 모습에 실망하는 '당나귀 왕자' 이야기는 '나르시스' 신화와 대칭선상에 있다. 자신에게로 침잠하여 죽음을 맞이한 나르시스와는 달리 바깥세상으로 시선을 돌린 당나귀 왕자가 새로운 삶을 얻게 되는 전환이 인상적이다.

〈당나귀〉는 J. 그림이 15세기의 중세 라틴어 산문시 〈스트라스부르크〉 필사본에서 발췌한 후 W. 그림이 독일어로 옮긴 것이다. 음악을 즐기는 당나귀는 KHM 27 〈브레멘 음악대〉에서도 볼 수 있으나, 당나귀의 이미지는 크게 다르다. 근본적으로 〈브레멘 음악대〉의 당나귀는 소담의 인물로서 음악과 어울리지 않는 불협화음의 주인공이다. 그러나 〈당나귀〉의 당나귀 왕자는 겉모습은 당나귀이지만 음악을 즐길 줄 아는 고귀한 인간이었다.

일반적으로 당나귀는 우화나 소담에서 바보 같고 상황을 파악하지 못하는 미련한 동물로 그려진다. 중세 이후의 문학에서는 방탕한 남성의 상징으로 수용되기도 했다. KHM의 〈당나귀〉의 전거로 파악되는 중세 라틴어 산문시에서도 "신부는 기뻤기 때문에 그에게 키스하고, 진심을 다하여 그를 사랑했다."와 같이 공주와 당나귀의 사랑 장면이 나오는 등 다소 외설스럽고 경박한 소담으로 묘사되어 있다.

그러나 KHM의 〈당나귀〉는 '당나귀와 같은 사람'을 풍자하거나, 당나귀를 빗대어 세태를 비꼬는 소담이 아니다. 마법담으로서 KHM의 여러 '동물 신랑' 이야기 가운데 비교적 단순하고 직선적인 플롯이면서도 '동물 신랑'의 성격을 가장 단적으로 보여주는 민담에 해당한다.

일반적으로 '동물 신랑' 하면 디즈니 만화 〈미녀와 야수〉의 영향력으로 '미녀의 사랑으로 짐승의 탈을 벗는 야수'의 마법적 변신을 떠올린다. 뿐만 아니라 KHM 108 〈고슴도치 한스〉나 우리나라의 〈구렁덩덩 신선비〉에서와 같이 동물 신랑을 받아들인 '여성의 지혜 또는 선견지명'에 이야기의 핵심을 두기도 한다.

그러나 실제로 동물 신랑 민담에서 동물 신랑을 변신시키는 결정적인 요소는 '결혼의 약속과 신뢰'이다. 즉 '마음'이 아닌 '실제적인 행위'인 것이다. KHM 1 〈개구리 왕 또는 충직한 하인리히〉의 개구리도 공주의 마음을 얻은 것이 아니라 공주의 폭력으로 개구리 탈을 벗게 되었다(1857년 판본). 그러나 실제로 개구리는 이미 왕으로부터 공주와 함께해도 좋다는 허락을 받았고, 공주의 방까지 들어갔으므로 결혼 약속이 성립되었다고 볼 수 있다. 공주가 개구리를 집어 던지는 행위는 폭력적인 힘겨루기로 결혼식을 행했던 약탈혼의 잔재가 반영되었다고 볼 수 있다. 1815년에 출간된 〈개구리 왕자〉에서도 개구리의 변신은 공주의 폭력과 같은 변칙적 행동에 기인하지 않는다는 것을 알 수 있다.

1857년의 〈개구리 왕 또는 충직한 하인리히〉와 1815년의 〈개구리 왕자〉 두 판본에서 볼 수 있듯이 이들의 결혼에서 가장 중요한 것은 신부 아버지의 태도라고 할 수 있다. 1857년 판본에서 개구리와 공주의 결혼을 적극 추진하는 사람은 공주의 아버지인 왕이며, 1815년 판본에서도 두 사람은 왕의 축복을 받으며 결혼한다. 이러한 신부 아버지의 적극적인 모습을 〈당나귀〉에서도 볼 수 있다. 신분을 감춘 채 떠나려는 당나귀 왕자를 결혼으로 이끈 사람도, 신하를 시켜 당나귀의 신분을 알아낸 사람도 모두 왕이었다. 왕이 당나귀 탈을 태우도록 한 것과 신분이 노출되자 떠나려고 한 당나귀 왕자의 마음을 바로 헤아리기에는 어려움이 있다. 다만, 아직 왕에게 자신의 본모습을 밝힐 때가 아니었다는 것을 알 수 있을 뿐이다. 그러나 왕국을 조건으로 왕자를 붙잡은 왕의 태도나, 그 제안을 수락한 당나귀 왕자의 결정으로 미루어보면 공주를 사이에 두고 당나귀 왕자와 왕은 일종의 거래를 하고 있다는 것을 알 수 있다.

동물 신랑 모티프의 민담은 KHM 108 〈고슴도치 한스〉에서 이야기한 것과 같이 크게 단순형과 혼합형의 두 가지 유형으로 구분할 수 있다. 그런데 중요한 것은 이 두 가지 유형을 결정짓는 서사 요소가 바로 '신부의 금기 위반'이라는 점이다. 신부의 금기 위반 내용은 조금씩 서로 다른 것처럼 보이지만, 위반 상황의 배경에는 항상 신부 측 사람들과 연관이 있다. 그리고 종국적으로는 '신부 아버지'와 연결되어 있음을 알 수 있다.

예를 들어 '동물 신랑' 이야기의 원조 격으로 평가되고 있는 그리스 신화의 〈에로스와 프시케〉에서 프시케는 언니들의 꼬임에 빠져 에로스와 헤어진다. KHM 88 〈노래하며 날아오르는 종달새〉에서도 신랑인 사자는 빛을 쬐어 신부 곁에서 사라진다. 또한 KHM 127 〈무쇠 난로〉의 공주도 왕자의 경고를 지키지 않아 왕자와 헤어지게 된다. 따라서 이들 민담에서는 결혼하려는 신랑과 신부 측 사이의 금기와 거래, 특히 신부 아버지의 역할이 이야기 전개의 중요한 동인으로 작용하고 있음을 알 수 있다.

표면적으로 대다수 민담에서 아버지는 역할이 부재하거나 미미하며 때로는 부정적 인물로 묘사되기도 한다. 그러나 실제로 결혼을 목전에 앞둔 딸의 아버지 태도는 의외로 영향력이 크다. 특히 외동딸인 공주의 아버지는 공주를 격리시키거나 구혼자들에게 거의 불가능한 과제를 내면서 딸의 결혼을 방해하는 경우가 대부분이다. 딸의 결혼을 방해하는 아버지는 주로 딸의 매매혼을 주도하거나, 외지에서 온 구혼자들에게 경계심을 가지고 있는 비나혼 유형의 아버지인 경우에 해당한다. 족외혼의 한 형태로서 외지에서 온 사윗감에게 권력을 이양해야 하거나, 때로는 생명까지 위협받는 상황에서 왕에게 딸의 결혼은 되도록 피하고 싶은 일인 것이다.

블라디미르 프로프는 '오이디푸스'의 비극적 부친 살해의 신화도 비나혼에서 비롯된 장인 살해의 모티프가 전위된 결과라고 이야기한 바 있다. 모계사회의 전형에 따르면 왕의 아들이 아니라 사위에게 왕위를 계승해야 하며, 그러기 위해서 사위는 왕을 죽여야 했다. 왕권의 부계적 전수가 확립된 이후에도 모계적 전형의 관습은 역사시대 이후 오랫동안 유지되었다.

이러한 이야기는 외지로 떠나 모험을 하고 공주와 결혼하는 많은 민담 주인공에 대한 역사적 배경을 설명해주고 있다. 〈당나귀〉 이야기에서도 비나혼의 결혼 형태를 관찰할 수 있다. 그러나 〈당나귀〉의 왕은 여타 비나혼의 아버지와는 다르게 사윗감 물색에 적극적이며, 스스로 왕국을 물려줄 것임을 천명한다. 따라서 〈당나귀〉 이야기는 좀더 순조롭게 사위에게 왕위를 이양할 수 있었던 시대를 배경으로 하는 민담이다. 또한 결혼을 위한 여러 조건을 충족한 후에 스스로 탈을 벗는 동물 신랑과 장인과의 거래의 의미를 보다 사실적으로 보여주는 민담이라고도 할 수 있다.

70

젊게 구워진 남자

KHM 147

예수가 지상을 거닐던 시절에 예수는 베드로와 함께 대장장이의 집에서 하룻밤을 머물게 되었다. 그날 밤 거지 노인이 대장장이의 집으로 구걸을 하러 왔다. 이 모습을 본 베드로가 "주여, 저 노인이 스스로 빵을 구할 수 있도록 병을 고쳐주세요."라고 청하자, 예수는 대장장이에게 화덕에 숯을 가득 넣으라고 말했다.

대장장이가 화덕에 숯을 가득 채우고 불을 피우자 예수는 노인을 들어 불 속으로 밀어넣었다. 노인이 장미꽃처럼 빨갛게 달아오르자 예수는 노인을 물속에 넣어 알맞게 식힌 후 그를 위해 축복을 내려주었다. 그러자 물속에서 건강하고 생생한 스무 살가량의 젊은 남자가 나타났다.

이를 지켜본 대장장이는 모두를 저녁 식사에 초대했다. 그때

눈이 반쯤 먼 곱사등의 대장장이 장모가 새롭게 태어난 젊은이에게 뜨겁지 않았느냐고 물어보았다. 젊은이는 뜨겁기는커녕 오히려 시원한 이슬처럼 느껴졌다고 대답했다. 밤새 대장장이 장모의 귀에는 젊은이의 대답이 떠나지 않았다.

다음 날 예수와 베드로가 떠난 후 대장장이는 자신도 예수처럼 할 수 있을 것 같아 장모에게 열여덟 소녀가 되고 싶지 않느냐고 물어보았다. 모든 과정을 지켜보았던 장모는 기다렸다는 듯이 대장장이의 말에 고개를 끄덕였다. 대장장이는 곧바로 불을 피우고 장모를 불 속으로 밀어넣었다. 불 속에 들어간 장모는 비명을 질러댔으나 대장장이는 아랑곳하지 않고 더욱더 열심히 풀무질을 했다.

장모의 비명 소리에 놀란 딸과 며느리가 대장간으로 달려왔다. 일이 잘못되었음을 깨달은 대장장이는 장모를 물속에 넣었으나 장모의 모습은 이미 흉하게 일그러져 있었다. 그 모습을 본 대장장이의 딸과 며느리는 조산을 하고 말았다. 태어난 아기들은 사람의 모습이 아닌 꼬리가 짧은 원숭이 형상을 하고 있었다. 그 원숭이들은 숲으로 도망갔는데, 바로 이 원숭이들이 꼬리 없는 원숭이의 선조라고 한다.

⚜

"예수님이 지상을 거닐던 시절에"라는 문구로 이야기의 사실성을 주지시키고자 하는 이 '레겐데 슈방크Legende Schwank', 즉 '성담적 소담'은 1562년에 저작된 한스 작스Hans Sachs의 운문 소담을 전거로 하고 있다. 더 거슬러 올라가면 588년 프랑스에서 태어난 금속 세공인의 수호성인 '성 엘로이'의 기적담을 담고 있다. 금속 세공인의 아들로 태어난 성 엘로이가 날뛰던 야생마의 말굽에 편자를 박자 마치 아무 일도 없었던 듯 말이 평온해졌다는 일화는 금속을 다루는 장인으로서의 성 엘로이의 본질과 주교로서의 신성성이 결합된 성담에 해당한다.

따라서 〈젊게 구워진 남자〉는 불 속에서 금속을 벼리듯 말이나 인간, 즉 불완전한 존재를 화덕의 불로 벼려 온전한 생명을 부여했다는 예수의 기독교 성담으로 소급된다. 하지만 예수를 모방했던 평범한 인간인 대장장이가 장모를 화덕에 넣어 불구로 만드는 대목이나, 그 광경을 보고 인간이 아닌 원숭이를 낳았다는 이야기는 인간의 한계와 동물적 본성을 희화시킨 소담에 해당한다. 또한 원숭이에 관한 기원 설화의 기능도 함께 하고 있다.

그러나 〈젊게 구워진 남자〉는 대장장이와 불의 의미로 대장장이에 대한 조물주적 의미를 내재하고 있는 대표적 민담이라고 할수 있다. 금속을 다루는 장인의 행위를 조물주적 행위로 받아들였던 사고는 고대 세계관 중 하나를 반영한 것이라고 할 수 있다. 미르체아 엘리아데에 의하면 태초의 인간에게 불은 그 자체로 신성했으며, 성숙하게 하고 만물을 바꿀 수 있는 주술적 힘이었다. 따라서 '불을 통달한 인간', 다시 말해 샤먼이나 주술사, 대장장이는 불의 지배자로서 조물주적 인간으로 간주되었다.

대장장이가 쇠를 벼려 번개나 벼락과 동일시되는 도구를 만드는 일은 물건을 창조하는 조물주적 행위로서 무엇을 고안해내고 창조하는 비밀을 알고 있었던 것이다. 따라서 그들은 인간에게 문화를 깨우쳐주기 위한 임무와 권위를 동시에 갖게 되었기 때문에 입문의례나 비밀 결사를 주도하는 사명도 함께 갖게 되었다. 입문의례란 새로운 생명을 얻고자 하는 모색으로서 인간 존재의 재생이라는 의미에서 볼 때 노인의 회춘과 같은 관념으로 소급할 수 있다. 이런 의미에서 엘리아데는 〈대장장이와 연금술사〉에서 예수가 대장장이의 화덕에서 늙고 병든 노인을 젊은이로 회춘시킨 설화는 "정화 및 변환의 동기가 되었던 대장장이와 불의 의례적 시나리오"를 간직하고 있다고 이야기했다. 따라서 민속학적 창작을 통틀어 예수를 가장 뛰어난 불의 지배자이자 주술적 위세를 부여받은 제철공으로 보았다.

새로운 생명과 탄생을 위한 제의는 구석기시대부터 있어왔다. 구석기시대의 인간은 수렵과 채집, 어로의 생활양식으로 생명을 영위했으며, 그 중 가장 어려운 작업은 수렵이었다. 생명과 연관되어 있는 수렵 활동에 구석기인은 그들이 가지고 있는 모든 역량과 정신을 집중했을 것이다. 구석기시대의 알타미라 동굴과 라스코 동굴 벽화에는 사냥꾼으로 추정되는 사람들과 그들이 잡고 싶은 동물이 그려져 있다.

이 벽화는 예술적 행위이기보다는 일종의 정신적 교감을 위한 제의이다. 자신들이 잡아야 할 동물과 영혼을 나누고자 했던 정신적 교감은 기도에 머물지 않고 보다 적극적인 행동으로 표출된 것이다. 동물의 고기와 가죽을 먹고 입음으로써 동물의 정신이 자신에게로 옮겨오기를 기원했다. 또 이런 행위를 통해 용감한 사냥꾼이 된다고 믿었다. 몸을 나눔으로써 정신이 전이된다고 믿었던 원시의 의식은 영웅설화의 원형적 배경이 되었다. 나아가 조상 혹은 사랑하는 사람의 신체 일부를 먹는 제의적 식인 행위의 정신적 배경이 되기도 했다.

그러나 사냥은 구석기시대에만 행해진 과업이 아니다. 가축의 사육이 정착될 때까지 동물 수렵은 삶의 중요한 수단이었다. 따라서 용감한 사냥꾼으로 성장하기 위한 남성의 노력은 다양한 형태의 입문의례로 표출되었다. 연구 결과에 의하면 부족을 형성하고 불을 사용했던 신석기인은 불의 신성성을 입문의례에 수용했다고 한다. 구조주의 인류학의 시각으로 브라질 중부 '보로로' 인디언의 신화를 분석한 클로드 레비-스트로스에 의하면, 불에 굽지 않은 '날것'은 '익힌 것'에 대해 대립적인 결핍상태를 의미하며, 인간을 화덕 위에 올려놓은 신화를 결핍을 채우기 위한 원형적 모색으로 이해했다.

특히 레비-스트로스는 태양과 인류 사이를 매개하는 취사용 불은 날것으로 썩은 세상에서 살아야 할 인간을 보존해주는 의미로 신화에 수용되었다고 보았다. 이런 그의 분석에 의해 입문의례에 들어간 신석기의 입문의례자가 왜 모의적 죽음의 한 형태인 불의 시련을 받았는지 알 수 있다.

이런 신석기적 불에 관한 추구로부터 쇠를 다루는 시대로 변천하면서 불은 더욱 공고한 힘을 가지게 되었으며, 불의 지배자였던 대장장이도 막강한 권력을 갖게 되었다. 그러나 대장장이와 샤먼, 제철공은 악마나 그의 대리인으로 그려졌다. 또한 불에 대한 통달은 불을 토해내는 악마의 일로 간주되었다.

이런 맥락에서 〈젊게 구워진 남자〉에서는 예수를 모방한 대장장이의 창조물이 악마적 형상을 지닌 불구로 변화되었다. 또한 죄의 현장에 있었던 며느리와 딸은 악마로 상징되는 원숭이를 낳은 것으로 '이야기'를 변모시켰다고 볼 수 있다.

71

하느님의 동물과 악마의 동물

KHM 148

하느님은 모든 동물을 만든 후 늑대를 애완동물로 삼았는데, 깜박 잊고 염소를 만들지 않았다. 악마도 동물을 만들었는데, 길고 부드러운 꼬리가 있는 염소를 만들었다. 그러나 염소의 꼬리가 가시나무에 걸릴 때마다 풀어주어야 하는 번거로움 때문에 악마는 염소의 꼬리를 잘라 지금처럼 뭉툭한 모양이 되었다. 그 후 악마는 염소를 마음놓고 방목할 수 있었다.

그러던 어느 날 염소는 하느님이 아끼던 귀한 포도나무를 갉아 먹었다. 화가 난 하느님은 늑대를 풀어 포도나무 근처에 오는 염소를 모두 갈가리 찢어놓았다. 이에 악마는 하느님에게 배상을 요구했고, 하느님은 떡갈나무 잎이 떨어지면 배상하겠다고 했다. 악마는 떡갈나무 잎이 떨어질 때를 기다려 하느님에게 돈을 받으러 갔다. 그러나 하느님은 콘스탄티노플에 있는 떡갈나무에는 아직 잎이 달려 있다고 말하고 돈을 주지 않았다. 화가 난 악마는 저주를 퍼부으며 하느님이 말한 떡갈나무를 찾아 헤매는 동안 여섯 달이 지났다.

그 사이 떡갈나무에서는 다시 새잎이 돋아나고 있었다. 화가 머리끝까지 난 악마는 남아 있는 염소의 눈을 모두 뽑아버리고 그 자리에 자신의 눈을 박아 넣었다. 그때부터 염소는 악마의 눈과 뭉툭한 꼬리를 가지게 되었으며, 악마는 염소의 모습을 하고 다니기를 좋아했다.

⚜

이 민담은 하느님과 악마가 등장하지만 성담의 느낌은 없다. 염소가 어떻게 만들어졌는지, 왜 염소가 악마를 상징하는 동물로 인식되었는지를 알려주는 기원 설화인 듯하다. 그러나 하느님의 동물은 포악한 육식동물인 늑대이고, 악마의 동물은 초식동물인 염소라는 점에서 주인과 동물이 뒤바뀐 듯해 보이는 설정과 함께 처음부터 무엇인가 어긋나 있다는 느낌이다. 그런 이유로 소담으로서 만족스러울 수 있다.

〈하느님의 동물과 악마의 동물〉에서는 하느님과 악마의 능력 차이를 보여주려 하고 있다. 하느님은 염소를 제외한 세상의 모든 동물을 창조했으나, 악마는 겨우 염소만을 창조했을 뿐이다. 게다가 그 창조물조차 완벽하지 못한 불완전한 존재였다. KHM

147 〈젊게 구워진 남자〉에서 달을 다 채우지 못하고 세상 밖으로 나온 '며느리와 딸'이 낳은 아기도 악마의 형상인 원숭이였듯이 불완전한 존재는 하느님의 창조물이 아니다.

악마는 하느님의 창조력을 따를 수 없다. 악마의 능력은 창조력에만 국한된 것이 아니었다. 머리도 좋지 못해 하느님의 속임수를 알아차리지 못했다. 중세 순례자들의 전설에 따르면 콘스탄티노플의 느티나무는 사시사철 언제나 푸른 잎이 달려 있는 '상록수'였기 때문에 악마는 결코 하느님에게 배상을 받지 못했을 것이다.

그리고 결정적으로 악마가 하느님보다 부족한 것은 자신이 창조한 동물조차 지키지 못했다는 점이다. 하느님은 폭력을 써서라도 자신의 창조물을 지켰으나 악마는 자신이 지켜주지도 못한 염소의 눈을 망쳐놓았다. 염소를 망쳐놓은 주범은 악마이며, 하느님은 방관자이다. 그러니 억울한 이는 염소요, 손해 배상을 받아야 하는 이도 염소이다. 강자 앞에서는 누구나 염소가 될 수 있고 죄의 상징, 악마의 상징이 될 수도 있다.

염소가 악마의 상징으로 인식된 것은 초점 없는 악마 같은 눈 때문만은 아니다. 염소를 가장 부정적인 이미지로 보이게 하는 것은 머리의 '뿔' 때문이다. 태초에 신은 하나였다. 그러나 고통, 공포와 같은 악한 것을 신에게 돌리고 싶지 않았던 인간은 하나의 신격 안에 대립하는 힘이 있다고 가정했다. 그리고 이 대립을 선한 신과 악한 신인 쌍둥이 신으로 상정했다. 그 결과 선한 신은 최고의 신으로, 악한 신은 적대자로 분리되었다. 이와 같은 대립은 신의 전쟁으로 표상되어 역사적으로 한 문명이 다른 문명 위에 군림하게 되었을 때 패한 문명의 신은 악마의 자리로 내몰렸다. 특히 기독교와 대립되는 이교도의 신은 적대자인 악마로 내몰리기에 충분했다.

그 중에서도 염소의 뿔과 다리를 가진 목신牧神 '판Pan'은 악마의 이미지와 강하게 결부된다. 판은 야성과 성욕 등 본능적인 충동 이미지와 연결되기 때문에 기독교의 금욕주의와는 거리가 멀다. 또한 헤르메스처럼 풍요를 상징함과 동시에 죽음과 하계를 의미하기도 한다. 따라서 판의 호방하고 야성적인 이미지는 호색한의 악마적 성향으로 묘사되며, 당황스러움이나 공황을 뜻하는 '패닉panic'의 어원이기도 하다.

판 이외에도 사티로스와 디오니소스도 뿔을 가진 그리스 신이다. 특히 디오니소스는 이집트와 그리스 지역에서 숭배하는 신이며, 예수와도 연관이 있는 복합적이며 경계적인 신이다. '황소를 먹는 자' 또는 '염소를 먹는 자'라고도 불린다. 디오니소스는 뿔을 가지고 태어났다는 설도 있고, 헤라의 눈을 피해 제우스가 새끼 염소로 변신시켰다는 설도 있다.

따라서 디오니소스가 염소를 먹었다는 것은 자신을 먹었다는 의미이다. 이는 그의 숭배자가 디오니소스를 되살리기 위해 그를 갈기갈기 찢어 먹었다는 것을 뜻하기도 한다. 그러므로 디오니소스의 숭배의식에서 염소를 죽이는 행위는 더 이상 신의 살해가 아니라 신에게 바치는 희생제의이다. 따라서 디오니소스가 특별히 사랑하는 포도나무의 잎을 상하게 한 벌이라는 의미와 한 해의 풍작을 감사하며 다시 새로운 풍요를 기원하는 이중적 의미의 감사제의인 것이다.

〈하느님의 동물과 악마의 동물〉에서도 염소는 하느님이 아끼던 포도나무 순을 먹었다는 이유로 하느님의 동물인 늑대에 의해 갈가리 찢기고, 또한 악마의 눈과 영혼을 갖게 되었다. 염소에게는 아무런 죄가 없다. 신들의 능력과 처사에 따라 희생된 동물일 뿐이다. 포도나무 신에게는 귀한 포도나무의 순을 먹는 염소가 악마의 동물이었겠지만, 양을 기르던 신에게는 늑대가 악마였을 것이므로 하느님은 왜 여전히 늑대를 부리고 계셨는지…… 이 역시 소담의 아이러니가 아니겠는가.

❧72❧
목숨의 길이

KHM 176

세상을 창조한 하느님은 모든 피조물의 수명을 정하기로 했다. 나귀가 먼저 자신의 수명을 물었다. 하느님은 나귀에게 30년으로 정했다고 말했다. 이에 나귀는 펄쩍 뛰었다. 무거운 짐을 지고 사는 고달픈 생활을 30년이나 견뎌야 하는 것은 너무 길다고 수명을 줄여달라고 청했다. 그리하여 하느님은 나귀의 수명을 18년 줄여주었다.

그 다음에는 개가 찾아왔다. 하느님은 개의 수명이 30년이면 적당하다고 생각했다. 그러나 개 역시 오랫동안 달릴 수도 없고 늙어 물어뜯을 이빨도 없는 상태에서 구석에 앉아 오랫동안 살기 싫다고 말했다. 그래서 개의 수명도 12년을 줄여주었다.

그 다음에 나타난 원숭이도 남들이 보기에는 자신이 장난만 치고 사는 것 같지만, 웃는 얼굴 뒤에 슬픔을 감추고 살고 있어 오래 사는 것이 싫다고 거부했다. 그래서 원숭이의 수명도 10년을 줄여주었다.

마지막으로 인간이 나타났다. 다른 동물과 마찬가지로 30년이 어떠냐는 하느님의 질문에 인간은 펄쩍 뛰었다. 집을 짓고 심어놓은 나무가 자라 열매가 맺혀 막 인생을 즐기려고 할 때 죽어야 하는 것은 너무 억울하다고 시간을 더 달라고 애원했다. 그래서 하느님은 나귀가 남겨놓은 18년을 주었으나 이에 만족하지 못한 인간은 개가 남긴 12년과 원숭이가 남긴 10년을 모두 받았다.

그래서 사람은 자신의 본래 수명인 30년까지는 즐겁게 살 수 있으나, 나귀의 수명을 사는 기간인 18년 동안은 등에 짐을 진 나귀처럼 쉬지 않고 일을 해야 했다. 그 다음 개의 수명을 받은 12년 동안은 이빨 빠진 개처럼 구석에 앉아 지내야 하며, 마지막 원숭이의 수명인 10년 동안은 바보 취급을 받으며 살아가게 되었다.

✤

우화풍의 소담인 이 이야기의 가장 오래된 기록은 로마의 바브리오스가 채록한 우화로 거슬러 올라간다. 바브리오스의 이야기에서 인간에게 수명을 나눠준 동물들은 '말과 황소, 개'였다. 또한 그들은 〈목숨의 길이〉에서와는 달리 손님으로 환대해준 고마움의 답례로 자신들의 수명을 인간에게 넘겨주었다. 그러나 나귀, 개, 원숭이가 말, 황소, 개로 바뀌었다고 하더라도 그들의 삶이 고통스러운 것은 예나 지금이나 마찬가지인 듯하다. 바브리오스 우화의 결론은 〈목숨의 길이〉와 마찬가지로 인간의 삶이 왜 그토록 힘이 드는지, 나이가 들어감에 따라 어떻게 변하는지 그 이유에 대한 원인 설화의 형태를 취하고 있다.

동양의 설화 중에도 인간의 수명에 관한 재미있는 이야기가 다수 있다. 그 중 중국 이족彝族의 창세신화에도 오래 사는 것에 대한 편치 않은 이야기가 있다.

창세 여신 아헤시니모阿赫希尼摩가 처음 만물을 창조했을 때는 모든 생물이 죽지 않았다. 그런데 한 석동에 살고 있던 원숭이 무리 중 한 마리가 죽자 다함께 시시덕거리며 장례 준비를 했다. 신은 이를 이상히 여겨 원인을 알아보기 위해 사신을 보냈다. 얼마 후 돌아온 사신은 원숭이 무리가 죽음을 두려워하지 않고 마땅히 죽기를 바란다고 고했다.

이야기를 듣고 난 신은 인간들도 과연 죽음에 동의하는지 알아오게 했다. 인간들이 모여 상의한 결과 머리가 희면 죽어야 한다고 입을 모았다. 그래서 지신地神은 하오루오豪羅를 불러 이야기했다. "더모하오루오得摩豪羅는 들어라. 동서남북에 모두 알려라. 백발이 된 사람은 죽게 한다. 머리 흰 사람은 저승에 와야 한다. 머리가 희지 않은 사람은 한 명도 올 수 없다. 청년도 오지 말고, 아이도 오지 말고, 갓난아이도 올 수 없다."

그런데 더모하오루오는 지신의 명을 받고 가다가 그만 쇠똥을 밟고 미끄러지는 바람에 지신의 말을 모두 잊어버려 저승에 가서 염라대왕에게 더모하오루오의 명을 다르게 전했다. "백발은 모두 저승에 와야 하고, 머리가 검어도 저승에 오고, 젊어도 저승에 오고, 갓난아이도 저승에 와야 한다." 저승신은 책에 그 말을 기록했다. 이때부터 인간은 순서 없이 아무 때나 죽게 되었다.

사신의 실수로 순서 없이 죽게 되었다는 이야기는 우리나라 제주도 무가 〈차사본풀이〉에서도 볼 수 있다. 〈차사본풀이〉에서는 사신 강임이 까마귀에게 "이승에 가서 남자는 팔십, 여자는 칠십이 되거든 차례로 오너라."라고 염라대왕의 분부가 적힌 적패지를 인간세계에 전하도록 했다. 그러나 마을 어귀에 이르러 적패지를 잃어버린 까마귀는 제멋대로 지껄였다. "아이 갈 때 어른 가시오. 어른 갈 때 아이 가시오. 부모 갈 때 자식 가시오. 자식 갈 때 부모 가시오. 자손 갈 때 조상 가시오. 조상 갈 때 자손 가시오." 이러한 이유로 사람은 순서 없이 죽게 되었다고 한다.

인간의 수명은 몇 살이 적당할까? 과학자들은 인간이 오래 사는 것은 동물보다 독립 시기가 늦기 때문이라고 말한다. 따라서 현대인은 과학이 발전하고 영양상태가 좋아져서 오래 사는 것이 아니라, 아이들의 독립 시기가 점점 더 늦어지는 사회생태학적 이유 때문에 오래 사는 것인지도 모른다.

나귀와 개, 원숭이 덕분이든 독립 시기가 늦어진 아이들 덕분이든 늦게 죽는 것은 나쁘지 않다. 다만, 죽는 것과 늙는 것이 함께 다가오니 그것이 두려울 뿐이다.

73

저승사자

KHM 177

어느 날 시골길을 걸어가던 거인이 저승사자를 만났다. 저승
사자는 다짜고짜 거인의 길을 막고 자신의 명령에 따르라고 엄포
를 놓았다. 힘이 센 거인은 콧방귀를 뀌며 저승사자를 한 방에 메
다꽂고 가던 길을 재촉했다. 거인과의 싸움에서 진 저승사자는
한동안 일어나지 못하고 쓰러진 채 생각에 빠졌다. '내가 이렇게
맥없이 쓰러지면 세상에 사람이 너무 많아져 방에 서 있지도 못
할 텐데.'

그때 건강하고 활기찬 청년이 노래를 부르며 지나가다가 길 위
에 쓰러져 있던 저승사자를 도와주었다. 그 대가로 저승사자는
누구나 죽음을 피해갈 수 없지만, 청년을 데리러 갈 때 미리 알려
주겠다고 약속했다. 저승사자와 헤어진 청년은 죽음에 대한 걱정

은 떨쳐버리고 신나게 살았다.

그러나 나이를 먹어감에 따라 청년은 병이 들어 슬픔의 나날을 보냈다. 하지만 저승사자의 예고 없이 죽지 않을 것이란 생각에 곧 회복되리라 믿었다. 그러던 어느 날 저승사자가 그의 등 뒤에 서 있었다.

청년은 아무 예고 없이 찾아온 저승사자에게 강력히 항의했지만 저승사자는 단호하게 말했다. "뭐! 내가 약속을 어겼다고? 열, 현기증, 치통이나 그 밖의 통증으로 온몸이 후들거린 적이 없다고? 뭔가가 네 눈을 가린 것 같지는 않았고? 무엇보다도 내 동생인 잠이 내 존재를 알려주는 걸 몰랐다고?" 그제야 청년은 조용히 저승사자를 따라갔다.

⚜

언제부터인가 한 부자의 귓가에 '예스'라는 말이 들리더니 갑자기 저승사자가 나타났다. 부자는 자신은 아직 건강하며 할 일도 많아서 갈 때가 아니라고 항변했지만, 저승사자는 "네가 나에게 묻지 않았느냐? 네가 발을 헛디딜 때나 가슴이 아플 때, 이제 갈 때가 되었냐고. 그래서 내가 대답하지 않았느냐. 이제 그렇다고." 부자는 결국 자신이 갈 때임을 인정하고 삶을 정리한 후 저승사자와 함께 길을 떠났다. 이 이야기는 〈저승사자〉 이야기를 떠올리게 하는 미국 영화의 몇 장면이다. 과연 우리는 그때를 느낄 수 있을까?

〈목숨의 길이〉가 삶의 지루함과 혼돈에 대한 비유적인 이야기라면, 〈저승사자〉는 삶의 유한함과 예고 없는 죽음에 대해 반어적으로 이야기하고 있다. 만약 두 편의 이야기에 순서를 정한다면 〈목숨의 길이〉가 먼저 생긴 원인 설화에 해당할 것이다. 하지만 유한한 인간의 삶일지라도 다시 한 번 기회를 주는 도량 있는 이야기는 〈저승사자〉이다. 죽지 못해 사는 인생보다는 하루라도 더 살기 위해 애쓰는 것이 인간다운 도리이고 속성일 것이기 때문이다.

저승사자와 싸워 이긴 거인의 이야기는 인간으로 태어났으나 올림포스 신에게 인정받은 영웅 '헤라클레스'의 이야기가 대표적이다. 제우스와 알크메네 사이에서 태어난 헤라클레스는 헤라의 질투심 때문에 평생 가혹한 고통을 겪었다. 그는 헤라의 저주로 광기에 휩싸여 친자식을 살해하고, 그 벌로 헤라의 계략대로 에우리스테우스의 노예가 되기도 했다. 그러나 영웅적인 행적으로 에우리스테우스가 낸 열두 가지 난제를 모두 해결하고 노예에서 벗어날 수 있었다. 또한 게라스(노쇠)와 싸워 저승사자 '타나토스'를 제압하기도 했다.

저승사자 '타나토스'를 속여 쇠사슬로 묶어 〈저승사자〉의 이야기에 나오는 저승사자의 걱정처럼 사람들이 죽지 않아 지상에 사람들로 넘쳐나게 한 '시시포스' 이야기도 재미있다. 시시포스는 제우스의 애정 행각을 방해한 죄로 제우스의 노여움을 사게 되었다. 화가 난 제우스는 하데스에게 시시포스를 타르타로스에 가두라고 명령했다. 그러나 시시포스는 그를 데리러 간 죽음의 신 타나토스를 속여 쇠사슬로 묶어놓고 도망가는 바람에 사람들이 더 이상 죽지 않아 지상에 사람들로 넘쳐나게 되었다. 하는 수 없이 제우스는 전쟁의 신이며, 젊음의 신인 아레스를 보내 타나토스를 구출하여 다시 시시포스에게 보냈다. 그러나 시시포스는 타나토스에게 끌려가면서 아내에게 자신의 장례를 절대로 지내지 말 것을 당부했다. 장례식을 치르지 않는 한 죽은 자는 결코 저승에 머물 수 없기 때문이었다. 그리고 이를 핑계로 페르세포네에게 아내를 꾸짖어 장례를 치르게 하고 다시 돌아오겠다는 맹세를 하고 저승 밖으로 나와서 달아나고 말았다. 지상으로 돌아온 시시포스는 장수를 누렸다. 이에 제우스는 술수의 대가인 헤르메스를 보내 시시포스를 잡아다가 '시시포스의 바위'가 기다리고 있는 타르타로스에 가둘 수 있었다.

이 시시포스 신화의 앞부분은 〈저승사자〉의 전편과 어딘지 닮아 있다. 그것은 우리가 생각하고 있는 으스스한 저승사자와는 많이 다른 서양 저승사자의 노쇠함과 나약함에서 오는 연민일 수도 있고, 늙음의 고통을 아는 이심전심의 저승사자이기 때문일 수도 있다. 그리고 두 이야기에서 늙고 나약한 저승사자를 구해주는 인물들이 젊은이 또는 젊음의 신이라는 동질성에서도 설화적 합리성을 찾을 수 있다. 인간이 죽는 그 차가운 순간에 찾아오는 저승사자가 앞에서의 이야기에서처럼 노쇠하고 나약한 늙음을 이해하는 신이라면 얼마나 위안이 될 것이며, 또 그 노쇠한 저승사자를 일으켜줄 젊은 신이 함께한다면 저세상 가기가 얼마나 안심이 되겠는가. 저승사자도 두렵지 않은 설화들이다.

또한 재미있게도 시시포스의 후반부 이야기는 동양의 '동방삭이' 이야기와도 많이 닮아 있다. 동방삭이 이야기는 중국과 우리나라에 몇 가지 각편이 있는데, 시시포스가 간계를 부려 목숨을 연장한 것과는 반대로, 저승사자를 잘 대접하여 수명을 연장하는 설화이다. 먼 길을 걸어오느라 지친 저승사자에게 밥이나 신, 노자 등을 대접함으로써 그 대가로 삼십갑자인 동방삭이의 수명에 한 획을 더 그어 십자十字를 천자千字로 만들어 삼천갑자를 살 수 있도록 수명을 연장시켜주었다.

이를 바로잡기 위해 저승에서는 삼천갑자를 살아 세상일에 통달한 동방삭이를 잡기 위해 꾀를 내었다. 저승사자가 사람이 많이 다니는 냇가에서 숯을 씻고 있을 때 한 남자가 다가와 저승사자에게 왜 그렇게 숯을 씻고 있느냐고 물었다. 저승사자는 숯을 씻으면 하얗게 된다고 해서 열심히 씻고 있다고 대답했다. 남자가 한심하다는 듯이 "내가 삼천갑자를 살았어도 처음 듣는 소리요."라고 말하자 그가 동방삭이임이 틀림없다고 생각한 저승사자는 그를 저승으로 잡아갔다.

우리나라 성남시 '탄천炭川'에도 동방삭이 이야기와 유사한 유래담이 있는데, 이 시내를 '숯내' 또는 '탄천'이라고 부르게 되었다는 지명전설로 전해오고 있다. 그러나 실제로 경기도 법화산 기슭에서 시작해 성남시를 거쳐 한강으로 유입되는 탄천은 조선시대 강원도 등지에서 목재와 땔감을 싣고 와 숯을 구웠던 뚝섬 주변의 개천이다. 따라서 숯 물로 하천이 검게 변해서 '숯내'라고 했으며, 한자로는 '탄천'으로 불리게 되었다. 이런 사실적인 유래가 있는 탄천의 개천 이름에 동방삭이의 숯 이야기가 공교롭게 더해져서, 오래 살고 싶은 인간의 욕구 쪽으로 기울어진 탄천의 유래담은 재미있으면서도 허허로운 여운을 남긴다.

　그러나 〈저승사자〉에서 말하고 있듯이 '나이가 들어가면서 몸이 늙어가고 슬픔의 나날을 보내는 때'가 오면, 대다수의 인간은 저승사자가 올 날을 기다리게 되므로 지금의 소중함도 그때가 있기 때문이다. 죽음이 없는 한 지금의 삶은 온전한 삶이 아니다. 죽음이 미완인 것처럼 보이나 실제로 모든 생명에게는 죽지 않는 삶이 불완전한 것이다. 끝이 없는 지루한 삶이 곧 죽음보다 더한 고통일 수 있기 때문이다. .

74
물의 요정 닉시

KHM 181

옛날에 부유한 방앗간 주인이 있었다. 그러나 어느 날부터인가 재앙이 겹쳐 급기야는 방앗간마저 남의 손에 넘어가게 되었다. 그는 걱정으로 날이 채 밝기도 전에 잠에서 깨어 방앗간 주변을 서성거리다가 찰랑거리는 물소리를 들었다. 그 소리를 따라가자 아름다운 여인이 아침 햇살을 받으며 떠오르고 있었다. 그는 그녀가 물의 요정 '닉시'라는 것을 깨달았다.

요정이 부드러운 목소리로 그의 이름을 부르며 왜 그리 슬픈 얼굴을 하고 있느냐고 물었다. 방앗간 주인은 그동안의 일을 요정에게 낱낱이 이야기했다. 이야기를 들은 요정은 그의 집에서 태어나는 첫 번째 것을 자신에게 주면 잘살게 해주겠다고 제안했다. 방앗간 주인은 요정의 제안을 받아들이며 그렇게 하겠다고 약속했다. 신이 나서 방앗간으로 달려간 주인에게 하녀는 그의 아내가 막 사내아이를 낳았다고 말했다. 방앗간 주인은 요정에게 속았다는 것을 알고 두려움에 휩싸였다.

시간이 지나면서 방앗간은 점점 번창했고, 얼마 지나지 않아 전보다 더 큰 부자가 되었다. 그러나 방앗간 주인은 샘을 지날 때마다 요정 닉시가 약속을 지키라고 요구할 것만 같아 불안에 떨었다. 그는 아들에게도 샘 근처에는 절대로 가지 말라고 단단히 일렀다. 그러나 여러 해가 지나도록 물의 요정은 나타나지 않았다. 어느덧 아들은 청년으로 성장하여 훌륭한 사냥꾼이 되었으며, 그 고장에서 가장 아름다운 처녀와 결혼도 했다.

그러던 어느 날 아들은 사냥을 한 후 손을 씻기 위해 샘물에 손을 담그고 말았다. 그 순간 물속에서 물의 요정이 나타나 그를 품에 안고 사라졌다. 밤이 되어도 돌아오지 않는 남편을 기다리던 아내는 그를 찾아 나섰다가 샘물가에서 사냥 가방을 발견했다. 아내는 그동안 두려워하던 일이 일어났음을 알게 되었다. 그녀는 남편을 찾아다니다가 깜박 잠이 들어 꿈을 꾸었다. 꿈속에서 그녀는 가시나무에 찔리고 비바람을 맞으며 가파른 절벽을 기어올라 산봉우리로 올라갔다. 그곳에는 부드러운 바람이 불고 꽃이 만발한 아름다운 세상이 펼쳐져 있었다. 아담하고 예쁜 집 한 채가 보여 문을 두드리자 머리가 하얀 할머니가 문을 열어주었다.

그 순간 잠에서 깨어난 아내는 그곳을 찾아 험한 산을 기어 올라갔다. 그러자 그곳에는 뜻밖에도 꿈에서 본 똑같은 집이 있었는데, 꿈속에서 보았던 할머니가 다정하게 맞아주었다. 아내는 할머니에게 자신이 겪은 일을 이야기하고 도움을 청했다. 할머니는 황금빗을 주며 보름달이 뜨면 샘에서 머리를 빗은 후 그 빗을 물가에 놓아두라고 일러주었다.

집으로 돌아온 아내는 보름달이 뜨자 할머니가 일러준 대로 머리를 빗고 샘가에 빗을 놓아두었다. 잠시 후 샘물 속에서 졸졸거리는 소리가 들리더니 물살이 치솟아 올라 황금빗을 휩쓸어갔다. 그 순간 물이 갈라지면서 남편의 머리가 떠올랐으나 두 번째 솟아오른 물살이 이내 그의 머리를 덮어버렸다.

그날 밤 아내는 다시 할머니의 오두막 꿈을 꾸고 할머니를 찾아가 황금 피리를 받아왔다. 그리고 다시 보름달이 뜰 때를 기다려 샘물가에 앉아 황금 피리를 불다가 내려놓았다. 이번에도 물속에서 소리가 나더니 물살이 솟구쳐 올라 황금 피리를 휩쓸어갔다. 순간 떠오른 남편이 아내를 향해 손을 내밀었으나 다시 물살이 솟구쳐 사냥꾼을 끌어내렸다.

아내는 안타까움에 절망했으나 다시 꿈을 꾸고 할머니에게서 황금 물레를 받아 돌아왔다. 그리고 보름달이 뜨자 샘물가에 앉아서 얼레에 실이 다 감길 때까지 물레를 돌린 후 그곳에 내려놓고 기다렸다. 이번에도 더 큰 물소리와 함께 세찬 물살이 솟구쳐 올라 물레를 휩쓸어갔다. 그와 동시에 남편의 몸 전체가 솟아올랐다. 남편은 재빨리 물 밖으로 뛰쳐나와 아내의 손을 잡고 달아났다.

그러나 그들이 멀리 도망가기도 전에 샘물이 무섭게 치솟아 오르더니 모든 것을 삼킬 듯이 매서운 기세로 쫓아왔다. 겁에 질린 아내는 할머니에게 도와달라고 소리쳤다. 그 순간 남편은 개구리로, 아내는 두꺼비로 변해 죽음은 면할 수 있었으나 물에 떠내려가다 헤어지고 말았다. 두 사람은 이내 본래의 모습을 되찾았으나 여러 해 동안 서로를 찾을 수 없었다.

그러던 어느 날 서로 반대쪽에서 양을 기르던 두 사람은 한 골짜기에서 만났으나 서로를 알아보지 못했다. 외로웠던 두 사람은 서로 위안하며 함께 지냈다. 보름달이 환하게 뜬 어느 날 남편이 피리를 꺼내 불었다. 피리 소리에 아내는 눈물을 흘리며 피리를 불던 보름달이 뜬 날 남편이 물속으로 사라졌다고 말했다. 그때 마침 밝은 달빛이 그들의 얼굴을 비추어 남편과 아내는 서로를 알아보고 눈물의 재회를 하게 되었다.

❧

이상하게도 민담에는 자식을 위해 희생하는 절대적 의미의 아버지는 근본적으로 존재하지 않는다. 자식을 위하는 것 같으면서도 결론적으로는 자식이 집을 떠나도록 주도적으로 행동하거나, KHM 21 〈재투성이〉나 KHM 53 〈백설공주〉의 아버지와 같이 계모와 이복자매들에게 박해받는 것을 방관함으로써 친딸이 위험에 처하는 상황을 방기한다.

이런 부정적인 민담의 아버지 중에서도 가장 이해할 수 없는 부정적인 아버지는 자신의 안전이나 재물을 위해 기이한 존재들에게 자식을 양도하겠다고 약속하는 KHM 31 〈손 없는 소녀〉,

KHM 88 〈노래하며 날아오르는 종달새〉, KHM 92 〈황금 산의 임금님〉, 〈물의 요정 닉시〉의 아버지들이다. 이른바 이들 민담은 '입다 모티프'가 수용된 이야기로 파악할 수 있다. 그러나 구약성경의 일방적인 복종과는 달리 자식의 도리를 지킨 자손들의 덕행으로 사건이 해결되고, 화해가 이루어지는 민담다운 조화로움으로 귀결되었다.

또한 이 네 편의 민담은 아버지의 경솔한 거래로 인한 주인공들의 길 떠남과 행복한 결혼, 그리고 일정 기간 동안의 이별과 재결합이 기본 골격으로 이루어져 있다. 그러나 〈손 없는 소녀〉와 〈노래하며 날아오르는 종달새〉는 특히 여성의 길 떠남과 역경 극복을 다루고 있으며, 〈황금 산의 임금님〉, 〈물의 요정 닉시〉는 남성 위주로 이야기가 전개되고 있다. 하지만 결론적으로는 이상적인 상대를 찾아 성공적인 결혼을 하는 마법담에 해당한다.

그러나 〈물의 요정 닉시〉는 앞의 세 편의 민담과 다소 성격이 다르다. 무엇보다도 이 민담은 낭만적인 분위기가 주도적이다. 이는 〈물의 요정 닉시〉가 1843년에 처음 KHM에 수록되었다는 점과 이 민담의 전거인 《독일 고대에 관한 잡지》(1842)가 낭만주의 작가인 모리츠 하웁트Moriz Haupt의 기록이라는 사실과 무관하지 않다. 특히 낭만적인 이야기 특성이 강하게 드러나는 KHM 69 〈요린데와 요링겔〉에서와 같이 '꿈'이라는 소재를 기능적으로 수용하고 있음을 확인할 수 있다는 점이다.

"모든 문학은 민담적이어야 한다.", "문학의 규범은 민담이다."라고 주장한 독일의 낭만주의 작가 클레멘스 브렌타노의 강령에서 볼 수 있듯이 당시 독일 낭만주의자들은 민담에서 찾을 수 있는 비현실적 요소들을 문학의 주요 모티프로 수용하고자 했다. 현실에서 도달할 수 없는 완전성을 구현할 수 있는 정신적 공간으로서 '꿈'을 수용했으며, 제한된 감각으로 얻은 이성보다는 열려진 감성의 한 형태로 꿈을 파악했다. 따라서 〈물의 요정 닉시〉에서 아내가 꾸는 꿈 역시 불가사의한 세계와 정신을 감지할 수 있는 완전한 감각으로 파악할 수 있으며, 그 꿈의 이상적인 공간으로서 할머니의 오두막을 이해할 수 있다.

그러나 '꿈'은 낭만주의의 주요 모티프이기 이전에 이미 민속적인 의미로 더 강하게 인식되어왔다. 완전성의 여부와는 별개로 꿈은 불가사의한 세계와 인간을 연결해주는 정신적 공간으로서 특히 신성한 존재나 선조들이 전하는 초인간적인 감각으로 이해되어왔다. 〈물의 요정 닉시〉의 꿈은 꿈속에서 만난 인자한 할머니의 등장과 더불어 KHM 29 〈세가닥 황금 머리카락 도깨비〉의 할머니나 우리나라의 삼신 할머니 등에서 만날 수 있는 인간을 도와주는 여신의 모습을 찾아볼 수 있다.

사냥꾼을 물속으로 데리고 간 '물의 요정 닉시' 또한 강한 여성적 존재로 파악해야 할 것이다. '닉시Nixe'는 게르만 신화에 나오는 물의 요정으로, 남자 요정은 '닉스Nix'라고 부른다. 이들은 장난을 좋아하며 변덕이 심해 물가를 걷고 있는 인간을 갑자기 물속으로 끌어들여 죽게 만드는 장난도 서슴없이 했다고 전해온다. 이러한 게르만 신화의 물의 요정 이미지는 황금빛 머리를 빗으며 매혹적인 노래를 불러 그 노랫소리에 미혹된 배들을 물속으로 사라지게 했다는 '로렐라이 전설'로 심화되었다고 볼 수 있다.

〈물의 요정 닉시〉에서도 바로 이런 물의 요정을 만날 수 있다. 그러나 이 민담의 요정 닉시는 인간을 제물로 삼고자 하는 사악한 요정이라기보다는 황금빛과 황금 물레를 탐내는 여성성의 상징으로 보아야 한다. 달빛을 받으며 아름다운 머리카락으로 몸을 가리고 물속에서 떠오르는 닉시의 모습은 매우 마력적이며 강한 여성성의 상징으로서, 머리가 하얀 할머니의 이미지와 대조적으로 보인다. 그러나 닉시의 아름답고 사나운 모습은 꿈속의 인자한 할머니의 모습과 더불어 여성의 다양한 신화적 영상으로 보아야 할 것이다. 또한 '물의 요정 닉시'는 물과 보름달의 공간적 의미와 시간적 의미가 더해져 아름답고도 마력적이며 깊고 어두운 여성의 총체적인 이미지를 구현하고 있음을 볼 수 있다.

그러나 마력적인 힘으로 남성들을 물속으로 끌어들이던 요정 닉시의 원시적인 욕구는 사냥꾼의 아내가 차례로 던져준 황금빛, 황금 피리, 황금 물레를 탐하면서 서서히 그 강력한 힘을 잃는다. 이는 마치 여성의 원시적 충동이 서서히 약화되는 문화적 과정을 보여주는 듯하다. 황금빛, 황금 피리, 황금 물레는 여성성을 상징하는 물건이기도 하지만, 다른 한 편으로는 여성을 '여성답게' 사회화시킨 문화적 도구이기 때문이다.

또한 역으로 황금의 물건들을 닉시에게 양보하여 남편을 구출한 사냥꾼 아내의 희생은 여타 민담에서 '잃어버린 남편'을 찾아간 아내들의 '신랑 되찾기' 과정과 본질적으로 동일하다고 할 수 있다. 그러나 자신의 완성을 위해서도 필요했던 '황금의 여성적 도구'들을 양보한 까닭으로 인해 개구리와 두꺼비로 변해서 도망간 두 사람이 바로 결합하지 못하고 여러 해 동안 헤어져 살아야 했던 것으로 보인다. 그러나 원시적 본성이 충만한 밝은 보름달이 뜬 어느 날, 사냥꾼의 피리 소리에 두 사람은 서로를 인식하고 재회의 기쁨을 누릴 수 있었다. 보름달의 마법이 작동했기 때문일 것이다.

그림형제
독일민담

새롭게 풀어보는 상징과 은유의 세계

첫판 1쇄 펴낸 날 2010년 1월 21일

지은이ㅣ이혜정
펴낸이ㅣ박남희
기획·편집ㅣ박남주
기획·마케팅ㅣ김영신
디자인ㅣStudio Bemine
제작ㅣ이희수
종이ㅣ화인페이퍼
인쇄ㅣ청아문화사
제본ㅣ정민제본

펴낸곳ㅣ(주)뮤진트리
출판등록ㅣ2007년 11월 28일 제318-2007-000130호
주소ㅣ서울시 영등포구 양평동 2가 37-2 양평빌딩 301호
전화ㅣ(02)2676-7117 팩스 (02)2676-5261
E-mailㅣgeist6@hanmail.net

ISBN 978-89-94015-04-0 03800

• 잘못된 책은 교환해드립니다.